U0690640

新編元積集第七册目録

元和八年癸巳(813)　三十五歲(續)

◎ 過襄陽樓呈上府主嚴司空樓在江陵節度使宅北隅①

襄陽樓下樹陰成,荷葉如錢水面平②。拂水柳花千萬點,隔林鶯舌兩三聲③。有時水畔看雲立,每日樓前信馬行④。早晚暫教王粲上,庾公應待月分明(一)⑤。

錄自《元氏長慶集》卷一八

[校記]

(一)庾公應待月分明:楊本、叢刊本、《古詩鏡·唐詩鏡》、《全詩》、《御選唐詩》同,《佩文齋詠物詩選》作"庾公應待月華明",語義不同,不改。

[箋注]

① 襄陽樓:當時江陵的名樓,"在江陵節度使宅北隅"。張説《遊龍山静勝寺》:"每上襄陽樓,遙望龍山樹。鬱茀吐岡嶺,微蒙在烟霧。"孟浩然《登襄陽樓》"縣城南面漢江流,江嶂開成南雍州。才子乘春來騁望,群公暇日坐銷憂。"　府主:舊時幕職稱其長官的敬詞。《晉書·孫楚傳》:"楚後遷佐著作郎,復參石苞驃騎軍事……初,參軍不敬府主,楚既輕苞,遂制施敬,自楚始也。"《北齊書·王昕傳》:"懷其才而忽府主,可謂仁乎?"指州郡長官。杜甫《課伐木》:"城中賢府

主,處貴如白屋。"陆游《無咎郡齋燕集有詩末章見及敬次元韵》:"失言議罰不可緩,敬白府主浮金觥。"本詩指嚴司空嚴綬。　隅:邊側。《管子·弟子職》:"昏將舉火,執燭隅坐。"《楚辭·王逸〈九思·逢尤〉》:"虎兕爭兮於廷中,豺狼鬥兮我之隅。"原注:"隅,旁也。"

② 樹陰:亦作"樹蔭",樹木枝葉在日光下所形成的陰影。《後漢書·范冉傳》:"〔冉〕或寓息客廬,或依宿樹蔭。如此十餘年,乃結草室而居焉!"《魏書·魏收傳》:"夏月坐板床,隨樹陰諷誦。"　荷葉:荷的葉子。王昌齡《采蓮曲二首》二:"荷葉羅裙一色裁,芙蓉向臉兩邊開。亂入池中看不見,聞歌始覺有人來。"岑參《虢州郡齋南池幽興因與閻二侍御道別》:"池色净天碧,水凉雨凄凄。快風從東南,荷葉翻向西。"　錢:像銅錢一樣的東西,如榆葉叫榆錢,小荷葉叫荷錢,苔蘚叫地錢、綠錢,本詩形容剛出水面的細小荷錢。李之儀《路西田舍示虞孫小詩二十四首》一九:"荷錢貼水黶如蟻,稻似針芒椹未丹。"畢仲游《陪蒲守景叔學士會暢家園》:"蒲劍慘慘長,荷錢疊疊生。"　水面:水的表面,水上。杜甫《渼陂行》:"船舷暝戛雲際寺,水面月出藍田關。"王建《薛二十池亭》:"浮萍著岸風吹散,水面無塵晚更清。"

③ 拂水:掠過水面。戴叔倫《柳花歌送客往桂陽》:"滄浪渡頭柳花發,斷續因風飛不絕。搖烟拂水積翠間,綴雪含霜誰忍攀?"韋莊《浣溪沙》:"緑樹藏鶯鶯正啼,柳絲斜拂白銅堤。"　柳花:柳樹開的花,呈鵝黃色。杜甫《曲江陪鄭八丈南史飲》:"雀啄江頭黄柳花,鸂鶒鸂鶒滿晴沙。"韓愈《送李六協律歸荆南》:"早日羈遊所,春風送客歸。柳花還漠漠,江燕正飛飛。"指柳絮。李白《金陵酒肆留別》:"風吹柳花滿店香,吴姬壓酒喚客嘗。"楊伯巖《臆乘·柳花柳絮》:"柳花與柳絮迥然不同,生於葉間成穗作鵝黃色者,花也;花既褪,就蒂結實,其實之熟亂飛如綿者,絮也。古今吟詠,往往以絮爲花、以花爲絮,略無區別,可發一笑。"　千萬:形容數目極多。韓愈《秋懷詩十一首》三:"歸還閲書史,文字浩千萬。"梅堯臣《送何濟川學士知漢州》:"當時迎

長卿，書史傳未悉。車馳及繩負，千萬今可詰。”比喻極其紛繁。曹丕《折楊柳行》：“追念往古事，憒憒千萬端。”　隔林：隔著樹林。王維《春夜竹亭贈錢少府歸藍田》：“夜静群動息，時聞隔林犬。却憶山中時，人家澗西遠。”劉長卿《夏中崔中丞宅見海紅摇落一花獨開》：“何事一花殘，閑庭百草闌？綠滋經雨發，紅艷隔林看。”　鶯舌：鶯聲。陸龜蒙《有别二首》二：“池上已看鶯舌默，雲間應即雁翰開。唯愁别後當風立，萬樹將秋入恨來。”徐鉉《柳枝辭十二首》一一：“應緣鶯舌多情賴，長向雙成説翠條。”　兩三：幾個，表示少量。《樂府詩集·相逢行》：“兄弟兩三人，中子爲侍郎。”皎然《舟行懷閻士和》：“相思一日在孤舟，空見歸雲兩三片。”

④ 有時：有時候，表示間或不定。《周禮·考工記序》：“天有時以生，有時以殺；草木有時以生，有時以死。”張喬《滕王閣》：“疊浪有時有，閑雲無日無。”　水畔：水邊。白居易《郊下》：“西日照高樹，樹頭子規鳴。東風吹野水，水畔江蘺生。”韓偓《草書屏風》：“怪石奔秋澗，寒藤挂古松。若教臨水畔，字字恐成龍。”　看雲：仰望雲彩。杜甫《恨别》：“草木變衰行劍外，兵戈阻絶老江邊。思家步月清宵立，憶弟看雲白日眠。”戴叔倫《過故人陳羽山居》：“向來携酒共追攀，此日看雲獨未還。不見山中人半載，依然松下屋三間。”　信馬：任馬行走而不加約制。岑參《西掖省即事》：“平明端笏陪鵷列，薄暮垂鞭信馬歸。”張先《木蘭花》：“簾重不知金屋晚，信馬歸來腸欲斷。”

⑤ 早晚：何日，幾時，遲遲早早。《顔氏家訓·風操》：“嘗有甲設宴席，請乙爲賓，而旦於公庭見乙之子，問之曰：‘尊侯早晚顧宅？’”蘇軾《次韵曾子開從駕二首》二：“道傍儻有山中舊，問我收身早晚回？”王粲：有名篇《登樓賦》。《文選·王粲〈登樓賦〉》：“登兹樓以四望兮，聊暇日以銷憂。”劉良注引《魏志》：“王粲，山陽高平人也。少而聰惠有大才，仕爲侍中。時董卓作亂，仲宣避難荆州，依劉表，遂登江陵城樓，因懷舊而有此作，述其進退危懼之情也。”舊時常作爲文人思鄉、

懷才不遇的典故。王粲所登江陵城樓，疑即本詩所述之襄陽樓。
庚公：原指晉代庚亮，庚亮嘗爲江、荆、豫州刺史，《晉書·庚亮傳》：
"陶侃薨，遷亮都督江、荆、豫、益、梁、雍六州諸軍事，領江、荆、豫三州
刺史……遷鎭武昌。"李白《陪宋中丞武昌夜飲懷古》："清景南樓夜，
風流在武昌。庚公愛秋月，乘興坐胡床。"獨孤及《九月九日李蘇州東
樓宴》："是菊花開日，當君乘興秋。風前孟嘉帽，月下庚公樓。"這裏
借喻嚴司空，讚美嚴綬。　　應待：應接，接待。《墨子·非命》："外無
以應待諸侯之賓客，内無以食饑衣寒。"韓愈《清河郡公房公墓碣銘》：
"中人使授命書，應待失禮。"　分明：明亮。元稹《哭女樊》："秋天净
緑月分明，何事巴猿不瘳鳴？"黄庭堅《登快閣》："落木千山天遠大，澄
江一道月分明。"

[編年]

　　《年譜》編年本詩於"庚寅至甲午在江陵府所作其他詩"欄内，没
有列舉任何理由。《編年箋注》没有本詩的編年意見，也没有説明編
年理由，列編於"元和九年"之中。《年譜新編》編年本詩於"庚寅至甲
午在江陵府所作其他詩"欄内，後面説明："元和六年至九年作。"没有
説明理由。

　　從詩題可知，襄陽樓在江陵府北隅，應是元稹江陵任内詩歌。從
詩題"嚴司空"及其擔任荆南節度使的起止時間可知元和六年三月十
三日之前的歲月可以排除，而從"荷葉如錢"、"拂水柳花"、"隔林鶯
舌"表明時序應該是暮春，嚴綬未到或剛剛到達，元稹與其還没有熟
悉到可以將自己的詩歌"呈上府主嚴司空"的程度，因此元和六年也
應該排除。從元和九年春季元稹前往潭州拜訪張正甫的史實，元和
九年春季也應該排除。綜合上述情景，我們以爲本詩應作於元和七
年暮春，或元和八年的暮春，今暫時編排在元和八年的暮春三月。

◎ 遣春三首^{(一)①}

　　楊公三不惑，我惑兩般全②。逢酒判身病，拈花盡意憐③。水生低岸没，梅癭小珠連④。千萬紅顏輩，須驚又一年⑤。

　　柳眼開渾盡，梅心動已闌⑥。風光好時少，杯酒病中難⑦。學問慵都廢，聲名老更判⑧。唯餘看花伴，未免憶長安⑨。

　　失却遊花伴，因風浪引將⑩？柳堤遙認馬，梅徑誤尋香⑪。晚景行看謝，春心漸欲狂⑫。園林都不到，何處枉風光⑬？

録自《元氏長慶集》卷一四

［校記］

　　（一）遣春三首：本詩存世各本，包括楊本、叢刊本、《全詩》諸本，未見異文。

［箋注］

　　① 遣春：抒發對春天的感慨，遣是排除、抒發之意。《晉書·王濬傳》：“吾始懼鄧艾之事，畏禍及，不得無言，亦不能遣諸胸中，是吾禍也。”元稹《白氏長慶集序》：“夫以諷諭之詩長於激，閑適之詩長於遣，感傷之詩長於切，五字律詩百言而上長於贍，五字七字百言而下長於情……”

　　② 楊公三不惑：楊公指漢代的楊秉，三不惑謂不爲酒、色、財三者所迷。《後漢書·楊秉傳》：“秉性不飲酒，又早喪夫人，遂不復娶，所在以淳白稱。嘗從容言曰：‘我有三不惑，酒、色、財也。’”蔡邕《司空

楊公碑》："公諱秉，字叔節，弘農華陰人，其先蓋周武王之穆晉唐叔之後也。"秦觀《懷孫子實》："舉眼趨浮末，斯人獨好修。青春三不惑，黃卷百無憂。"元稹有《贈嚴童子》詩："十歲佩觿嬌雉子，八行飛札老成人。楊公莫訝清無業，家有驪珠不復貧。"據此推測，本詩的"楊公"，應該喻指嚴綬，明顯是讚美之意。　我惑兩般全：元稹生性坦蕩，直言自己既貪酒又愛色，這比那些人面前滿口仁義道德，背地裏男盜女娟的僞君子光明磊落了許多。唯元稹出身破落的官宦之家，仕途一直坎坷，故一生清貧，兩袖清風。元稹秉承祖風，以匡君愛民爲己任，品質尤爲可貴。而對待眼前的財富，元稹祇是"君子愛財，取之有道"而已。《舊唐書·元稹傳》述説元稹在浙東任，"既放意娛遊，稍不修邊幅，以瀆貨聞於時"云云，我們以爲是没有證據的"莫須有"罷了。兩般：兩樣，不同。方干《項洙處士畫水墨釣臺》："畫石畫松無兩般，猶嫌瀑布畫聲難。"蘇軾《次周燾韵》："道眼轉丹青，常於寂處鳴。早知雨是水，不作兩般聲。"

③ 判：通"拼"，甘願。戎昱《苦辛行》："誰家有酒判一醉？萬事從他江水流。"通"拼"，捨棄。韋莊《離筵訴酒》："不是不能判酩酊，却憂前路醉醒時。"　拈花：即"拈花一笑"，《五燈會元·釋迦牟尼佛》："世尊在靈山會上，拈花示衆，是時衆皆默然，唯迦葉尊者破顏微笑。世尊云：'吾有正法眼藏，涅槃妙心，實相無相，微妙法門，不立文字，教外別傳，付囑摩訶迦葉。'"通容《祖庭鉗錘録》附《宗門雜録》："王荆公語佛慧泉禪師云：'余頃在翰苑偶見《大梵天王問佛決疑經》三卷，謂梵王至靈山以金色波羅夷花獻佛，捨身爲床座，請佛説法。世尊登座拈花示衆，人天百萬悉皆罔措，獨有金色頭陀破顏微笑，世尊云：吾有正法眼藏，涅槃妙心，實相無相，分付摩訶迦葉。'"此爲佛教禪宗以心傳心的第一公案，後以喻心心相印，會心。　盡意：充分表達心意，猶盡情。《易·繫辭》："書不盡言，言不盡意。"孔穎達疏："意有深邃委曲，非言可寫，是言不盡意也。"柳永《駐馬聽》："良天好景，深憐多

愛，無非盡意依隨。”

④ 生：漲。杜甫《登白馬潭》：“水生春纜没，日出野船開。”周密《癸辛雜識別集·襄陽始末》：“昨於五月二十二日探得漢水已生，次日將船隻拖拽到團山下稍泊。”　低岸：河流或湖泊低矮的堤岸。徐鉉《北苑侍宴雜詠詩·水》：“碧草垂低岸，東風起細波。橫汾從遊宴，何謝到天河！”强至《依韵奉和司徒侍中辛亥三月十八日遊御河》二：“此日河生舊俗傳，相公同衆樂沙壩。迎舟戲羽來低岸，冒席遊絲落半天。”　没：淹没。《史記·滑稽列傳褚少孫論》：“水來漂没，溺其人民。”韓愈《唐故檢校尚書左僕射右龍武軍統軍劉公墓誌銘》：“〔元和〕八年五月，湧水出他界，過其地，防穿不補，没邑屋，流殺居人。”　小珠：細小的珍珠。白居易《琵琶引》：“大弦嘈嘈如急雨，小弦切切如私語。嘈嘈切切錯雜彈，大珠小珠落玉盤。”這裏指晶瑩如珠的花蕾。楊萬里《觀荷上雨》：“細雨霢荷散玉塵，聚成顆顆小珠新。跳來跳去還收去，却是瓊柈弄水銀。”　蹙：屈聚，收攏。《管子·水地》：“夫玉温潤以澤，仁也……堅而不蹙，義也。”尹知章注：“蹙，屈聚也。”李白《餞李副使藏用移軍廣陵序》：“勢盤地蹙，不可圖也。”　連：連接。《左傳·襄公十八年》：“夙沙衛連大車以塞隧而殿。”姚合《題鄭駙馬林亭》：“東園連宅起，勝事與心期。”

⑤ 千萬：形容數目極多。劉庭琦《從軍》：“朔風吹寒塞，胡沙千萬里。陣雲出岱山，孤月生海水。”王維《送張五諲歸宣城》：“五湖千萬里，况復五湖西！漁浦南陵郭，人家春穀溪。”比喻極其紛繁。曹丕《折楊柳行》：“追念往古事，憒憒千萬端。”李頎《少室雪晴送王寧》：“少室衆峰幾峰别？一峰晴見一峰雪。隔城半山連青松，素色峨峨千萬重。”　紅顏：指年輕人的紅潤臉色。杜甫《暮秋枉裴道州手札》：“憶子初尉永嘉去，紅顏白面花映肉。”指少年。沈約《君子有所思行》：“共矜紅顏日，俱忘白髮年。”李白《贈孟浩然》：“紅顏棄軒冕，白首卧松雲。”特指女子美麗的容顏。傅毅《舞賦》：“貌嫽妙以妖蠱兮，

紅顔曄其揚華。"徐陵《和王舍人送客未還閨中有望》："倡人歌吹罷，對鏡覽紅顔。" 驚：驚訝，驚奇。《莊子·達生》："梓慶削木爲鐻，鐻成，見者驚猶鬼神。"曾鞏《蘇明允哀詞》："於是三人之文章盛傳於世，得而讀之者，皆爲之驚。"

⑥ 柳眼：早春初生的柳葉如人睡眼初展，因以爲稱。元稹《生春二十首》九："何處生春早？春生柳眼中。"周邦彦《蝶戀花·柳》："愛日輕明新雪後，柳眼星星，漸欲穿窗牖。" 渾：副詞，簡直，幾乎。杜甫《春望》："白頭搔更短，渾欲不勝簪。"辛棄疾《沁園春·杯汝來前》："渾如許，嘆汝於知己，真少恩哉！" 盡：竭盡，完。《管子·乘馬》："貨盡而後知不足，是不知量也。"韓愈《秋懷》："退坐西壁下，讀詩盡數編。" 梅心：梅花的苞蕾。元稹《寄浙西李大夫四首》一："柳眼梅心漸欲春，白頭西望憶何人？"李清照《孤雁兒》："笛聲三弄，梅心驚破，多少春情意！" 動：萌生，萌動。賈思勰《齊民要術·插梨》："梨葉微動爲上時，將欲開莩爲下時。"范成大《次韵唐子光教授河豚》："楊花欲動荻芽肥，污手死心搖食指。" 闌：將盡，將完。《史記·高祖本紀》："酒闌，呂公因目固留高祖。"嵇康《琴賦》："於是曲引向闌，衆音將歇。"

⑦ 好時：即好時節，風景秀美的時刻。元稹《使東川·好時節》："身騎驄馬峨眉下，面帶霜威卓氏前。虛度東川好時節，酒樓元被蜀兒眠。"韋莊《和同年韋學士華下途中見寄》："馬驚門外山如活，花笑尊前客似泥。正是清和好時節，不堪離恨劍門西。" 杯酒：一杯酒。王維《資聖寺送甘二》："柳色藹春餘，槐陰清夏首。不覺御溝上，衝悲執杯酒。"崔顥《贈輕車》："平生少相遇，未得展懷抱。今日杯酒間，見君交情好。" 難：爲難。《左傳·哀公十四年》："所難子者，上有天，下有先君。"楊伯峻注："今言使子爲難，或謂使子遭禍難也。"《荀子·富國》："厚刀布之斂以奪之財，重田野之稅以奪之食，苛關市之征以難其事。"

⑧　學問：學習和詢問（知識、技能等）。語出《易·乾》："君子學以聚之，問以辯之。"《孟子·滕文公》："吾他日未嘗學問，好馳馬試劍。"　慵：懶惰，懶散。杜甫《王十七侍御掄許携酒至草堂奉寄此詩便請邀高三十五使君同到》："老夫臥穩朝慵起，白屋寒多暖始開。"王禹偁《寒食》："使君慵不出，愁坐讀離騷。"　廢：拋棄，廢棄。《論語·衛靈公》："君子不以言舉人，不以人廢言。"賈誼《過秦論》："於是廢先王之道，燔百家之言，以愚黔首。"　聲名：名聲。《禮記·祭統》："銘者，論譔其先祖之有德善、功烈、勳勞、慶賞、聲名，列於天下，而酌之祭器。自成其名焉！以祀其先祖者也。"杜甫《奉贈王中允維》："中允聲名久，如今契闊深。"

⑨　看花：唐時舉進士及第者有在長安城中遊街看花的風俗。劉禹錫《元和十年自郎州召至京戲贈看花諸君子》："紫陌紅塵拂面來，無人不道看花回。"錢易《南部新書》甲："施肩吾與趙嘏同年不睦，嘏舊失一目，以假珠代其精，故施嘲之曰：'二十九人同及第，五十七隻眼看花。'"　伴：伴侶。劉琨《答盧諶詩》："亭亭孤幹，獨生無伴。"皇甫冉《寄鄭二侍御歸新鄭無礙寺所居》："何事休官早？歸來作鄭人。雲山隨伴侶，伏臘見鄉親。"元稹這裏所指，是吏部乙科及第的七位同年以及制科及第中的的十七位同年。元稹《酬哥舒大少府寄同年科第》："前年科第偏年少，未解知羞最愛狂。九陌爭馳好鞍馬，八人同著綠衣裳。"　未免：不免，免不了。《孟子·離婁》："舜，人也，我亦人也。舜爲法於天下，可傳於後世，我由未免爲鄉人也，是則可憂也。"許渾《村舍二首》一："花時未免人來往，欲買嚴光舊釣磯。"　憶：思念，想念。《樂府詩集·飲馬長城窟行》："上言加餐食，下言長相憶。"韓愈《次鄧州界》："潮陽南去倍長沙，戀闕那堪更憶家？"　長安：古都城名，漢高祖七年（公元前二〇〇年）定都於此，此後東漢獻帝初、西晉湣帝、前趙、前秦、後秦、西魏、北周、隋、唐皆於此定都，唐以後詩文中常用作都城的通稱。李白《金陵三首》一："晉家南渡日，此地舊長

安。”周密《武林舊事·淳熙八年》：“雪却甚好，但恐長安有貧者。”這裏以長安代喻在長安的同年，其中包括白居易在內。

⑩失却：失掉。王建《失釵怨》：“貧女銅釵惜於玉，失却來尋三日哭。”白居易《元家花》：“今日元家宅，櫻桃發幾枝……失却東園主，春風可得知？” 遊：遊覽，雲遊。《詩·唐風·有杕之杜》：“彼君子兮，噬肯來遊。”毛傳：“遊，觀也。”《論語·里仁》：“子曰：父母在，不遠遊，遊必有方。”劉寶楠正義引《詩·大雅·板》毛傳：“遊，行也。”伴：同伴。王維《戲贈張五弟諲三首》三：“入鳥不相亂，見獸皆相親。雲霞成伴侶，虛白侍衣巾。”萬楚《茱萸女》：“山陰柳家女，九日采茱萸。復得東鄰伴，雙爲陌上姝。”這裏指在江陵一起看花的夥伴，應該是指李景儉。“看花伴”與“遊花伴”，在本詩中寓有不同的含義，請讀者注意。 因風浪引將：意謂已經遠去的遊花伴當，能不能借助風的力量突然出現在我的面前？這是詩人對李景儉的思念之情，也是詩人的想象之詞。 將：助詞，用於動詞之後。杜甫《冬晚送長孫漸舍人歸州》：“匣裏雌雄劍，吹毛任選將。”白居易《賣炭翁》：“一車炭重千餘斤，宮使驅將惜不得。”

⑪柳堤：植有柳樹的堤岸。白居易《湖亭晚歸》：“松雨飄藤帽，江風透葛衣。柳堤行不厭，沙軟絮霏霏。”許渾《戲代李協律松江有贈》：“蘭浦遠鄉應解珮，柳堤殘月未鳴珂。西樓沉醉不知散，潮落洞庭洲渚多。” 遙認：遠遠看去。白居易《西河雨夜送客》：“酒罷無多興，帆開不少留。惟看一點火，遙認是行舟。”陸龜蒙《秋夕文宴得成字》：“筆陣初臨夜正清，擊銅遙認小金鉦。飛觥壯若遊燕市，覓句難於下趙城。” 馬：在古代，是重要力畜之一，用於運輸與騎乘。儲光羲《仲夏餞魏四河北觀叔》：“落日臨御溝，送君還北州。樹涼征馬去，路暝歸人愁。”王昌齡《塞下曲四首》二：“飲馬渡秋水，水寒風似刀。平沙日未沒，黯黯見臨洮。”元稹誤以爲這是“遊花伴”亦即李景儉歸來的坐騎。 梅徑：穿行於梅花林的小路。王勣《晦日宴高氏林亭同

用華字》：“上序披林館，中京視物華。竹窗低露葉，梅徑起風花。”杜牧《初春雨中舟次和州橫江裴使君見迎李趙二秀才同來因書四韻兼寄江南許渾先輩》：“芳草渡頭微雨時，萬株楊柳拂波垂。蒲根水暖雁初浴，梅徑香寒蜂未知。”　尋香：游賞勝景。羅鄴《野花》：“拂露叢開血色殷，枉無名字對空山。時逢舞蝶尋香至，少有行人輒櫂攀。”鄭谷《趙璘郎中席上賦蝴蝶》：“尋艷復尋香，似閑還似忙。暖烟沈蕙徑，微雨宿花房。”

　　⑫ 晚景：暮春景色，傍晚景色。張九齡《春江晚景》：“江林多秀發，雲日復相鮮。征路那逢此？春心益渺然。”李頎《送盧少府赴延陵》：“春江連橘柚，晚景媚菰蒲。漠漠花生渚，亭亭雲過湖。”　行看：眼看。韓愈《郴州祈雨》：“行看五馬入，蕭颯已隨軒。”賈島《送去華法師》：“默聽鴻聲盡，行看葉影飛。”　謝：衰敗，衰落。《北齊書·元暉業傳》：“暉業以時運漸謝，不復圖全，唯事飲啗。”葉適《宿覺庵》：“宿覺名未謝，殘山今尚存。”　春心：春景所引發的意興或情懷。《楚辭·招魂》：“目極千里兮傷春心，魂兮歸來哀江南。”王逸注：“言湖澤博平，春時草短，望見千里，令人愁思而傷心也。”萬楚《題情人藥欄》：“斂眉語芳草，何許太無情！正見離人別，春心相向生。”　狂：迷惑。《詩·小雅·桑柔》：“自有肺腸，俾民卒狂。”鄭玄箋：“自有肺腸行其心中之所欲，乃使民盡迷惑也。”《呂氏春秋·大樂》：“爲聖人，故知一則明，明兩則狂。”

　　⑬ 園林：種植花木，兼有亭閣設施，以供人遊賞休息的場所。張翰《雜詩》：“暮春和氣應，白日照園林。”賈島《郊居即事》：“住此園林久，其如未是家。”　何處：哪里，什麼地方。《漢書·司馬遷傳》：“且勇者不必死節，怯夫慕義，何處不勉焉！”王昌齡《梁苑》：“萬乘旌旗何處在？平臺賓客有誰憐？”　風光：風景，景色。張渭《湖上對酒行》：“風光若此人不醉，參差辜負東園花。”蘇軾《追和子由去歲試舉人洛下所寄暴雨初晴樓上晚景詩五首》一：“秋後風光雨後山，滿城流水碧潺潺。”

[編年]

《年譜》編年本詩於"庚寅至甲午在江陵府所作其他詩"欄内,理由是:"第一首云:'水生低岸没。'第三首云:'柳堤遥認馬。'都是江陵風光。第三首云:'未免憶長安。'更是謫居口吻。"《編年箋注》編年:"此詩作於江陵時期。見下《譜》。"《年譜新編》編年本詩於"庚寅至甲午在江陵府所作其他詩"欄内,理由是:"其一云:'水生低岸没。'"

我們以爲,元稹一生中有二十年的時間在謫居中度過,"未免憶長安"不一定祇發生在江陵。其次,編年本詩於"庚寅至甲午在江陵府所作其他詩"欄内也過於籠統,首先詩題"遣春",又有"梅廳小珠連"、"梅心動已闌"、"梅徑誤尋春"的詩句,它應該是江陵地區春天的詩,其他季節都應該排除。再次,我們認爲本詩大致可以鎖定元和八年春天,理由是:詩中提及"遊花伴",在江陵,能够也可以擔當這一角色的最合適人選應該是李景儉,而李景儉元和七年離開江陵,從"失却遊花伴"的詩句來看,元和七年之前以及元和七年春天的歲月應該排除。而元和九年的春天,元稹前往潭州公幹,直到三月即將結束的時候才回到江陵。據此,本詩應該編年於元和八年的春天。

◎ 寺院新竹①

寶地琉璃坼⁽一⁾,紫苞琅玕踴②。亭亭巧於削,一一大如拱③。冰碧林外寒,峰巒眼前聳④。槎(斜斫木)枒矛戟合,屹仡(壯貌)龍蛇動⑤。烟泛翠光流,歲餘霜彩重⑥。風朝笋籟過⁽二⁾,雨夜鬼神恐⑦。佳色有鮮妍,修莖無臃腫⑧。節高迷玉鏃,籜綴疑花捧⑨。詎必太山根,本自仙壇種⑩!誰令植幽壤,復此依閑冗⑪?居然霄漢姿,坐受藩籬壅⁽三⁾⑫!噪集倦鷗鳥,炎昏繁蟻蠓⑬。未遭伶倫聽,非安子猷寵⑭。威鳳來有時，靈心豈無奉⁽四⁾⑮！

録自《元氏長慶集》卷三

［校記］

（一）寶地琉璃圻：叢刊本、宋蜀本、《古詩鏡·唐詩鏡》、《全詩》同，楊本作“寶地琉璃拆”，兩字相通，遵從原本，不改。《佩文齋廣群芳譜》作“寶地琉璃圻”，語義不佳，不從不改。

（二）風朝竿籟過：叢刊本、《佩文齋廣群芳譜》、《古詩鏡·唐詩鏡》、《全詩》同，楊本、《佩文齋詠物詩選》作“風朝竿籟過”，“竿”與“籟”兩字不相匹配，不從不改。

（三）坐受藩籬壅：楊本、叢刊本、《佩文齋廣群芳譜》、《古詩鏡·唐詩鏡》、《全詩》同，《佩文齋詠物詩選》作“坐愛藩籬壅”，語義不同，遵從原本，不改。

（四）靈心豈無奉：原本作“虛心豈無奉”，楊本、叢刊本、《古詩鏡·唐詩鏡》、《佩文齋廣群芳譜》、《佩文齋詠物詩選》、《全詩》同，據宋蜀本改。

［箋注］

①　寺院：佛寺的總稱。酈道元《水經注·谷水》：“其地是曹爽故宅，經始之日，於寺院西南隅得爽窟室，下入土可丈許。”盧綸《大梵山寺院奉呈趣上人趙中丞》：“漸欲休人事，僧房學閉關。伴魚浮水上，看鶴向林間。”　新竹：剛剛發芽破土但還没有長成的竹子。張籍《夏日閑居》：“無事門多閉，偏知夏日長。早蟬聲寂寞，新竹氣清凉。”劉禹錫《和宣武令狐相公郡齋對新竹》：“新竹翛翛韵曉風，隔囱依砌尚蒙籠。數間素壁初開後，一段清光入坐中。”《古詩鏡·唐詩鏡》評云：“亦自修聳。”修聳就是高高挺立的意思。謝靈運《山居賦》：“其竹則

二箭殊葉……既修竦而便娟,亦蕭森而蓊蔚。"録以備考。

② 寶地:佛地,多指佛寺。王融《出家順善篇頌》:"將安寶地,誰留化城?"杜甫《陪章留後惠義寺餞嘉州崔都督赴州》:"前驅入寶地,祖帳飄金繩。" 琉璃:指用鋁和鈉的矽酸化合物燒製成的釉料,常見的有緑色和金黄色兩種,多加在黏土的外層,燒製成缸、盆、磚瓦等。《西京雜記》卷二:"〔昭陽殿〕窗扉多是緑琉璃。"《新唐書•驃國傳》:"有百寺,琉璃爲甓,錯以金銀,丹彩紫鑛塗地,覆以錦罽,王居亦如之。" 坼:裂開,分裂。《淮南子•本經訓》:"天旱地坼。"杜甫《登岳陽樓》:"吴楚東南坼,乾坤日夜浮。" 苞:指植物外表的包皮。韓愈《新竹》:"筍添南階竹,日日成清閟。縹節已儲霜,黄苞猶掉翠。"元稹《古決絶詞三首》二:"水得風兮小而已波,筍在苞兮高不見節。" 琅玕:形容竹之青翠,亦指竹。杜甫《鄭駙馬宅宴洞中》:"主家陰洞細烟霧,留客夏簟青琅玕。"仇兆鰲注:"青琅玕,比竹簟之蒼翠。"梅堯臣《和公儀龍圖新居裁竹二首》二:"聞種琅玕向新第,翠光秋影上屏來。" 踊:引申爲向上升起,冒出。《顔氏家訓•歸心》:"人力所爲,尚能如此;何況神通感應,不可思量,千里寶幢,百由旬座,化成净土,踊出妙塔乎?"張元幹《望海潮•癸卯冬爲建守趙季西賦碧雲樓》:"城際踊層樓,正翠簾高捲,緑瑣低鉤。"

③ 亭亭:直立貌,獨立貌。劉楨《贈從弟三首》二:"亭亭山上松,瑟瑟谷中風。"歐陽修《鷺鷥》:"灘驚浪打風兼雨,獨立亭亭意愈閑。" 削:形容陡峭如經刀削一般。張衡《西京賦》:"上辯華以交紛,下刻陗其若削。"酈道元《水經注•河水》:"昆崙有銅柱焉!其高入天,所謂天柱也。圍三千里,圓周如削。" 一一:逐一,一個一個地。蘇頲《扈從鄠杜間奉呈刑部尚書舅崔黄門馬常侍》:"翠輦紅旗出帝京,長楊鄠杜昔知名。雲山一一看皆美,竹樹蕭蕭畫不成。"王維《黄雀痴》:"黄雀痴,黄雀痴,謂言青鷇是我兒。一一口銜食,養得成毛衣。" 拱:環繞,環衛。《吕氏春秋•有始》:"極星與天俱遊,而天樞不移。"高誘

注：“《語》曰：‘譬如北辰居其所，而衆星拱之。’”潘岳《藉田賦》：“若湛露之晞朝陽，似衆星之拱北辰也。”

④ 冰碧：義同“凝碧”，謂竹，竹經冬不凋，始終保持碧青之色，故稱。殷堯藩《竹》：“窗户盡蕭森，空階凝碧陰。不緣冰雪裏，爲識歲寒心。”元稹《和東川李相公慈竹十二韵》：“冰碧寒夜聳，簫韶風晝羅。” 寒：使寒冷。《孟子·告子》：“雖有天下易生之物也，一日暴之，十日寒之，未有能生者也。”韓愈《送窮文》：“凡此五鬼，爲吾五患，飢我寒我，興訛造訕。” 峰巒：連綿的山峰。杜甫《放船》：“青惜峰巒過，黄知橘柚來。”劉過《行香子·山水扇面》：“樹陰中、酒旗低懸。峰巒空翠，溪水青連。” 眼前：眼睛面前，跟前。沈約《和左丞庾杲之病》：“待漏終不溢，囂喧滿眼前。”杜甫《草堂》：“眼前列杻械，背後吹笙竽。” 聳：高起，矗立，生長。陶潛《和郭主簿二首》二：“陵岑聳逸峰，遙瞻皆奇絶。”孟郊《立德新居》：“立德何亭亭？西南聳高隅。”

⑤ 槎枒：亦作“槎牙”、“槎岈”，樹木枝杈歧出貌。王安石《虎圖》：“槎牙死樹鳴老烏，向之俯喙如哺雛。”謝逸《豫章別李元中宣德》：“老鳳垂頭噤不語，古木槎枒噪春鳥。” 矛戟：矛和戟，亦用以泛稱兵器。《詩·秦風·無衣》：“王于興師，修我矛戟，與子偕作。”元稹《酬樂天東南行詩一百韵》：“判身入矛戟，輕敵比錙銖。” 屹仡：挺拔雄勁貌。 屹：山勢高聳，亦泛指高聳、聳立貌。元傑《滇陽果業寺開東嶺洞谷銘序》：“雙巖屹以中斷，奔屏蹙而成室。”范成大《送李徽州赴湖北漕》：“明堂五雲上，一柱屹天極。” 仡：聳立，矗立。《詩·大雅·皇矣》：“崇墉仡仡。”高亨注：“仡仡，同屹屹，高聳貌。” 龍蛇：喻指植物屈曲的枝幹。孟雲卿《鄴城懷古》：“古樹藏龍蛇，荒茅伏狐兔。”元稹《松鶴》：“蹋動樛盤枝，龍蛇互跳躍。”

⑥ 翠光：翠緑色的光亮。楊巨源《衘魚翠鳥》：“有意蓮葉間，瞥然下高樹。擘破得金魚，一點翠光去。”許渾《題陸侍御林亭》：“寒樹雪晴紅艷吐，遠山雲曉翠光來。定知別後無多日，海柳江花次第開。”

歲餘：歲末。崔顥《江畔老人愁》：“老人此時尚少年，脱身走得投海邊。罷兵歲餘未敢出，去鄉三載方來旋。”皇甫冉《酬李司兵直夜見寄》：“江城聞鼓角，旅宿復何如？寒月此宵半，春風舊歲餘。” 霜彩：霜，霜的色彩。吴均《梅花落》：“流連逐霜彩，散漫下冰澌。”裴次元《律中應鍾》：“密葉翻霜彩，輕冰斂水容。望鴻南去絶，迎氣北來濃。”

⑦ 風朝：微風吹拂的清晨。白居易《秋題牡丹叢》：“晚叢白露夕，衰葉凉風朝。紅艷久已歇，碧芳今亦銷。”李商隱《流鶯》：“風朝露夜陰晴裏，萬户千門開閉時。曾苦傷春不忍聽，鳳城何處有花枝？”竽籟：竽和簫。《文選·宋玉〈高唐賦〉》：“纖條悲鳴，聲似竽籟。清濁相如，五變四會。感心動耳，迴腸傷氣。”吕向注：“竽，笙屬；籟，簫也。”杜甫《柟樹爲風雨所拔嘆》：“野客頻留懼雪霜，行人不過聽竽籟。” 雨夜：下雨的夜晚。韋應物《雨夜感懷》：“微雨灑高林，塵埃自蕭散。耿耿心未平，沈沈夜方半。”楊憑《巴江雨夜》：“五嶺天無雁，三巴客問津。紛紛輕漢暮，漠漠暗江春。” 鬼神：鬼與神的合稱。《禮記·仲尼燕居》：“鬼神得其饗，喪紀得其哀。”孔穎達疏：“鬼神得其饗者，謂天神人鬼各得其饗食也。”韓愈《原鬼》：“無聲與形者，鬼神是也。”

⑧ 佳色：妍麗的顏色，美麗的光彩。陶潛《飲酒二十首》七：“秋菊有佳色，裛露掇其英。”元稹《月三十韵》：“上弦何汲汲！佳色轉依依。” 鮮妍：鮮艷美好。元稹《遣晝》：“新菊媚鮮妍，短萍憐霡靡。掃除田地静，摘掇園蔬美。”白居易《惜牡李花》：“樹小花鮮妍，香繁條軟弱。高低二三尺，重疊千萬萼。” 修莖：細長的竿子。謝朓《紀功曹中園》：“蘭庭迎遠風，芳林接雲崿。傾葉順清飆，修莖佇高鶴。”温庭筠《春盡與友人入裴氏林采漁竿》：“歷尋嬋娟節，剪破蒼筤根。地閉修莖孤，林振餘籜翻。” 臃腫：形容物體粗大笨重。何遜《夜夢故人》：“已如臃腫木，復似飄飄蓬。”梅堯臣《和江鄰幾詠雪二十韵》：“庭槐高臃腫，屋蓋素模胡。”

3186

⑨ 節高：即高節，高聳的竹竿。竹有節，故稱。方干《方著作畫竹》："疊葉與高節，俱從毫末生。"寒山《詩三百三首》八四："行密節高霜下竹，方知不枉用心神。"　玉鏃：玉質的箭頭，喻新竹。濮陽瓘《出籠鶻》："玉鏃分花袖，金鈴出綵籠……一點青霄裏，千聲碧落中。"籜：竹笋皮，包在新竹外面的皮葉，竹長成逐漸脱落，俗稱笋殼。《文選·謝靈運〈于南山往北山經湖中瞻眺詩〉》："初篁苞綠籜，新蒲含紫茸。"李善注引服虔《漢書》注："籜，竹皮也。"孫光憲《浣溪紗》八："粉籜半開新竹徑，紅苞盡落舊桃蹊。"　綴：縫合，連綴。《禮記·内則》："衣裳綻裂，紉箴請補綴。"《戰國策·秦策》："於是，乃廢文任武，厚養死士，綴甲厲兵，效勝於戰場。"姚宏注："綴，連也。"　花捧：義近"捧花"，簇擁著花朵。崔道融《鑾駕東回》："兩川花捧御衣香，萬歲山呼輦路長。天子還從馬嵬過，别無惆悵似明皇。"獨孤及《仙掌銘》："大都亭亭，高聳霞袯。烟噴雲抱，花捧百神。"

⑩ 詎：副詞，表示反詰，相當於"豈"、"難道"。《莊子·齊物論》："雖然，嘗試言之，庸詎知吾所謂知之非不知邪？庸詎知吾所謂不知之非知邪？"陶潛《讀山海經十三首》一〇："徒設在昔心，良辰詎可待？"　太山：即泰山，山名。《孟子·梁惠王》："挾太山以超北海，語人曰，'我不能。'是誠不能也。"張九齡《奉和聖製經孔子舊宅》："孔門太山下，不見登封時。徒有先王法，今爲明主思。"　根：植物生長於土中或水中吸收營養的部分。《管子·水地》："〔水〕集於草木，根得其度，華得其數，實得其量。"曹植《七步詩》："本是同根生，相煎何太急？"　本自：本來就，一向是。《樂府詩集·焦仲卿妻》："昔作女兒時，生小出野里。本自無教訓，兼愧貴家子。"孟郊《嬋娟篇》："夜半姮娥朝太一，人間本自無靈匹。"　仙壇：指仙人住處。元結《登九疑第二峰》："九疑第二峰，其上有仙壇。"劉滄《經麻姑山》："山頂白雲千萬片，時聞鸞鶴下仙壇。"　種：植物的種子。《漢書·溝洫志》："如此，數郡種不得下。"顏師古注："種，五穀之子也。"方干《題盛會新亭》：

"偶嘗嘉果求枝去,因得名花寄種來。"

⑪ "誰令植幽壤"兩句:詩人在這裏發泄自己長期被拋擲荒僻之地,授予幽閑之職的怨恨。　幽壤:猶地下,九泉之下,或指人迹不到之處。元稹《諭寶》:"鏌鎁無人淬,兩刃幽壤鐵。"宋庠《醜石》:"磊落離幽壤,沈潛莫記年。支機形迥出,蘊玉勢相連。"　閑冗:指閑散的官職。蔡邕《巴郡太守謝版》:"今月丁丑,一章自聞,乞閑冗,抱關執籥。不意録符銀青,授任千里。"《北齊書·李元忠傳》:"〔元忠〕常布言於執事云:'年漸遲暮,志力已衰……乞在閑冗,以養餘年。'"

⑫ 居然:竟,竟然,表示出乎意料。王勃《忽夢遊仙》:"僕本江上客,牽迹在方内。瘣寐霄漢間,居然有靈對。"裴度《涼風亭睡覺》:"滿空亂雪花相似,何事居然無賞心?"　霄漢:喻遙遠,高遠。杜甫《送陵州路使君之任》:"霄漢瞻佳士,泥塗任此身。"仇兆鰲注:"霄漢泥塗,彼此懸隔矣!"王安石《致仕虞部曲江譚君挽辭》:"它日白衣霄漢志,暮年朱紱水雲身。"　姿:容貌,姿態。宋玉《神女賦》:"上古既無,世所未見,瑰姿瑋態,不可勝贊。"白居易《簡簡吟》:"殊姿異態不可狀,忽忽轉動如有光。"　坐受:白白地承受。韓愈《論變鹽法事宜狀》:"臣以爲鹽商納榷,爲官糶鹽,子父相承,坐受厚利,比之百姓,實則校優。"白居易《秋居書懷》:"丈室可容身,斗儲可充腹。況無治道術,坐受官家禄。"　藩籬:指用竹木編成的籬笆或栅欄。《國語·吳語》:"孤用親聽命於藩籬之外。"韋昭注:"藩籬,壁落。"賈誼《過秦論》:"楚師深入,戰於鴻門,曾無藩籬之難。"　雍:堵塞,阻擋。《左傳·成公十二年》:"交贄往來,道路無雍。"梅堯臣《得山雨》:"山根水雍壑,漫竅若注壺。"

⑬ 噪:蟲鳥喧叫。王嘉《拾遺記·魯僖公》:"僖公十四年,晉文公焚林以求介子推。有白鴉繞烟而噪,或集子推之側,火不能焚。"梅堯臣《依韵和達觀師聞蟬》:"飲餘晨露吸餘風,噪遍高枝爲俗聾。"集:鳥栖止於樹。《詩·唐風·鴇羽》:"肅肅鴇羽,集於苞栩。"毛傳:

“集,止。”禰衡《鸚鵡賦》:“飛不妄集,翔必擇林。”　鴟:鳶屬,鶹鷹。
李時珍《本草綱目·鴟》:“鴟似鷹而稍小,其尾如舵。極善高翔,專捉
雞雀。”《詩·大雅·瞻卬》:“懿厥哲婦,爲梟爲鴟。”韓愈《祭馬僕射
文》:“鳩鳴雀乳,不見梟鴟。”　烏:鳥名,烏鴉,又稱“老鵠”、“老鴉”。
李百藥《秋晚登古城》:“日落征途遠,悵然臨古城。頹墉寒雀集,荒堞
晚烏驚。”張九齡《與弟遊家園》:“定省榮君賜,來歸是晝遊。林烏飛
舊里,園果釀新秋。”　炎昏:炎熱的黃昏。元稹《含風夕》:“炎昏倦煩
久,逮此含風夕。夏服稍輕清,秋堂已岑寂。”元稹《遣病十首》八:“炎
昏豈不倦,時去聊自驚。浩嘆終一夕,空堂天欲明。”　蠓蠓:蟲名,身
體微細,將雨,群飛塞路。《文選·揚雄〈甘泉賦〉》:“歷倒景而絕飛梁
兮,浮蠓蠓而撇天。”李善注引孫炎《爾雅》注:“蠓蠓,蟲小於蚊。”《宋
史·樂志》:“以聲言之,大而至於雷霆,細而至於蠓蠓,無非聲也。”

　⑭　伶倫:傳說爲黃帝時的樂官,古以爲樂律的創始者。《呂氏春
秋·古樂》:“昔黃帝令伶倫作爲律。”也作樂人或戲曲演員的代稱。
沈既濟《任氏傳》:“某,秦人也,生長秦城,家本伶倫。”《舊唐書·德宗
紀論》:“解鷹犬而放伶倫,止榷酤而絕貢奉。”　子猷:晉代王徽之的
字,王羲之之子,性愛竹,曾說:“何可一日無此君!”居會稽時,雪夜泛
舟剡溪訪戴逵,至其門不入而返,人問其故,則曰:“本乘興而行,興盡
而返,何必見戴!”李白《尋陽送弟》:“尋陽非剡水,忽見子猷船。”梅堯
臣《次韵和王景彝十四日冒雪晚歸》:“子猷多興憐飛雪,向晚歸時又
見飄。”

　⑮　威鳳:瑞鳥,舊說鳳有威儀,故稱。《漢書·宣帝紀》:“九真獻
奇獸,南郡獲白虎威鳳爲寶。”顏師古注引晉灼曰:“鳳之有威儀者也,
與《尚書》‘鳳皇來儀’同意。”《宋書·符瑞志》:“元康四年,南郡獲威
鳳。”　有時:有時候,表示間或不定。《周禮·考工記序》:“天有時以
生,有時以殺;草木有時以生,有時以死。”張喬《滕王閣》:“疊浪有時
有,閑雲無日無。”謂有如願之時。李白《行路難三首》一:“長風破浪

會有時,直挂雲帆濟滄海。"劉雲《婕好怨》:"秋扇尚有時,妾身永微賤!" 靈心:神靈的心意。《宋書·樂志》:"顧靈心,結皇恩。"聰慧的心靈。楊無咎《卜算子》:"誰識靈心一點通?手撚空無語。" 奉:進獻。《周禮·地官·大司徒》:"祀五帝,奉牛牲。"鄭玄注:"奉,猶進也。"劉餗《隋唐嘉話》卷中:"太宗將致櫻桃於鄶公,稱'奉'則以尊,言'賜'又以卑,乃問之虞監,曰:'昔梁武帝遺齊巴陵王稱"餉"。'遂從之。"

[編年]

《年譜》編年本詩於"庚寅至甲午在江陵府所作其他詩"欄内,理由是:"陳《箋》第五章云:'《元氏長慶集》第三卷諸詩,其詞句之可考見者,多是微之在江陵之作品。'卞孝萱案:陳寅恪考證尚欠精確。《松鶴》是江陵作,《競渡》、《寺院新竹》無具體地名。"既然如此,《年譜》爲何仍然編年本詩於"庚寅至甲午在江陵府所作其他詩"欄内,《年譜》則語焉不詳,"王顧左右而言它",作出高深莫測之態。《編年箋注》編年:"《寺院新竹》⋯⋯作於元和五年(八一〇)至元和九年(八一四),元稹時在江陵府士曹參軍任。詳卞《譜》。"《年譜新編》亦編年本詩於"庚寅至甲午在江陵府所作其他詩"欄内,没有説明理由。

我們以爲,本詩雖然没有具體地名,但詩題《寺院新竹》與《松鶴》中的"渚宫本坳下,佛廟有臺閣"一一切合,應該是作於同一時期,亦即江陵時期。本詩云:"烟泛翠光流,歲餘霜彩重⋯⋯噪集倦鷗烏,炎昏繁蟻蠓。""炎昏"是炎熱的黄昏,"蟻蠓"是活躍在夏季的小蟲,故本詩應該作於春夏之間。據此,元和五年春天元稹還没有到達江陵,可以排除。元和九年春天,元稹前往潭州拜訪張正甫,也可以排除。在餘下的三年中,元和六年春天元稹的女兒保子需要照料,元和七年春天剛剛分娩不久的小妾安仙嬪同樣需要照料,都不是元稹獨自外出遊覽的時候。因此,本詩應該作於元和八年的春夏之間。

◎ 奉和賓容州①

　明公莫訝容州遠,一路瀟湘景氣濃②。斑竹初成二妃廟,碧蓮遙聳九疑峰③。禁林聞道長傾鳳⁽一⁾,池水那能久滯龍④? 自嘆風波去無極,不知何日又相逢⑤?

錄自《元氏長慶集》卷一八

[校記]

　(一)禁林聞道長傾鳳:楊本、叢刊本、《全詩》、《粵西詩載》同,《記纂淵海》作"禁林聞得長栖鳳",語義相類,不改。

[箋注]

　① 奉和:謂撰寫詩詞與別人相唱和,古代文人之間常見的禮儀。如楊炯有《奉和上元酺宴應詔》,詩云:"仰德還符日,霑恩更似春。襄城非牧豎,楚國有巴人。"鄭愔有《奉和幸上官昭容院獻詩四首》詩,其一云:"地軸樓居遠,天台閫路賒。何如遊帝宅,即此對仙家。"耿湋有《奉和第五相公登鄱陽郡城西樓》詩,云:"家貧仍受賜,身老未酬恩。屬和瑤華曲,堪將繫組綸。"本詩的賓群原唱已經散失。　賓容州:即賓群,容州是容管經略使的簡稱。貞元十八年(802)因韋夏卿的薦舉,賓群被徵爲左拾遺,元和三年遷爲御史中丞,出爲黔州觀察使,六年貶爲開州刺史,八年授容管經略使,次年召還京城,在途中病故。與兄常、牟、弟庠、鞏均有詩名。韋夏卿是元稹的岳丈,而元稹與賓鞏的友情尤爲深厚。元稹兩年以後,亦即元和十年出貶通州司馬途中另有《褒城驛二首》,其中第一首就是追念賓群的:"容州詩句在褒城,幾度經過眼漸明。今日重看滿衫泪,可憐名字已前生。"　容州:府治

3191

今廣西北流，杜佑《通典》卷一八四："容州（今理北流縣）：秦屬象郡，二漢屬合浦郡，隋爲合浦、永平二郡地，大唐平蕭銑後，置銅州，貞觀八年改銅州爲容州（州有容山）。或爲普寧郡州（南去三十餘里有兩石相對，狀如關門，闊三十步，俗號鬼門關。漢伏波將軍馬援討林邑蠻，徑路由此，立碑，石龜尚在。昔時往交趾皆由於，此關其南尤多瘴癘，去者罕得生還，諺云：'鬼門關，十人去，九不還。'）領縣六：北流、普寧、陵城、渭龍、羅竇、欣道。"劉長卿《贈元容州》："擁旌臨合浦，上印卧長沙。海徼長無成，湘山獨種畬。"郎士元《送崔侍御往容州宣慰》："秦原獨立望湘川，擊隼南飛向楚天。奉詔不言空問俗，清時因得訪遺賢。"

②　明公：舊時對有名位者的尊稱。《東觀漢記·鄧禹傳》："明公雖建蕃輔之功，猶恐無所成立。"元稹《酬李六醉後見寄口號》："明公將有問，林下是靈龜。"　訝：這裏作驚詫，疑怪。庾信《小園賦》："龜言此地之寒，鶴訝今年之雪。"顧況《寄淮上柳十三》："葦蕭中辟户，相映綠淮流。莫訝春潮闊，鷗邊可泊舟。"　一路：一條道路。王充《論衡·是應》："太平之時，豈更爲男女各作道哉？不更作道，一路而行，安得異乎？"司空圖《狂題十八首》一七："莫道太行同一路，大都安穩屬閑人。"這裏指竇群從開州刺史任前往容管經略使任所。《舊唐書·竇群傳》："（元和）六年九月，貶開州刺史。在郡二年，改容州刺史、容管經略觀察使。九年，詔還朝，至衡州病卒，時年五十。"開州，"開州（今理盛山縣）秦、二漢屬巴郡，晉、宋以來並屬巴東郡，後周爲同安郡，隋廢之，以屬巴東郡。大唐置開州，或爲盛山郡，領縣三：盛山、萬歲、新浦。"從開州府治盛山前往容管經略使治所容州，先走長江水道，應該路過江陵。　瀟湘：湘江與瀟水的並稱，多借指今湖南地區。杜甫《去蜀》："五載客蜀郡，一年居梓州。如何關塞阻，轉作瀟湘遊？"尹懋《同燕公汎洞庭》："風光漸漸草中飄，日彩熒熒水上搖。幸奏瀟湘雲壑意，山傍容與動仙橈。"　景氣：景色，景象。杜審言《泛

舟送鄭卿入京》：“酒助歡娛洽，風催景氣新。”崔興宗《留別王維》：“駐馬欲分襟，清寒御溝上。前山景氣佳，獨往還惆悵。”

③斑竹：一種莖上有紫褐色斑點的竹子，也叫湘妃竹。張華《博物志》卷八：“堯之二女，舜之二妃，曰湘夫人，帝崩，二妃啼，以涕揮竹，竹盡斑。”杜甫《奉先劉少府新畫山水障歌》：“不見湘妃鼓瑟時，至今斑竹臨江活。”韓翃《送故人赴江陵尋庾牧》：“主人持節拜荊州，走馬應從一路遊。斑竹岡連山雨暗，枇杷門向楚天秋。”　二妃：這裏指傳說中舜之妻娥皇、女英，死後成爲湘水之神。劉向《列女傳·有虞二妃》：“有虞二妃者，帝堯之二女也。長娥皇，次女英……舜既嗣位升爲天子，娥皇爲后，女英爲妃，封象於有庳，事瞽瞍猶若初焉！天下稱二妃。”韓愈《祭湘君夫人文》：“以清酌之奠，敢昭告於湘君、湘夫人二妃之神。”楊巨源《酬裴舍人見寄》：“誰道重遷是舊班？自將霄漢比鄉關。二妃樓下宜臨水，五老祠西好看山。”　碧蓮：原指綠荷，這裏比喻蒼翠挺拔的山峰。李宣古《和主司王起》：“何處新詩添照灼？碧蓮峰下柳間營。”吳融《上巳日花下閑看》：“十里香塵撲馬飛，碧蓮峰下踏青時。”　九疑：山名，在湖南甯遠縣南。《山海經·海內經》：“南方蒼梧之丘，蒼梧之淵，其中有九嶷山，舜之所葬，在長沙零陵界中。”郭璞注：“其山九溪皆相似，故云‘九疑’。”《史記·五帝本紀》：“〔舜〕葬於江南九疑，是爲零陵。”李涉《寄荆娘寫真》：“蒼梧九疑在何處？斑斑竹淚連瀟湘。”韓愈《八月十五夜贈張功曹》：“洞庭連天九疑高，蛟龍出沒猩鼯號。十生九死到官所，幽居默默如藏逃。”

④“禁林聞道長傾鳳”兩句：意謂雖然朝廷處理官員之時，不會討巧的正直之人常常不得重用，但在外州他府的您，肯定難以施展才能，奉詔回京的日子我相信就在眼前。　禁林：皇家園林。班固《西都賦》：“命荆州使起鳥，詔梁野而驅獸，毛群內闐，飛羽上覆，接翼側足，集禁林而屯聚。”何遜《九日侍宴樂游苑》：“禁林終宴晚，華池物色曛。”　聞道：聽說。張說《送梁六自洞庭山作》：“巴陵一望洞庭秋，日

見孤峰水上浮。聞道神仙不可接，心隨湖水共悠悠。"杜甫《秋興八首》四："聞道長安似弈棋，百年世事不勝悲。王侯第宅皆新主，文武衣冠異昔時。" 傾：這裏指傾向於，偏向。杜甫《自京赴奉先縣詠懷五百字》："葵藿傾太陽，物性固難奪。"元稹《大觜烏》："鸚鵡言語好，光儀美人傾。心獻雕籠身，自持求者臨。" 鳳：原指傳說中的神鳥，雄的叫鳳，雌的叫凰。通稱為鳳或鳳凰，古代也比喻有聖德的人。《論語·微子》："鳳兮鳳兮，何德之衰也。"邢昺疏："知孔子有聖德，故比孔子於鳳。"但這裏是指那些沒有才幹却又佔據高位的庸才，這個"鳳"應該是打引號的。 池水：容水有限的水池之水。張說《湘州北亭》："人務南亭少，風烟北院多。山花迷徑路，池水拂藤蘿。"杜甫《答楊梓州》："悶到房公池水頭，坐逢楊子鎮東州。却向青溪不相見，迴船應載阿戎遊。"本詩借喻出貶寶群的外州他府。 龍：原指傳說中的一種神異動物，身長，形如蛇，有鱗爪，能興雲降雨，為水族之長，常常借喻指人君。杜甫《哀王孫》："豺狼在邑龍在野，王孫善保千金軀。"仇兆鰲注："豺狼指祿山，龍指玄宗。"後來常常比喻才俊之士。劉義慶《世說新語·德行》："荀使叔慈應門，慈明行酒，餘六龍下食。"劉孝標注引張璠《漢紀》："淑有八子：儉、緄、靖、燾、汪、爽、肅、敷。淑居西豪里，縣令苑康曰，'昔高陽氏有才子八人'，遂署其里為高陽里，時人號曰八龍。"這裏意指寶群，他兄弟雖然沒有八人，但也有五人，更主要的是寶群兄弟五人也才華超人，與"八龍"情況頗為類似。

⑤ 自嘆：自己感嘆自己。宋之問《別之望後獨宿藍田山莊》："鶺鴒有舊曲，調苦不成歌。自嘆兄弟少，常嗟離別多。"韋應物《贈王侍御》："上陽秋晚蕭蕭雨，洛水寒來夜夜聲。自嘆猶為折腰吏，可憐驄馬路傍行。" 風波：這裏比喻政治糾紛或社會亂子。鮑溶《行路難》："入宮見妒君不察，莫入此地生風波！"元稹《酬友封話舊叙懷十二韵》："風波千里別，書信二年稀。乍見悲兼喜，猶驚是與非。" 無極：無窮盡，無邊際。《左傳·僖公二十四年》："女德無極，女怨無終。"枚

乘《七發》：“太子方富于年，意者久耽安樂，日夜無極。”　何日：哪一天，什麼時候。劉禹錫《漢壽城春望》：“華表半空經霹靂，碑文纔見滿埃塵。不知何日東瀛變，此地還成要路津？”元稹《別嶺南熊判官》“桐花新雨氣，梨葉晚春晴。到海知何日？風波從此生。”　相逢：彼此遇見，雙雙會見。韓愈《答張徹》：“及去事戎轡，相逢宴軍伶。”王易簡《水龍吟》：“看明璫素襪，相逢憔悴，當應被，熏風誤。”詩人盼望與竇群的再度重逢，但嚴酷的事實却是：元稹此後再也沒有見到竇群，竇群第二年，亦即元和九年就病故於自容州召回京城的途中。

［編年］

　　《年譜》編年本詩於元和八年，有譜文“四月，竇群改邕容經略使。由開州赴容州，途經江陵，元稹與竇群相會”的説明。《編年箋注》編年云：“元和八年（八一三）竇群由開州刺史改容管經略使，由開州赴容州，途經江陵，與元稹唱和。原唱已佚。元稹此詩作於同時。見下《譜》。”《年譜新編》亦編年元和八年四月，以本詩和《舊唐書·憲宗紀》爲理由。

　　我們以爲，有《舊唐書·憲宗紀》：“（元和八年）夏四月癸未朔，乙酉，以邕管經略使房啓爲桂管觀察使，以開州刺史竇群爲邕管經略使。”雖然“乙酉”祇是四月初三，但那是朝廷發佈詔命的日子，等到詔書傳遞到開州開讀，竇群謝恩動身啓程，一路東來，到達江陵，時間應該在四月下旬或者五月上旬之間。而元稹與竇群逗留數日也在情理之中，從“不知何日又相逢”的語氣來看，本詩應該是最後分別時的唱和之篇，因此斷言“四月”是不合式的，是以現在的通訊條件想像古代的郵傳速度，是以現在的交通條件推測古代人們的行進速度。我們以爲，本詩應該作於元和八年五月或者稍前數天。

◎ 與史館韓郎中書^{(一)①}

郎中退之足下^(二)：積與前襄州文學掾甄逢遊善^(三)，逢即故刑部員外郎濟之子^(四)。濟天寶中隱於衛之青巖山，採訪使苗公等五人皆以狀薦，凡十徵不起，末以左拾遺就拜之②。

適值祿山朝奏京師^(五)，懇於上前，求爲賓介，玄宗可其奏。祿山還至衛縣，遣太守鄭遵意詣山致命^(六)，輒行信宿以俟之③。甄生懼及其難，俛首從事。至天寶十二載，祿山反狀潛兆，慮不得脫^(七)，乃僞瘖其口^(八)，復隱青巖④。逾年而祿山叛，即日遣偏節度使蔡希德緘刃逼召，且曰："或不可強，斬首來徇！"既而甄生噤閉無言，延頸承刃，氣和色定，若甘心然。希德義而捨之，祿山亦終不能致。慶緒繼逆，擄而囚之於東都安國觀⑤。

代宗復洛，甄生臥匡床詣元帥府，至則號標自治^(九)。代宗爲之動色，遂命傳置長安⑥。肅宗高其行，因授館於三司治所，令從賊官囚慚拜之。受污者莫不俯伏仰嘆，恨不即死於其地⑦。

且夫辨所從於居易之時^(一〇)，堅直操於利仁之世^(一一)，而猶褊淺選儒者之所不爲，蓋怵人之心難，而害己之避深也。況乎天下亂矣！王澤竭矣⑧！夫死忠者不必顯，從亂者不必誅，而能眷眷本朝^(一二)，甘心白刃，難矣哉！是以理平則爲公爲卿^(一三)，爲鴻爲鷺，世變爲蛇爲豕^(一四)，爲鏡爲梟者，十恒八九焉^{(一五)⑨}！

若甄生冕弁不加於其身，祿食不進於其口，於天寶末蓋

3196

青巖之一男子耳[一六]！及亂則延頸受刃，分死不回，不以不必顯而廢忠，不以不必誅而從亂[10]。參合古今之士，蓋百一焉[一七]！稹常讀注記，缺而未書[一八]，謹備所聞，蓋欲執事者編此義烈，以永永於來世耳[一九][11]！

子逢始生之歲，顏太師[二〇]、崔太傅皆爲歌詩，以美賢者之有後，且序甄生之本末云[二一][12]。及逢既長，耕先人舊田於襄之宜城[二二]，讀書爲文，不詣州里。歲饉則力穡節用，以給足親族。歲穰則施餘於其鄰里鄉黨之不能自持者[二三]，前後斥家財排患難於朋友者數四，由是以義聞。襄之守狀爲文學，始就羈於吏職[二四][13]。

稹聞風既久，因與之游。逢每冤其父之名不在於史，將欲抱所冤詣京師[二五]，告訴於司史氏，蓋行有日矣[14]！以愚料之：甄子僕短馬瘦[二六]，言約行孤[二七]，得不爲驕閹之所排訶[二八]，則權力者遲疑以臨之[二九]，固無自而入矣[15]！因曉甄生以無自入之勢，且告以執事者辱與稹游，願得所冤之狀告，甄生厚相信待，由是輒行[16]。既而自思，滓賤之中，猶願貢所聞於執事，得非愚且僭耶？然而誚笑之暇[三〇]，幸垂察焉！不宣，元稹再拜[三一][17]。

録自《元氏長慶集》卷二九

[校記]

（一）與史館韓郎中書：原本作"與史館韓侍郎書"，楊本、叢刊本、《文章辨體彙選》《全文》同，《舊唐書·韓愈傳》："執政覽其文而憐之，以其有史才，改比部郎中、史館修撰。踰歲轉考功郎中、知制誥，拜中書舍人。俄有不悅愈者，摭其舊事，言愈前左降爲江陵掾曹，荆南節度使裴均館之頗厚，均子鍔凡鄙，近者鍔還省父，愈爲序餞鍔，仍呼其字。此論喧於朝列，坐是改太子右庶子。元和十二年八月，宰臣裴度爲淮西宣慰處置使兼彰義軍節度使，請愈爲行軍司馬，仍賜金紫。淮蔡平，十二月隨度還朝，以功授刑部侍郎。仍詔愈撰《平淮西碑》，其辭多叙裴度事。時先入蔡州擒吳元濟，李愬功第一，愬不平之，愬妻出入禁中，因訴碑辭不實，詔令磨愈文，憲宗命翰林學士段文昌重撰文勒石。鳳翔法門寺有護國真身塔，塔內有釋迦文佛指骨一節，其書本傳法：三十年一開，開則歲豐人泰。十四年正月，上令中使杜英奇押宮人三十人，持香花赴臨皋驛迎佛骨，自光順門入大內，留禁中三日，乃送諸寺。王公士庶奔走捨施，唯恐在後。百姓有廢業破產燒頂灼臂而求供養者，愈素不喜佛，上疏諫曰……疏奏，憲宗怒甚……乃貶爲潮州刺史……（元和）十五年，徵爲國子祭酒，轉兵部侍郎……改吏部侍郎，轉京兆尹兼御史大夫……長慶四年十二月卒，時年五十七，贈禮部尚書，謚曰文。"據《舊唐書·穆宗紀》，平定淮西在元和十二年十月十一月間，韓愈升任"刑部侍郎"應該在元和十二年"十二月"。又據《舊唐書·穆宗紀》："（長慶元年）秋七月乙未朔……庚申……以國子祭酒韓愈爲兵部侍郎。"韓愈升任"兵部侍郎"應該在長慶元年七月。無論韓愈任職"兵部侍郎"或"刑部侍郎"，都與將甄逢父子的事迹載入國史風馬牛不相及。而元稹本文撰作於元和八年夏天，韓愈當時既没有任職"兵部侍郎"，也没有任職"刑部侍郎"，而正在"比部郎中、史館修撰"任上，因此元稹才根據韓愈"史館修撰"的職責，特地向韓愈提出將甄逢父子的事迹載入國史的要求。《唐文粹》作"與史館韓愈郎中書"，《五百家注昌黎文集》作"元稹與史館韓郎中書"，下有補注："元和八年正月乙亥，以愈爲比部郎中、史館修撰。"甚是，《古文淵鑒》作"與韓愈書"，也是。據盧校、《英華》以及《五百家注昌黎文集》補注改"侍郎"爲"郎中"。

（二）郎中退之足下：原本作"侍郎退之足下"，楊本、叢刊本、《文章辨體彙選》、《全文》同，據《五百家注昌黎文集》、《英華》、《唐文粹》、《古文淵鑒》改。

（三）積與前襄州文學掾甄逢遊善：楊本、叢刊本、《文章辨體彙選》、《全文》同，《五百家注昌黎文集》、《英華》作"積前與襄州文學掾甄逢遊善"，《唐文粹》、《古文淵鑒》作"某與前襄州文學掾甄逢遊善"，各備一說，不改。

（四）逢即故刑部員外郎濟之子：《五百家注昌黎文集》、楊本、叢刊本、《文章辨體彙選》、《全文》同，《唐文粹》、《古文淵鑒》作"逢，故刑部員外郎濟之子"，各備一說，不改。《英華》作"逢，故刑部郎中濟之子"，據《舊唐書·甄濟傳》，不可取。

（五）適值祿山朝奏京師：《五百家注昌黎文集》、楊本、叢刊本、《文章辨體彙選》、《全文》同，《英華》、《唐文粹》、《古文淵鑒》作"適祿山朝奏京城"，各備一說，不改。

（六）遣太守鄭遵意詣山致命：楊本、叢刊本、《五百家注昌黎文集》、《文章辨體彙選》、《全文》同，《英華》、《唐文粹》、《古文淵鑒》作"遣太守鄭遵意詣山中致命"，各備一說，不改。

（七）甄生懼及其難，俛首從事。至天寶十二載，祿山反狀潜兆，慮不得脱：楊本、叢刊本、《文章辨體彙選》同，《五百家注昌黎文集》、《英華》、《全文》作"甄生懼其難免，俛首從事。至天寶十二載，祿山反狀潜兆，慮不得脱"，《唐文粹》、《古文淵鑒》作"甄生慮不得免"，各備一說，不改。

（八）乃佯瘖其口：《五百家注昌黎文集》、楊本、叢刊本、《文章辨體彙選》、《全文》同，《英華》作"乃佯喑其口"，《唐文粹》、《古文淵鑒》作"乃佯瘖其音"，各備一說，不改。

（九）至則號摽自治：《五百家注昌黎文集》、楊本、叢刊本、《文章辨體彙選》、《全文》同，《英華》、《唐文粹》、《古文淵鑒》作"至則號撲自治"，各備一說，不改。

（一〇）**且夫辨所從於居易之時**：叢刊本、《五百家注昌黎文集》、《英華》、《唐文粹》、《文章辨體彙選》、《古文淵鑒》、《全文》同，楊本誤作"且大辨所從於居易之時"，不從不改。

（一一）**堅直操於利仁之世**：楊本、叢刊本、《文章辨體彙選》、《唐文粹》、《古文淵鑒》同，《五百家注昌黎文集》作"堅直操於利亡之世"，《英華》作"堅直操於利人之際"，《全文》作"堅直操於利仁之際"，各備一說，不改。

（一二）**而能眷眷本朝**：原本作"而眷眷本朝"，《五百家注昌黎文集》、楊本、叢刊本、《文章辨體彙選》同，《唐文粹》、《古文淵鑒》作"而日眷眷本朝"，據《英華》、《全文》補。

（一三）**是以理平則爲公爲卿**：楊本、叢刊本、《五百家注昌黎文集》同，《英華》、《唐文粹》、《古文淵鑒》、《文章辨體彙選》、《全文》作"是以治平則爲公爲卿"，各備一說，不改。

（一四）**世變則爲蛇爲豕**：原本作"世變爲蛇爲豕"，楊本、叢刊本同，據《五百家注昌黎文集》、《英華》、《唐文粹》、《古文淵鑒》、《文章辨體彙選》、《全文》補。

（一五）**十恒八九焉**：楊本、叢刊本、《英華》、《文章辨體彙選》、《全文》同，《唐文粹》、《古文淵鑒》作"十常八九焉"，《五百家注昌黎文集》作"十嘗八九焉"，各備一說，不改。

（一六）**於天寶末蓋青巖之一男子耳**：原本作"於天寶蓋青巖之一男子耳"，楊本、叢刊本、《五百家注昌黎文集》同，據《英華》、《唐文粹》、《古文淵鑒》、《文章辨體彙選》、《全文》補。

（一七）**蓋百一焉**：楊本、叢刊本、《五百家注昌黎文集》、《全文》同，《英華》、《唐文粹》、《古文淵鑒》、《文章辨體彙選》作"蓋萬一焉"，各備一說，不改。

（一八）**缺而未書**：叢刊本、《五百家注昌黎文集》、《英華》、《唐文粹》、《古文淵鑒》、《文章辨體彙選》、《全文》同，楊本誤作"缺面未書"，不從不改。

（一九）以永永於來世耳：楊本、叢刊本、《五百家注昌黎文集》、《唐文粹》、《古文淵鑒》、《文章辨體彙選》、《全文》同，《英華》作“以蒸蒸於來世耳”，各備一説，不改。

（二〇）顏太師：楊本、叢刊本、《五百家注昌黎文集》、《文章辨體彙選》、《全文》同，《英華》、《唐文粹》、《古文淵鑒》作“顏太保”，各備一説，不改。

（二一）且序甄生之本末云：楊本、叢刊本、《全文》同，《五百家注昌黎文集》作“且序甄之本末云”，《唐文粹》、《古文淵鑒》作“且序甄生之本末”，《文章辨體彙選》作“且序平生之本末云”，《英華》作“且述甄生之本末云”，各備一説，不改。

（二二）耕先人舊田於襄之宜城：楊本、叢刊本、《唐文粹》、《文章辨體彙選》、《古文淵鑒》、《全文》同，《五百家注昌黎文集》、《英華》作“耕先人之舊田於襄之宜城”，各備一説，不改。

（二三）歲穰則施餘於其鄰里鄉黨之不能自持者：楊本、叢刊本、《五百家注昌黎文集》、《唐文粹》、《文章辨體彙選》、《古文淵鑒》同，《英華》、《全文》作“歲穰則施餘於鄰里鄉黨之不能自持者”，各備一説，不改。

（二四）始就羈於吏職：楊本、叢刊本、《五百家注昌黎文集》、《唐文粹》、《文章辨體彙選》、《古文淵鑒》、《全文》同，《英華》作“始就羈爲吏職”，各備一説，不改。

（二五）將欲抱所冤詣京師：楊本、叢刊本、《五百家注昌黎文集》、《唐文粹》、《文章辨體彙選》、《古文淵鑒》、《全文》同，《英華》作“將欲抱所冤詣彼京師”，各備一説，不改。

（二六）甄子僕短馬瘦：楊本、叢刊本、《全文》同，《五百家注昌黎文集》、《英華》作“甄子僕短馬疲”，《唐文粹》、《古文淵鑒》作“甄生僕短馬疲”，《文章辨體彙選》作“甄生僕短馬瘦”，各備一説，不改。

（二七）言約行孤：原本作“言簡行孤”，楊本、叢刊本、《五百家注昌黎文集》、《英華》、《文章辨體彙選》、《全文》同，據《唐文粹》、《古文淵鑒》改。

（二八）得不爲驕闇之所排訶：楊本、叢刊本、《五百家注昌黎文集》、《文章辨體彙選》、《全文》同，《英華》、《唐文粹》、《古文淵鑒》作“將不爲驕闇之所排”，各備一説，不改。

（二九）則權力者遲疑誕以臨之：原本作“則權力者遲疑誕以臨之”，楊本、叢刊本、《五百家注昌黎文集》、《英華》、《文章辨體彙選》、《全文》同，據《唐文粹》、《古文淵鑒》改。

（三〇）然而誚笑之暇：楊本、叢刊本、《五百家注昌黎文集》、《唐文粹》、《文章辨體彙選》、《古文淵鑒》、《全文》同，《英華》作“誚笑之下”，各備一説，不改。

（三一）不宣，元稹再拜：原本無，楊本、叢刊本、《五百家注昌黎文集》、《文章辨體彙選》同，《唐文粹》、《古文淵鑒》、《全文》作“不宣，某再拜”，各備一説，據《英華》補。

［箋注］

① 與史館韓郎中書：愛新覺羅·玄燁《御製文》：“（元稹）《與韓愈書》，闡幽之言，足扶名教。” 史館：官修史書的官署名，北齊時設立，唐太宗時始由宰相兼領，以後沿爲定制。韓愈《唐故秘書少監贈絳州刺史獨孤府君墓誌銘》：“二年，兼職史館。”《宋史·神宗紀》：“（元豐四年）詔曾鞏充史館修撰，專典史事。”韓愈《答元侍御書》是對本文最直接的反應：“九月五日，愈頓首微之足下：前歲辱書，論甄逢父濟識安禄山必反，即詐爲瘖棄去。禄山反，有名號，又逼致之，濟死執不起，卒不污禄山父子事。又論逢知讀書，刻身立行，勤己取足，不干州縣，斥其餘以救人之急。足下繇是與之交，欲令逢父子名迹存諸史氏。足下以抗直喜立事，斥不得立朝，失所不自悔，喜事益堅，微之

乎！真安而樂之者！謹詳足下所論載，校之史法，若濟者，固當得附書。今逢又能行身，幸於方州大臣以標白其先人事，載之天下耳目。徹之天子，追爵其父第四品，赫然驚人，逢與其父俱當得書矣！濟、逢父子自吾人發，《春秋》美君子樂道人之善，夫苟能樂道人之善，則天下皆去惡爲善，善人得其所，其功實大，足下與濟父子俱宜牽聯得書。足下勉逢令終始其躬，而足下年尚强，嗣德有繼，將大書特書，屢書不一書而已也。愈既承命，又執筆以俟。愈再拜。"由於元稹的極力舉薦和韓愈的公道主持，甄濟父子的事迹得以刊登史籍，《舊唐書·甄濟傳》："甄濟，字孟成，中山無極人，家於衞州。少孤，天寶中隱居衞州青岩山，人伏其操行，約不畋漁。採訪使安禄山表薦之，授試大理評事，充范陽郡節度掌書記。天寶末，安禄山有異志，謀以智免。衞縣令齊玘，誠信可托，乃求使至衞，具以誠告。弟愔密求羊血以爲備，至夜僞嘔血，疾不能支，遂昇歸。及禄山反，使僞節度使蔡希德領行戮者李揿等二人，封刀来召：'察濟詐不起，即就戮之！'濟以左手書云：'去不得！'李揿持刀而前，濟引首以待。希德歔欷嗟嘆之，曰：'李揿退！'以實病報禄山。後安慶緒亦使人至縣，强昇至東都安國觀。經月餘，代宗收東京，濟起詣軍門上謁，乃送上都。肅宗館之於三司，使令受僞命官瞻望，以愧其心。授秘書郎，轉太子舍人。寶應初，拜刑部員外郎。魏少遊奏授著作郎、兼侍御史，終於襄州。元和中襄州節度使袁滋奏其節行，詔曰：'符風樹節，謂之立名。歿加褒贈，所以誘善。故朝散大夫、秘書省著作郎、兼侍御史甄濟，早以文雅見稱於時，嘗因辟召，亦佐戎府。而能保堅貞之正性，不履危機；覩逆亂之潛萌，不從脅污。義聲可傳於竹帛，顯贈未賁於松楸。藩方所陳，允叶彝典，追加命秩，以獎忠魂。可贈秘書少監。'"《新唐書·甄濟傳》叙述大致與《舊唐書·元稹傳》相同。　韓郎中：即韓愈，其生平事迹《舊唐書·韓愈傳》、《新唐書·韓愈傳》以及有關史書載之甚明，今僅舉《新唐書·韓愈傳》之記載，以便於讀者進一步瞭解韓愈之爲人以及韓愈與元積之間諸多親密無間的關係，全文如下："韓愈字退之，鄧州南陽人。七世祖茂，有功於後魏，封安定王。父仲卿，為武昌令，有美政，既去，縣人刻石頌德，終秘書郎。愈生三歲而孤，隨伯兄會貶官嶺表，會卒，嫂鄭鞠之。愈自知讀書，日記數千百言。比長，盡能通《六經》、百家學，擢進士第。會董晉為宣武節度使，表署觀察推官。晉卒，愈從喪出，不四日，汴軍亂，乃去依武寧節度使張建封，建封辟府推官。操行堅正，鯁言無所忌。調四門博士，遷監察御史。上疏極論宮市，德宗怒，貶陽山令。有愛在民，民生子多以其姓字之。改江陵法曹參軍，元和初權知國子博士，分司東都，三歲為真。改都官員外郎，即拜河南令，遷職方員外郎。華陰令柳澗有罪，前刺史劾奏之，未報而刺史罷。澗諷百姓遮索軍頓役直，後刺史惡之，按其獄，貶澗房州司馬。愈過華，以為刺史陰相黨，上疏治之。既御史覆問，得澗贓，再貶封溪尉，愈坐是復為博士。既才高數黜，官又下遷，乃作《進學解》以自喻，曰：'國子先生晨入太學，召諸生立館下，誨之曰："業精於勤，荒於嬉；行成於思，毀於隨。方今聖賢相逢，治具畢張，拔去兇邪，登崇畯良。占小善者率以錄，名一藝者無不庸。爬羅剔抉，刮垢磨光。蓋有幸而獲選，孰云多而不揚？諸生業患不能精，無患有司之不明；行患不能成，無患有司之不公……"言未既，有笑於列者曰："先生欺予哉！弟子事先生於茲有年矣！先生口不絕吟於六藝之文，手不停披於百家之編，記事者必提其要，纂言者必鉤其玄。貪多務得，細大不捐。燒膏油以繼晷，常矻矻以窮年。先生之業，可謂勤矣！觝排異端，攘斥佛、老，補苴罅漏，張皇幽眇。尋墜緒之芒芒，獨旁搜而遠紹。停百川而東之，回狂瀾於既倒。先生之於儒，可謂有勞矣！沈浸醲郁，含英咀華。作為文章，其書滿家。上規姚姒，渾渾亡涯。周《誥》商《盤》，佶屈聱牙。《春秋》謹嚴，《左氏》浮夸。《易》奇而法，《詩》正而葩。下迨《莊》《騷》，太史所錄，子雲、相如，同工異曲。先生之於文，可謂閎其中而肆其外矣！少始知學，勇於敢為。長通於方，

左右具宜。先生之於爲人，可謂成矣！然而公不見信於人，私不見助
於友。跋前躓後，動輒得咎。暫爲御史，遂竄南夷。三年博士，冗不
見治。命與仇謀，取敗幾時？冬暖而兒號寒，年豐而妻啼饑。頭童齒
豁，竟死何裨？不知慮此，而反教人爲？"先生曰："吁！子來前！夫大
木爲杗，細木爲桷，欂櫨侏儒，椳闑扂楔，各得其宜，施以成室，匠氏之
工也。玉札丹砂，赤箭青芝，牛溲馬勃，敗鼓之皮，俱收並蓄，待用無
遺者，醫師之良也。登明選公，雜進巧拙，紆餘爲妍，卓犖爲傑，校短
量長，唯器是適者，宰相之方也。昔者孟軻好辯，孔道以明，轍環天
下，卒老於行。荀卿宗王，大倫以興，逃讒於楚，廢死蘭陵，是二儒者，
吐詞爲經，舉足爲法，絕類離倫，優入聖域，其遇於世何如也？今先生
學雖勤而不繇其統，言雖多而不要其中，文雖奇而不濟於用，行雖修
而不顯於衆。猶且月費奉錢，歲靡稟粟，子不知耕，婦不知織，乘馬從
徒，安坐而食；踵常塗之促促，窺陳編以盜竊。然而聖主不加誅，宰臣
不見斥，茲非其幸歟？動而得謗，名亦隨之。投閑置散，乃分之宜。
若夫商財賄之有無，計班資之崇庳，忘己之所稱，指前人之瑕疵，是
所謂詰匠氏之不以杙爲楹，而訾醫師以昌陽引年，欲進其豨苓也。"'
執政覽之，奇其才，改比部郎中、史館修撰，轉考功，知制誥，進中書舍
人。初，憲宗將平蔡，命御史中丞裴度使諸軍按視，及還，且言賊可
滅，與宰相議不合。愈亦奏言：'淮西連年修器械防守，金帛糧畜耗於
給賞，執兵之卒四向侵掠，農夫織婦餉於其後，得不償費。比聞畜馬
皆上槽櫪，此譬有十夫之力，自朝抵夕，跳躍叫呼，勢不支久，必自委
頓。當其已衰，三尺童子可制其命。況以三州殘弊困劇之餘，而當天
下全力，其敗可立而待也。然未可知者，在陛下斷與不斷耳！夫兵不
多不足以取勝，必勝之師利在速戰，兵多而戰不速，則所費必廣。疆
場之上，日相攻劫，近賊州縣，賦役百端，小遇水旱，百姓愁苦。方此
時，人人異議以惑陛下，陛下持之不堅，半塗而罷，傷威損費，爲弊必
深。所要先決於心，詳度本末，事至不惑，乃可圖功。'又言：'諸道兵

羈旅單弱不足用，而界賊州縣百姓，習戰鬥，知賊深淺，若募以內軍，教不三月，一切可用。'又欲'四道置兵，道率三萬，畜力伺利，一日俱縱，則蔡首尾不救，可以責功。'執政不喜，會有人詆愈在江陵時爲裴均所厚，均子鍔素無狀，愈爲文章，字命鍔，謗語囂暴，由是改太子右庶子。及度以宰相節度彰義軍，宣慰淮西，奏愈行軍司馬。愈請乘遽先入汴，說韓弘使叶力。元濟平，遷刑部侍郎。憲宗遣使者往鳳翔迎佛骨，入禁中三日，乃送佛祠。王公士人奔走膜唄，至於夷法灼體膚，委珍貝，騰沓係路。愈聞惡之，乃上表曰：'佛者，夷狄之一法耳！自後漢時始流入中國，上古未嘗有也。昔黄帝在位百年，年百一十歲；少昊在位八十年，年百歲；顓頊在位七十九年，年九十八歲；帝嚳在位七十年，年百五歲；帝堯在位九十八年，年百一十八歲；帝舜在位及禹年，皆百歲。此時天下太平，百姓安樂壽考，然而中國未有佛也。其後，湯亦年百歲，湯孫太戊在位七十五年，武丁在位五十年，書史不言其壽，推其年數，蓋亦不減百歲。周文王年九十七歲，武王年九十三歲，穆王在位百年。此時佛法亦未至中國，非因事佛而致然也。漢明帝時始有佛法，明帝在位纔十八年！其後，亂亡相繼，運祚不長。宋、齊、梁、陳、元魏以下，事佛漸謹，年代尤促。唯梁武帝在位四十八年，前後三度捨身施佛，宗廟祭不用牲牢，晝日一食，止於菜果，後爲侯景所逼，餓死臺城，國亦尋滅。事佛求福，乃更得禍。由此觀之，佛不足信，亦可知矣！高祖始受隋禪，則議除之。當時群臣識見不遠，不能深究先王之道、古今之宜，推闡聖明，以救斯弊，其事遂止，臣常恨焉！伏惟睿聖文武皇帝陛下，神聖英武，數千百年以来未有倫比。即位之初，即不許度人爲僧尼、道士，又不許別立寺觀。臣當時以爲，高祖之志，必行於陛下。今縱未能即行，豈可恣之令盛也？今陛下令群僧迎佛骨於鳳翔，御樓以觀，舁入大內，又令諸寺遞迎供養。臣雖至愚，必知陛下不惑於佛，作此崇奉以祈福祥也。直以年豐人樂，徇人之心，爲京都士庶設詭異之觀、戲玩之具耳！安有聖明若此，而肯信此等事哉？然百姓愚冥，易惑難曉，苟見陛下如此，將謂真心信佛，皆云：天子大聖，猶一心敬信，百姓微賤，於佛豈合更惜身命？以至灼頂燔指，十百爲群，解衣散錢，自朝至暮，轉相放效，唯恐後時，老幼奔波，棄其生業。若不即加禁遏，更歷諸寺，必有斷臂臠身以爲供養者。傷風敗俗，傳笑四方，非細事也。佛本夷狄之人，與中國言語不通，衣服殊製，口不道先王之法言，身不服先王之法服，不知君臣之義、父子之情。假如其身尚在，奉其國命，来朝京師，陛下容而接之，不過宣政一見，禮賓一設，賜衣一襲，衛而出之於境，不令貳於衆也。況其身死已久，枯朽之骨，凶穢之餘，豈宜以入宮禁？孔子曰："敬鬼神而遠之。"古之諸侯，弔於其國，必令巫祝先以桃茢祓除不祥，然後進弔。今無故取朽穢之物，親臨觀之，巫祝不先，桃茢不用，群臣不言其非，御史不舉其失，臣實恥之。乞以此骨付之水火，永絕根本，斷天下之疑，絕前代之惑。使天下之人，知大聖人之所作爲，出於尋常萬萬也，豈不盛哉！豈不快哉！佛如有靈，能作禍祟，凡有殃咎，宜加臣身。上天鑒臨，臣不怨悔。'表入，帝大怒，持示宰相，將抵以死。裴度、崔群曰：'愈言訐牾，罪之誠宜。然非内懷至忠，安能及此？願少寬假，以來諫爭！'帝曰：'愈言我奉佛太過，猶可容；至謂東漢奉佛以後，天子咸夭促，言何乖刺耶？愈，人臣，狂妄敢爾，固不可赦！'於是中外駭懼，雖戚里諸貴，亦爲愈言，乃貶潮州刺史。既至潮，以表哀謝曰：'臣以狂妄戇愚，不識禮度，陳佛骨事，言涉不恭，正名定罪，萬死莫塞。陛下哀臣愚忠，恕臣狂直，謂言雖可罪，心亦無它，特屈刑章，以臣爲潮州刺史。既免刑誅，又獲禄食。聖恩寬大，天地莫量。破腦刳心，豈足爲謝！臣所領州，在廣府極東，過海口，下惡水，濤瀧壯猛，難計期程，颶風鰐魚，患禍不測。州南近界，漲海連天，毒霧瘴氛，日疾發作。臣少多病，年纔五十，髮白齒落，理不久長。加以罪犯至重，所處遠惡，憂惶慚悸，死亡無日。單立一身，朝無親黨，居蠻夷之地，與魑魅同群，苟非陛下哀而念之，誰肯爲臣言者？臣受性愚陋，人事多所不通，

惟酷好學問文章，未嘗一日暫廢，實爲時輩所見推許。臣於當時之
文，亦未有過人者。至於論述陛下功德，與《詩》《書》相表裏，作爲歌
詩，薦之郊廟，紀太山之封，鏤白玉之牒，鋪張對天之宏休，揚屬無前
之偉迹，編於《詩》《書》之策而無愧，措於天地之間而無虧，雖使古人
復生，臣未肯讓。伏以皇唐受命有天下，四海之内，莫不臣妾，南北東
西，地各萬里。自天寶以後，政治少懈，文致未優，武尅不剛，孽臣奸
隸，蠹居棋處，搖毒自防，外順内悖，父死子代，以祖以孫，如古諸侯，
自擅其地，不朝不貢，六七十年。四聖傳序，以至陛下。陛下即位以
來，躬親聽斷，旋乾轉坤，關機闔開，雷厲風飛，日月清照，天戈所麾，
無不從順。宜定樂章，以告神明，東巡泰山，奏功皇天，具著顯庸，明
示得意，使永永年服我成烈。當此之際，所謂千載一時不可逢之嘉
會，而臣負罪嬰釁，自拘海島，戚戚嗟嗟，日與死迫，曾不得奏薄伎於
從官之内、隸御之間，窮思畢精，以贖前過。懷痛窮天，死不閉目，伏
惟陛下天地父母哀而憐之。'帝得表，頗感悔，欲復用之，持示宰相曰：
'愈前所論，是大愛朕，然不當言天子事佛乃年促耳！'皇甫鎛素忌愈
直，即奏言：'愈終狂疏，可且内移。'乃改袁州刺史。初，愈至潮州，問
民疾苦，皆曰：'惡溪有鱷魚，食民畜產且盡，民以是窮。'數日，愈自往
視之，令其屬秦濟以一羊一豚投谿水而祝之曰：'昔先王既有天下，迺
山澤，罔繩擉刃以除蟲蛇惡物爲民物害者，驅而出之四海之外。及德
薄，不能遠有，則江、漢之間，尚皆棄之以與蠻夷楚、越，況湖、嶺之間
去京師萬里哉？鱷魚之涵淹卵育於此，亦固其所。今天子嗣唐位，神
聖慈武四海之外、六合之内，皆撫而有之，況禹迹所揜！揚州之近地，
刺史縣令之所治，出貢賦以供天地、宗廟、百神之祀之壤者哉？鱷魚
其不可與刺史雜處此土也。刺史受天子命，守此土，治此民，而鱷魚
睅然不安谿潭，據處食民畜熊豕鹿麞以肥其身，以種其子孫，與刺史
拒爭爲長雄。刺史雖駑弱，亦安肯爲鱷魚低首下心，伈伈睍睍，爲吏
民羞，以偷活於此也？且承天子命來爲吏，固其勢不得不與鱷魚辨。

鱷魚有知，其聽刺史。潮之州，大海在其南，鯨鵬之大，蝦蟹之細，無不容歸，以生以食，鱷魚朝發而夕至也。今與鱷魚約："盡三日，其率醜類南徙於海，以避天子之命吏。三日不能，至五日；五日不能，至七日；七日不能，是終不肯徙也。是不有刺史，聽從其言也。不然，則是鱷魚冥頑不靈，刺史雖有言，不聞不知也。夫傲天子之命吏，不聽其言，不徙以避之，與冥頑不靈而爲民物害者，皆可殺！刺史則選材技民，操強弓毒矢，以與鱷魚從事，必盡殺乃止，其無悔！"祝之夕，暴風震電起谿中，數日水盡涸，西徙六十里，自是潮無鱷魚患。袁人以男女爲隸，過期不贖，則沒入之。愈至，悉計庸得贖所沒，歸之父母七百餘人。因與約，禁其爲隸。召拜國子祭酒，轉兵部侍郎。鎮州亂，殺田弘正而立王庭湊，詔愈宣撫。既行，衆皆危之，元積言：'韓愈可惜！'穆宗亦悔，詔愈度事從宜，無必入。愈至，庭湊嚴兵迓之，甲士陳廷。既坐，庭湊曰：'所以紛紛者，乃此士卒也。'愈大聲曰：'天子以公爲有將帥材，故賜以節，豈意同賊反耶……'語未終，士前奮曰：'先太師爲國擊朱滔，血衣猶在，此軍何負，乃以爲賊乎？'愈曰：'以爲爾不記先太師也，若猶記之，固善！天寶以來，安祿山、史思明、李希烈等有子若孫在乎？亦有居官者乎？'衆曰：'無。'愈曰：'田公以魏、博六州歸朝廷，官中書令，父子受旗節，劉悟、李祐皆大鎮，此爾軍所共聞也。'衆曰：'弘正刻，故此軍不安。'愈曰：'然爾曹亦害田公，又殘其家矣！復何道？'衆譁曰：'善！'庭湊慮衆變，疾麾使去，因曰：'今欲庭湊何所爲？'愈曰：'神策六軍將如牛元翼者爲不乏，但朝廷顧大體，不可棄之。公久圍之，何也？'庭湊曰：'即出之！'愈曰：'若爾，則無事矣！'會元翼亦潰圍出，庭湊不追。愈歸奏其語，帝大悅，轉吏部侍郎。時宰相李逢吉惡李紳，欲逐之，遂以愈爲京兆尹，兼御史大夫，特詔不臺參。而除紳中丞，紳果劾奏愈，愈以詔自解。其後文刺紛然，宰相以臺、府不協，遂罷愈爲兵部侍郎，而出紳江西觀察使。紳見帝，得留，愈亦復爲吏部侍郎。長慶四年卒，年五十七，贈禮部尚書，諡曰文。

愈性明鋭，不詭隨。與人交，始終不少變。成就後進士，往往知名。經愈指授，皆稱‘韓門弟子’。愈官顯，稍謝遣。凡内外親若交友無後者，爲嫁遣孤女而卹其家。嫂鄭喪，爲服期以報。每言文章自漢司馬相如、太史公、劉向、揚雄後，作者不世出，故愈深探本元，卓然樹立，成一家言。其《原道》、《原性》、《師説》等數十篇，皆奧衍閎深，與孟軻、揚雄相表裏而佐佑《六經》云。至它文造端置辭，要爲不襲蹈前人者。然惟愈爲之，沛然若有餘，至其徒李翱、李漢、皇甫湜從而效之，遽不及遠甚。從愈游者，若孟郊、張籍，亦皆自名於時。”除本文所示，元稹爲甄濟父子事不顯於國史而與韓愈互致書信之外，元稹與韓愈相識還有另一個因素，那就是韓愈與元稹在長安的住宅都在靖安里，爲同坊鄰居，他們早就應該相識；又如韓愈元和四年爲元稹亡妻韋叢撰作墓誌銘等等即是其中的兩個例子；還如長慶年間，元稹爲冒險深入河朔叛鎮宣諭朝廷之旨的韓愈擔憂，公然在唐穆宗面前直言：“韓愈可惜！”是第三個例子。

②　郎中：《舊唐書·職官志》：“尚書左右諸司郎中（武德令：吏部郎中，正四品上。諸司郎中，正五品上。貞觀二年，並改爲從五品上也）。”張子容《贈司勛蕭郎中》：“作相開黄閣，爲郎奏赤墀。君臣道合體，父子貴同時。”楊浚《贈李郎中》：“仙郎早朝退，直省卧南軒。院竹自成賞，階庭寂不喧。”　退之：韓愈的字。韋執中《陪韓退之寶貼周同尋劉尊師不遇得師字》：“早尚逍遥境，常懷汗漫期。星郎同訪道，羽客杳何之？”張署《贈韓退之》：“九疑峰畔二江前，戀闕思鄉日抵年。白簡趨朝曾並命，蒼梧左宦一聯翩。”　足下：古代下稱上或同輩相稱的敬詞。《韓非子·難》：“今足下雖强，未若知氏；韓魏雖弱，未至如其在晉陽之下也。”韓愈《與孟東野書》：“與足下别久矣！以吾心之思足下，知足下懸懸於吾也。”　掾：官府中佐助官吏的通稱。元稹《竹部》：“我來荆門掾，寓食公堂肉。豈惟遍妻孥，亦以及僮僕。”白居易《初除户曹喜而言志》：“詔授户曹掾，捧詔感君恩。感恩非爲己，禄養

及吾親。”　遊善：相交相善。范純仁《朝請大夫宋君墓誌銘》：“安公晚居洛陽，與名公、賢士大夫遊善。”程俱《朝議大夫郭公宜人周氏墓誌銘》：“後二十餘年，公子三益慎求以承議郎令武進，而余官毗陵市，相與遊善也。”　隱：隱居。《易·乾》：“龍德而隱者也。”孔穎達疏：“聖人有龍德隱居者也。”王讜《唐語林·德行》：“文中子隋末隱於白牛溪，著《王氏六經》。”　青巖山：山名，在衛州，在今河南省新鄉市、汲縣一帶。《資治通鑑》卷二二〇：“青巖山：《五代志》，汲郡，隋興縣，有倉巖山。隋興縣，唐時當省入汲縣。”《歷代通鑑輯覽》卷五六：“青巖山：在衛輝府淇縣西南，亦曰蒼峪山。”　採訪使：官名，唐開元二十一年分全國爲十五道，每道置採訪處置使，簡稱採訪使，掌管檢查刑獄和監察州縣官吏。乾元以後，各地兵起，廢採訪使而置防禦使。韓愈《河南少尹裴君墓誌銘》：“大父曠，御史中丞、京畿採訪使。”亦省作“採訪”。李肇《唐國史補》卷下：“開元已前，有事於外則命使臣，否則止。自置八節度、十採訪，始有坐而爲使，其後名號益廣。”　苗公：即苗晉卿，時任採訪處置使。《新唐書·甄濟傳》：“採訪使苗晉卿表之，諸府五辟，詔十至，堅臥不起。”　徵：徵召，徵聘，多指君召臣。《左傳·僖公十六年》：“王以戎難告於齊，齊徵諸侯而戍周。”康駢《劇談錄·李鄴侯救竇庭芝》：“鄴侯自南嶽徵迴，至行在，便爲宰相。”　拜：授官，封爵。《漢書·爰盎傳》：“上拜盎爲泰常，竇嬰爲大將軍。”曾鞏《高驪世次》：“長興三年，權知國事王建，遣使朝貢，明宗拜爲王。”

③ 禄山：即安禄山，天寶年間與史思明發動安史之亂，對李唐政局造成致命的衝擊。杜甫《漁陽》：“禄山北築雄武城，舊防敗走歸其營。繫書請問燕耆舊，今日何須丨萬兵！”元稹《連昌宮詞》：“明年十月東都破，御路猶存禄山過。驅令供頓不敢藏，萬姓無聲淚潛墮。”玄宗可其奏：《五百家注昌黎文集·元稹與史館韓郎中書》：“孫曰：授濟大理評事，充范陽節度掌書記。”　賓介：賓，賢賓；介，賢賓之次，多

偏指賢賓。《儀禮·鄉飲酒禮》：“主人就先生而謀賓介。”鄭玄注：“賓介，處士賢者……賢者爲賓，其次爲介，又其次爲衆賓。”《新唐書·裴胄傳》：“是時武臣多粗暴庸人，待賓介不以禮。” 致命：傳達言辭、使命。《史記·項羽本紀》：“項王使人致命懷王。”李公佐《南柯太守傳》：“槐安國王遣小臣致命奉邀。” 信宿：連宿兩夜。《詩·豳風·九罭》：“公歸不復，於女信宿。”毛傳：“再宿曰信；宿，猶處也。”謂兩三日。《後漢書·蔡邕傳論》：“董卓一旦入朝，辟書先下，分明枉結，信宿三遷。”李賢注：“謂三日之間，位歷三臺也。”蕭穎士《舟中遇陸棣兄西歸》：“信宿千里餘，佳期曷由遇？” 俟：等待。《書·金縢》：“爾之許我，我其以璧與珪，歸俟爾命。”孔傳：“待命當以事神。”韓愈《寄盧仝》：“嗟我身爲赤縣令，操權不用欲何俟！”

④ 俛首：低頭，常用於表示恭順、伏罪、羞怍、沉思等情狀。《戰國策·趙策》：“馮忌接手俛首，欲言而不敢。”牛僧孺《齊推女》：“老人俛首良久，曰：‘足下誠懇如是，吾亦何所隱焉！’” 從事：指任職。韓愈《張中丞傳後序》：“愈嘗從事於汴徐二府，屢道於兩州間。”猶周旋。韓愈《鱷魚文》：“刺史則選材技吏民，操強弓毒矢，以與鱷魚從事，必盡殺乃止。” 反狀：謀反的情況。因亮《顏魯公行狀》：“（乾元）二年六月，拜昇州刺史，充浙江西道節度使，兼宋亳都防禦使。劉展反狀已露，公慮其侵軼江南，乃選將訓卒，緝器械，爲水陸戰備。”《新唐書·李峴傳》：“楊國忠使客騫昂、何盈摘安禄山陰事，諷京兆捕其第，得安岱、李方來等與禄山反狀，縊殺之。” 潛：秘密，暗中。《荀子·議兵》：“窺敵觀變，欲潛以深，欲伍以參。”吳曾《能改齋漫録·記文》：“蜀公先成，破題云：‘制動以静，善勝不争。’景文見之，於是不復出其所作，潛於袖中毀之。” 兆：徵兆。《荀子·王制》：“相陰陽，占祲兆。”楊倞注：“兆，萌兆，謂望其雲物，知歲之吉凶也。”《新唐書·李淳風傳》：“其兆既成，已在宫中。又四十年而王，王而夷唐子孫且盡。”偽：僞裝，假裝。《左傳·文公十三年》：“乃使魏壽餘僞以魏叛者，以

誘士會。”韓愈《唐故國子司業竇公墓誌銘》：“公視從史益驕不遜，僞疾經年，輦歸東都。”　瘖：同“喑”，嗓子啞，不能出聲，失音。《史記·扁鵲倉公列傳》：“臣意謂之病苦逆風，三歲四支不能自用，使人瘖，瘖即死。”司馬貞索隱：“瘖者，失音也。”《新唐書·王績傳》：“子光瘖，未嘗交語，與對酌酒歡甚。”

　　⑤逾年：謂時間超過一年。韓愈《唐故贈絳州刺史馬府君行狀》：“夫人滎陽鄭氏……有賢行，侍君疾，逾年不下堂。”一年以後，第二年。文瑩《玉壺清話》卷二：“〔朱昂〕敭歷清貴三十年，晚以工部侍郎懇求歸江陵，逾年方允。”　蔡希德：安祿山的部將。《舊唐書·玄宗紀》：“(天寶)十五載春正月……壬戌，賊將蔡希德陷常山郡，執太守顏杲卿、長史袁履謙，殺民吏萬餘，城中流血……(至德二載)九月丁丑，上黨節度使程千里與賊挑戰，爲賊將蔡希德所擒。”顏真卿《李公神道碑銘》：“史思明既有河北之地，與蔡希德悉衆來攻，累月不克而退。公自賊逼城，於東南角張帳次居止，竟不省視妻子，每過府門，未嘗回顧。”　逼召：強迫前往。《資治通鑑》卷一四三：“初，慧景欲交處士何點，點不顧，及圍建康，逼召點，點往赴其軍。”《山西通志·柳彧傳》：“還至晉陽，爲漢王諒使所逼召入城。而諒反形已露，彧度不得免，遂詐中惡不食，自稱危篤。”　徇：宣示於衆。《左傳·僖公二十八年》：“殺顛頡以徇於師。”《新唐書·吳元濟傳》：“帝御興安門受俘，群臣稱賀，以元濟獻廟社，徇於市斬之。”　噤閉：閉口不做聲。劉向《九嘆·思古》：“心嬋媛而無告兮，口噤閉而不言。”陸機《吊魏武帝文》：“迄在茲而蒙昧，慮噤閉而無端。”　延頸：伸長頭頸。《列子·湯問》：“延頸承刃，披胸受矢。”《三國志·諸葛恪傳》：“恪每出入，百姓延頸，思見其狀。”　安國觀：觀名，在東都洛陽。劉禹錫《經東都安國觀九仙公主舊院作》：“仙院御溝東，今來事不同。門開青草日，樓閉綠楊風。”盧尚書《題東都安國觀》：“夕照紗窗起暗塵，青松繞殿不知春。君看白首誦經者，半是宮中歌舞人。”

⑥ 代宗復洛：事見《舊唐書·代宗紀》：“代宗睿文孝武皇帝諱豫，肅宗長子，母曰章敬皇太后吳氏，以開元十四年十二月十三日生於東都上陽宮，初名俶，年十五封廣平王，玄宗諸孫百餘，上爲嫡皇孫，宇量弘深，寬而能斷，喜懼不形於色，仁孝溫恭，動必由禮，幼而好學，尤專《禮》、《易》，玄宗鍾愛之。禄山之亂，京城陷賊，從肅宗搜兵靈武，以上爲天下兵馬元帥……東趨虢洛，新店之役，一戰大捷，慶緒之黨，十殲七八。數旬之間，河南底定，兩都恢復。” 匡床：安適的床，一說方正的床。《商君書·畫策》：“人主處匡床之上，聽絲竹之聲，而天下治。”劉禹錫《傷往賦》：“坐匡床兮撫嬰兒，何所匄沐兮！何從仰飴！” 號：哭，大聲哭。《易·夬》：“上六，無號，終有凶。”孔穎達疏：“君子道長，小人必凶，非號咷所免，故禁其號咷，曰：無號，終有凶也。”《列子·黄帝》：“帝登假，百姓號之，二百餘年不輟。” 摽：捶胸，擊。《詩·邶風·柏舟》：“靜言思之，寤辟有摽。”毛傳：“摽，拊心貌。”馬瑞辰通釋：“《説文》、《廣雅》竝曰：摽，擊也。”李白《大獵賦》：“夫何神挟鬼摽之駭人也！” 自治：自行反省。《史記·陳涉世家》：“諸將徇地，至，令之不是者，繫而罪之，以苛察爲忠，其所不善者，弗下吏，輒自治之。”李綱《上道君太上皇帝》：“杜牧所謂上策莫如自治，而以浪戰爲最下策者，誠爲知言。” 傳置：驛站。《漢書·文帝紀》：“太僕見馬遺財足，餘皆以給傳置。”顏師古注：“置者，置傳驛之所，因名置也。”王先謙補注引宋祁云：“傳，傳舍；置，廄置。”本文指驛站轉運。元稹《李立則知鹽鐵東都留後》：“敕李立則：國有移用之職曰轉運使，每歲傳置貨賄於京師。”

⑦ 高：尊崇，推崇。《晏子春秋·問》：“高勇而賤仁。”柳宗元《處士段弘古墓誌》：“高氣節，尚道藝。” 授館：爲賓客安排行館。《周禮·秋官·環人》：“掌送逆邦國之通賓客……舍則授館。”劉禹錫《機汲記》：“予謫居之明年，主人授館於百雉之內。” 三司：指三公。《後漢書·順帝紀》：“今刺史、二千石之選，歸任三司。”李賢注：“三司，三

公也，即太尉、司空、司徒也。”張説《和麗妃神道碑銘》：“故坐而論教，則位比三司；動而具瞻，則儀型六列者矣！”唐以御史大夫、中書、門下爲三司，主理刑獄。《新唐書·百官志》：“凡冤而無告者，三司詰之。三司，謂御史大夫、中書、門下也。”　官囚：視爲官如囚徒一般痛苦。黄庭堅《四休居士詩》：“富貴何時潤髑髏？守錢奴與抱官囚。太醫診得人間病，安樂延年萬事休。”陸游《謁告歸卧晚登子城》：“此身真是抱官囚，厭見長空赤日流。粉壁曉山千嶂雪，扇紈新雁一汀秋。”本文指犯有投靠安禄山、史思明嚴重過失正在被追究的官吏。　俯伏：俯首伏地，多表示恐懼屈服或極端崇敬。賈誼《新書·階級》：“吏民嘗俯伏以敬畏之矣！”谷神子《博異志·陰隱客》：“至一大門，勢侔樓閣，門有數人俯伏而候。”　仰嘆：仰天嘆息。韋應物《春宵燕萬年吉少府中孚南舘》：“賓筵接時彦，樂燕凌芳歲。稍愛清觴滿，仰嘆高文麗。”薛能《褒城驛有故元相公舊題詩因仰嘆而作》：“鄂相頃題應好池，題云萬竹與千梨。我來已變當初地，前過應無繼此詩。”

⑧ 且夫：猶況且，承接上文，表示更進一層的語氣詞。《左傳·隱公三年》：“且夫賤妨貴，少陵長，遠間親，新間舊，小加大，淫破義，所謂六逆也。”《文心雕龍·養氣》：“且夫思有利鈍，時有通塞。”　所從：所向，所往。李正辭《賦得白雲起封中》：“豈學無心出？東西任所從。”吳筠《遊廬山五老峰》：“雲外聽猿鳥，烟中見杉松。自然符幽情，瀟灑愜所從。”　居易：猶平安，平易，處於平常情況。《禮記·中庸》：“君子居易以俟命，小人行險以徼幸。”鄭玄注：“易，猶平安也。”《晉書·劉頌傳》：“今人主能恒居易執要以御其下，然後人臣功罪形于成敗之徵，無逃其誅賞。”　直操：正直的品德、正義的操守。李德裕《劉公神道碑銘》：“密侍赤墀，飛聲紫禁，直操不逾於規矩，抗志已在於丹霄。”范祖禹《鮮于諫議挽詞二首》二：“墓劍知誰挂？人琴竟兩亡。猶思挺直操，松柏凛秋霜。”　利仁：猶“强仁”，亦作“强仁”，勉力行仁。《禮記·表記》：“仁者安仁，知者利仁，畏罪者强仁。”韓愈《送董邵南

序》："夫以子之不遇時,苟慕義强仁者,皆愛惜焉!"　褊淺:心地、見識等狹隘短淺。《楚辭·九辯》："性愚陋以褊淺兮,信未達乎從容。"司空圖《與王駕評詩》："劉公夢得、楊公巨源,亦各有勝會。浪仙而下劉德仁輩,時得佳致,亦足滌煩。厥後所聞,徒褊淺耳!"　選懦:亦作"選愞",柔弱怯懦,選,通"巽"。《後漢書·西羌傳》："今三郡未復,園陵單外,而公卿選懦,容頭過身。"葉適《朝請大夫提舉江州太平興國宮陳公墓誌銘》："選愞遲魯,儒之常患。"　怫人:猶"怫然",憤怒貌。《莊子·天地》："謂己道人,則勃然作色;謂己諛人,則怫然作色。"胡銓《上高宗封事》："夫三尺童子至無知也,指犬豕而使之拜,則怫然怒。"猶"怫鬱",憂鬱,心情不舒暢。《漢書·鄒陽傳》："太后怫鬱泣血,無所發怒。"曹操《苦寒行》："我心何怫鬱?思欲一東歸。"　害己:禍害自己。韓愈《董公行狀》："公無爲,惟恭喜,知公之無害己也。"寒山《詩三百三首》八五:"貪人好聚財,恰如梟愛子。子大而食母,財多還害己。"　王澤:君王的德澤。白居易《得乙上封請永不用赦判》:"刑乃天威,赦惟王澤。"梅堯臣《和王尚書花木瓜》:"復何備國風,庶亦見王澤。"

⑨　"夫死忠者不必顯"五句:意謂在爲忠而死的人們不一定能夠顯揚天下,跟從他人叛亂的人們也不一定被誅殺的氛圍中,仍然能夠留戀本朝而忠心不二,爲了這個志向而心甘情願地面對被殺的威脅,實在是太難太難了!　顯:高貴,顯赫。《孟子·離婁》:"問其與飲食者,盡富貴也,而未嘗有顯者來。"朱熹集注:"顯者,富貴人也。"杜甫《送重表侄王砅評事使南海》:"爾祖未顯時,歸爲尚書婦。"　誅:指責,責備。《周禮·天官·大宰》:"以八柄詔王馭群臣……八曰誅,以馭其過。"鄭玄注:"誅,責讓也。"懲罰,責罰。韓愈《進學解》:"然而聖主不加誅,宰臣不見斥,茲非其幸歟?"殺戮。《孟子·梁惠王》:"聞誅一夫紂矣!未聞弑君也。"　眷眷:陶潛《雜詩十二首》三:"眷眷往昔時,憶此斷人腸。"意志專一貌。《北史·成淹傳》:"夫爲王者不拘小

節，豈得眷眷守尾生之信！」　甘心：願意。《詩・衛風・伯兮》：「願言思伯，甘心首疾。」張鷟《遊仙窟》：「千看千意密，一見一憐深。但當把手子，寸斬亦甘心。」　理平：猶治平，升平。白居易《批百僚賀御撰屏風表》：「朕烈祖太宗，以古爲鏡，用輔明聖，實臻理平。」王禹偁《前普州刺史康公預撰神道碑》：「今幸功名以繼祖禰，年享壽考，運逢理平。」　公卿：泛指高官。荀悅《漢紀・昭帝紀》：「始元元年春二月，黃鵠下建章宮太液池中，公卿上壽。」元稹《祭禮部庾侍郎太夫人文》：「公卿委累，賢彦駢繁。」　鵷鷺：鵷和鷺飛行有序，比喻班行有序的朝官。《隋書・音樂志》：「懷黃綰白，鵷鷺成行。文贊百揆，武鎮四方。」葉適《送葉路分》：「君今幅巾鵷鷺行，切勿著帶貔虎傍。」　世變：時代的動亂，世事的變化。《書・畢命》：「既歷三紀，世變風移，四方無虞。」陸游《月下小酌》：「世變浩無窮，成敗翻覆手。」　蛇豕：長蛇封豕，比喻貪殘害人者，語出《左傳・定公四年》：「吳爲封豕長蛇，以薦食上國。」杜預注：「言吳貪害如蛇豕。」李咸用《題陳正字林亭》：「家林蛇豕方群起，宮沼龜龍未有期。」　鏡梟：亦即「獍梟」、「梟獍」，傳說梟鳥食母，獍獸食父，或曰亦食母，常喻不孝或忘恩負義之人。杜甫《草堂》：「焉知肘腋禍，自及梟獍徒。義士皆痛憤，紀綱亂相踰。」元稹《樂府古題・捉捕歌》：「然後巡野田，遍張畋獵具。外無梟獍援，内有熊羆驅。」

　⑩ 冕弁：冕和弁，均爲古代帝王、諸侯、卿、大夫所戴的禮帽。《禮記・禮運》：「冕弁兵革，藏於私家，非禮也，是謂脅君。」孔穎達疏：「冕是袞冕，弁是皮弁，是朝廷之尊服。」陸雲《大將軍宴會被命作》：「冕弁振纓，服藻垂帶。」　禄食：俸禄。《漢書・食貨志》：「税給郊社宗廟百神之祀、天子奉養、百官禄食庶事之費。」食禄，指供職官府享有俸禄。《後漢書・朱暉傳》：「禄食之家，不與百姓争利。」　男子：古稱無官爵的成年男人。《東觀漢記・尹敏傳》：「永平五年，詔書捕男子周慮。慮素有名字，與敏善，過候敏，敏坐繫免官。」《後漢書・樂成

靖王黨傳》：“有故掖庭技人哀置，嫁爲男子章初妻。”李賢注：“稱男子者，無官爵也。” 分死：定死，必死。元稹《同州刺史謝上表》：“復爲宰相怒臣不庇親黨，因以他事貶臣江陵判司，廢棄十年，分死溝瀆。”谷神子《博異志·趙齊嵩》：“視上直千餘仞，旁無他路，分死而已。”不回：正直，不行邪僻。《後漢書·侯霸傳》：“〔霸〕在位明察守正，奉公不回。”《新唐書·郗士美傳》：“〔士美〕自拾遺七遷至中書舍人，處事不回，爲宰相元載所忌。” 廢忠：放棄忠誠志向的事或人。陳子昂《申宗人冤獄書》：“然而至忠之臣，不避死以諫主；至聖之主，不惡直以廢忠。”陸贄《論裴延齡奸蠹書》：“在《春秋》則曰：‘……毀信廢忠，崇飾惡言，靖譖庸回，服讒搜慝，天下之人謂之四凶。’” 從亂：參與叛亂。《左傳·昭公十三年》：“民患王之無厭也，故從亂如歸。”康駢《劇談録·渾令公李西平蓺朱泚雲梯》：“從亂者，悉皆就戮。”

⑪ 參合：驗證相合，綜合觀察。《韓非子·主道》：“知其言以往，勿變勿更，以參合閱焉！”劉禹錫《鑒藥》：“予然之，之醫所。切脈、觀色、聆聲，參合而後言曰……” 百一：百中之一，言極難得。王符《潛夫論·三式》：“下士邊遠，能詣闕者，萬無數人；其得省治，不能百一，郡縣負其如此也。”韓愈《別知賦》：“惟知心之難得，斯百一而爲收。”注記：記載，記錄。《後漢書·和熹鄧皇后》：“平望侯劉毅以太后多德政，欲令早有注記。”干寶《搜神記序》：“國家不廢注記之官，學士不絶誦覽之業，豈不以其所失者小，所存者大乎？” 執事：對對方的敬稱。《左傳·僖公二十六年》：“寡君聞君親舉玉趾，將辱於敝邑，使下臣犒執事。”杜預注：“言執事，不敢斥尊。”蔡邕《獨斷》卷上：“陛下者，陛階也……群臣與天子言，不敢指斥天子，故呼在陛下者而告之，因卑達尊之意也，上書亦如之，及群臣庶士相與言殿下、閣下、執事之屬，皆此類也。” 義烈：忠義節烈。《宋書·胡藩傳》：“卿此侄當以義烈成名。”皮日休《陵母頌》：“使千百小人如女子忠貞義烈者，未之有也。”永永：謂長遠，長久。《大戴禮記·公符》：“陛下永永，與天無極。”李

翱《於湖州別女足娘墓文》：“鬼神有知，汝骨安全。永永終古，無有後
艱！”　來世：後世，後代。張謂《送僧》：“此去不堪別，彼行安可涯！
殷勤結香火，來世上牛車。”韓愈《答張籍書》：“有一説：‘化當世，莫若
口；傳來世，莫若書。’”

⑫逢：即甄逢，《新唐書》有傳，其中請讀者特別注意史籍採録元
積關於本文有關甄逢父子事迹的内容，與元積本文基本相似：“甄濟
字孟成，定州無極人。叔父爲幽、涼二州都督、家衛州，宗屬以伉俠相
矜。濟少孤，獨好學，以文雅稱。居青巖山十餘年，遠近伏其仁，環山
不敢畋漁。採訪使苗晉卿表之，諸府五辟，詔十至，堅卧不起。天寶
十載，以左拾遺召，未至而安禄山入朝，求濟於玄宗，授范陽掌書記。
禄山至衛，使太守鄭遵意致謁山中，濟不得已爲起，禄山下拜鈞禮。
居府中，論議正直。久之，察禄山有反謀，不可諫。濟素善衛令齊玘，
因謁歸，具告以誠。密置羊血左右，至夜，若歐血狀，陽不支，舁歸舊
廬。禄山反，使蔡希德封刀召之，曰：‘即不起，斷其頭見我！’濟色不
動，左手書曰：‘不可以行！’使者持刀趨前，濟引頸待之，希德歔欷嗟
歎，止刀，以實病告。後慶緒復使，强輿至東都安國觀。會廣平王平
東都，濟詣軍門上謁泣涕，王爲感動。肅宗詔館之三司署，使污賊官
羅拜，以慚其心。授秘書郎，或言太薄，更拜太子舍人。來瑱辟爲陝
西襄陽參謀，拜禮部員外郎。宜城楚昭王廟壖地廣九十畝，濟立墅其
左。瑱死，屏居七年。大曆初，江西節度使魏少游表爲著作郎兼侍御
史，卒。(甄)濟生子，因其官字曰禮閣，曰憲臺。而禮閣死，憲臺更名
逢。幼而孤，及長，耕宜城野，自力讀書，不謁州縣。歲飢，節用以給
親里。大穰，則振其餘於鄉黨貧狹者。朋友有緩急，輒出家貨周贍，
以義聞。逢常以父名不得在國史，欲詣京帥自言。元和中，袁滋表濟
節行與權皋同科，宜載國史，有詔贈濟秘書少監。而逢與元積善，積
移書於史館修撰韓愈曰：‘濟棄去禄山，及其反，有名號，又逼致之，執
不起，卒不污其名。夫辨所從於居易之時，堅其操於利仁之世，而猶

選懦者之所不爲，蓋怫人之心難，而害己之避深也。至天下大亂，死忠者不必顯，從亂者不必誅，而眷眷本朝，甘心白刃，難矣哉！若甄生者，弁冕不加其身，禄食不進其口，直布衣一男子耳！及亂，則延頸受刃，分死不回，不以不必顯而廢忠，不以不必誅而從亂，在古與今，蓋百一焉！'愈答曰：'逢能行身，幸於方州大臣，以標目其先人事，載之天下耳目，徹之天子，追爵其父第四品，赫然驚人，逢與其父俱當得書矣！'由是父子俱顯名。" 顏太師：即顏真卿，李唐阻擊安禄山等叛鎮的重臣，爲當世及此後李唐大臣敬仰的楷模。因進封"魯郡開國公"，世稱"顏魯公"，因曾"守太子太師"，又稱"顏太師"。《舊唐書·顏真卿傳》："顏真卿，字清臣，琅邪臨沂人也……楊國忠怒其不附己，出爲平原太守。安禄山逆節頗著，真卿以霖雨爲託，修城浚池，陰料丁壯，儲廩實，乃陽會文士，泛舟外池，飲酒賦詩。或讒於禄山，禄山亦密偵之，以爲書生不足慮也。無幾，禄山果反，河朔盡陷，獨平原城守具備，乃使司兵參軍李平馳奏之。玄宗初聞禄山之變，嘆曰：'河北二十四郡，豈無一忠臣乎？'得平來，大喜，顧左右曰：'朕不識顏真卿形狀何如？所爲得如此！'……十七郡同日歸順，共推真卿爲帥，得兵二十餘萬，橫絶燕趙，詔加真卿户部侍郎，依前平原太守。"此後歷職各地，後爲叛鎮李希烈所拘，"興元元年，王師復振，逆賊慮變起蔡州，乃遣其將辛景臻、安華至真卿所，積柴庭中，沃之以油，且傳逆詞曰：'不能屈節，當自燒。'真卿乃投身赴火，景臻等遽止之，復告希烈。德宗復宮闕，希烈弟希倩在朱泚黨中，例伏誅，希烈聞之怒，興元元年八月三日，乃使閹奴與景臻等殺真卿。先曰：'有敕！'真卿拜，奴曰：'宜賜卿死！'真卿曰：'老臣無狀，罪當死！然不知使人何日從長安來？'奴曰：'從大梁來！'真卿罵曰：'乃逆賊耳！何敕耶？'遂縊殺之，年七十七。及淮泗平，貞元元年陳仙奇使護送真卿喪歸京師，德宗痛悼異常，廢朝五日，謚曰文忠。復下詔曰：'君臣之義，生録其功，歿厚其禮，況才優匡國，忠至滅身，朕自興嘆，勞於寤寐。故光禄大夫、守太子太師、上柱國、魯郡公顏真卿，器質天資，公忠傑出，出入四朝，堅貞一志……贊曰：自古皆死，得正爲順。二公云亡，萬代垂訓。” 崔太傅：即崔祐甫，德宗朝官至門下侍郎、同平章事，監修國史，崔植之父，崔俊之從父。《舊唐書·崔祐甫傳》：“崔祐甫，字貽孫……祖晊，懷州長史。父沔，黃門侍郎，諡曰孝。公家以清儉禮法爲士流之則，祐甫舉進士，歷壽安尉。安祿山陷洛陽，士庶奔迸。祐甫獨崎危於矢石之間，潛入私廟，負木主以竄……性剛直，無所容受，遇事不回，累遷中書舍人。時中書侍郎闕，祐甫省事，數爲宰相常袞所侵，祐甫不從，袞怒之，奏令分知吏部選。每有擬官，袞多駁下，言數相侵。時朱泚上言：隴州將趙貴家貓鼠同乳，不相爲害，以爲禎祥。詔遣中使以示於朝，袞率百僚慶賀，祐甫獨否。中官詰其故，答曰：‘此物之失常也！可弔不可賀。’……代宗深嘉之，袞益惡祐甫。代宗初崩……德宗踐祚未旬日，居不言之際，袞循舊事代署二人之名進，貶祐甫敕出，子儀及泚皆表明祐甫不當貶謫，上曰：‘向言可謫，今言非罪，何也？’二人皆奏實未嘗有可謫之言，德宗大駭，謂袞誣罔。是日百寮萃經序立於月華門，立貶袞爲河南少尹，以祐甫爲了門下侍郎平章事，兩換其職。祐甫出至昭應縣，徵還，尋轉中書侍郎，修國史，仍平章事……薨時年六十，上甚悼惜之，廢朝三日，册贈太傅，賻布帛米粟有差，諡曰文貞。無子，遺命猶子植爲嗣。”劉禹錫《唐故尚書主客員外郎盧公集紀》：“故相崔太傅，時爲右史，方在鄂，以文誌其墓。” 太傅：官名，三公之一，周代始置，輔弼天子治理天下。《書·周官》：“立太師、太傅、太保，茲惟三公，論道經邦，燮理陰陽。”秦廢，漢複置，次於太師。歷代沿置，多以他官兼領。權德輿《送謝孝廉移家越州》：“家承晉太傅，身慕魯諸生。又見一帆去，共愁千里程。”羅隱《虛白堂前牡丹相傳云太傅手植在錢塘》：“欲詢往事奈無言，六十年來託此根。香暖幾飄袁虎扇，格高長對孔融罇。” 賢者：有德行多才能之人。杜甫《送韋諷上閬州錄事參軍》：“誅求何多門？賢者貴爲德。韋生富春秋，洞徹有清識。”丘丹《經湛長史草堂》：“偶尋野外寺，仰慕賢者躅。” 本末：始末，原委。《左傳·莊公六年》：“夫能固位者，必度其本末，而後立衷焉！”杜預注：“本末，終始也。”陶潛《搜神後記》卷四：“奴既醒，喚問之，見事已露，遂具說本末。”

⑬ 先人：祖先。葛洪《抱朴子·自叙》：“又累遭兵火，先人典籍蕩盡。”韓愈《感二鳥賦》：“幸生天下無事時，承先人之遺業。” 舊田：原有的田地。裴度《中書即事》：“高陽舊田里，終使謝歸耕。”李覯《盱江集·常語》：“周公之制，諸侯因舊國而大之，百姓因舊田而廣之，天下得不和乎哉？”關於“舊田”，《新唐書·甄濟傳》曾經提及：“來瑱辟爲陝西襄陽參謀，拜禮部員外郎。宜城楚昭王廟壖地，廣九十畝，濟立墅其左。瑱死，屏居七年。大曆初，江西節度使魏少遊表爲著作郎兼侍御史，卒。” 宜城：縣名，在襄陽。《元和郡縣志·襄州》：“管縣七：襄陽、臨漢、南漳、義清、宜城、樂鄉、穀城。”孟浩然《九日懷襄陽》：“誰采籬下菊？應閑池上樓。宜城多美酒，歸與葛強遊。”錢起《送衡陽歸客》：“醉裏宜城近，歌中郢路長。憐君從此去，日夕望三湘。” 饉：泛指歉收，饑荒。《墨子·七患》：“歲饉，則仕者大夫以下皆損祿五分之一。”白居易《除李遜京兆尹制》：“或紛擾之際，或荒饉之餘，威惠所加，罔不和輯。” 力穡：努力耕作。《書·盤庚》：“若農服田力穡，乃亦有秋。”蘇軾《次韻段縫見贈》：“季子東周負郭田，須知力穡是家傳。” 節用：節省費用。《論語·學而》：“節用而愛人，使民以時。”《墨子·節用》：“是故古者聖王，制爲節用之法。” 親族：指家屬及同宗族的人。《孔子家語·問禮》：“非禮，則無以別男女、父子、兄弟、婚姻、親族、疏數之交焉！”葛洪《抱朴子·審舉》：“令親族稱其孝友，邦閭歸其信義。” 穰：莊稼豐收。《史記·天官書》：“所居野大穰。”張守節正義：“穰，豐熟也。”《新唐書·甄濟傳》：“歲饉，節用以給親里；大穰，則振其餘於鄉黨貧狹者。” 鄰里：同一鄉里的人。《論語·雍也》：“子曰：‘毋，以與爾鄰里鄉黨乎？’”杜甫《寄題江外草堂》：“霜骨

不堪長，永爲鄰里憐。”　鄉黨：同鄉，鄉親，周制，一萬二千五百家爲鄉，五百家爲黨。《逸周書·官人》：“君臣之間，觀其忠惠；鄉黨之間，觀其誠信。”《漢書·司馬遷傳》：“僕以口語遭此禍，重爲鄉黨戮笑，污辱先人。”　家財：家庭的財產。《史記·留侯世家》：“韓破，良家僮三百人，弟死不葬，悉以家財求客刺秦王，爲韓報仇，以大父、父五世相韓故。”韓愈《唐故河南府王屋縣尉畢君墓誌銘》：“寶應二年，河北平，宗人宏以家財贖出之。”　患難：謂艱險困苦的處境。《史記·越王勾踐世家》：“越王爲人長頸鳥喙，可與共患難，不可與共樂。”文天祥《指南錄後序》：“予在患難中，間以詩記所遭。”　朋友：同學，志同道合的人，後泛指交誼深厚的人。《易·兑》：“君子以朋友講習。”孔穎達疏：“同門曰朋，同志曰友。”韓愈《縣齋有懷》：“名聲荷朋友，援引乏姻婭。”　襄之守：據《舊唐書·憲宗紀》和《新唐書·甄濟傳》以及權德輿《送袁尚書相公赴襄陽序》記載，似乎應該指袁滋。《舊唐書·憲宗紀》：“(元和)八年春正月乙卯朔……癸未……以户部尚書袁滋檢校兵部尚書、襄州刺史，充山南東道節度使……(元和九年九月)丙戌，以山南東道節度使袁滋檢校兵部尚書，兼江陵尹、荊南節度使。”但有一點我們應該注意，“前襄州文學掾甄逢”云云有一“前”字，表明元和八年之時，甄逢的官職不是“現任”而是“前任”，應該不是元和八年在任的“袁滋”所爲，而是應該是其前任李夷簡，《舊唐書·憲宗紀》：“(元和六年十月)庚午，以户部侍郎、判度支李夷簡檢校禮部尚書、襄州大都督府長史、山南東道節度使……(元和)八年春正月乙卯朔……癸未，以山南東道節度使李夷簡檢校户部尚書、成都尹，充劍南西川節度使。以户部尚書袁滋檢校兵部尚書、襄州刺史，充山南東道節度使。”而元稹與李夷簡的關係密切，有《貽蜀五首·病馬詩寄上李尚書》、《酬樂天聞李尚書拜相以詩見賀》可證。　文學：官名，漢代於州郡及王國置文學，或稱文學掾，或稱文學史，爲後世教官所由來。三國魏武帝置太子文學，魏晉以後有文學從事。唐初於州縣置經學博士，德宗時改稱文學。這裏應該指文學掾，官府中以文字佐助主官的官吏，見本文開頭所示。盧照鄰《同崔録事哭鄭員外》："文學秋天遠，郎官星位尊。伊人表時彦，飛譽滿司存。"盧僎《初出京邑有懷舊林》："賦生期獨得，素業守微班。外忝文學知，鴻漸鳿鷺間。" 吏職：官職，官吏的職責。《後漢書·馬武傳》："有功，輒增邑賞，不任以吏職，故皆保其福禄，終無誅譴者。"《舊唐書·吕諲傳》："諲性謹守，勤於吏職，雖同僚追賞，而塊然視事，不離案簿。"

⑭ 聞風：聽到音訊或傳聞。劉禹錫《平蔡州三首》三："四夷聞風失匕筯，天子受賀登高樓。"元稹《劉頗詩序》："予聞風四五年而後見，因以詩許之。" 司史：主持史書的修撰工作。《文心雕龍·史傳》："張衡司史，而惑同遷固，元帝王後欲爲立紀，謬亦甚矣！"陳子昂《唐故朝議大夫梓州長史楊府君碑》："行行駿馬，繡衣之光。烈烈董狐，司史之良。"

⑮ 僕：駕車的人。《詩·小雅·正月》："無棄爾輔，員於爾幅；屢顧爾僕，不輸爾載。"鄭玄箋："僕，將車者也。"《禮記·服問》："君之母非夫人，則群臣無服，唯近臣及僕驂乘從服。"孔穎達疏："僕，御車者也。" 短：缺少。《吕氏春秋·觀世》："此治世〔有道之士〕之所以短，而亂世之所以長也。"高誘注："短，少；長，多也。"張華《答何劭》："道長苦智短，責重困才輕。" 馬瘦：即"瘦馬"，瘦弱的馬。張説《岳州作》："遠人夢歸路，瘦馬嘶去家。"杜甫《瘦馬行》："東郊瘦馬使我傷，骨骼硉兀如堵墻。" 言約行孤：意謂不會説話，也不會辦事。白居易《寄李十建》："前時君有期，訪我來山城。心賞久雲阻，言約無自輕。"白居易《祭李侍郎文》："言約則然，心期未獲。嗚呼杓直！而忍遺我？" 閽：守門人。韓愈《陸渾山火一首和皇甫湜用其韵》："夢通上帝血面論，側身欲進叱於閽。"韓愈《後二十九日復上書》："書再上，而志不得通，足三及門，而閽人辭焉！" 排訶：義近"叱呵"、"叱訶"，怒斥，吆喝。《敦煌變文集·維摩詰經講經文》："又緣我初悟道，未曉真

源。已曾被居士叱呵，空立一無祇對，明珠有玷，白玉沾瑕。”蘇軾《却鼠刀銘》：“有穴於垣，侵堂及室，跳床撼幕，終夕窣窣，叱訶不去。”遲疑：猶豫，拿不定主意。《後漢書·董卓傳論》：“然猶折意縉紳，遲疑陵奪，尚有盜竊之道焉。”江洪《詠舞女》：“斜睛若不盼，當轉復遲疑。”

⑯ 曉：告知使明白，開導。司馬遷《報任少卿書》：“是僕終已不得舒憤懣以曉左右。”《新唐書·林蘊傳》：“劉闢反，蘊曉以逆順，不聽。”　游：同“遊”，結交，交往。韓愈《柳子厚墓誌銘》：“號爲剛直，所與游皆當世名人。”曾鞏《戚元魯墓誌銘》：“其好惡有異於流俗，故一時與之游者多天下聞人。”　信待：信任。《宋書·阮佃夫傳》：“永光中，太宗又請爲世子師，甚見信待。”《新唐書·渾瑊傳》：“天性忠謹，功高而志益下，世方之金日磾，故帝終始信待。”　輟：中途停止，中斷。《論語·微子》：“〔長沮、桀溺〕耰而不輟。”何晏集解引鄭玄曰：“輟，止也。”《太平廣記》卷八四引薛用弱《集異記·奚樂山》：“樂山乃閉户屏人，丁丁不輟。”

⑰ 既而：時間副詞，猶不久。《左傳·僖公十五年》：“晉侯許賂中大夫，既而皆背之。”鮑照《舞鶴賦》：“既而氛昏夜歇，景物澄廓，星翻漢迴，曉月將落。”　滓賤：猶低賤。王僧孺《慧印三昧及濟方等學二經序贊》：“受命下才，式旂上道。敢因滓賤，率此顓蒙。”　得非：猶得無，莫非是。《魏書·郭祚傳》：“祚曰：‘高山仰止。’高祖曰：‘得非景行之謂？’”杜甫《奉先劉少府新畫山水障歌》：“得非玄圃裂，無乃瀟湘翻。”　愚：愚昧，愚笨。《論語·爲政》：“吾與回言終日，不違如愚。”韓愈《調張籍》：“李杜文章在，光芒萬丈長。不知群兒愚，那用故毀傷！”　僭：超越本分，冒用在上者的職權、名義行事。《史記·平津侯主父列傳》：“且臣聞管仲相齊，有三歸，侈擬於君，桓公以霸，亦上僭於君。”杜光庭《虬髯客傳》：“〔楊素〕奢貴自奉，禮異人臣。每公卿入言，賓客上謁，未嘗不踞床而見，令美人捧出，侍婢羅列，頗僭於

上。” 誚笑：譏笑。《舊五代史·劉守光傳》：“乃悉召部內官吏，教習朝儀。邊人既非素習，舉措失容，相顧誚笑。”馮時行《劉尚之墓誌銘》：“則抵掌笑曰：‘狂士，狂士！如吾尚之，豈能逃世俗譏嘲誚笑哉?’” 垂察：俯察，賜予審察。韓愈《後廿九日復上宰相書》：“惴惴焉！惟不得出大賢之門下是懼，亦惟少垂察焉！”曾鞏《謝章學士書》：“敢獻其情而以爲進謝之資，惟明公之垂察焉！” 不宣：楊修《答臨淄侯箋》：“反答造次，不能宣備。”後以“不宣”謂不一一細説，舊時書信末尾常用此語。顏真卿《與盧倉曹帖》：“昨奉辭，但增悵仰。承已過隸，不得重別，情深惘然，珍重。謹此不宣，真卿白，二十四日。”獨孤及《答楊賁處士書》：“簿領拘限，莫由詣展，未見君子，馳誠無極。不宣，舒州刺史獨孤及頓首。” 再拜：敬詞，舊時用於書信的開頭或末尾。司馬遷《報任少卿書》：“太史公牛馬走司馬遷再拜言……略陳固陋，謹再拜。”韓愈《與華州李尚書書》：“謹奉狀不宣，愈再拜。”

[編年]

《年譜》編年本文於“元和八年三月後”，理由是：“《全唐文》卷五五四韓愈《答元侍御書》云‘前歲辱書論甄逢父濟’云云。韓《書》撰於元和九年，元《書》當撰於元和八年三月後。”《編年箋注》以韓愈“八年，擢比部郎中，史館修撰。次年轉考功郎中，修撰如故”爲編年理由，結論是：“本文既以《與史館韓郎中書》爲題，則當成於元和八年（八一三）。”《年譜新編》編年本文於元和八年，沒有説明理由，但有譜文“三月下旬，韓愈遷比部郎中、史館修撰，元稹致書韓愈，請編甄濟事入國史”説明，但將《襄陽爲盧竇紀事》作爲證據肯定不妥；又云“韓書元和九年三月撰”也肯定有錯，韓愈《答元侍御書》明確月日不是“三月”：“九月五日，愈頓首微之足下……”

我們以爲，《編年箋注》編年“元和八年（八一三）”不僅過於籠統，而且還無故包含了元和八年"三月二十二日"之前的時日。而《年譜新編》斷言"三月下旬"固然精確,但却缺乏有力的根據,沒有考慮到古代長安與江陵之間消息傳遞的速度。而《年譜》"元和八年三月后"的意見雖然可取,但仍然沒有考慮元稹在江陵的具體情况。

　　《舊唐書·韓愈傳》:"復爲國子博士,愈自以才高,累被擯黜,作《進學解》以自喻,曰……執政覽其文而憐之,以其有史才,改比部郎中、史館修撰。逾歲,轉考功郎中、知制誥,拜中書舍人。"洪興祖《韓子年譜》引《憲宗實録》:"八年三月乙亥,國子博士韓愈比部郎中、史館修撰。"《元稹與史館韓郎中書·五百家注昌黎文集》文題補注:"元和八年正月乙亥,以愈爲比部郎中、史館修撰。疑"正月"爲"三月"之誤。本文稱韓愈爲"郎中",韓愈《答元侍御書》又云"前歲",據此,合前後文獻推知:元稹本文應該作於元和八年三月"乙亥",亦即三月二十二日之後、本年年底之前。而韓愈拜職的消息,從長安傳至江陵,應該已經是三月之後,故三月可以排除。如果再結合元稹的個人情况,應該排除元和八年秋天的時日,元稹《遣病十首》有"服藥備江瘴,四年方一瘳"之言,明言元和八年元稹有一場大病,具體的時間在秋天:"燕巢官舍內,我爾俱爲客。歲晚我獨留,秋深爾安適?""檐宇夜來曠,暗知秋已生。臥悲衾簟冷,病覺肢體輕。"本文最可能撰作的時日應該是夏天,地點在江陵,元稹時任江陵士曹參軍。而韓愈回覆元稹的《答元侍御書》之所以遲滯至元和九年九月五日,因個人事迹登録史籍絶非簡簡單單之事,也絶非韓愈一人就能貿然定奪,故韓愈的回信確確實實拖了不少時日。

■ 酬夢得見呈竇員外郡齋宴客兼寄微之^{(一)①}

據劉禹錫《酬竇員外郡齋宴客偶命柘
枝因見寄兼呈張十一院長元侍御》

[校記]

（一）酬夢得見呈竇員外郡齋宴客兼寄微之：元稹本佚失詩所據
劉禹錫《酬竇員外郡齋宴客偶命柘枝因見寄兼呈張十一院長元侍
御》，見《劉賓客文集》、《全詩》，未見異文。

[箋注]

① 酬夢得見呈竇員外郡齋宴客兼寄微之：劉禹錫《酬竇員外郡
齋宴客偶命柘枝因見寄兼呈張十一院長元侍御（員外時兼節度判官，
佐平蠻之略，張初罷都官，元方從事）》：“分憂餘刃又從公，白羽胡床
嘯咏中。綵筆諭戎矜倚馬，華堂留客看驚鴻。渚宮油幕方高步，澧浦
甘棠有幾叢？若問騷人何處所？門臨寒水落江楓。”不見元稹回酬劉
禹錫詩篇，據補。　竇員外：即竇常，劉禹錫《武陵北亭記》：“（元和）
七年冬，詔書以竹使符授尚書水曹外郎竇公常曰：‘命爾為武陵守。’
莅止三月，以碩畫佐元侯平裔夷降渠魁。又三月，以順令率蒸民增水
坊表火道。是歲大穰，明年政成。”據此，元和八年，竇常正在朗州刺
史任上。又據上引竇常《之任武陵寒食日途次松滋渡先寄劉員外禹
錫》：“杏花榆莢曉風前，雲際離離上峽船。江轉數程淹驛騎，楚曾三
户少人烟。看春又過清明節，算老重經癸巳年（憲宗元和八年）。幸
得柱山當郡舍，在朝長詠卜居篇（湘州柱山，在郡東十七里，即今德
山）。”劉禹錫有《酬竇員外使君寒食日途次松滋渡先寄示四韵》酬和：

"楚鄉寒食橘花時，野渡臨風駐綵旗。草色連雲人去住，水紋如縠燕差池。朱輪尚憶群飛雉，青綬初縣左顧龜。非是溢城魚司馬，水曹何事與新詩？"　郡齋：郡守起居之處。白居易《秋日懷杓直》："心期自乖曠，時景還如故。今日郡齋中，秋光誰共度？"李商隱《華州周大夫宴席》："郡齋何用酒如泉，飲德先時已醉眠。若共門人推禮分，戴崇爭得及彭宣？"　宴客：飲宴所請的客人。蔡邕《司空房楨碑》："〔公〕享年垂老，至於積世。門無立車，堂無宴客。"李頎《絕纓歌》："楚王宴客章華臺，章華美人善歌舞。玉顏艷艷空相向。滿堂目成不得語。"

［編年］

　　未見《元稹集》採錄，也未見《年譜》、《編年箋注》、《年譜新編》採錄與編年。

　　劉禹錫詩所提及的"竇員外"，即竇常，據劉禹錫《武陵北亭記》，元和八年在朗州刺史任。《新唐書·憲宗紀》："(元和)八年……四月己亥，黔中經略使崔能討張伯靖。五月癸亥，荊南節度使嚴綬討伯靖……七月己巳，劍南東川節度使潘孟陽討張伯靖。八月辛巳，湖南觀察使柳公綽討伯靖。丁未，伯靖降。"劉禹錫有《元和癸巳歲仲秋詔發江陵偏師問罪蠻徼後命宣慰釋兵歸降凱旋之辰率爾成詠寄荊南嚴司空》詩，表明《新唐書·憲宗紀》的記載稍有差異，應該以劉禹錫詩為準。又據劉禹錫《酬竇員外郡齋宴客偶命柘枝因見寄兼呈張十一院長元侍御》題注："員外時兼節度判官，佐平蠻之略，張初罷都官，元方從事。"綜合以上各點，竇常、張署、元稹參與討伐張伯靖之戰，應該在嚴綬受命討伐之時。計其具體時間，劉禹錫詩撰作應該在元和八年五月至八月間，元稹已經佚失的酬和之篇，應該撰成於劉禹錫詩之後，亦即同年五月至八月間，元稹時任江陵士曹參軍之職。

◎ 遣病十首①

服藥備江瘴，四年方一瘳②。豈是藥無功？伊予久留滯③。滯留人固薄，瘴久藥難制④。去日良已甘，歸途奈無際⑤！

棄置何所任，鄭公憐我病⑥。三十九萬錢（歲入之大率），資予養頑瞑⑦。身賤殺何益？恩深報難罄⑧！公其千萬年（一），世有天之鄭⑨。

憶作孩稚初，健羨成人列⑩。倦學厭日長，嬉遊念佳節⑪。今來漸諱年，頓與前心別⑫。白日速如飛，佳晨亦騷屑⑬。

昔在痛飲場，憎人病辭醉⑭。病來身怕酒，始悟他人意⑮。怕酒豈不閑？悲無少年氣⑯。傳語少年兒，杯盤莫迴避⑰！

憶初頭始白，晝夜驚一縷⑱。漸及鬢與鬚，多來不能數⑲。壯年等閑過，過壯年已五⑳。華髮不再青，勞生竟何補㉑？

在家非不病，有病心亦安㉒。起居甥侄扶，藥餌兄嫂看㉓。今病兄遠路，道遙書信難㉔。寄言嬌小弟，莫作官家官㉕！

燕巢官舍內，我爾俱爲客㉖。歲晚我獨留，秋深爾安適㉗？風高翅羽垂，路遠烟波隔㉘。去去玉山岑，人間網羅窄㉙。

檐宇夜來曠，暗知秋已生㉚。臥悲衾簟冷，病覺肢體輕㉛。炎昏豈不倦？時去聊自驚㉜。浩嘆終一夕，空堂天欲明㉝。

秋依靜處多，況乃凌晨趣㉞。深竹蟬晝風，翠苔衫曉露㉟。庭莎病看長，林果閑知數㊱。何以強健時，公門日勞騖㊲！

朝結故鄉念，暮作空堂寢㊳。夢別淚亦流，啼痕暗橫枕㊴。昔愁憑酒遣，今病安能飲㊵！落盡秋槿花，離人疾猶甚⁽二⁾㊶。

録自《元氏長慶集》卷七

[校記]

（一）公其千萬年：楊本、叢刊本同，《全詩》作“公其萬千年”，語義相類，不改。

（二）離人疾猶甚：叢刊本同，楊本、《全詩》作“離人病猶甚”，語義相類，不改。

[箋注]

① 遣：發送，打發。《左傳·僖公二十三年》：“姜與子犯謀，醉而遣之。”《漢書·周昌傳》：“臣不敢遣王，王且亦疾，不能奉詔。”　遣病：詩人病中無以消磨時光，賦詩以言情，希望病魔早日離身而去。元稹《遣病（此後通州時作）》：“自古誰不死？不復記其名……吟此可達觀，世言何足聽！”蘇軾《臂痛謁告作三絕句示四君子》：“心有何求遣病安？年來古井不生瀾。祇愁戲瓦閑童子，却作泠泠一水看。”

② 服藥：服食藥物，語本《禮記·曲禮》：“醫不三世，不服其藥。”《史記·扁鵲倉公列傳》：“病有六不治……形羸不能服藥，五不治也。”　江瘴：江上瘴氣，指江上的濕熱空氣，這裏指因此而得的病。

3231

元稹《表夏十首》三：“江瘴炎夏早，蒸騰信難度。”蘇軾《杭州故人信至齊安》：“更將西庵茶，勸我洗江瘴。” 四年：元稹元和五年出貶江陵士曹參軍，至元和八年，正爲四年。元稹《哭女樊四十韵》：“四年巴養育，萬里硤回縈。病是他鄉染，魂應遠處驚。”白居易《冬夜》：“兀然身寄世，浩然心委化。如此来四年，一千三百夜。” 瘴：疫病。《左傳·哀公元年》：“天有菑癘，親巡孤寡，而共其乏困。”杜預注：“癘，疾疫也。”《吕氏春秋·仲冬》：“〔仲冬〕行春令則蟲螟爲敗，水泉减竭，民多疾癘。”韓愈《贈别元十八協律六首》四：“藥物防癘瘴，書勸養形神。”

③ 無功：没有功勞，没有收穫，没有成效。《韓非子·内儲説》：“有過不罪，無功受賞，雖亡不亦可乎？”《三國志·張裔傳》：“爵不可以無功取。”王維《老將行》：“衛青不敗由天幸，李廣無功緣數奇。” 伊予：同“伊余”，自指，我。曹植《責躬詩》：“伊余小子，恃寵驕盈。”貫休《古離别》：“只恐長江水，盡是兒女泪。伊余非此輩，送人空把臂。”伊在這裏是發語詞，無義。《詩·周頌·我將》：“伊嘏文王，既右饗之。”高亨注：“伊，發語詞。”劉知幾《史通·浮詞》：“伊、惟、夫、蓋，發語之端也；焉、哉、矣、兮，斷句之助也。去之則言語不足，加之則章句獲全。” 留滯：停留，羈留。《史記·太史公自序》：“是歲天子始建漢家之封，而太史公留滯周南，不得與從事，故發憤且卒。”王建《荆門行》：“壯年留滯尚思家，況復白頭在天涯！”

④ 滯留：停滯，停留。陸游《夜宿陽山磯將曉大雨抵雁翅浦》：“此行十日苦滯留，我亦蘆叢厭鳴櫓。”也謂有才德的人長久不得官職或不得升遷。司馬光《薦范祖禹狀》：“由臣頑固，編集此書，久而不成，致祖禹淹回沉淪，不得早聞達於朝廷，而祖禹安恬静默，如可以終身下位，曾無滯留之念。”吴處厚《青箱雜記》卷四：“錢雖少年榮進，晚即滯留。” 薄：輕視，鄙薄。《孟子·盡心》：“孟子曰：‘於不可已而已者，無所不已。於所厚者薄，無所不薄也。’”《史記·孫子吴起列傳》：“居頃之，其母死，起終不歸。曾子薄之，而與起絶。” 瘴：瘴癘。元

積《予病瘴樂天寄通中散碧腴垂雲膏仍題四韵以慰遠懷開拆之間因有酬答》：“愁腸欲轉蛟龍吼，醉眼初開日月明。唯有思君治不得，膏銷雪盡意還生。”元稹《酬樂天見憶兼傷仲遠》：“死別重泉閟，生離萬里賒。瘴侵新病骨，夢到故人家。”　難制：難以制伏，難以治癒。《舊唐書・憲宗紀》：“(元和四年)九月甲辰朔，庚戌，以成德軍都知兵馬使、鎮府右司馬王承宗起復檢校工部尚書，充成德軍節度使。以德州刺史薛昌朝檢校左常侍，充保信軍節度、德隸等州觀察等使。昌朝，薛嵩之子，婚于王氏，時爲德州刺史。朝廷以承宗難制，乃割二州爲節度，以授昌朝。制纔下，承宗以兵虜昌朝歸鎮州。”《全閩詩話・林興宗》：“宋嘉定、寶佑間，叛將李全駐兵山東之山陽，驕悍難制。”

　⑤“去日良已甘”兩句：意謂過去的歲月已經過去，徒喚奈何，不情願也得情願，不樂意也得樂意；但回京的事情，茫茫毫無頭緒沒有辦法。　去日：已經過去的歲月。曹操《短歌行》：“對酒當歌，人生幾何？譬如朝露，去日苦多。”王維《伊州歌》：“清風明月苦相思，蕩子從戎十載餘。征人去日慇懃囑，歸雁來時數附書。”　甘：情願，樂意。《詩・齊風・雞鳴》：“蟲飛薨薨，甘與子同夢。”梅堯臣《食薺》：“世羞食薺貧，食薺我所甘。”　歸途：返回的路途。陸機《贈從兄車騎》：“感彼歸塗艱，使我怨慕深。”蘇軾《與胡祠部游法華山》：“歸塗千里盡風荷，清唱一聲聞露葭。”本詩指元稹回京的路途，回京任職的事兒。無際：猶無邊無涯沒有盡頭，這是詩人對前途的預料。《列子・力命》：“窈然無際，天道自會。”曹松《題甘露寺》：“天垂無際海，雲白久晴峰。”

　⑥棄置：抛棄，扔在一邊。丘遲《答徐侍中爲人贈婦》：“糟糠且棄置，蓬首亂如麻。”陸游《讀書未終卷而睡有感》：“暮年緣一懶，百事俱棄置。”也謂不被任用。曹植《贈白馬王彪》：“心悲動我神，棄置莫復陳。”王維《老將行》：“自從棄置便衰朽，世事蹉跎成白首。”　何所：何處。《史記・孝武本紀》：“人皆以爲不治産業而饒給，又不知其何

所人。"韓愈《感春四首》一:"我所思兮在何所?情多地遐兮遍處處。"

鄭公:指嚴綬,元和六年出任荆南節度使,封鄭國公,故稱。《編年箋注》所云"元和四年,出爲荆南節度使,封鄭國公"的時間是錯誤的,《舊唐書·憲宗紀》:"(元和)六年……三月乙未朔……丁未,以檢校右僕射嚴綬爲江陵尹荆南節度使。"據元稹《故金紫光禄大夫檢校司徒兼太子少傅贈太保鄭國公食邑三千户嚴公行狀》,嚴綬同時拜受"鄭國公"之榮銜:"尋以檢校司空拜荆南節度觀察支度等使,兼江陵尹、御史大夫,進封鄭國公,食邑三千户。"元稹《後湖》"鄭公理三載(嚴司空綬),其理用煦愉……公乃署其地,爲民先矢謨。" 憐:哀憐,憐憫。《史記·項羽本紀》:"籍與江東子弟八千人渡江而西,今無一人還,縱江東父兄憐而王我,我何面目見之?"韓愈《寄三學士》:"是年京師旱,田畝少所收。上憐民無食,征賦半已休。" 我病:我有病,即元稹元和八年這次因瘴氣而得病之事。杜甫《大雲寺贊公房四首(武后幸光明寺,沙門宣政進〈大雲經〉,中有女主之符,因改爲大雲經寺)》:"愚意會所適,花邊行自遲。湯休起我病,微笑索題詩。"元稹《遣病》:"萬齡龜菌等,一死天地平。以此方我病,我病何足驚!"

⑦ 三十九萬錢:句下原注:"歲入之大率。"這是元稹在江陵士曹參軍任上每年,亦即"歲入"得到的俸禄,大概是每月三萬左右。故元稹能够在《遣悲懷三首》一中感慨道:"謝公最小偏憐女,自嫁黔婁百事乖。顧我無衣搜藎篋,泥他沽酒拔金釵。野蔬充膳甘長藿,落葉添薪仰古槐。今日俸錢過十萬,與君營奠復營齋。" 資:資助,供給。《左傳·僖公十五年》:"出因其資,入用其寵,饑食其粟,三施而無報,是以來也。"《後漢書·李恂傳》:"徙居新安關下,拾橡實以自資。"頑瞑:猶頑冥,自稱的謙詞。王安石《謝東府賜御筵表》:"恩厚不貲,誠先賢之務稱,頑冥無以欲報國而知難。"毛伯穎《賀富樞使啓》:"某猥以頑冥,夙叨知遇。"

⑧ "身賤殺何益"兩句:意謂自己人微身賤,即使把自己殺了,對

國家對百姓也没有任何好處。但鄭公對我恩深似海，難以盡述，難以回報。　　**身賤**：義同賤身，謙稱己身。郭震《寄劉校書》：“俗吏三年何足論！每將榮辱在朝昏。才微易向風塵老，身賤難酬知己恩。”孟郊《怨別》：“君問去何之，賤身難自保。”　　**恩深**：猶深恩，大恩。王勃《秋日別王長史》：“別路餘千里，深恩重百年。”崔顥《贈涼州張都督》：“風霜臣節苦，歲月主恩深。爲語西河使，知余報國心。”　　**罄**：原爲器皿中空，引申爲盡、竭。張衡《東京賦》：“東京之懿未罄，值余有犬馬之疾，不能究其精詳。”韓愈《東都遇春》：“爲生鄙計算，鹽米告屢罄。”

⑨ “公其千萬年”兩句：意謂願鄭公萬代公侯，千千萬萬年之後，天下一直有鄭公的子子孫孫封侯拜爵。這是元稹對嚴綬的祝頌之語，表示自己的感激之情。這種下屬獻媚上司的行爲，在封建社會極爲常見，並非僅僅衹是元稹一人而已。　　**公**：這裏指嚴綬，他剛剛“進封鄭國公”，“公”應該是“鄭國公”的簡稱，古代五等爵位的第一等，直至清代仍沿用。《詩·小雅·白駒》：“爾公爾侯，逸預無期。”《禮記·王制》：“王者之制祿爵，公、侯、伯、子、男，凡五等。”

⑩ **孩稚**：幼年，幼兒。《顏氏家訓·音辭》：“吾家兒女，雖在孩稚，便漸督正之，一言訛替，以爲己罪矣！”元稹《告贈皇考皇妣文》：“惟積洎積，幼遭閔凶。積未成童，積生八歲。蒙駿孩稚，昧然無識。”**健羨**：非常仰慕，非常羡慕。封演《封氏聞見記·壁記》：“朝廷百事諸廳，皆有壁記……原其作意，蓋欲著前政履歷，而發將來健羨焉！”歐陽修《與王懿敏公仲儀》：“酒絶噢不得，聞仲儀日飲十數杯，既健羨，又不能奉信。”　　**成人**：成年。《儀禮·喪服》：“未嫁者，其成人而未嫁者也。”鄭玄注：“成人，謂年二十已筓醴者也。”劉長卿《送姨子弟往南郊》：“別時兩童稚，及此俱成人。”王維《山中示弟》：“山林吾喪我，冠帶爾成人。”　　**列**：行列，位次。《荀子·議兵》：“仁人之兵，聚則成卒，散則成列。”楊倞注：“卒，卒伍，列，行列，言動皆有備也。”《史記·廉頗藺相如列傳》：“相如每朝時，常稱病，不欲與廉頗爭列。”

⑪ 倦學：厭倦讀書。劉兼《倦學》：“樂廣亡来冰鏡稀，宓妃媟母混妍媸。且於霧裏藏玄豹，休向窗中問碧鷄！”《錦繡萬花谷·習學》：“倦學願息：子貢倦於學，告於仲尼曰：‘願有所息！’仲尼曰：‘生無所息，望其壙墨如也，宰如也，墳如也，鬲如也，則知所息矣！’” 日長：錯覺白日過得很慢，時間太長。盧綸《酬李端公野寺病居見寄》：“齋沐暫思同靜室，清羸已覺助禪心。寂寞日長誰問疾？料君唯取古方尋。”王建《送從侄擬赴江陵少尹》：“江陵少尹好閑官，親故皆來勸自寬。無事日長貧不易，有才年少屈終難。” 嬉游：遊樂，遊玩。《史記·司馬相如列傳》：“若此輩者，數千百處。嬉游往來，宮宿館舍，庖厨不徙，後宮不移，百官備具。”白居易《江南喜逢蕭九徹因話長安舊遊戲贈五十韻》：“憶昔嬉遊伴，多陪歡宴場。寓居同永樂，幽會共平康。” 佳節：美好的節日。王維《九月九日憶山中兄弟》：“獨在異鄉爲異客，每逢佳節倍思親。”蘇軾《端午遊真如》：“今年匹馬來，佳節日夜數。”

⑫ 今來：當今，如今。曹植《情詩》：“始出嚴霜結，今來白露晞。”韓愈《落齒》：“今來落既熟，見落空相似。” 諱年：諱言年歲，隱諱年歲。《北史·崔宏傳》：“今長皇子諱年漸一紀，明叡温和，衆情所繫。時登儲副，則天下幸甚！”范浚《四月一日偶成三絶句奉勉諸友》二：“日正舒長好著鞭，會須聞早慕高堅。君看少壯荒嬉子，多向衰遲却諱年。” 前心：以前的心願、想法、看法。何儒亮《亞父碎玉斗》：“莫量漢祖德，空受項君勗。事去見前心，千秋渭水綠。”鮑溶《宿悟空寺贈僧》：“前心宛如此，了了随静生。維持蒼蔔花，却與前心行。”

⑬ 白日：時間，光陰。阮籍《詠懷八十二首》六：“娱樂未終極，白日忽蹉跎。”白居易《浩歌行》：“既無長繩繫白日，又無大藥駐朱顏。”騷屑：淒清愁苦。杜甫《自京赴奉先縣詠懷五百字》：“撫迹猶酸辛，平人固騷屑。默思失業徒，因念遠戍卒。”陳陶《竹十一首》一一：“元圃千春閉玉叢，湛陽一祖碧雲空。不須騷屑愁江島，今日南枝在國風。”

⑭ "昔在痛飲場"兩句：意謂過去在狂歡痛飲的場合，非常討厭別人以有病爲理由推辭別人的敬酒。　　痛飲：盡情地喝酒。劉義慶《世說新語·任誕》："王孝伯言：名士不必須奇才，但使常得無事痛飲酒，熟讀《離騷》，便可稱名士。"杜甫《陪章留後侍御宴南樓》："寇盜狂歌外，形骸痛飲中。"　　憎人：謂厭惡人。曹植《令禽惡鳥論》："鳥鳴之惡，自取憎人言之惡，自取滅，不有能累於當世也。"謝薖《寄王立之二首》一："坎壈修門裏，蕭條處士廬。憎人玉川子，憤世竹林書。"　　病辭醉：以有病爲由，謝絕別人的敬酒。李白《贈段七娘》："羅襪凌波生網塵，那能得計訪情親？千杯綠酒何辭醉！一面紅妝惱殺人。"皇甫曾《送裴秀才貢舉》："臨流惜暮景，話別起鄉情。離酌不辭醉，西江春草生。"

⑮ "病來身怕酒"兩句：意謂現在自己真的有病了，才開始感覺到自己怕喝酒，才開始理解他人不得已推辭他人敬酒的苦衷。　　病來：疾病纏上身體。盧綸《長安疾後首秋夜即事》："清風刻漏傳三殿，甲第歌鐘樂五侯。楚客病來鄉思苦，寂寥燈下不深愁。"李端《病後遊青龍寺》："病來形貌穢，齋沐入東林。境靜聞神遠，身羸向道深。"怕酒：怕喝酒，怕他人敬酒。馬臻《冬日寫望》："怕酒常先醉，慵吟少著題。遊心與天遠，無處覓端倪。"白居易《對酒自勉》："榮寵尋過分，歡娛已校遲。肺傷雖怕酒，心健尚誇詩。"　　悟：理解，領會。班彪《王命論》："悟戍卒之言，斷懷土之情。"宋敏求《春明退朝錄》卷上："恭惠謝曰：'不曉養生之術，但中年因讀《文選》有所悟爾！'"　　他人：別人。《詩·小雅·巧言》："他人有心，予忖度之。"白居易《太行路》："行路難，難重陳。人生莫作婦人身，百年苦樂由他人。"　　意：情意，感情。韓愈《答呂毉山人書》："吾伫足下，雖未盡賓主之道，不可謂無意者。"王安石《舟夜即事》："感慨無窮事，遲迴欲曉天。山泉如有意，枕上送潺湲。"

⑯ "怕酒豈不閑"兩句：意謂怕酒也沒有什麼不好，而且可以清

閑許多，衹是爲自己已經没有了年輕時意氣風發的少年豪氣而悲傷。怕酒：害怕喝酒。白居易《對酒自勉》："榮寵尋過分，歡娱已校遲。肺傷雖怕酒，心健尚誇詩。"義近"防酒"，杜牧《許秀才至辱李蘄州絶句問斷酒之情因寄》："有客南來話所思，故人遥枉醉中詩。暫因微疾須防酒，不是歡情减舊時。" 少年：古稱青年男子，與老年相對。曹植《送應氏》一："不見舊耆老，但覩新少年。"高適《邯鄲少年行》："且與少年飲美酒，往來射獵西山頭。" 氣：指精神狀態，情緒。《莊子·庚桑楚》："欲静則平氣。"韓愈《送浮屠文暢師序》："措之於其躬，體安而氣平。"特指勇氣，豪氣。《左傳·莊公十年》："夫戰，勇氣也。一鼓作氣，再而衰，三而竭。"郭璞《山海經圖贊·鱷魚》："壯士挺劍，氣激白虹。"

⑰"傳語少年兒"兩句：意謂告訴現在的年輕人，碰到喝酒的機會，可千萬不要回避推辭！ 傳語：傳話。《國語·周語》："百工諫，庶人傳語。"韋昭注："百工卑賤，見時得失不得達，傳以語王也。"岑參《逢入京使》："馬上相逢無紙筆，憑君傳語報平安。" 杯盤：亦作"杯柈"，杯與盤，亦借指酒肴。王建《神樹詞》："我家家西老棠樹，須晴即晴雨即雨。四時八節上杯盤，願神莫離神處所。"劉禹錫《和樂天洛下雪中宴集寄汴州李尚書》："洛城無事足杯盤，風雪相和歲欲闌。" 迴避：避讓，躲開。元稹《和李校書新題樂府十二首·上陽白髮人》："滿懷墨詔求嬪御，走上高樓半酣醉。醉酣直入卿士家，閨闈不得偷迴避。"白居易《和微之詩二十三首·和知非》："勸君雖老大，逢酒莫迴避！不然即學禪，兩途同一致。"

⑱"憶初頭始白"兩句：意謂自己頭髮開始發白的時候，自己特别關心，日日夜夜注意自己頭上的白髮是不是又增多了一根或幾根。憶初頭始白：元稹元和五年詩《酬翰林白學士代書一百韵》云："潘鬢去年衰（予今年始三十二，去歲已生白髮）。"則知元稹元和四年亦即三十一歲之時，亦即元稹在監察御史任上已經開始生有白髮，比潘岳

三十二歲開始有白髮早了一年的時間。　晝夜：白日和黑夜，日以繼夜。富嘉謨《明冰篇》：“北陸蒼茫河海凝，南山闌干晝夜冰。素彩峨峨明月升，深山窮谷不自見。”李白《求崔山人百丈崖瀑布圖》：“百丈素崖裂，四山丹壁開。龍潭中噴射，晝夜生風雷。”　一縷：不止一根但也不多幾根。白居易《風雨晚泊》：“忽忽百年行欲半，茫茫萬事坐成空。此生飄蕩何時定？一縷鴻毛天地中。”劉威《七夕》：“翠輦不行青草路，金鑾徒候白榆風。綵盤花閣無窮意，只在遊絲一縷中。”

⑲ “漸及鬢與須”兩句：意謂白髮一日多於一日，很快從頭上蔓延到鬢角和腮部，慢慢多到想數也無法數清的地步。　鬢：臉旁靠近耳朵的頭髮。《莊子·説劍》：“然吾王所見劍士，皆蓬頭突鬢垂冠。”杜牧《郡齋獨酌》：“前年鬢生雪，今年鬚帶霜。”　鬚：鬍鬚。《樂府詩集·陌上桑》：“爲人潔白晳，鬑鬑頗有鬚。”蘇軾《浣溪沙》：“雨脚半收檐斷綫，雪林初下瓦跳珠。歸來冰顆亂黏鬚。”

⑳ 壯年：壯盛之年，多指三四十歲之間。袁淑《效古》：“勤役未云已，壯年徒爲空。”劉禹錫《薦處士嚴瑟狀》：“未逢知己，已過壯年。汩没風塵，有足悲者。”　等閑：尋常，平常。岑參《巴南舟中思陸渾別業》：“瀘水南州遠，巴山北客稀。嶺雲撩亂起，溪鷺等閑飛。”賈島《古意》：“志士終夜心，良馬白日足。俱爲不等閑，誰是知音目？”輕易，隨便。白居易《新昌新居》：“等閑栽樹木，隨分占風烟。”施肩吾《少女詞二首》一：“嬌羞不肯點新黃，踏過金鈿出繡床。信物無端寄誰去？等閑裁破錦鴛鴦。”　過壯年五：意謂自己已經壯年，年紀已經三十五歲。元稹三十五歲時，爲元和八年，亦即是賦詠本詩之年。

㉑ 華髮：花白頭髮。《墨子·修身》：“華髮隳顛，而猶弗舍者，其唯聖人乎？”李白《江南春懷》：“青春幾何時，黃鳥鳴不歇。天涯失鄉路，江外老華髮。”　不再：不重複第二次。《禮記·儒行》：“過言不再，流言不極。”鄭玄注：“不再，猶不更也。”孔穎達疏：“言儒者有愆過之言不再爲之。”陸機《嘆逝賦》：“時飄忽其不再，老婉婉其將及。”

青:顏色名,這裏指黑色。《書‧禹貢》:"〔梁州〕厥土青黎,厥田惟下上。"孔傳:"色青黑而沃壤。"孔穎達疏引王肅曰:"青,黑色。"《楚辭‧大招》:"青色直眉,美目嫗只。"洪興祖補注:"青色,謂眉也。"王觀《生查子》:"兩鬢可憐青,一夜相思老。" 勞生:《莊子‧大宗師》:"夫大塊載我以形,勞我以生,佚我以老,息我以死。"後以"勞生"指辛苦勞累的生活。張喬《江南別友人》:"勞生故白頭,頭白未應休。"王禹偁《惠山寺留題》:"勞生未了還東去,孤棹寒蓬宿浪花。"

㉒ 在家:居於家,沒離家門。《書‧君奭》:"在我後嗣子孫,大弗克恭上下,遏佚前人光,在家不知。"孔傳:"我老在家則不得知。"孔穎達疏:"我若退老在家則不能得知。"戎昱《長安秋夕》:"遠客歸去來,在家貧亦好。" 心安:心安理得。白居易《效陶潛體詩十六首》三:"所以陰雨中,經旬不出舍。始悟獨往人,心安時亦過。"白居易《初出城留別》:"揚鞭簇車馬,揮手辭親故。我生本無鄉,心安是歸處。"

㉓ 起居:指飲食寢興等一切日常生活狀況。韓翃《訪王起居不遇留贈》:"雙龍闕下拜恩初,天子令君注起居。載筆已齊周右史,論詩更事謝中書。"王建《留別田尚書》:"擬報平生未殺身,難離門館起居頻。" 甥侄:外甥和侄輩。李商隱《驕兒詩》:"青春妍和月,朋戲渾甥侄。"黃庭堅《臨河道中》:"據鞍夢歸在親側,弟妹婦女笑兩廂。甥姝跳梁暮堂下,唯我小女始扶床。" 藥餌:藥物。王績《采藥》:"野情貪藥餌,郊居倦蓬華。青龍護道符,白犬遊仙術。"杜甫《秋清》:"高秋蘇病氣,白髮自能梳。藥餌憎加減,門庭悶掃除。" 兄嫂:哥哥和嫂子。儲光羲《同王十三維偶然作十首》一:"顧望浮雲陰,往往誤傷苗。歸來悲困極,兄嫂共相誚。"白居易《楊六尚書新授東川節度使代妻戲賀兄嫂二絕》:"劉綱與婦共昇仙,弄玉隨夫亦上天。何似沙哥領崔嫂,碧油幢引向東川!"

㉔ 遠路:遙遠的道路。蘇武《古詩四首》四:"征夫懷遠路,遊子戀故鄉。"周賀《出關後寄賈島》:"故國知何處?西風已度關。歸人值

落葉,遠路入寒山。" 道遙:道路遙遠。王榮《離人怨長夜賦》:"況乎燕宋程遠,關山道遙。怨復怨兮斯別,長莫長乎此宵。"義近"道盡",嵇康《與山巨源絕交書》:"私意自試,必不能堪其所不樂,自卜已審,若道盡塗窮,則已耳!" 書信:指信札。王昌齡《寄穆侍御出幽州》:"一從恩譴度瀟湘,塞北江南萬里長。莫道薊門書信少,雁飛猶得到衡陽。"王駕《古意》:"夫戍蕭關妾在吳,西風吹妾妾憂夫。一行書信千行淚,寒到君邊衣到無?"

㉕ 寄言:猶寄語、帶信。元稹《遣興十首》五:"晚荷猶展卷,早蟬遽蕭嘹……寄言抱志士,日月東西跳。"白居易《雲居寺孤桐》:"四面無附枝,中心有通理。寄言直身者,孤直當如此。" 小弟:幼弟。姚合《得舍弟書》:"小弟有書至,異鄉無地行。悲歡相並起,何處説心情?"許渾《寄小弟》:"孤夢家山遠,獨眠秋夜長。道存空倚命,身賤未歸鄉。"元稹在父親元寬名下排行最小,本詩的小弟不詳爲何人,應該是元稹家族同輩中的年幼者。 官家:舊時對皇帝的稱呼。《晉書·石季龍載記》:"官家難稱,吾欲行冒頓之事,卿從我乎?"《資治通鑑·晉成帝咸康三年》引此文,胡三省注云:"稱天子爲官家,始見於此。西漢謂天子爲縣官,東漢謂天子爲國家,故兼而稱之。或曰:五帝官天下,三王家天下,故兼稱之。"花蕊夫人《宮詞》一〇七:"明朝臘日官家出,隨駕先須點内人。"公家,官府。《三國志·張既傳》:"斬首獲生以萬數。"裴松之注引魚豢《魏略》:"牢獄之中,非養親之處,且又官家亦不能久爲人養老也。"白居易《秋居書懷》:"丈室可容身,斗儲可充腹。況無治道術,坐受官家祿。" 官:官職,官位,官銜。劉義慶《世説新語·德行》:"王戎父渾有令名,官至涼州刺史。"韓愈《元和聖德詩》:"哀憐陣歿,廩給孤寡。贈官封墓,周卹宏溥。"

㉖ "燕巢官舍内"兩句:意謂雙雙燕子築巢官舍之内,從某種意義上説,我與你們都是暫時客居於官舍裏的客人。 燕:燕子。張謂《延平門高齋亭子應岐王教》:"昨夜蒲萄初上架,今朝楊柳半垂堤。

片片仙雲來渡水，雙雙燕子共銜泥。"孟浩然《賦得盈盈樓上女》："燕子家家入，楊花處處飛。空床難獨守，誰爲報金徽？" 巢：築巢。韓愈《食曲河驛》："晨及曲河驛，悽然自傷情。群烏巢庭樹，乳燕飛檐楹。"劉禹錫《初夏曲三首》二："時節過繁華，陰陰千萬家。巢禽命子戲，園果墜枝斜。"居住，栖息。《漢書·叙傳》："嬀巢姜於孺筮兮，旦算祀於契龜。"顏師古注引應劭曰："巢，居也。"楊衒之《洛陽伽藍記序》："野獸穴於荒階，山鳥巢於庭樹。" 官舍：公家的住宅。王維《酬郭給事》："洞門高閣靄餘輝，桃李陰陰柳絮飛。禁裏疏鐘官舍晚，省中啼鳥吏人稀。"白居易《代書詩一百韵寄微之》："官舍黃茅屋，人家苦竹籬。" 客：來賓，賓客。《禮記·曲禮》："主人敬客，則先拜客。客敬主人，則先拜主。"謝惠連《雪賦》："迺置旨酒，命賓友，召鄒生，延枚叟，相如末至，居客之右。"韓愈《竹洞》："洞門無鎖鑰，俗客不曾來。"

㉗"歲晚我獨留"兩句：意謂快到深秋季節，我們一家肯定獨自滯留在官舍之內；而在這凄凉的秋天，不知你們夫妻雙雙以及你們的子女又將飛向何方？ 歲晚：下半年，猶如一天中的傍晚。李邕《詠雲》："綠雲驚歲晚，繚繞孤山頭。散作五般色，凝爲一段愁。"李嘉祐《登楚州城望驛路十餘里山村竹林相次交映》："十里山村道，千峰櫟樹林。霜濃竹枝亞，歲晚荻花深。" 獨留：孤零零地獨自留下。崔顥《邯鄲宮人怨》："誰言一朝復一日？君王棄世市朝變。宮車出葬茂陵田，賤妾獨留長信殿。"李頎《送司農崔丞》："黃鸝鳴官寺，香草色未已。同時皆省郎，而我獨留此。" 秋深：深秋，指晚秋時節。劉長卿《九日登李明府北樓》："霜降鴻聲切，秋深客思迷。"李紳《重別西湖》："雪欺春早摧芳萼，隼勵秋深拂翠翹。" 安適：到哪裏去。李白《擬古十二首》一："黃姑與織女，相去不盈尺。銀河無鵲橋，非時將安適？"吳筠《遊仙二十四首》二一："且盼蓬壺近，誰言昆閬遙？悠悠竟安適？仰赴三天朝。"

㉘ 風高：風大。杜甫《湖中送敬十使君適廣陵》：“秋晚嶽增翠，風高湖湧波。”柳宗元《田家三首》三：“風高榆柳疏，霜重梨棗熟。”翅羽：翅膀。禰衡《鸚鵡賦》：“閉以雕籠，翦其翅羽。”張鷟《遊仙窟》：“但令翅羽爲人生，會些高飛共君去。”　路遠：路程遙遠。白居易《種桃杏》：“無論海角與天涯，大抵心安即是家。路遠誰能念鄉曲？年深兼欲忘京華。”李赤《桓公井》：“桓公名已古，廢井曾未竭……路遠人罕窺，誰能見清澈？”　烟波：這裏指烟霧蒼茫的水面。江總《秋日侍宴婁苑湖應詔》：“霧開樓闕近，日迴烟波長。”王定保《唐摭言·怨怒》：“淇水烟波，半含春色。”

㉙ “去去玉山岑”兩句：詩人深感人間社會的嚴酷，嚮往自由自在的仙境。　去去：謂遠去。蘇武《古詩四首》三：“參辰皆已没，去去從此辭。”孟郊《感懷八首》二：“去去勿復道，苦饑形貌傷。”　玉山岑：玉山之巔，神話中西王母的居處，也泛指仙境。李白《寓言三首》三：“搖裔雙彩鳳，婉孌三青禽。往還瑤臺裏，鳴舞玉山岑。”王琦注：“瑤臺、玉山，皆西王母之居。”李商隱《搖落》：“未諳滄海路，何處玉山岑？灘激黄牛暮，雲屯白帝陰。”　人間：人類社會。蘇軾《魚蠻子》：“人間行路難，踏地出賦租。”也指塵世，世俗社會。《史記·留侯世家》：“願棄人閒事，欲從赤松子遊耳！”陶潛《庚子歲五月中從都還阻風于規林二首》二：“静念園林好，人間良可辭。”　網羅：比喻法網。元稹《酬樂天赴江州路上見寄三首》一：“天上參與商，地上胡與越。終天升沈異，滿地網羅設。”歐陽修《江鄰幾文集序》：“其間又有不幸罹憂患，觸網羅，至困阨流離以至。”

㉚ 檐宇：屋檐。《南史·蕭修傳》：“野鳥馴狎，栖宿檐宇。”陳子昂《春夜別友人二首》二：“對此芳樽夜，離憂悵有餘。清泠化路滿，滴瀝檐宇虚。”也指房屋。高適《苦雨寄房四昆季》：“滴瀝檐宇愁，寥寥談笑疏。”元稹《遣行十首》三：“徙倚檐宇下，思量去住情。”　夜來：入夜。杜甫《遣懷》：“夜來歸鳥盡，啼殺後栖鴉。”也作夜間解。孟浩然

《春曉》：“春眠不覺曉，處處聞啼鳥。夜來風雨聲，花落知多少。” 暗知：憑潛意識預料到。韓偓《漢江行次》：“村寺雖深已暗知，幡竿殘日迴依依。沙頭有廟青林合，驛步無人白鳥飛。”唐代無名氏《雜詩》一二：“兩心不語暗知情，燈下裁縫月下行。行到階前知未睡，夜深聞放剪刀聲。”

㉛ 衾簟：被子和竹席。李中《新秋有感》：“門巷凉秋至，高梧一葉驚。漸添衾簟爽，頓覺夢魂清。”彭孫遹《客樓晚起》：“小閣朝寒客思慵，潤生衾簟雨餘濃。薄遊已自經三度，清興猶然背九峰。” 肢體：猶軀體。白居易《春眠》：“新浴肢體暢，獨寢神魂安。況因夜深坐，遂成日高眠。”姚合《游陽河岸》：“鳥語催沽酒，魚來似聽歌。醉時眠石上，肢體自婆娑。”

㉜ 炎昏：炎熱的黄昏。元稹《含風夕》：“炎昏倦煩久，逮此含風夕。夏服稍輕清，秋堂已岑寂。”元稹《寺院新竹》：“噪集倦鷗烏，炎昏繁蠛蠓。” 自驚：自感驚訝。宋之問《發藤州》：“朝夕苦遄征，孤魂長自驚。泛舟依雁渚，投館聽猿鳴。”李煜《九月十日偶書》“背世返能厭俗態，偶緣猶未忘多情。自從雙鬢斑斑白，不學安仁却自驚。”

㉝ 浩嘆：長嘆，大聲嘆息。王勃《益州夫子廟碑》：“命歸齊去魯，發浩嘆於衰周。”陸游《不寐》：“欲明聞溉稻，浩嘆閔黎元。” 一夕：一夜。《左傳·僖公三十三年》：“居則具一日之積，行則備一夕之衛。”劉向《九嘆·逢紛》：“思南郢之舊俗兮，腸一夕而九運。”也指極短的時間。蘇軾《徐州上皇帝書》：“散冶户之財以嘯召無賴，則烏合之衆，數千人之仗，可以一夕具也。” 空堂：空曠寂寞的廳堂。司馬相如《長門賦》：“日黄昏而望絶兮，悵獨托於空堂。”阮籍《詠懷十七首》一五：“獨坐空堂上，誰可與歡者？” 欲明：將明未明。李端《閨情》：“月落星稀天欲明，孤燈未滅夢難成。披衣更向門前望，不忿朝來鵲喜聲。”王建《酬於汝錫曉雪見寄》：“欲明天色白漫漫，打葉穿簾雪未乾。薄落階前人踏盡，差池樹裏鳥銜殘。”

㉞ 靜處:僻靜之處。常建《塞下曲四首》一:"玉帛朝回望帝鄉,烏孫歸去不稱王。天涯靜處無征戰,兵氣銷爲日月光。"張籍《贈孔尚書》:"買來侍女教人嫁,賜得朝衣在篋閑。宅近青山高靜處,時歸林下暫開關。"　　況乃:恍若,好像。謝靈運《游赤石進帆海》:"周覽倦瀛壖,況乃陵窮髮。"杜甫《江邊星月二首》一:"餘光隱更漏,況乃露華凝。"元稹《和樂天秋題曲江》:"況乃江楓夕,和君秋興詩。"何況,況且,而且。《後漢書·王符傳》:"以罪犯人,必加誅罰,況乃犯天,得無咎乎?"謝靈運《登臨海嶠初發强中作與從弟惠連見羊何共和之》:"兹情已分慮,況乃協悲端。"　　凌晨:天快亮的時候,清晨。韋應物《凌霧行》:"秋城海霧重,職事凌晨出。浩浩合元天,溶溶迷朗日。"杜甫《自京赴奉先縣詠懷五百字》:"凌晨過驪山,御榻在嵽嵲。"

㉟ 深竹:茂密的竹林。張南史《陸勝宅秋暮雨中探韵》:"同人永日自相將,深竹閑園偶辟疆。"元稹《使東川·亞枝紅》:"還向萬竿深竹裏,一枝渾卧碧流中。"　　蟬:昆蟲名,夏秋間由幼蟲蜕化而成,吸樹汁爲生。雄的腹部有發聲器,能連續發聲,種類很多,俗稱蜘蟟、知了。李白《夏口諸從弟登汝州龍興閣序》:"夫槿榮芳園,蟬嘯珍木,蓋紀乎南火之月也,可以處臺樹,居高明。"祖詠《贈苗發員外》:"宿雨朝來歇,空山天氣清。盤雲雙鶴下,隔水一蟬鳴。"　　翠茸:翠色茸毛。元稹《和李校書新題樂府十二首·西凉伎》:"大宛來獻赤汗馬,贊普亦奉翠茸裘。"蘇軾《涪州得山胡善鳴出黔中》:"終日鎖筠籠,回頭惜翠茸。"

㊱ "庭莎病看長"兩句:意謂由於病中閑暇,天天看著莎草、莎木一天天長大,由於病中無聊,常常數著果樹上的果實。　　莎:草名,即莎草。李中《安福具秋吟寄陳鋭秘書》:"卧听寒蚉莎砌月,行冲落叶水村風。"莎木,生於我國南方各省,莖稈内藏有大量澱粉,可作糧食。賈思勰《齊民要術·莎木》引《廣志》:"莎樹多枝葉,葉兩邊行列,若飛鳥之翼。其面色白,樹收面,不過一斛。"　　林果:林木的果實。耿湋

《與清江上人及諸公宿李八昆季宅》：“遠客還登會，秋懷欲忘歸。驚風林果少，驟雨砌蟲稀。”李敬方《天台晴望》：“天台十二旬，一片雨中春。林果黃梅盡，山苗半夏新。”

㊲ 何以：為什麼。《詩·大雅·瞻卬》：“天何以刺？何神不富？”《論語·季氏》：“夫顓臾，昔者先王以為東蒙主，且在邦域之中矣！是社稷之臣也，何以伐為？”韓愈《秋懷十一首》七：“我無汲汲志，何以有此憾？”用反問的語氣表示沒有或不能。劉向《列女傳·楚江乙母》：“今令尹之治也，耳目不明，盜賊公行，是故使盜得盜妾之布，是與使人盜何以異也？” 強健：身體健康，沒有疾病。朱仲晦《答王無功問故園》：“子問我所知，我對子應識。朋遊總強健，童稚各長成。”杜甫《曲江陪鄭八丈南史飲》：“近侍即今難浪迹，此身那得更無家？丈人文力猶強健，豈傍青門學種瓜？” 公門：官署，衙門。白居易《郡齋旬假始命宴呈座客示郡寮》：“公門日兩衙，公假月三旬。衙用決簿領，旬以會親賓。”張固《幽閑鼓吹》：“張長史釋褐為蘇州常熟尉，上後旬日，有老父過狀，判去。不數日復至，乃怒而責曰：‘敢以閑事屢擾公門！’” 勞鶩：操勞不息。李之儀《次韵子瞻古風詩二首》二：“勞鶩多計眷眷後，世雄惟君有以似。”高承埏《上巳偕同年諸子修禊海澱》：“各勉山水期，於焉謝勞鶩。”

㊳ 故鄉：家鄉，出生或長期居住過的地方。《史記·高祖本紀》：“大風起兮雲飛揚，威加海內兮歸故鄉。”李白《靜夜思》：“舉頭望明月，低頭思故鄉。” 空堂：空曠寂寞的廳堂。阮籍《詠懷八十二首》一七：“獨坐空堂上，誰可與歡者？”韋渠牟《步虛詞十九首》六：“扣齒風雷響，挑燈日月光。仙雲在何處？仿佛滿空堂。”

㊴ 夢別：夢中的分別。盧綸《送王尊師》：“夢別一仙人，霞衣滿鶴身。旌幢天路晚，桃杏海山春。”長孫佐輔《代別後夢別》：“別中還夢別，悲後更生悲。覺夢俱千里，追隨難再期。” 泪亦流：即流泪、泪流。李嶠《竹》：“葉掃東南日，枝捎西北雲。誰知湘水上，流泪獨思

君！”李白《送方士趙叟之東平》：“西過獲麟臺，爲我吊孔丘。念別復懷古，潜然空淚流。”　啼痕：淚痕。岑參《長門怨》：“綠錢侵履迹，紅粉濕啼痕。”元稹《斑竹（得之湘流）》：“知是娥皇廟前物，遠隨風雨送啼痕。”　横枕：意謂在枕上縱横交錯之貌。元稹《使東川·望喜驛》：“滿眼文書堆案邊，眼昏偷得暫時眠。子規驚覺燈又滅，一道月光横枕前。”牛嶠《更漏子》：“挑錦字，記情事。惟願兩心相似。收淚語，背燈眠。玉釵横枕邊。”

⑩“昔愁憑酒遣”兩句：意謂過去有了憂愁，可以喝酒銷愁；而今天，因爲有病，憂愁滿腔的我已經無法喝酒銷愁。　昔愁：過去的憂愁。賀知章《送人之軍》：“常經絶脉塞，復見斷腸流。送子成今別，令人起昔愁。”寒山《詩三百三首》三三：“月盡愁難盡，年新愁更新。誰知席帽下，元是昔愁人！”　憑酒遣：借酒遣愁。元稹《指巡胡》：“遣悶多憑酒，公心只仰胡。挺身唯直指，無意獨欺愚。”白居易《贈夢得》：“心中萬事不思量，坐倚屏風卧向陽。漸覺詠詩猶老醜，豈宜憑酒更颠狂！”　安能：怎麽能够。張説《奉和聖製幸韋嗣立山莊應制》：“西京上相出扶陽，東郊別業好池塘。自非仁智符天賞，安能日月共回光？”儲光羲《同王十三維偶然作十首》六：“黄河流向東，弱水流向西。趨舍各有異，造化安能齊？”

⑪槿：即木槿，落葉灌木或小喬木，葉卵形，互生。夏秋開花，花鐘形，單生，有白、紅、紫等色，朝開暮落，栽培供觀賞兼作緑籬。竇鞏《早春松江野望》：“帶花移樹小，插槿作籬新。”王維《積雨輞川莊作》：“山中習静觀朝槿，松下清齋折露葵。”　離人：離別的人，離開家園、親人的人。元稹《晚秋》：“竹露滴寒聲，離人曉思驚。”宋代魏夫人《菩薩蠻》：“三見柳綿飛，離人猶未歸。”

［編年］

《年譜》本組詩編年：“元和八年秋作。”譜文云：“元稹《遣病十首》

第一首云：'服藥備江瘴，四年方一瘳。'元和五年，元稹貶江陵，下推'四年'爲元和八年。第五首云：'過壯年已五。'元和八年，元稹正三十五歲。第十首云：'落盡秋槿花，離人疾猶甚。'可見元和八年秋，元稹正患瘧。《編年箋注》同意《年譜》意見："組詩《遺病十首》作於元和八年（八一三）秋，元稹時在江陵士曹參軍任，患瘧日久未愈。"理由是："見下《譜》。"《年譜新編》亦編年元和八年，並在元和八年譜文中云："元稹《遺病十首》其一云：'服藥備江瘴，四年方一瘳。'自元和五年元稹謫江陵，下推四年，爲元和八年。其五云：'壯年等閑過，過壯年已五。'元和八年，元稹正三十五歲。"基本上引錄《年譜》的結論與理由，可惜對引錄來源也沒有作任何説明，這大概是《年譜新編》的一貫作風吧！

我們的編年意見與《年譜》、《編年箋注》、《年譜新編》同，但如果強調同年詩歌編排的先後次序，我們之間又有很大的區別，而這我們以爲是詩文編年非常重要的一環，千萬不能忽略。關於秋天的理由，除了《年譜》所舉"落盡秋槿花，離人疾猶甚"之外，詩篇中還有幾個與"秋"有關的詩句，如："歲晚我獨留，秋深爾安適"、"檐宇夜來曠，暗知秋已生"、"秋依静處多"等，特地説明在此。而《年譜》所引"離人疾猶甚"一句，其實與編年沒有關係。

◎ 酬許五康佐（次用本韵）（一）①

奮迅君何晚？羈離我詎儔②？鶴籠閑警露，鷹縛悶牽韝③。蓬閣深沉省，荊門遠慢州④。課書同吏職，旅宦各鄉愁⑤。白日傷心過，滄江滿眼流⑥。嘶風悲代馬，喘月伴吳牛⑦。枯涸方窮轍，生涯不繫舟⑧。猿啼三峽雨，蟬報兩京秋⑨。珠玉慚新贈，芝蘭忝舊游⑩。他年問狂客，須向老農求⑪。

録自《元氏長慶集》卷一一

[校記]

（一）酬許五康佐：本詩楊本、叢刊本、《全詩》諸本不見異文，《唐詩紀事》移録"猿啼三峽雨"以下六句，也不見異文。

[箋注]

① 許五康佐：元稹的朋友，排行五，徐松《登科記考》考定其貞元十八年登進士第。當時在江陵府爲幕僚，是元稹的同僚。《全詩》存其《日暮碧雲合》、《白雲起封中》詩兩首。《舊唐書·許康佐》："許康佐，父審。康佐登進士第，又登宏詞科。以家貧母老，求爲知院官，人或怪之，笑而不答。及母亡服除，不就侯府之辟，君子始知其不擇禄養親之志也，故名益重。遷侍御史，轉職方員外郎，累遷至駕部郎中，充翰林侍講學士，仍賜金紫。歷諫議大夫、中書舍人，皆在内庭。爲户部侍郎，以疾解職。除兵部侍郎，轉禮部尚書，卒年七十二，贈吏部尚書。撰《九鼎記》四卷。弟堯佐、元佐，堯佐子道敏，並登進士第，歷官清顯。"本詩是元稹酬和許康佐的酬和之作，許康佐的原唱已經散失。

② 奮迅：精神振奮，行動迅速。《後漢書·耿純傳》："大王以龍虎之姿，遭風雲之時，奮迅拔起，期月之間兄弟稱王。"王維《老將行》："漢兵奮迅如霹靂，虜騎崩騰畏蒺藜。"　羈離：亦作"羇離"，飄泊他鄉。杜甫《重贈鄭煉》："江山路遠羈離日，裘馬誰爲感激人？"梅堯臣《春晴對月》："寥落將寒食，羈離念故京。"　詎：副詞，表示反詰，相當於"豈"、"難道"。陶潛《讀山海經十三首》一〇："徒設在昔心，良辰詎可待？"《新唐書·突厥傳》："卜不吉，神詎無知乎？我自決之。"　儔：

輩,同類。王符《潛夫論·忠貴》:"此等之儔,雖見貴於時君,然上不順天心,下不得民意。"袁宏《後漢紀·靈帝紀》:"吾見士多矣!未有如郭林宗者也。其聰識、通朗、高雅、密博,今之華夏鮮見其儔。"伴侶。曹植《洛神賦》:"爾迺衆靈雜遝,命儔嘯侶,或戲清流,或翔神渚。"顏延之《重釋何衡陽》:"薄從歲事,躬斂山田;田家節隙,野老爲儔。"

③ 鶴籠:仙鶴被籠子囚禁。白居易《不出門》:"不出門來又數旬,將何銷日與誰親? 鶴籠開處見君子,書卷展時逢古人。"王禹偁《官舍書懷呈羅思純》:"仙桂並枝攀月魄,縣花反影笑春風。分莎種就尋僧徑,借竹編成養鶴籠。" 警露:《藝文類聚》卷九〇引周處《風土記》:因白露降臨而相警戒,相傳鶴性機警,"至八月白露降,流於草上,滴滴有聲,因即高鳴相警,移徙所宿處,慮有變害"。駱賓王《送王贊府上京參選賦得鶴》:"虛心恒警露,孤影尚淩烟。"皇甫湜《鶴處雞群賦》:"安知警露之質? 豈誠淩雲之意!" 鷹縛:雄鷹被束縛了翅膀。暫無其他書證。 牽:牽制。《管子·法法》:"令出而不行謂之牽。"尹知章注:"牽,牽於左右。"吳曾《能改齋漫録·記事》:"久之,乙既有室,不令,日咻其夫使叛其兄,乙牽於愛而聽之。"

④ 蓬閣:亦作"蓬萊閣",指秘書省或秘書監。杜甫《秋日寄題鄭監湖上亭三首》三:"暫阻蓬萊閣,終爲江海人。"亦省作"蓬閣"。孟浩然《初出關旅亭夜坐懷王大校書》:"永懷蓬閣友,寂寞滯揚雲。"杜甫《哭台州鄭司户蘇少監》:"移官蓬閣後,穀貴歿潛夫。"元稹曾經在秘書省任職,故言。 深沉:深邃隱蔽。謝靈運《晚出西射堂》:"連障疊巘巇,青翠杳深沈。"梅堯臣《邃隱堂》:"華宇何深沉! 但聞列圖籍。"荆門:山名,在今湖北省宜都縣西北,長江南岸,隔江和虎牙山相對,江水湍急,形勢險峻。古爲巴蜀荆吳之間要塞。酈道元《水經注·江水》:"江水又東歷荆門虎牙之間。荆門在南,上合下開,暗徹山南,有門像虎牙;在北,石壁色紅,間有白文,類牙形,並以物像受石,此二山

楚之西塞也。"李白《渡荆門送別》："渡遠荆門外,來從楚國遊。"指荆
州。王維《寄荆州張丞相》："所思竟何在? 悵望深荆門。"趙殿成箋
注："唐人多呼荆州爲荆門,文人稱謂如此,不僅指荆門一山矣!"　遠
慢:容易被疏遠輕忽之地之事之人。白居易《郡齋暇日辱常州陳郎中
使君早春晚坐水西館書事十六韵見寄亦以十六韵酬之》："敢辭官遠
慢,且貴身安妥。"許景衡《奏核劉喜張士英强勒人投軍札子》："近在
赤邑,耳目所及,若不懲誡,則四方之遠慢令之吏可勝治耶?"

　　⑤ 課書:研習書文。白居易《與元九書》："二十已來,晝課賦,夜
課書。"徐夤《温陵殘臘書懷寄崔尚書》："中興未遇先懷策,除夜相催
也課書。江上年年接君子,一杯春酒一枰棋。"　吏職:官吏的職責。
《宋書・良吏傳序》："高祖起自匹庶,知民事艱難,及登庸作宰,留心
吏職。"《舊唐書・吕諲傳》："諲性謹守,勤於吏職,雖同僚追賞,而塊
然視事,不離案簿。"　旅宦:外出求官或做官。王僧達《和琅琊王依
古》："少年好馳俠,旅宦遊關源。"郎士元《送長沙韋明府》："秋入長沙
縣,蕭條旅宦心。"　鄉愁:思鄉的愁悶。岑參《宿關西客舍寄東山嚴
許二山人時天寶初七月初三日在内學見有高道舉徵》："雲送關西雨,
風傳渭北秋。孤燈然客夢,寒杵搗鄉愁。"皇甫曾《送湯中丞和蕃》:
"春草鄉愁起,邊城旅夢移。莫嗟行遠地,此去答恩私。"

　　⑥ 白日:白晝,白天。《後漢書・吴祐傳》："今若背親逞怒,白日
殺人,赦若非義,刑若不忍,將如之何?"杜甫《陪鄭廣文游何將軍山林
十首》六："野鶴清晨出,山精白日藏。"　傷心:心靈受傷,形容極其悲
痛。司馬遷《報任少卿書》："故禍莫憯於欲利,悲莫痛於傷心。"陸游
《重過沈園作》一："傷心橋下春波綠,曾是驚鴻照影來。"　滄江:江
流,江水,以江水呈蒼色,故稱。任昉《贈郭桐廬》："滄江路窮此,湍險
方自玆。"陳子昂《羣公集畢氏林亭》："子牟戀魏闕,漁父愛滄江。"
滿眼:充滿視野。陶潛《祭程氏妹文》："尋念平昔,觸事未遠,書疏猶
存,遺孤滿眼。"杜甫《千秋節有感二首》二："桂江流向北,滿眼送

波濤。"

⑦ 嘶風：馬迎風嘶叫，形容馬勢雄猛。劉禹錫《謝宣州崔相公賜馬》："浮雲金絡膝，昨日別朱輪。銜草如懷戀，嘶風尚意頻。"章孝標《和滕邁先輩傷馬》："浮雲變化失龍兒，始憶嘶風噴沫時。蹄想塵中翻碧玉，尾休烟裹掉青絲。" 代馬：北地所産良馬。代，古代郡地，後泛指北方邊塞地區。《文選·曹植〈朔風詩〉》："仰彼朔風，用懷魏都；願騁代馬，倏忽北徂。"劉良注："代馬，故馬也；倏忽，疾也；徂，往也，言馳胡馬疾行而北往也。"劉希夷《將軍行》："截圍一百重，斬首五千級。代馬流血死，胡人抱鞍泣。" 喘月：即"喘月吳牛"，劉義慶《世説新語·言語》：相傳吳地之牛畏熱，見月亦疑爲日，喘息不已。譚用之《寄王侍御》："喘月吳牛知夜至，嘶風胡馬識秋來。"辛棄疾《雨中花慢·子似見和再用韵爲別》："心似傷弓塞雁，身如喘月吳牛。" 吳牛：吳地的水牛。劉商《秋夜聽嚴紳巴童唱竹枝歌》："身騎吳牛不畏虎，手提蓑笠欺風雨。"陸游《秋懷》："典琴沽市釀，賣劍買吳牛。"

⑧ 枯涸：《莊子·大宗師》："泉涸，魚相與處於陸，相呴以濕，相濡以沫。"後因以"枯涸"指困境，或指陷入困境者。黄庭堅《黄潁州挽詞三首》一："惠沫霑枯涸，忠規補過差。" 窮轍：猶涸轍，比喻窮困的處境。唐彦謙《送樊琯司業歸朝》："賤子悲窮轍，當年亦擅場。"韋應物《答崔都水》："貴通甘首免，歲晏當歸田。勿厭守窮轍，慎爲名所牽。" 生涯：語本《莊子·養生主》："吾生也有涯，而知也無涯。"原謂生命有邊際、限度，後指生命、人生。沈炯《獨酌謠》："生涯本漫漫，神理暫超超。"劉禹錫《代裴相公讓官第三表》："聖日難逢，生涯漸短。體羸無拜舞之望，心在有涕戀之悲。" 不繫舟：比喻漂泊無定。李白《寄崔侍御》："宛溪霜夜聽猿愁，去國長如不繫舟。"白居易《想東遊五十韵》："去去無程客，行行不繫舟。"

⑨ 猿啼：猴猿的啼叫。張九齡《祠紫蓋山經玉泉山寺》："高僧聞逝者，遠俗是初心。蘚駁經行處，猿啼燕坐林。"宋之問《自衡陽至韶

州謁能禪師》：“猿啼山館曉，虹飲江皋霽。湘岸竹泉幽，衡峰石困閉。”　三峽：重慶市、湖北省境内，長江上游的瞿塘峽、巫峽和西陵峽的合稱。左思《蜀都賦》：“經三峽之峥嶸，躡五岨之蹇滻。”陸游《登樓》：“歌聲哀怨傳三峽，行色凄凉帶百蠻。”　蟬報：蟬鳴。楊萬里《山居》：“幽夢時能憶，閑題底要工？不知蟬報夏，爲復自吟風。”袁桷《寄上都子貞伯庸繼學三學士》：“侍臣親切見銀河，不用虛無八月槎。蟬報早秋歸木末，龍拖殘雪度山阿。”　兩京：兩個京城，兩個首都，這裏指唐代的長安和洛陽。薛稷《餞許州宋司馬赴任》：“令弟與名兄，高才振兩京。”杜甫《戲贈閿鄉秦少府短歌》：“今日時清兩京道，相逢苦覺人情好。”

⑩　珠玉：比喻妙語或美好的詩文。《晉書·夏侯湛傳》：“〔湛〕作《抵疑》以自廣，其辭曰‘……咳唾成珠玉，揮袂出風雲。’”杜甫《奉和賈至舍人早朝大明宮》：“朝罷香煙携滿袖，詩成珠玉在揮毫。”　芝蘭：芷和蘭，皆香草，芝，通“芷”。《焦氏易林·萃之同人》：“南山芝蘭，君子所有。”王定保《唐摭言·怨怒》：“分若芝蘭，堅逾膠漆。”這裏元稹以“芝”、“蘭”自喻和他喻許康佐。　忝：羞辱，有愧於。《漢書·叙傳》：“陵不引決，忝世滅姓。”顏師古注：“忝，辱也。”韓愈《順宗實録》：“懋建皇極，以熙庶功，無忝我高祖，太宗之休命。”常用作謙詞。《後漢書·楊賜傳》：“臣受恩偏特，忝任師傅，不敢自同凡臣，括囊避咎。”　舊遊：昔日交遊的友人。白居易《憶舊遊》：“憶舊遊，舊遊安在哉？舊遊之人半白首，舊遊之地多蒼苔。”蘇轍《送柳子玉》：“舊遊日零落，新輩誰與伍？”這裏分別指元稹與許康佐昔日交遊的朋友。

⑪　“他年問狂客”兩句：意謂多少年以後，您如果還想尋找我這個狂放不羈的人，祇有也祇要在多年勞作在田野裏的老農中查找就一定能够找到。　他年：猶言將來，以後。《左傳·成公十三年》：“曹人使公子負芻守……負芻殺其大子而自立也，諸侯乃請討之。晉人以其役之勞，請俟他年。”杜牧《寄題甘露寺北軒》：“他年會著荷衣去，

不向山僧道姓名。" 狂客:放蕩不羈的人。李白《醉後答丁十八》:
"一州笑我爲狂客,少年往往來相譏。"蘇軾《滿庭芳‧留別雪堂鄰里
二三君子》:"坐中有狂客,腦亂愁腸。" 老農:久經歲月而經驗豐富
的農夫。《論語‧子路》:"樊遲請學稼,子曰:'吾不如老農。'"《南
史‧程靈洗傳》:"〔靈洗〕性好播植,躬勤耕稼,至於水陸所宜,刈穫早
晚,雖老農不能及也。"

[編年]

　　《年譜》元和五年"詩編年"欄內編入本詩,没有列舉理由。在譜
文中引述"元稹《酬許五康佐》云:'蓬閣深沈省,荆門遠慢州。課書同
吏職,旅宦各鄉愁……'這首詩説明,元稹與許康佐本來相識,現又同
仕江陵。"又引述《舊唐書‧許康佐傳》:"以家貧母老,求爲知院官。
人或怪之,笑而不答。"得出結論:"對照元稹詩,看出許康佐在江陵爲
知院官。"但爲何一定作於元和五年,《年譜》却没有回答。《編年箋
注》編年:"元稹和作成於元和五年(八一〇),時在江陵士曹參軍任。
見下《譜》。"《年譜新編》編年本詩於"庚寅至甲午在江陵府所作其他
詩"欄內,理由是:"元詩云:'蓬閣深沉省,荆門遠慢州。課書同吏職,
旅宦各鄉愁……猿啼三峽雨,蟬報兩京秋。'元、許俱曾官校書郎。"

　　我們以爲《年譜》、《編年箋注》斷言本詩作於元和五年的編年結
論,似乎缺乏足够的證據。而且,"蓬閣深沉省,荆門遠慢州"兩句,祇
是述説元稹自己的經歷,并不是説許康佐也曾經歷職校書郎之職,
《年譜》、《編年箋注》斷言"元稹與許康佐本來相識"没有根據,《年譜
新編》斷言許康佐也曾歷職校書郎,缺乏根據。而"課書同吏職,旅宦
各鄉愁"才歸言到兩人在江陵同樣的遭遇,産生"同病相憐"的同感,
拉近兩人之間的距離。而"芝蘭忝舊游"中的"舊游",也不是指元稹
與許康佐兩人過去相識,而是分别指元稹與許康佐過去的老朋友,否
則不好解釋"芝"、"蘭"的實際含義。

許康佐的原唱既然已經散失,而其留下的史料又不多,我們祇能從元稹自身的資料中尋求答案。我們以爲據元稹的詩,可斷定元稹此詩作於江陵任內無疑。詩中還有"蟬報兩京秋"句,爲《年譜》、《編年箋注》所忽略,進一步可以斷定此詩作於元稹江陵任內某年的秋天。當然元和九年秋天元稹隨同嚴綬前往淮西平叛不在江陵,可以排除,同樣也爲《年譜新編》所忽略。而據"旅宦各鄉愁"、"須向老農求"的詩句,説明元稹已經在江陵經歷了太多的等待,既增濃了思鄉的鄉愁,更發泄了久貶不遷的怨恨。我們以爲本詩應該作於元和五年至元和八年四年中的某年秋天,而以元和八年秋天賦詠最爲可能,時元稹在病中,最易産生思鄉之愁感。

◎ 送盧戡(一)①

紅樹蟬聲滿夕陽,白頭相送倍相傷②。老嗟去日光陰促,病覺今年晝夜長③。顧我親情皆遠道,念君兄弟欲他鄉④。紅旗滿眼襄州路,此別淚流千萬行⑤。

錄自《元氏長慶集》卷二○

[校記]

(一)送盧戡:本詩存世各本,包括楊本、叢刊本、《全詩》諸本,未見異文。

[箋注]

① 盧戡:盧戡進士及第,後任桂府副使,元稹與盧戡相識於東都履信里,再次相逢於江陵。元稹《誚盧戡與予數約遊三寺戡獨沉醉而不行》:"如何盧進士,空戀醉如泥?"白居易《授盧戡桂府副使制》:"戡

行義有聞，積學多識。去於榮進，樂在閑放。以是爲請，宜乎得人。"穆員《陝虢觀察使盧公墓誌銘》："有唐貞元四年夏六月，陝虢都防禦觀察轉運等使、陝州長史兼御史中丞范陽盧公，壽六十，中疾于位，優詔得謝家東都履信里，秋七月甲戌終于其寢，冬十月乙酉歸于此堂，禮也……府君諱岳，字周翰……三子：載、戩，戠，長齒未童，幼哀及禮。"推算其年歲，貞元四年，盧戠"幼哀及禮"，而其時元稹七歲，後來元稹與韋夏卿子女韋叢結婚，經常出入東都履信里，而盧戠祖居洛陽履信里，年齡相仿的他們，有可能那個時候已經相識，元和五年，元稹貶赴江陵，又在襄陽與盧戠相遇，元稹有《襄陽爲盧竇紀事》紀實。元稹到江陵，盧戠也來到江陵，又在江陵相逢。這次，是盧戠離開江陵前往襄陽，元稹賦詩送行。

②　紅樹：盛開紅花之樹。王建《調笑令》："紅樹，紅樹，燕語鶯啼日暮。"歐陽修《豐樂亭遊春》："紅樹青山日欲斜，長郊草色綠無涯。"也指經霜葉紅之樹，如楓樹等。韋應物《登樓》："坐厭淮南守，秋山紅樹多。"　蟬聲：即"蟬吟"，蟬的鳴叫聲。駱賓王《送劉少府遊越州》："露下蟬聲斷，寒來雁影連。"劉長卿《送崔使君赴壽州》："草色青青迎建隼，蟬聲處處雜鳴驤。"　夕陽：傍晚的太陽。庾闡《狹室賦》："南羲熾暑，夕陽傍照。"歐陽修《醉翁亭記》："已而夕陽在山，人影散亂，太守歸而賓客從也。"　白頭：猶白髮，形容年老。《戰國策·韓策》："中國白頭游敖之士，皆積智欲離秦韓之交。"曹丕《與吳質書》："意志何時，復類昔日？已成老翁，但未白頭耳！"　相送：送別。盧照鄰《大劍送別劉右史》："金碧禺山遠，關梁蜀道難。相逢屬晚歲，相送動征鞍。"楊炯《送李庶子致仕還洛》："詔賜扶陽宅，人榮御史車。灞池一相送，流涕向烟霞。"　相傷：互相感傷。元稹《贈呂二校書》："七年浮世皆經眼，八月閑宵忽並床。語到欲明歡又泣，傍人相笑兩相傷。"李商隱《漫成三首》二："沈約憐何遜，延年毀謝莊。清新俱有得，名譽底相傷？"

③ 嗟：嘆詞，表悲傷。曹丕《短歌行》：“嗟我白髮，生一何早！”崔峒《送馮八將軍奏事畢歸滑臺幕府》：“自嘆馬卿常帶疾，還嗟李廣不封侯。”　去日：已過去的歲月。曹操《短歌行》：“對酒當歌，人生幾何？譬如朝露，去日苦多。”趙徵明《思歸》：“爲別未幾日，去日如三秋。猶疑望可見，日日上高樓。”　光陰：時間，歲月。《顏氏家訓·勉學》：“光陰可惜，譬諸流水。”韓偓《青春》：“光陰負我難相偶，情緒牽人不自由。”　今年：本年，指説話時的這一年。李密《陳情事表》：“臣密今年四十有四，祖母劉今年九十有六。”獨孤及《和贈遠》：“今年新花如舊時，去年美人不在兹。借問離居恨深淺？祗應獨有庭花知。”畫夜：白日和黑夜。《論語·子罕》：“逝者如斯夫，不舍晝夜！”元稹《人道短》：“天道晝夜迴轉不曾住，春秋冬夏忙。”

④ 顧：回首，回視。《詩·檜風·匪風》：“顧瞻周道，中心怛兮。”毛傳：“迴首曰顧。”《論語·鄉黨》：“車中不内顧，不疾言，不親指。”邢昺疏：“顧謂回視也。”　親情：親戚，亦指親戚情誼。酈道元《水經注·漸江水》：“質去家已數十年，親情凋落，無復向時比矣！”拾得《詩》三：“聚集會親情，總來看盤飣。”　遠道：猶遠路。劉向《説苑·尊賢》：“是故游江海者託於船，致遠道者託於乘。”杜甫《登舟將適漢陽》：“中原戎馬盛，遠道素書稀。”　念：思念，懷念。杜甫《遣興》：“客子念故宅，三年門巷空。”蘇軾《秀州僧本瑩静照堂》：“鳥囚不忘飛，馬繫常念馳。”　兄弟：古代對同姓宗親的稱呼。《儀禮·喪服》：“大夫之子於兄弟，降一等。”鄭玄注：“兄弟，猶言族親也。”《詩·小雅·常棣序》：“常棣，燕兄弟也。”孔穎達疏：“兄弟者，共父之親，推而廣之，同姓宗族皆是也。”　他鄉：異鄉，家鄉以外的地方。王泠然《淮南寄舍弟》：“寄書迷處所，分袂隔凉温。遠道俱爲客，他鄉共在原。”王維《宿鄭州》：“朝與周人辭，暮投鄭人宿。他鄉絶儔侣，孤客親僮僕。”

⑤ 紅旗：古代用作軍旗或用於儀仗隊的紅色旗。江淹《齊太祖誄》：“縞鏑星流，紅旗電結。”王昌齡《從軍行七首》五：“大漠風塵日色

昏,紅旗半捲出轅門。" 滿眼:充滿視野。杜甫《千秋節有感二首》二:"桂江流向北,滿眼送波濤。"楊巨源《送人過衛州》:"論舊舉杯先下淚,傷離臨水更登樓。相思前路幾回首? 滿眼青山過衛州。" 襄州:州郡名,《舊唐書·地理志》:"襄州:隋襄陽郡,武德四年平王世充改爲襄州……天寶元年改爲襄陽郡,十四載置防禦使,乾元元年復爲襄州,上元二年置襄州節度使,領襄、鄧、均、房、金、商等州,自後爲山南東道節度使治所。舊領縣七……在京師東南一千一百八十二里,至東都八百五十三里。"劉長卿《送李中丞之襄州》:"流落征南將,曾驅十萬師。罷歸無舊業,老去戀明時。"岑參《送襄州任別駕》:"別乘向襄州,蕭條楚地秋。江聲官舍裏,山色郡城頭。"估計襄州應該是盧戡離別元稹之後要去的目的地。 淚流:猶流淚。李白《送方士趙叟之東平》:"西過獲麟臺,爲我吊孔丘。念別復懷古,潛然空淚流。"王表《成德樂》:"趙女乘春上畫樓,一聲歌發滿城秋。無端更唱關山曲,不是征人亦淚流。" 千萬:形容數目極多。劉長卿《送陶十赴杭州攝掾》:"莫歎江城一掾卑,滄洲未是阻心期。浙中山色千萬狀,門外潮聲朝暮時。"李白《月下獨酌四首》四:"窮愁千萬端,美酒三百杯。愁多酒雖少,酒傾愁不來。"

[編年]

《年譜》編年本詩於"庚寅至甲午在江陵府所作其他詩"欄內,引述本詩全文作爲理由。《編年箋注》編年:"此詩作於江陵時期。見下《譜》。"《年譜新編》編年本詩於"庚寅至甲午在江陵府所作其他詩"欄內,理由是:"《全唐文》卷七八四穆員《陝虢觀察使盧公墓誌銘》云:'府君諱岳,字周翰……三子:載、戭、戡。'"

我們認爲,《年譜》全文引述本詩作爲編年理由,實在令人費解,讀者如果可以直接從詩文中加以理解,何必又需《年譜》多此一舉?《編年箋注》的同意,我們也覺得是不加分析的盲目聽從。而《年譜新編》引用盧戡父親的墓誌銘,與本詩的編年毫無關係,讓讀者如墮雲中,莫名其妙。

我們已經知道,元稹《誚盧戡與予數約遊三寺戡獨沉醉而不行》作於元和七年的暮秋九月初,那麼本詩應該作於元和七年暮秋九月之後,因爲前者盧戡在江陵,後者盧戡準備離開江陵。而本詩云:"病覺今年晝夜長。"元稹元和八年秋天曾經大病一場,有元稹自己的元和八年《遣病十首》詩爲證,"服藥備江瘴,四年方一瘳。豈是藥無功?伊予久留滯","壯年等閒過,過壯年已五。華髮不再青,勞生竟何","秋依靜處多,況乃凌晨趣。深竹蟬晝風,翠葺衫曉露","簷宇夜來曠,暗知秋已生。臥悲衾簟冷,病覺肢體輕"就是最好的證明。結合本詩的"紅樹蟬聲"之景,本詩應該是元和八年秋天時節的詩篇。

◎ 奉和嚴司空重陽日同崔常侍崔郎中及諸公登龍山落帽臺佳宴①

謝公秋思眇天涯(一),蠟屐登高爲菊花②。貴重近臣光綺席,笑憐從事落烏紗③。茰房暗綻紅珠朵,茗碗寒供白露芽(二)④。詠碎龍山歸去虢,馬奔流電妓奔車⑤。

錄自《元氏長慶集》卷一八

[校記]

(一)謝公秋思眇天涯:原本作"謝公愁思眇天涯",《全詩》同,語義不合詩旨,楊本、叢刊本作"謝公秋思眇天涯",結合詩題中的"重陽日",楊本語佳,據改。

(二)茗碗寒供白露芽:《全詩》同,楊本作"茗援寒供白露芽",叢刊本作"茗授寒供白露芽",語義均不佳,不從不改。

［箋注］

　　① 奉和嚴司空重陽日同崔常侍崔郎中及諸公登龍山落帽臺佳宴：這首詩與令狐楚的同名詩篇重出，元稹詩見《全詩》卷四一三，後者見《全詩》卷三三四，兩詩除詩題及詩文各有一字差異之外，其他則完全一樣。河南大學出版社一九八五年八月版的《全唐詩重篇索引》在元稹與令狐楚的名下都没有注明重出，屬於偶然的遺漏，《年譜》没有指出，也不應該。《歲時雜詠》卷三五也歸屬於令狐楚名下，《歲時雜詠》的體例是選入詩篇祇在第一首題下標明作者，後面的同一人詩作不再另行標注，因此《年譜新編》認爲《歲時雜詠》中《奉和嚴司空重陽日同崔常侍崔郎中及諸公登龍山落帽臺佳宴》"佚作者名"是錯誤的。《奉和嚴司空重陽日同崔常侍崔郎中及諸公登龍山落帽臺佳宴》的真實作者究竟是誰？令狐楚確實曾爲嚴綬的"從事"，《舊唐書·令狐楚傳》："李説、嚴綬、鄭儋相繼鎮太原，高其行義，皆辟爲從事。"據此可知令狐楚爲嚴綬的"從事"在太原，與本詩所述江陵龍山落帽臺的情況不相符合。而本詩詩題中的"崔郎中"崔倰，其履職未及太原，却與江陵任職一一符合，元稹《有唐贈太子少保崔公墓誌銘》"公諱倰，字德長……會朝廷始置兩税使，俾之聽郡縣，授公檢校膳部郎中，襄州湖鄂之税皆菇焉！且主轉運留務於江陵"就是證據。因此我們認定，本詩應該是元稹的作品，而非令狐楚的詩作。宋代陳景沂《全芳備祖後集·茱萸》："七言散句：茱萸暗綻紅珠蕊（元稹）。"其實這並非是元稹的"七言散句"，而是元稹《奉和嚴司空重陽日同崔常侍崔郎中及諸公登龍山落帽臺佳宴》中的"萸房暗綻紅珠朵"，文字稍有出入，《歲時雜詠》、《全詩》同，不應該視爲元稹的"七言散句"。關於本詩，《四庫全書·御覽詩提要》有涉及："臣等謹案《御覽詩》一卷，一名《唐歌詩》，一名《選進集》，一名《元和御覽》，唐令狐楚編……此書之進，在元和十二年以前也。陸游《渭南文集》有是書跋曰：'右唐《御覽詩》一卷，凡三十人，二百八十九首，元和學士令狐楚所集也。'按'盧

綸墓碑’云：‘元和中，章武皇帝命侍臣採詩第名家，得三百一十篇，公之章句奏御者居十之一。今《御覽》所載，綸詩正三十二篇，所謂居十之一者也。據此，則《御覽》爲唐舊本不疑。然《碑》云三百十一篇，而此纔二百八十九首，蓋散佚多矣’云云，此本人數詩數均與□所跋相合，蓋猶古本所録，惟韋應物爲天寶舊人，其餘李端、司空曙等皆大曆以下人，張籍、楊巨源並及於同時之人……《和嚴司空落帽臺宴詩》之‘馬奔流電妓奔車’……皆頗涉俗格，亦其素習然也。然大致雍容諧婉，不失風格，上比《篋中集》則不足，下方《才調集》則有餘，亦不以一二疵累棄其全書矣！乾隆四十六年四月恭校上。”　奉和：謂做詩詞與別人相唱和。楊炯《奉和上元酺宴應詔》：“仰德還符日，霑恩更似春。襄城非牧豎，楚國有巴人。”盧綸《奉和太常王卿酬中書李舍人中書寓直春夜對月見寄》：“露如輕雨月如霜，不見星河見雁行。虛暈入池波自泛，滿輪當苑桂多香。”　嚴司空：即當時出任荊南節度使的嚴綬，《舊唐書·憲宗紀》：(元和六年)“三月乙未朔……丁未，以檢校右僕射嚴綬爲江陵尹、荊南節度使……(元和九年)冬十月甲辰朔……甲子，制‘……宜以山南東道節度使嚴綬兼充申光蔡等州招撫使。’仍命內常侍崔潭峻爲監軍。”嚴綬當時以檢校司空的榮銜出任荊南節度使，故稱“嚴司空”。元稹《故金紫光祿大夫檢校司徒兼太子少傅贈太保鄭國公食邑三千户嚴公行狀》：“尋以檢校司空，拜荊南節度觀察支度等使兼江陵尹、御史大夫。”劉禹錫《江陵嚴司空見示與成都武相公唱和因命同作》：“南荊西蜀大行臺，幕府旌門相對開。名重三司平水土，威雄八陣役風雷。”　重陽日：節日名，古代以九爲陽數之極，九月九日故稱“重九”或“重陽”，魏晉後習俗於此日登高遊宴。庾肩吾《九日侍宴樂游苑應令詩》：“獻壽重陽節，迴鑾上苑中。”杜甫《九日五首》一：“重陽獨酌杯中酒，抱病起登江上臺。”　同：聚集，會合。《詩·小雅·吉日》：“獸之所同，麀鹿麌麌。”鄭玄箋：“同，猶聚也。”庾信《燕射歌辭·角調曲》：“涇渭同流，清濁異能。”　崔常侍：即崔潭峻，宦官，

時以"內常侍"身份出任荊南節度使府監軍使,故言。《編年箋注》:
"崔郎中指崔潭峻。"崔潭峻是宦官,在內侍省任職,內侍省並無"郎
中"之職名,宦官也不可能任職"郎中"。當時崔潭峻的官職就是"內
常侍",《舊唐書·憲宗紀》(元和九年冬十月)"仍命內常侍崔潭峻爲
監軍"就是最好的證據,《編年箋注》屬於張冠李戴。　　崔郎中:即崔
俊,時以"檢校膳部郎中"的身份,主持"襄州湖鄂之稅","且主轉運留
務於江陵"。《編年箋注》認爲:"崔常侍,崔俊,字德長,以蘇州刺史奏
課第一,遷湖南觀察使,入爲戶部侍郎,判度支,出爲鳳翔節度使,徙
河南尹,以戶部尚書致仕。"所節引《新唐書·崔俊傳》的材料沒有錯,
但崔俊在江陵時祇是"膳部郎中",顯然沒有履職"常侍",元稹《有唐
贈太子少保崔公墓誌銘》:"公諱俊,字德長……累遷京兆府司録,拜
侍御史,轉膳部員外郎、轉運使官。會朝廷始置兩稅使,俾之聽郡縣,
授公檢校膳部郎中,襄州湖鄂之稅皆涖焉! 且主轉運留務於江陵。
公乃取一大吏,劾其贓,其餘渺小不法者牒按之,所涖皆震竦。歲餘
計奏,憲宗皇帝深嘉之,面命金紫,加檢校職方郎中。移治留務於揚
子,仍兼淮浙宣建等兩稅使,尋拜蘇州刺史……"據元稹《有唐贈太子
少保崔公墓誌銘》,崔俊終身未履職"常侍"之職,《編年箋注》又屬於
是張冠李戴了。　　諸公:泛稱各位人士。王維《晚春嚴少尹與諸公見
過》:"松菊荒三徑,圖書共五車。烹葵邀上客,看竹到貧家。"杜甫《醉
時歌》:"諸公袞袞登臺省,廣文先生官獨冷。"　　龍山:地名,在江陵,
以孟嘉落帽聞名於世。李白《九日龍山飲》:"九日龍山飲,黃花笑逐
臣。醉看風落帽,舞愛月留人。"趙嘏《重陽日即事》:"病酒堅辭綺席
春,菊花空伴水邊身。由來舉止非閑雅,不是龍山落帽人。"　　落帽
臺:地名,在江陵龍山,距離府城約二十里。《晉書·孟嘉傳》:"〔嘉〕
後爲征西桓溫參軍,溫甚重之。九月九日,溫燕龍山,寮佐畢集。時
佐吏並著戎服,有風至,吹嘉帽墮落,嘉不之覺。溫使左右勿言,欲觀
其舉止。嘉良久如廁,溫令取還之,命孫盛作文嘲嘉,著嘉坐處。嘉

還見,即答之,其文甚美,四坐嗟嘆。"後因以"落帽"作爲重九登高的典故。元稹《答姨兄胡靈之見寄五十韻》:"登樓王粲望,落帽孟嘉情。"句後自注:"龍山落帽臺去府城二十里。"歷來認爲元稹在江陵依附藩鎮嚴綬,本詩即是其中的所謂"證據"之一。卞孝萱《元稹"變節"真相》指出:元稹變節的第一步是巴結藩鎮嚴綬。理由是:"嚴綬是宦官的走狗。"曾經"遭到裴垍的彈劾"和白居易的抨擊;元稹被貶之後不久,"嚴綬成爲元稹的頂頭上司,白居易更爲元稹擔憂了",誰知嚴綬"不但沒有對元稹進行報復,反而'恩顧偏厚',説明元稹巴結藩鎮成功了"。我們以爲荆南節度使府與不申戶口不納賦稅而養兵四守謀拒王命的范陽、鎮冀、淮西等地方割據勢力完全不同;嚴綬是李唐朝廷派出的官員,他與使職世代相襲的藩鎮頭目也不一樣。淮西叛亂時,嚴綬曾根據朝廷的方略,先領兵招撫,繼討伐叛鎮,積極參與淮西平叛之戰。因此我們以爲《真相》所謂元稹巴結藩鎮嚴綬的實在含義,至多也祇是元稹巴結上司嚴綬而已。巴結上司是封建社會乃至於後世社會中司空見慣之事,恐怕不能用來作爲元稹變節的證據。我們有拙文《也談元稹"變節"真相》、拙稿《元稹考論・元稹的"變節"與元稹的"依附"》專門論述這一問題,拜請參閲。

② 謝公:歷史上被稱爲"謝公"的有多人:晉代謝安。劉義慶《世説新語・任誕》:"桓子野每聞清歌,輒喚'奈何!'謝公聞之曰:'子野可謂一往有深情。'"李白《示金陵子》:"謝公正要東山妓,携手林泉處處行。"南朝宋謝靈運。李白《夢遊天姥吟留別》:"謝公宿處今尚在,淥水蕩漾清猿啼。"錢起《送包何東遊》:"子好謝公迹,常吟孤嶼詩。"南朝齊謝朓。李白《秋登宣城謝朓北樓》:"誰念北樓上,臨風懷謝公?"本詩以"謝公"的風采讚譽嚴綬。　　秋思:秋日寂寞淒涼的思緒。沈佺期《古歌》:"落葉流風向玉臺,夜寒秋思洞房開。"蘇轍《次韻徐正權謝示閔子廟記及惠紙》:"西溪秋思日盈箋,幕府拘愁學久騫。"　　天涯:猶天邊,指極遠的地方。語出《古詩十九首・行行重行行》:"相去

萬餘里，各在天一涯。"徐陵《與王僧辯書》："維桑與梓，翻若天涯。"蠟屐：以蠟塗木屐。語出劉義慶《世説新語•雅量》："或有詣阮（孚），見自吹火蠟屐，因嘆曰：'未知一生當著幾量屐！'神色閑暢。"後因以"蠟屐"指悠閑、無所作爲的生活。辛棄疾《玉蝴蝶•叔高書來戒酒》："生涯蠟屐，功名破甑，交友搏沙。"塗蠟的木屐。劉禹錫《送裴處士應制舉》："登山雨中試蠟屐，入洞夏裏披貂裘。"蘇舜欽《關都官孤山四照閣》："他年君挂朱輪後，蠟屐邛枝伴此行。"　登高：指農曆九月初九日登高的風俗。吳均《續齊諧記•九日登高》："汝南桓景隨費長房遊學累年，長房謂曰：'九月九日汝家中當有災，宜急去，令家人各作絳囊盛茱萸以繫臂，登高飲菊花酒，此禍可除。'景如言，齊家登山。夕還，見雞犬牛羊一時暴死。長房聞之曰：'此可代也。'今世人九日登高飲酒，婦人帶茱萸囊，蓋始於此。"郭震《子夜四時歌六首•秋歌》："辟惡茱萸囊，延年菊花酒。與子結綢繆，丹心此何有？"陰行先《和張燕公湘中九日登高》："山棠紅葉下，岸菊紫花開。今日桓公座，多愧孟嘉才。"　菊花：多年生草本植物，葉子有柄，卵形，邊緣有缺刻或鋸齒。秋季開花，品種很多，供觀賞，有的品種可入藥。王筠《摘園菊贈謝僕射舉》："菊花偏可憙，碧葉媚金英。"孟浩然《過故人莊》："待到重陽日，還來就菊花。"

③ 貴重：位高任重。《韓非子•内儲説》："大臣貴重，敵主争事，外市樹黨，下亂國法，上以劫主，而國不危者，未嘗有也。"《史記•絳侯周勃世家》："絳侯亞夫自未侯爲河内守時，許負相之，曰：'君後三歲而侯，侯八歲爲將相，持國秉，貴重矣！於人臣無兩。'"　近臣：指君主左右親近之臣。《墨子•親士》："臣下重其爵位而不言，近臣則暗，遠臣則唫。"韓愈《天星送楊凝郎中賀正》："侍從近臣有虚位，公今此去歸何時？"這裏借喻崔潭峻。　光：照耀。傅咸《贈何劭王濟》："日月光太清，列宿曜紫微。"榮耀，榮寵，光彩。《詩•大雅•韓奕》："百兩彭彭，八鸞鏘鏘，不顯其光。"鄭玄箋："光，猶榮也。"韓愈《爲裴

相公讓官表》："周文用吕望於屠釣，齊桓起甯戚於飯牛，雪耻蒙光，去辱居貴。"　綺席：華麗的席具，古人稱坐卧之鋪墊用具爲席。陸倕《石闕銘》："乃焚其綺席，棄彼寶衣。"皇甫松《天仙子》："劉郎此日別天仙，登綺席，淚珠滴，十二晚峰高歷歷。"盛美的筵席。李世民《帝京篇十首》八："玉酒泛雲罍，蘭殽陳綺席。"　從事：官名，漢以後三公及州郡長官皆自辟僚屬，多以從事爲稱。王維《送方城韋明府》："使車聽雄乳，縣鼓應雞鳴。若見州從事，無嫌手板迎。"李頎《送馬録事赴永陽》："子爲郡從事，主印清淮邊。談笑一州裏，從容群吏先。"　烏紗：指古代官員所戴的烏紗帽。皮日休《夏景沖淡偶然作》："袛隈蒲褥岸烏紗，味道澄懷景便斜。"王禹偁《李太白真贊序》："龍竹自携，烏紗不整。異貌無匹，華姿若生。"這裏化用晉代孟嘉重九登高"落帽"的典故。

④ 萸房：茱萸花的子房。李適《奉和聖製九日侍宴應制》："萸房頒綵筍，菊蕊薦香醪。"王維《九月九日憶山東兄弟》："獨在異鄉爲異客，每逢佳節倍思親。遥知兄弟登高處，遍插茱萸少一人。"　綻：花蕾開放。庾信《杏花》："春色方盈野，枝枝綻翠英。"張元幹《念奴嬌》："暮雲千里，桂華初綻寒玉。"　紅珠：比喻紅色果實。王建《題江寺兼求藥子》："紅珠落地求誰與？青角垂階自不收。"温庭筠《和道溪君別業詩》："花房透露紅珠落，蛺蝶雙飛護粉塵。"　茗：茶芽，一説指晚采的茶。《爾雅·釋木》："櫝，苦荼。"郭璞注："今呼早采者爲荼，晚取者爲茗。"陸羽《茶經·源》："茶者，南方之嘉木也……其名一曰茶，二曰櫝，三曰蔎，四曰茗，五曰荈。"　碗：盛食物或飲料的器皿。《關尹子·二柱》："若碗，若盂，若瓶，若壺，若瓮，若盎，皆能建天地。"謝朓《金谷聚》："璩碗送佳人，玉杯要上客。"　白露：茶的一種。楊伯巖《臆乘·茶名》："茶之所産，六經載之詳矣！獨異美之名未備……豫章曰白露，曰白茅。"李時珍《本草綱目·茗》："楚之茶則有荊州之仙人掌、湖南之白露、長沙之鐵色。"

⑤ 詠:歌唱,曼聲長吟。孫綽《游天台山賦》:"凝思幽巖,朗詠長川。"杜甫《過郭代公故宅》:"高詠寶劍篇,神交付冥漠。"歌頌。《文選·班固〈東都賦〉》:"是以四海之内,學校如林,庠序盈門,獻酬交錯,俎豆莘莘,下舞上歌,蹈德詠仁。"張銑注:"言四海既多學校,皆手舞足蹈,歌詠仁德。"張籍《和裴司空酬滿城楊少尹》:"聖朝偏重大司空,人詠元和第一功。" 流電:閃電。《藝文類聚》卷六引李康《遊山序》:"蓋人生天地之閑也,若流電之過户牖,輕塵之栖弱草。"王讜《唐語林·補遺》:"馬馳不止,迅若流電。" 妓:歌舞女藝人。韓愈《順宗實録》:"癸酉,出後宫並教坊女妓六百人。"張邦幾《侍兒小名録·拾遺》:"真娘,吳中樂妓,墓在虎丘山路傍。"

[編年]

《年譜》編年本詩於"庚寅至甲午在江陵府所作其他詩"欄内,理由是:"元稹《答姨兄》自注:'龍山落帽臺去府城二十里。'"不見《編年箋注》對本詩編年的意見,更不見其本詩編年的理由,僅見其列編本詩於元和九年。《年譜新編》編年本詩於"庚寅至甲午在江陵府所作其他詩"欄内,理由是:"據元稹《答姨兄胡靈之見寄五十(二)韻》自注:'龍山落帽臺去(江陵)府城二十里。'嚴綬元和六年始節度荆南,詩元和六年至元和九年作。"

《年譜》的"理由"祇能證明本詩作於江陵任内,並不能作爲具體編年的理由。《年譜新編》基本與《年譜》相同,僅僅排除了元和五年。其實僅元稹詩題所示以及《舊唐書·憲宗紀》的有關記載,就已可以進一步明確本詩的寫作時間了。《舊唐書·憲宗紀》元和六年:"三月乙未朔⋯⋯丁未(十三日)以檢校右僕射嚴綬爲江陵尹、荆南節度使。"同書元和九年:"九月甲戌朔⋯⋯丙戌(十三日)⋯⋯以荆南節度使嚴綬檢校司空、襄州刺史、山南東道節度使。"詩題又云"重陽日",這樣元和五年的重陽日就可以排除。本詩當作於元和六年至元和九年這四年中的某一年的九月九日。也就是説,本詩框定的時間祇有四天,而不是如《年譜新編》框定的一千四百多天,更不是《年譜》框定的一千六百多天。又據《舊唐書·食貨志》:"(元和)八年以崔倰爲楊子留後、淮嶺已來兩税使,崔祝爲江陵留後,爲荆南已東兩税使。"據此,元和六年、元和七年的"重陽日"也可排除。而在元和八年與九年中,我們以爲元和九年的重陽日也應該排除,因爲幾天以後,亦即九月十三日,嚴綬與崔潭峻即將移任山南東道節度使府,面對平定淮西叛亂的艱巨使命,他們大約已經沒有這樣好的心情來登高佳宴吧!《舊唐書·憲宗紀》:"九月甲戌朔……丙戌,以山南東道節度使袁滋檢校兵部尚書,兼江陵尹、荆南節度使。以荆南節度使嚴綬檢校司空、襄州刺史、山南東道節度使。"據此,我們認爲本詩應該作于元和八年的九月九日。雖然這個時候元稹有病,但病情應該不是很重,何況宴會的地點又在江陵府附近,元稹應該可以與會。何況崔倰剛剛履任楊子留後、淮嶺已來兩税使,元稹不會借口有病而不出席這樣重要的宴會。

◎ 店卧聞幕中諸公徵樂會飲因有戲呈三十韵(一)①

濩落因寒甚,沉陰與病偕②。藥囊堆小案,書卷塞空齋③。脹腹看成鼓,羸形漸比柴④。道情憂易適(二),温瘴氣難排⑤。治樞(脛腫也)扶輕杖,開門立静街⑥。耳鳴疑暮角,眼暗助昏霾⑦。野竹連荒草,平陂接斷崖⑧。坐隅甘對鵬,當路恐遭豺⑨。蛇蠱迷弓影,雕翎落箭載⑩。晚籬喧鬥雀,殘菊半枯荄⑪。悵望悲回雁,依遲傍古槐⑫。一生長苦節,三省詎行怪(三)⑬?奔北翻成勇,司南却是咼⑭。穹蒼真漠漠,風雨漫喈喈⑮。彼美猶溪女,其誰占館娃⑯?誠知通有日,太極浩無涯⑰。布卦求無妄,祈天願孔皆⑱。藏衰謀計拙,地僻往還乖⑲。况羡蓮花侶,方欣綺席諧⑳。鈿車迎妓樂,銀翰屈朋儕㉑。白紵顰歌黛,同蹄墜舞釵(白紵、同蹄,皆樂人姓名)㉒。纖身霞出海,艷臉月臨淮㉓。籌筯隨宜放,投盤止罰啀(大門聲,又笑貌)㉔。紅娘留醉打,觥使及醒差(《舞引紅娘》,拋打曲名。酒中觥使,席上右職)㉕。顧我潛孤憤,何人想獨懷㉖?夜燈然槲葉,凍雪墮磚階㉗。壞壁虛缸倚(四),深爐小火埋㉘。鼠驕銜筆硯,被冷束筋骸㉙。畢竟圖斟酌,先須遣瘱痽(瘝瘝之徒)㉚。槍旗如在手(籌筯色目),那復敢歲褢(不平也)㉛?

錄自《元氏長慶集》卷一一

[校記]

(一)痁卧聞幕中諸公徵樂會飲因有戲呈三十韵:楊本、叢刊本、《全詩》同,《唐詩紀事》作"店卧戲呈諸公",且與《唐音癸籤》一樣,祇引錄其中的六句。

(二)道情憂易適:楊本、《全詩》同,盧校作"道情憂易釋","適"在此語義通順,且兩字某些義項相通,不改。

(三)三省詎行怪:楊本、叢刊本、《全詩》同,盧校認爲以作"三省詎行乖",語義相類,不改。

(四)壞壁虛缸倚:叢刊本、《全詩》同,楊本作"壞壁虛缸倚",語義難通,不從不改。

[箋注]

① 痁:瘧病。《左傳·昭公二十年》:"齊侯疥,遂痁。"杜預注:"痁,瘧疾。"孔穎達疏引《説文》:"痁,有熱瘧。"韓愈《憶昨行和張十一》:"宿酲未解舊痁作,深室静卧聞風雷。"元和八年,元稹在江陵身

患瘧病,前後有多篇詩作涉及此事。　　幕:"幕府"的簡稱,古代將帥的府署。《晉書·劉琨祖逖傳論》:"劉琨弱齡,本無異操,飛纓賈謐之館,借箸馬倫之幕。"白居易《寄王質夫》:"我守巴南城,君佐征西幕。"諸公:泛稱各位人士,有尊稱之意。張九齡《初發道中贈王司馬兼寄諸公》:"昔歲嘗陳力,中年退屏居。承顏方弄鳥,放性或觀魚。"杜甫《醉時歌》:"諸公衮衮登臺省,廣文先生官獨冷。"韓翃《扈從郊廟因呈兩省諸公》:"丹墀列士主恩同,廐馬翩翩出漢宮。奉引乘輿金仗裏,親嘗賜食玉盤中。"　　徵樂:徵召樂伎。李端《歸山與酒徒別》:"煩君徵樂餞,未免憶山愁。紅燭侵明月,青娥促白頭。"李白《經亂離後天恩流夜郎憶舊遊書懷贈江夏韋太守良宰》:"徵樂昌樂館,開筵列壺觴。賢豪間青娥,對燭儼成行。"　　會飲:聚飲。《史記·廉頗藺相如列傳》:"秦御史前,書曰:'某年月日,秦王與趙王會飲,令趙王鼓瑟。'"沈既濟《任氏傳》:"崟與鄭子偕行於長安陌中,將會飲於新昌里。"

②　瀺落:原謂廓落,引申謂淪落失意。韓愈《贈族姪》:"蕭條資用盡,瀺落門巷空。"王昌齡《贈宇文中丞》:"僕本瀺落人,辱當州郡使。"　　沉陰:陰暗,陰沉。阮籍《元父賦》:"地下沉陰兮受氣匪和,太陽不周兮殖物匪嘉。"王安石《酬微之梅暑新句》:"當此沉陰無白日,豈知炎旱有彤雲?"

③　藥囊:裝藥的口袋,有時也移作他用。秦系《題洪道士山院》:"霞外主人門不扃,數株桃樹藥囊青。閑行池畔隨孤鶴,若問多應道姓丁。"劉商《曲水寺枳實》:"枳實繞僧房,攀枝置藥囊。洞庭山上橘,霜落也應黃。"　　案:器具名,几桌。李白《下途归石门旧物》:"羡君素書常滿案,含丹照白霞色爛。"陆游《老学庵笔记》卷一〇:"而其墓以錢塘江爲水,以越之秦望山爲案,可謂雄矣!"　　書卷:書籍,古代書本多作卷軸,故稱爲"書卷"。《南史·臧嚴傳》:"孤貧勤學,行止書卷不離手。"韋應物《假中枉盧二十二書亦稱卧疾兼訝李二久不訪問以詩

答書因亦戲李二》："微官何事勞趨走？服藥閑眠養不才。花裏棋盤憎鳥污，枕邊書卷訝風開。" 齋：家居的房屋。《晉書·陶侃傳》："侃在州無事，輒朝運百甓於齋外，暮運於齋內。"杜甫《絕句漫興九首》三："熟知茅齋絕低小，江上燕子故來頻。銜泥點污琴書內，更接飛蟲打著人。"

④ 脹腹：漲鼓起來的肚子。《黃帝內經素問·至真要大論篇》："諸脹腹大皆屬於熱。" 贏形：形體瘦弱，瘦弱的形體。張衡《西京賦》："始徐進而贏形，似不任乎羅綺。"韓愈《南溪始泛》："足弱不能步，自宜收朝迹。贏形可輿致，佳觀安可擲！"

⑤ 道情：修道者超凡脫俗的情操。楊巨源《送李舍人歸蘭陵里》："家貧境勝心無累，名重官閑口不論。惟有道情常自足，啓期天地易知恩。"指修道者的情誼。元積《伴僧行》："春來求事百無成，因向愁中識道情。花滿杏園千萬樹，幾人能伴老僧行？" 適：悦樂，滿足。《詩·衛風·伯兮》："豈無膏沐？誰適爲容！"馬瑞辰通釋："《一切經音義》卷六引《三蒼》：'適，悦也。'此適字，正當訓悦。女爲悦己者容，夫不在，故曰'誰適爲容'，即言誰悦爲容也。"余冠英注："適，悦也。誰適爲容，言修飾容貌爲了取悦誰呢？"《漢書·賈山傳》："秦王貪狼暴虐，殘賊天下，窮困萬民，以適其欲。"顏師古注："適，快也。"溫：中醫學病名，熱病的總稱。《素問·熱論》："凡病傷寒而成溫者，先夏至日者爲病溫，後夏至日者爲病暑。"《醫宗金鑒·幼科雜病心法要訣·瘟疫門》："冬受寒邪不即病，復感春寒發名溫。" 瘴：感受瘴氣而生的疾病，亦泛指惡性瘧疾等病。《北史·柳述傳》："述在龍川數年，復徙寧越，遇瘴癘死。"杜甫《悶》："瘴癘浮三蜀，風雲暗百蠻。"排：排解，消除。阮籍《詠懷八十二首》三七："人情有感慨，蕩漾焉能排？"李煜《浪淘沙》："往事只堪哀，對景難排。"

⑥ 尰：指足部水腫。《詩·小雅·巧言》："既微且尰，爾勇伊何！"毛傳："骭瘍爲微，腫足爲尰。"鄭玄箋："此人居下濕之地，故生

微、尵之疾。"孟郊《會合聯句》："詩老獨何心？江疾有餘尵。"　靜街：
寂靜的街道。元稹《春六十韻》："靜街乘曠蕩，初日接瞳曨。"曹唐《暮
春戲贈具端公》："深院吹笙聞漢婢，靜街調馬任奚奴。"

　　⑦ 耳鳴：謂耳中作嗡鳴之聲，多由中耳、內耳或神經系統的疾病
所引起。《史記·扁鵲倉公列傳》："子以吾言爲不誠，試入診太子，當
聞其耳鳴而鼻張。"《隋書·李士謙傳》："或謂士謙曰：'子多陰德。'士
謙曰：'所謂陰德者何？猶耳鳴，已獨聞之，人無知者。'"　暮角：日暮
的號角聲。劉禹錫《洞庭秋月行》："岳陽城頭暮角絕，蕩漾已過君山
東。"柳永《迷神引》："孤城暮角，引胡笳怨。"　眼暗：眼睛看不清楚。
韋應物《寓居永定精舍蘇州》："眼暗文字廢，身閑道心精。即與人群
遠，豈謂是非嬰！"杜甫《釋悶》："四海十年不解兵，犬戎也復臨咸京，
江邊老翁錯料事，眼暗不見風塵清。"　昏霾：光綫昏暗。劉禹錫《寄
李六侍御》："南國異氣候，火旻尚昏霾。"王讜《唐語林·補遺》："既而
昏霾，大風震雷，暴雨如瀉。"

　　⑧ 野竹：野外不經人工栽培而自然生長起來的竹子或竹林。李
白《慈姥竹》："野竹攢石生，含烟映江島。翠色落波深，虛聲帶寒早。"
杜甫《陪鄭廣文遊何將軍山林十首》一："不識南塘路，今知第五橋。
名園依綠水，野竹上青霄。"　荒草：野外自然生長的草叢。陶翰《經
殺子谷》："疏蕪盡荒草，寂歷空寒烟。到此盡垂泪，非我獨潛然。"韋
應物《冬夜宿司空曙野居因寄酬贈》："南北與山鄰，蓬庵庇一身。繁
霜疑有雪，荒草似無人。"　平陂：平地與傾斜不平之地，語本《易·
泰》："無平不陂，無往不復。"李嘉祐《宋州東登望題武陵驛》："白骨半
隨河水去，黃雲猶傍郡城低。平陂戰地花空落，舊苑春田草未齊。"李
商隱《病中早訪招國李十將軍遇挈家遊曲江》："十頃平波溢岸清，病
來惟夢此中行。相如未是真消渴，猶放沱江過錦城。"　斷崖：陡峭的
山崖。周賀《寄新頭陀》："遠洞省穿湖底過，斷崖曾向壁中禪。"辛棄
疾《清平樂·檢校山園書所見》："斷崖修竹，竹裏藏冰玉。"

⑨ 坐隅:座位旁邊。賈誼《鵩鳥賦》:"單閼之歲兮,四月孟夏,庚子日斜兮,鵩集予舍,止於坐隅兮,貌甚閑暇。"杜甫《北風》:"隱几看帆席,雲山湧坐隅。" 鵩:鳥名,似鴉。《文選·賈誼〈鵩鳥賦序〉》:"鵩似鴉,不祥鳥也。"李善注引《巴蜀異物志》:"有鳥小如雞,體有文色,土俗因形名之曰鵩。不能遠飛,行不出域。"許渾《經故丁補闕郊居》:"鵩上承塵纔一日,鶴歸華表已千年。" 當路:路上,路中間。孟浩然《留別王侍御維》:"當路誰相假? 知音世所稀。秪應守索寞,還掩故園扉。"蘇舜欽《獨遊輞川》:"暗林麕養角,當路虎留蹤。" 豻:獸名,李時珍《本草綱目·豻》:"豻,處處山中有之,狼屬也。俗名豻狗,其形似狗而頗白,前矮後高而長尾,其體細瘦而健猛,其毛黃褐色而拏鬐,其牙似錐而噬物,群行虎亦畏之,又喜食羊。"《逸周書·時訓》:"霜降之日,豻乃祭獸。"朱右曾校釋:"豻似狗,高前廣後,黃色,群行,其牙如錐,殺獸而陳之若祭。"王褒《四子講德論》:"牧獸者不育豻。"

⑩ 蛇蟲迷弓影:這裏化用"杯弓蛇影"的典故,應劭《風俗通·世間多有見怪驚怖以自傷者》載:杜宣夏至日赴飲,見酒杯中似有蛇,然不敢不飲。酒後胸腹痛切,多方醫治不愈。後得知壁上赤弩照於杯中,影如蛇,病即愈。宋庠《府齋歲晏節物感人輒成拙詩二篇上寄昭文相公樞密太尉雖俚調無取亦盍各斐然之義也》:"曉拂青銅感歲華,蕭蕭華髮強扶冠。病憎蛇影能爲怪,老愛松心不受寒。"覺範《讀古德傳八首》三:"夜塚髑髏元是水,客杯弓影竟非蛇。箇中無地容生滅,笑把遺編篆縷斜。" 雕翎:雕翎箭的省稱。張祜《塞下》:"箭插雕翎闊,弓盤鵲角輕。問看行近遠,西去受降城。"秦韜玉《邊將》:"旗縫雁翅和竿裏,箭撚雕翎逐隼雄。自指燕山最高石,不知誰爲勒殊功?"箭靫:即箭箙,皮革製造的藏箭器具。元稹《酬李甫見贈十首》五:"一自低心翰墨場,箭靫拋盡負書囊。近來兼愛休糧藥,柏葉紗羅雜豆黃。"賈島《老將》:"燕雀來鷹架,塵埃滿箭靫。自誇勳業重,開府是官階。"

⑪ 晚籬:傍晚時分的籬笆。徐積《樵家》:"鄰叟是耕漁,怡然只自如。草迷春徑狹,雀噪晚籬疏。"　鬥雀:雀性好鬥,故名。姚合《和裴令公游南莊》:"鬥雀翻衣袂,驚魚觸釣竿。"張祜《江南雜題》:"怒蛙橫飽腹,鬥雀墮輕毛。"　殘菊:衰敗的菊花。李世民《山閣晚秋》:"疏蘭尚染烟,殘菊猶承露。"白居易《晚秋夜》:"花開殘菊傍疏籬,葉下衰桐落寒井。"　枯荄:乾枯的草根。《文選·潘岳〈悼亡詩〉三》:"落葉委埏側,枯荄帶墳隅。"李善注引《方言》:"荄,根也。"崔損《霜降賦》:"翻繽紛之槁葉,宿蒼莽之枯荄。"

⑫ 悵望:惆悵地看望或想望。元稹《和樂天別弟後月夜作》:"悵望天澹澹,因思路漫漫。吟爲別弟操,聞者爲辛酸。"白居易《見蕭侍御憶舊山草堂詩因以繼和》:"衣繡非不榮,持憲非不雄。所樂不在此,悵望草堂空。"　回雁:自北方回歸南方的大雁。蘇軾《再次前韵三首(係織錦圖上回文)》二:"紅箋短寫空深恨,錦句新翻欲斷腸。風葉落殘驚夢蝶,戍邊回雁寄情郎。"華鎮《春陵聞雁(余爲春陵糾曹,夜聞雁聲,因憶歐陽文忠公有送道州太守詩云'身行南雁不到處'之句,蓋衡有回雁亭)》:"擁衾欹枕未成眠,歷歷鴻聲到枕前。十月高風方永夜,三更疏雨欲寒天。"　依遲:依依不捨的樣子。王融《和南海王殿下詠秋胡妻七首》四:"參差興別緒,依遲起離慕。"王維《別輞川別業》:"依遲動車馬,惆悵出松蘿。忍別青山去,其如綠水何?"　古槐:年代久遠的槐樹。段懷然《挽湧泉寺僧懷玉》:"我師一念登初地,佛國笙歌兩度來。唯有門前古槐樹,枝低只爲挂銀臺。"武元衡《夏日寄陸三達陸四逢並王念八仲周》:"士衡兄弟舊齊名,還似當年在洛城。聞說重門方隱相,古槐高柳夏陰清。"

⑬ 一生:一輩子。葛洪《抱朴子·道意》:"余親見所識者數人,了不奉神明,一生不祈祭,身享遐年,名位巍巍,子孫蕃昌且富貴也。"《晉書·阮孚傳》:"孚性好屐……或有詣阮,正見自蠟屐,因自嘆曰:'未知一生當著幾量屐!'"　苦節:《易·節》:"節,亨。苦節,不可

貞。”孔穎達疏：“節須得中，爲節過苦，傷於刻薄。物所不堪，不可復正，故曰‘苦節，不可貞’也。”意謂儉約過甚。後以堅守節操，矢志不渝爲“苦節”。《漢書·蘇武傳》：“以武苦節老臣，令朝朔望，號稱祭酒，甚優寵之。”　三省：省察三事。《論語·學而》：“曾子曰：‘吾日三省吾身：爲人謀而不忠乎？與朋友交而不信乎？傳不習乎？’”後泛指認真反省自己的過失。《後漢書·郎顗傳》：“伏惟陛下躬日昃之聽，溫三省之勤，思過念咎，務消祇悔。”江淹《討沈攸之尚書符》：“符至之日，幸加三省。”　行怪：謂行爲怪異。《禮記·中庸》：“素隱行怪，後世有述焉，吾弗爲之矣！”朱熹集注：“素，按《漢書》當作索，蓋字之誤也。‘索隱行怪’，言深求隱僻之理，而過爲詭異之行也。”

⑭奔北：敗逃。《書·甘誓》：“弗用命，戮於社。”孔傳：“不用命奔北者，則戮之於社主前。”孔穎達疏：“奔北，謂背陳走也。”秦觀《謀主》：“項氏乘百戰之威，身死東城，劉氏以顛沛奔北之餘，五載而成帝業。”　司南：我國古代辨別方向用的一種儀器，用天然磁鐵礦石琢成一個杓形的東西，放在一個光滑的盤上，盤上刻著方位，利用磁鐵指南的作用，可以辨別方向，是現在所用指南針的始祖。《韓非子·有度》：“夫人臣之侵其主也，如地形焉！即漸以往，使人主失端，東西易面而不自知，故先王立司南以端朝夕。”陳奇猷集釋：“司南其制蓋如今羅盤針，故可以正朝夕也。朝夕猶言東西，日朝出自東，夕入於西，故以朝夕爲東西也。”王充《論衡·是應》：“司南之杓，投之於地，其柢指南。”比喻行事的準則，正確的指導。《鬼谷子·謀篇》：“夫度材量能揣情者，亦事之司南也。”李商隱《會昌一品集序》：“爲九流之華蓋，作百度之司南。”　咼：口歪斜貌。《説文·口部》：“咼，口戾不正也。”這裏引申爲歪斜。白居易《寄微之》：“何處琵琶弦似語？誰家咼墮髻如雲？人生多少歡娛事，那獨千分無一分！”

⑮穹蒼：蒼天。《詩·大雅·桑柔》：“靡有旅力，以念穹蒼。”孔穎達疏：“穹蒼，蒼天，《釋天》云李巡曰：‘古時人質仰視天形，穹隆而

高,色蒼蒼然,故曰穹蒼。'是也。"成公綏《嘯賦》:"南箕動於穹蒼,清飈振乎喬木。"　漠漠:寂靜無聲貌。《荀子·解蔽》:"掩耳而聽者,聽漠漠而以爲啕啕。"楊倞注:"漠漠,無聲也。"陶潛《命子》:"紛紛戰國,漠漠衰周。"逯欽立注:"漠漠,寂寞無聞。"　風雨:風和雨。張鷟《遊栖霞寺》:"泉聲無休歇,山色時隱見。潮來雜風雨,梅落成霜霰。"盧象《峽中作》:"高唐幾百里,樹色接陽臺。晚見江山霽,宵聞風雨來。"喈喈:風雨疾速貌。宋祁《卧廬悲秋賦》:"凝綷采於蔽翳,戛正聲於韶濩。均捶鈎之重輕,督絲繩之規矩。暴皛皛於秋陽,抗喈喈於風雨。"陸游《遷雞柵歌》:"竹篔朝暮有餘粒,瓦缶亦自盛清泉。喈喈風雨守汝職,脈脈勿恤驚吾眠。"趙秉文《時雨》:"北風喈喈,雨雪霏霏。嗟我晉人,而瘖而痍。"

⑯ "彼美猶溪女"兩句:西施之美名聞古今,但她原來衹是浣花溪畔的一名女子,但館娃宫除了她,又有誰能够有資格住在裏面?彼:人稱代詞。《左傳·襄公二十七年》:"彼,君之讎也,天或者將棄彼矣!"《孟子·滕文公》:"彼,丈夫也;我,丈夫也;吾何畏彼哉?"這裏作"她"　美:美麗,美觀。《詩·邶風·靜女》:"彤管有煒,説懌女美。"《孟子·梁惠王》:"百姓聞王車馬之音,見羽旄之美,舉欣欣然有喜色而相告。"　猶:副詞,還,仍。《詩·衛風·氓》:"士之耽兮,猶可説也。女之耽兮,不可説也。"杜牧《泊秦淮》:"烟籠寒水月籠沙,夜泊秦淮近酒家。商女不知亡國恨,隔江猶唱後庭花。"　溪女:生活在小溪邊上的女子。王維《西施詠》:"艷色天下重,西施寧久微?朝仍越溪女,暮作吳宫妃。"李白《西施》:"西施越溪女,出自苧蘿山。秀色掩今古,荷花羞玉顔。"　館娃:即館娃宫,古代吳宫名,春秋吳王夫差爲西施所造,在今江蘇省蘇州市西南靈巖山上,靈巖寺即其舊址。左思《吳都賦》:"幸乎館娃之宫,張女樂而娛群臣。"李白《西施》:"提携館娃宫,杳渺詎可攀!"

⑰ 有日:有期,不久。《史記·樗里子甘茂列傳》:"行有日,甘羅

謂文信侯曰：'借臣車五乘，請爲張唐先報趙。'"韓愈《答李翊書》："道德之歸也有日矣！況其外之文乎？" 太極：謂天宮，仙界。阮籍《詠懷八十二首》七二："時路烏足爭？太極可翱翔。"葛洪《抱朴子·吳失》："園囿擬上林，館第儗太極。" 無涯：無窮盡，無邊際。《後漢書·蔡邕傳》："隆貴翕習，積富無崖。"唐彥謙《中秋夜玩月》："一夜高樓萬景奇，碧天無際水無涯。"

⑱ 布卦：排列卦象，進行占卜。蘇軾《易論》："《易》者，卜筮之書也，挾策布卦以分陰陽而明吉凶，此日者之事，而非聖人之道也。"范浚《易論》："故自軻之外，寡能明《易》者。至漢人，別著布卦以資射覆，而自謂知《易》，嗚呼！其幾以《易》爲戲哉！" 無妄：指《易》卦"無妄"。白居易《重酬錢員外》："雪中重寄雪山偈，問答殷勤四句中。本立空名緣破妄，若能無妄亦無空。"清晝《還丹可成詩聯句》："吾心苟無妄，神理期合併。" 祈天：向天或神求禧。《書·召誥》："我非敢勤，惟恭奉幣，用供王能祈天永命。"孔傳："求天長命，將以慶王多福。"《詩·小雅·甫田》："琴瑟擊鼓，以御田祖，以祈甘雨，以介我稷黍。" 孔皆：普遍。《詩·周頌·豐年》："爲酒爲醴，烝畀祖妣，以洽百禮，降福孔皆。"毛傳："皆，遍也。"胡宿《除文彥博依前檢校太尉充忠武軍節度使授特進加食邑制》："降福協于孔皆，祝厘難於專饗。"

⑲ 藏衰：掩蓋自己的不足。張喬《贈頭陀僧》："滄海附船浮浪久，碧山尋塔上雲遙。如今竹院藏衰老，一點寒燈弟子燒。"宋祁《到官三歲四首》三："儒帥非真帥，瓜時定幾時？丹心雖許壯，白髮不藏衰。" 謀計：猶計謀。《韓非子·亡徵》："羈旅僑士，重帑在外，上間謀計，下與民事者，可亡也。"《史記·齊太公世家》："天下三分，其二歸周者，太公之謀計居多。" 拙：笨拙，遲鈍。《老子》："大道若屈，大巧若拙，大辯若訥。"葛洪《抱朴子·行品》："每動作而受嗤，言發口而違理者，拙人也。" 地僻：地處偏僻。張九齡《郡南江上別孫侍御》："雲嶂天涯盡，川途海縣窮。何言此地僻？忽與故人同。"杜甫《發同

谷縣》:"始來茲山中,休駕喜地僻。奈何迫物累,一歲四行役!"元結《說洄溪招退者》:"吾今欲作洄溪翁,誰能住我舍西東?勿憚山深與地僻,羅浮尚有葛仙翁。"　往還:交遊,交往。《魏書·劉廞傳》:"靈太后臨朝,又與太后兄弟往還相好,太后令廞以詩賦授弟元吉。"李嶠《雁》:"往還倦南北,朝夕苦風霜。寄語能鳴侶,相隨入帝鄉!"　乖:不順利,不如意。韓愈《贈崔立之評事》:"時命雖乖心轉壯,技能虛富家逾窘。"蘇軾《又送鄭戶曹》:"樓成君已去,人事固多乖。"

⑳ 蓮花侶:即指詩題中的"幕中諸公",典出《南史·庾杲之傳》:"王儉謂人曰:'昔袁公作衛軍,欲用我為長史,雖不獲就,要是意向如此,今亦應須如我輩人也。'乃用杲之為衛將軍長史,安陸侯蕭緬與儉書曰:'盛府元僚,寔難其選。庾景行泛淥水,依芙蓉,何其麗也!'時人以入儉府為蓮花池,故書美之。"後來即以"蓮花侶"為幕府幕僚。綺席:盛美的筵席,這裏指詩題中的"徵樂會飲"之事。李世民《帝京篇十首》八:"玉酒泛雲罍,蘭殽陳綺席。"《郊廟歌辭·展敬》:"霞莊列寶衛,雲集動和聲。金扉薦綺席,玉幣委芳庭。"

㉑ 鈿車:用金寶嵌飾的車子。白居易《潯陽春·春來》:"金谷蹋花香騎入,曲江碾草鈿車行。"張炎《阮郎歸·有懷北遊》:"鈿車驕馬錦相連,香塵逐管弦。"夏承燾注:"鈿車,用嵌金來裝飾的車子。"　妓樂:指妓人表演的音樂舞蹈。《世說新語·賞譽》:"及輔政,而修室第園館,麗車服,雖愍功之慘,不廢妓樂。"樂妓,舞妓。《舊五代史·唐書·郭崇韜傳》:"莊宗初聞崇韜欲留蜀,心已不平,又聞全有蜀之妓樂珍玩,怒見顏色。"　翰:毛筆,古用羽毛為筆,故以翰代稱。左思《詠史八首》一:"弱冠弄柔翰,卓犖觀群書。"王安石《送董伯懿歸吉州》:"亦曾戲篇章,揮翰炎蒿矢。"　朋儕:朋輩。陸倕《為息纘謝敕賜朝服啓》:"姻族移聽,朋儕改矚。"竇牟《嘲許子儒》:"歲暮良工畢,言是越朋儕。今日綸言降,方知愚計喎。"

㉒ 顰:皺眉,顰眉。唐彥謙《東韋曲野思》:"淡霧輕雲匝四垂,綠

塘秋望獨顰眉。野蓮隨水無人見,寒鷺窺魚共影知。"韓偓《春悶偶成十二韻》:"格高歸斂笑,歌怨在顰眉。醉後金蟬重,歡餘玉燕欹。" 墜:落下,陷入。《論語·子張》:"文武之道,未墜於地。"韓愈《瘞硯銘》:"行于褒谷,役者劉胤誤墜之地,毀焉!" 釵:釵子。司馬相如《美人賦》:"玉釵挂臣冠,羅袖拂臣衣。"王建《失釵怨》:"貧女銅釵惜於玉,失却來尋一日哭。"

㉓ 纖身:纖細的身軀。陶潛《閑情賦》:"願在裳而爲帶,束窈窕之纖身。"黃省曾《蚊賦》:"惟蹙足而不去,乃一擊而無餘。銳口方張夫叢戟,纖身應手而爲虀。"這裏應該指舞女的纖細的身材。 霞出海:朝霞從海底升起。韋應物《和晉陵陸丞早春遊望》:"獨有宦遊人,偏驚物候新。雲霞出海曙,梅柳渡江春。"李端《宿瓜洲寄柳中庸》:"懷人同不寐,清夜起論文。月魄正出海,雁行斜上雲。"這裏應該指舞女優美的舞姿。 艷臉:鮮艷的面容。暫無其他書證。義近"桃花臉",謂女子美如桃花的面容。韓偓《復偶見三絶》二:"桃花臉薄難藏淚,柳葉眉長易覺愁。"蔡伸《水調歌頭》:"爲問桃花臉,一笑爲誰容?"亦省稱"桃臉"。賈至《贈薛瑤英》:"舞怯銖衣重,笑疑桃臉開。"又義近"花面",如花的臉,形容女子貌美。李端《春遊樂二首》一:"褰裳踏露草,理鬢回花面。"劉禹錫《寄贈小樊》:"花面丫頭十三四,春來綽約向人時。" 月臨:明月光照。張九齡《和許給事中直夜簡諸公》:"武衛千廬合,嚴扃萬戶深。左掖知天近,南窗見月臨。"韋應物《和張舍人夜直中書寄吏部劉員外》:"西垣草詔罷,南宮憶上才。月臨蘭殿出,凉自鳳池來。"這裏形容舞女的面容猶如皎月一般。 淮:疑即是"南淮",江陵當地的一個小地名。元稹《泛江翫月十二韻序》:"予以元和五年自監察御史貶授江陵士曹椽,六月十四日,張季友、李景儉二侍御,王文仲司録、王衆仲判官兩昆季,爲予載酒炙,選聲音,自府城之南淮,乘月泛舟,窮竟一夕,予因賦詩以紀之。"

㉔ 籌箸:竹籌和筷子。馬異《暮春醉中贈李幹秀才》:"折草爲籌

筯,鋪花作錦裀。嬌鶯解言語,留客也殷勤。"元稹《遣春十首》十:"波
淥紫屏風,螺紅碧籌筯。三杯面上熱,萬事心中去。"　隨宜:隨意,不
經意。《顏氏家訓‧雜藝》:"武烈太子偏能寫真,坐上賓客,隨宜點
染,即成數人,以問童孺,皆知姓名矣!"王利器集解:"'隨宜',即《歷
代名畫記》所言'隨意'。"元稹《開元觀閑居酬吳士矩侍御四十韻》:
"几案隨宜設,詩書逐便拈。"　盤:用於沐浴盥洗或盛食承物的敞口、
扁淺器皿。《禮記‧喪大記》:"沐用瓦盤,挋用巾,如它日。"孔穎達
疏:"沐用瓦盤者,盤貯沐汁,就中沐也。"《史記‧滑稽列傳》:"日暮酒
闌,合尊促坐,男女同席,履舃交錯,杯盤狼藉。"　罰唗:本詩原注:
"大鬥聲,又笑貌。"暫無其他書證。

⑤　紅娘:曲名。元稹《狂醉》:"峴亭今日顛狂醉,舞引紅娘亂打
人。"《唐音癸籤‧唐各朝樂》有"紅娘子",《曲譜》也有《賽紅娘》之曲
名,曲云:"我兒離家去。求顯迹。爹爹贈與你盤纏費。金共珠。去
時休得戀歌妓。忘故里。文龍焉敢戀歌妓。忘故里。"疑與元稹所説
有關,僅供參考。　觥使:宴席上掌管酒令的人。元稹《元和五年予
官不了罰俸西歸三月六日至陝府與吳十一兄端公崔二十二院長思愴
曩遊因投五十韻》:"含詞待殘拍,促舞遞繁吹。叫噪擲投盤,生獰攝
觥使。"《歷代詩餘》有一則記載,提及"觥使"之名,也可以算作文壇一
則笑談:"國初,朝廷遣陶穀使江南,以假書爲名,實使覘之。李獻以
書,抵韓熙載曰:'五柳公驕甚,其善待之。'穀至,果如李所言。熙載
謂斫親曰:'陶奉使,非端介者,其守可隳,當使諸君一笑。'因令膳六
朝書,半年乃畢。熙載使歌妓秦弱蘭衣敝衣,爲驛卒女。穀見之,遂
犯慎獨之戒,作長短句贈之。明日,中主宴穀,穀儼然不可犯。中主
持觥使弱蘭出,歌穀所贈之詞侑觴,穀人慚而罷。詞名《風光好》,云:
'好姻緣。惡姻緣。祇得郵亭一夜眠。別神仙。琵琶撥盡相思調。
知音少。再把鸞膠續斷絃。是何年?'"　右職:重要的職位。《漢
書‧文翁傳》:"數歲,蜀生皆成就還歸,文翁以爲右職,用次察舉,官

有至郡守刺史者。"顏師古注:"郡中高職也。"《後漢書·蔡邕傳》:"宜擢文右職,以勸忠謇。"李賢注:"右,用事之便,謂樞要之官。"

㉖ 孤憤:韓非所著的書篇名。《史記·老子韓非列傳》:"〔韓非〕悲廉直不容於邪枉之臣,觀往者得失之變,故做《孤憤》。"司馬貞索隱:"孤憤,憤孤直不容於時也。"後以"孤憤"謂因孤高嫉俗而產生的憤慨之情。劉知幾《史通·自叙》:"雖任當其職,而吾道不行;見用於時,而美志不遂。鬱怏孤憤,無以寄懷。" 獨懷:獨自思念。《楚辭·九章·悲回風》:"惟佳人之獨懷兮,折若椒以自處。"王逸注:"懷,思……言己獨念懷王,雖見放逐,猶折香草,以自修飾行善,終不怠也。"潘唐《下第歸宜春酬黄頗餞別》:"聖代澄清雨露均,獨懷惆悵出咸秦。永明未薦相如賦,故國猶慚季子貧。"

㉗ 然:"燃"的古字,燃燒。《孟子·公孫丑》:"若火之始然,泉之始達。"韓愈《示爽》:"冬夜豈不長?達旦燈燭然。" 槲:木名,即柞櫟,落葉喬木,葉互生,略呈倒卵形,可飼養柞蠶,堅果圓卵形,木材堅實。李賀《高平縣東私路》:"侵侵槲葉香,木花滯寒雨。" 凍雪:猶冰雪。江總《至德二年十一月十二日昇德施山齋三宿決定罪福懺悔》:"池臺聚凍雪,欄牖噪歸禽。"韋應物《宿永陽寄璨律師》:"遙知郡齋夜,凍雪封松竹。" 磚階:磚砌的臺階。元稹《雜憶五首》四:"山榴似火葉相兼,亞拂磚階半拂檐。憶得雙文獨披掩,滿頭花草倚新簾。"《舊唐書·五行志》:"先天二年六月,西京朝堂磚階無故自壞,磚下有大蛇長丈餘,蝦蟇大如盤,面目赤如火,相向鬥。俄而蛇入大樹,蝦蟇入於草。"

㉘ "壞壁虛缸倚"兩句:意謂墻壁隙縫裏外相通,祇好臨時用水缸靠邊虛擋。屋子裏面並不暖和,祇好借助爐子裏面的煴火取暖。壞壁:毀壞了墻壁。元稹《夢遊春七十韵》:"紅樓嗟壞壁,金谷迷荒戍。石壓破闌干,門摧舊楗柮。"劉禹錫《傷愚溪三首》二:"草聖數行留壞壁,木奴千樹屬鄰家。唯見里門通德牓,殘陽寂寞出樵車。" 深

爐：取暖之火爐。韋應物《永定寺喜辟强夜至》：“深爐正燃火，空齋共掩扉。還將一尊對，無言百事違。”元稹《西歸絶句十二首》一〇：“寒窗風雪擁深爐，彼此相傷指白鬚。一夜思量十年事，幾人强健幾人無（宿實十二藍田宅）？”　深：凹陷。《周禮·考工記·鳧氏》：“爲遂，六分其厚，以其一爲之深而圜之。”鄭玄注：“深謂窐之也，其窐圜。”　小火：煴火，无焰的火。元稹《晨起送使病不行因過王十一館居二首》二：“密宇深房小火爐，飯香魚熟近中厨。野人愛静仍眈寝，自問黄昏肯去無？”李煜《病起題山舍壁》：“爐開小火深回暖，溝引新流幾曲聲？”

㉙ 筆硯：亦作“筆研”，筆和硯，泛指文具。《三國志·后妃傳》：“文昭甄皇后。”裴松之注引王沈《魏書》：“年九歲，喜書，視字輒識，數用諸兄筆硯。”孟元老《東京夢華録·育子》：“至來歲生日，謂之‘周晬’，羅列盤琖於地，盛菓木、飲食、官誥、筆研、筭秤……經卷、針綫應用之物。觀其所先拈者，以爲徵兆。”　筋骸：猶筋骨。《禮記·禮運》：“故禮義也者，人之大端也，所以講信修睦，而固人之肌膚之會，筋骸之束也。”元稹《辛夷花》：“問君辛夷花，君言已班駁。不畏辛夷不爛開，顧我筋骸官束縛。”

㉚ 畢竟：到底，終歸。許渾《聞開江宋相公申錫下世二首》一：“畢竟成功何處是？五湖雲月一帆開。”辛棄疾《菩薩蠻·書江西造口壁》：“青山遮不住，畢竟東流去。”　斟酌：倒酒，注酒。《後漢書·左慈傳》：“慈乃爲齎酒一升，脯一斤，手自斟酌，百官莫不醉飽。”唐代夷陵女郎《空館夜歌》：“緑樽翠杓，爲君斟酌。”指飲酒，舊題蘇武《古詩四首》一：“我有一罇酒，欲以贈遠人。願子留斟酌，叙此平生親。”向子諲《梅花引·戲代李師明作》：“同杯勺，同斟酌，千愁一醉都推却。”瘑癧：惡性瘰疾，亦指患惡性瘰疾的人。暫無其他書證。本詩原注：“瘴癧之徒。”可供參考。

㉛ 籌：簽籌，算籌，記數的用具。《北史·王勇傳》：“州頗有優

劣,文令探籌取之。"韓愈《祭河南張員外文》:"衡陽放酒,熊咆虎嗥,不存令章,罰籌蝟毛。" 色目:種類名目。元稹《彈奏劍南東川節度使狀》:"本判官及諸州刺史名銜,並所收色目,謹具如後。"陸游《監丞周公墓誌銘》:"邑賦色目極繁,以入償出,不足者猶四萬緡,率苟征預借,苟逭吏責。" 崴嵬:義同"崴嵬",高峻不平貌。《楚辭·九章·抽思》:"軫石崴嵬,蹇吾願矣!"王逸注:"崴嵬,崔巍,高貌也。"洪興祖補注:"崴嵬,不平也。"邢居實《南征賦》:"群山崴嵬而造天兮,踐羊氏之北境。"

[編年]

《年譜》編年本詩於元和八年秋天,理由是:"元稹《遣病十首》第一首云:'服藥備江瘴,四年方一瘳。'元和五年,元稹貶江陵,下推'四年'爲元和八年。第五首云:'過壯年已五。'元和八年,元稹正三十五歲。第十首云:'落盡秋槿花,離人疾猶甚。'"接著又引錄本詩"濩落因寒甚,沉陰與病偕。藥囊堆小案,書卷塞空齋。脹腹看成鼓,羸形漸比柴。道情憂易適,溫瘴氣難排。治屣扶輕杖,開門立靜街。耳鳴疑暮角,眼暗助昏霾……鼠驕衝筆硯,被冷束筋骸。畢竟圖斟酌,先須遣癘痎(瘴癘之徒)"作爲本詩編年的具體證據。又云:"孝萱案:此詩有'殘菊半枯荄'之句,或是元和八年秋作。"《編年箋注》編年:"元和八年(八一三)秋,元稹在江陵府士曹參軍任,患瘧日久未愈。詳下《譜》。"《年譜新編》編年本詩爲元和八年,沒有説明理由,但在譜文"秋,元稹患瘧,日久未愈"説明,引述與《年譜》相同。

我們認爲,《年譜》引録本詩的十六句詩句與本詩編年沒有關係,白白浪費了篇幅,倒是其對《遣病十首》的部份詩句以及本詩"殘菊半枯荄"的引録很能説明問題,可以作爲本詩編年的理由。不過我們以爲既然"殘菊半枯荄",那麼時序應該接近冬天,或者已經是初冬。而九月還是賞菊的最佳時候,許敬宗《擬江令於長安歸揚州九日賦》:

"本逐征鴻去，還隨落葉來。菊花應未滿，請待詩人開。"崔善爲《答王無功九日》："秋來菊花氣，深山客重尋。露葉疑涵玉，風花似散金。"白居易《禁中九日對菊花酒憶元九》："賜酒盈杯誰共持？宮花滿把獨相思。相思只傍花邊立，盡日吟君詠菊詩。"就是其中的一些例證。因此我們認爲本詩應該作於元和八年的暮秋初冬，不應該籠統編年元和八年的秋天。

◎ 晨起送使病不行因過王十一館居二首

　　自笑今朝誤夙興，逢他御史瘧相仍②。過君未起房門掩，深映寒窗一盞燈③。

　　密宇深房小火爐，飯香魚熟近中廚④。野人愛靜仍耽寢，自問黃昏肯去無⑤？

録自《元氏長慶集》卷一八

[校記]

　　（一）晨起送使病不行因過王十一館居二首：本詩存世各本，包括楊本、叢刊本、《萬首唐人絕句》、《全詩》在内，未見異文。

[箋注]

　　① 使：使者。《左傳·成公九年》："兵交，使在其間可也。"韓愈《答渝州李使君書》："使至，連辱兩書，告以恩情迫切，不自聊賴。"不行：不行進，不前進。《楚辭·九歌·湘君》："君不行兮夷猶，蹇誰留兮中洲？"《史記·穰侯列傳》："於是穰侯不行，引兵而歸。"　過：來訪，前往拜訪。《詩·召南·江有汜》："子之歸，不我過。"《史記·魏公子列傳》："臣有客在市屠中，願枉車騎過之。"　王十一：即王起，排

行十一，故言，元稹吏部乙科的同年，時在江陵府任職。元稹《酬哥舒大少府寄同年科第》："前年科第偏年少，未解知羞最愛狂。九陌爭馳好鞍馬，八人同着綠衣裳（同年科第：宏詞呂二炅、王十一起，拔萃白二十二居易，平判李十一復禮、呂四頻、哥舒大煩、崔十八玄亮逮不肖，八人皆奉榮養）。"白居易《常樂里閑居偶題十六韵兼寄劉十五公輿王十一起呂二炅呂四穎崔十八玄亮元九稹劉三十二敦質張十五仲元時爲校書郎》："帝都名利場，雞鳴無安居。獨有懶慢者，日高頭未梳。"《編年箋注》認爲本詩的"王十一"應該是"王行周"，根據本組詩流露出來的情感是親密無間，應該是老朋友，當是元稹的吏部乙科同年王起。而從詩中"野人愛靜仍耽寢"的習慣來看，也正與上引白居易《常樂里》表述的詩意切合，我們認爲"王十一"應該是元稹的老朋友王起，而不是元稹的另一個朋友王行周。　　館居：即館舍，招待賓客的房舍，吏員臨時居住的住所。王建《謝李續主簿》："館舍幸相近，因風及病身。一官雖隔水，四韵是同人。"徐積《贈至幾五首》二："西城塔下逢君後，南郭庠中借館居。正共孤甥栖暖席，未如老圃灌寒蔬。"

②　自笑：自嘲。劉長卿《感懷》："愁中卜命看周易，夢裏招魂讀楚詞。自笑不如湘浦雁，飛來即是北歸時。"李白《書情寄從弟邠州長史昭》："自笑客行久，我行定幾時？綠楊已可折，攀取最長枝。"　今朝：今晨。《詩·小雅·白駒》："縶之維之，以永今朝。"白居易《井底引銀瓶》："瓶沉簪折知奈何，似妾今朝與君別。"　夙興：早起。《禮記·昏義》："夙興、婦沐浴以俟見。"孫希旦集解："夙，早也，謂昏明日之早晨也。興，起也。"《漢書·武帝紀》："今朕獲奉宗廟，夙興以求，夜寐以思，若涉淵水，未知所濟。"顏師古注："夙興，早起也。"　御史：官名，春秋戰國時期列國皆有御史，爲國君親近之職，掌文書及記事。秦設御史大夫，職副丞相，位甚尊；並以御史監郡，遂有糾察彈劾之權，蓋因近臣使作耳目。漢以後，御史職銜累有變化，職責則專司糾彈，而

文書記事乃歸太史掌管。《史記·蕭相國世家》：“秦御史監郡者與從事，常辨之。何乃給泗水卒史事，第一。”王讜《唐語林·補遺》：“御史主彈奏不法，肅清内外。唐興，宰輔多自憲司登鈞軸，故謂御史爲宰相。”瘧：病名，瘧疾。《左傳·昭公十九年》：“夏，許悼公瘧。”《素問·至真要大論》：“惡寒發熱如瘧。”　相仍：相繼，連續不斷。《楚辭·九章·悲回風》：“觀炎氣之相仍兮，窺烟液之所積。”王逸注：“相仍者，相從也。”蘇軾《賀蔣發運啓》：“某竄流已久，衰病相仍。”

③ 君：對對方的尊稱，猶言您。駱賓王《送宋五之問得涼字》：“願言遊泗水，支離去二漳。道術君所篤，筌蹄余自忘。”劉長卿《送李録事兄歸襄鄧》：“十年多難與君同，幾處移家逐轉蓬。白首相逢征戰後，青春已過亂離中。”　寒窗：寒冷的窗口，也常用以形容寂寞艱苦的讀書生活。錢起《冬夜題旅館》：“嚴冬北風急，中夜哀鴻去。孤燭思何深！寒窗坐難曙。”元稹《聞樂天授江州司馬》：“殘燈無焰影幢幢，此夕聞君謫九江。垂死病中驚起坐，暗風吹雨入寒窗。”

④ 宇：房屋，住所。《詩·魯頌·閟宫》：“大啓爾宇，爲周室輔。”毛傳：“宇，居也。”《楚辭·招魂》：“高堂邃宇，檻層軒些。”王逸注：“宇，屋也。”　深房：深邃的房舍。高適《同衛八題陸少府書齋》：“深房臘酒熟，高院梅花新。”耿湋《題清源寺》：“深房春竹老，細雨夜鐘疏。”　火爐：供取暖和炊事用的爐子。杜甫《觀李固請司馬弟山水圖三首》一：“簡易高人意，匡床竹火爐。寒天留遠客，碧海挂新圖。”元稹《旅眠》：“内外都無隔，帷屏不復張。夜眠兼客坐，同在火爐床。”中厨：内厨房。《玉臺新詠·古樂府〈隴西行〉》：“談笑未及竟，左顧敕中厨。”曹植《娱賓賦》：“辦中厨之豐膳兮，作齊鄭之妍倡。”趙幼文校注：“中厨即内厨。”

⑤ 野人：上古謂居國城之郊野的人，與“國人”相對。《左傳·定公十四年》：“大子蒯聵獻盂於齊，過宋野，野人歌之曰：‘既定爾婁豬，盍歸吾艾豭。’”王績《九月九日贈崔使君善爲》：“野人迷節候，端坐隔

塵埃。忽見黃花吐，方知素節回。”這裏戲稱“王十一”起與詩人自己。耽：愛好，專心於。劉向《説苑·復恩》：“耽我以道，説我以仁。”《後漢書·李固傳》：“豈與此外戚凡輩耽榮好位者同日而論哉！” 自問：自己問自己。白居易《書紳》：“歲晚頭又白，自問何欣欣？”劉禹錫《吟樂天自問愴然有作》：“親友關心皆不見，風光滿眼倍傷神。洛陽城裏多池館，幾處花開有主人？” 黃昏：日已落而天色尚未黑的時候。《楚辭·離騷》：“曰黃昏以爲期兮，羌中道而改路。”李商隱《樂游原》：“夕陽無限好，只是近黃昏。” 無：副詞，用於句末，表示疑問，相當於“否”。楊巨源《寄江州白司馬》：“江州司馬平安否，惠遠東林住得無？”白居易《問劉十九》：“晚來天欲雪，能飲一杯無？”

[編年]

《年譜》編年本詩於“庚寅至甲午在江陵府所作其他詩”欄内，没有説明理由。《編年箋注》編年：“此詩作於元和八年（八一三）。元稹時在江陵士曹任。”没有説明理由。《年譜新編》編年本詩於元和八年，理由是：“其一云：‘逢他御史瘧相仍。’元稹元和八年患瘧疾。”

根據本詩“深映寒窗一盞燈”、“密宇深房小火爐”的詩意，我們認爲本詩應該作於初冬季節。元稹在江陵，有《遣病十首》，有句云：“服藥備江瘴，四年方一瘳。”從元和五年下推“四年”，應該是元和八年。《遣病十首》又云：“壯年等閑過，過壯年已五。”元和八年，元稹三十五歲，説明元稹元和八年秋天曾經得過瘧疾，一直没有痊愈。本詩詩題“病不行”，本詩云“逢他御史瘧相仍”，與元和八年元稹的瘧疾病情相吻合。據此，本詩應該編年元和八年的初冬季節。

◎ 唐故工部員外郎杜君墓係銘并序^{(一)①}

叙曰：予讀詩至杜子美，而知小大之有所總萃焉^(二)！始堯舜時，君臣以賡歌相和。是後，詩人繼作，歷夏殷周千餘年②。仲尼緝拾選揀，取其干預教化之尤者三百篇^(三)，其餘無聞焉③！騷人作而怨憤之態繁，然猶去風雅日近，尚相比擬④。

秦漢以還，採詩之官既廢，天下俗謠民謳^(四)、歌頌諷賦、曲度嬉戲之詞，亦隨時間作⑤。逮至漢武賦《柏梁》而七言之體具^(五)，蘇子卿、李少卿之徒尤工爲五言，雖句讀文律各異，雅鄭之音亦雜，而詞意簡遠，指事言情，自非有爲而爲，則文不妄作⑥。建安之後，天下文士遭罹兵戰，曹氏父子鞍馬間爲文，往往橫槊賦詩，故其抑揚冤哀悲離之作^(六)，尤極於古^{(七)⑦}。

晉世風概稍存，宋齊之間，教失根本，士以簡慢、歙習、舒徐相尚^(八)，文章以風容、色澤、放曠、精清爲高，蓋吟寫性靈、流連光景之文也，意義格力無取焉⑧！陵遲至於梁陳，淫艷刻飾佻巧小碎之詞劇，又宋齊之所不取也⑨。

唐興，官學大振，歷世之文，能者互出^(九)，而又沈宋之流，研練精切，穩順聲勢，謂之爲律詩⑩。由是而後，文變之體極焉^(一〇)！然而莫不好古者遺近^(一一)，務華者去實，效齊梁則不逮於魏晉，工樂府則力屈於五言；律切則骨格不存，閑暇則纖穠莫備⑪。

至於子美，蓋所謂上薄風騷，下該沈宋，古傍蘇李，氣奪曹劉^(一二)，掩顏謝之孤高，雜徐庾之流麗，盡得古今之體勢，

3287

而兼人人之所獨專矣^(一三)⑫！使仲尼考鍛其旨要，尚不知貴其多乎哉！苟以爲能所不能，無可不可^(一四)，則詩人以來，未有如子美者⑬。時山東人李白，亦以奇文取稱，時人謂之李杜。予觀其壯浪縱恣，擺去拘束，摸寫物象及樂府歌詩，誠亦差肩於子美矣⑭！至若鋪陳終始，排比聲韵，大或千言，次猶數百，詞氣豪邁而風調清深，屬對律切而脱棄凡近，則李尚不能歷其藩翰，况堂奥乎⑮！

予嘗欲條析其文^(一五)，體別相附，與來者爲之準，特病懶未就⑯。適子美之子子嗣業^(一六)，啓子美之柩，襄祔事於偃師，途次于荆楚^(一七)。雅知予愛言其大父爲文，拜予爲誌^(一八)，辭不可絶，予因係其官閥而銘其卒葬云⑰。

係曰：晉當陽成侯姓杜氏，十世而生依藝^(一九)，令於鞏。依藝生審言，審言善詩^(二〇)，官至膳部員外郎。審言生閑，閑生甫，閑爲奉天令⑱。甫字子美，天寶中獻"三大禮賦"，明皇奇之^(二一)，命宰相試文，文善，授甫曹屬^(二二)⑲。京師亂，步謁行在，拜左拾遺。歲餘，以直言失官，出爲華州司功^(二三)，尋遷京兆功曹，劍南節度使嚴武狀爲工部員外郎，參謀軍事^(二四)⑳。旋又棄去，扁舟下荆楚間，竟以寓卒，旅殯岳陽^(二五)，享年五十九㉑。夫人弘農楊氏女，父曰司農少卿怡，四十九年而終。嗣子曰宗武，病不克葬。殁，命其子嗣業。嗣業以家貧^(二六)，無以給喪，收拾乞丐，焦勞晝夜，去子美殁後餘四十年，然後卒先人之志，亦足爲難矣㉒！

銘曰：維元和之癸巳，粵某月某日之佳辰，合窆我杜子美於首陽之前山^(二七)。嗚呼！千歲而下，曰此文先生之古墳㉓！

録自《元氏長慶集》卷五六

［校記］

（一）唐故工部員外郎杜君墓係銘并序：楊本、叢刊本同，《唐文粹》作“唐工部員外郎杜甫墓誌銘并序”，《文章辨體彙選》作“唐工部員外郎杜甫墓誌銘”，《全文》作“唐故工部員外郎杜君墓係銘”，《杜詩詳註》引用本文，題作“唐檢校工部員外郎杜君墓係銘并序”，《補注杜詩》引用本文，題作“唐杜工部墓誌銘”，《李太白集註》、《騈志》節錄本文，題作“論李杜之優劣”，《舊唐書·杜甫傳》引用本文，作“論李杜之優劣”，《歷代名賢確論》作“杜甫李白”，《詩人玉屑》作“墓誌銘”，《唐詩紀事》作“子美墓銘”，《古詩紀》、《漁隱叢話》無題。爲避校勘之文的繁複，今僅用《全文》引錄本文的楊本、叢刊本、《唐文粹》、《文章辨體彙選》、《全文》作爲校勘本，其他各種節錄本僅作爲參校，特此説明。

（二）而知小大之有所總萃焉：楊本、叢刊本、《舊唐書·杜甫傳》、《杜詩詳註》、《騈志》、《李太白集註》同，《唐文粹》、《唐詩紀事》、《文章辨體彙選》、《補注杜詩》、《詩人玉屑》、《漁隱叢話》、《歷代名賢確論》、《古詩紀》、《全文》作“而知古人之才有所總萃焉”，各備一説，不改。

（三）取其干預教化之尤者三百篇：原本作“其干預教化之尤者三百”，楊本、叢刊本、《李太白集註》同，《舊唐書·杜甫傳》、《騈志》作“取其干預教化之尤者三百”，據《唐文粹》、《唐詩紀事》、《文章辨體彙選》、《歷代名賢確論》、《漁隱叢話》、《詩人玉屑》、《杜詩詳註》、《補注杜詩》、《全文》改。

（四）天下俗謠民謳：原本作“天下妖謠民謳”，楊本、叢刊本、《舊唐書·杜甫傳》、《李太白集註》、《騈志》同，據《唐文粹》、《唐詩紀事》、《歷代名賢確論》、《文章辨體彙選》、《杜詩詳註》、《補注杜詩》、《古詩紀》、《詩人玉屑》、《漁隱叢話》、《全文》改。

（五）逮至漢武賦《柏梁》而七言之體具：楊本、叢刊本、《騈志》、

《李太白集註》同,《唐文粹》、《唐詩紀事》、《歷代名賢確論》、《文章辨體彙選》、《古詩紀》、《詩人玉屑》、《漁隱叢話》、《杜詩詳註》、《補注杜詩》、《全文》作"逮至漢武賦《柏梁》詩而七言之體具",《舊唐書·杜甫傳》作"至漢武賦柏梁而七言之體興",各備一説,不改。

(六)故其抑揚冤哀悲離之作:楊本、叢刊本作"故其抑揚冤哀存離之作",《唐文粹》、《唐詩紀事》、《文章辨體彙選》、《歷代名賢確論》、《古詩紀》、《漁隱叢話》、《全文》作"故其道文壯節抑揚怨哀悲離之作",《舊唐書·杜甫傳》、《李太白集註》、《補注杜詩》、《詩人玉屑》作"故其道壯抑揚冤哀悲離之作",《駢志》作"故其狀抑揚冤哀悲離之作",《杜詩詳註》作"其道文壯節抑揚怨哀悲離之作",各備一説,不改。

(七)尤極於古:《唐文粹》、《唐詩紀事》、《舊唐書·杜甫傳》、《文章辨體彙選》、《歷代名賢確論》、《詩人玉屑》、《漁隱叢話》、《古詩紀》、《駢志》、《杜詩詳註》、《補注杜詩》、《李太白集註》、《全文》同,楊本、叢刊本作"尤拯於古",各備一説,不改。

(八)士以簡慢、歙習、舒徐相尚:楊本、叢刊本、《駢志》、《李太白集註》、《全文》同,《舊唐書·杜甫傳》作"士以簡謾、翕習、舒徐相尚",《唐文粹》、《文章辨體彙選》、《唐詩紀事》、《歷代名賢確論》、《詩人玉屑》、《漁隱叢話》作"士以簡慢、矯飾相尚",《補注杜詩》作"士子以簡慢、矯飾、舒徐相尚",《杜詩詳註》、《古詩紀》作"士子以簡慢、矯飾、歙習、舒徐相尚",各備一説,不改。

(九)歷世之文,能者互出:楊本、叢刊本、《杜詩詳註》、《補注杜詩》、《李太白集註》、《漁隱叢話》、《全文》同,《唐文粹》、《唐詩紀事》、《文章辨體彙選》、《歷代名賢確論》、《詩人玉屑》作"歷世之文,能者互書",《舊唐書·杜甫傳》、《駢志》作"歷世能者之文互出",各備一説,不改。

(一〇)文變之體極焉:楊本、叢刊本、《唐文粹》、《唐詩紀事》、

《文章辨體彙選》《歷代名賢確論》《詩人玉屑》《杜詩詳註》《補注杜詩》《駢志》《全文》同，《舊唐書·杜甫傳》《李太白集註》《漁隱叢話》作"文體之變極焉"，各備一說，不改。

（一）然而莫不好古者遺近：楊本、叢刊本、《舊唐書·杜甫傳》《杜詩詳註》《李太白集註》《駢志》同，《補注杜詩》《全文》作"然而好古者遺近"，《唐文粹》《唐詩紀事》《文章辨體彙選》《歷代名賢確論》《漁隱叢話》《詩人玉屑》作"而又好古者遺近"，各備一說，不改。

（一二）古傍蘇李，氣奪曹劉：楊本、叢刊本、《歷代名賢確論》同，《唐文粹》《唐詩紀事》《舊唐書·杜甫傳》《文章辨體彙選》《杜詩詳註》《補注杜詩》《李太白集註》《駢志》《漁隱叢話》《詩人玉屑》《全文》作"言奪蘇李，氣吞曹劉"，各備一說，不改。

（一三）而兼人人之所獨專矣：《唐文粹》《唐詩紀事》《文章辨體彙選》《補注杜詩》《全文》同，《漁隱叢話》《歷代名賢確論》作"而兼昔人之所獨專"，楊本作"而兼今人之所獨專矣"，《詩人玉屑》作"而兼人人之所獨專"，《李太白集註》作"而兼人之所獨專矣"，《杜詩詳註》作"而兼文人之所獨專矣"，據宋蜀本、叢刊本、《舊唐書·杜甫傳》《駢志》改。

（一四）苟以爲能所不能，無可不可：楊本、叢刊本同，《唐文粹》《唐詩紀事》《舊唐書·杜甫傳》《文章辨體彙選》《漁隱叢話》《杜詩詳註》《補注杜詩》《李太白集註》《駢志》《全文》作"苟以爲能所不能，無可無不可"，《歷代名賢確論》《詩人玉屑》作"苟以爲能，無可不可"，各備一說，不改。

（一五）予嘗欲條析件其文：原本作"予嘗欲件拆其文"，楊本、叢刊本同，據《唐文粹》《唐詩紀事》《舊唐書·杜甫傳》《文章辨體彙選》《杜詩詳註》《補注杜詩》《全文》改。

（一六）適子美之子子嗣業：楊本、叢刊本同，《唐文粹》《唐詩紀事》、《文章辨體彙選》、《杜詩詳註》、《補注杜詩》、《全文》作"適子美之孫嗣業",各備一説,不改。

（一七）**途次于荆楚**：原本作"次于荆",楊本、叢刊本同,《杜詩詳註》作"途次于荆",據《唐文粹》、《唐詩紀事》、《文章辨體彙選》、《補注杜詩》、《全文》改。

（一八）**拜予爲誌**：楊本、叢刊本、《全文》同,《唐文粹》、《唐詩紀事》、《文章辨體彙選》作"祈余爲誌",《杜詩詳註》、《補注杜詩》作"拜余爲誌",各備一説,不改。

（一九）**十世而生依藝**：《唐文粹》、《唐詩紀事》、《杜詩詳註》、《補注杜詩》、《全文》作"下十世而生依藝",《文章辨體彙選》作"若干世而生依藝",兩者語義相類,不改。楊本、叢刊本作"下世而生依藝",語義不通,疑"十"爲"下"之刊誤。

（二〇）**依藝生審言,審言善詩**：《唐文粹》、《文章辨體彙選》、《杜詩詳註》、《補注杜詩》同,楊本、叢刊本、《全文》作"依藝生審言,善詩",各備一説,不改。

（二一）**明皇奇之**：《唐文粹》、《唐詩紀事》、《文章辨體彙選》、《杜詩詳註》、《補注杜詩》、《全文》同,楊本、叢刊本作"明帝奇之",各備一説,不改。

（二二）**授甫曹屬**：楊本、叢刊本同,《唐文粹》、《文章辨體彙選》、《全文》作"授率府曹屬",《唐詩紀事》作"授率州曹屬",《杜詩詳註》、《補注杜詩》作"授右衛率府胄曹屬",各備一説,不改。

（二三）**以直言失官,出爲華州司功**：《唐文粹》、《唐詩紀事》、《杜詩詳註》、《補注杜詩》、《文章辨體彙選》、《全文》同,楊本、叢刊本作"以直言,官出爲華州司功",各備一説,不改。

（二四）**尋遷京兆功曹,劍南節度使嚴武狀爲工部員外郎,參謀軍事**：原本作"尋遷京兆事",楊本、叢刊本同,據《杜詩詳註》、《補注杜詩》、《全文》改。《唐文粹》、《唐詩紀事》、《文章辨體彙選》作"尋遷京兆功曹，劍南節度使嚴武拔爲工部員外，參謀軍事”，各備一説。

　　（二五）旅殯岳陽：原本作“旋殯岳陽”，楊本、《全文》同，語義不順，據《唐文粹》、《唐詩紀事》、《杜詩詳註》、《補注杜詩》、《文章辨體彙選》改。

　　（二六）嗣業以家貧：原本作“嗣業貧”，楊本、叢刊本同，據《唐文粹》、《唐詩紀事》、《文章辨體彙選》、《杜詩詳註》、《補注杜詩》、《全文》改。

　　（二七）合窆我杜子美於首陽之前山：楊本、叢刊本同，《唐文粹》、《唐詩紀事》、《文章辨體彙選》、《杜詩詳註》、《補注杜詩》、《全文》作“合窆我杜子美於首陽之山前”，各備一説，不改。

［箋注］

　　① 唐故工部員外郎杜君墓係銘并序：本文是元稹對我國文學史上的現實主義傳統作出詳盡論述、發表卓識見解的重要文獻，受到歷來文史學家的重視與肯定。它是我國文學批評史上不可或缺的重要文獻，希望引起讀者的加倍重視。對杜甫公正的評價，元稹是杜甫以來的第一人，其觀點，不僅被史學家所接受，也同時爲後代文學批評家所認可，例子則多不勝舉，本書稿難於一一採録，幸請讀者的諒解。元稹特別推崇《詩經》反映現實干預政治的優良傳統，認爲兩漢的辭賦和五言詩“文不妄作”，離反映現實干預政治的要求還不太遠，認爲建安文學在反映現實的問題上確實比漢代有所進步。而對宋齊梁陳“吟寫性靈，流連光景”、“淫艷刻飾，佻巧小碎”的詩文，斷然地給予了較多的否定；指出初唐承繼齊梁形式主義詩風，詩歌仍然没有成爲反映社會現實呼喊民生疾苦的工具。在這樣的情況下元稹認爲祇有恢復《詩經》、“漢樂府”的文化傳統，特別是杜甫的現實主義傳統才能挽救詩風，使詩歌沿著反映現實干預政治的正確道路前進。元稹一反盛唐以來人們長期冷落杜甫忽視杜詩的社會傾向，第一個勇敢地站

出來對杜甫及其現實主義傳統作出了前所未有的高度評價。在宦官專權、藩鎮割據、國家衰落、民不聊生的中唐時代，元稹能充分肯定杜甫詩歌的現實主義傳統，無疑是正確的，是有其先見之明與首創之功的；千年以來的中國古代詩歌作者以杜甫爲自己創作的楷模，杜甫現實主義的詩歌創作傳統也成爲中國詩歌創作的主流；而相當多的中國古典詩歌研究者也把杜甫的詩歌作爲自己必須關注的研究對象。杜甫的詩歌早就走出國門走向世界，像中國人都知道莎士比亞、托爾斯泰、泰戈爾一樣，世界許多國家的人們也都知道中國的杜甫與屈原，而第一個高度評價杜甫與杜詩的人則是元稹。《舊唐書·杜甫傳》就基本全文引錄元稹本文，值得讀者關注：“天寶末詩人，甫與李白齊名，而白自負文格放達，譏甫齷齪，而有飯顆山之嘲誚。元和中詞人元稹論李杜之優劣曰‘予讀詩至杜子美，而知小大之有所總萃焉！始堯、舜之時，君臣以賡歌相和。是後詩人繼作，歷夏、殷、周千餘年，仲尼緝拾選揀，取其干預教化之尤者三百，餘無所聞。騷人作而怨憤之態繁，然猶去《風》、《雅》日近，尚相比擬。秦、漢已還，採詩之官既廢，天下妖謠民謳、歌頌諷賦、曲度嬉戲之辭，亦隨時間作。至漢武賦《柏梁》而七言之體興，蘇子卿、李少卿之徒，尤工爲五言，雖句讀文律各異，雅鄭之音亦雜，而辭意簡遠，指事言情，自非有爲而爲，則文不妄作。建安之後，天下之士遭罹兵戰，曹氏父子鞍馬間爲文，往往橫槊賦詩，故其遒壯抑揚、冤哀悲離之作，尤極於古。晉世風概稍存，宋、齊之間，教失根本，士以簡慢歙習舒徐相尚，文章以風容色澤、放曠精清爲高，蓋吟寫性靈、留連光景之文也，意義格力無取焉！陵遲至於梁、陳，淫艷刻飾、佻巧小碎之詞劇，又宋、齊之所不取也。唐興，官學大振，歷世之文，能者互出。而又沈、宋之流，研練精切，穩順聲勢，謂之爲律詩。由是之後，文體之變極焉！然而莫不好古者遺近，務華者去實，效齊、梁則不逮於魏、晉，工樂府則力屈於五言，律切則骨格不存，閑暇則纖穠莫備。至於子美，蓋所謂上薄《風》、《騷》，下該沈、宋，言奪蘇、李，氣吞曹、劉，掩顏、謝之孤高，雜徐、庾之流麗，盡得古今之體勢，而兼人人之所獨專矣！使仲尼考鍛其旨要，尚不知貴其多乎哉！苟以爲能所不能，無可無不可，則詩人已來未有如子美者！是時山東人李白，亦以文奇取稱，時人謂之李、杜。予觀其壯浪縱恣，擺去拘束，模寫物象，及樂府歌詩，誠亦差肩於子美矣！至若鋪陳終始，排比聲韵，大或千言，次猶數百，詞氣豪邁而風調清深，屬對律切而脫棄凡近，則李尚不能歷其藩翰，況堂奧乎！予嘗欲條析其文，體別相附，與來者爲之準，特病懶未就爾！’，自後屬文者，以積論爲是。”還應該指出，本文對我國文學史上的重要文學理論文獻——白居易的《與元九書》的寫成有著不可抹殺的重要作用。關於這一點，讀者祇要將兩者細加比較就可得出與我們一樣的結論，其實白居易本人的《與元九書》也已經承認了這一點：“月日，居易白，微之足下：自足下謫江陵至於今，凡所贈答詩僅百篇。每詩來，或辱序，或辱書，冠於卷首。皆所以陳古今歌詩之義，且自叙爲文因緣，與年月之遠近也。僕既受足下詩，又諭足下此意，常欲承答来旨，粗論歌詩大端，并自述爲文之意，總爲一書致足下前。累歲已来，牽故少暇。間有容隙，或欲爲之，又自思所陳亦無足下之見。臨紙復罷者數四，率不能成就其志，以至於今。”　員外郎：官名，員外，本指正員以外的郎官。晉武帝始設員外散騎常侍，員外散騎侍郎，簡稱員外郎。隋開皇時，尚書省二十四司各設員外郎一人，爲各司的次官。唐時各部都有員外郎，位在郎中之次。《舊唐書·職官志》：“工部尚書一員、侍郎一員……郎中一員（從五品上）、員外郎一員（從六品上）……郎中、員外郎之職，掌經營興造之衆務，凡城池之修濬、土木之繕葺、工匠之程式，咸經度之。凡京師、東都有營繕，則下少府、將作，以供其事。”韓愈《送殷員外序》：“由是殷侯侑自太常博士遷尚書虞部員外郎，兼侍御史。”呂温《病中自户部員外郎轉司封》：“羸卧承新命，優容獲所安。遣兒迎賀客，無力拂塵冠。”但本文杜甫的員外郎並非實際職務，僅僅表明職級高低贈職而已。　　杜君：即杜甫。《舊唐書·杜甫傳》："杜甫字子美，本襄陽人，後徙河南鞏縣。曾祖依藝，位終鞏令。祖審言，位終膳部員外郎，自有傳。父閑，終奉天令。甫天寶初應進士不第，天寶末'獻三大禮賦'，玄宗奇之，召試文章，授京兆府兵曹參軍。十五載，禄山陷京師，肅宗徵兵靈武，甫自京師宵遁赴河西，謁肅宗於彭原郡，拜右拾遺。房琯布衣時與甫善，時琯爲宰相，請自帥師討賊，帝許之。其年十月，琯兵敗於陳濤斜。明年春，琯罷相。甫上疏言琯有才，不宜罷免。肅宗怒，貶琯爲刺史，出甫爲華州司功參軍。時關畿亂離，穀食踊貴，甫寓居成州同谷縣，自負薪採梠，兒女餓殍者數人。久之，召補京兆府功曹。上元二年冬，黄門侍郎、鄭國公嚴武鎮成都，奏爲節度參謀、檢校尚書工部員外郎，賜緋魚袋。武與甫世舊，待遇甚隆。甫性褊躁，無器度，恃恩放恣，嘗憑醉登武之床，瞪視武曰：'嚴挺之乃有此兒！'武雖急暴，不以爲忤。甫於成都浣花里種竹植樹，結廬枕江，縱酒嘯詠，與田夫野老相狎蕩，無拘檢。嚴武過之，有時不冠，其傲誕如此。永泰元年夏，武卒，甫無所依。及郭英乂代武鎮成都，英乂武人粗暴，無能刺謁，乃遊東蜀依高適，既至而適卒。是歲崔寧殺英乂，楊子琳攻西川，蜀中大亂。甫以其家避亂荆楚，扁舟下峽，未維舟而江陵亂，乃溯沿湘流，遊衡山，寓居耒陽。甫嘗遊岳廟，爲暴水所阻，旬日不得食。耒陽聶令知之，自棹舟迎甫而還。永泰二年，啗牛肉白酒，一夕而卒於耒陽，時年五十九。子宗武，流落湖湘而卒。元和中，宗武子嗣業，自耒陽遷甫之柩歸葬於偃師縣西北首陽山之前……甫有文集六十卷。"《全唐詩録·杜甫傳》的記載更爲詳盡，全文引述於後，讀者不可不讀："甫字子美，本襄陽人，後徙河南鞏縣。天寶初應進士，不第。天寶末，獻'三大禮賦'，明皇奇之，召試文章，授京兆府兵曹參軍。十五載，禄山陷京師，肅宗徵兵靈武，甫自京師宵遁赴河西，謁肅宗於彭原郡，拜右拾遺。房琯布衣時與甫善，時琯爲宰相，請自率師討賊，帝許之。其年十月，琯兵敗於陳濤斜。明年春，琯罷相。甫上疏言琯有才，不宜罷免。肅宗怒，貶琯爲刺史，出甫爲華州司功參軍。時關畿亂離，穀食踊貴，甫寓居成州同谷縣，自負薪採梠，兒女餓殍者數人。久之，召補京兆府功曹。上元二年冬，黃門侍郎鄭國公嚴武鎮成都，奏爲節度參謀，檢校尚書工部員外郎，賜緋魚袋。武與甫世舊，待遇甚隆。甫性褊躁無器度，恃恩放恣，嘗憑醉登武之床，瞪視武曰：‘嚴挺之乃有此兒！’武雖急暴，不以爲忤。甫於成都浣花里種竹植樹，結廬枕江，縱酒嘯咏，與田夫野老相狎，蕩無拘檢。嚴武過之，有時不冠，其傲誕如此。永泰元年夏，武卒，甫無所依。及郭英乂代武鎮成都，英乂武人，麤暴無能，刺謁乃遊東蜀，依高適。既至而適卒，是歲崔寧殺英乂，楊子琳攻西川，蜀中大亂。甫以其家避亂荆楚，扁舟下峽。未維舟而江陵亂，乃泝沿湘流，遊衡山，寓居耒陽。甫嘗遊嶽廟，爲暴水所阻，旬日不得食。耒陽聶令知之，自櫂舟迎甫而還。永泰二年，啗牛肉白酒，一夕而卒於耒陽，時年五十九。子宗武，流落湖湘而卒。元和中，宗武子嗣業自耒陽遷甫之柩，歸葬於偃師縣西北首陽山之前。天寶末，詩人甫與李白齊名，而白自負文格放達，譏甫齷齪，而有‘飯顆山頭’之嘲誚。元和中，詞人元稹論李、杜之優劣曰：‘唐興，官學大振，歷世之文，能者互出。而又沈、宋之流，研練精切，穩順聲勢，謂之爲律詩。由是而後，文變之體極焉！然而莫不好古者遺近，務華者去實，效齊、梁則不迨於魏、晉，工樂府則力屈於五言，律切則骨格不存閑暇，則纖濃莫備。至於子美，蓋所謂上薄風、騷，下該沈、宋，言奪蘇、李，氣吞曹、劉，掩顏、謝之孤高，雜徐、庾之流麗，盡得古今之體勢，而兼人之所獨專矣！是時山東人李白，亦以奇文取稱，時人謂之李、杜。予觀其壯浪縱恣，擺去拘束，摹寫物象及樂府歌詩，誠亦差肩於子美矣！至若鋪陳終始，排比聲韵，人或千言，次猶數百，詞氣豪邁而風調清深，屬對律切而脫棄凡近，則李尚不能歷其藩翰，况堂奥乎！’自後屬文者，以稹論爲是。《新書》云：‘甫曠放不自檢，好論天下大事，高而不切。少與李白齊名，時號李杜。嘗從白及高適過汴州，酒酣，登吹臺，慷慨懷古，人莫測也。數嘗寇亂，挺節無所污。爲歌詩，傷時撓弱，情不忘君，人憐其忠云。'《詩話》云：'有病瘧者，子美曰：吾詩可以療之。病者云：何曰？夜闌，更秉燭相對，如夢寐。其人誦之，瘧猶是。杜曰：更誦吾詩云子璋髑髏血模糊，手提擲還崔大夫。其人誦之，果愈。'《劉禹錫嘉話》曰：'爲詩用僻字，須有來處。常訝杜員外巨顙拆老拳，疑老拳無據。及覽《石勒傳》：卿既遭孤老拳，孤亦飽卿毒手。豈虛言哉？後輩業詩，即須有據，不可率爾道也。《古今詩話》曰：'章聖問侍臣，唐時酒每斗價幾何？丁晉公奏曰：唐時酒每斗三百文，舉杜詩以證，章聖大喜，曰：杜甫詩自可爲一代之史也。蘇東坡曰：子美自許稷與契，人未必許也。然其詩云：舜舉十六相，身尊道更高。秦時用商鞅，法令如牛毛。自是稷契輩，人口中語也。又云：知名未足稱，局促商山芝。又云：王侯與螻蟻，同盡隨丘墟。願聞第一義，回向心地初。乃知子美詩外，尚有事在也。《石林葉夢得詩話》曰：'詩語固忌用巧太過，然緣情體物，自有天然工巧，而不見其刻削之痕。老杜細雨魚兒出，微風燕子斜，此十字，殆無一字虛設。細雨著水面爲漚，魚常上浮而淰。若大雨，則伏而不出。燕體輕弱，風猛則不能勝，惟微風乃受以爲勢，故又有輕燕受風斜之句。至若穿花蛺蝶深深見，點水蜻蜓款款飛，深深字若無穿字，款款字若無點字，皆無以見其精微如此，然讀之渾然，全似未嘗用力。此所以不礙其氣格，超勝唐末諸子，爲之便當入魚躍練江拋玉尺，鶯穿柳絲織金梭體矣！詩人以一字爲工，世固知之惟老杜，變化開闔，出奇無窮，殆不可以形迹捕詰，如江山有巴蜀，棟宇自齊梁，則其遠近數千里，上下數百年，只在有與自兩字間，而吐吞山水之氣，俯仰古今之懷，皆見於言外，此工妙至到人力不可及也。'孫僅《叙》曰：'洎夫子之爲也，剗陳、梁，亂齊、宋，抉晉、魏，瀦其淫波，遏其煩聲，與周、楚、西漢相準的。其敻邈高聳，則若鑿太虛而噭萬籟。其馳驟怪駭，則若仗天策而騎箕尾。其首截峻整，則若儼鉤陳而界雲

漢。樞機日月,開闔雷電,昂昂然神其謀,挺其勇,握其正,以高視天
壤,趨入作者之域,所謂真粹氣中人也。公之詩,支而爲六家:孟郊得
其氣焰,張籍得其簡麗,姚合得其清雅,賈島得其奇僻,杜牧、薛能得
其豪健,陸龜蒙得其贍博,皆出公之奇偏爾!尚軒軒然,自號一家,嚇
世恒俗,後人師儗,不暇矩合之乎?風騷而下,唐而上,一人而已。'"
墓係銘:義同"墓誌銘",放在墓裏刻有死者事迹的石刻,一般包括志
和銘兩部分,志多用散文,叙述死者姓氏、生平等。銘是韵文,用於對
死者的讚揚、悼念。係比較少見,是志與記之義,本文即有:"予因係
其官閥,銘其卒葬云。"《宋書·建平宣簡王宏傳》:"上痛悼甚至,每朔
望輒出臨靈,自爲墓誌銘并序。"白居易《唐河南元府君夫人滎陽鄭氏
墓誌銘》:"有唐元和元年九月十六日,故中散大夫、尚書比部郎中、舒
王府長史河南元府君諱寬夫人滎陽縣太君鄭氏,年六十,寢疾歿於萬
年縣靖安里私第。"

　②叙:陳述,記述。《國語·晉語》:"紀言以叙之,述意以導之。"
韋昭注:"叙,述也。"《三國志·臧洪傳》:"前日不遺,比辱雅貺,述叙
禍福,公私切至。"　小大:小的和大的,猶云一切、所有。《左傳·莊
公十年》:"小大之獄,雖不能察,必以情。"《北史·樂運傳》:"大尊比
來小大之事,多獨斷之。"　總萃:會合聚集。《周書·李棠傳》:"豈有
賓客總萃,而公無事不行?"《隋書·經籍志》:"辭人才士,總萃京師。"
堯舜:唐堯和虞舜的並稱,遠古部落聯盟的首領,古史傳說中的聖明
君主。《易·繫辭》:"黃帝堯舜,垂衣裳而天下治。"《孟子·滕文公》:
"孟子道性善,言必稱堯舜。"　賡歌:酬唱和詩。李白《明堂賦》:"千
里鼓舞,百寮賡歌。"武元衡《奉和聖製豐年多慶九日示懷》:"令節寰
宇泰,神都佳氣濃。賡歌禹功盛,擊壤堯年豐。"　詩人:這裏指《詩
經》的作者。《楚辭·九辯》:"竊慕詩人之遺風兮,願託志乎素餐。"邵
伯温《聞見前録》卷七:"范魯公戒子孫詩,其略曰:'……《相鼠》尚有
禮,宜鑒詩人刺。'"　夏:朝代名,即夏后氏,是我國歷史上第一個朝

代,相傳爲禹子啓所創立的奴隸制國家,建都安邑(今山西省夏縣北)。張繼《會稽郡樓雪霽》:"江城昨夜雪如花,郢客登樓齊望華。夏禹壇前仍聚玉,西施浦上更飛沙。"許渾《晚登龍門驛樓》:"魚龍多處鑿門開,萬古人知夏禹材。青嶂遠分從地斷,洪流高瀉自天來。"

殷:朝代名,商王盤庚從奄(今山東曲阜)遷都殷,後世因稱商爲殷,至紂亡國,共歷八世,十二王,二百七十三年,整個商代亦稱爲商殷或殷商。蔡邕《獨斷》:"伏犧爲太昊氏,炎帝爲神農氏,黃帝爲軒轅氏,少昊爲金天氏,顓頊爲高陽氏,帝嚳爲高辛氏,帝堯爲陶唐氏,帝舜爲有虞氏,夏禹爲夏後氏,湯爲殷商氏。"史浩《論歸正人札子》:"文王三分天下有其二者,有其心也。是故至武王時,始殷商之旅其會如林,非謂使天下之民先歸文王之國也。" 周:朝代名,姬姓,公元前十一世紀武王滅商建周,都城鎬京(今陝西西安),史稱西周,公元前七七一年犬戎攻破鎬京,周幽王被殺。次年周平王東遷洛邑(今河南洛陽),史稱東周,公元前二五六年爲秦所滅。共歷三十四王,八百多年。陳子昂《臨卭縣令封君遺愛碑》:"昔後稷有德於邰,文王受圖於鎬,珍符册命始自於西周……"張説《贈華州刺史楊君碑》:"敷陳聖謨,啓沃明主,究天人之際,建皇道之極,如有用我者,其爲東周乎?"

③ 仲尼:孔子的字,孔子名丘,春秋魯國人。《史記·孔子世家》:"紇與顏氏女野合而生孔子,禱於尼丘得孔子。魯襄公二十二年而孔子生,生而首上圩頂,故因名曰丘云,字仲尼。"張説《大唐祀封禪頌》:"仲尼叙帝王之書。" 緝拾:收集編次。《蜀中廣記·高僧記》:"太守馮公,了達佛乘以外護之力,謂:'禪師應化靈迹如此,而舊記闕略,乃以其事畀嗣業,輒緝拾始末可傳信者,詳而書之,以示後人。"黃淳耀《州邑文紀序》:"言古文者,率知泝唐宋以進,於秦漢,師其意不師其詞,其剽剝形摹緝拾字句者,則曰此非文也。" 選揀:挑選,選擇。王符《潛夫論·三式》:"昔先王撫世,選揀明德,以統理民。"《舊唐書·懿宗紀》:"邊方未静,深藉人才,宜令徐泗團練使選揀召募官

健三千人,赴邕管防戍。” 干預:關涉,關係。《晉書·王衍傳》:“衍
妻郭氏……好干預人事,衍患之而不能禁。”《朱子全書》卷一:“大抵
爲己之學,於他人無一毫干預。” 教化:政教風化。《詩·周南·關
雎序》:“美教化,移風俗。”元稹《驃國樂》:“教化從來有原委,必將泳
海先泳河。”教育感化。《禮記·經解》:“故禮之教化也微,其止邪也
於未形。”玄奘《大唐西域記·憍賞彌國》:“世尊曰:‘教化勞耶? 開導
末世,實此爲冀。’” 三百篇:相傳《詩》三千餘篇,經孔子刪訂存三百
一十一篇,內六篇有目無詩,實有詩三百零五篇,舉其成數稱三百篇,
後即以“三百篇”爲《詩經》之代稱。《史記·太史公自序》:“《詩》三百
篇,大抵賢聖發憤之所爲作也。”韓愈《薦士》:“周《詩》三百篇,雅麗理
訓誥。” 無聞:沒有名聲,不爲人知。《論語·子罕》:“四十五十而無
聞焉! 斯亦不足畏已。”張祜《訪許用晦》:“怪來音信少,五十我
無聞。”

④ 騷人:屈原作《離騷》,因稱屈原或《楚辭》的作者爲騷人。李
白《古風》一:“正聲何微茫! 哀怨起騷人。”王魯復《吊靈均》:“萬古汨
羅深,騷人道不沈。明明唐日月,應見楚臣心。” 怨憤:怨恨,憤恨。
《漢書·地理志》:“父兄被誅,子弟怨憤。”杜甫《秋日荊南述懷三十
韻》:“琴烏曲怨憤,庭鶴舞摧頹。” 風雅:指《詩經》中的《國風》和《大
雅》、《小雅》,亦用以指代《詩經》。班固《東都賦》:“臨之以《王制》,考
之以《風》《雅》。”杜甫《戲爲六絕句》六:“別裁僞體親風雅,轉益多師
是汝師。” 比擬:比配,與之相類。《南史·王玄謨傳》:“孝武狎侮群
臣,各有稱目,多鬚者謂之羊,短、長、肥、瘦皆有比擬。”趙彥衛《雲麓
漫抄》卷六:“今得璽於咸陽……其蟲書鳥迹之法,於今傳古書莫可
比擬。”

⑤ 秦:朝代名,我國歷史上第一個專制主義中央集權的封建王
朝,公元前二二一年秦王政統一中原,自稱始皇帝,建都咸陽。公元
前二〇六年爲漢所滅,傳二世,共十五年。《文獻通考·帝系·帝號

曆年》:"秦始皇,伯翳之後,莊襄王之子,母呂不韋姬,姓嬴氏,名政。以周亡後九年甲寅嗣立爲秦王,立二十七年庚辰,盡滅六國,稱始皇帝,後十二年辛卯崩。二世皇帝名胡亥,始皇帝少子,以壬辰嗣立,三年甲午爲趙高所弒。立二世兄子嬰,乙未漢高祖入秦,子嬰降,秦亡。右秦二世,共十五年,首庚辰,盡甲午。"張蠙《和崔監丞春遊鄭僕射東園》:"白鳥穿蘿去,清泉抵石還。豈同秦代客,無位隱商山!"徐夤《詠筆二首》一:"秦代將軍欲建功,截龍搜兔助英雄。用多誰念毛皆拔,抛却更嫌心不中。"　漢:朝代名,公元前二○六年劉邦滅秦,公元前二○二年稱帝,國號漢,建都長安,史稱西漢或前漢。公元八年外戚王莽一度稱帝,國號新。公元二五年劉秀重建漢朝,建都洛陽,史稱東漢或後漢。公元二二○年曹丕稱帝,東漢滅亡。整個漢代共歷二十四帝,四百零六年。崔顥《代閨人答輕薄少年》:"妾家近隔鳳凰池,粉壁紗窗楊柳垂。本期漢代金吾婿,誤嫁長安遊俠兒。"杜甫《承聞河北諸道節度入朝歡喜口號絕句十二首》一二:"十二年來多戰場,天威已息陣堂堂。神靈漢代中興主,功業汾陽異姓王。"　以還:猶云以後,以來。張九齡《敕置十道使》:"周漢以還,事有因革。帝王之制,義在隨時。其天下諸道,宜依舊逐要便置使令採訪處置。"李華《御史中丞壁記》:"晉宋元魏以還,無御史大夫,由是中丞威望愈尊,禮有加等,如火烈烈,如霜肅殺。"　採詩:搜集民歌。皮日休《奉和魯望樵人十詠·樵歌》:"若遇採詩人,無辭收鄙陋。"梅堯臣《田家語詩序》:"因錄田家之言次爲文,以俟採詩者云。"　謠:民間流行的歌謠。《國語·晉語》:"辨祆祥於謠。"韋昭注:"行歌曰謠。"謝惠連《雪賦》:"曹風以麻衣比色,楚謠以幽蘭儷曲。"　民謳:民歌。蘇頌《次韻楊立之十一官府館二篇》二:"月露往來羈旅恨,倉箱千萬里民謳。鬢毛衰颯歡遊少,珍重嘉篇寫我憂。"劉摯《送李秘監代還》:"政愛偏東土,民謳戴兩川。"　歌:歌曲,歌詞。韓愈《元和聖德詩序》:"誠宜率先作歌詩,以稱道聖德。"詩體的一種。元稹《樂府古題序》:"《詩》訖於周,

《離騷》訖於楚，是後詩之流爲二十四名：……謠、謳、歌、曲、詞、調。”
頌：文體的一種，以頌揚爲宗旨的詩文。《文選・陸機〈文賦〉》：“頌優
遊以彬蔚，論精微而朗暢。”李善注：“頌以褒述功美，以辭爲主，故優
遊彬蔚。”《文心雕龍・頌贊》：“原夫頌惟典雅，辭必清鑠，敷寫似賦，
而不入華侈之區；敬慎如銘，而異乎規戒之域。”　賦：文體名，是韵文
和散文的綜合體，講究詞藻、對偶、用韵。最早以“賦”名篇的爲戰國
荀況，今實存《禮賦》、《知賦》等五篇。後盛行於漢魏六朝。班固《西
都賦序》：“賦者，古詩之流也。”韓愈《感二鳥賦序》：“故爲賦以自悼。”
曲度：歌曲的節拍、音調。《後漢書・馬援傳》：“多聚聲樂，曲度比諸
郊廟。”李賢注：“曲度，謂曲之節度也。”蔣防《霍小玉傳》：“生起，請玉
唱歌。初不肯，母固強之。發聲清亮，曲度精奇。”　嬉戲：遊戲，玩
樂。《史記・律書》：“自年六七十翁亦未嘗至市井，游敖嬉戲如小兒
狀。”《魏書・鄭羲傳》：“（元）石既克城，意益驕怠，置酒嬉戲，無警防
之虞。”　隨時：順應時勢，切合時宜。《易・隨》：“大亨貞，無咎，而天
下隨時，隨時之義大矣哉！”王弼注：“得時，則天下隨之矣！隨之所
施，唯在於時也；時異而不隨，否之道也。”《國語・越語》：“夫聖人隨
時以行，是爲守時。”韋昭注：“隨時：時行則行，時止則止。”　間作：活
動等交替地、不時地或斷續地出現、進行。班固《兩都賦序》：“公卿大
臣御史大夫倪寬、太常孔臧、太中大夫董仲舒、宗正劉德、太子太傅蕭
望之等，時時間作。”謝靈運《齋中讀書》：“臥疾豐暇豫，翰墨時間作。”

⑥　漢武：漢武帝劉徹的省稱。郭璞《遊仙詩五首》六：“燕昭無靈
氣，漢武非仙才。”李白《大獵賦》：“雖秦皇與漢武兮，復何足以争雄？”
柏梁：相傳漢武帝在柏梁臺上和群臣共賦七言詩，人各一句，每句用
韵，後人謂此體爲柏梁體。王應麟《困學紀聞・評詩》：“韓子蒼曰：
‘《柏梁》作而詩之體壞；《河梁》作而詩之意乖。’”趙翼《甌北詩話・七
言律》：“自《古詩十九首》以五言傳，《柏梁》以七言傳，於是才士專以
五七言爲詩。”　七言：指七言詩。《漢書・東方朔傳》：“朔之文辭，此

二篇最善。其餘有《封泰山》……八言、七言上下,《從公孫弘借車》,凡向所録朔書具是矣!」顏師古注引晉灼曰:「八言、七言詩,各有上下篇。」嚴羽《滄浪詩話·詩體》:「七言起於漢武柏梁。」 蘇子卿、李少卿:即蘇武(字子卿)與李陵(字少卿),後人以「蘇李」合稱,杜甫也很推崇蘇李,其《解悶十二首》四:「李陵蘇武是吾師,孟子論文更不疑。」韓愈《薦士》:「五言出漢時,蘇李首更號。」《新唐書·宋之問傳》:「語曰'蘇李居前,沈宋比肩',謂蘇武、李陵也。」 句讀:古人指文辭休止和停頓處。文辭語意已盡處爲句,未盡而須停頓處爲讀。書面上用圈(「。」)、點(「、」)來標誌。何休《春秋公羊傳解詁序》:「援引他經,失其句讀。」韓愈《師説》:「彼童子之師,授之書而習其句讀者,非吾所謂傳其道解其惑者也。」 文律:文章的音律。陸機《文賦》:「普辭條與文律,良餘膺之所服。」楊炯《王勃集序》:「動搖文律,宮商有奔命之勞;沃蕩詞源,河海無息肩之地。」 雅鄭:雅樂和鄭聲,古代儒家以鄭聲爲淫邪之音,因以「雅鄭」指正聲和淫邪之音,語本揚雄《法言·吾子》:「或問:交五聲十二律也,或雅或鄭,何也?曰:中正則雅,多哇則鄭。」曹植《當事君行》:「人生有所尊尚,出門各異情。朱紫更相奪色,雅鄭異音聲。」 簡遠:簡古深遠。蘇軾《范景仁墓誌銘》:「其文清麗簡遠,學者以爲師法。」葉適《葉君宗儒墓誌銘》:「父良臣,有塵外趣,雖在田野,而散朗簡遠,言不及利,對之泊如也。」 指事:闡明事理,叙述事物。《文心雕龍·明詩》:「造懷指事,不求纖密之巧。」蘇舜欽《大理評事杜君墓誌》:「效杜子美作詩,其勁峭嚴密,指事泛情,時時復至絶處。」 言情:抒情。李賀《許公子鄭姬歌》:「相如塚上生秋柏,三秦誰是言情客?蛾鬟醉眼拜諸宗,爲謁皇孫請曹植。」皮日休《吳中言情寄魯望》:「古來傖父愛吳鄉,一上胥臺不可忘。愛酒有情如手足,除詩無計似膏肓。」 妄作:無知而任意胡爲。《老子》:「不知常,妄作,凶。」《孟子·離婁》:「此亦妄人也已矣!」趙岐注:「妄人,妄作之人。」焦循正義:「不知而作,是爲妄作。」

⑦ 建安：東漢獻帝的年號，起公元一九六年，止公元二二〇年，這一時期在建安七子的努力下，文學得以健康發展。王維《別綦母潛》：“盛得江左風，彌工建安體。”王昌齡《淇上酬薛據兼寄郭微》：“故交負奇才，逸氣包謇諤。隱軫經濟策，縱橫建安作。”　文士：知書能文之士。《戰國策・秦策》：“文士並飾，諸侯亂惑。”韓愈《與袁相公書》：“竊見朝議郎、前太子舍人樊宗師……習於吏職，識時知變，非如儒生文士，止有偏長。”　遭罹：遭遇困憂。《文選・班固〈幽通賦〉》：“斡流遷其不濟兮，故遭罹而贏縮。”李善注引項岱曰：“遭，遇也；罹，憂也。”韋莊《和鄭拾遺秋日感事》：“鼠逐同天寶，遭罹異建康。”　兵戰：猶戰爭，作戰。《管子・霸言》：“德義勝之，智謀勝之，兵戰勝之，地形勝之，動作勝之，故王之。”陳子昂《人機》：“幸得陛下以仁聖之恩，憫其失業所在，邊境有兵戰之役，一切且停……”　曹氏父子：即“三曹”，文學史上對三國時期曹操及其子曹丕、曹植的合稱。《續後漢書・劉楨傳》：“議曰：曹氏父子兄弟，傑出一時，而陳思王植爲之冠。”蘇轍《管寧贊》：“平原華子魚，以德量重於曹氏父子，致位三公，然曹公之殺伏后，子魚將命至破壁出后而害之。”　鞍馬：借指戰鬥生涯。耿湋《塞上曲》：“慣習干戈事鞍馬，初從少小在邊城。身微久屬千夫長，家遠多親五郡兵。”戎昱《過東平軍》：“畫角初鳴殘照微，營營鞍馬往來稀。相逢士卒皆垂泪，八座朝天何日歸？”　橫槊：橫持長矛，指從軍或習武。《南齊書・垣榮祖傳》：“若曹操、曹丕上馬橫槊，下馬談論，此於天下可不負飲食矣！”辛棄疾《念奴嬌・雙陸和陳仁和韵》：“少年橫槊，氣憑陵、酒聖詩豪餘事。”　抑揚：謂文氣起伏。《西京雜記》卷四：“及其序屈原、賈誼，辭旨抑揚，悲而不傷，亦近代之偉才。”蕭統《陶淵明集序》：“跌宕昭彰，獨超衆類，抑揚爽朗，莫與之京。”　冤哀悲離：悲傷離別。張説《馮潘州墓誌》：“悲離兩鄉，魂合雙櫬。”元稹《遣興十首》二：“城中百萬家，冤哀雜絲管。草没奉誠園，軒車昔曾滿。”　極：引申爲達到頂點、最高限度。《史記・李斯列傳》：

"物極則衰,吾未知所稅駕也。"《文心雕龍·通變》:"夫誇張聲貌,至漢初已極。"

⑧ 晉世:包括西晉與東晉,起公元二六五年,止公元四二〇年。江淹《銅劍讚》:"前漢奢抆後漢,魏時富於晉世。"李德裕《貨殖論》:"故晉世唯貴於錢神,漢台不慚於銅臭。" 風概:猶風骨,指詩文所體現的雄健有力的風格。曾鞏《虞部郎中戚公墓誌銘》:"若漢之袁氏、楊氏、陳氏,唐之柳氏,其操義風概,有以厲天下矯異世否耶?"沈晦《南陽集跋》:"故其節操風概,頗似外祖。" 宋齊:我國南北朝時期的宋代與齊代,宋起公元四二〇年,止公元四七九年。齊起公元四七九年,終公元五〇二年。呂溫《岳陽懷古》:"吳昌屯虎旅,晉盛騖龍舟。宋齊紛禍難,梁陳成寇讎。"唐無名氏《題取經詩》:"晉宋齊梁唐代間,高僧求法離長安。去人成百歸無十,後者安知前者難!" 教:政教、教化。《商君書·更法》:"前世不同教,何古之法?"韓愈《原道》:"今也,舉夷狄之法,而加之先王之教之上,幾何其不胥而為夷也。" 根本:事物的根源,基礎,最主要的部分。《韓非子·解老》:"上不屬天,而下不著地,以腸胃為根本,不食則不能活。"《史記·白起王翦列傳論》:"翦為宿將,始皇師之,然不能輔秦建德,固其根本,偷合取容,以致殞身。" 簡慢:輕忽怠慢。《管子·八觀》:"禁罰威嚴,則簡慢之人整齊。"《呂氏春秋·孝行》:"今有人於此,行於親重,而不簡慢於輕疏。" 歙習:狎習,放蕩。葛洪《抱朴子·勤求》:"凡夫不識妍蚩,共為吹揚,增長妖妄,為彼巧偽之人,虛生華譽,歙習遂廣,莫能甄別。" 舒徐:從容不迫。元稹《貽蜀五首·張校書元夫》:"遠處從人須謹慎,少年為事要舒徐。"覺範《延福寺鐘銘并序》:"武帝於是詔天下佛廟,擊鐘當舒徐其聲。" 風容:人的風采以及文的文采。《魏書·李孝伯傳》:"孝伯風容閑雅,應答如流,暢及左右甚相嗟嘆。"李綱《梁溪集序》:"然有志士仁人之大節,非止模寫物象、風容、色澤而已。" 色澤:顏色和光澤,比喻華麗的辭采。《淮南子·俶真訓》:"譬若鍾山之

玉，炊以爐炭，三日三夜而色澤不變。"韋驤《再詠黃石榴花二首》一：
"花似新鵝色澤均，蕚如柘繭亂紛紛。更臨返照遙凝目，翠幄無端惹
瑞雲。"　放曠：豪放曠達，不拘禮俗。潘岳《秋興賦》："逍遙乎山水之
阿，放曠乎人間之世。"《舊唐書·柳渾傳》："渾性放曠，不甚檢束。"
精清：清高貌。范浚《陶潛詠》："且進杯中物，何勞絃上聲！詩篇經李
杜，猶得擅精清。"王柏《挽何無適》："二五之精清，通瑩徹有鍾。"　性
靈：内心世界，泛指精神、思想、情感等。《晉書·樂志》："夫性靈之
表，不知所以發於詠歌；感動之端，不知所以關於手足。"孟郊《怨別》：
"沉憂損性靈，服藥亦枯槁。"性情。元稹《有鳥二十首》二："有鳥有鳥
毛似鶴，行步雖遲性靈惡。"徐鉉《病題》："性靈慵懶百無能，唯被朝參
遣夙興。"　光景：風光，景象。蕭綱《艷歌篇十八韵》："凌晨光景麗，
倡女鳳樓中。"韓愈《酬裴十六功曹巡府西驛途中見寄》："是時山水
秋，光景何鮮新！"　意義：謂事物所包含的思想和道理。《穀梁傳·
襄公二十九年》："殆其往而喜其反，此致君之意義也。"韓愈《答侯繼
書》："僕少好學問，自五經之外，百氏之書，未有聞而不求，得而不觀
者，然其所志，惟在其意義所歸。"内容。《文心雕龍·檄移》："管仲呂
相，奉辭先路，詳其意義，即今之檄文。"　格力：詩文的格調、氣勢。
元稹《上令狐相公詩啓》："然以爲律體卑痹，格力不揚，苟無姿態，則
陷流俗。"蘇軾《書唐氏六家書後》："顏魯公書雄秀獨出，一變古法，如
杜子美詩，格力天縱，奄有漢魏晉宋以來風流，後之作者殆難復
措手。"

　　⑨ 陵遲：敗壞，衰敗。《詩·王風·大車序》："《大車》，刺周大夫
也。禮義陵遲，男女淫奔，故陳古以刺今。"孔穎達疏："陵遲，猶陂阤，
言禮義廢壞之意也。"韓愈《石鼓歌》："周綱陵遲四海沸，宣王憤起揮
天戈。"　梁陳：我國南北朝時期的梁代與陳代，梁代起公元五〇二
年，終公元五五七年。陳代起公元五五七年，終公元五八九年。崔顥
《江畔老人愁》："自言家代仕梁陳，垂朱拖紫三十人。兩朝出將復入

相,五世疊鼓乘朱輪。"李白《金陵歌送別范宣》:"扣劍悲吟空咄嗟,梁陳白骨亂如麻。天子龍沈景陽井,誰歌玉樹後庭花?" 淫艷:奢華,華麗,妖艷。元稹《論教本書》:"目不得閱淫艷妖誘之色,耳不得聞優笑淩亂之聲。"沈作喆《寓簡》卷八:"爲文當存氣質……若華靡淫艷,氣質彫喪,雖工不足尚矣!" 刻飾:雕刻裝飾,比喻對文辭的過分修飾潤色。司馬相如《上林賦》:"若夫青琴、宓妃之徒,絕殊離俗,妖冶嫺都,靚糚刻飾,便嬛綽約。"《漢書·劉向傳》:"刻飾宗廟,多築臺囿。" 佻巧:輕佻巧佞,輕佻巧利。《楚辭·離騷》:"雄鳩之鳴逝兮,余猶惡其佻巧。"王逸注:"言又使雄鳩銜命而往,其性輕佻巧利,多語而無要實,復不可信也。"李德裕《白猿賦并序》:"彼沐猴之佻巧,雖貌同而心異。" 小碎:短小零碎。元稹《小碎》:"小碎詩篇取次書,等閑題柱意何如?"田況《皇祐會計録序》:"不急土木,一切停罷。"自注:"臣以斸鏤小碎之材,毀所無用,願粗修補,不使壞可也。" 劇:繁多。《商君書·算地》:"不觀時俗,不察國本,則其法立而民亂,事劇而功寡。"《新唐書·李吉甫傳》:"大曆時,權臣月奉至九千緡者,州刺史無大小皆千緡,宰相常袞始爲裁限,至李泌量閑劇稍增之,使相通濟。"

⑩ 官學:舊時官府設立的學校,如西周的國學、鄉學,漢的太學、州郡縣學,唐宋的太學、國子監、府州縣學等。元稹《感夢》:"唯我與白生,感遇同所以。官學不同時,生小異鄉里。"曾鞏《江都縣主簿王君夫人曾氏墓誌》:"其夫嘆曰:'我能一意自肆於官學,不以私累其志,曾氏助我也。'" 歷世:累世,謂經過幾代。張衡《東京賦》:"銘勳彝器,歷世彌光。"《後漢書·張純傳》:"純在朝歷世,明習故事。" 能者:才能突出之人。孟浩然《送賈昇主簿之荆府》:"奉使推能者,勤王不暫閑。觀風隨按察,乘騎度荆關。"杜甫《又觀打魚》:"蒼江魚子清晨集,設網提綱萬魚急。能者操舟疾若風,撐突波濤挺叉入。" 沈宋:唐代詩人沈佺期、宋之問的並稱。杜甫《秋日夔府詠懷奉寄鄭監李賓客》:"陰何尚清省,沈宋歘聯翩。"嚴羽《滄浪詩話·詩體》:

《風》、《雅》、《頌》既亡，一變而爲《離騷》，再變而爲西漢五言，三變而爲歌行，四變而爲沈宋。" 精切：精當貼切。鍾嶸《詩品》卷中："文典以怨，頗爲精切，得諷諭之致。"《新唐書·白居易傳》："居易於文章精切，然最工詩。" 聲勢：特指文章的聲韻氣勢。元稹《叙詩寄樂天書》："聲勢沿順、屬對穩切者，爲律詩。"陸龜蒙《大子夜歌二首》二："絲竹發歌響，假器揚清音。不知歌謠妙，聲勢出口心。" 律詩：詩體名，近體詩的一種，起源於南北朝，成熟於唐初。格律要求嚴格，分五言、七言兩種，簡稱五律、七律，以八句爲定格，每句有一定的平仄格式；雙句押韻，以押平聲爲常，首句可押可不押。中間四句除特殊情況外必須對偶。亦偶有六律，其句數在八句以上者稱排律。元稹《見人詠韓舍人新律詩因有戲贈》："喜聞韓古調，兼愛近詩篇。玉磬聲聲徹，金鈴箇箇圓。"《新唐書·杜甫傳贊》："唐興，詩人承陳隋風流，浮靡相矜。至宋之問、沈佺期等，研揣聲音，浮切不差，而號'律詩'，競相襲沿。"

⑪ 好古：謂喜愛古代的事物。《論語·述而》："我非生而知之者，好古，敏以求之者也。"顏延之《陶徵士誄》："畏榮好古，薄身厚志。" 樂府：詩體名，初指樂府官署所採制的詩歌，後將魏晉至唐可以入樂的詩歌以及仿樂府古題的作品統稱樂府，宋代郭茂倩搜輯漢魏以迄唐五代合樂或不合樂以及摹擬之作的樂府歌辭總成一書，題作《樂府詩集》。謝偃《樂府新歌應教》："青樓綺閣已含春，凝妝艷粉復如神。細細輕裾全漏影，離離薄扇詎障塵！"張説《奉和聖製幸鳳湯泉應制》："帝歌流樂府，溪谷也增榮。" 五言：即"五言詩"，每句皆五字的詩體，形成於漢代，爲古典詩歌主要形式之一，其類別有五言古詩、五言律詩、五言絶句和五言排律。曹丕《與朝歌令吳質書》："其五言詩之善者，妙絶時人。"亦省稱"五言"。韓愈《薦士》："五言出漢時，蘇李首更號。" 律切：切合格律。蘇轍《太子少保趙公詩石記》："公詩清新律切，筆迹勁麗，蕭然如其爲人。蓋老而益精，不見衰憊之氣，

卒然觀之，不知其既老之爲也。”趙鼎臣《翟靜叔墓誌銘》：“自少喜爲詩，思致捷敏，取成於心，隨手應筆，律切典贍。” 骨格：比喻詩文或其他事物的骨架或主體。吳融《赴闕次留獻荆南成相公三十韵》：“骨格淩秋聳，心源見底空。”鄭獬《記畫》：“雖神氣風力有不足者，然其骨格猶王維、徐熙之畫也。” 閑暇：悠閑從容。賈誼《鵩鳥賦》：“庚子日斜兮，鵩集予舍，止於坐隅兮，貌甚閑暇。”葉適《溫州州學會拜》：“人人勸酹，長幼盡醵，多閑暇自得，無勉强急迫之意。” 纖穠：指富麗優美的文藝風格。蘇軾《書黃子思詩集後》：“李杜之後，詩人繼作，雖間有遠韵，而才不逮意，獨韋應物、柳宗元發纖穠於簡古，寄至味於澹泊，非餘子所及也。”劉摯《還郭祥正詩卷》：“謫仙有此願自重，世俗酬尚惟纖穠。”

⑫ 薄：逼近，靠近。《左傳·僖公二十三年》：“曹共公聞其駢脅，欲觀其裸。浴，薄而觀之。”孔穎達疏：“薄者，逼近之意。”李密《陳情事表》：“但以劉日薄西山，氣息奄奄，人命危淺，朝不慮夕。” 風騷：指《詩》中的《國風》和《楚辭》中的《離騷》。《宋書·謝靈運傳論》：“原其颷流所始，莫不同祖《風》《騷》。”賈島《喜李餘自蜀至》：“往來自此過，詞體近風騷。” 該：包容，包括。曹植《與楊德祖書》：“吾王於是設天網以該之，頓八紘以掩之，今悉集兹國矣！”高適《酬裴員外以詩代書》：“賴得日月明，照耀無不該。” 傍：貼近，靠近。左思《蜀都賦》：“爾乃邑居隱賑，夾江傍山，棟宇相望，桑梓接連。”杜甫《劍門》：“一夫怒臨關，百萬未可傍。” 氣奪：勇氣喪失。《尉繚子·戰威》：“民之所以戰者，氣也，氣實則鬥，氣奪則走。”王粲《羽獵賦》：“禽獸振駭，魂亡氣奪。” 曹劉：曹植、劉楨的並稱。《文心雕龍·比興》：“至於揚班之倫，曹劉以下，圖狀山川，影寫雲物。”杜牧《酬張祜處士見寄長句四韵》：“七子論詩誰似公？曹劉須在指揮中。” 掩：蓋過，超過。楊巨源《贈李傅》：“知因公望掩能文，誓激明誠在致君。”王灼《碧雞漫志》卷三：“《霓裳》一曲，足掩前古。” 顏謝：南朝宋詩人顏延之與謝

靈運的並稱。《宋書・顏延之傳》："延之與陳郡謝靈運俱以詞彩齊名，自潘岳、陸機之後，文士莫及也，江左稱顏謝焉！"戴叔倫《撫州對事後送外生宋垓歸饒州覲侍呈上姊夫》："世業大小禮，近通顏謝詩。"孤高：孤特高潔，孤傲自許。李白《行路難三首》三："有耳莫洗潁川水，有口莫食首陽蕨。含光混世貴無名，何用孤高比雲月！"蘇軾《趙既見和復次韵答之》："先生未出禁酒國，詩話孤高常近謗。"　雜：兼及。《孫子・九變》："是故智者之慮，必雜於利害。雜於利，而務可信也；雜於害，而患可解也。"曹操注："既參於利，則亦計於害，雖有患可解也。"《楚辭・離騷》："雜申椒與菌桂兮，豈維紉夫蕙茝？"王逸注："言禹、湯、文王，雖有聖德，猶雜用衆賢，以致於治，非獨索蕙茝，任一人也。"　徐庾：南朝陳徐陵和北周庾信的並稱。劉知幾《史通・論贊》："大唐修《晉書》，作者皆當代詞人，遠棄史班，近宗徐、庾。"孟郊《贈蘇州韋郎中使君》："塵埃徐庾詞，金玉曹劉名。章句作雅正，江山益鮮明。"　流麗：流暢而華美，常用以形容詩文、書法等。蘇軾《次韵子由論書》："端莊雜流麗，剛健含婀娜。"謝邁《次洪駒父遊明水韵》："賦詩雜流麗，如柳春映溝。"　體勢：指詩文字畫的形體結構、氣勢風格。《文心雕龍・定勢》："圓者規體，其勢也自轉；方者矩形，其勢也自安。文章體勢，如斯而已。"范仲淹《賦林衡鑒序》："仲淹少遊文場，嘗稟詞律……其於句讀聲病，有今禮部之式焉！別析二十門，以分其體勢。"　獨專：獨擅，單獨佔有。班固《白虎通・封公侯》："名山大澤不以封者，與百姓共之，不使一國獨專也。"文同《夏日閑書墨君堂壁二首》一："我罷漢中守，歸此聊息焉……塵襟既暫解，勝境乃獨專。"

⑬考鍛：考查研究。《詩傳旁通・鍛》："嚴坦叔曰：鍛，毛以爲石，朱以爲鐵。今考鍛，打鐵也，字從金。碬者，礪也，字從石。此鍛從金，當爲鐵，稽康好鍛即此也。"　旨要：要旨，主要的意思。曹操《孫子序》："吾觀兵書戰策多矣！孫武所著深矣……行於世者失其旨要，故撰爲略解焉！"《世說新語・品藻》："王夷甫以王東海比樂令。"

劉孝標注引《江左名士傳》：“承言理辯物，但明其旨要，不爲辭費，有識伏其約而能通。”

⑭ 山東：戰國、秦、漢時稱崤山或華山以東地區，又稱關東，亦指戰國時秦以外的六國，這種稱謂，常常爲後代所沿襲。《戰國策·趙策》：“六國從親以擯秦，秦必不敢出兵於函谷關以害山東矣！”章碣《焚書坑》：“坑灰未冷山東亂，劉項元來不讀書。” 李白：唐代著名詩人，與杜甫並稱“李杜”。韓愈《調張籍》：“李杜文章在，光焰萬丈長。”《新唐書·杜甫傳》：“甫曠放不自儉，好論天下事，高而不功。少與李白齊名，時號‘李杜’。” 奇文：奇妙的文章或奇特的文字。《漢書·王褒傳》：“詔使褒等皆之太子宮虞侍太子，朝夕誦讀奇文及所自造作。”錢起《送陸三出尉》：“春草晚來色，東門愁送君。盛才仍下位，明代負奇文。” 壯浪：豪放。郭祥正《李白祠堂》：“灑落風標真謫仙，精神猶恐筆難傳。文章若出斯人手，壯浪雄豪一自然。”《朱子語類》卷一三九：“前輩文字有氣骨，故其文壯浪。” 縱恣：雄健奔放，多形容文辭。王績《答馮子華處士書》：“家兄鑒裁通照，知吾縱恣散誕。”張説《故吏部侍郎元公碑銘崔湜撰序》：“妙於鼓琴，尤工幽居綠水之操，常祇傲縱恣，不求聞達。” 拘束：限制，約束。《晉書·滑懷太子遹傳》：“殿下誠可及壯時極意所欲，何爲恒自拘束？”李元膺《鷓鴣天》：“薄情風絮難拘束，吹過東墻不肯歸。” 摹寫：描寫，描繪，仿效。李德裕《文章論》：“世有非文章者曰：辭不出於《風》《雅》，思不越於《離騷》，摹寫古人，何足貴也！”蘇軾《喜劉景文至》：“別後新詩巧摹寫，袖中知有錢塘湖。” 物象：景物，風景。杜牧《題吳興消暑樓十二韵》：“晴日登攀好，危樓物象饒。”梅堯臣《依韵和晏相公》：“一爲清潁行，物象頗所覽。”物體的形象，事物的現象。王諡《答桓太尉難》：“良以冥本幽絶，非物象之所舉；運通理妙，豈粗迹之能酬？”酈道元《水經注·洛水》：“北歷覆釜堆東，蓋以物象受名矣！” 差肩：比肩，肩挨著肩。杜甫《贈李八秘書別三十韵》：“通籍蟠螭印，差肩列鳳輿。”謂並

列,地位相等。陳亮《新荷葉·荷花》:"終嫌獨好,任毛嬙、西子差肩。"

⑮ 鋪陳:鋪敘,陳述。《周禮·春官·大師》:"教六詩。"鄭玄注:"賦之言鋪,直鋪陳今之政教善惡。"柳宗元《爲文武百官請復尊號第三表》:"實以功德俱茂,典禮宜崇;然而不能鋪陳,無以動寤。" 終始:從開頭到結局,事物發生演變的全過程。《禮記·大學》:"物有本末,事有終始,知所先後,則近道矣!"楊惲《報孫會宗書》:"然竊恨足下不深惟其終始,而猥隨俗之毀譽也。" 排比:排列連比,編排。元稹《奉和滎陽公離筵作》:"南郡生徒辭絳帳,東山妓樂擁油旌。鈞天排比簫韶待,猶顧人間有別情。"白居易《湖上招客送春汎舟》:"排比管弦行翠袖,指麾船舫點紅旌。慢牽好向湖心去,恰似菱花鏡上行。" 聲韻:指詩文的韻律。《文心雕龍·章句》:"然兩韻輒易,則聲韻微躁;百句不遷,則唇吻告勞。"朱弁《曲洧舊聞》卷五:"章棨質夫作《水龍吟》,詠楊花,其命意用事,清麗可喜,東坡和之,若豪放不入律呂,徐而視之,聲韻諧婉。" 詞氣:言語或文詞的氣勢。《晉書·嵇康傳》:"康早孤,有奇才,遠邁不群,身長七尺八寸,美詞氣,有風儀。"蘇軾《答李廌書》:"惠示古賦近詩,詞氣卓越,意趣不凡,甚可喜也。" 豪邁:氣魄大,豪放不羈。《世說新語·言語》:"桓公北征。"劉孝標注引《桓溫別傳》:"溫少有豪邁風氣,爲溫嶠所知。"獨孤及《唐故特進太子少保鄭國李公墓誌銘并序》:"公聰朗奇偉,豪邁曠達,率性忠孝,臨節有勇。" 風調:詩文的風格,格調。白居易《和殷協律琴思》:"秋水蓮冠春草帔,依稀風調似文君。煩君玉指分明語,知是琴心伴不聞。"《詩人玉屑》卷一〇引李錞《李希聲詩話》:"古人作詩正以風調高古爲主,雖意遠語疏,皆爲佳作。" 清深:清峻深刻。《藝文類聚》卷四九引王僧孺《太常敬子任府君傳》:"若夫天才卓爾,動稱絕妙,辭賦極其清深,筆記尤盡典實。"林逋《小隱自題》:"竹樹繞吾廬,清深趣有餘。" 屬對:謂詩文對仗。元稹《叙詩寄樂天書》:"聲勢沿順,屬對穩切者爲

律詩。"《新唐書‧宋之問傳》："魏建安後汔江左,詩律屢變,至沈約、庾信,以音韻相婉附,屬對精密。" 凡近:平庸淺薄。《晉書‧王敦傳》："天下事大,盡理實難,導雖凡近,未有穢濁之累。"姚元崇《答張九齡書》："僕本凡近之材,素非經濟之具。" 藩翰:猶藩籬,比喻界域。吳兢《貞觀政要‧安邊》:"且光武居河南單於於內郡,以爲漢藩翰,終於一代,不有叛逆。"秦觀《魏景傳》:"如同叟者雖不足以窺老莊之藩翰,亦葛稚川之流乎?" 堂奧:廳堂和內室,奧,室的西南隅。洪邁《夷堅丙志‧九聖奇鬼》:"明夜十六人復集,自設供張,變堂奧爲廣庭。"深處,喻深奧的義理,深遠的意境。棗腆《答石崇》:"竊覬堂奧,欽蹈明規。"蘇軾《上虢州太守啓》:"伏惟御府某官,學造淵源,道升堂奧。"在杜甫詩與李白詩的對比上,元稹在這裏也發表了自己的獨到見解,值得我們重視。當然元稹改變早年在《代曲江老人百韻》詩中"李杜詩篇敵"的看法,轉而認爲李白不能歷杜甫之"藩翰",是對杜甫的過分偏愛所致,這種偏愛是與詩人的世界觀及其文學理論緊密相連的。杜甫詩歌中不少作品是對人生的寫實,是對社會的諷刺,但李白作品直言人生的就並不多見,而常常以浪漫的筆調抒寫自己的所思所想,從而曲折地反映社會的黑暗與個人的不幸。這是兩人的區別所在,但各有所長,厚此薄彼是不必要的。這是古人認識上的差異,無法強求古人。而就元稹和杜甫而言,杜甫祇是忍不住要説老實話,自己並無多少文學主張;而元稹不僅説老實話,而且還要提出他自己所以説老實話的理由,亦即他的文學主張。這也是兩者的不同,而後者無疑比前者更進了一步。後來的人們對元稹揚杜抑李爭論不已,例如宋人周紫芝所撰《竹坡詩話》:"元微之作'李杜優劣論',謂太白不能窺杜甫之藩籬,況堂奧乎!唐人未嘗有此論而稹始爲之。至退之云:'李杜文章在,光焰萬丈長。不知群兒愚,那用故謗傷?'則不復爲優劣矣!洪慶善作韓文辨證,著魏道輔之言,謂退之此詩爲微之作也。微之雖不當自作優劣,然指稹爲愚兒豈退之之意乎?"我們以爲對不同的流派、不同風格有不同的看法，這既是不可避免的也是十分正常的，以爲韓愈的詩歌針對元稹而發恐怕是不恰當的。清人仇兆鰲《杜詩詳注》評："昌黎並推李杜文章，元公獨謂李不能歷其藩翰。自此論定，後來評杜者多尊信其語，舊史所以詳録此文也。"這種争論一直在繼續，今後還將繼續，但對杜甫的看法則趨向於一致，誠如仇兆鰲《杜詩詳注序》所説："觀昔之論杜者備矣！其最稱知杜者莫如元稹、韓愈……宋人之論詩者稱杜爲詩史，謂得其詩可以論世知人也；明人之論詩者推杜謂詩聖，謂其立言忠厚可以垂教萬世也。"這方面的論述甚多，我們無法在此一一引録，幸請讀者見諒。

⑯ 條析：細緻剖析。歐陽修《論尹師魯墓誌》："又恐太略，故條析其事，再述於後。"劉彝《陳先生祠堂記》："其創新規，懲宿弊，條析類舉，皆中機要，而被受奉行者莫不以爲宜焉！" 相附：互相依附，結合。《文心雕龍·附會》："原始要終，疏條布葉，道味相附，懸緒自接。"白居易《問友》："種蘭不種艾，蘭生艾亦生。根荄相交長，莖葉相附榮。" 特：却，竟。《韓非子·存韓》："韓事秦三十餘年，出則爲扞蔽，入則爲蓆薦，秦特出鋭師取韓地，而隨之怨懸於天下。"《戰國策·中山策》："不知者特以爲神，力言不能及也。" 病：重病。《論語·述而》："子疾病，子路請禱。"《漢書·張良傳》："忠言逆耳利於行，毒藥苦口利於病。"元稹元和五年至九年在江陵士曹參軍期間，曾多次病倒在床，請參閲元稹元和八年詩《遣病十首》、《痁卧聞幕中諸公徵樂會飲因有戲呈三十韵》、《晨起送使病不行因過王十一館居二首》、《予病瘴樂天寄通中散碧腴垂雲膏仍題四韵以慰遠懷開拆之間因有酬答》諸詩。 懶：懶惰，懈怠。嵇康《與山巨源絶交書》："簡與禮相背，懶與慢相成。"韓偓《生查子》："懶卸鳳凰釵，羞入鴛鴦被。"

⑰ 子子：兒子的兒子。陳子昂《梓州射洪縣武東山故居士陳君碑》："嗟爾百代，子子孫孫。驕奢自咎，天道無親。"元稹《唐故京兆府盩厔縣尉元君墓誌銘》："子子孫孫，前後左右。殁有令人，乃克來祔。

斯焉克終，亦又何疚！"這裏指"子美之子子嗣業"，亦即杜甫兒子杜宗武的兒子嗣業，亦即杜甫的孫子杜嗣業。　襄：成，完成。《左傳·定公十五年》："葬定公。雨，不克襄事，禮也。"杜預注："襄，成也。"《舊五代史·晉書·盧詹傳》："詹家無長物，喪具不給，少帝聞之，賜布帛百段，粟麥百斛，方能襄其葬事。"　偃師：地名，據本文，杜甫即安葬於偃師首陽山。《元和郡縣志·河南道》："偃師縣：本漢舊縣，帝嚳及湯盤庚並都之。商有二亳，成湯居西亳，即此是也。"張九齡《送蘇主簿赴偃師》："我與文雄別，胡然邑吏歸。賢人安下位，鷙鳥欲卑飛。"許渾《留贈偃師主人》："孤城漏未殘，徒侶拂征鞍。洛北去遊遠，淮南歸夢闌。"　途次：半路上，旅途中的住宿處。張九齡《出爲豫章郡途次廬山東巖下》："茲山鎮何所？乃在澄湖陰。下有蛟螭伏，上與虹蜺尋。"皇甫冉《適荊州途次南陽贈何明府》："千里獨遊日，有懷誰與同？言過細陽令，一遇朗陵公。"　荊楚：荊爲楚之舊號，略當古荊州地區，在今湖北、湖南一帶。《詩·商頌·殷武》："撻彼殷武，奮伐荊楚。"杜甫《江上》："江上日多雨，蕭蕭荊楚秋。"杜甫"旅殯"的岳陽、杜甫安葬的偃師首陽山以及元稹任職的江陵，都在荊楚區域之內。　大父：祖父。《韓非子·五蠹》："今人有五子不爲多，子又有五子，大父未死而有二十五孫。"《史記·留侯世家》："留侯張良者，其先韓人也。大父開地，相韓昭侯、宣惠王、襄哀王。"裴駰集解引應劭曰："大父，祖父。"官閥：官階，門第。《後漢書·鄭玄傳》："時汝南應劭亦歸於紹，因自贊曰：'故太山太守應中遠，北面稱弟子何如？'玄笑曰：'仲尼之門考以四科，回賜之徒不稱官閥。'"《新唐書·張說傳》："吾聞儒以道相高，不以官閥爲先後。"　銘：文體的一種，刻寫在金石等物上的文辭，具有稱頌、警戒等性質，多用韵語。《文心雕龍·銘箴》："箴全御過，故文資確切；銘兼褒讚，故體貴弘潤。"封演《封氏聞見記·石志》："若有德業，則爲銘文。按儉此説，石誌宋齊以來有之矣！"

⑱ 晉當陽成侯姓杜氏：杜甫的祖先杜預。《晉書·杜預傳》：

"杜預，字元凱，京兆杜陵人也……預博學多通，明於興廢之道……以功進爵當陽縣侯，增邑並前九千六百戶，封子耽爲亭侯千戶，賜絹八千匹……預好爲後世名，常言：'高岸爲谷，深谷爲陵。'刻石爲二碑，紀其勛績，一沉萬山之下，一立峴山之上，曰：'焉知此後不爲陵谷乎？'……卒時年六十三，帝甚嘆悼，追贈征南大將軍、開府儀同三司，諡曰成。"杜預自詡有《左傳》癖，《晉書·杜預傳》："預常稱（王）濟有馬癖，（和）嶠有錢癖。武帝聞之，謂預曰：'卿有何癖？'對曰：'臣有《左傳》癖。'"陸游《夜坐》："辛苦空成左傳癖，逍遙常愧大慈仙。"　審言：即杜審言，初唐著名詩人。《新唐書·杜審言傳》："杜審言，字必簡，襄州襄陽人，晉征南將軍預遠裔。擢進士，爲隰城尉，恃才高，以傲世見疾。蘇味道爲天官侍郎，審言集判，出謂人曰：'味道必死！'人驚問故，答曰：'彼見吾判，且羞死。'又嘗語人曰：'吾文章當得屈、宋作衙官，吾筆當得王羲之北面。'其矜誕類此。累遷洛陽丞，坐事貶吉州司戶參軍。司馬周季重、司戶郭若訥構其罪，繫獄，將殺之。季重等酒酣，審言子并年十三，袖刃刺季重於坐，左右殺并。季重將死，曰：'審言有孝子，吾不知，若訥故誤我！'審言免官，還東都，蘇頲傷并孝烈，誌其墓，劉允濟祭以文。後武后召審言，將用之，問曰：'卿喜否？'審言蹈舞謝，后令賦《歡喜詩》，嘆重其文，授著作佐郎，遷膳部員外郎。神龍初，坐交通張易之，流峰州。入爲國子監主簿、修文館直學士。卒，大學士李嶠等奏請加贈，詔贈著作郎。初審言病甚，宋之問、武平一等省候何如，答曰：'甚爲造化小兒相苦，尚何言！然吾在，久壓公等，今且死，固大慰，但恨不見替人云。'少與李嶠、崔融、蘇味道爲文章四友，世號'崔李蘇杜'。融之亡，審言爲服緦云……審言生子閑，閑生甫。"

⑲ "天寶中獻'三大禮賦'"五句：《新唐書·杜甫傳》："天寶十三載，玄宗朝獻太清宮，饗廟及郊，甫奏賦三篇。帝奇之，使待制集賢院，命宰相試文章，擢河西尉，不拜，改右衛率府胄曹參軍。數上賦

頌,因高自稱道,且言:'先臣恕、預以來,承儒守官十一世,迨審言以文章顯中宗時。臣賴緒業,自七歲屬辭,且四十年,然衣不蓋體,常寄食於人,竊恐轉死溝壑,伏惟天子哀憐之。若令執先臣故事,拔泥塗之久辱,則臣之述作,雖不足鼓吹'六經',至沈鬱頓挫,隨時敏給,揚雄、枚皋可企及也!有臣如此,陛下其忍棄之?'……贊曰:唐興,詩人承陳、隋風流,浮靡相矜。至宋之問、沈佺期等,研揣聲音,浮切不差,而號'律詩',競相襲沿。逮開元間,稍裁以雅正,然恃華者質反,好麗者壯違,人得一概,皆自名所長。至甫,渾涵汪茫,千彙萬狀,兼古今而有之,它人不足,甫乃厭餘,殘膏賸馥,沾丐後人多矣!故元稹謂:'詩人以來,未有如子美者!'甫又善陳時事,律切精深,至千言不少衰,世號'詩史'。昌黎韓愈於文章慎許可,至歌詩,獨推曰:'李杜文章在,光焰萬丈長。'誠可信云。" 　三大禮賦:據杜甫《進三大禮賦表(天寶十三載)》、《新唐書·杜甫傳》所述,三大禮賦應該指《朝獻大清宮賦》、《朝享太廟賦》和《有事於南郊賦》,文長不錄。　　明皇:唐玄宗李隆基諡至道大聖大明孝皇帝,後世詩文多稱爲"明皇"。元稹《和李校書新題樂府十二首·胡旋女》:"天寶欲末胡欲亂,胡人獻女能胡旋。旋得明皇不覺迷,妖胡奄到長生殿。"薛逢《金城宮》:"憶昔明皇初御天,玉輿頻此駐神仙。龍盤藻井噴紅艷,獸坐金床吐碧烟。"　曹屬:佐治的官吏。杜光庭《大傅相公修黑符醮祠》:"敕九宮貴神,命三官曹屬,解消厄運,和釋冤仇。"徐元傑《白二揆論時事書》:"曹某濫員曹屬,職不能舉,當在罪典,姑請汰去,俾守本職。"

　　⑳ "京師亂"三句:事見《新唐書·杜甫傳》:"會禄山亂,天子入蜀,甫避走三川。肅宗立,自鄜州羸服欲奔行在,爲賊所得。至德二年,亡走鳳翔上謁,拜右拾遺。"　京師:《詩·大雅·公劉》:"京師之野,於時處處。"馬瑞辰通釋:"京爲豳國之地名……吳斗南曰:'京者,地名;師者,都邑之稱,如洛邑亦稱洛師之類。'其説是也。""京師"之稱始此,後世因以泛稱國都,這裏指長安。杜審言《送和西蕃使》:"使

出鳳皇池,京師陽春晚。聖朝尚邊策,詔諭兵戈偃。"李頎《百花原》:
"百花原頭望京師,黃河水流無已時。窮秋曠野行人絕,馬首東來知
是誰?" 步:步行,用腳走。《書·召誥》:"王朝步自周,則至於豐。"
鄭玄注:"步,行也。"班固《西都賦》:"降周流以徬徨,步甬道以縈紆。"
謁:特指臣子朝見的一種禮節。《後漢書·周黨傳》:"及陛見帝廷,黨
不以禮屈,伏而不謁,偃蹇驕悍。"《朱子語類》卷一三四:"范升劾周黨
'伏而不謁'。謁,不知是何禮數。" 行在:指天子所在的地方。《史
記·衛將軍驃騎列傳》:"右將軍蘇建盡亡其軍,獨以身得亡去,自歸
大將軍……遂囚建詣行在所。"裴駰集解引蔡邕曰:"天子自謂所居曰
'行在所',言今雖在京師,行所至耳!"《漢書·武帝紀》:"諭三老孝弟
以爲民師,舉獨行之君子,徵詣行在所。"顏師古注:"天子或在京師,
或出巡狩,不可豫定,故言行在所耳! 不得亦謂京師爲行在也。"專指
天子巡行所到之地。《晉書·嵇紹傳》:"紹以天子蒙塵,承詔馳詣行
在所。"杜甫《北征》:"揮涕戀行在,道途猶恍惚。" 拾遺:官名,唐武
則天時置左右拾遺,掌供奉諷諫。《後漢書·胡廣傳》:"臣職在拾遺,
憂深責重,是以焦心,冒昧陳聞。"《北史·賀訥傳》:"詔泥與元渾等八
人拾遺左右。" 直言:直言敢諫。高適《魏鄭公徵》:"鄭公經綸日,隋
氏風塵昏。濟代取高位,逢時敢直言。"李益《過馬嵬》:"漢將如雲不
直言,寇來翻罪綺羅恩。託君休洗蓮花血,留記千年妾淚痕。" 失
官:猶失職丟官。《左傳·昭公九年》:"臣實司味,二御失官,而君弗
命,臣之罪也。"韓愈《監察御史元君妻京兆韋氏夫人墓誌銘》:"其後
遂以能直言策第一,拜左拾遺。果直言失官,又起爲御史,舉職無所
顧。" "歲餘"六句:事見《新唐書·杜甫傳》:"(杜甫)與房琯爲布衣
交,琯時敗陳濤斜,又以客董廷蘭,罷宰相。甫上疏言:'罪細,不宜免
大臣。'帝怒,詔三司雜問。宰相張鎬曰:'甫若抵罪,絕言者路。'帝乃
解,甫謝,且稱:'琯宰相子,少自樹立爲醇儒,有大臣體,時論許琯才
堪公輔,陛下果委而相之。觀其深念主憂,義形於色,然性失於簡。

酷嗜鼓琴,廷蘭託琯門下,貧疾昏老,依倚爲非,琯愛惜人情,一至玷污。臣嘆其功名未就,志氣挫衄,覬陛下棄細録大,所以冒死稱述,涉近訏激,違忤聖心。陛下赦臣百死,再賜骸骨,天下之幸,非臣獨蒙。'然帝自是不甚省録。時所在寇奪,甫家寓鄜,彌年艱窶,孺弱至餓死,因許甫自往省視。從還京師,出爲華州司功參軍。關輔饑,輒棄官去,客秦州,負薪採橡栗自給。流落劍南,結廬成都西郭。召補京兆功曹參軍,不至。會嚴武節度劍南東、西川,往依焉!武再帥劍南,表爲參謀,檢校工部員外郎。" 華州:州郡名。《元和郡縣志·華州》:"《禹貢》:雍州之域,周爲畿內之國,鄭桓公始封之邑。其地一名咸林,春秋時爲秦、晉界邑……管縣三:鄭、華陰、下邽。"李白《贈華州王司士》:"淮水不絕濤瀾高,盛德未泯生英髦。知君先負廟堂器,今日還須贈寶刀。"杜甫《至德二載甫自京金光門出間道歸鳳翔乾元初從左拾遺移華州掾與親故別因出此門有悲往事》:"近得歸京邑,移官遠至尊。無才日衰老,駐馬望千門。" 司功:即司功參軍。《舊唐書·職官志》:"上州:刺史一員、別駕一人、長史一人、司馬一人、録事參軍事一人、録事三人、司功、司倉、司户、司兵、司法、司士六曹參軍事各一人(並從七品下)。"楊炯《送梓州周司功》:"御溝一相送,征馬屢盤桓。言笑方無日,離憂獨未寬。"白居易《夜送孟司功》:"潯陽白司馬,夜送孟功曹。江暗管弦急,樓明燈火高。" 功曹:即功曹參軍。《舊唐書·職官志》:"京兆、河南、太原等府,三府牧各一員,尹各一員,少尹各二員,司録參軍二人,録事四人,功、倉、户、兵、法、士等六曹參軍事各二人(正七品下)。"張九齡《送楊府李功曹》:"平生屬良友,結綬望光輝。何知人事拙,相與宦情非。"韋應物《贈別河南李功曹》:"耿耿抱私戚,寥寥獨掩扉。臨觴自不飲,況與故人違。"

㉑ "旋又棄去"六句:事見《新唐書·杜甫傳》:"武以世舊,待甫甚善,親至其家。甫見之,或時不巾,而性褊躁傲誕,嘗醉登武床,瞪視曰:'嚴挺之乃有此兒!'武亦暴猛,外若不爲忤,中銜之。一日欲殺

甫及梓州刺史章彝,集吏於門。武將出,冠鉤于簾三,左右白其母,奔救得止,獨殺彝。武卒,崔旰等亂,甫往來梓夔間。大曆中,出瞿唐,下江陵,泝沅湘,以登衡山,因客耒陽。游嶽祠,大水遽至,涉旬不得食,縣令具舟迎之,乃得還。令嘗饋牛炙白酒,大醉,一夕卒,年五十九。"　扁舟:小船。《史記·貨殖列傳》:"范蠡既雪會稽之恥,乃喟然而嘆曰:'計然之策七,越用其五而得意。既已施於國,吾欲用之家。'乃乘扁舟浮於江湖。"王昌齡《盧溪主人》:"武陵溪口駐扁舟,溪水隨君向北流。"　寓:寄居。《孟子·離婁》:"無寓人於我室,毀傷其薪木。"趙岐注:"寓,寄也。"元稹《鶯鶯傳》:"蒲之東十餘里,有僧舍曰普救寺,張生寓焉!"　旅殯:謂靈柩暫時安放於外地等待歸葬。白居易《祭烏江十五兄文》:"悠悠孤旐,未辦還鄉。宣城之西,荒草道傍。旅殯於此,行路悲涼。"徐鉉《唐故朝議大夫行尚書禮部郎中柱國賜紫金魚袋太原王公墓誌銘》:"卜遠不從,旅殯京邑。後四歲春二月五日,嗣子延紹、延貞等,始備大葬之禮,窆于江都縣某鄉里,從先卿府君大塋,與夫人李氏合祔焉!"　岳陽:州郡名,即岳州,又名巴陵。《元和郡縣志·江南道》:"岳州:本巴丘地,古三苗國也。《史記》:三苗之國,左洞庭,右彭蠡。春秋及戰國時屬楚,秦屬長沙郡,吳於此置巴陵縣,宋文帝又立為巴陵郡,梁元帝改為巴州,隋開皇九年改為岳州,大業三年為羅州,武德六年復為岳州。"王琚《自荊湖入朝至岳陽奉別張燕公》:"五載朝天子,三湘逢舊僚。扁舟方輟櫂,清論遂終朝。"王昌齡《巴陵別劉處士》:"劉生隱岳陽,心遠洞庭水。偃帆入山郭,一宿楚雲裏。"　享年:敬辭,稱死者活的壽數。蔡邕《郭有道林宗碑》:"稟命不融,享年四十有三。"蘇軾《司馬溫公神道碑》:"而公臥病,以元祐元年九月丙辰薨於位,享年六十八。"　五十九:杜甫生於唐睿宗太極元年(712),病故於唐代宗大曆五年(770),前後五十九年。

　　㉒ 嗣子:舊時稱嫡長子。陳子昂《唐故袁州參軍李府君妻清河張氏墓誌銘》:"嗣子某等悲摧樂棘,思結寒泉,永惟同穴之儀,仰遵歸

祔之典。以大周天授二年二月日朔,遷祔於袁州君之舊塋,禮也。"韓愈《唐故檢校尚書左僕射右龍武軍統軍劉公墓誌銘》:"子四人:嗣子光禄主簿縱,學於樊宗師,士大夫多稱之;長子元一……次子景陽、景長,皆舉進士。" 乞匄:亦作"乞丐",求乞。《漢書·罽賓國傳》:"擁强漢之節,餒山谷之間,乞匄無所得。"顏師古注:"匄亦乞也。"司馬光《言賑贍流民札子》:"臣聞民之本性,懷土重遷,豈樂去其鄉里,捨其親戚,棄其邱壟,流離道路,乞丐於人哉?" 焦勞:焦慮煩勞。焦贛《易林·恒之大壯》:"病在心腹,日以焦勞。"柳宗元《爲京畿父老上府尹乞奏復尊號狀》:"痡瘵焦勞,不知所措。"

㉓ 維:助詞,用於句首或句中。《史記·太史公自序》:"維昔黄帝,法天則地,四聖遵序,各成法度。"韓愈《元和聖德詩》:"維是元年,有盜在夏。" 粵:助詞,用於句首,表示審慎的語氣。《漢書·翟義傳》:"粵其聞日,宗室之俊有四百人,民獻儀九萬夫,予敬以終於此謀繼嗣圖功。"顏師古注:"粵,發語辭也。"庾信《哀江南賦序》:"粵以戊辰之年,建亥之月,大盜移國,金陵瓦解。" 佳辰:良辰,吉日。王勃《越州秋日宴山亭序》:"豈非琴樽遠契,必兆朕於佳辰;風月高情,每留連於勝地。"柳永《應天長》:"恁好景佳辰,怎忍虛設? 休效牛山,空對江天凝咽!" 合窆:猶合葬。蘇頌《職方郎中辛公墓誌銘》:"夫人王氏……繼夫人馬氏……先公二年卒,並合窆本壙。"周必大《武昌簽判尚宗簿大伸墓誌銘》:"諸子乃以是年某月某日敬承治命,奉柩合窆,遠來求銘。" 首陽:山名,在今河南省偃師縣,在洛陽之東。據《舊唐書·杜甫傳》:"元和中,宗武子嗣業,自耒陽遷甫之柩歸葬於偃師縣西北首陽山之前。"杜甫的墓地應該就在偃師縣。《元和郡縣志·河南府》:"管縣二十六:洛陽、河南、偃師、緱氏、鞏、伊闕、密、王屋、長水、伊陽、河陰、陽翟、潁陽、告成、登封、福昌、壽安、澠池、永寧、新安、陸渾、河陽、溫、濟源、河清、氾水……首陽山在(偃師)縣西北二十五里。" 文先生:文苑宗師。元稹尊杜甫爲"文先生",與王通的門

人私謚王通爲"文中子"一樣,也與盛唐詩人稱王昌齡爲"詩家夫子"
類如,含有敬仰之意。

[編年]

《年譜》與《年譜新編》均引録本文的大段文字,然後編年本文
於元和八年,但没有明確具體的撰寫日期。《編年箋注》亦根據本
文"維元和之癸巳"之句,編年元和八年,同樣没有明確具體的撰寫
日期。

元稹在本文已經標明"維元和之癸巳",故本文應該作於元和八
年無疑。但本文又云:"適子美之子子嗣業,啓子美之柩,襄祔事於偃
師,途次于荆楚。雅知予愛言其大父爲文,拜予爲誌,辭不可絶,予因
係其官閥而銘其卒葬云。"説明杜嗣業是"途次"江陵之時,專門登門
請求元稹撰寫其祖父杜甫的墓誌銘的。本文又有"予嘗欲條析其文,
體别相附,與來者爲之準,特病懶未就"之句,知元稹没有"條析"杜甫
詩文的主要原因是因病因懶,"懶"是謙辭,而"病"倒是實情。根據元
稹《遣病十首》"服藥備江瘴,四年方一瘳"、"壯年等閑過,過壯年已
五"、"燕巢官舍内,我爾俱爲客。歲晚我獨留,秋深爾安適"、"檐宇夜
來曠,暗知秋已生。卧悲衾簟冷,病覺肢體輕"等句表明,元稹元和八
年的秋天基本在病中度過,本文應該在本年元稹秋後病愈時所撰。
而本文最後又有"維元和之癸巳,粤某月某日之佳辰,合窆我杜子美
於首陽之前山"之句,説明杜甫的靈柩到達偃師縣首陽山安葬的時日
仍然應該在"元和八年"之内。兩相推算,本文應該作於元和八年暮
秋初冬之際,其中以十月、十一月最爲可能,地點在江陵,元稹時任江
陵士曹參軍。宋人樓鑰《戴俊仲墓誌銘》:"杜工部既葬四十年,其孫
過江陵,謁銘于元微之,一日而成。"揭示元稹所撰杜甫墓誌,是在一
日之内完成的,而且是在元稹大病之後,"元才子"的本色,於此可見,
惜乎我們今天已經無法知道是"暮秋初冬之際"的哪一天了。

◎ 後 湖①

荆有泥濘水⁽一⁾，在荆之邑郭②。郭前水在後，謂之爲後湖③。環湖十餘里，歲積潢與汚④。臭腐魚鼈死，不植菰與蒲⑤。鄭公理三載（嚴司空綬），其理用煦愉⑥。歲稔民四至，臨廛亦臨衢⑦。公乃署其地，爲民先矢謨⑧。人人儻自爲⁽二⁾，我亦不庇徒⑨。下里得聞之⁽三⁾，各各相俞俞⑩。提携翁及孫，捧戴婦與姑⑪。壯者負礫石，老亦捽茅荼⑫。斤磨片片雪，椎隱連連珠⑬。朝餐布庭落⁽四⁾，夜宿完户樞⑭。鄰里近相告，親戚遠相呼⑮。鬻者自爲鬻，酤者自爲酤⑯。雞犬豐中市，人民岐下都⑰。百年廢滯所，一旦奧浩區⑱。我實司水土，得爲官事無⑲？人言賤事貴，貴直不貴諛⑳。此實公所小，安用歌袴襦㉑？答云潭及廣，以至鄂與吳㉒。萬里盡澤國，居人皆墊濡㉓。富者不容蓋，貧者不庇軀㉔。得不歌此事，以我爲楷模㉕？

録自《元氏長慶集》卷三

［校記］

（一）荆有泥濘水：楊本、叢刊本、《全詩》同，宋蜀本作"問有泥濘水"，語義不通，不從不改。

（二）人人儻自爲：原本作"人人讅自爲"，語義不同，據楊本、叢刊本、《全詩》改。

（三）下里得聞之：《全詩》同，楊本、叢刊本作"下俚得聞之"，"下俚"同"下里"，不改。

（四）朝餐布庭落：宋蜀本、蘭雪堂本、叢刊本、《全詩》同，楊本作"朝餐有庭落"，語義不通，不從不改。

［箋注］

① 後湖：湖泊名，江陵地區的一個小地名，具體位置應該在江陵府的北面，用元稹自己的話來說，就是"荆有泥濘水，在荆之邑郛。郛前水在後，謂之爲後湖"。古典詩詞中提及的"後湖"甚多，但都與元稹所説的"後湖"無關，而黃庭堅提及的"後湖"也許就是元稹詩中的"後湖"，附錄在後面作爲參考，其《荆州即事藥名詩八首》二："前湖後湖水，初夏半夏凉。夜闌鄉夢破，一雁度衡陽。"

② 泥濘：爛泥，污泥。葛洪《抱朴子·博喻》："浚井不渫，則泥濘滋積；嘉穀不耘，則莨莠彌蔓。"蘇轍《積雨二首》二："泥濘沉車轂，農輸絶苦心。" 邑郛：猶城郭。劉禹錫《天論》："群次乎邑郛，求蔭於華榱，飽於麷牢，必聖且賢者先焉！"柳宗元《答劉禹錫天論書》："莽蒼之先者，力勝也；邑郛之先者，智勝也。"

③ 郛：外城。《左傳·隱公五年》："鄭人以王師會之，伐宋，入其郛。"杜預注："郛，郭也。"《公羊傳·文公十五年》："齊侯侵我西鄙，遂伐曹，入其郛。郛者何？ 恢郭也。"何休注："恢，大也。郛，城外大郭。"韓愈《汴州東西水門記》："士女鯈會，闤郭溢郛。"唐無名氏《汴州人歌（宣武節度董晉薨汴州人歌之云云）》："濁流洋洋，有闢其郛。闤道嚾呼，公來之初。今公之歸，公在喪車。"

④ "環湖十餘里"兩句：當時江陵的生存環境非常之差，有元稹《蟲豸詩七篇并序》爲證："始辛卯（庚寅）年，予掾荆州之地，洲渚濕墊，其動物宜介，其毛物宜翅羽。予所舍，又荆州樹木洲渚處，晝夜常有翅羽百族鬧，心不得閑静，因爲《有鳥二十章》以自達。" 環湖：環繞湖邊。曾鞏《廣德湖記》："於是築環湖之堤，凡九千一百三十四丈，其廣一丈八尺，而其高八尺，廣倍於舊，而高倍於舊三之二。"道潛《雲

巢》：“環湖相望百招提，高棟層軒亦屢躋。未若道人基構勝，闌干清與白雲齊。” 潢與污：即“潢污”，義同“潢污”，聚積不流之水。錢起《酬劉員外雨中見寄》：“潢污三徑絕，砧杵四鄰稀。”劉禹錫《酬皇甫十少尹暮秋久雨喜晴有懷見示》：“掃開雲霧呈光景，流盡潢污見路岐。”

⑤ 臭腐：腐爛發臭。《晉書·殷浩傳》：“或問浩曰：‘將蒞官而夢棺，將得財而夢糞，何也？’浩曰：‘官本臭腐，故將得官而夢尸。錢本糞土，故將得錢而夢穢。’時人以爲名言。”常楚老《江上蚊子》：“飄搖挾翅亞紅腹，江邊夜起如雷哭。請問貪婪一點心，臭腐填腹幾多足？”魚鱉：亦作“魚鱉”，魚和鱉。《周禮·天官·鱉人》：“以時籍魚鱉龜蜃凡貍物。”《禮記·中庸》：“黿鼉蛟龍魚鱉生焉！”《荀子·王制》：“黿鼉魚鱉鰍鱔孕別之時，罔罟毒藥不入澤。”泛指鱗介水族。《書·伊訓》：“山川鬼神亦莫不寧，暨鳥獸魚鱉咸若。”《漢書·匈奴傳》：“下及魚鱉，上及飛鳥。” 菰與蒲：即水生植物菰和蒲。謝靈運《從斤竹澗越嶺溪行》：“蘋萍泛沈深，菰蒲冒清淺。”張元幹《念奴嬌》：“荷芰波生，菰蒲風動，驚起魚龍戲。” 菰：多年生草本植物，生長在池沼裏，地下莖白色，地上莖直立，開紫紅色小花。嫩莖的基部經某種菌寄生後，膨大，即平時食用的茭白，果實狹圓柱形，名“菰米”，一稱“雕胡米”，可以作飯。 蒲：植物名，香蒲。《詩·大雅·韓奕》：“其蔌維何？維筍及蒲。”楊衒之《洛陽伽藍記·景明寺》：“寺有三池，蕉蒲菱藕，水物生焉！”植物名，指蒲席。《左傳·文公二年》：“下展禽，廢六關，妾織蒲。”楊伯峻注：“妾織蒲席販賣，言其與民爭利。”植物名，蒲柳，即水楊。《詩·王風·揚之水》：“揚之水，不流束蒲。”鄭玄箋：“蒲，蒲柳。”

⑥ “鄭公理三載”兩句：關於嚴綬即“鄭公”的歷史功績與過失，元稹有《故金紫光祿大夫檢校司徒兼太子少傅贈太保鄭國公食邑三千户嚴公行狀》詳細記載：“元和初，楊惠琳反於夏，公上言曰：‘陛下新即位，惠琳不誅，威去矣！臣請偏師斷其頭！’優詔許之，公乃秣芻以載於車，悉糧以曝於日，齎輓輕重，人利百倍。惠琳誅，是有金紫大

夫、尚書左揆開國扶風之命焉！明年，賊闢劫蜀兵以叛，詔公分師以會伐。今司空光顏將往會，公乃悉出帳下衛以驍果之柄以付之，然後豐其資賞，副以兼乘，涉棧道者五千餘騎，人無徒步而進者。馬有羨力，兵不勞困，蜀人駭竄，自我功爲多。役罷，是有檢校司空之命焉！公之始帥太原也，內外乘馬不過千餘匹。三年，皂而秣之者六千匹，出之於野者以萬數，及命十不失一二焉！嘗大閱於并城東，種落畢會，旗幟滿野，周迴數十里不絕。時回鶻梅綠將軍來在會，聞金鼓震伏。其在江陵也，蠻酋張伯靖殺長吏，劫據辰錦諸州，連九洞以自固。詔公討之，公上言曰：'緣溪諸蠻，狐鼠跧竄，王師步趨，不習嶮嶮。泝水行舟，進寸退里，晝不得戰，夜則掩覆，攻實危道，招可懷來。臣今謹以便宜，未宣討詔，先遣所部將李志烈齎書諭旨，俟其悛心。'不十餘日，伯靖果以隸黔六州之地乞降于公，天子褒異，一以委公。公命志烈復往，伯靖遂以其下舒秀和等來就戮，詔公皆署麾下將以撫之，由是六州平而伯靖亦卒爲我用。荆俗不理室居，架竹苫茅，卑庳褊逼，風旱摩戛，熇然自火。公乃陶瓦積材，半入其直，勉勸假借，俾自爲之。數月之間，廛閈如化，災害減少，人始歌之。及朝廷有淮蔡之師，乃命公爲襄陽節度以招撫之。既至，再旬而王師濟漢，器械車徒，皆若素具。俸秩廩祿，一以資軍。公之大概，推誠孚下，善用人之所長，故誅琳破闢、柔伯靖、秀和，皆談笑指麾，而人人自輸其效。"對於元稹撰寫的"嚴綬行狀"，《舊唐書·嚴綬傳》基本採信，錄入嚴綬的史傳之中："元和元年，楊惠琳叛於夏州，劉闢叛於成都。綬表請出師討伐，綬悉選精甲付牙將李光顏兄弟，光顏累立戰功。蜀夏平，加綬檢校尚書左僕射，尋拜司空，進階金紫，封扶風郡公。綬在鎮九年，以寬惠爲政，士馬蕃息，境內稱治。四年入拜尚書右僕射……尋出鎮荆南，進封鄭國公。有漵州蠻首張伯靖者，殺長吏，據辰錦等州，連九洞以自固。詔綬出兵討之，綬遣部將李忠烈齎書曉諭，盡招降之。九年，吳元濟叛，朝議加兵，以綬有弘恕之稱，可委以戎柄，乃授山南東道節度使,尋加淮西招撫使。" 三載:即三年,嚴綬出任荆南節度使在元和六年三月,而本詩賦詠于元和八年,前後相計爲三年。《舊唐書·憲宗紀》:"(元和六年)三月乙未朔……丁未,以檢校右僕射嚴綬爲江陵尹、荆南節度使……(元和九年)九月甲戌朔……丙戌,以山南東道節度使袁滋檢校兵部尚書兼江陵尹、荆南節度使,以荆南節度使嚴綬檢校司空、襄州刺史、山南東道節度使……冬十月甲辰朔……甲子制:'……宜以山南東道節度使嚴綬兼充申光蔡等州招撫使。'仍命内常侍崔潭峻爲監軍。" 理:治理,整理。《易·繫辭》:"理財正辭,禁民爲非曰義。"《淮南子·原道訓》:"夫能理三苗、朝羽民……其惟心行者乎!"高誘注:"理,治也。"顧敻《虞美人》二:"起來無語理朝妝,寶匣鏡凝光。" 煦愉:和悦。元積《苦雨》:"隱忍心憤恨,翻爲聲煦愉。"楊弘道《若人二首》二:"勢利場中論結交,煦愉便辟偽如毛。乃知貧是試金石,更覺剛欺切玉刀。"

　　⑦ 歲稔:年成豐熟。白居易《泛渭賦序》:"上樂時和歲稔,萬物得其宜。"《舊五代史·唐明宗紀》:"蓋逢歲稔,共樂時康。"《宋史·食貨志》:"〔紹興〕十三年,荆湖歲稔。米斗六七錢,乃就糶以寬江、浙之民。" 四至:從四方來到。《吕氏春秋·不屈》:"士民罷潞,國家空虛,天下之兵四至。"李瀚《蒙求》:"伊籍一拜,酈生長揖。馬安四至,應璩三入。" 隘:狹窄,狹小。《左傳·昭公三年》:"初,景公欲更晏子之宅,曰:'子之宅近市,湫隘囂塵,不可以居,請更諸爽塏者。'"杜預注:"隘,小。"楊伯峻注:"隘,狹小。"韓愈《岳陽樓別竇司直》:"軒然大波起,宇宙隘而妨。" 廛:古代平民一家在城邑中所占的房地,後泛指民居、市宅。《周禮·地官·遂人》:"上地,夫一廛,田百畝,萊五十畝,餘夫亦如之。"《孟子·滕文公》:"遠方之人聞君行仁政,願受一廛而爲氓。"《孟子·公孫丑》:"廛,無夫里之布,則天下之民皆悦,而願爲之氓矣!"江永《群經補義·孟子》:"此廛謂民居,即《周禮》'上地,夫一廛'、'許行願受一廛'之'廛'。"特指公家所建供商人存儲貨

物的邸舍。《禮記・王制》：“市，廛而不稅。”鄭玄注：“廛，市物邸舍，
稅其舍不稅其物。”《孟子・公孫丑》：“市，廛而不征，法而不廛，則天
下之商皆悦，而願藏於其市矣！”此謂貨物儲藏於邸舍，一説廛是市内
可以儲存貨物的空地，見《周禮・地官・廛人》：“凡珍異之有滯者。”
鄭玄注引鄭司農説。　　衢：大路，四通八達的道路。《左傳・昭公二
年》：“尸諸周氏之衢，加木焉！”柳宗元《國子司業陽城遺愛碣》：“青衿
涕濡，填街盈衢。”

⑧ 公：對尊長的敬稱。《漢書・溝洫志》：“太始二年，趙中大夫
白公復奏穿渠。”顔師古注：“鄭氏曰：‘時人多相謂爲公。’此時無公爵
也，蓋相呼尊老之稱耳！”元稹《遣悲懷三首》一：“謝公最小偏憐女，自
嫁黔婁百事乖。顧我無衣搜藎篋，泥他沽酒拔金釵。”　　署：佈置，安
排。《楚辭・遠遊》：“後文昌使掌行兮，選署衆神以並轂。”洪興祖補
注：“署，置也。”《漢書・高帝紀》：“漢王大説，遂聽信策，部署諸將。”
顔師古注：“分部而署置。”　　矢謨：安排計畫，佈置方案。儲光羲《同
諸公送李雲南伐蠻》：“冢宰統元戎，太守齒軍行。囊括千萬里，矢謨
在廟堂。”白居易《蘇州南禪院千佛堂轉輪經藏石記》：“千佛堂轉輪經
藏者，先是郡太守居易發心，蜀沙門清閑矢謨，吳僧常敬、弘正、神益
等偖功，商主鄧子成、梁華等施財，院僧法弘、惠滿、契元、惠雅等蕆
事，太和二年秋作，開成元年春成。”

⑨ 人人：每個人，所有的人。元稹《遣悲懷三首》二：“尚想舊情
憐婢僕，也曾因夢送錢財。誠知此恨人人有，貧賤夫妻百事哀。”劉禹
錫《和令狐相公以司空裴相見招南亭看雪四韵》：“瑞呈霄漢外，興入
笑言間。知是平陽會，人人帶酒還。”　　儻：倘若，假如，表示假設。
《三國志・董昭傳》：“圍中將吏不知有救，計糧怖懼，儻有他意，爲難
不小。”劉知幾《史通・雜説》：“而爲晉學者，曾未之知，儻湮滅不行，
良可惜也。”　　自爲：自己安排。張九齡《旅宿淮陽亭口號》：“暗草霜
華發，空亭雁影過。興來誰與晤？勞者自爲歌。”劉長卿《送沈少府之

任淮南》：“相期丹霄路，遙聽清風頌。勿爲州縣卑，時來自爲用。” 庀徒：聚集工匠、役夫。陳子昂《宦冥君古墳記銘序》：“庀徒方興，畚鍤攸作。”曾鞏《廣德軍重修鼓角樓記》：“揆時庀徒，以畚以築，以繩以削。”

⑩ 下里：謂鄉里，鄉野。劉向《説苑·至公》：“臣竊選國俊下里之士曰孫叔敖。”《舊五代史·景延廣傳》：“延廣在軍，母凶問至……曾無戚容，下里之士亦聞而惡之。” 各各：個個，每一個。元稹《賽神》：“主人集鄰里，各各持酒罇。廟中再三拜，願得禾稼存。”貫休《聞前王使君在澤潞居》：“烟霞與蟲鳥，和氣將美雨。千里與萬里，各各來相附。” 俞俞：和樂愉快貌。俞，通“愉”。《莊子·天道》：“無爲則俞俞，俞俞者憂患不能處，年壽長矣！”成玄英疏：“俞俞，從容和樂之貌也。”陸德明釋文：“俞俞，羊朱反。”《廣雅》云：“喜也，又音喻。”皇甫謐《高士傳·姜岐贊》：“子平幼孤，俞俞守道。”

⑪ 提携：牽扶，携帶。陸游《小市》：“暫憩軒窗仍汎掃，遠遊書劍亦提携。”照顧，扶植。《南齊書·蕭景先傳》：“景先少遭父喪，有至性，太祖嘉之。及從官京邑，常相提携。”劉得仁《山中抒懷寄上丁學士》：“幽拙欣殊幸，提携更不疑。” 翁：祖父。玄應《一切經音義》卷一六：“鳥頭上毛曰翁，翁，一身之最上；祖，一家之最尊。祖爲翁者，取其尊上之意也。”王安石《久雨》：“城門晝開眠百賈，飢孫得糟夜哺翁。” 孫：兒子的子女，兒子的兒子。《儀禮·喪服》：“小功布衰裳……孫適人者。”鄭玄注：“孫者，子之子女。”《史記·孟嘗君列傳》：“文承閒問其父嬰曰：‘子之子爲何？’曰：‘爲孫。’”與孫子同輩的同姓或異姓親屬。《詩·召南·何彼襛矣》：“平王之孫，齊侯之子。”馬瑞辰通釋：“《詩》所云平王之孫，乃平王之外孫。”泛指後代子孫。《詩·魯頌·閟宮》：“后稷之孫，實維大王。居岐之陽，實始翦商。”孔穎達疏：“言后稷後世之孫實維是周之大王也。”《國語·周語》：“使有晉國，三而畀驪之孫。”韋昭注：“孫，曾孫周子也，自孫已下皆稱孫。”

捧戴：托舉，扶擁。劉禹錫《謝冬衣表》："殊錫稠疊，延及偏裨。慶抃失圖，捧戴相賀。"鄭剛中《上婺倅王學士以門客牒試書》："某今日受門下知，其感激捧戴必將有加矣！"　婦與姑：即"婦姑"，婆媳。賈誼《新書·時變》："婦姑不相説，則反脣而睨。"元稹《酬樂天東南行詩一百韻》："防戍兄兼弟，收田婦與姑。"

⑫ 壯者：强壯者。王建《喻時》："詎知行者夭，豈悟壯者衰！區區未死間，回面相是非。"白居易《早熱二首》二："壯者不耐飢，飢火燒其腸。肥者不禁熱，喘急汗如漿。"　礫石：小石塊，砂石。《逸周書·文傳》："礫石不可穀，樹之葛木，以爲絺綌，以爲材用。"賈誼《惜誓》："放山淵之龜玉兮，相與貴夫礫石。"　捽：泛指抓與揪。《戰國策·楚策》："吾將深入吳軍，若撲一人，若捽一人，以與大心者也，社稷其爲庶幾乎！"《漢書·烏孫國》："車騎將軍長史張翁留驗公主與使者謀殺狂王狀，主不服，叩頭謝，張翁捽主頭駡詈。"吳淑《江淮異人傳·洪州書生》："乃出少藥，傅於頭上，捽其髮，摩之，皆化爲水。"　茅：草名，禾本科。《本草》謂茅有白茅、菅茅、黃茅、香茅、芭茅等，葉皆相似。又謂夏花者爲茅，秋花者爲菅，俗稱茅草者指白茅。杜甫《茅屋爲秋風所破歌》："八月秋高風怒號，卷我屋上三重茅。"　芻：草稈，草把。《禮記·祭統》："士執芻。"鄭玄注："芻，謂槁也，殺牲時用薦之。"李咸用《和吳處士題村叟壁》："嚇鷹芻戴笠，驅犢篠充鞭。"

⑬ 斤：斧頭。《説文·斤部》："斤，斫木斧也。"段玉裁注："此依小徐本，凡用斫物者皆曰斧，斫木之斧則謂之斤。"《左傳·哀公二十五年》："皆執利兵，無者執斤。"杜預注："斤，工匠所執。"　片片：一個又一個指扁而薄的東西。李頎《龍門西峰曉望劉十八不至》："片片雲觸峰，離離鳥渡水。叢林遠山上，霽景雜花裏。"杜甫《雨二首》一："青山澹無姿，白露誰能數？片片水上雲，蕭蕭沙中雨。"　雪：這裏形容斧頭的雪亮與白色。盧思道《孤鴻賦》："振雪羽而臨風，掩霜毛而候旭。"白居易《別行簡》："漠漠病眼花，星星愁鬢雪。"　椎：捶擊的工

具，後亦爲兵器。《墨子·備城門》："門者皆無得挾斧、斤、鑿、鋸、椎。"《史記·留侯世家》："良嘗學禮淮陽，東見倉海君，得力士，爲鐵椎重百二十斤。" 隱：築，擊。《漢書·賈山傳》："隱以金椎，樹以青松。"顏師古注引服虔曰："隱，築也，以鐵椎築之。"《文選·曹植〈七啓〉》："形不抗手，骨不隱拳。"李善注引服虔《漢書》注："隱，築也。" 連連：接連不斷。《莊子·駢拇》："則仁義又奚連連如膠漆纏索，而遊乎道德之閒爲哉！"成玄英疏："連連，猶接續也。"陳琳《飲馬長城窟行》："長城何連連，連連三千里。" 珠：指有光澤的圓粒，這裏形容鐵椎或木椎上下飛動如串串珍珠閃耀。鮑照《芙蓉賦》："葉折水以爲珠，條集露而成玉。"李賀《龍夜吟》："寒磧能搗百尺練，粉泪凝珠滴紅綫。"

⑭ 朝餐：早飯，吃早飯。郭泰機《答傅咸》："況復已朝餐，曷由知我飢？"韓愈《病鴟》："朝餐輟魚肉，暝宿防狐貍。" 庭落：廳堂。顏真卿《京兆尹兼中丞杭州刺史劍南東川節度使杜公墓誌銘》："出爲杭州刺史，公務清簡，庭落若無吏焉！" 戶樞：門軸，亦謂門戶。荀悅《漢紀·哀帝紀》："又傳言西王母告百姓：'佩此符者不死，不信我言，視戶樞中有白髮。'"梅堯臣《一日曲》："世本富繒綺，嬌愛比明珠。十五學組紃，未嘗開戶樞。"

⑮ 鄰里：同一鄉里的人。《論語·雍也》："子曰：'毋，以與爾鄰里鄉黨乎？'"杜甫《寄題江外草堂》："霜骨不堪長，永爲鄰里憐。" 相告：互相告知。韓愈《雜詩》："指摘相告語，雖還今誰親？翩然下大荒，被髮騎騏驎。"李咸用《古意論交》："多爲勢利朋，少有歲寒操。通財能幾何？聞善寧相告。" 親戚：與自己有血緣或婚姻關係的人。《南史·岑之敬傳》："之敬年五歲，讀《孝經》，每燒香正坐，親戚咸加嘆異。"儲光羲《田家即事》："撥食與田鳥，日暮空筐歸。親戚更相誚，我心終不移。" 相呼：互相招呼。宋之問《洞庭湖》："野積九江潤，山通五嶽圖。風恬魚自躍，雲夕雁相呼。"儲光羲《田家雜興八首》二：

"所願在優遊，州縣莫相呼。日與南山老，兀然傾一壺。"

⑯ "鬻者自爲鬻"兩句：意謂買賣照常，生活照常。　鬻：賣。《孟子·萬章》："百里奚自鬻於秦養牲者。"杜甫《歲晏行》："況聞處處鬻男女，割慈忍愛還租庸。"購買。蔡絛《鐵圍山叢談》卷四："劉器之安世，元祐臣也，晚在睢陽以鏹二十萬鬻一舊宅。"　酤：買酒。《韓非子·外儲說》："或使僕往酤莊氏之酒，其狗嚙人，使者不敢往，乃酤佗家之酒。"《漢書·高帝紀》："高祖每酤留飲，酒讎數倍。"李白《叙舊贈江陽宰陸調》："夕酤新豐酵，滿載剡溪船。"賣酒。《墨子·迎敵祠》："舉屠酤者，置厨給事，弟之。"韓愈《王公神道碑銘》："奏罷榷酤錢九千萬。"

⑰ 雞犬：雞與狗。包融《武陵桃源送人》："武陵川徑入幽遐，中有雞犬秦人家。先時見者爲誰耶？源水今流桃復花。"王維《早入榮陽界》："漁商波上客，雞犬岸旁村。前路白雲外，孤帆安可論！"　豐中：《易·豐》："豐亨，王假之，勿憂，宜日中。"孔穎達疏："用夫豐亨無憂之德，然後可以君臨萬國，遍照四方，如日中之時，遍照天下，故曰宜日中也。"後即以"豐中"謂王者之德如中天之日，遍照天下。劉摯《謝青州到任表》："此蓋伏遇皇帝陛下乾健而粹純，豐中而光大；沈機以觀變化，定鑑以御奸媚。"　人民：百姓，平民，指以基層群衆爲主體的社會基本成員。《詩·大雅·抑》："質爾人民，謹爾侯度，用戒不虞。"楊衒之《洛陽伽藍記·聞義里》："九月中旬入鉢和國……人民服飾，惟有氈衣。"泛指人類。《神異經·西南荒經》："知天下鳥獸言語，土地上人民所道，知百穀可食，草木咸苦，名曰'聖'。"李冗《獨異志》卷下："昔宇宙初開之時，只有女媧兄妹二人在崑崙山，而天下未有人民。"　岐下：岐，即岐山，山名，在今陝西省岐山縣境，上古稱"岐"。《書·禹貢》："導岍及岐至於荆山。"孔傳："三山皆在雍州。"《文選·張衡〈西京賦〉》："岐、梁、汧、雍。"薛綜注引《説文》："岐山在長安西美陽縣界，山有兩岐，因以名焉！"

⑱ 百年：謂時間長久。班固《西都賦》："國藉十世之基，家承百年之業。"韓愈《送齊暭下第序》："其植之也固久，其除之也實難，非百年必世不可得而化也，非知命不惑不可得而改也。" 廢滯：廢置不用，廢棄。《左傳·成公十八年》："始命百官，施捨、己責，逮鰥寡，振廢滯，匡乏困。"元稹《上令狐相公詩啓》："某初不好文章，徒以仕無他技，强由科試。及有罪譴棄之後，自以爲廢滯潦倒，不復以文字有聞於人矣！" 一旦：一天之間。《戰國策·燕策》："伯樂乃還而視之，去而顧之，一旦而馬價十倍。"《史記·晉世家》："一旦殺三卿，寡人不忍益也。" 奥：後作"墺"、"隩"，謂可以定居的地方。《漢書·地理志》："九州逌同，四奥既宅。"顔師古注："奥，讀曰墺，謂土之可居者也。"《書·禹貢》作"四隩既宅。"孔傳："四方之宅已可居。" 浩：泛指大。《楚辭·九歌·東皇太一》："陳竽瑟兮浩倡。"王逸注："浩，大也。"顔延之《祭弟文》："六親憧心，姻朋浩泣。" 區：區域，有一定界限的地方或範疇。《漢書·叙傳》："爰洎朝鮮，燕外之區。漢興柔遠，與爾剖符。"《文心雕龍·雜文》："總括其名，並歸雜文之區；甄別其義，各入討論之域。"

⑲ "我實司水土"兩句：元稹到江陵以後任職士曹參軍，管理著房舍與舟車之類的瑣事。據新舊《唐書·職官志》記載，士曹參軍是州府"尹、少尹、別駕、長史、司馬"之下的一個職位，"功曹、倉曹、户曹、田曹、兵曹、法曹"是其同事，"皆正七品下"，職責是"參軍事，掌津梁、舟車、舍宅、工藝"，治理"水土"是其份内的職責。 官事：官府的事，公事。《論語·八佾》："官事不攝，焉得儉？"《史記·汲鄭列傳》："〔汲黯〕爲右内史數歲，官事不廢。"陸游《初秋》："簿書終日了官事，樽酒何時寬客愁？"

⑳ "人言賤事貴"兩句：意謂常言道："事情無貴無賤無大無小，重要的是實話實説，不可以編造假話阿諛奉承上司。" 人言：別人的評議。《左傳·昭公四年》："禮義不愆，何恤於人言。"蘇軾《次韵滕大

夫三首》三：“早知百和俱灰燼，未信人言弱勝強。”人的言語。儲光羲《昭聖觀》：“石池辨春色，林獸知人言。”　諛：諂媚，奉承。《書・冏命》：“僕臣正，厥後克正；僕臣諛，厥後自聖。”孔傳：“僕臣諂諛，則其君乃自謂聖。”《史記・劉敬叔孫通列傳》：“諸生曰：‘先生何言之諛也？’”

㉑“此實公所小”兩句：意謂我在詩篇裏説的衹是鄭公的一件小事，爲什麽要寫進詩歌裏加以大肆宣揚？　袴襦：《後漢書・廉范傳》：“遷蜀郡太守……百姓爲便，乃歌之曰：‘廉叔度，來何暮？不禁火，民安作？平生無襦今五袴。’”後遂以“袴襦”指地方官吏的善政。黄滔《泉州開元寺佛殿碑記》：“初，僕射太原公以子房之帷幄布泉城，以叔度之袴襦纘泉民，而謂竺幹之道與尼聃鼎。”蘇軾《慶源宣義王丈求紅帶》：“今年蠶市數州禁，中有遺民懷袴襦。”

㉒潭：潭州，府治今湖南長沙。《元和郡縣志・江南道》：“潭州……今爲湖南觀察使理所……隋開皇九年平陳改爲潭州，取昭潭爲名也。又置總管府，大業中罷牧，置都尉府，三年罷長沙郡，武德四年又置潭州總管府，七年改爲都督府。州境：東西一千六十里，南北五百七十五里……管縣六：長沙、醴陵、瀏陽、益陽、湘鄉、湘潭。”廣：廣州，府治今廣東廣州。《元和郡縣志・嶺南道》：“廣州……今爲嶺南節度使理所……隋開皇九年平陳，於廣州置總管府。仁壽元年改廣州爲番州，大業三年罷番州爲南海郡，隋末陷賊，武德四年討平蕭銑，復爲廣州……州境：東西六百四十八里，南北一千二百一十里……管縣十三：南海、番禺、化蒙、懷集、增城、洊水、東莞、新會、義寧、清遠、四會、滇陽、洭浘。”劉長卿《送徐大夫赴廣州》：“上將壇場拜，南荒羽檄招。遠人來百越，元老事三朝。”杜甫《送段功曹歸廣州》：“南海春天外，功曹幾月程？峽雲籠樹小，湖日落船明。”　鄂：鄂州，府治今湖北武漢。《元和郡縣志・江南道》：“鄂州……今爲鄂岳觀察使理所……隋平陳改郢州爲鄂州……州境：東西四百七十四里，

南北三百八十八里……管縣五：江夏、永興、武昌、唐年、蒲圻。"劉長卿《移使鄂州次峴陽館懷舊居》："多慚恩未報，敢問路何長？萬里通秋雁，千峰共夕陽。"韓翃《送客知鄂州》："江口千家帶楚雲，江花亂點雪紛紛。春風落日誰相見？青翰舟中有鄂君。" 吳：地名，泛指我國東南（江蘇南部和浙江北部）一帶。韓翃《送王少府歸杭州》："歸舟一路轉青蘋，更欲隨潮向富春。吳郡陸機稱地主，錢塘蘇小是鄉親。"韓偓《吳郡懷古》："主暗臣忠枉就刑，遂教強國醉中傾。人亡建業空城在，花落西江春水平。"

㉓ 萬里：這裏指方圓萬里，極言地區之廣。劉庭琦《從軍》："朔風吹寒塞，胡沙千萬里。陣雲出岱山，孤月生海水。"元稹《和樂天招錢蔚章看山絕句》："碧落招邀閑曠望，黃金城外玉方壺。人間還有大江海，萬里烟波天上無。" 澤國：境内多沼澤之國。《周禮·地官·掌節》："凡邦國之使節，山國用虎節，土國用人節，澤國用龍節，皆金也。"水鄉。李嘉祐《留別毗陵諸公》："凄涼辭澤國，離亂到鄉山。"王玉峰《焚香記·途中》："澤國江山入陣圖，生民他計樂樵蘇。" 居人：居民。《後漢書·光武帝紀》："〔建武二十二年〕九月戊辰……地震裂，賜郡中居人壓死者棺錢，人三千。"《舊唐書·食貨志》："贊請税京師居人屋宅。" 墊溺：謂溺水，受水害之苦。 墊：陷没，下陷。劉禹錫《儆舟》："目未及瞬而樓傾軸墊，圮於泥沙，力莫能支也。"李肇《唐國史補》卷中："蘇州重元寺閣，一角忽墊，計其扶薦之功，當用錢數千貫。" 溺：浸漬，沾濕。《禮記·少儀》："羞濡魚者進尾；冬右腴，夏右鰭；祭膴。"陸德明釋文："濡，音儒。"孔穎達疏："濡，濕也。"王安石《和農具·臺笠》："耕有春雨濡，耘有秋陽暴。"

㉔ 富者：有錢的人。韓愈《赴江陵途中寄贈王二十補闕李十一拾遺李二十六員外翰林三學士》："有司恤經費，未免煩徵求。富者既雲急，貧者固已流。"邵謁《春日有感》："但言貧者拙，不言富者貪。誰知苦寒女，力盡爲桑蠶！" 容：障蔽物，古代行射禮，用皮革做小屏

風,作爲障蔽,謂之容。《周禮·夏官·射人》:"王以六耦射三侯,三獲三容。"鄭玄注:"容者,乏也,待獲者所蔽也。"《荀子·正論》:"居則設張容負依而坐,諸侯趨走乎堂下。"楊倞注:"《爾雅》云:'容謂之防。'郭璞注云'如今床頭小曲屏,唱射者所以自防隱也。'言施此容於戶牖之間負之而坐也。"這裏指有錢人乘坐車子的障蔽物。　蓋:遮陽障雨的用具,指車篷或傘蓋。《史記·商君列傳》:"五羖大夫之相秦也,勞不坐乘,暑不張蓋。"韓愈《次潼關上都統相公》:"冠蓋相望催入相,待將功德格皇天。"這裏指因爲到處是水鄉澤國,車輛難於順利通行。　貧者:没有錢糧的窮人。羅隱《雪》:"盡道豐年瑞,豐年事若何? 長安有貧者,爲瑞不宜多。"司馬光《乞罷條例司常平使疏》:"幸而豐稔,則州縣之吏併催積年所負之債,是使百姓無有豐凶,長無蘇息之期也,貧者既盡,富者亦貧。"　庇軀:遮蓋赤露的身體。田況《上仁宗乞汰冗兵》:"又配市之織紝之家,寒不庇體,而利盡歸於富賈。"《續資治通鑒長編》卷二九七:"今因惟幾到闕,面審其實,具道逐人衣不庇體,食不充口。"

㉕　得不:能不,豈不。《史記·秦本紀》:"伐南山大梓。"司馬貞索隱引《錄異傳》:"秦若使人被髮,以朱絲繞樹伐汝,汝得不困耶?"李德裕《次柳氏舊聞》:"志忠晚乃謬計耳! 其初立朝,得不爲賢相乎?"歌:歌頌,讚美。《左傳·成公七年》:"九功之德皆可歌也。"范仲淹《贈戶部郎中許公墓誌銘》:"出奉公家,入敦孝事,河內人歌焉!"作歌,寫詩。《詩·陳風·墓門》:"夫也不良,歌以訊之。"鄭玄箋:"歌,謂作此詩也。"《文選·左思〈蜀都賦〉》:"陪以白狼,夷歌成章。"李善注:"白狼夷在漢壽西界,漢明帝時作詩三章以頌漢德。"　楷模:典範,榜樣。《後漢書·盧植傳》:"故北中郎將盧植,名著海內,學爲儒宗,士之楷模,國之楨幹也。"《南史·庾肩吾傳》:"至如近世謝朓、沈約之詩,任昉、陸倕之筆,斯文章之冠冕,述作之楷模。"元稹的這篇詩歌以及後來撰寫的《故金紫光禄大夫檢校司徒兼太子少傅贈太保鄭

國公食邑三千戶嚴公行狀》都被史書採録，《舊唐書·嚴綬傳》云："綬在鎮九年，以寬惠爲政，士馬蕃息，境内稱治……綬雖名家子，爲吏有方略"云云，大致採納了元稹《嚴綬行狀》中的史實，説明元稹《嚴綬行狀》所云基本符合史實，可以采信。

[編年]

《年譜》編年本詩的理由是："詩云：'荆有泥潯水……謂之爲後湖。'可見此詩作於江陵。詩又云：'鄭公理三載。'自注：'嚴司空綬。'嚴綬於元和六年三月爲江陵尹、荆南節度使，下推'三載'爲元和八年。"《編年箋注》編年云："元和八年（八一三）五月，嚴綬奉命討張伯靖，元稹爲從軍事。此詩是本年在江陵作。詳卞《譜》所考。"《年譜新編》編年元和八年，其譜文云："冬，嚴綬命百姓疏浚後湖，元稹有詩記之。"

《年譜》所舉理由成立，本詩確實應該作於元和八年，但《年譜》没有進一步明確具體的時間，讓人遺憾。《編年箋注》所舉材料讓人糊塗，疏浚後湖的工程究竟作於五月之前還是五月之後？没有明確。另外元稹參與討張伯靖之時，職務是"從事"，"從軍事"云云不合史實，劉禹錫《酬竇員外郡齋宴客偶命柘枝因見寄兼呈張十一院長元九侍御（員外時兼節度判官，佐平蠻之略，張初罷都官，元方從事）》可證其誤。

《年譜新編》所云賦詠時間爲"冬"天，大致可取，但尚不具體。湖廣地區的農事結束較晚，一般在十月之後，"歲稔"之後應該在十一二月間。而且元稹一貫主張在農閑時節進行大規模工程，如其《茅舍》詩云："我欲他郡長，三時務耕稼。農收次邑居，先室後臺樹。啓閉既及期，公私亦相借。"就是其中的一個例子。而從"公乃署其地，爲民先矢謨。人人儻自爲，我亦不庀徒。下里得聞之，各各相俞俞。提携翁及孫，捧戴婦與姑。壯者負礫石，老亦捽茅茹。斤磨片片雪，椎隱連連珠。朝餐布庭落,夜宿完户樞。鄰里近相告,親戚遠相呼"的描述來看,疏浚後湖工程浩大,從"百年廢滯所,一旦奥浩區"來看,工程的效果非常顯著,費時一定不少,而本詩賦詠在工程的後期,因此本詩當作於本年的年底。

◎ 予病瘴樂天寄通中散碧腴垂雲膏仍題四韻以慰遠懷開拆之間因有酬答^{(一)①}

　　紫河變鍊紅霞散,翠液煎研碧玉英^②。金籍真人天上合,鹽車病驥輅前驚^③。愁腸欲轉蛟龍吼,醉眼初開日月明^④。唯有思君治不得,膏銷雪盡意還生^⑤。

錄自《元氏長慶集》卷一七

[校記]

　　(一)予病瘴樂天寄通中散碧腴垂雲膏仍題四韻以慰遠懷開拆之間因有酬答:楊本、叢刊本同,《全詩》作"予病瘴樂天寄通中散碧腴垂雲膏仍題四韻以慰遠懷開坼之間因有酬答",語義相類,不改。

[箋注]

　　① 予病瘴樂天寄通中散碧腴垂雲膏仍題四韻以慰遠懷開拆之間因有酬答:白居易原唱《聞微之江陵卧病以大通中散碧腴垂雲膏寄之因題四韻》:"已題一帖紅消散,又封一合碧雲英。憑人寄向江陵去,道路迢迢一月程。未必能治江上瘴,且圖遙慰病中情。" 通中散:即白居易原唱中的"大通中散",中藥藥名。徐用誠《玉機微義》卷一〇:"局方紅雪通中散:治煩熱、躁熱、毒熱、喉閉、狂躁、胃爛、發斑、酒毒。麝香(半兩)、朱砂川(一兩)、朴硝(十斤)、羚羊角、屑黄芩、升

麻(各三兩)、赤芍、竹葉、枳殼、人參、木香、檳榔、甘草(各二兩)、葛根、大青藍葉、梔子、桑白皮、木通(各一兩半)、蘇木(六兩),右件藥製合見局方。"張九齡《謝賜香藥面脂表》:"賜臣裛衣、香面脂及小通中散等藥,捧日月之光……"　碧腴垂雲膏:中藥藥名,具體不詳,疑即詩文中的"碧玉英"。　遠懷:遠方的懷念,懷念遠方的人。杜甫《遠懷舍弟穎觀等》:"陽翟空知處,荊南近得書。積年仍遠別,多難不安居。"皇甫冉《寄江東李判官》:"遠懷不可道,歷稔倦離憂。洛下聞新雁,江南想暮秋。"

　　② 紫河:即紫河車,中藥名,也稱人胞,用人的胎盤(胞衣)加工製成,能補元氣,治身體虛弱、虛勞、喘咳等症。也指道家稱修煉而成的仙液,色紫,謂服之可長生。李白《古風》四:"吾營紫河車,千載落風塵。"王琦注引蕭士贇曰:"道家蓬萊修煉法,河車是水,朱雀是火。取水一斗鐺中,以火炎之令沸,致聖石九兩其中,初成姹女,次謂之玉液,後成紫色,謂之紫河車。"顧況《送李道士》:"莫愁客鬢改,自有紫河車。"　鍊:冶煉,用加熱等方法使物質純凈或堅韌。劉琨《重贈盧諶》:"何意百鍊剛,化爲繞指柔。"李白《靈墟山》:"伏鍊九丹成,方隨五雲去。"　散:粉末狀藥物。所謂的紅霞散,疑就是詩題中的"通中散"。《後漢書·華佗傳》:"佗以爲腸癰,與散兩錢服之,即吐二升膿血,於此漸愈。"《南史·宋武帝紀》:"我王爲劉寄奴所射,合散傅之。"煎:熬煮,這裏指熬煮中藥。桓寬《鹽鐵論·錯幣》:"畜利變幣,欲以反本,是猶以煎止燔,以火止沸也。"馬非百注:"煎,熬。"賈思勰《齊民要術·笨麴並酒》:"作頤酒法:八月、九月中作者,水未定,難調適,宜煎湯三四沸,待冷,然後浸麴,酒無不佳。"　研:研磨,研細,這裏指對中藥藥材的研磨。徐悱《白馬篇》:"研蹄飾鏤鞍,飛鞚度河干。"元稹《寄吳士矩端公五十韻》:"屢益蘭膏燈,猶研兔枝墨。"　碧玉英:未詳,應該是中藥藥名,疑即詩題中的"碧腴垂雲膏"。

　　③ 金籍:懸籍金馬門,猶金榜。元稹《酬翰林白學士代書一百

韵》："分張殊品命，中外却驅馳。出入稱金籍，東西侍碧墀。"温庭筠《酬友人》："寧復思金籍，獨此卧烟林。"顧嗣立注："謝朓《始出尚書省》：既通金閨籍，復酌瓊筵醴。注：金閨，金馬門也。籍者爲二尺竹牒，記其年紀名字物色懸之宫門。案：省相應乃得入也。"道教謂仙籍。殷文珪《經李翰林墓》："詩中日月酒中仙，平地雄飛上九天。身謫蓬萊金籍外，寶裝方丈玉堂前。"　真人：指品行端正的人。《漢書·楊惲傳》："我不能自保，真人所謂'鼠不容穴，銜窶數'者也。"顏師古注引李奇曰："真人，正人也。"劉義慶《世説新語·德行》："太史奏真人東行。"劉孝標注引檀道鸞《續晉陽秋》："陳仲弓從諸子侄造荀父子，於時德星聚，太史奏五百里賢人聚。"這裏的"金籍真人"，是指白居易，他與元稹一樣，既是名登科第的人，又是信奉宗教的人，兩者均可説通。　鹽車：運載鹽的車子。《戰國策·楚策》："夫驥之齒至矣！服鹽車而上太行。蹄申膝折，尾湛胕潰，漉汁灑地，白汗交流，中阪遷延，負轅不能上。伯樂遭之，下車攀而哭之，解紵衣以冪之。"後以"鹽車"爲典，多用於喻賢才屈沉於天下。賈誼《吊屈原文》："驥垂兩耳，服鹽車兮！"殷堯藩《暮春述懷》："此時若遇孫陽顧，肯服鹽車不受鞭！"　病驥：有病的駿馬，喻指遭屈的人才。姚鵠《書情獻知己》："衆皆輕病驥，誰肯救焦桐？坐惜春還至，愁吟夜每終。"韓琦《又次韵和續成絶句》："醉卧嵩雲得句豪，豈知平地有風濤。應嗤病驥鹽車重，終日長鳴只告勞。"　軏：牛馬拉物件時駕在脖子上的器具。《楚辭·卜居》："寧與騏驥亢軛乎？"朱熹集注："軛，車轅前衡也。"宋應星《天工開物·舟車》："凡大車，脱時則諸物星散收藏；駕則先上兩軸，然後以次間架。凡軾、衡、軫、軏，皆從軸上受基也。"

　　④ "愁腸欲轉蛟龍吼"兩句：狀服用中藥之後的良好效果，順利引出下面兩句。　愁腸：憂思鬱結的心腸。《藝文類聚》卷一引傅玄詩："青雲徘徊，爲我愁腸。"謝朓《秋夜講解》："沉沉倒營魄，苦蔭蹙愁腸。"　蛟龍：即蛟。《莊子·秋水》："夫水行不避蛟龍者，漁父之勇

也。”文瑩《玉壺清話》卷七：“唐陸裡《續水經》嘗言：‘蛇雉遺卵於地，千年而生蛟龍屬。漢武帝元封中，潯陽浮江親射蛟于江中，獲之乃是也。’”　醉眼：醉後迷糊的眼睛。杜甫《九日登梓州城》：“弟妹悲歌裏，乾坤醉眼中。”元稹《寄吳士矩端公五十韻》：“醉眼漸紛紛，酒聲頻餀餀。扣節參差亂，飛觴往來織。”　日月：太陽和月亮。《易·離》：“日月麗乎天，百穀草木麗乎土。”韓愈《秋懷詩十一首》一：“羲和驅日月，疾急不可恃。”

⑤ “唯有思君治不得”兩句：得到你寄來的良藥，服用之後，病情有了好轉，但祇有一件遺憾，那就是無法消除我對你刻骨銘心的思念。中藥吃完了，冬雪眼看要融化完了，但思念你的愁思卻在不斷生長，越來越多。　思君：思念您。張潮《江風行》：“遠方三千里，思君心未已。日暮情更來，空望去時水。”崔顥《送友人使夷陵》：“猨鳴三峽裏，行客舊沾裳。復道從茲去，思君不暫忘。”　雪盡：冬雪即將化盡，春天即將來臨。張錫《晦日宴高文學林亭同用華字》：“雪盡銅駝路，花照石崇家。年光開柳色，池影汎雲華。”張子容《長安早春》：“雪盡黃山樹，冰開黑水津。草迎金埒馬，花伴玉樓人。”

[編年]

《年譜》編年本詩於元和八年，除揭示白居易原唱詩題以及白居易與元稹酬唱所押韻腳外，沒有標示其他理由。《編年箋注》編年：“元稹此詩作于元和八年（八一三），時在江陵士曹任。見卜《譜》。”《年譜新編》亦編年元和八年，除揭示白居易原唱詩題以及兩詩“依韻酬和”之外，也沒有標示其他理由。

我們以爲，本詩確實作於元和八年，但具體時間應該是元和八年的年末，本詩“膏銷雪盡意還生”之句爲我們提供了證據。同時，本詩與《疾臥聞幕中諸公徵樂會飲因有戲呈三十韻》應該是前後之作，前詩作于元和八年的暮秋初冬，當時病情比較嚴重，經過服用白居易寄來的中藥之後,病情已經有了好轉,計其服用中藥所花費的兩三個月的時日,本詩確實應該作於元和八年的年末。

　　需要順便指出的是,朱金城《白居易集箋校》編年白居易《聞微之江陵臥病以大通中散碧腴垂雲膏寄之因題四韵》於元和五年,恐怕不妥。

◎ 遣興十首①

　　始見梨花房(一),坐對梨花白②。行看梨葉青,已復梨葉赤③。嚴霜九月半,危蒂幾時客④?況有高高原,秋風四來迫⑤。

　　莫厭夏日長,莫愁冬日短(二)⑥。欲識短復長,君看寒又暖(三)⑦。城中百萬家,冤哀雜絲管⑧。草沒奉誠園,軒車昔曾滿⑨。

　　孤竹逞荒園,誤與蓬麻列⑩。久擁蕭蕭風,空長高高節⑪。嚴霜蕩群穢,蓬斷麻亦折⑫。獨立轉亭亭,心期鳳皇別⑬。

　　艷艷剪紅英,團團削翠莖⑭。託根在褊淺(四),因依泥滓生⑮。中有合歡蕊,池枯難遽呈⑯。涼宵露華重,低徊當月明⑰。

　　晚荷猶展卷,早蟬遽蕭嘹⑱。露葉行已重,況乃江風搖⑲。炎夏火再伏,清商暗迴飆⑳。寄言抱志士,日月東西跳㉑。

　　買馬買鋸牙,買犢買破車㉒。養禽當養鶻,種樹先種花㉓。人生負俊健,天意與光華㉔。莫學蚯蚓輩,食泥近土涯㉕。

愛直莫愛夸，愛疾莫愛斜㉖。愛謨莫愛詐，愛施莫愛奢㉗。擇才不求備，任物不過涯㉘。用人如用己，理國如理家㉙。

煋煋刀刃光，彎彎弓面張㉚。入水斬犀兕，上山椎虎狼(五)㉛。里中無老少，喚作癲兒郎㉜。一日風雲會，橫行歸故鄉㉝。

團團規內星，未必明如月㉞。托迹近北辰，周天無淪沒㉟。老人在南極，地遠光不發㊱。見則壽聖明，願照高高闕㊲。

河清諒嘉瑞(是歲黃河清)，吾帝真聖人㊳。時哉不我夢，此時爲廢民㊴。光陰本跳躑，功業勞苦辛㊵。一到江陵郡，三年成去塵㊶。

錄自《元氏長慶集》卷三

[校記]

（一）始見梨花房：楊本、叢刊本、《全詩》同，《全唐詩録》選録本詩以及二三兩首，《佩文齋廣群芳譜》僅選録本詩，《古詩鏡‧唐詩鏡》選第二首、第七首、第八首，《全唐詩録》、《佩文齋廣群芳譜》、《古詩鏡‧唐詩鏡》屬於選本，選録不足爲奇。

（二）莫愁冬日短：《全詩》、《全唐詩録》同，楊本、叢刊本、《古詩鏡‧唐詩鏡》作“莫悲冬日短”，語義相類，不改。

（三）君看寒又暖：楊本、叢刊本、《全詩》、《全唐詩録》、《古詩鏡‧唐詩鏡》同，宋蜀本作“君看寒已暖”，語義不同，不改。

（四）託根在褊淺：楊本、叢刊本、《全詩》同，宋蜀本作“託根枉褊淺”，語義不同，不改。

（五）上山椎虎狼：原本、叢刊本作“入山椎虎狼”，語義也通，但考慮上句“入水”，宜據楊本、《全詩》改。又“椎”，《全詩》同，楊本作“摧”，兩字義同，不改。

［箋注］

① 遣興：抒发情怀，解闷散心。杜甫《可惜》：“寬心應是酒，遣興莫過詩。此意陶潛解，吾生後汝期。”杜甫詩集中，以“遣興”爲題的詩作甚多，請參閱。戴叔倫《遣興》：“明月臨滄海，閑雲戀故山。詩名滿天下，終日掩柴關。”

② 梨：果木名，落葉喬木，葉子卵形，花多爲白色，果實多汁，可食。《莊子·人間世》：“夫柤梨橘柚果蓏之屬，實熟則剝，剝則辱。”左思《魏都賦》：“真定之梨，故安之栗。”《隋書·禮儀志》：“又移藉田於建康北岸，築兆域大小，列種梨柏。”　花房：指花芽。賈思勰《齊民要術·種槐柳楸梓梧柞》：“白桐無子，冬結似子者，乃是明年之花房。”石聲漢注：“這裏所謂‘花房’，所指的應當是‘花芽’。”韓愈《感春五首》五：“辛夷花房忽全開，將衰正盛須頻來。清晨輝輝燭霞日，薄暮耿耿和烟埃。”　梨花：梨樹的花，一般爲純白色。岑參《送楊子》：“斗酒渭城邊，壚頭耐醉眠。梨花千樹雪，楊葉萬條烟。”岑參《送顏韶》：“遷客猶未老，聖朝今復歸。一從襄陽住，幾度梨花飛？”

③ 梨葉：梨樹的葉子，初始青翠，後期紅黃。岑參《懷葉縣關操姚曠韓涉李叔齊》：“斜日半空庭，旋風走梨葉。去君千里地，言笑何時接？”竇鞏《永寧小園寄接近校書》：“故里心期奈別何，手栽芳樹憶庭柯。東皋黍熟君應醉，梨葉初紅白露多。”　梨葉赤：秋天的梨葉，顏色常常是黃色與紅色，故稱。岑參《楊固店》：“客舍梨葉赤，鄰家聞擣衣。夜來嘗有夢，墜泪緣思歸。”杜甫《客舊館》：“陳迹隨人事，初秋

別此亭。重來梨葉赤，依舊竹林青。"

④ 嚴霜：凜冽的霜，濃霜。《楚辭‧九辯》："秋既先戒以白露兮，冬又申之以嚴霜。"王安石《拒霜花》："落盡群花獨自芳，紅英渾欲拒嚴霜。" 危蒂：長長的花柄或果柄。蘇舜欽《依韵和伯鎮中秋見月九日遇雨之作》："光開衰根危蒂掃，除盡辨別松竹並。" 危：高，高聳。《國語‧晉語》："拱木不生危，松柏不生埤。"高誘注："危，高險也。"鮑照《行京口至竹里》："高柯危且竦，鋒石橫復仄。" 蒂：花或瓜果與枝莖相連的部分。韓愈《奏汴州得嘉禾嘉瓜狀》："或延蔓敷榮，異實並蒂。"李清照《瑞鷓鴣‧雙銀杏》："誰教並蒂連枝摘，醉後明皇倚太真。"

⑤ 高高原：一個高地連接另一個高地。閻立本《巫山高》："君不見巫山高高半天起，絕壁千尋盡相似。"孟浩然《尋天台山》："高高翠微裏，遙見石梁橫。" 秋風：秋季的風。孫逖《淮陰夜宿二首》二："永夕臥烟塘，蕭條天一方。秋風淮水落，寒夜楚歌長。"崔國輔《古意》："紅荷楚水曲，彪炳爍晨霞。未得兩回摘，秋風吹却花。" 四來：四面而來。元稹《和李校書新題樂府十二首‧縛戎人》："天寶未亂前數載，狼星四角光蓬勃。中原禍作邊防危，果有豺狼四來伐。"黃滔《大唐福州報恩定光多寶塔碑記》："清風四來，海天擴開。烟霞蓊蔚於城隅，鸞鶴盤旋於林表。"

⑥ 夏日：夏天。《孟子‧告子》："冬日則飲湯，夏日則飲水。"《史記‧李斯列傳》："冬日鹿裘，夏日葛衣。"《晉書‧吳猛傳》："〔猛〕少有孝行，夏日常手不驅蚊，懼其去己而噬親也。"夏晝。謝靈運《道路憶山中》："不怨秋夕長，常苦夏日短。"也指夏天的太陽。庾信《小園賦》："非夏日而可畏，異秋天而可悲。"王貞白《雨後從陶郎中登庾樓》："庾樓逢霽色，夏日欲西曛。" 冬日：冬季。王粲《贈蔡子篤》："烈烈冬日，蕭蕭淒風。"也指冬天的太陽。王儉《褚淵碑文》："君垂冬日之溫，臣盡秋霜之戒。"

⑦ "欲識短復長"兩句：意謂想知道什麼時候天長什麼時候天短，祇要天熱天冷就可以了。　識：知道，了解。《詩·大雅·皇矣》："不識不知，順帝之則。"王安石《送吳顯道五首》二："欲往城南望城北，此心炯炯君應識。"認識，識別。李白《與韓荊州書》："生不用封萬戶侯，但願一識韓荊州。"《資治通鑑·唐憲宗元和十四年》："弘正初得師道首，疑其非真，召夏侯澄使識之。"　短復長：長了又短，短了又長。白居易《和自勸二首》二："爭如壽命短復長，豈得營營心不止。請看韋孔與錢崔，半月之間四人死(韋中書、孔京兆、錢尚書、崔華州，十五日間相次而逝)。"李彭《即事》："左界明河夜未央，輕風灑面作微涼。藏舟枉渚者誰子？欸乃歌聲短復長。"　寒又暖：冷了又熱，熱了又冷。曹貞吉《南浦(春水用玉田詞韻)》："催雨東風寒又暖，綠遍長堤芳草。"義近"寒暖"。徐鉉《寄和州韓舍人》："急景駸駸度，遙懷處處生。風頭乍寒暖，天色半陰晴。"

⑧ "城中百萬家"兩句：元稹《思歸樂》："長安如晝夜，死者如霣星。喪車四門出，何關炎瘴繁？"此情此景，與本詩的"冤哀雜絲管"之句互相呼應。　城中：城市之中，這裏指長安城中。元稹《寄胡靈之》："早歲顛狂伴，城中共幾年？有時潛步出，連夜小亭眠。"元稹《題李十一修行里居壁》："雲闕朝迴塵騎合，杏花春盡曲江閑。憐君雖在城中住，不隔人家便是山。"　百萬家：據史書記載，京兆府亦即長安住戶僅僅祇有數十萬，《舊唐書·地理志》："京兆府……舊領縣十八，戶二十萬七千六百五十，口九十二萬三千三百二十。天寶領縣二十三，戶三十六萬二千九百二十一，口一百九十六萬七千一百。"《新唐書·地理志》："京兆府……天寶元年領戶三十六萬二千九百二十一，口百九十六萬一百八十八，領縣二十。"兩者記載大致相當。而據《新唐書·地理志》記載，李唐全國總戶數也祇有八百萬，總人口不滿五千萬："然舉唐之盛時，開元、天寶之際東至安東，西至安西，南至日南，北至單于府，蓋南北如漢之盛，東不及而西過之。開元二十八年

户部帳:凡郡府三百二十有八,縣千五百七十三,户八百四十一萬二千八百七十一,口四千八百一十四萬三千六百九。"所謂"百萬家"云云,是詩人的誇張之詞,這在古典詩詞中非常常見。岑參《秋夜聞笛》:"天門街西聞搗帛,一夜愁殺湘南客。長安城中百萬家,不知何人吹夜笛?"韓愈《出門》:"長安百萬家,出門無所之。豈敢尚幽獨?與世實參差。"　冤哀:這裏指遇到不幸之事時的哀嘆,或者是治喪出殯時吹奏的哀樂。元稹《唐故工部員外郎杜君墓係銘并序》:"建安之後,天下文士遭罹兵戰,曹氏父子鞍馬間爲文,往往橫槊賦詩,故其抑揚冤哀悲離之作,尤極於古。"元稹《祈雨九龍神文》:"凡天降庇厲,必因於人,豈予心之虚削孤獨依倚氣勢耶?將予刑之僭濫失所冤哀無告耶?"　絲管:絃樂器與管樂器,泛指樂器,亦借指音樂。白居易《宴周皓大夫光福宅座上作》:"何處風光最可憐?妓堂階下砌臺前。軒車擁路光照地,絲管入門聲沸天。"姚合《窮邊詞二首》一:"將軍作鎮古汧洲,水膩山春節氣柔。清夜滿城絲管散,行人不信是邊頭。"

⑨　草没:野草埋没。耿湋《津亭有懷》:"津亭一望鄉,淮海晚茫茫。草没栖洲鷺,天連暎浦檣。"李端《蕪城》:"風吹城上樹,草没城邊路。城裏月明時,精靈自來去。"　奉誠園:《長安志》卷八:"奉誠園,司徒兼侍中馬燧宅,在安邑里,燧子少府監暢。以貨甲天下,暢亦善殖財。貞元末神策中軍楊志廉諷使納田産,遂獻舊第爲奉誠園。"《陝西通志》卷九九:"《通鑑》載大曆十四年德宗初即位,疾,將帥治第奢麗,命毀馬璘第,乃命馬氏獻其園爲奉誠園。新舊史皆言奉誠爲馬暢園,《盧氏雜記》亦云馬燧宅爲奉誠園,而舊史載其本末尤詳。璘家所獻乃山池也,《通鑑》誤以山池爲奉誠耳!"元稹有《奉誠園(馬司徒舊宅)》詩:"蕭相深誠奉至尊,舊居求作奉誠園。秋來古巷無人掃,樹滿空墻閉戟門。"白居易有《傷宅》:"不見馬家宅,今作奉誠園。"　軒車:有屏障的車,古代大夫以上所乘,後亦泛指車。《莊子·讓王》:"子貢乘大馬,中紺而表素,軒車不容巷,往見原憲。"沈佺期《嶺表逢寒食》:

“花柳爭朝發，軒車滿路迎。”

⑩“孤竹迸荒園”兩句：詩中之竹，詩人元和五年秋天所栽，在政治鬥爭的風風雨雨中，詩人被排斥在外，與蓬、麻爲伍，空有高風亮節，但詩人還堅持原有政見，“亭亭”而“獨立”，心中思念與地位高貴、德才高尚的賢相裴垍的死別以及與好友白居易、崔群、李絳等人的生離。　孤竹：獨生的竹。《周禮·春官·大司樂》：“孤竹之管，雲和之琴瑟，雲門之舞，冬日至，於地上圜丘奏之。”鄭玄注：“孤竹，竹特生者。”賈公彥疏：“孤竹，竹特生者，謂若嶧陽孤桐。”楊炯《盂蘭盆賦》：“孤竹之管，雲和之瑟，麒麟在郊，鳳凰蔽日。”詩人這裏有借孤竹自喻之意。《莊子·讓王》：“昔周之興，有士二人，處於孤竹，曰伯夷、叔齊。”後遂用“孤竹”借指伯夷、叔齊。葛洪《抱朴子·博喻》：“孤竹不以絕粒易鹿臺之富，子廉不以困匱貿銅山之豐。”李德裕《贈右衛將軍李安制》：“往者，產祿擅朝，充躬交亂，每念王室，殆於阽危，不憚芳蘭之焚，竟全孤竹之志。”　荒園：荒蕪的園林，與下句“蓬麻”呼應，這裏借喻江陵府。韋應物《寄裴處士》：“春風駐遊騎，晚景澹山暉。一問清冷子，獨掩荒園扉。”白居易《楊柳枝》“一樹春風萬萬枝，嫩於金色軟於絲。永豐西角荒園裏，盡日無人屬阿誰？”　蓬麻：蓬與麻。杜甫《新婚別》：“兔絲附蓬麻，引蔓故不長。”用以比喻微賤的事物。顧況《從軍行二首》二：“殺人蓬麻輕，走馬汗血滴。”　列：行列，位次。《公羊傳·僖公二十二年》：“宋公曰：‘不可，吾聞之也，君子不鼓不成列。’”《荀子·議兵》：“仁人之兵，聚則成卒，散則成列。”楊倞注：“卒，卒伍；列，行列，言動皆有備也。”

⑪蕭蕭：象聲詞，常形容馬叫聲、風雨聲、流水聲、草木搖落聲、樂器聲等。陶潛《詠荆軻》：“蕭蕭哀風逝，淡淡寒波生。”劉長卿《王昭君歌》：“琵琶弦中苦調多，蕭蕭羌笛聲相和。”　高高：修長挺拔貌。岑參《西亭子送李司馬》：“高高亭子郡城西，直上千尺與雲齊。盤崖緣壁試攀躋，群山向下鳥飛低。”戎昱《玉臺體題湖上亭》：“蔽日高高

樹，迎人小小船。清風長入坐，夏月似秋天。"

⑫ "嚴霜蕩群穢"兩句：意謂凜冽的濃霜蕩滌了一切污泥濁水，蓬斷麻折，一片荒涼。 蕩：蕩滌，清除。《禮記·昏義》："是故日食則天子素服，而修六官之職，蕩天下之陽事。"鄭玄注："蕩，蕩滌，去穢惡也。"張協《雜詩十首》一："秋夜涼風起，清氣蕩暄濁。" 群穢：指邪惡、暴亂之物。《文選·班固〈答賓戲〉》："方今大漢灑掃群穢，夷險芟荒。"李周翰注："灑掃群穢，謂剪除暴亂也。"呂溫《淩烟閣勛臣頌·李英公勣》："群穢殄滅，乃定九鼎，乃開明堂。"

⑬ 獨立：單獨站立。《論語·季氏》："嘗獨立，鯉趨而過庭。"杜甫《獨立》："天機近人事，獨立萬端憂。"孤立無所依傍。《管子·明法解》："人主孤特而獨立，人臣群黨而成朋。"《晉書·吉挹傳》："挹孤城獨立，衆無一旅，外摧凶鋭，内固津要，虜賊舟船，俘馘千計。" 亭亭：高聳貌。《文選·張衡〈西京賦〉》："干雲霧而上達，狀亭亭以苕苕。"薛綜注："亭亭、苕苕，高貌也。"傅玄《短歌行》："長安高城，層樓亭亭。"蘇軾《虎跑泉》："亭亭石塔東峰上，此老初來百神仰。"直立貌，獨立貌。劉楨《贈從弟三首》二："亭亭山上松，瑟瑟谷中風。"溫庭筠《夜宴謠》："亭亭蠟淚香珠殘，暗露曉風羅幕寒。" 心期：心中相許。陶潛《酬丁柴桑》："實欣心期，方從我遊。"王勃《山亭興序》："百年奇表，開壯志於高明；千里心期，得神交於下走。" 鳳皇：亦作"鳳凰"，古代傳說中的百鳥之王，雄的叫鳳，雌的叫凰，通稱爲鳳或鳳凰，這裏暗喻唐憲宗。任希古《奉和太子納妃太平公主出降三首》一："瑜珮升青殿，穠華降紫微。還如桃李發，更似鳳皇飛。"張九齡《雜詩五首》一："孤桐亦胡爲？百尺傍無枝……凡鳥已相噪，鳳皇安得知？" 別：區分，辨別，元稹此前兩次受到宰相杜佑的打擊，元稹以爲唐憲宗能夠爲他主持公道，辨明是非。《書·畢命》："旌別淑慝。"孔傳："言當識別頑民之善惡。"王安石《太古》："太古之人不與禽獸朋也，幾何？聖人惡之也，製作焉以別之。"

⑭ “艷艷剪紅英”兩句：詩人這裏以荷花自喻，有出污泥而不染之意，下一首詩篇意與此同。　　艷艷：亦作“灩灩”，明媚艷麗貌。蕭衍《歡聞歌二首》一：“艷艷金樓女，心如玉池蓮。”張孝祥《蝶戀花・秦樂家賞花》：“艷艷輕雲，皓月光初吐。”　紅英：紅花。李煜《采桑子》：“亭前春逐紅英盡。”秦觀《滿庭芳》：“古臺芳榭，飛燕蹴紅英。”　團團：簇聚貌。韋莊《登漢高廟閑眺》：“天畔晚峰青簇簇，檻前春樹碧團團。”梅堯臣《賀永叔得山桂》：“團團綠桂叢，本自幽巖得。”　翠莖：翠綠色的枝幹。王績《古意六首》二：“竹生大夏溪，蒼蒼富奇質。綠葉吟風勁，翠莖犯霄密。”劉言史《題十三弟竹園》：“繞屋扶疏聳翠莖，苔滋粉漾有幽情。丹陽萬戶春光靜，獨自君家秋雨聲。”

⑮ 託根：附着生根，比喻置足，寄身。《晉書・趙至傳》：“又北土之性，難以託根；投人夜光，鮮不按劍。”張舜民《巖花》：“託根何太遠！得地亦相宜。”　褊淺：土地、水流等狹窄淺薄。李白《玉真公主別館苦雨贈衛尉張卿二首》二：“蠨蛸結思幽，蟋蟀傷褊淺。”元稹《分水嶺》：“褊淺無所用，奔波奚所營？”　泥滓：泥渣。葛洪《抱朴子・博喻》：“日月挾蟲鳥之瑕，不妨麗天之景；黃河含泥滓之濁，不害淩山之流。”吳曾《能改齋漫錄・方物》：“以今觀之，昌陽待泥土而生，昌蒲一有泥滓則死矣！”

⑯ 合歡：植物名，一名馬纓花，落葉喬木，羽狀複葉，小葉對生，夜間成對相合，故俗稱“夜合花”。夏季開花，頭狀花序，合瓣花冠，雄蕊多條，淡紅色。古人以之贈人，謂能去嫌合好。嵇康《養生論》：“合歡蠲忿，萱草忘憂。”崔豹《古今注・草木》：“合歡，樹似梧桐，枝葉繁互相交結，每風來，輒身相解，了不相牽綴，樹之階庭，使人不忿，嵇康種之舍前。”　遽：急迫，窘迫。《文選・宋玉〈神女賦〉》：“禮不遑迄，辭不及究。願假須臾，神女稱遽。”李善注：“遽，急也。”劉義慶《世説新語・雅量》：“褚（裒）舉手答曰：‘河南褚季野。’遠近久承公名，（縣）令於是大遽，不敢移公。”　呈：顯現，顯露。《列子・天瑞》：“味之所

味者嘗矣！而味味者未嘗呈。"殷敬順釋文："呈，示見也。"《文心雕龍·原道》："龍圖獻禮，龜書呈貌。"

⑰ 涼宵：涼意習習的秋夜。袁暉《七月閨情》："七月坐涼宵，金波滿麗譙。容華芳意改，枕席怨情饒。"厙狄履溫《夏晚初霽南省寓直用餘字》："薄宦因時泰，涼宵寓直初。沈沈仙閣閉，的的暗更徐。"　露華：露水。《趙飛燕外傳》："婕妤浴豆蔻湯，傅露華百英粉。"李白《清平調詞三首》一："雲想衣裳花想容，春風拂檻露華濃。"也指清冷的月光。王僧《春夕》："露華方照夜，雲彩復經春。"杜牧《寢夜》："露華驚敝褐，燈影挂塵冠。"　低佪：徘徊，流連。《漢書·司馬相如傳》："低佪陰山翔以紆曲兮，吾乃今日覩西王母。"韓愈《駑驥》："騏驥不敢言，低佪但垂頭。"　月明：月光明朗。劉希夷《嵩嶽聞笙》："月出嵩山東，月明山益空。山人愛清景，散髮卧秋風。"白居易《崔十八新池》："見底月明夜，無波風定時。"也指月亮，月光。張若虛《春江花月夜》："春江潮水連海平，海上明月共潮生。灩灩隨波千萬里，何處春江無月明。"李益《從軍北征》："磧裏征人三十萬，一時回向月明看。"

⑱ 晚荷：荷花夏天開放，暮秋凋零，夏天是它最爲活躍的季節，謝朓《游東田》："魚戲新荷動，鳥散餘花落。"韓愈《奉和錢七兄曹長盆池所植》："翻翻江浦荷，而今生在此。"詩人賦詠本詩之時已經是秋天，但荷花還在"展卷"它的芳姿，故言"晚荷"。錢起《江行無題一百首》六二："堤壞漏江水，地坳成野塘。晚荷人不折，留取作秋香。"白居易《曲江感秋（五年作）》："三年感秋意，并在曲江池。早蟬已嘹喨，晚荷復離披。"　展卷：展放。吳立禮《跋文正公手書道服贊墨迹》："獲觀文正公之詞翰，淳重清勁，如其爲人，每展卷諷誦，未嘗不想見風采。"蘇轍《范百嘉百歲昆仲挽詞二首》一："少年何敏銳？才氣伏諸生。展卷五行下，揮毫萬字傾。"　蟬：昆蟲名，夏秋間由幼蟲蛻化而成。《荀子·大略》："飲而不食者，蟬也。"李白《夏口諸從弟登汝州龍興閣序》："夫槿榮芳園，蟬嘯珍木，蓋紀乎南火之月也，可以處臺樹，

居高明。"　蕭嘹:義同"嘹烈"、"嘹嘹",聲音嘹亮。顧況《湖南客中春望》:"鳴雁嘹嘹北向頻,綠波何處是通津? 風塵海內憐雙鬢,涕淚天涯慘一身。"象聲詞,蟲鳥鳴叫聲。李賀《昌谷詩》:"嘹嘹濕蛄聲,咽源驚濺起。"

⑲ 露葉:沾露的葉子。崔善爲《答王無功九日》:"露葉疑涵玉,風花似散金。"蘇軾《菜羹賦》:"汲幽泉以揉濯,搏露葉與瓊根。"　江風:江面吹來的風。閻寬《松滋江北阻風》:"江風久未歇,山雨復相仍。巨浪天涯起,餘寒川上凝。"杜甫《發閬中》:"前有毒蛇後猛虎,溪行盡日無邨塢。江風蕭蕭雲拂地,山木慘慘天欲雨。"

⑳ 炎夏:酷熱的夏天。曹植《離繳雁賦》:"遠玄冬於南裔,避炎夏於朔方。"朱慶餘《夏日訪貞上人院》:"炎夏尋靈境,高僧澹蕩中。"伏:時令名,指伏日,有初伏、中伏、末伏三伏。《後漢書·和帝紀》:"〔永元〕六月己酉,初令伏閉盡日。"李賢注引《漢官舊儀》:"伏日萬鬼行,故盡日閉,不干它事。"王仁裕《開元天寶遺事·冰山避暑》:"楊氏子弟每至伏中,取大冰使匠琢爲山,周圍於宴席間。坐客雖酒酣,而各有寒色。"　清商:商聲,古代五音之一。古謂其調凄清悲涼,故稱。杜甫《秋笛》:"清商欲盡奏,奏苦血霑衣。"這裏指謂秋風。潘岳《悼亡詩》:"清商應秋至,溽暑隨節闌。"　迴飆:旋轉的狂風。張協《雜詩十首》二:"浮陽映翠林,迴飆扇綠竹。"顏延之《秋胡詩》:"原隰多悲涼,迴飆卷樹高。"

㉑ 寄言:猶寄語、帶信。《楚辭·九章·思美人》:"願寄言於浮雲兮,遇豐隆而不將。"高適《見薛大臂鷹作》:"寒楚十二月,蒼鷹八九毛。寄言燕雀莫相啅! 自有雲霄萬里高。"　抱志:胸懷大志。《晉書·慕容暐載記》:"此則鬱概待時之雄,抱志未中之傑,必嶽峙灞上,雲屯隴下。"曾鞏《乞出知潁州狀》:"雖有愛君嚮國之心,託勢疏遠,無路自通,期於抱志没齒而已。"　日月:太陽和月亮。王昌齡《齋心》:"雲英化爲水,光采與我同。日月蕩精魄,寥寥天宇空。"韓愈《秋懷詩

十一首》一：“羲和驅日月，疾急不可恃。” 東西：從東到西。張華《博物志》卷四：“秦爲阿房殿，在長安西南二十里，殿東西千步，南北三百步。”《北齊書·文宣帝紀》：“先是，自西河總秦戍築長城東至於海，前後所築，東西凡三千餘里。” 跳：跳躍。劉向《説苑·辨物》：“其後齊有飛鳥，一足，來下，止於殿前，舒翅而跳。”韓愈《郾州溪堂詩》：“流有跳魚，岸有集鳥。”也作跳越、跨越解。《晉書·劉牢之傳》：“牢之敗績，士卒殲焉！牢之策馬跳五丈澗，得脱。”

㉒ 買馬：購買馬匹。元稹《和李校書新題樂府十二首·陰山道》：“年年買馬陰山道，馬死陰山帛空耗。元和天子念女工，内出金銀代酬犒。”饒節《趙元達婦孕不育後數日其猶子生一女子二子皆有戚戚之色戲作此詩開之》：“木蘭買馬替爺征，班昭嗣兄成漢表。人生得此二子者，安用痴兒鬧昏曉？” 鋸牙：古代治水工程器具名，與馬匹合用於水利農作。蘇轍《論所言不行札子》：“雖罷四河之名，仍存減水之資，鋸牙、馬頭率皆如故。”《宋史·河渠志》：“凡掃下非積數壘，亦不能過其汛溜，又有馬頭、鋸牙、木岸者，以蹙水勢護堤焉！”犢：小牛。《禮記·月令》：“〔季春之月〕犧牲駒犢，舉書其數。”《後漢書·楊彪傳》：“後子修爲曹操所殺，操見彪問曰：‘公何瘦之甚？’對曰：‘愧無日磾先見之明，猶懷老牛舐犢之愛。’”泛指牛，所謂“犢車”，即牛車，漢代諸侯貧者乘之，後轉爲貴者乘用。《漢書·蔡義傳》：“〔蔡義〕家貧，常步行，資禮不逮衆門下，好事者相合爲義買犢車，令乘之。”《宋書·禮志》：“犢車，軿車之流也。漢諸侯貧者乃乘之，其後轉見貴。孫權云‘車中八牛’，即犢車也。” 破車：破舊的車乘。元稹《八駿圖詩序》：“……無是三神而得是八馬，乃破車掣御，躓人之乘也，世焉用之？”鄭獬《送蔡同年守四明》：“吾徒對酒共嘆息，破車快犢誠難馴。陳蕃高才雖少對，辟書聊慰汝南民。”

㉓ 禽：獸的總名。《易·井》：“井泥不食，舊井無禽。”高亨注：“禽，獸也。”《文選·曹植〈名都篇〉》：“左挽因右發，一縱兩禽連。”李

善注："兩禽,雙兔也。"鳥類。《莊子·馬蹄》："禽獸成群,草木遂長。"
成玄英疏："飛禽走獸不害,所以成群。"張衡《歸田賦》："落雲間之逸
禽,懸淵沈之鯊鰡。"泛稱鳥獸。《周禮·春官·大宗伯》："以禽作六
摯,以等諸臣,孤執皮帛,卿執羔,大夫執雁,士執雉,庶人執鶩,工商
執雞。"孫詒讓正義："禽者,鳥獸之總名。"《三國志·華佗傳》："吾有
一術,名五禽之戲,一曰虎、二曰鹿、三曰熊、四曰猨、五曰鳥。"　鶻:
鳥類的一科,翅膀窄而尖,嘴短而寬,上嘴彎曲並有齒狀突起,也叫
隼。李時珍《本草綱目·鶻》："鶻,小於鴉而最猛捷,能擊鳩、鴿,亦名
鶻子,一名籠脱。"元稹《兔絲》："桂樹月中出,珊瑚石上生。俊鶻度海
食,應龍升天行。"白居易《代鶴答》："鷹爪攫雞雞肋折,鶻拳蹴雁雁頭
垂。何如斂翅水邊立,飛上雲松栖穩枝。"　種樹:種植,栽種。《史
記·李斯列傳》："所不去者,醫藥卜筮種樹之書。"潘岳《閑居賦》："築
室種樹,逍遙自得。"　種花:栽種花草。竇常《茅山贈梁尊師》："雲屋
何年客? 青山白日長。種花春掃雪,看籙夜焚香。"元稹《酬劉猛見
送》："種花有顏色,異色即爲妖。養鳥惡羽翮,剪翮不待高。"

　　㉔ 人生:人出生,人類産生。《禮記·曲禮》："人生十年曰幼,
學。"指人的一生。韓愈《合江亭》："人生誠無幾,事往悲豈那。"人的
生存和生活。杜甫《送殿中楊監赴蜀見相公》："人生在世間,聚散亦
暫時。"　俊健:健美。鄭處誨《明皇雜録》卷下："虢國每入禁中,常乘
驄馬,使小黃門御。紫驄之俊健,黃門之端秀,皆冠絶一時。"秀美遒
勁。范仲淹《與韓魏公書》："今有進士潘起,才筆俊健,言行温粹。"
天意:上天的意旨。《墨子·天志》："順天意者,兼相愛,交相利,必得
賞;反天意者,別相惡,交相賊,必得罰。"《漢書·禮樂志》："王者承天
意以從事,故務德教而省刑罰。"帝王的心意。杜甫《送從弟亞赴安西
判官》："詔書引上殿,奮古動天意。"王建《上裴度舍人》："天意皆從彩
毫出,宸心盡向紫烟來。"　光華:光輝照耀,閃耀。謝朓《齊敬皇后哀
策》："光華沼沚,榮曜中谷。"《顏氏家訓·省事》："拜守宰者,印組光

華，車騎輝赫。"光榮，榮耀。《文選·鮑照〈擬古〉》："宗黨生光華，賓僕遠傾慕。"呂延濟注："宗族鄉黨皆持其勢而生光榮。"《周書·李賢傳》："非直榮寵一時，亦足光華身世。"

㉕ 蚯蚓：環節動物，體形圓長而柔軟，經常穿穴泥中。崔豹《古今注·魚蟲》："蚯蚓，一名蜿蟺，一名曲蟺。"俞琰《席上腐談》卷上："崔豹《古今注》云：'蚯蚓一名曲蟮，善長吟於地下，江東人謂之歌女。'謬矣！按：《月令》：'螻蟈鳴，蚯蚓出。'蓋與螻蟈同處，鳴者螻蟈，非蚯蚓也。吳人呼螻蟈爲螻蛄，故諺云：'螻蟈叫得腸斷，曲蟮乃得歌名。'" 涯：水邊，岸。《後漢書·馬融傳》："乃安斯寢，戢翮其涯。"李賢注："涯，水濱也。"孟郊《病客吟》："大海亦有涯，高山亦有岑。"

㉖ 直：公正，正直。《韓非子·解老》："所謂直者，義必公正，公心不偏黨也。"《新唐書·李夷簡傳》："夷簡致位顯處，以直自閑，未嘗苟辭氣悦人。"指公平正直的人。《論語·爲政》："舉直錯諸枉，則民服；舉枉錯諸直，則民不服。"魏泰《東軒筆錄》卷四："舉直錯枉，古之善政；服讒搜慝，義所當誅。"有理，正義。《國語·周語》："夫君臣無獄，今元咺雖直，不可聽也。"干寶《搜神記》卷二："〔扶南王范尋〕又嘗煮水令沸，以金指環投湯中，然後以手探湯：其直者，手不爛；有罪者，入湯即焦。" 夸：誇張。《文心雕龍·誇飾》："莫不因誇以成狀，沿飾而得奇也。"浮誇，華而不實。《逸周書·謚法》："華言無實曰夸。"《韓非子·難言》："閎大廣博，妙遠不測，則見以爲夸而無用。"虛，空。《呂氏春秋·本生》："故古之人有不肯貴富者矣！由重生故也，非夸以名也，爲其實也。"高誘注："夸，虛也，非以爲輕富貴求虛名也，以爲其可以全生保性之實也。"孟郊《立德新居十首》六："虛食日相投，夸腸詎能低？" 疾：猶言側目而視，形容痛恨的心情。《孟子·梁惠王》："鄒與魯鬨，穆公問曰：'吾有司死者三十三人，而民莫之死也。誅之，則不可勝誅；不誅，則疾視其長上之死而不救，如之何則可也？'"洪頤煊《讀書叢錄·疾視》："疾視當是仄視之譌，《漢書·賈誼

傳》:'令天下仄目而視。'師古曰:'仄,古側字。'"　斜:同"邪",不正當,不正派,不專誠。《禮記·樂記》:"中正無邪,禮之質也。"陸德明釋文:"邪字又作斜,同。"《玉臺新詠·古詩爲焦仲卿妻作》:"女行無偏斜,何意致不厚?"

　㉗ 謨:計謀,謀略。《書·君牙》:"嗚呼! 丕顯哉,文王謨!"《陳書·高祖紀》:"公英謨雄筭,電掃風行,馳御樓船,直跨滄海。"謀劃,謀慮。《莊子·庚桑楚》:"知者,接也;知者,謨也。"《後漢書·左雄傳》:"伏見議郎左雄,數上封事,至引陛下身遭難厄以爲警戒,實有王臣蹇蹇之節,周公謨成王之風。"記述君臣謀議國事的一種文體。孔安國《尚書序》:"舉其宏綱,撮其機要,足以垂世立教,典、謨、訓、誥、誓、命之文,凡百篇。"《周書·王褒庾信傳論》:"若乃墳、索所紀,莫得而云,典、謨以降,遺風可述。"　詐:欺騙。《左傳·宣公十五年》:"我無爾詐,爾無我虞。"潘岳《西征賦》:"蘇張喜而詐騁,虞芮愧而訟息。"施:給予,施捨。《廣雅·釋詁》:"施,予也。"拾得《詩》一八:"輟己惠於人,方可名爲施。"　奢:奢侈,浪費。《論語·八佾》:"禮,與其奢也,寧儉。"杜牧《阿房宮賦》:"秦愛紛奢,人亦念其家,奈何取之盡錙銖,用之如泥沙?"矜誇,矜驕。《左傳·隱公三年》:"驕奢淫泆,所自邪也。"孔穎達疏:"奢,謂誇矜僭上。"《文選·司馬相如〈子虛賦〉》:"奢言淫樂,而顯侈靡,竊爲足下不取也。"郭璞注:"奢,闊也。"

　㉘ 擇才:選擇才幹之人。崔泰之《同光祿弟冬日述懷》:"吾族白眉良,才華動洛陽……擇才綏鄠鄘,殊化被江湘。"沈佺期《傷王學士》:"原憲貧無愁,顏回樂自持。詔書擇才善,君爲王子師。"　求備:求全責備。杜荀鶴《哭友人》:"葬禮難求備,交情好者貧。惟餘舊文集,一覽一沾巾。"夏竦《代王文正相公辭司空第表》:"竊以宏父之職,邦土是司,任惟其人,固難求備,坐而論道,是謂無官。"　任:役使。《周禮·夏官·掌固》:"任其萬民,用其材器。"鄭玄注:"任,謂以其任使之也。"孫詒讓正義:"《大司馬》注云:'任,猶事也,事以力之所

堪。'此任萬民,亦謂視民之所堪之事而役使之也。"使用。《新唐書·蕭俛傳》:"若乃以小不忍輕任干戈,師曲而敵怨,非徒不勝,又將自危,是以聖王慎於兵。" 物:泛指萬物。《詩·大雅·烝民》:"天生烝民,有物有則。"《禮記·中庸》:"誠者物之終始。"鄭玄注:"物,萬物也。"《文選·班固〈幽通賦〉》:"渾元運物,流不處兮!"李善注:"物,萬物也。"與"我"相對的他物。《禮記·樂記》:"其本在人心之感於物也。"孔穎達疏:"物,外境也。"《文心雕龍·物色》:"情以物遷,辭以情發。" 過涯:超過一定的規範。文同《謝轉官表》:"退常自循,本因無狀,用何才業,稱是寵靈? 得居班聯,已過涯分。"張孝祥《劉兩府》:"亟蒙賜見,溫顏顧接,已過涯分。"

㉙ 用人:任用人才,使用人員。《淮南子·説林訓》:"凡用人之道,若以燧取火,疏之則弗得,數之則弗中,正在疏數之間。"王讜《唐語林·政事》:"懷州刺史闕,請用人。"《文獻通考·田賦》:"古之時用人,稱其官則久而不徙,或終其身及其子孫。"猶言使用民眾。《國語·越語》:"後無陰蔽,先無陽察,用人無藝,往從其所。"王引之《經義述聞·國語》:"用人無藝者,人猶眾也,言用眾之道無常也。" 理國:治理國家。《後漢書·曹節傳》:"〔審忠〕上書曰:'臣聞理國得賢則安,失賢則危,故舜有五臣而天下理。'"包何《闕下芙蓉》:"一人理國致昇平,萬物呈祥助聖明。天上河從闕下過,江南花向殿前生。" 理家:料理家事。《後漢書·樊曄傳》:"數年遷揚州牧,教民耕田、種樹、理家之術。"黃文雷《玉壺即事》:"陂湖漾漾初侵路,蜂燕紛紛各理家。"

㉚ 燿燿:閃閃發光,擲地有聲。趙孟頫《贈放烟火者》:"柳絮飛殘鋪地白,桃花落盡滿街紅。紛紛粲爛如星隕,燿燿喧豗似火攻。"危素《兒秀才古劍歌》:"電光燿燿迅雷飛,殺氣冥冥兩儀黑。櫜槍不動邦國寧,天王垂拱黃河清。" 刀刃:刀用來切削的一邊。《莊子·養生主》:"今臣之刀十九年矣! 所解數千牛矣! 而刀刃若新發於硎。"

刀類兵器的泛稱。《周禮·秋官·掌戮》："掌斬殺賊諜而搏之。"鄭玄注："殺以刀刃，若今棄市也。"《南史·梁元帝徐妃》："酷妬忌，見無寵之妾，便交杯接坐。纔覺有娠者，即手加刀刃。"　彎彎：彎曲貌。張籍《樵客吟》："日西待伴同下山，竹擔彎彎向身曲。"楊萬里《竹枝歌》六："月子彎彎照幾州？幾家驩樂幾家愁？"　弓面：弓弦與弓背形成的平面。曹組《點絳唇·詠御射》："秋勁風高，暗知鬥力添弓面。靶分筊幹。月到天心滿。"陸游《題搨本姜楚公鷹二首》二："弓面霜寒鬥力增，坐思鐵馬蹴河冰。海東俊鶻何由得？空看緱州舊畫鷹。"

㉛　入水：跳入波浪之中。杜甫《陪李七司馬皂江上觀造竹橋即日成往來之人免冬寒入水聊題短作簡李公二首》一："伐竹爲橋結構同，褰裳不涉往來通。天寒白鶴歸華表，日落青龍見水中。"孟郊《答盧全》："楚屈入水死，詩孟踏雪僵。直氣苟有存，死亦何所妨！"　犀兕：犀牛和兕。元稹《奉和權相公行次臨闕驛逢鄭僕射相公歸朝俄頃分途因以奉贈詩十四韵》"鋒鋩斷犀兕，波浪沒蓬壺。區宇聲雖動，淮河孽未誅。"　犀：通稱犀牛，哺乳類，形略似牛，體較粗大，吻上有一角或二角，間有三角者，皮厚而韌，多皺襞，色微黑，毛極稀少。李時珍《本草綱目·犀》："大抵犀、兕是一物，古人多言兕，後人多言犀，北音多言兕，南音多言犀，爲不同耳！"　兕：古代獸名，皮厚，可以制甲。《左傳·宣公二年》："牛則有皮，犀兕尚多，棄甲則那。"孔穎達疏："《釋獸》云：'兕似牛。'郭璞云：'一角青色，重千斤。'《説文》云：'兕如野牛，青毛，其皮堅厚，可製鎧。'"陳子昂《感遇詩三十八首》二八："霓旌翠羽蓋，射兕雲夢林。"　上山：登山，到山上。曹丕《善哉行》："上山采薇，薄暮苦飢。"顧況《短歌行六首》一："我欲升天天隔霄，我思渡水水無橋。我欲上山山路險，我欲汲井井泉遙。"　椎：原爲捶擊的工具，後亦爲兵器，這裏指用椎重力打擊。《戰國策·齊策》："秦始皇嘗使使者遺君王後玉連環……君王後引椎椎破之。"《史記·魏公子列傳》："朱亥袖四十斤鐵椎，椎殺晉鄙。"　虎：獸名，通稱老虎，哺乳類，

猫科,毛黃褐色,有黑色橫紋,性凶猛,力大,慣於捕食野獸,有時亦殘害人畜。《易·乾》:"雲從龍,風從虎。"應劭《風俗通·祀典·桃梗葦茭畫虎》:"虎者陽物,百獸之長也,能執搏挫銳,噬食鬼魅。" 狼:獸名,犬科,耳豎立,毛黃色或灰褐色,尾下垂,栖息山林中,性凶殘,往往結群傷害禽畜,是畜牧業的主要害獸之一。《詩·齊風·還》:"並驅從兩狼兮,揖我謂我臧兮。"《呂氏春秋·明理》:"有狼入於國,有人自天降。"

㉜ 里中:指同里的人。《史記·張耳陳餘列傳》:"秦詔書購求兩人,兩人亦反用門者以令里中。"韋應物《社日寄崔都水及諸弟群屬》:"春風動高柳,芳園掩夕扉。遙思里中會,心緒悵微微。" 老少:老年人和少年人,大人和小孩。《史記·貨殖列傳》:"今夫趙女鄭姬,設形容,揳鳴琴,揄長袂,躡利屣,目挑心招,出不遠千里,不擇老少者,奔富厚也。"杜甫《徒步歸行》:"人生交契無老少,論心何必先同調!"癲:精神錯亂。《太平御覽》卷七三九引《莊子》:"陽氣獨上,則爲癲病。"形容驚異、興奮到了極點。孟郊《濟源春》:"再遊詎癲戇,一洗驚塵埃。"癲癇。巢元方《諸病源候論·小兒雜病諸候》:"癇者,小兒病也,十歲已上爲癲,十歲已下爲癇。其發之狀,或口眼相引而目睛上搖,或手足掣縱,或背脊强直,或頸項反折。" 兒郎:青年,小夥子。徐陵《烏栖曲二首》一:"風流荀令好兒郎,偏能傅粉復熏香。"蔣防《霍小玉傳》:"昨遣某求一好兒郎,格調相稱者。"

㉝ 一日:某日,過去的某一天。葛洪《神仙傳·董奉》:"奉一日竦身入雲中去。"蘇鶚《杜陽雜編》卷上:"一日,花木方春,上欲幸諸苑。" 風雲會:風雲聚合,形容事物繁多。《文選·陸機〈日出東南隅行〉》:"藹藹風雲會,佳人一何繁。"劉良注:"藹藹盛貌,佳人繁多,若風雲之會。"指君臣際會,亦泛指際遇。王粲《雜詩四首》四:"遭遇風雲會,託身鸞鳳間。"杜甫《洗兵馬》:"徵起適遇風雲會,扶顛始知籌策良。" 橫行:不循正道而行。《周禮·秋官·野廬氏》:"禁野之橫行

徑逾者。”賈公彥疏：“言橫行者，不要東西爲橫、南北爲縱，但是不依道塗，妄由田中，皆是橫也。”《漢書·司馬相如傳》：“扈從橫行，出乎四校之中。”王先謙補注：“橫行，謂軍士分校就列，天子周回按部，不由中道行而旁出。”　故鄉：家鄉，出生或長期居住過的地方。張九齡《旅宿淮陽亭口號》：“日暮荒亭上，悠悠旅思多。故鄉臨桂水，今夜渺星河。”杜審言《旅寓安南》：“積雨生昏霧，輕霜下震雷。故鄉逾萬里，客思倍從來。”

㉞　團團：圓貌，這裏指天穹，古人以爲天圓地方。班婕妤《怨歌行》：“裁爲合歡扇，團團似明月。”謝惠連《七月七日夜詠牛女》：“團團滿葉露，析析振條風。”　規內：義同“規天”，天的別稱，古人認爲天爲圓形，故稱。陸雲《贈顧驃騎·有皇》：“規天有光，矩地無疆。”　未必：不一定。《史記·孫子吳起列傳論》：“語曰：‘能行之者未必能言，能言之者未必能行。’孫子籌策龐涓明矣！然不能蚤救患於被刑。”白居易《別舍弟後月夜》：“平生共貧苦，未必日成歡。”　未必明如月：意謂衆多星星未必如明月一般明亮。陳子昂《宿襄河驛浦》“臥聞塞鴻斷，坐聽峽猿愁。沙浦明如月，汀葭晦若秋。”蘇軾《送歐陽推官赴華州監酒》：“我觀文忠公，四子皆超越。仲也徑寸珠，照夜明如月。”

㉟　托迹：猶寄身，多指寄身方外，或遁處深山或賤位以逃避世事。韋莊《和薛先輩見寄初秋寓懷即事之作二十韻》：“夜蟲方唧唧，疲馬正駸駸。託迹同吳燕，依仁似越禽。”齊己《荆門寄沈彬》：“道有静君堪托迹，詩無賢子擬傳誰？松聲白日邊行止，日影紅霞裏夢思。”北辰：指北極星。《論語·爲政》：“子曰：‘爲政以德，譬如北辰，居其所而衆星共之。’”《爾雅·釋天》：“北極謂之北辰。”喻帝王或受尊崇的人。李德裕《馬公神道碑銘》：“瘁精爽於北辰，播芳烈於來代。”代指帝都。杜甫《追酬故高蜀州人日見寄》：“遙拱北辰纏寇盜，欲傾東海洗乾坤。”　周天：謂繞天球大圓一周，天文學上以天球大圓三百六十度爲周天。《逸周書·周月》：“日月俱起于牽牛之初，右回而行，月

周天起一次而與日合宿。”《漢書·律曆志》：“周天五十六萬二千一百
二十，以章月乘月法，得周天。”《禮記·月令》孔穎達疏：“星既左轉，
日則右行，亦三百六十五日四分日之一至舊星之處，即以一日之行而
爲一度計，二十八宿一周天，凡三百六十五度四分度之一，是天之一
周之數也。”指一定時間的迴圈，十二年，是歲星運行一周天需要的時
間。蘇軾《再和曾仲錫荔枝》：“柳花著水萬浮萍，荔實周天兩歲星。”
原注：“荔支至難長，二十四五年乃實。”夏炘《學〈禮〉管釋·釋十有二
歲》：“歲星每年行天一次，故謂年爲歲天。凡十二次歲星，十二年一
周天，故謂之十有二歲。” 淪没：沉没，湮没。《史記·封禪書》：“周
德衰，宋之社亡，鼎乃淪没，伏而不見。”《隋書·天文志》：“又日之入
西方，視之稍稍去，初尚有半，如橫破鏡之狀，須臾淪没矣！”

㊱ 老人：即“老人星”的省稱，南部天空一顆光度較亮的二等星，
古人認爲它象徵長壽，故又名“壽星”。《史記·封禪書》：“壽星祠。”
司馬貞索隱：“壽星，蓋南極老人星也。”《敦煌曲子詞·菩薩蠻》：“頻
見老人星，萬方休戰爭。” 南極：南方極遠之地。《吕氏春秋·本
味》：“南極之崖，有菜，其名曰嘉樹，其色若碧。”曹丕《連珠三首》一：
“節士抗行則榮名至，是以申胥流音於南極，蘇武揚聲於朔裔。”星名，
即南極老人星。崔駰《杖頌》：“王母扶持，永保百禄。壽如南極，子孫
千億。”范成大《東宫壽詩》：“自古東明陪出日，祇今南極是前星。”
地遠光不發：意謂地方距離實在太遠，因此老人星看起來似乎不太明
亮。劉長卿《按覆後歸睦州贈苗侍御》“地遠心難達，天高謗易成。羊
腸留覆轍，虎口脱餘生。”李白《古風》五八：“我到巫山渚，尋古登陽
臺。天空綵雲滅，地遠清風來。”

㊲ 見則壽聖明：古人以爲，見到老人星，是好兆頭。《史記·天
官書》：“狼比地有大星，曰南極老人，老人見，治安；不見，兵起。”張守
節正義：“老人一星，在弧南，一曰南極，爲人主占壽命延長之應。”
聖明：意謂英明聖哲，無所不知，封建時代稱頌帝、后之詞。荀悦《漢

紀·平帝紀》：“聞太后聖明，安漢公至仁，天下太平。”韓愈《論淮西事宜狀》：“而陛下以聖明英武之姿，用四海九州之力，除此小寇，難易可知。”皇帝的代稱。劉琨《勸進表》：“或多難以固邦國，或殷憂以啓聖明。”李翱《再請停率修寺觀錢狀》：“閣下去年考制策，其論釋氏之害於人者，尚列爲高等，冀感悟聖明。”封建時代對所謂“治世”、“明時”的頌詞。孟浩然《臨洞庭》：“欲濟無舟楫，端居恥聖明。”《敦煌曲子詞·感皇恩》：“休將舜日被堯年，人安泰，争似聖明天。”　闕：宫門、城門兩側的高臺，中間有道路，臺上起樓觀。《詩·鄭風·子衿》：“挑兮達兮，在城闕兮。”高亨注：“闕，城門兩邊的高臺。”《三輔黄圖·雜録》：“闕，觀也。周置兩觀以表宫門，其上可居，登之可以遠觀，故謂之觀。”借指宫廷，帝王所居之處，後也借指京城。王褒《四子講德論》：“是以海内歡慕，莫不風馳雨集，襲雜並至，填庭溢闕。”顔延之《祭屈原文》：“身絶郢闕，迹遍湘干。”

　　㊳“河清諒嘉瑞”兩句：看到黄河變清，詩人以爲這是皇上聖明的必然結果，詩人因而由衷産生早日回京，實現自己政治理想的盼望。　河：古代對黄河的專稱。《書·禹貢》：“島夷皮服，夾右碣石入於河。”曾鞏《本朝政要策·黄河》：“河自西出而南，又東折，然後北注於海。”　嘉瑞：祥瑞。《漢書·宣帝紀》：“承天順地，調序四時，獲蒙嘉瑞，賜兹祉福。”李白《大獵賦》：“擁嘉瑞，臻元符，登封於太山，篆德於社首。”　黄河清：黄河水本渾濁，古人以黄河水清爲祥瑞的徵兆。李康《運命論》：“夫黄河清而聖人生。”《舊唐書·五行志》：“寶應元年九月甲午，華州至陝州二百餘里，黄河清，澄澈見底。”張爲《謝别毛仙翁》：“黄河濁袞袞，别泪流漸漸。黄河清有時，别泪無收期。”　吾帝：對當今皇上敬畏的稱呼，這裏指唐憲宗。羅從彥《遵堯録·寇準》：“及（太子）還六宫，皆登御樓以觀之，時李後在焉！聞百姓皆歌呼曰：‘吾帝之子，年少可愛！’后不悦，歸以告帝，帝召準責曰：‘萬姓但知有太子而不知朕，卿誤朕也！’”　聖人：君主時代對帝王的尊稱。《禮

記·大傳》:"聖人南面而治天下,必自人道始矣!"杜甫《自京赴奉先縣詠懷五百字》:"聖人筐篚恩,實願邦國活。"仇兆鰲注:"唐人稱天子皆曰聖人。"

㊴ 時哉不我夢:意謂自己的時運沒有來到,因此我的夢想還沒有能够實現。 時:時機,機會。《論語·陽貨》:"好從事而亟失時,可謂知乎?"韓愈《寒食日出遊》:"桐花最晚今已繇,君不强起時難更。"時運。《左傳·文公十三年》:"死之短長,時也。"《史記·項羽本紀》:"力拔山兮氣蓋世,時不利兮騅不逝。" 此時爲廢民:這裏指元稹出貶江陵,成爲有職無權的士曹參軍,與無業的"廢民"沒有什麼差別。 廢民:無業之民。《晏子春秋·問》:"治無怨業,居無廢民,此聖人之得意也。"袁說友《觀鹽井二首》二:"私井公鹽日夜煎,力勞功寡廢民田。不如大噎驅東海,捲取洪波向蜀川。"

㊵ 光陰:時間,歲月。《顏氏家訓·勉學》:"光陰可惜,譬諸流水。"韓偓《青春》:"光陰負我難相偶,情緒牽人不自由。" 跳躑:比喻光陰迅速。元稹《答姨兄胡靈之見寄五十韻序》:"時方依倚舅族,舅憐,不以禮數檢,故得與姨兄胡靈之之輩十數人爲晝夜遊,日月跳擲,於今餘二十年矣!" 功業:指工作的成績、成果。王昌齡《別劉諝》:"身在江海上,雲連京國深。行當務功業,策馬何駸駸!"李白《贈宣城趙太守悦》:"趙得寶符盛,山河功業存。三千堂上客,出入擁平原。"苦辛:猶辛苦,勞苦艱辛。《古詩十九首·今日良宴會》:"無爲守窮賤,轗軻長苦辛。"《後漢書·孔奮傳》:"奮力行清絜,爲衆人所笑,或以爲身處脂膏,不能以自潤,徒益苦辛耳!"

㊶ 一到:猶一來,一經來到。高適《薊中作》:"一到征戰處,每愁胡虜翻。豈無安邊書,諸將已承恩。"李端《韋員外東齋看花》:"併開偏覺好,未落已成愁。一到芳菲下,空招兩鬢秋。" 江陵郡:郡縣名,《舊唐書·地理志》:"荆州江陵府:隋爲南郡,武德初蕭銑所據,四年平銑,改爲荆州,領江陵、枝江、長林、安興、石首、松滋、公安七縣……

天寶元年改爲江陵郡，乾元元年三月復爲荊州大都督府。自至德後中原多故，襄鄧百姓、兩京衣冠盡投江湘，故荊南井邑十倍其初，乃置荊南節度使。上元元年九月置南都，以荊州爲江陵府，長史爲尹，觀察制置一準兩京，以舊相呂諲爲尹，充荊南節度使。"武元衡《送魏正則擢第歸江陵》："客路商山外，離筵小暑前。高文常獨步，折桂及韶年。"羊士諤《寄江陵韓少尹》："別來玄鬢共成霜，雲起無心出帝鄉。蜀國魚箋數行字，憶君秋夢過南塘。"　三年：三年或三個年頭。元稹《三歎三首》三："天驥失龍偶，三年常夜嘶。哀緣噴風斷，渴且含霜啼。"元稹《送友封二首（黔府竇鞏字友封）》二："鵬翼張風期萬里，馬頭無角已三年。甘將泥尾隨龜後，尚有雲心在鶴前。"這裏指元和五年、元和六年與元和七年，元稹當時貶任江陵士曹參軍。　去塵：遠去的塵土，也喻指往日的時光。杜甫《與嚴二郎奉禮別》"別君誰暖眼？將老病纏身。出涕同斜日，臨風看去塵。"張蠙《別後寄友生》："上馬如飛鳥，飄然隔去塵。共看今夜月，獨作異鄉人。"

［編年］

　　《年譜》編年本組詩："第十首云：'一到江陵郡，三年成去塵。'當是元和七或八年作。"《編年箋注》云："組詩《遣興十首》作於元和七年（八一二）或八年，元稹時在江陵士曹任。"理由是："參閱下《譜》。"《年譜新編》云："其十云：'一到江陵郡，三年成去塵。'自元和五年下推三年，爲元和七年。"

　　我們以爲，本組詩作於元和八年，"一到江陵郡，三年成去塵"，已經明確無誤地告訴我們，元稹自元和五年來到江陵，風風雨雨三年，即包括元和五年、元和六年、元和七年在內的時光已經成爲過去，已經成爲"去塵"，說句更直接的話，這"三年"已經成了英語中的"過去時"了。因此這組詩歌作於元和八年，應該沒有任何疑義。

　　雖然詩篇中涉及的時節詞語多次出現，如"夏日"、"冬日"、"秋風"、"炎夏"、"九月半"、"梨花白"、"梨葉青"、"梨葉赤"、"嚴霜"、"晚荷"、"早蟬",幾乎涵蓋了一年中的所有節候,但那是詩人來江陵已經"三年",故在回憶中涉及"三年"中的這些節候。而《年譜新編》的元和七年説,明顯存在計算上的錯誤,如果作於元和七年,哪怕是十二月,"三年"也還没有成爲"去塵"。《年譜》與《編年箋注》的含混,也正在對這兩句詩句的錯誤理解。

本組詩第十首詩注:"是歲黄河清。"我們目前雖然還没有查到元和七年或者元和八年"黄河清"的記載,但《舊唐書·五行志》云:"元和七年正月,振武界黄河溢,毁東受降城。""元和七年八月,京師地震,憲宗謂侍臣曰:'昨地震,草樹皆摇,何祥異也?'"兩條材料與本詩是互相矛盾的,這也反證本組詩應該作於元和八年,而不是元和七年。

元和九年甲午(814) 三十六歲

◎ 獨 游^{(一)①}

遠地難逢侶，閑人且獨行②。上山隨老鶴，接酒待殘鶯③。花當西施面，泉勝衛玠清④。鵁鶄滿春野，無限好同聲⑤。

錄自《元氏長慶集》卷一五

[校記]

(一)**獨游**：叢刊本同，楊本、《古詩鏡·唐詩鏡》、《全詩》作"獨遊"，"遊"與"游"兩字相通，遵從原本，不改。

[箋注]

① **獨游**：亦作"獨遊"，獨自出遊。《後漢書·橋玄傳》："玄少子十歲，獨遊門次，卒有三人持杖執之……就玄求貨，玄不與。"杜牧《秋晚與人期游樊川不至》："邀侶以官解，泛然成獨遊。"

② **遠地**：遙遠的地方。《左傳·隱公五年》："《書》曰：'公矢魚於棠'，非禮也，且言遠地也。"杜預注："棠實他竟，故曰遠地。"劉禹錫《送唐舍人出鎮閩中》："山川遠地由來好，富貴當年別有情。"元稹這次出遊的"遠地"是潭州。 **侶**：同伴，伴侶。王褒《四子講德論》："於是相與結侶，携手俱遊。"韓愈《利劍》："故人念我寡徒侶，持用贈我比知音。" **閑人**：清閑無事的人。牟融《春日山亭》："正是聖朝全盛日，詎知林下有閑人？"陸游《春雨》："閉門非爲老，半世是閑人。" **獨行**：

一人行路,獨自行走。《史記·陳丞相世家》:"渡河,船人見其美丈夫獨行,疑其亡將,要中當有金玉寶器,目之,欲殺平。"《法苑珠林》卷一〇:"舍利弗獨行乞食,婆羅門見而問言:'尊者獨行無沙彌耶?'"

③ 上山:登山,到山上。曹丕《善哉行》:"上山采薇,薄暮苦飢。"李白《別山僧》:"何處名僧到水西? 乘舟弄月宿涇溪。平明別我上山去,手攜金策蹈雲梯。" 老鶴:年歲較大的鶴。劉長卿《寄會稽公徐侍郎》:"老鶴無衰貌,寒松有本心。聖朝難稅駕,惆悵白雲深。"秦系《春日閑居三首》二:"長謠朝復暝,幽獨幾人知? 老鶴兼雛弄,叢篁帶笋移。" 接酒:續酒。方千里《六醜》"相思意、不離潮汐。想舊家、接酒巡歌計,今難再得。"義近獻酒,進酒,敬酒。傅玄《上壽酒歌》:"三朝獻酒,萬壽是膺。敷佑四方,如日之升。"王貞白《送馬明府歸山》:"送吏各獻酒,群兒自擔書。到時看瀑布,爲我謝清虛。" 接:連續,繼續。《儀禮·聘禮》:"君揖使者,進之。上介立于其左,接聞命。"鄭玄注:"接,猶續也。"《漢書·司馬遷傳》:"惟漢繼五帝末流,接三代絶業。" 殘鶯:指晚春的黃鶯。李頎《送人尉閩中》:"閶門折垂柳,御苑聽殘鶯。"白居易《牡丹芳》:"戲蝶雙舞看人久,殘鶯一聲春日長。"

④ 花當西施面:意謂花如西施一樣美麗。 當:如同,類似。《墨子·明鬼》:"燕之有祖,當齊之有社稷,宋之有桑林,楚之有雲夢也。"孫詒讓間詁引王引之曰:"當,猶如也。"劉向《説苑·權謀》:"所學者國有五盡:故莫之必忠,則言盡矣……不能用人,又不能自用,則功盡矣! 國有此五者,毋幸必亡,中山與齊皆當此。" 西施:原指春秋越國美女,或稱先施,這裏泛稱美女。韋應物《廣陵遇孟九雲卿》:"西施且一笑,衆女安得妍?"綦毋潛《送賈恒明府兼寄温張二司户》:"舟乘晚風便,月帶上潮平。花路西施石,雲峰句踐城。" 泉勝衛玠清:意謂泉水如衛玠的相貌一般冰清玉潤。 衛玠:《晉書·衛玠傳》:"玠字叔寶,年五歲,風神秀異……總角乘羊車入市,見者皆以爲玉人,觀之者傾都……京師人士聞其姿容,觀者如堵,玠勞疾遂甚,永

嘉六年卒,時年二十七,時人謂玠被看殺。"杜甫《花底》:"恐是潘安
縣,堪留衛玠車。深知好顏色,莫作委泥沙!"李端《送吉中孚拜官歸
楚州》:"才子神骨清,虛竦眉眼明。貌應同衛玠,鬢且異潘生。"　清:
水明澈,與"濁"相對。《詩·鄭風·溱洧》:"溱與洧,瀏其清矣!"孟浩
然《宿建德江》:"移舟泊烟渚,日暮客愁新。野曠天低樹,江清月近
人。"潔净,純潔。劉勰《文心雕龍·宗經》:"一則情深而不詭,二則風
清而不雜。"白居易《相和歌辭·反白頭吟》:"炎炎者烈火,營營者小
蠅。火不熱真玉,蠅不點清冰。"

⑤ 鵜鶘:水鳥,多群居在熱帶或亞熱帶沿海水網地帶。李時珍
《本草綱目·鵜鶘》:"似鶚而甚大,灰色如蒼鵝。喙長尺餘,直而且
廣,口中正赤,頷下胡大如數升囊。好群飛,沈水食魚,亦能竭小水取
魚。"《莊子·外物》:"魚不畏網,而畏鵜鶘。"楊彝《過睦州青溪渡》:
"潭清魚可數,沙晚雁爭飛。川谷留雲氣,鵜鶘傍釣磯。"　春野:春天
的原野。趙嘏《寒食離白沙》:"試上方垣望春野,萬條楊柳拂青天。"
陸游《春晴自雲門歸三山》:"乍行春野眼增明,漸減春衣體倍輕。"
無限:猶無數,謂數量極多。白居易《詔授同州刺史病不赴任因詠所
懷》:"白髮來無限,青山去有期。"秦觀《如夢令》:"桃李不禁風,回首
落英無限。"　同聲:聲音相同。李白《贈僧崖公》:"江濆遇同聲,道崖
乃僧英。"比喻同類事物互相感應。吳兢《樂府古題要解·合歡詩》:
"婦人言虎嘯風起,龍躍雲浮,磁石引針,陽燧致火,皆以同聲相應,同
氣相求。"秦觀《十二經相合義説》:"同聲相應,同氣相求,所謂同類而
相感者也。"合理指"鵜鶘"的鳴叫聲,因其聲音相同,故言。

[編年]

　　未見《年譜》編年本詩,《編年箋注》列入"未編年詩"欄内,《年譜
新編》列入"無法編年作品"欄内。
　　我們以爲,本詩不難編年。據本詩表述,是詩人獨自一人在"遠

地"出遊。而詩中的"鵜鶘"常見於南方的江湖水網地區,本詩應該作於南方,亦即元稹浙東、武昌或江陵三任地中的其中一地。在浙東與武昌任地,元稹官高位重,不可能有獨自一人出遊的道理。而在江陵任地,元稹衹是一個士曹參軍,符合獨自外出履行某種公務或營求私事的身份。而詩中的"遠地"與《左傳·隱公五年》中的"遠地"義同,杜預注"棠實他竟,故曰遠地"表明,"遠地"應該是江陵府管轄範圍之外地方。竟與"境"通,是邊境,疆界之意。《禮記·曲禮》:"入竟而問禁。"《左傳·隱公十一年》:"鄭伯與戰於竟。"陸德明釋文:"竟,音境。"《荀子·富國》:"其竟關之政盡察。"楊倞注:"竟,與境同。"《漢書·地理志》:"後八世,穆公稱伯,以河爲竟。"而在江陵任期內,元稹曾經有四次離開江陵府管轄的地區外出他地。其中一次在在元和九年,先有"浙行",接着又有平叛淮西之行,都離開了江陵。"浙行"是"獨行",但時序是在秋天,與"鵜鶘滿春野"不合。平叛淮西不僅是在秋天,而且是軍事集團移動,不是"獨行",與詩意不合。另外一次是元稹前往襄州拜訪時任山南東道節度使的李夷簡,這次出行,僅僅根據元稹《與史館韓郎中書》中"稹與前襄州文學掾甄逢遊善"一語推論而得,并沒有其他可信的證據,存在諸多疑點,這裏姑且不論。而據《年譜》考定,這次出江陵境的時間在元和六年,《舊唐書·憲宗紀》表明,發佈李夷簡任命已經是這年的"四月五日",元稹拜訪李夷簡更應該在其後,早就不是"鵜鶘滿春野"之時。據《年譜新編》考定,在元和七年十月,節令是冬天而不是春天。第四次是元和九年元稹奉命前往潭州公幹,元稹獨自一人在旅途,前往潭州與返回江陵,一路經由的都是"鵜鶘"出没的水網地區,具體時間一是初春,一是暮春,均與"鵜鶘滿春野"的情景相合,本詩應該賦詠於其時,亦即或是前往的初春,或是返回的暮春,今暫按初春前往潭州時所作。

◎ 夢成之(一)①

燭暗船風獨夢驚，夢君頻問向南行②。覺來不語到明坐，一夜洞庭湖水聲③。

録自《元氏長慶集》卷九

［校記］

（一）夢成之：本詩存世各本，如楊本、宋蜀本、叢刊本、《全詩》、《古詩鏡·唐詩鏡》、《萬首唐人絕句》等均無異文。

［箋注］

① 夢：做夢。沈佺期《春閨》：“鐵馬三軍去，金閨二月還。邊愁離上國，春夢失陽關。”貫休《秋夜懷嵩少因寄洛中舊知》：“紫金地上三更月，紅藕香中一病身。少室少年偏入夢，多時多事去無因。” 成之：元稹妻子韋叢字成之。韓愈《監察御史元君妻京兆韋氏夫人墓誌銘》：“夫人諱叢，字茂之，姓韋氏。”今以元稹本詩考之，疑韓本有誤，“茂”與“成”，大約是形近而致誤。

② 燭暗船風獨夢驚：意謂水面陣陣微風，船裏蠟燭之火搖曳不定，燭光也時亮時暗，在梢夫吆吆喝喝中，自己進入夢鄉，但又很快驚醒過來。 燭暗：蠟燭光又小又暗。戎昱《秋館雨後得弟兄書即事呈李明府》：“坐中孤燭暗，窗外數螢流。試以他鄉事，明朝問子游。”張籍《早朝寄白舍人嚴郎中》：“鼓聲初動未聞雞，贏馬街中踏凍泥。燭暗有時衝石柱，雪深無處認沙堤。” 船風：穿越船艙之風。楊萬里《解舟惠州東橋》：“南宦寧嗟北，鹵歸敢再東？猿聲雲樹月，客枕露船風。”董嗣杲《泊黃茅潭》：“茅深淮渡遠，日落海潮平。廟樹搖燈影，船

3371

風送鼓聲。” 獨：單獨，獨自。杜甫《月夜》：“今夜鄜州月，閨中只獨看。遙憐小兒女，未解憶長安。”王安石《懷元度四首》二：“舍南舍北皆春水，恰似蒲萄初醱醅。不見秘書心若失，百年衰病獨登臺。” 夢驚：即“驚夢”，惊醒睡夢。劉允濟《怨情》：“虛牖風驚夢，空床月厭人。歸期倘可促，勿度柳園春。”秦系《春日閑居三首》一：“一似桃源隱，將令過客迷。礙冠門柳長，驚夢院鶯啼。” 夢君頻問向南行：意謂亡妻一再詢問：到哪里去？去幹什麼？什麼時候回來？誰在家照顧女兒？這是詩人思念已經亡故的妻子韋叢，挂念留在江陵家中的女兒保子。頻問：一次緊接另一次詢問。翁承贊《書齋謾興二首》一：“池塘四五尺深水，籬落兩三般樣花。過客不須頻問姓，讀書聲裏是吾家。”杜甫《贈李八秘書別三十韵》：“戰連唇齒國，軍急羽毛書。幕府籌頻問，山家藥正鋤。” 南行：由北向南而行。韋承慶《南行別弟》：“澹澹長江水，悠悠遠客情。落花相與恨，到地一無聲。”張九齡《巡按自灉水南行》：“理棹雖云遠，飲冰寧有惜？況乃佳山川，怡然傲潭石。”本詩是元稹自江陵南行潭州。

　　③“覺來不語到明坐”兩句：詩人因愛生情，因情生夢，夢醒之後難於入睡，更見出詩人對韋叢的感情真摯深厚。 覺來：一覺醒來。劉長卿《初至洞庭懷灞陵別業》：“昨夜夢中歸，烟波覺來闊。江皋見芳草，孤客心欲絕。”李白《春日醉起言志》：“覺來盼庭前，一鳥花間鳴。借問此何時，春風語流鶯。” 不語：默默無語。屈同仙《烏江女》：“錦袖盛朱橘，銀鈎摘紫房。見人羞不語，回艇入溪藏。”李嘉祐《江上曲》：“江心澹澹芙蓉花，江口蛾眉獨浣紗。可憐應是陽臺女，對坐鸞鶯嬌不語。” 一夜：一個夜晚，一個整夜。元稹《宿醉》：“風引春心不自由，等閑衝席飲多籌。朝來始向花前覺，度却醒時一夜愁。”白居易《長相思》：“九月西風興，月冷露華凝。思君秋夜長，一夜魂九升。” 洞庭：湖名，即洞庭湖。《韓非子·初見秦》：“秦與荆人戰，大破荆，襲郢，取洞庭、五渚、江南。”韓愈《岳陽樓別竇司直》：“洞庭九州

間,厥大誰與讓?"元稹自江陵前往潭州,洞庭湖是必經的水路。　湖水:湖泊裏面的水。張説《同趙侍御乾湖作》:"江南湖水咽山川,春江溢入共湖連。氣色紛淪横罩海,波濤鼓怒上漫天。"張説《送梁六自洞庭山作》:"巴陵一望洞庭秋,日見孤峰水上浮。聞道神仙不可接,心隨湖水共悠悠。"　聲:聲音,聲響。陸海《題龍門寺》:"窗燈林靄裏,聞磬水聲中。更與龍華會,爐烟滿夕風。"李白《訪戴天山道士不遇》:"犬吠水聲中,桃花帶雨濃。樹深時見鹿,溪午不聞鐘。"

[編年]

　　《年譜》編年元和九年,其後引録陳寅恪《元白詩箋證稿·艷詩及悼亡詩》云:"至第三拾三首《夢成之》云:'……'則疑元和九年春之作……蓋微之於役潭州,故有'船風''南行'及'洞庭湖水'之語也。"最後得出結論:"自江陵赴潭州途中作。"《編年箋注》編年:"元和九年(八一四)元稹於役潭州,此詩作於自江陵赴潭州途中,故詩中有'洞庭湖水聲'之景象。見下《譜》。"《年譜新編》編年元和九年"元稹潭州之行期間作",没有説明理由。

　　我們以爲,元稹潭州之行在元和九年春天,江陵與潭州相距不遠,有水路相通,來回不需要很長時間,而元稹《寄庾敬休》詩有"可憐春盡古湘州"之句,本詩與《獨游》、《寄庾敬休》爲前後之作,亦即元和九年的初春。

● 斑竹(得之湘流)⁽一⁾[①]

　　一枝斑竹渡湘沅,萬里行人感别魂[②]。知是娥皇廟前物,遠隨風雨送啼痕[③]。

録自《才調集》卷五

[校記]

（一）斑竹：本詩存世各本，包括叢刊本、《佩文齋廣群芳譜》、《全詩》在內，未見異文。

[箋注]

① 斑竹：“一枝斑竹渡湘沅”四句，不見於劉本《元氏長慶集》、馬本《元氏長慶集》採錄，但《才調集》卷五、《佩文齋廣群芳譜》卷八五、《全詩》四二二採錄，故今據補。一種莖上有紫褐色斑點的竹子，也叫湘妃竹。張華《博物志》卷八：“堯之二女，舜之二妃，曰湘夫人，帝崩，二妃啼，以涕揮竹，竹盡斑。”劉禹錫《瀟湘神》：“斑竹枝，斑竹枝，淚痕點點寄相思。楚客欲聽瑶瑟怨，瀟湘深夜月明時。” 湘流：指湘江。《楚辭·漁父》：“寧赴湘流，葬於江魚之腹中。”劉向《九嘆·離世》：“櫂舟杭以橫滮兮，濟湘流而南極。”韓愈《祭河南張員外文》：“委舟湘流，往觀南嶽。”

② 湘沅：湘江與沅江的並稱，二水皆在湖南省，又常並稱沅湘。地域在洞庭湖之南、潭州之北。東方朔《七諫·沉江》：“赴湘沅之流澌兮，恐逐波而復東。”劉向《九嘆·思古》：“違郢都之舊閭兮，回湘沅而遠遷。” 行人：出行的人，出征的人。《管子·輕重》：“十日之內，室無處女，路無行人。”杜甫《兵車行》：“車轔轔，馬蕭蕭，行人弓箭各在腰。”使者的通稱。《管子·侈靡》：“行人可不有私。”尹知章注：“行人，使人也。”《資治通鑑·晉海西公太和四年》：“初，燕人許割虎牢以西賂秦。晉兵既退，燕人悔之，謂秦人曰：‘行人失辭，有國有家者，分災救患，理之常也。’” 別魂：離別的情思。江淹《別賦》：“知離夢之躑躅，意別魂之飛揚。”崔塗《巫山旅別》：“無限別魂招不得，夕陽西下水東流。”

③ 娥皇：相傳為堯女，舜妻。《山海經·大荒南經》：“大荒之中，

有不庭之山，榮水窮焉！有人三身，帝俊妻娥皇，生此三身之國，姚姓，黍食，使四鳥。"劉向《列女傳·有虞二妃》："有虞二妃者，帝堯之二女也，長娥皇，次女英。"　風雨：風和雨。蘇軾《次韵黃魯直見贈古風二首》一："嘉穀卧風雨，稂莠登我場。"颱風下雨。《書·洪範》："月之從星，則以風雨。"干寶《搜神記》卷一四："王悲思之，遣往視覓，天輒風雨，嶺震雲晦，往者莫至。"　啼痕：淚痕。元稹《遣病十首》一〇："朝結故鄉念，暮作空堂寢。夢別淚亦流，啼痕暗橫枕。"周曇《再吟》："瀟湘何代泣幽魂？骨化重泉志尚存。若道地中休下淚，不應新竹有啼痕。"

[編年]

　　《年譜》編年本詩於元和九年，理由是："自注：'得之湘流。'"《編年箋注》編年："此詩作於元和九年(八一四)，元稹時在江陵士曹任。見下《譜》。"《年譜新編》編年本詩於元和九年"元稹潭州之行期間作"，理由同《年譜》所示。

　　我們以爲，本詩確實應該作於元和九年元稹潭州之行期間。《湖廣通志·湘陰縣》："黃陵廟在縣北，祀虞舜二妃……《湘中記》亦云：'二妃之神。'《水經注》：'湖水西流，徑二妃廟南，世謂之黃陵廟也。言舜之陟方也，二妃從征，溺於湘江，神遊洞庭之淵，出入瀟湘之浦，故民爲立祠於水側焉！'《方輿勝覽》：'黃陵廟在縣北八十里，唐韓愈有碑。'"二妃廟所在的湘陰縣在洞庭湖南岸，潭州之北，根據題注"得之湘流"，應該是元稹從江陵南渡洞庭湖之後，入湘江之初，逆流而得上游亦即二妃廟流來的斑竹，因而賦詠本詩。據此，本詩應該是元稹到達潭州之前所賦詠，根據元稹在元和九年"春盡"之時返程江陵的史實，本詩賦詠的具體時間應該在元和九年的初春時節，地點在洞庭湖南岸、湘陰縣縣治之北。

◎ 陪張湖南宴望岳樓稹爲監察御史張中丞知雜事^{(一)①}

　　觀象樓前奉末班，絳峰只似殿庭間^{(二)②}。今日高樓重陪宴^(三)，雨籠衡岳是南山③。

録自《元氏長慶集》卷一九

[校記]

　　（一）陪張湖南宴望岳樓稹爲監察御史張中丞知雜事：楊本、叢刊本、《全詩》同，《萬首唐人絶句》作“陪張湖南晏望岳樓（稹爲監察御史張中丞知權事）”，其中“晏”與“宴”通，而“權”明顯是個錯字，不從不改。

　　（二）絳峰只似殿庭間：楊本、叢刊本、《全詩》同，《萬首唐人絶句》作“絳峰只似殿亭間”，語義不佳，不從不改。

　　（三）今日高樓重陪宴：楊本、叢刊本、《全詩》同，《萬首唐人絶句》作“今日高樓重陪晏”，“晏”與“宴”通，不改。

[箋注]

　　① 陪：伴隨，陪伴。《漢書·司馬遷傳》：“鄉者，僕亦嘗厠下大夫之列，陪外廷末議。”韓愈《歸彭城》：“昨者到京城，屢陪高車馳。周行多俊異，議論無瑕疵。”　張湖南：即張正甫，《舊唐書·張正甫傳》：“張正甫，字踐方，南陽人……後由邕府徵拜殿中侍御史，遷户部員外郎，轉司封員外兼侍御史知雜事……”張正甫是元稹在監察御史任的故交，兩人都受到當時宰相裴垍的器重，誠如元稹《上門下裴相公書》所云：“故裴兵部……秉政不累月……張河南自邕幕爲御史……故韋

簡州勛及積等拔於疑礙置之朝行者又十數。"張正甫亦即當時的"張河南",因張正甫在張中丞知雜事之後歷職"河南尹",故言。張正甫就在元和初年被徵拜爲殿中侍御史知雜事,而元稹當時出任監察御史,元和四五年間,兩人既是同僚,也是政治上的盟友,元稹在監察御史任上出使東川、分務洛陽之時諸多打擊權貴、宦官、方鎮的正義舉動,不僅得到宰相裴垍、御史中丞李夷簡的支持,而且也得到殿中侍御史知雜事張正甫的有力協助。所以四五年後,元稹與張正甫兩人再度相逢,就顯得倍感親切。如果讀者將本詩與元稹的《感夢(夢故兵部裴尚書相公)》中元稹對宰相裴垍的感激涕零及《貽蜀五首·病馬詩寄上李尚書》中對李夷簡的"報恩"之念聯繫起來讀的話,相信將會有更多的感觸。《舊唐書·憲宗紀》文云:"(元和八年)冬十月庚辰朔……己巳……以蘇州刺史張正甫爲湖南觀察使。"元和九年春天正在湖南觀察使任。　望岳樓:山東的泰山與山西的恒山都有望岳樓,但與湖南衡山的望岳樓無關。湖南衡山的望岳樓今天已經難於查考,除本詩外,不見其他文獻記載,因此難於舉出確切的書證。不過,從本詩來看,它應該在當時的潭州府治之地,亦即今天的長沙地區,位於南嶽衡山之北,是當時著名的眺望衡山的高樓。　積爲監察御史張中丞知雜事:這是詩題的題注,說的是元和四年元稹出任監察御史而張正甫以殿中侍御史知雜事一事,當時他們都受知於宰相裴垍。元稹舊事重提,意在說明與張正甫非同一般的關係。　雜事:知雜事之省稱。王讜《唐語林·補遺》:"知雜事謂之雜端……每公堂食會,雜事不至,則無所檢轄,唯相揖而已;雜事至,則盡用憲府之禮。"顏真卿《與郭僕射書》:"如御史臺,衆尊知雜事御史,別置一榻,使百寮共得瞻仰,不亦可乎?"駱浚《題度支雜事典庭中柏樹》:"軨聳一條青玉直,葉鋪千疊綠雲低。争如燕雀偏巢此,却是鴛鴦不得栖。"

②　觀象樓:京城朝會的建築之一,監察御史在此監視百官言行是否恰當的場所之一,元稹與張正甫曾經供職於此。舒元輿《御史臺

新造中書院記》：“若御史臺，每朝會……監察御史二人立於東西朝堂磚道以監之。雞人報點，監者押百官由通乾、觀象入宣政門。及班於殿庭，則左右巡使二人分押於鐘鼓樓下。若兩班就食於廊下，則又分殿中侍御史一人爲之使以蒞之。内謁者承旨喚仗入東西閤門，峨冠曳組者皆趨而進，分監察御史二人立於紫宸屏下以監其出入。爐烟起，天子負斧扆聽政，自螭首龍池南屬於文武班，則侍御史一人盡得專彈舉不如法者。”也常常作觀測天象之所。《三國志·虞翻傳》：“觀象雲物，察應寒溫。”楊炯《渾天賦》：“故知天常安而不動，地極深而不測，可以作觀象之準繩，可以作譚天之楷式。”從本詩看，應該屬於前者。　末班：元稹當時新拜監察御史，按例位居末班，故言。劉長卿《恩敕重推使牒追赴蘇州次前溪館作》：“且喜憐非罪，何心戀末班？天南一萬里，誰料得生還！”權德輿《奉和韋諫議奉送水部家兄上後書情寄諸兄弟仍通簡南宮親舊并呈兩省閣老院長》：“護衣直夜南宮靜，焚草清時左掖深。何幸末班陪兩地！陽春欲和意難任。”　絳峰只似殿庭間：絳峰，這裏指終南山，位於長安城南，因爲高大，看上去好像就在眼前，就在殿庭之間。　絳：深紅色。《史記·田單列傳》：“田單乃收城中得千餘牛，爲絳繒衣，畫以五彩龍文。”酈道元《水經注·汳水》：“其後有人著大冠，絳單衣，杖竹立冢前，呼採薪孺子伊永昌曰：‘我，王子喬也，勿得取吾墳上樹也。’”紅色象徵南方之色，長安朝廷所在在終南山之北，而終南山在長安之南，兩者的方位相合。　殿庭：宮殿階前平地。《三國志·吳範劉惇等傳論》：“舍彼而取此也。”裴松之注引葛洪《神仙傳》：“〔仙人介象〕乃令人於殿庭中作方坺，汲水滿之。”劉禹錫《和令狐相公初歸京國賦詩言懷》：“殿庭捧日影縈入，閣道看山曳履回。”封演《封氏聞見記·端愨》：“宋璟爲廣府都督……在馬竟不與思勖交一言，思勖以將軍貴倖殿庭，因訴元宗，元宗嗟嘆良久，即拜刑部尚書。”

　　③ 今日：這裏指元和九年二月間的某一天。元稹《寄庾敬休》：

"小來同在曲江頭,不省春時不共遊。今日江風好暄煖,可憐春盡古湘州!"元稹《西歸絶句十二首》二:"五年江上損容顏,今日春風到武關。兩紙京書臨水讀,小桃花樹滿商山。"　高樓:元稹《和李校書新題樂府十二首・上陽白髮人》:"天寶年中花鳥使,撩花狎鳥含春思。滿懷墨詔求嬪御,走上高樓半酣醉。"白居易《寄遠》:"坐看新落葉,行上最高樓。暝色無邊際,茫茫盡眼愁。"這裏的高樓是指望岳樓。衡嶽:"嶽"亦作"岳","衡嶽"這裏指南嶽衡山。左思《吳都賦》:"指衡嶽以鎮野,目龍川而帶坰。"《南史・庾承先傳》:"辟功曹不就,乃與道士王僧鎮同游衡嶽。"劉長卿《送道標上人歸南嶽》:"白雲留不住,渌水去無心。衡岳千峰亂,禪房何處尋?"　南山:中國歷史上被稱爲"南山"的地方不少,這裏泛指南面的山。趙曄《吳越春秋・勾踐入臣外傳》:"今越王放於南山之中,遊於不可存之地。"陶潛《飲酒二十首》五:"採菊東籬下,悠然見南山。"衡山在望岳樓之南,故詩中也稱爲"南山",詩人又巧妙地將江眼前衡山的"南山"與長安終南山的"南山"相提並論,將眼前之景與舊日的記憶巧妙地聯繫在一起,詩人與張正甫的真摯友誼也在不經意間流露於讀者面前。

[編年]

《年譜》編年本詩於元和九年,没有説明理由,但其譜文云:"《舊唐書・憲宗紀》下云:'(元和八年)冬十月庚辰朔……己巳……以蘇州刺史張正甫爲湖南觀察使。'元稹《盧頭陀詩》序云:'道泉頭陀字源一,姓盧氏,本名士衍。弟曰起(居)郎士玫,則官閥可知也……有異人密授心契……邇後往來湘潭間,不常次舍,祇以衡山爲詣極。元和九年張中丞領潭之歲,予拜張公於潭,適上人在焉,即日詣所舍東寺一見。"但仍然没有説明具體的賦詠時間。《編年箋注》編年:"此詩作於元和九年(八一四),元稹時在江陵士曹任。是年仲春,赴潭州,訪張正甫、釋道泉。見卞《譜》。"其中"訪張正甫、釋道泉"沿襲《年譜》之誤，應該是"訪張正甫，遇釋道泉"。《年譜新編》編年本詩於元和九年，没有説明理由，也没有具體時間，但其譜文有説明，不過"二月，至潭州，謁張正甫……三月，原道返回江陵"云云的"三月"時間表述承襲《年譜》之誤，表述是不確切的，元稹返回江陵已經接近三月之末，不應該以"三月"籠統言之，改爲"三月末"較爲合適。

我們以爲，本詩是元稹答謝張正甫爲初來潭州的元稹接風酒宴上的應酬之作，確實應該作於元和九年的春天，具體時間應該是二月間，元稹詩篇《何滿子歌》有"我來湖外拜君侯，正值灰飛仲春管"可證。

◎ 何滿子歌(張湖南座爲唐有熊作)(一)①

何滿能歌能宛轉，天寶年中世稱罕②。嬰刑繫在囹圄間，水調哀音歌憤懣(二)③。梨園弟子奏玄宗，一唱承恩羈網緩④。便將何滿爲曲名，御譜親題樂府纂⑤。魚家入内本領絶，葉氏有年聲氣短⑥。自外徒煩記得詞，點拍纔成已夸誕⑦。我來湖外拜君侯(三)，正值灰飛仲春琯⑧。廣宴江亭爲我開，紅妝逼坐花枝暖(四)⑨。此時有熊蹋華筵，未吐芳詞貌夷坦⑩。翠蛾轉盼搖雀釵(五)，碧袖歌垂翻鶴卵⑪。定面凝眸一聲發，雲停塵下何勞算⑫！迢迢擊磬遠玲玲，一一貫珠勻款款⑬。犯羽含商移調態，留情度意抛弦管⑭。湘妃寶瑟水上來，秦女玉簫空外滿⑮。纏綿疊破最殷勤，整頓衣裳頗閒散(六)⑯。冰含遠溜咽還通(七)，鶯泥晚花啼漸懶⑰。斂黛吞聲若自冤，鄭袖見捐西子浣⑱。陰山鳴雁曉斷行，巫峽哀猿夜呼伴⑲。古者諸侯饗外賓，鹿鳴三奏陳圭瓚⑳。何如有熊一曲終，牙籌記令紅螺碗㉑！

録自《元氏長慶集》卷二六

［校記］

（一）張湖南座爲唐有熊作：楊本、叢刊本同，《石倉歷代詩選》無此，以下詩篇中均作"有熊"。宋蜀本、《韵語陽秋》、《全詩》作"張湖南座爲唐有態作"，以下均作"態"。兩字形近，人的名字又往往兩可，難以判定，不改。《唐詩紀事》作"張胡南坐爲唐有態作"，"坐"與"座"可通，"胡"字則有誤。

（二）水調哀音歌憤懣：原本作"下調哀音歌憤懣"，楊本、叢刊本、《石倉歷代詩選》、《唐詩紀事》、《説郛》同，據《全詩》改。

（三）我來湖外拜君侯：楊本、叢刊本、《全詩》、《石倉歷代詩選》同，《唐詩紀事》作"我居湖外拜君侯"，刊刻之誤，不從不改。

（四）紅妝逼坐花枝暖：楊本、叢刊本、《全詩》、《石倉歷代詩選》同，《唐詩紀事》作"紅妝遲日花枝暖"，語義不同，不改。

（五）翠蛾轉盼揺雀釵：原本作"翠蛾轉眄揺雀釵"，楊本、叢刊本同，眄：恨視，怒視。《戰國策·韓策》："楚不聽，則怨結於韓，韓挾齊魏以眄楚，楚王必重公矣！"《三國志·許褚傳》："超負其力，陰欲前突太祖……太祖顧指褚，褚瞋目眄之，超不敢動。"在本句難於説通，據《全詩》、《石倉歷代詩選》、《唐詩紀事》改。

（六）整頓衣裳頗閑散：楊本、叢刊本、《全詩》、《石倉歷代詩選》同，宋蜀本作"整頓衣裳爭閑散"，《唐詩紀事》作"整頓衣裳事閑散"，語義不同，不改。

（七）冰含遠溜咽還通：楊本、叢刊本、《全詩》、《石倉歷代詩選》、宋蜀本同，《唐詩紀事》作"水含遠溜咽還通"，語義不同，不改。

[箋注]

① 何滿子：唐玄宗時著名歌者，又名何滿，又作舞曲名。何也寫作"河"，以歌者何滿子而得名。關於何滿子的來歷，傳説不一，蘇鶚《杜陽雜編》卷中："〔文宗時〕宮人沈阿翹爲上舞《何滿子》，調聲風態，率皆宛暢。"王灼《碧雞漫志·何滿子》文云："白樂天詩云：'世傳滿子是人名，臨就刑時曲始成。一曲四詞歌八疊，從頭便是斷腸聲。'自注云：'開元中滄州歌者姓名，臨刑進此曲以贖死，上竟不免。'元微之《何滿子歌》云：'……'甚矣！帝王不可妄有所好也！明皇奏音律而罪人遂欲進曲贖死。然元、白平生交友聞見記問，獨紀此事少異。"張湖南：即當時任職湖南觀察使的張正甫，元稹的朋友，元稹有《陪張湖南宴望岳樓稹爲監察御史張中丞知雜事》、《上門下裴相公書》等詩文回憶自己與張正甫的交往。 唐有熊：當時的著名藝人，其餘不詳。"唐有熊"又作"唐有態"，《韻語陽秋》有記載，見本詩"便將何滿爲曲名兩句"的箋注。

② 宛轉：形容聲音抑揚動聽。崔液《擬古神女宛轉歌二首》一："歌宛轉，宛轉和更長。願爲雙鴻鵠，比翼共翱翔。"陳恕可《齊天樂·蟬》："琴絲宛轉，弄幾曲新聲，幾番淒惋。" 天寶：唐玄宗李隆基在位時的第三個年號，起公元七四二年，終公元七五六年，共十五個年頭。天寶期間是唐代的全盛時期，也是中國封建時代的鼎盛時期，同時也是中國封建時代和李唐由強盛向衰落的轉折點。王維《三月三日曲江侍宴應制》："仙籞龍媒下，神皋鳳蹕留。從今億萬歲，天寶紀春秋。"韋應物《送雲陽鄒儒立少府侍奉還京師》："建中即藩守，天寶爲侍臣。歷觀兩都士，多閱諸侯人。" 年中：猶言年間、期間。杜甫《越王樓歌（太宗子越王貞爲綿州刺史，作臺於州城西北樓在臺上）》："綿州州府何磊落！顯慶年中越王作。孤城西北起高樓，碧瓦朱甍照城郭。"戎昱《贈別張駙馬》："上元年中長安陌，見君朝下欲歸宅。飛龍騎馬三十匹，玉勒雕鞍照初日。"

③ 嬰：遭受，遇。袁宏《後漢紀·質帝紀》：“今我元元，嬰此飢饉。”王維《李陵詠》：“既失大軍援，遂嬰穿廬恥。”接觸，觸犯。《荀子·議兵》：“延則若莫邪之長刃，嬰之者斷；兌則若莫邪之利鋒，當之者潰。”《韓非子·說難》：“夫龍之爲蟲也，柔可狎而騎也。然其喉下有逆鱗徑尺，若人有嬰之者，則必殺人。”王先慎集解：“嬰，觸。”陸游《送湯淇公鎮會稽》：“舊盟顧未解，誰敢嬰其鋒？” 囹圄：監獄。《禮記·月令》：“〔仲春之月〕命有司，省囹圄，去桎梏。”孔穎達疏：“囹，牢也；圄，止也，所以止出入，皆罪人所舍也。”錢起《嘆畢少府以持法無隱見繫》：“用法本禁邪，盡心翻自極。畢公在囹圄，世事何糺繚？”水調：曲調名。胡震亨《唐音癸籤·樂通》：“《海録碎事》云：‘隋煬帝開汴河，自造《水調》。’按，《水調》及《新水調》，並商調曲也。唐曲凡十一疊，前五疊爲歌，後六疊爲入破。”杜牧《揚州三首》一：“誰家唱水調，明月滿揚州？”自注：“煬帝鑿汴渠成，自造《水調》。”賀鑄《羅敷歌·采桑子》：“誰家水調聲聲怨？黄葉秋風。” 哀音：悲傷之音。繁欽《與魏文帝箋》：“潛氣内轉，哀音外激；大不抗越，細不幽散。”元稹《鶯鶯傳》：“〔鶯鶯〕因命拂琴，鼓《霓裳羽衣序》。不數聲，哀音怨亂，不復知其是曲也。” 憤懣：亦作“憤滿”、“憤悶”，抑鬱煩悶。司馬遷《報任少卿書》：“恐卒然不可爲諱，是僕終已不得舒憤懣以曉左右。”白居易《渭村退居寄禮部崔侍郎翰林錢舍人詩一百韻》：“憤悶胸須豁，交加臂莫攘。”憤慨，氣憤。《顔氏家訓·養生》：“吾見名臣賢士，臨難求生，終爲不救，徒取窘辱，令人憤懣。”

④ 梨園：唐玄宗時教練宫廷歌舞藝人的地方。《新唐書·禮樂志》：“玄宗既知音律，又酷愛法曲，選坐部伎子弟三百教於梨園，聲有誤音，帝必覺而正之，號‘皇帝梨園弟子’。宫女數百，小爲梨園弟子，居宜春北院。”杜甫《觀公孫大娘弟子舞劍器行序》：“自高頭宜春、梨園二伎坊内人，洎外供奉，曉是舞者，聖文神武皇帝初公孫一人而已。” 弟子：古時稱戲劇、歌舞藝人。白居易《長恨歌》：“梨園弟子白

髮新,椒房阿監青娥老。”程大昌《演繁露》卷六:“開元二年,玄宗……
選樂工數百人,自教法曲於梨園,謂之皇帝梨園弟子。至今謂優女爲
弟子,命伶魁爲樂營將者,此其始也。” 玄宗:即唐玄宗李隆基,對音
律有特別高的造詣,這在封建帝皇中並不多見。皇甫松《楊柳枝詞二
首》二:“春入行宮映翠微,玄宗侍女舞烟絲。如今柳向空城綠,玉笛
何人更把吹?”元稹《燈影》:“洛陽晝夜無車馬,漫挂紅紗滿樹頭。見
説平時燈影裹,玄宗潛伴太真遊。” 一唱:謂一聲歌唱。陸機《擬古
詩·東城一何高》:“一唱萬夫嘆,再唱梁塵飛。”李白《丁都護歌》:“一
唱都護歌,心摧泪如雨。” 承恩:蒙受恩澤。岑參《送張獻心充副使
歸河西雜句》:“未至三十已高位,腰間金印色赭然。前日承恩白虎
殿,歸來見者誰不羨?”閻朝隱《奉和聖製春日幸望春宮應制》:“危竿
競捧中街日,戲馬爭銜上苑花。景色歡娛長若此,承恩不醉不還家。”
羈:拘繫。《漢書·終軍傳》:“願受長纓,必羈南越王而致之闕下。”
《後漢書·杜篤傳》:“南羈鉤町,水劍强越。”李賢注:“羈,係也。”
網:用繩綫等結成的捕魚或捉鳥獸的用具。《詩·邶風·新臺》:“魚
網之設,鴻則離之。”陳琳《爲曹洪與魏文帝書》:“若駭鯨之决細網,奔
兒之觸魯縞。”這裏比喻法律。《史記·酷吏列傳序》:“昔天下之網嘗
密矣!然奸僞萌起。”也指周密的組織或系統。《老子》:“天網恢恢,
疏而不失。”《文選·揚雄〈解嘲〉》:“往者周網解結,群鹿争逸。”吕向
注:“網,謂政教也。” 緩:謂刑政等寬弘、寬恕。《管子·霸形》:“公
輕其税斂,則人不憂飢;緩其刑政,則人不懼死。”韓愈《唐正議大夫尚
書左丞孔公墓誌銘》:“公屢言:遠人急之,則惜性命相屯聚爲寇;緩
之,則自相怨恨而散。”遲,慢。《韓詩外傳》卷七:“天有燥濕,絃有緩
急,柱有推移,不可記也。”韓愈《岳陽樓别竇司直》:“於嗟苦驚緩,但
懼失宜當。”李珣《漁歌子》:“棹輕舟,出深浦,緩唱漁歌歸去。”推遲,
延緩。《國語·晉語》:“丕鄭如秦謝緩賂。”鮑照《過銅山掘黄精》:“寶
餌緩童年,命藥駐衰曆。”

⑤　"便將何滿爲曲名"兩句：意謂由於何滿子臨刑前的獻曲，這首"何滿子"的名曲終於傳流後世。而在唐代，這首曲子還流傳着令人噓唏的感人故事。葛立方《韵語陽秋》："白樂天云：'《河滿子》，開元中滄州歌者臨刑進此曲以贖死，竟不得免。'白樂天爲詩曰：'世傳滿子是人名，臨就刑時曲始成。一曲四詞歌八疊，從頭便是斷腸聲。'《張祜集》載武宗疾篤，孟才人以歌笙獲寵，密侍左右，上目之曰：'吾當不諱，爾何爲哉？'才人指笙囊泣曰：'請以此就縊！'復曰：'妾嘗藝歌，願歌一曲！'上許之，乃歌，一聲河滿子，氣亟立殞。上令醫候之曰：'脉尚温，而腸已絶。'則是《河滿子》真能斷人腸者！'祜爲詩云：'偶因歌態詠嬌頻，傳唱宮中十二春。却爲一聲河滿子，下泉須吊舊才人。'又有'故國三千里，深宮二十年。一聲河滿子，雙淚落君前'之詠，一稱'十二春'，一稱'二十年'，未知孰是也。杜牧之有酬祜長句，其末句云：'可憐故國三千里，虛唱歌詞滿六宮。'言祜詩名如此而惜其不遇也。元微之嘗於張湖南座爲唐有態作何滿子歌云：'梨園弟子奏明皇……葉氏有年聲氣短。'又叙製曲之因，與樂天之説同。　曲名：具體曲調的名稱。李端《贈李龜年》："青春事漢主，白首入秦城。遍識才人字，多知舊曲名。"元稹《琵琶歌》："平明船載管兒行，盡日聽彈無限曲。曲名無限知者鮮，霓裳羽衣偏宛轉。"　樂府：古代主管音樂的官署，起於漢代，漢惠帝時已有樂府令，武帝時定郊祀禮，始立樂府，掌管宮廷、巡行、祭祀所用的音樂，兼采民歌配以樂曲，以李延年爲協律都尉，樂府之名始此。顧況《劉禪奴彈琵琶歌》："樂府只傳橫吹好，琵琶寫出關山道。羈雁出塞繞黃雲，邊馬仰天嘶白草。"戴叔倫《贈康老人洽》："酒泉布衣舊才子，少小知名帝城裏。一篇飛入九重門，樂府喧喧聞至尊。"

⑥　"魚家入内本領絶"兩句：這兩句説的可能就是葛立方《韵語陽秋》裏"孟才人以歌笙獲寵"的故事，意謂才人出自魚家，能夠進入皇宮並且得寵，實在本領非凡；這位才人身在宮中雖然多年，但因過

分激動,竟然因爲"一聲河滿子,氣咽立殞",最終氣存腸斷。以上祇是我們的臆測之詞,因爲查遍古籍,竟然不得"魚家"之解能夠適合本句詩意。至於"葉氏"云云,可能就是這位"才人"的姓氏,祇是"葉"、"孟"相混而已,這也算是我們臆測罷了。以上拙見,有待智者破解與批評。　魚家:亦作"漁家",以打漁或賣魚爲職業爲生計的家庭。儲光羲《採菱詞》:"浦口多漁家,相與邀我船。飯稻以終日,羹蓴將永年。"劉長卿《送康判官往新安》:"猨聲近廬霍,水色勝瀟湘。驛路收殘雨,漁家帶夕陽。"　有年:多年。陶潛《移居二首》一:"懷此頗有年,今日從茲役。"元稹《有唐贈太子少保崔公墓誌銘》:"予與公更相知善有年矣!"有年也就是張祜詩中的"傳唱宮中十二春"、"深宮二十年"之詠。　聲氣:聲音氣息,語本《易·乾》:"同聲相應,同氣相求。"孔穎達疏:"同聲相應者,若彈宮而宮應,彈角而角動是也。同氣相求者,若天欲雨而礎柱潤是也,此二者聲氣相感也。"葉適《與趙丞相書》:"聞命之日,慚汗悚仄,不能出聲氣。"

⑦ 自外:猶此外。《北史·后妃傳論》:"武成好內,並具其員,自外又置才人、采女,以爲散號。"《北齊書·穆提婆傳》:"自武平之後,令萱母子勢傾內外矣!庸劣之徒皆重迹屏氣焉!自外殺生予奪,不可盡言。"　點拍:音樂的節拍。南卓《羯鼓錄》:"若製作諸曲,隨意即成。不立章度,取適短長,應指散聲,皆中點拍。"吳綺《喜霜溪移家至白白門》:"解組久知身有數,談詩今喜舌猶存。紅牙點拍詞千首,白髮燒燈酒一尊。"　誇誕:言詞誇大虛妄,不合實際。《荀子·不苟》:"言己之光美,擬於舜禹,參於天地,非誇誕也。"李白《贈王判官時余歸隱居廬山屏風疊》:"荊門倒屈宋,梁苑傾鄒枚。若笑我誇誕,知音安在哉!"

⑧ 君侯:秦漢時稱列侯而爲丞相者。《戰國策·秦策》:"少庶子甘羅曰:'君侯何不快甚也?'"此君侯指呂不韋,不韋封文信侯,爲秦相。《史記·絳侯周勃世家》:"廷尉責曰:'君侯欲反邪?'"漢以後,用

爲對達官貴人的敬稱。曹丕《與鍾大理書》："近日南陽宗惠叔，稱君侯昔有美玦，聞之驚喜。"李白《與韓荆州書》："所以龍盤鳳逸之士，皆欲收名定價於君侯。"趙翼《陔餘叢考·君侯》："衛宏《漢官舊儀》：列侯爲丞相相國者號君侯。"又云："丞相之刺史及侍御史皆稱卿，不得言君。蓋其時丞相稱君，而以列侯爲之，故兼稱君侯也。按：丞相稱君，本沿戰國之制：田文相齊封孟嘗君，蘇秦相趙封武安君是也，至如謝萬謂王述曰'人言君侯痴，君侯信自痴'，李白《與韓荆州書》亦曰君侯，此則非列侯爲相者，蓋自漢以來，君侯爲貴重之稱，故口語相沿，凡稱達官貴人皆爲君侯耳！"這裏指張正甫。　　灰飛：律管中飛動的葭灰，古代以此候測節氣。《晉書·律曆志》："又叶時日於晷度，效地氣於灰管。故陰陽和則景至，律氣應則灰飛。"陰行先《和張燕公湘中九日登高》："重陽初啓節，無射正飛灰。"　　仲春：春季的第二個月，即農曆二月，因時間處春季之中，故稱。陶潛《擬古九首》三："仲春遘時雨，始雷發東隅。"《初學記》卷三引梁元帝《纂要》："二月仲春，亦曰仲陽。"　　琯：玉管，古樂器，用玉製成，六孔，如笛，曆家用以候氣。《大戴禮記·少間》："西王母來獻其白琯。"盧辯注："琯所以候氣。"《晉書·律曆志》："黃帝作律，以玉爲管，長尺，六孔，爲十二月音。至舜時，西王母獻昭華之琯，以玉爲之。"杜甫《小至》："刺繡五紋添弱綫，吹葭六琯動浮灰。"

　　⑨ 廣宴：大設宴會。顔延之《三月三日曲水詩序》："方且排鳳闕以高遊，開爵園而廣宴。"也指盛大的宴會。元結《廣宴亭記》："謝公樊山開廣宴，非此地邪？"　　江亭：江邊之亭，因潭州貼近湘江，故言。宋之問《江亭晚望》："浩渺浸雲根，烟嵐出遠村。鳥歸沙有迹，帆過浪無痕。"王勃《江亭夜月送別二首》一："江送巴南水，山橫塞北雲。津亭秋月夜，誰見泣離群？"　　紅妝：指女子的盛妝，因婦女妝飾多用紅色，故稱。古樂府《木蘭詩》："阿姊聞妹來，當户理紅妝。"元稹《瘴塞》："瘴塞巴山哭鳥悲，紅妝少婦斂啼眉。"也指美女。周密《齊東野

語·尹惟曉詞》：“蘋末轉清商，溪聲供夕涼，緩傳杯催喚紅妝。” 逼坐：逼近身邊而坐。宋之問《春遊宴兵部韋員外韋曲莊序》：“而鄰少微森然逼坐，尚書未至曳履驚鄰。”黃之雋《閨中月令詩·四月》：“四月帶花移芍藥，蝴蜂直恐趁人來。紅妝逼坐花枝暖，羞殺玫瑰不敢開。” 花枝：開有花的枝條。王維《晚春歸思》：“春蟲飛網戶，暮雀隱花枝。”也比喻美女。韋莊《菩薩蠻》：“此度見花枝，白頭誓不歸。”張景修《虞美人》：“旁人應笑髯公老，獨愛花枝好。”

⑩ 華筵：豐盛的筵席。杜甫《劉九法曹鄭瑕邱石門宴集》：“能吏逢聯璧，華筵直一金。”《敦煌曲子詞·浣溪沙》：“喜覩華筵獻大賢，謌歡共過百千年。” 芳詞：優美的文詞。元稹《會真詩三十韻》：“慢臉含愁態，芳詞誓素衷。贈環明運合，留結表心同。”王碩《和三鄉詩》：“無姓無名越水濱，芳詞空怨路傍人。莫教才子偏惆悵！宋玉東家是舊鄰。” 夷坦：安詳自若貌。張九齡《始興南山下有林泉嘗卜居焉荊州臥病有懷此地》：“世路少夷坦，孟門未崛嶔。多慚入火術，常惕履冰心。”強至《題於潛張明甫愛拙堂》：“千載奸纖羞白骨，一時夷坦擅清風。邑人三歲觀賢化，巧詆銷萌訟缿空。”

⑪ 翠蛾：婦女細而長曲的黛眉。薛逢《夜宴觀妓》：“愁傍翠蛾深八字，笑回丹臉利雙刀。”借指美女。韋莊《河傳》：“翠娥爭勸臨邛酒，纖纖手，拂面垂絲柳。” 轉盼：目光流轉貌。溫庭筠《南歌子》六：“轉盼如波眼，娉婷似柳腰。”蘇軾《徐大正閑軒》：“君如汗血駒，轉盼略燕楚。” 雀釵：婦女首飾名，有雀形飾物的釵。何遜《嘲劉諮議詩》：“雀釵橫曉鬢，蛾眉艷宿妝。”李賀《貝宮夫人》：“丁丁海女弄金環，雀釵翹揭雙翅關。”王琦匯解：“雀釵，《釋名》：‘釵頭及上施雀也。’” 碧袖：青綠色或青白色的衣袖。元稹《晚宴湘亭》：“花低愁露醉，絮起覺春狂。舞旋紅裙急，歌垂碧袖長。”王安中《次韻梁跂道游苑氏園》：“晴日催花爛漫開，九苞丹鳳引雛來。春衫碧袖初單際，步障朱軒第二回。” 鶴卵：鶴蛋，比喻美石或珠玉。錢起《江行無題一百首》八〇：

“數畝蒼苔石，烟濛鶴卵洲。定因詞客遇，名字始風流。”何據《琥珀拾芥賦》：“全其真詎蜂巢之所僭，守其璞寧鶴卵之能希。”

⑫ 定面：面朝一個方向一個目標。　定：穩定，固定。《論語·季氏》：“孔子曰：‘君子有三戒：少之時，血氣未定，戒之在色；及其壯也，血氣方剛，戒之在鬥；及其老也，血氣既衰，戒之在得。’”毛文錫《甘州遍》二：“沙飛聚散無定，往往路人迷。”　面：表示方位，方向。《墨子·備城門》：“疏束樹木，令足以爲柴搏，毋前面樹。”《後漢書·段熲傳》：“湟中義從羌悉在何面？今日欲決死生。”　凝眸：注視，目不轉睛地看。李商隱《聞歌》：“劍笑凝眸意欲歌，高雲不動碧嵯峨。”秦觀《望海潮·越州懷古》：“何人覽古凝眸？恨朱顏易失，翠被難留。”　雲停：典出馬驌《繹史·列莊之學上》：“薛譚學謳于秦青，未窮青之技，自謂盡之，遂辭歸秦。青弗止，餞於郊衢，撫節悲歌，聲振林木，響遏行雲。薛譚乃謝求反，終身不敢言歸。”亦作“行雲”。王績《益州城西張超亭觀妓》：“落日明歌席，行雲逐舞人。江南飛暮雨，梁上下輕塵。”陳子良《賦得妓》：“明月臨歌扇，行雲接舞衣。何必桃將李？別有待春暉。”　塵下：典出陸士衡《擬東城一何高》：“長歌赴促節，哀響逐高徽。一唱萬夫嘆，再唱梁塵飛。”《文選》注：《七略》曰：“漢興，魯人虞公善雅歌，發聲盡動梁上塵。”　鄭谷《蠟燭》：“淚滴杯盤何所恨？燼飄蘭麝暗和香。多情更有分明處，照得歌塵下燕梁。”勞筭：謀劃。元稹《紀懷贈李六戶曹崔二十功曹五十韻》：“夔龍勞算畫，貔虎帶威稜。逐鳥忠潛奮，懸旌意遠凝。”蘇轍《同王適賦雪》：“到家昏黑空自笑，愳婦勤勞每長嘆。床頭有酒未用沽，囊裏無錢不勞筭。”

⑬ 迢迢：時間久長貌。戴叔倫《雨》：“歷歷愁心亂，迢迢獨夜長。”舞動貌。元稹《舞腰》：“裙裾旋旋手迢迢，不趁音聲自趁嬌。”磬：古代打擊樂器，狀如曲尺，用玉、石或金屬製成，懸挂於架上，擊之而鳴。《左傳·襄公十一年》：“凡兵車百乘，歌鐘二肆及其鎛、磬，女

樂二八。"杜預注:"鏄、磬,皆樂器。"段成式《酉陽雜俎·禮異》:"引其宣城王等數人後入,擊磬,道東北面立。" 玲玲:玉碰擊的聲音,也泛指清越的聲音。曹攄《述志賦》:"飾吾冠之岌岌,美吾珮之玲玲。"《文心雕龍·聲律》:"聲轉於吻,玲玲如振玉;辭靡於耳,纍纍如貫珠矣。"徐凝《七夕》:"一道鵲橋橫渺渺,千聲玉佩過玲玲。" 一一:逐一,一個一個地。陳陶《鍾陵秋夜》:"洪崖嶺上秋月明,野客枕底章江清。蓬壺宮闕不可夢,一一入樓歸雁聲。"王周《襄州病中》:"隱幾經旬疾未痊,孤燈孤驛若爲眠?郡樓昨夜西風急,一一更籌到枕前。" 貫珠:成串的珍珠。《禮記·樂記》:"故歌者上如抗,下如隊,曲如折,止如槁木,倨中矩,句中鈎,纍纍乎端如貫珠。"孔穎達疏:"言聲之狀纍纍乎感動人心,端正其狀如貫於珠,言聲音感動於人,令人心想形狀如此。"《初學記》卷一引《易緯坤靈圖》:"至德之朝,五星若貫珠。"款款:徐緩貌。杜甫《曲江》:"穿花蛺蝶深深見,點水蜻蜓款款飛。傳語風光共流轉,暫時相賞莫相違。"杜甫《喜觀即到復題短篇二首》一:"意答兒童問,來經戰伐新。泊船悲喜後,款款話歸秦。"

⑭ 羽:五音之一。《周禮·春官·大師》:"皆文之以五聲:宮、商、角、徵、羽。"《國語·周語》:"琴瑟尚宮,鍾尚羽。"《宋書·謝靈運傳論》:"欲使宮羽相變,低昂互節。若前有浮聲,則後須切響。" 商:五音宮、商、角、徵、羽之一。宋玉《對楚王問》:"引商刻羽,雜以流徵。"韓愈《送權秀才序》:"其文辭引物連類,窮情盡變,宮商相宣,金石諧和。" 調:指詩的韵律、氣韵。《新唐書·鄭綮傳》:"綮本善詩,其語多俳諧,故使落調,世共號'鄭五歇後體'。" 留情:留心,留意。《晉書·郭璞傳》:"璞復上疏曰……計去微臣所陳,未及一月,而便有此變,益明皇天留情陛下懇懇之至也。"《周書·韋夐傳》:"少愛文史,留情著述,手自抄録數十萬言。"傾心,留注情意。謝惠連《七月七日夜詠牛女》:"留情顧華寢,遙心逐奔龍。"羅虬《比紅兒》一四:"若教瞥見紅兒貌,不肯留情付洛神。" 度意:估摸他人的意圖。夏鏌《黄岩

九峰》：“臥榻驚秋晚，傾杯苦夜分。十年三度意，笑對九峰雲。”　弦管：絃樂器和管樂器，泛指樂器。郭震《米囊花》：“開花空道勝於草，結實何曾濟得民！却笑野田禾與黍，不聞弦管過青春。”也泛指歌吹彈唱。李邕《銅雀妓》：“西陵望何及？弦管徒在兹。誰言死者樂？但令生者悲！”李商隱《思賢頓》：“内殿張弦管，中原絶鼓鼙。”

⑮湘妃：舜二妃娥皇、女英，相傳二妃没於湘水，遂爲湘水之神。庾信《周儀同松滋公拓跋竞夫人尉遲氏墓誌銘》：“西臨織女之廟，南望湘妃之墳。”岑參《秋夕聽羅山人彈三峽流泉》：“楚客腸欲斷，湘妃淚斑斑。”　寶瑟：瑟的美稱。《漢書·金日磾傳》：“何羅褒白刃從東箱上，見日磾，色變，走趨卧内欲入，行觸寶瑟，僵。”駱賓王《帝京篇》：“翠幌竹簾不獨映，清歌寶瑟自相依。”　秦女：指秦穆公女兒弄玉。曹植《仙人篇》：“湘娥撫琴瑟，秦女吹笙竽。”黄節注：“《列仙傳》曰：‘蕭史者，秦繆公時人也，善吹簫。繆公有女，號弄玉，好之，公遂以妻焉！遂教弄玉作鳳鳴吹，似鳳聲，鳳凰來止其屋。’”岑參《崔駙馬山池重送宇文明府》：“不逢秦女在，何處聽吹簫？”　玉簫：玉製的簫或簫的美稱。《晉書·吕纂載記》：“即序胡安據盜發張駿墓，見駿貌如生，得真珠簾、琉璃榼、白玉樽、赤玉簫。”陶弘景《真誥》卷三：“玉簫和我神，金醴釋我憂。”請讀者注意，這是詩人繼《琵琶歌》之後關於音樂舞蹈惟妙惟肖描寫的又一篇章，想來也是元稹在浙東任向白居易陳述《霓裳羽衣舞》的前期演習。

⑯纏綿：情意深厚。陸機《文賦》：“誄纏綿而悽愴，銘博約而温潤。”張籍《節婦吟》：“感君纏綿意，繫在紅羅襦。”　疊破：謂樂曲開始疊奏。宋庠《送總閣學士守秦亭二首》一：“轂騎千蹄嘶隴月，城笳三疊破羌烟。寶簪自古從軍樂，别夢空隨使幙蓮。”　殷勤：情意懇切。《史記·魯仲連鄒陽列傳》：“夫晉文公親其讎，强霸諸侯；齊桓公用其仇，而一匡天下，何則？慈仁殷勤，誠加於心，不可以虛辭借也。”晏殊《清平樂》二：“蕭娘勸我金卮，殷勤更唱新詞。”　整頓：整齊，端莊。

《後漢書·仇覽傳》：“吾近日過舍，廬落整頓，耕耘以時。”整理。白居易《琵琶行》：“沉吟放撥插絃中，整頓衣裳起斂容。” 衣裳：古時衣指上衣，裳指下裙，後亦泛指衣服。李白《清平調》：“雲想衣裳花想容，春風拂檻露華濃。若非群玉山頭見，會向瑤臺月下逢。”崔國輔《秦女卷衣》：“雖入秦帝宮，不上秦帝床。夜夜玉窗裏，與他卷衣裳。” 閑散：悠閑自在。高適《淇上別劉少府子英》：“近來住淇上，蕭條惟空林。又非耕種時，閑散多自任。”蘇軾《無題》：“故國多喬木，先人有弊廬。誓將閑散好，不著一行書。”

⑰ 溜：水流。陸機《招隱》：“山溜何泠泠，飛泉漱鳴玉。”元稹《留呈夢得子厚致用(題藍橋驛)》：“泉溜才通疑夜磬，燒烟餘暖有春泥。千層玉帳鋪松蓋，五出銀區印虎蹄。” 鶯：黃鶯，又稱黃鸝、倉庚等。《禽經》：“倉庚，鸝黃，黃鳥也。”張華注：“今謂之黃鶯、黃鸝是也。”丘遲《與陳伯之書》：“暮春三月，江南草長，雜花生樹，群鶯亂飛。” 泥：污，沾污。《易·井》：“井泥不食，舊井無禽。”孔穎達疏：“井之下泥污不堪食也。”白居易《讀張籍古樂府》：“日夜秉筆吟，心苦力亦勤。時無采詩官，委棄如泥塵。” 晚花：在春季開放較晚的花。杜審言《贈崔融二十韵》：“三川宿雨霽，四月晚花芳。”劉長卿《送裴四判官赴河西軍試》：“晚花對古戍，春雪含邊州。道路難暫隔，音塵那可求？”

⑱ 斂黛：猶斂蛾。李群玉《王內人琵琶引》：“三千宮嬪推第一，斂黛傾鬟艷蘭室。”韋莊《悔恨》：“幾爲妒來頻斂黛，每思閑事不梳頭。” 吞聲：想出聲而強忍沒有出聲。李白《古風》二一：“試爲巴人唱，和者乃數千。吞聲何足道，嘆息空淒然。”杜甫《醉歌行》：“酒盡沙頭雙玉瓶，衆賓皆醉我獨醒。乃知貧賤別更苦，吞聲躑躅涕泪零。” 鄭袖見捐：事見余知古《渚宮舊事》：“懷王時，張儀在郢，貧，其舍人怒之，欲儀歸，曰：‘子又必爲衣冠之弊故欲歸也，子待我爲子見王！’當是時，南后鄭袖貴寵，張儀見王，王不悦。儀曰：‘王無所用，請北見晉君！’王曰：‘諾！’儀曰：‘王無求於晉國乎？’王曰：‘金玉、珠璣、犀象出

於楚，寡人無求於晉。'儀曰：'王徒不好色耳？'王曰：'何也？'儀曰：
'彼鄭周之女，粉白黛黑，立於衢閭，非知而見之者以爲神！'王曰：
'楚，僻陋之國，未嘗見中國之女如此其美，寡人獨何爲不好色哉！'乃
資之以珠玉。南后鄭袖聞之大恐，令人謂儀曰：'妾聞將軍之晉，竊有
金千斤進之左右以供芻秣，鄭袖亦有金五百斤……'張儀辭王曰：'天
下閉關不通，未知見……'，曰：'願王賜之觴……'，王曰：'諾！'乃觴
之，中飲請曰：'非有他人於此，願王召所便習！'王乃召南后鄭袖，儀
再拜曰：'儀有死罪於王……'王曰：'何也？'儀曰：'臣遍行天下，未嘗
見人如此其美。而儀言得美人，是欺王也！'王曰：'子釋之！吾固以
爲莫如此美人矣！'"李白《懼讒》："魏姝信鄭袖，掩袂對懷王。一惑巧
言子，朱顔成死傷。"杜牧《題武關》："碧溪留我武關東，一笑懷王迹自
窮。鄭袖嬌嬈酣似醉，屈原憔悴去如蓬。"　西子：即西施，被越王獻
於吳王夫差，夫差被女色所惑，最終導致亡國。趙煜《吳越春秋·勾
踐歸國外傳》："十二年，越王謂大夫種曰：'孤聞吳王淫而好色，惑亂
沈湎，不領政事，因此而謀可乎？'種曰：'可破！夫吳王淫而好色，宰
嚭佞以曳心，往獻美女其必受之，惟王選擇美女二人而進之！'越王
曰：'善！'乃使相者國中得苧蘿山鬻薪之女曰西施、鄭旦，飾以羅縠，
教以容步，習於土城，臨於都巷，三年學服而獻於吳。乃使相國范蠡
進曰：'越王勾踐竊有二遺女，越國洿下困迫，不敢稽留，謹使臣蠡獻
之大王，不以鄙陋寢容，願納以供箕箒之用！'吳王大悦曰：'越貢二
女，乃勾踐之盡忠於吳之證也……'子胥諫曰：'……'吳王不聽，遂受
其女。越王曰：'善哉！第三術也！'"于濆《越溪女》"會稽山上雲，化
作越溪人。枉破吳王國，徒爲西子身。"陸龜蒙《和襲美館娃宮懷古五
絕》一："三千雖衣水犀珠，半夜夫差國暗屠。猶有八人皆二八，獨教
西子占亡吳？"

⑲ 陰山：山脈名，即今橫亙於内蒙古自治區南境、東北接連内興
安嶺的陰山山脈，山間缺口自古爲南北交通孔道。陸機《飲馬長城窟

行》:"驅馬陟陰山,山高馬不前。"王昌齡《出塞二首》一:"但使龍城飛將在,不教胡馬度陰山。" 鳴雁:鳴啼的大雁。阮籍《詠懷詩十七首》九:"鳴雁飛南征,鶄鳩發哀音。"范泰《九月九日》:"勁風肅林阿,鳴雁驚時候。" 斷行:隔斷行列。庾信《奉和趙王喜雨》:"驚鳥灑翼度,濕雁斷行來。"李世民《春日望海》:"照岸在分彩,迷雲雁斷行。" 巫峽:長江三峽之一,西起重慶市巫山縣大溪,東至湖北省巴東縣官渡口,因巫山得名,兩岸絕壁,船行極險。酈道元《水經注・江水》:"其間首尾百六十里,謂之巫峽,蓋因山爲名也……每至晴初霜旦,林寒澗肅,常有高猿長嘯,屬引凄異,空谷傳響,哀轉久絶。故漁者歌曰:'巴東三峽巫峽長,猿鳴三聲泪沾裳。'"楊炯《巫峽》:"三峽七百里,惟言巫峽長。" 哀猿:哀鳴之猴。嚴維《宿法華寺》:"一夕雨沈沈,哀猿萬木陰。天龍來護法,長老密看心。"韓愈《答張十一功曹》:"山淨江空水見沙,哀猿啼處兩三家。篔簹競長纖纖笋,躑躅閑開艷艷花。" 呼伴:招呼同伴。梅堯臣《小邨》:"淮闊洲多忽有邨,棘籬疏敗漫爲門。寒雞得食自呼伴,老叟無衣猶抱孫。"沈與求《劉希顏提舉見過出示卞山居二詩次其韵》二:"鴨鴨爭呼伴,鴉鴉自識村。"

⑳ 古者:從前,過去的時代。《禮記・曾子問》:"古者天子練冠以燕居,公弗忍也。"孔穎達疏:"凡言古者,皆據今而道前代。"陸龜蒙《五歌序》:"古者歌永言,詩云:'我歌且謡。'傳曰:'勞者願歌其事。'"諸侯:古代帝王所分封的各國君主,在其統轄區域內,世代掌握軍政大權,但按禮要服從王命,定期向帝王朝貢述職,並有出軍賦和服役的義務。《史記・五帝本紀》:"於是軒轅乃習用干戈,以征不享,諸侯咸來賓從。"高承《事物紀原・諸侯》:"《帝王世紀》曰:女媧未有諸侯,有共工氏任智刑以强霸而不王,炎帝世,乃有諸侯,風沙氏叛,炎帝修德,風沙之民自攻其君,則建侯分土自炎帝始也。"後來則喻指掌握軍政大權的地方長官。諸葛亮《前出師表》:"臣本布衣,躬耕於南陽,苟全性命於亂世,不求聞達於諸侯。"《南史・循吏傳序》:"前史亦云今

之郡守，古之諸侯也。”　饗：以隆重的禮儀宴請賓客，也泛指宴請，以酒食犒勞、招待。《詩·小雅·彤弓》：“鐘鼓既設，一朝饗之。”鄭玄箋：“大飲賓曰饗。”孔穎達疏：“謂以大禮飲賓，獻如命數，設牲俎豆，盛於食、燕。”《儀禮·士昏禮》：“舅姑共饗婦以一獻之禮。”鄭玄注：“以酒食勞人曰饗。”　外賓：外國來的賓客。胡祇遹《語録》：“外物之來，趨同氣也。外賓之來，從主人之命也。故曰和氣致祥，乖氣致異，以類而應也。”王洪《送沈大使之任序》：“今之遞運使，蓋周禮大司徒稍人之職，掌州邑車船徒役之數而治其政，凡内外賓客往來及財貨之出納，於官者至則督其徒役，飭其舟車，以待上之所命。”　鹿鳴：古代宴群臣嘉賓所用的樂歌，源於《詩·小雅·鹿鳴》。據清代學者研究，《鹿鳴》的樂曲至兩漢、魏、晉間尚存，後即失傳。《儀禮·大射》：“小樂正立於西階東，乃歌《鹿鳴》三終。”嵇康《琴賦》：“若次其曲引所宜，則《廣陵》、《止息》、《東武》、《太山》、《飛龍》、《鹿鳴》、《鵾鷄》、《遊絃》。”後科舉時代以舉人中式爲賦鹿鳴。韓愈《送楊少尹序》：“楊侯始冠，舉於其鄉，歌鹿鳴而來也。”　圭瓚：古代的一種玉製酒器，形狀如勺，以圭爲柄。《書·文侯之命》：“平王錫晉文侯秬鬯圭瓚。”孔傳：“以圭爲杓柄，謂之圭瓚。”《禮記·王制》：“〔諸侯〕賜圭瓚，然後爲鬯，未賜圭瓚，則資鬯於天子。”鄭玄注：“圭瓚，鬯爵也。”

㉑“何如有熊一曲終”兩句：意謂暫且不談這些歷史舊賬，還不如聽聽有熊唱唱歌，喝喝紅螺碗裏的美酒爲好。　何如：用反問的語氣表示勝過或不如。《北史·盧昶傳》：“卿若殺身成名，貽之竹素，何如甘彼芻菽，以辱君父？”蘇軾《諫買浙燈狀》：“如知其無用，何以更索？惡其厚費，何如勿買？”　一曲：一首乐曲。韋應物《上東門會送李幼舉南遊徐方》：“離弦旣罷彈，鑄酒亦已闌。聽我歌一曲，南徐在雲端。”岑參《秦筝歌送外甥蕭正歸京》：“汝不聞秦筝聲最苦，五色纏絃十三柱。怨調慢聲如欲語，一曲未終日移午。”　終：古樂章以奏詩一篇，樂一成爲一終。《禮記·鄉飲酒義》：“工入，升歌三終。”孔穎達

疏："謂升堂歌《鹿鳴》、《四牡》、《皇皇者華》，每一篇而一終也。"蔡邕《女訓》："凡鼓小曲，五終則止；大麴，三終則止。" 牙籌：象牙或骨、角製的計數算籌，用作酒籌、博籌等。《晉書·王戎傳》："〔戎〕性好興利……每自執牙籌，晝夜算計，恒若不足。"陸游《夢至成都悵然有作》："下盡牙籌閒縱博，刻殘畫燭戲分題。" 令：詞調的一類，亦稱小令或令曲。其特點一般是樂調短，字數少。如《十六字令》，十六字；《如夢令》，三十三字。但也有少數樂調較長、字數較多的，如《六么令》，九十六字。北曲的散曲中也有令，實際上等於一首單調的詞，但演唱時句中可適當加入襯字。如叨叨令、轉調淘金令等。也作詞體名，唐時文人於酒宴上即席填詞，當作酒令，後遂稱詞之較短小者爲小令。白居易《就花枝》："醉翻衫袖拋小令，笑擲骰盤呼大采。"晏幾道《鷓鴣天》："小令尊前見玉簫，銀燈一曲太妖嬈。"但詞之稱令者並非皆爲小令。如"百字令"等。顧從敬《草堂詩餘》謂以五十八字以内者爲小令，今仍沿用，然無據。朱彝尊《詞綜發凡》："宋人編集歌詞，長者曰慢，短者曰令，初無中調、長調之目，自顧從敬編《草堂詞》，以臆見分之，後遂相沿，殊屬草率。"徐釚《詞苑叢談·體制》亦謂不能以字數分小令、中調、長調。 紅螺：原指軟體動物名，殼薄而紅，可製爲酒杯。劉恂《嶺表録異》卷下："紅螺，大小亦類鸚鵡螺，殼薄而紅，亦堪爲酒器。刳小螺爲足，綴以膠漆，尤可佳尚。"這裏用作酒杯的代稱。陸龜蒙《襲美醉中寄一壺並一絕走筆次韵奉酬》："酒痕衣上雜莓苔，猶憶紅螺一兩杯。"曾鞏《南湖行二首》一："山回水轉不知遠，手中紅螺豈須勸？" 碗：一種敞口而深的食器。《方言》第五："盂，宋、楚、魏之間或謂之碗。"《三國志·甘寧傳》："〔孫權〕特賜米酒衆殽……寧先以銀碗酌酒，自飲兩碗。"《急就篇》卷三："碗。"顏師古注："碗，似盂而深長，與小盂之義稍別。"韓愈《遊青龍寺贈崔大補闕》："二三道士席其間，靈液屢進頗黎碗。"

[編年]

　　《年譜》編年元和九年,其譜文在"仲春"之後、"三月,返江陵"之前有"聽唐有態歌"。《編年箋注》編年:"此詩作於元和九年(八一四),元稹時在江陵士曹任,自江陵赴潭州。見卞《譜》。"但其"自江陵赴潭州"云云敘述模糊,給人予"自江陵赴潭州途中"的錯覺。《年譜新編》編年元和九年"元稹潭州之行期間作",其譜文有"二月,至潭州……聽唐有態歌"。但其所引本詩"我來湖外拜軍侯,正值灰飛仲春管"云云的"軍侯"既無版本根據,文義又難以説通,明顯是"君侯"筆誤所致。

　　我們以爲,本詩應該作於元和九年元稹赴潭州期間所作,時間在其年"仲春"亦即"二月",有"我來湖外拜君侯,正值灰飛仲春琯"可證,地點在潭州。

◎ 盧頭陀詩(并序)①

　　道泉頭陀,字源一,姓盧氏,本名士行。弟曰起居郎士玫(一),則官閥可知也(玫曾爲節度使)②。少力學,善記憶(二),既解職仕,不三十餘,歷八諸侯府,皆掌劇事③。性強邁,不録幽瑣,爲吏所搆,謫官建州④。無何,有異人密授心契,冥失所在⑤。盧氏既爲大門族,兄弟且賢豪,惶駭求索無所得⑥。胤子某,積歲窮盡荒僻,一夕於衡山佛舍衆頭陀中燈下識之,號叫泣血無所顧。然而先是衆以爲姜頭陀,自是知其爲盧頭陀矣⑦!邇後往來湘潭間,不常次舍。秖以衡山爲詣極⑧。元和九年,張中丞領潭之歲,予拜張公於潭,適上人在焉⑨!即日詣所舍東寺一見,蒙念不礙小劣,盡得本末其事,列而序

3397

之，仍以四韵七言爲贈爾⑩。

　　盧師深話出家由，剃盡心花始剃頭⑪。馬哭青山別車匱，鵲飛螺髻見羅睺⑫。還來舊日經過處，似隔前身夢寐游⑬。爲向八龍兄弟説，他生緣會此生休⑭。

録自《元氏長慶集》卷一八

［校記］

　　（一）弟曰起居郎士玫：原本作"弟曰起郎士玫"，楊本、叢刊本、《全詩》同，《元稹集》疑誤，有理。我們以爲唐代不見"起郎"之職，應該是誤脱。查閲白居易有《除盧士玫劉從周等官制》文，文云："士玫可起居郎，從周可右補闕。"據白居易文改。

　　（二）善記憶：蘭雪堂本、叢刊本、《全詩》同，楊本作"善能憶"，語義不佳，不改。

［箋注］

　　① 頭陀：亦名"頭陁"，梵文 dhūta 的譯音，意爲"抖擻"，即去掉塵垢煩惱，因用以稱僧人，亦專指行脚乞食的僧人。王中《頭陀寺碑文》："以法師景行大迦葉，故以頭陀爲稱首。"王維《與蘇盧二員外期遊方丈寺而蘇不至因有是作》："共仰頭陀行，能忘世諦情？回看雙鳳闕，相去一牛鳴。"

　　② 起居郎：據《舊唐書·職官志》："起居郎二員（從六品上）……起居郎掌起居注，録天子之言動法度，以修記事之史。凡記事之制，以事繫日，以日繫月，以月繫時，以時繫年。必書其朔日甲乙以紀曆數，典禮文物以考制度，遷拜旌賞以勸善，誅伐黜免以懲惡。季終則授之國史焉（自漢獻帝後，歷代帝王有起居注，著作編之，每季爲卷，送史館也）！"權德輿《唐故通議大夫梓州諸軍事梓州刺史上柱國權公

文集序》:"自晉州霍邑縣尉四遷至咸陽尉,由右補闕拜起居郎。"白居
易《新樂府·紫毫筆》:"起居郎,侍御史,爾知紫毫不易致。每歲宣城
進筆時,紫毫之價如金貴。"　官閥:官階,門第。《後漢書·鄭玄傳》:
"時汝南應劭亦歸於紹,因自贊曰:'故太山太守應中遠,北面稱弟子
何如?'玄笑曰:'仲尼之門考以四科,回賜之徒不稱官閥。'"《新唐
書·張說傳》:"吾聞儒以道相高,不以官閥爲先後。"　玫曾爲節度
使:《舊唐書·盧士玫傳》:"盧士玫,山東右族,以文儒進。性端厚,與
物無競,雅有令聞。始爲吏部員外郎,稱職,轉郎中、京兆少尹。奉憲
宗園寢,刑簡事集,時論推其有才,權知京兆尹。事會幽州劉總願釋
兵柄入朝,請用張弘靖代己,復請析瀛、莫兩州,用士玫爲帥,朝廷一
皆從之。士玫遂授檢校右常侍,充瀛、莫兩州都防禦觀察使。無何,
幽州亂,害賓佐,縶弘靖,取裨將朱克融領軍務,遣兵襲瀛、莫,朝廷慮
防禦之名不足抗凶逆,即日除士玫檢校工部尚書,充瀛莫節度使。士
玫亦罄家財助軍用,堅拒叛徒者累月,竟以官軍救之不至,又瀛莫之
卒親愛多在幽州,遂爲其下陰導克融之兵以潰。士玫及從事皆被拘
執,送幽州囚於賓舘。及朝廷宥克融之罪,士玫方得歸東洛。尋拜太
子賓客,留司洛中。旋除虢州刺史,復爲賓客。寶曆元年七月卒,贈
工部尚書。"《舊唐書·穆宗紀》:(長慶元年三月)"乙卯,以權知京兆
尹盧士玫爲瀛州刺史,充瀛、莫等州都團練觀察使,從劉總奏析置
也。"白居易也有《除盧士玫劉從周等官制》、《京兆尹盧士玫除檢校左
散騎常侍兼中丞瀛莫二州觀察等使制》兩制誥文,據此,所謂"玫曾爲
節度使"云云,事在長慶元年,不在元和九年,這是馬本事後的補注,
不是當時詩人的注文。而"玫"、"玟"兩字在《舊唐書》中並見,因爲是
人名,無法判斷,不知何者爲是。

　　③ 力學:努力學習。楊炯《卧讀書架賦》:"儒有傳經有乎致遠,
力學在乎請益。"王安石《上仁宗皇帝言事書》:"至於大倫、大法、禮義
之際,先王之所力學而守者,蓋不及也。"　記憶:記得,不忘。《隋

書·何妥傳》：“臣少好音律，留意管絃，年雖耆老，頗皆記憶。”對過去事物的印象。《關尹子·五鑒》：“譬猶昔遊再到，記憶宛然。” 諸侯：喻指掌握軍政大權的地方長官。吳兢《永泰公主挽歌二首》一：“穠華從婦道，厘降適諸侯。河漢天孫合，瀟湘帝子遊。”張子容《雲陽驛陪崔使君邵道士夜宴》：“一尉東南遠，誰知此夜歡！諸侯傾皂蓋，仙客整黃冠。” 劇事：艱巨、繁雜的事務。《後漢書·杜詩傳》：“及臣齒壯，力能經營劇事。”《新唐書·韋思謙傳》：“改侍御史，高宗賢之……疑獄劇事，多與參裁。”

④ 強邁：猶豪邁。《河南通志》卷六五：“(宋)王遰，字致君，宛丘人……登第爲御史，終國子司業。志氣強邁，學問閎博，所著詩文，人爭傳誦，有集二十卷。” 謫官：貶官另任官階較低的新職。杜甫《所思》：“苦憶荆州醉司馬，謫官樽俎定常開。”文瑩《湘山野錄》卷中：“後果謫官於邠。” 建州：《元和郡縣志·建州》：“本秦閩中地也……武德四年……遂于建安縣置建州。”劉長卿《送建州陸使君》：“漢庭初拜建安侯，天子臨軒寄所憂。從此向南無限路，雙旌已去水悠悠。”許棠《寄建州姚員外》：“誣譖遭遷謫，明君即自知。鄉遥辭劍外，身獨向天涯。”

⑤ 無何：不多時，不久。《史記·越王勾踐世家》：“居無何，則致貲累巨萬。”吳筠《建業懷古》：“銜璧入洛陽，委躬爲晉臣。無何覆社稷，爲爾含悲辛。” 異人：不尋常的人，有異才的人。《史記·平津侯主父列傳》：“上方欲用文武，求之如弗及。始以蒲輪迎枚生，見主父而嘆息。群臣慕向，異人並出。”杜甫《過郭代公故宅》：“磊落見異人，豈伊常情度。”猶怪人，奇人。《後漢書·郭玉傳》：“(帝)試令嬖臣美手腕者與女子雜處帷中，使玉各診一手……玉曰：‘左陽右陰，脈有男女，狀若異人。’”神人，方士。郭璞《江賦》：“納隱淪之列真，挺異人乎精魄。”吳曾《能改齋漫錄·記詩》：“行可問異人王老志，他日官所至。〔王老志〕書‘太平宰相’四字遺之。” 心契：心中領會，心中嚮往。謝

靈運《登石門最高頂》:"心契九秋幹,日翫三春荑。"也謂志同道合。張滋《送趙季言知撫州》:"同寅心契每難忘,林野投閑話最長。"《宋史·劉清之傳》:"呂伯恭、張栻皆神交心契。"　冥失:暗中消失。《舊唐書·五行志》:"乾元二年六月,虢州閺鄉縣界黃河內女媧墓,天寶十三載因大雨晦冥失其所在。至今年六月一日夜,河濱人家忽聞風雨聲,比見其墓踊出。"《新唐書·五行志》:"天寶十一載六月,虢州閺鄉黃河中女媧墓,因大雨晦冥失其所在。至乾元二年六月乙未夜,瀕河人聞有風雷聲,曉見其墓湧出,下有巨石,上有雙柳,各長丈餘,時號風陵堆。"

⑥ 門族:宗族,家族。《後漢書·趙苞傳》:"從兄忠,爲中常侍,苞深恥其門族有宦官名埶,不與忠交通。"《南史·劉懷珍傳》:"司空竟陵王誕反,郡人王弼門族甚盛,勸懷珍起兵助誕。"猶門第。《新唐書·宰相世系表序》:"唐爲國久,傳世多,而諸臣亦各修其家法,務以門族相高。"　賢豪:賢明豪邁。劉向《説苑·政理》:"文侯曰:'子往矣!是無邑不有賢豪辯博者也。'"蘇軾《東坡志林·柳宗元敢爲誕妄》:"其稱温之弟恭亦賢豪絶人者。"賢士豪傑。《史記·刺客列傳》:"荆軻雖遊於酒人乎,然其爲人沈深好書;其所游諸侯,盡與其賢豪長者相結。"《新五代史·錢鏐世家》:"起乃爲置酒,悉召賢豪爲會,陰令術者遍視之,皆不足當。"　惶駭:亦作"惶駴",驚駭。《三國志·陳思王植傳》:"植益內不自安。"裴松之注引魚豢《典略》:"至如修者,聽采風聲,仰德不暇,目周章於省覽,何惶駭於高視哉!"《舊唐書·高仙芝傳》:"俄而賊騎繼至,諸軍惶駭,棄甲而走,無復隊伍。"　求索:尋找,搜尋。《楚辭·離騷》:"路曼曼其修遠兮,吾將上下而求索。"白居易《夢與李七庾三十三同訪元九》:"覺來疑在側,求索無所有。"

⑦ 胤子:子嗣,嗣子。舊題李陵《答蘇武書》:"足下胤子無恙,勿以爲念。"《後漢書·明帝紀》:"而胤子無成康之質,群臣無呂旦之謀。"　積歲:多年。《南史·到洽傳》:"洽覘時方亂,深相拒絶,遂築

室巖阿,幽居積歲,時人號曰居士。"蘇轍《送表弟程之元知楚州》:"淮南旱已久,疲民食田蔬……要須賢使君,均此積歲儲。"　窮盡:竭盡,極盡。班固《白虎通·三軍》:"十二足以窮盡陰陽,備物成功。"《三國志·劉惇傳》:"〔惇〕皆能推演其事,窮盡要妙。"　荒僻:荒凉偏僻。韓愈《晚次宣溪辱韶州張端公使君惠書敘別酬以絕句二章》二:"兼金那足比清文? 百首相隨愧使君。俱是嶺南巡管内,莫欺荒僻斷知聞。"朱慶餘《鏡湖西島言事》:"慵拙幸便荒僻地,縱聞猿鳥亦何愁! 偶因藥酒欺梅雨,却著寒衣過麥秋。"　佛舍:寺院房舍,佛堂。元稹《有唐贈太子少保崔公墓誌銘》:"從十數輩,直抵里中佛捨下。"蘇軾《自雷適廉宿于興廉村净行院》:"荒凉海南北,佛舍如雞栖。"　號叫:呼叫,大聲哭喊。《晉書·劉元海載記》:"七歲遭母憂,擗踴號叫,哀感旁鄰。"《梁書·宛陵女子傳》:"母爲猛虎所搏,女號叫挐虎,虎毛盡落。"杜甫《暇日小園散病將種秋菜督勒耕牛兼書觸目》:"一步再流血,尚經矰繳勤。三步六號叫,志屈悲哀頻。"　泣血:無聲痛哭,泪如血湧。一説泪盡血出,形容極度悲傷。《易·屯》:"乘馬班如,泣血漣如。"歐陽修《皇祐四年與韓忠獻王書》:"某叩頭泣血,罪逆哀苦,無所告訴。"

⑧ 次舍:息宿,止息。岑參《宿華陰東郭客舍憶閻防》:"次舍山郭近,解鞍鳴鐘時。主人炊新粒,行子充夜饑。"劉禹錫《天論》:"夫舟行乎灞、淄、伊、洛者,疾徐存乎人,次舍存乎人。"　詣極:謂極深的造詣。司空圖《與李生論詩書》:"蓋絕句之作,本於詣極,此外千變萬狀,不知所以神而自神也,豈容易哉!"唐元竑《杜詩攟》卷二:"長吟詩'江飛競渡日',此與'家遠傳書日',皆一字傳神,彼言情,此寫景,各自詣極。"

⑨ 張中丞:即張正甫,元稹有《陪張湖南宴望岳樓稹爲監察御史張中丞知雜事》詩,知張正甫曾經任職"中丞"之職即是明證。　中丞:漢代御史大夫下設兩丞,一稱御史丞,一稱中丞。中丞居殿中,故

以爲名。東漢以後,以中丞爲御史臺長官。《漢書·百官公卿表》:
"御史大夫……有兩丞,秩千石。一曰中丞,在殿中蘭臺,掌圖籍秘
書,外督部刺史,内領侍御史員十五人,受公卿奏事,舉劾按章。"陶翰
《晚出伊闕寄河南裴中丞》:"退無偃息資,進無當代策。冉冉時將暮,
坐爲周南客。"劉長卿《送李校書適越謁杜中丞》:"陳蕃懸榻待,謝客
枉帆過。相見耶溪路,逶迤入薜蘿。" 領:治理。《禮記·樂記》:"領
父子君臣之節。"鄭玄注:"領,猶理治也。"趙曄《吳越春秋·勾踐陰謀
外傳》:"吳王淫而好色,惑亂沉湎,不領政事。"統率,管領。《漢書·
魏相傳》:"宣帝始親萬機,屬精爲治,練群臣,核名實,而相總領衆職,
甚稱上意。"漢代以後,以地位較高的官員兼理較低的職務,謂之
"領",也稱"錄",這裏指張正甫以較高的"御史中丞"之銜前來潭州任
職,故稱"領"。《漢書·昭帝紀》:"大將軍光(霍光)秉政,領尚書事。"
庾信《周柱國大將軍大都督同州刺史爾綿永神道碑》:"天和二年,以
本官領小司寇。"陸深《玉堂漫筆》:"漢制……以高官攝卑職者曰領,
劉向以光禄大夫領校書是也。" 上人:對和尚的敬稱。《釋氏要覽·
稱謂》引古師云:"内有德智,外有勝行,在人之上,名上人。"自南朝宋
以後,多用作對和尚的尊稱。《南史·宋紀》:"嘗游京口竹林寺,獨臥
講堂前,上有五色龍章,衆僧見之,驚以白帝,帝獨喜曰:'上人無妄
言!'"蘇軾《吉祥寺僧求閣名》:"上人宴坐觀空閣,觀色觀空色即空。"

⑩ 不礙:無妨礙,没關係。張說《寄劉道士舄》:"真人降紫氣,邀
我丹田宫。遠寄雙飛舄,飛飛不礙空。"楊凝《秋夜聽擣衣》:"蘭牖唯
遮樹,風簾不礙凉。雲中望何處? 聽此斷人腸。" 本末:始末,原委。
《左傳·莊公六年》:"夫能固位者,必度其本末,而後立衷焉!"杜預
注:"本末,終始也。"王充《論衡·正説》:"儒者説五經,多失其實。前
儒不見本末,空生虛説。"

⑪ 盧師:即盧頭陀,師是對僧、尼、道士的尊稱。元稹《感夢》:
"爲師陳苦言,揮涕滿十指。未死終報恩,師聽此男子。"李公佐《謝小

娥傳》：“途經泗濱，過善義寺，謁大德尼令。操戒新見者數十，淨髮鮮帔，威儀雍容，列侍師之左右。” 出家：離開家庭，到寺廟道觀裏去做僧尼或道士。《南史·齊紀》：“自今公私皆不得出家爲道，及起立塔寺，以宅爲精舍，並嚴斷之。”趙令畤《侯鯖録》卷一：“漢明帝聽陽城侯劉峻等出家，僧之始也；濟陽婦女阿潘等出家，尼之始也。” 心花：佛教語，喻慧心。《圓覺經》：“若善男子，於彼善友，不起惡念，即能究竟成就正覺，心花發明，照十方刹。”蕭綱《又請御講啓》：“俾兹含生，凡厥率土，心花成樹，共轉六塵。”佛教語，喻開朗的心情。王徵《遠西奇器圖説序》：“種種巧用，令人心花開爽。”佛教語，喻機巧之心。方干《貽亮上人》：“秋水一泓常見底，澗松千尺不生枝。人間學佛知多少？淨盡心花只有師。” 剃頭：這裏指落髮出家。韋蟾《題僧壁》：“一竹橫檐挂净巾，竈無烟火地無塵。剃頭未必知心法，要且閑於名利人。”衛準《失題》：“何必剃頭爲弟子？無家便是出家人。”

⑫ 青山：這裏指指歸隱之處。賈島《答王建秘書》：“白髮無心鑷，青山去意多。”范仲淹《寄石學士》：“與君嘗大言，定作青山鄰。”山名，一名青林山，南朝詩人謝朓曾卜居於此，故又稱謝公山，在今安徽省當塗縣東南。《世説新語·文學》：“袁宏始作《東征賦》。”劉孝標注：“後遊青山飲酌，既歸，公命宏同載，衆咸危懼。”李白《題東溪公幽居》：“宅近青山同謝朓，門垂碧柳似陶潛。” 車匿：佛祖太子之奴。梅鼎祚《釋文紀》卷二：“或問曰：‘佛從何出生？寧有先祖及國邑？不皆何施行狀何類乎？’牟子曰：‘富哉，問也！請以不敏略説其要：蓋聞佛化之爲狀也，積累道德數千億載，不可紀記，然臨得佛時生於天竺，假形於白淨王夫人，晝寢，夢乘白象身有六牙，欣然悦之，遂感而孕，以四月八日從母右脅而生。墮地行七步，舉右手曰：‘天上天下靡有逾我者也！’時天地大動，宫中皆明。其日王家青衣復産一兒，廄中白馬亦乳白駒。奴字車匿，馬曰犍陟，王常使隨太子。”《天中記》卷五五引《五代史》云：“犍陟《瑞應經》云：佛生之日，王家青衣復産一兒，廄

中白馬亦乳白駒,奴字車匿,馬曰犍陟,王常使隨太子。” 螺髻:螺殼
狀的髮髻。崔豹《古今注·魚蟲》:“童子結髪,亦爲螺髻,亦謂其形似
螺殼。”吳曾《能改齋漫録·樂府》:“〔晁補之《嘲白氏詞》〕困倚妝臺,
盈盈正解螺髻,鳳釵墜,繚繞金盤玉指,巫山一段雲委。”也比喻聳起
如髻的峰巒。皮日休《太湖詩·縹緲峰》:“似將青螺髻,撒在明月
中。”辛棄疾《水龍吟·登建康賞心亭》:“遙岑遠目,獻愁供恨,玉簪螺
髻。” 羅睺:印度占星術名詞,印度天文學把黄道和白道的降交點叫
做羅睺,升交點叫做計都,同日、月和水、火、木、金、土五星合稱九曜。
因日月蝕現象發生在黄白二道的交點附近,故又把羅睺當作食(蝕)
神。印度占星術認爲羅睺主有關人間禍福吉凶。希麟《續一切經音
義》卷六:“羅睺即梵語也,或云攞護,此云暗障,能障日月之光,即暗
曜也。”沈括《夢溪筆談·象數》:“故西天法:羅睺、計都皆逆步之,乃
今之交道也。交初謂之羅睺。”又作“摩睺羅”或“摩羅睺”的省稱,梵
語 mahoraga,本爲八部衆中人首蛇身之神,民間借用此語稱一種土
木的玩偶。

　　⑬ 還來:歸來,回來。《楚辭·天問》:“何往營班禄,不但還來。”
杜甫《課小豎鋤斫舍北果林枝蔓荒穢淨訖移床三首》三:“日斜魚更
食,客散鳥還來。” 舊日:往日,從前。李白《古風》九:“青門種瓜人,
舊日東陵侯。”杜甫《九日五首》二:“舊日重陽日,傳杯不放杯。” 經
過:行程所過,通過。《淮南子·時則訓》:“日月之所道。”高誘注:“日
月照其所經過之道。”嚴維《酬謝侍御喜王宇及第見賀不遇之作》:“寂
寞柴門掩,經過杜史榮。老夫寧有力,半子自成名。” 前身:佛教語,
猶前生。《晉書·羊祜傳》:“祜年五歲,時令乳母取所弄金環,乳母
曰:‘汝先無此物。’祜即詣鄰人李氏東垣桑樹中探得之。主人驚曰:
‘此吾亡兒所失物也,云何持去!’乳母具言之,李氏悲惋。時人異之,
謂李氏子則祜之前身也。”白居易《昨日復今辰》:“所經多故處,却想
似前身。” 夢寐遊:義同“夢遊”,睡夢中遊歷。李白有《夢遊天姥吟

留別》詩。白居易《和夢遊春詩一百韵》："昔君夢遊春,夢遊仙山曲。恍若有所欲,似愜平生欲。"文瑩《玉壺清話》卷一："李南陽至嘗作《亢宮賦》,其序略曰:'予少多疾,羸不勝衣,庚寅歲冬夕,忽夢游一道宮,金碧明煥。'"

⑭ 八龍:原指東漢荀淑八子,這裏借指盧家兄弟。《後漢書·荀淑傳》:"有子八人:儉、緄、靖、燾、汪、爽、肅、尃,並有名稱,時人謂之八龍。"後以稱揚人家子弟或弟兄。沈佺期《夏日梁王席送張岐州》:"家傳七豹貴,人擅八龍奇。"祖詠《贈苗發員外》:"朱戶敞高扉,青槐礙落暉。八龍乘慶重,三虎遞朝歸。" 他生:來生,下一世。李商隱《馬嵬二首》二:"海外徒聞更九州,他生未卜此生休。"王安石《文師神松》:"磊砢拂天吾所愛,他生來此聽樓鐘。" 緣會:意謂如有緣分,再次相會。陶弘景《冥通記》卷二:"幸藉緣會,得在山宅。"元稹《遣悲懷三首》三:"同穴窅冥何所望,他生緣會更難期。" 此生:這輩子。宋之問《陸渾山莊》:"野人相問姓,山鳥自呼名。去去獨吾樂,無然愧此生。"陶峴《西塞山下迴舟作》:"匡廬舊業是誰主?吳越新居安此生。白髮數莖歸未得,青山一望計還成。"

[編年]

《年譜》編年本詩於元和九年,其譜文云:"仲春,赴潭州,訪張正甫、釋道泉。"然後引述《舊唐書·憲宗紀》和本詩詩序作爲根據。《編年箋注》編年:"此詩……作於元和九年(八一四),元稹在江陵士曹任。見下《譜》。"《年譜新編》編年本詩元和九年"元稹潭州之行期間作",其譜文有"二月,至潭州……見釋道泉"作爲理由。

我們以爲,有元稹自己的詩序"元和九年,張中丞領潭之歲,予拜張公於潭,適上人在焉!即日詣所舍東寺一見,蒙念不礙小劣,盡得本末其事。列而序之,仍以四韵七言爲贈爾"爲證,本詩確實應該作於元和九年;根據前後相關《寄庾敬休》等諸多詩篇的編年情況,本詩應該作於元和九年二月中下旬或三月上旬。

◎ 醉別盧頭陀⁽一⁾①

醉迷狂象別吾師，夢覺觀空始自悲②。盡日笙歌人散後，滿江風雨獨醒時③。心超幾地行無處，雲到何天住有期④？頓見佛光身上出，已蒙衣內綴摩尼⑤。

錄自《元氏長慶集》一八

[校記]

（一）醉別盧頭陀：本詩存世的各本，包括楊本、叢刊本、《全詩》、《記纂淵海》等，未見異文。

[箋注]

① 醉別盧頭陀陀：這是上詩《盧頭陀詩》的姐妹篇，作於同時，地點都應該在潭州的"東寺"。　醉別：酒醉之後的分別。王昌齡《送魏二》："醉別江樓橘柚香，江風引雨入舟涼。憶君遥在瀟湘月，愁聽清猿夢裏長。"劉長卿《奉陪使君西庭送淮西魏判官得山字》："羽檄催歸恨，春風醉別顏。能邀五馬送，自逐一星還。"　頭陀：僧人的別稱。白居易《偶作》："張翰一杯酒，榮期三樂歌。聰明傷混沌，煩老污頭陀。"顧非熊《寄紫閣無名新羅頭陀僧》："棕床已自檠，野宿更何營？大海誰同過？空山虎共行。"

② 醉迷：因酒醉而迷糊不清。《敦煌變義集·金剛般若波羅蜜經講經文》："若早是醉迷，又望坑而行，必見顛墜。"吳文英《浣溪沙·陳少逸席用聯句韵有贈》："湖上醉迷西子夢，江頭春斷倩離魂。"　狂象：迷亂不清的景象。王維《黎拾遺昕裴秀才迪見過秋夜對雨之作》：

"白法調狂象，玄言問老龍。何人顧蓬徑？空愧求羊蹤。"劉禹錫《樂天是月長齋鄙夫此時愁臥里閭非遠雲霧難披因以寄懷遂爲聯句所期解悶焉敢驚禪》："我靜馴狂象，餐餘施衆禽。定知於佛佞，豈復向書淫！" 夢覺：猶夢醒。《太平寰宇記》卷一三六引干寶《搜神記》："忽如夢覺，猶在枕旁。"韓愈《宿龍宮灘》："夢覺燈生暈，宵殘雨送涼。"

③ 盡日：猶終日，整天。《淮南子·氾論訓》："盡日極慮而無益於治，勞形竭智而無補於主。"鄭璧《奉和陸魯望白菊》："終朝疑笑梁王雪，盡日慵飛蜀帝魂。" 笙歌：合笙之歌，亦謂吹笙唱歌，泛指奏樂唱歌。《禮記·檀弓》："孔子既祥，五日彈琴而不成聲，十日而成笙歌。"王維《奉和聖製十五夜然燈繼以酬客應制》："上路笙歌滿，春城漏刻長。" 風雨：風和雨。蘇軾《次韻黃魯直見贈古風二首》一："嘉穀臥風雨，稂莠登我場。"也比喻危難和惡劣的處境。《漢書·朱博傳》："〔朱博〕稍遷爲功曹，伉俠好交，隨從士大夫，不避風雨。"有成語"風雨如晦"，比喻於惡劣環境中而不改變氣節操守。李德裕《唐故左神策軍護軍中尉劉公神道碑銘》："遇物而涇渭自分，立誠而風雨如晦。"詩人在這裏自喻自勵之意甚明。 獨醒：獨自清醒，喻不同流俗。《楚辭·漁父》："屈原曰：'舉世皆濁我獨清，衆人皆醉我獨醒，是以見放！'"杜甫《贈裴南部》："獨醒時所嫉，群小謗能深。"元稹另有詩篇《放言五首》，抒發的情感相同相類，白居易有同名詩酬和，請參閱。

④ "心超幾地行無處"兩句：意謂自己迷茫若失，無所事事，難以實現自己的理想，不知什麽地方才是自己最終的歸宿。 無處：沒有處所，沒有地方。《漢書·高后紀》："汝爲將而棄軍，呂氏今無處矣！"顏師古注："言見誅滅，無處所也。"杜甫《江畔獨步尋花七絕句》一："江上被花惱不徹，無處告訴只顛狂。" 有期：有一定的期限。武平一《餞唐永昌》："聞君墨綬出丹墀，雙鳥飛來佇有期？寄謝銅街攀柳日，無忘粉署握蘭時。"李頎《送崔侍御赴京》："綠槐蔭長路，駿馬垂青絲。柱史謁承明，翩翩將有期。"

⑤　佛光：佛所帶來的光明，佛教認爲佛的法力廣大，覺悟衆生猶如太陽破除昏暗，故云。《念佛三昧寶王論》卷中："金山晃然，魔光佛光，自觀他觀，邪正混雜。"亦謂佛像上空呈現的光焰。邵博《聞見後錄》卷二八："五臺山佛光，其傳舊矣！《唐穆宗實錄》：元和十五年四月四日，河東節度使裴度奏：五臺山佛光寺側，慶雲現，若金仙乘㲯貁，領其徒千萬，自巳至申乃滅。"　摩尼：梵語寶珠的譯音，也泛指佛珠。顏真卿《撫州戒壇記》："嚴身瓔珞，照耀有摩尼之光。"杜甫《贈蜀僧閭丘師兄》："惟有摩尼珠，可照濁水源。"

[編年]

《年譜》編年元和九年，沒有説明理由。《編年箋注》編年："《醉別盧頭陀》作於元和九年(八一四)，元稹在江陵士曹任。見下《譜》。"《年譜新編》編年元和九年，沒有説明理由。

我們以爲，有元稹自己的《盧頭陀詩序》爲證，本詩確實應該作於元和九年；根據前後相關《寄庾敬休》等諸多詩篇的編年情況，本詩應該作於元和九年二月中下旬或三月上旬，與《盧頭陀詩》前後之作，相差不多幾天，《盧頭陀詩》在前，本詩在後。

◎　湘南登臨湘樓⁽一⁾①

高處望瀟湘，花時萬井香②。雨餘憐日嫩，歲閏覺春長③。霞刹分危榜，烟波透遠光④。情知樓上好，不是仲宣鄉⑤。

録自《元氏長慶集》一四

[校記]

（一）湘南登臨湘樓：本詩存世各本，包括楊本、叢刊本、《全詩》、

《石倉詩選》等,均不見異文。

[箋注]

① 湘:水名,即湘江,源出廣西省,流入湖南省,爲湖南省最大的河流。任昉《述異記》:"九疑山隔湘江,跨蒼梧野,連營道縣界。"杜審言《渡湘江》:"獨憐京國人南竄,不似湘江水北流。"柳宗元《始得西山宴遊記》:"遂命僕人過湘江,緣染溪,斫榛莽,焚茅茷,窮山之高而止。"山名,即黃陵山,在湖南省湘潭市北。顧祖禹《讀史方輿紀要·長沙府》:"〔湘陰縣〕黃陵山,縣北四十里,上有舜二妃墓。《括地志》謂之青草山,孔穎達以爲湘山也。"《史記·五帝本紀》:"〔黃帝〕南至于江,登熊湘。"裴駰集解引《地理志》:"湘山在長沙益陽縣。"張守節正義:"湘山一名編山,在岳州巴陵縣南十八里也。" 登臨:登山臨水,也指遊覽,語本《楚辭·九辯》:"憭慄兮若在遠行,登山臨水兮送將歸。"《史記·衛將軍驃騎列傳》:"禪於姑衍,登臨翰海。"孟浩然《與諸子登峴山》:"江山留勝迹,我輩復登臨。" 湘樓:樓名,在潭州州境內。王士禎《祝英臺近·湘江別思》:"玉繩低,銅漏咽,人向湘樓別。似水柔情,此際那堪説? 劇憐碧玉瓜時,丹珠床上。都惆悵、穠華銷歇。"王士禎詞中的"湘樓"所在地就是"湘江",應該與元積詩中的"湘樓"相一致,我們以爲可以作爲元積本詩的旁證。元積有《晚宴湘亭》詩,詩云:"晚日宴清湘,晴空走巖陽。花低愁露醉,絮起覺春狂。舞旋紅裙急,歌垂碧袖長。甘心出童羖,須一盡時荒。"既然"湘江"地區有"湘亭","湘江"地區有"湘樓"的存在也就順理成章。《編年箋注》作"臨湘樓",暫存其説。 湘楼:樓名,在潭州州境內。王士禎《祝英臺近·湘江別思》:"玉绳低,銅漏咽,人向湘楼別。"其中的"湘樓",所在地是"湘江",可以作爲旁證。《編年箋注》作"臨湘樓",暫存其説。

② 高處:高的處所,高的部位。岑參《夏初醴泉南樓送太康顏少府》:"何地堪相餞? 南樓出萬家。可憐高處送,遠見故人車。"蘇軾

《寄黎眉州》："膠西高處望西川,應在孤雲落照邊。"　瀟湘:指湘江,因湘江水清深,故名。《山海經·中山經》："帝之二女居之,是常遊于江淵,澧沅之風,交瀟湘之淵。"《文選·謝朓〈新亭渚別范零陵〉》："洞庭張樂池,瀟湘帝子遊。"李善注引王逸曰："娥皇女英隨舜不返,死於湘水。"李白《遠別離》："古有皇英之二女,乃在洞庭之南,瀟湘之浦。"王琦注引《湘中記》："湘川清照五六丈,下見底石如樗蒲矣!五色鮮明。"湘江與瀟水的並稱,多借指今湖南地區。杜甫《去蜀》："五載客蜀鄙,一年居梓州。如何關塞阻,轉作瀟湘遊?"張孝祥《水調歌頭·送劉恭父趨朝》："歸輔五雲丹陛,回首楚樓千里,遺愛滿瀟湘。"　花時:百花盛開的時節,常指春日。杜甫《遣遇》："自喜遂生理,花時甘緼袍。"王安石《初夏即事》："晴日暖風生麥氣,綠陰幽草勝花時。"萬井:古代以地方一里爲一井,萬井即一萬平方里。《漢書·刑法志》："地方一里爲井……一同百里,提封萬井。"千家萬户。陳子昂《謝賜冬衣表》："三軍葉慶,萬井相歡。"張孝祥《水調歌頭·桂林中秋》："千里江山如畫,萬井笙歌不夜。"

　　③ 日嫩:猶"日淺",時間短。《文選·司馬遷〈報任少卿書〉》："相見日淺,卒卒無須臾之閑得竭志意。"劉良注："日淺,謂時少也。"《漢書·孝宣霍皇后傳》："初,許后起微賤,登至尊日淺,從官車服甚節儉。"　歲閏覺春長:《舊唐書·憲宗紀》:(元和九年)"秋七月丙午朔……閏八月乙巳朔。"在"秋七月"與"閏八月"之間,正好隔開自"丙午"至"乙亥"以及"丙子"至"甲辰"兩個月的時間。而《新唐書·憲宗紀》也有(元和九年)"閏八月"的記載。看來元和九年閏八月有史書記載,元稹的詩所言不虛。　閏:曆法術語,一回歸年的時間爲三百六十五天五時四十八分四十六秒,陽曆把一年定爲三百六十五天天,所餘的時間約每四年積累成一天,加在二月裏;農曆把一年定爲三百五十四天或三百五十五天,所餘的時間約每三年積累成一個月,加在一年裏。這樣的辦法,在曆法上叫做閏。《公羊傳·哀

公五年》："閏月，葬齊景公，閏不書，此何以書？喪以閏數也。"《穀梁傳·文公六年》："天子不以告朔，而喪事不數也。"范寧注："閏是叢殘之數，非月之正。"楊萬里《憫農》："已分忍飢度殘歲，更堪歲裏閏添長！"

④ 霞刹：佛寺，義同"塵刹"佛教語，刹爲梵語國土之意，塵刹謂微塵數的無量世界。杜牧《題孫逸人山居》："長懸青紫與芳枝，塵刹無應免別離。馬上多于在家日，罇前堪憶少年時。"卓發之《祇園嫘史詩序》："石頭城清涼山之畔，竹徑數轉，別有人間……其中衆花滿林，可供塵刹。" 榜：匾額。《世説新語·巧藝》："韋仲將能書，魏明帝起殿，欲安榜，使仲將登梯題之。"范成大《吳船録》卷上："凡山中巖潭亭院之榜，皆山谷書。" 烟波：指烟霧蒼茫的水面。江總《秋日侍宴婁苑湖應詔》："霧開樓闕近，日迴烟波長。"賈至《送夏侯參軍赴廣州》："聞道衡陽外，由來雁不飛……雲海南溟遠，烟波北渚微。" 遠光：謂看得遠的目光。鮑溶《秋暮八月十五夜與王瑶侍御賞月因愴遠離聊以奉寄》："前月月明夜，美人同遠光。清塵一以間，今夕坐相忘。"韋莊《登漢高廟閑眺》："參差郭外樓臺小，斷續風中鼓角殘。一帶遠光何處水？釣舟閑繫夕陽灘。"

⑤ "情知樓上好"兩句：東漢王粲字仲宣，自長安避亂至荆州投靠劉表，登樓作《登樓賦》，有句云："華實蔽野，黍稷盈疇。雖信美而非吾土兮，曾何足以少留！"詩人借用此典，意謂潭州雖好，但它不是自己的家鄉，也不是自己的任職之地，遲遲早早要回去的，難於長久留在這裏。 情知：深知，明知。駱賓王《艷情代郭氏答盧照鄰》："情知唾井終無理，情知覆水也難收。不復下山能借問，更向盧家字莫愁。"辛棄疾《鷓鴣天》："情知已被山遮斷，頻倚欄干不自由。"

[編年]

《年譜》編年元和九年，"詩云：'歲閏覺春長。'元和九年閏八月。"

《編年箋注》云:"此詩……作於元和九年(八一四),元稹時在江陵府士曹參軍任。見下《譜》。"《年譜新編》編年"此詩元和九年在潭州作。"理由同《年譜》。《年譜》、《編年箋注》、《年譜新編》都沒有明確賦詠的具體時間。

我們以爲,本詩確實作於元和九年,但根據元稹《何滿子歌》"我來湖外拜君侯,正值灰飛仲春琯"之句限定的"仲春"和《寄庾敬休》"今日……春盡古湘州"以及《送杜元穎》"江上五年同送客"句所示"元和九年"以及《三月三十日程氏館餞杜十四歸京》詩題所示"三月三十日"方方面面的條件,以及本詩"情知樓上好,不是仲宣鄉"云云所透露的元稹已經完成拜訪張正甫的公務,準備回歸江陵的信息,本詩應該作於元和九年三月間,但不包括三月三十日在內。

◎ 晚宴湘亭①

晚日宴清湘,晴空走艷陽②。花低愁露醉,絮起覺春狂③。舞旋紅裙急(一),歌垂碧袖長④。甘心出童羖,須一盡時荒⑤。

錄自《元氏長慶集》卷一四

[校記]

(一)舞旋紅裙急:蘭雪堂本、叢刊本、《全詩》同,楊本作"舞施紅裙急",語義不佳,不改。

[箋注]

① 晚宴:在夜晚進行的宴會。朱慶餘《劉補闕西亭晚宴》:"蟲聲已盡菊花乾,共立松陰向晚寒。對酒看山俱惜去,不知斜月下欄干。"

張方平《秦州晚宴即席示諸賓僚》:"秦川節物似西川,二月風光已不寒。猶去清明三候遠,忽驚爛漫一春殘。" 湘亭:亭名,疑與上詩"湘樓"同在一地。鄭谷《望湘亭》:"湘水似伊水,湘人非故人。登臨獨無語,風柳自搖春。"真德秀《會集十二縣知縣議事以詩送》:"此邦祇似唐朝古,我輩當如漢吏循。今夕湘亭一卮酒,重煩散作十分春。"何景明《送馬公順視學湖南四首》四:"武昌南望盡雲沙,楚岸湘亭更好花。桃李百城開士舘,星河中夜傍仙槎。"

② 晚日:夕陽。劉長卿《行營酬呂侍御》:"晚日歸千騎,秋風合五兵。"元稹《紅芍藥》:"晴霞畏欲散,晚日愁將墮。" 清湘:這裏指湘江,因其水又深又清,故名。楊憑《寄別》:"晚烟洲霧共蒼蒼,河雁驚飛不作行。迴舡轉舟行數里,歌聲猶自逐清湘。"韓愈《湘中酬張十一功曹》:"休垂絕徼千行泪,共泛清湘一葉舟。今日嶺猿兼越鳥,可憐同聽不知愁!" 晴空:清朗的天空。沈佺期《奉和幸韋嗣立山莊應制》:"東山朝日翠屏開,北闕晴空綵仗來。喜遇天文七曜動,少微今夜近三台。"李白《秋登宣城謝朓北樓》:"江城如畫裏,山晚望晴空。" 艷陽:艷麗明媚,多指春天。鮑照《學劉公幹體》:"艷陽桃李節,皎潔不成妍。"柳永《長壽樂》:"繁紅嫩翠,艷陽景,妝點神州明媚。"

③ "花低愁露醉"兩句:意謂處處花叢,處處露水,真擔心自己要陶醉在不願離去的朝露之中。而漫空飛舞的柳絮,又覺得春天的氣息正在撲面而來。《佩文韵府·醉》:"元稹詩:'花低愁露醉。'"此句確實出自元稹的手筆,但詩題不是《露醉》,而是《晚宴湘亭》。《佩文韵府》的引錄有誤。 絮:稱白色易揚而輕柔似絮者,這裏指柳絮。庾信《楊柳歌》:"獨憶飛絮鵝毛下,非復青絲馬尾垂。"溫庭筠《菩薩蠻》:"南園滿地堆輕絮,愁聞一霎清明雨。" 狂:這裏指春花盛開,春意盎然。元稹《南家桃》:"樹小花狂風易吹,一夜風吹滿墙北。"林逋《春陰》:"北園南陌狂無數,只有芳菲會此心。"

④ 舞旋:古代一種迴旋的舞蹈。郭祥正《觀舞》:"宴館簇金絲,繡茵呈舞旋。雲鬟應節低,蓮步隨歌轉。"孟元老《東京夢華録·京瓦伎藝》:"散樂:張真奴;舞旋:楊望京。"　紅裙:紅色裙子。陳叔寶《日出東南隅行》:"紅裙結未解,綠綺自難徽。"皇甫松《採蓮子》:"晚來弄水船頭濕,更脱紅裙裹鴨兒。"也指美女。韓愈《醉贈張秘書》:"不解文字飲,惟能醉紅裙。"　碧袖:青緑色或青白色的衣袖。元稹《何滿子歌》:"此時有態蹋華筵,未吐芳詞貌夷坦。翠蛾轉盼摇雀釵,碧袖敧垂翻鶴卵。"周密《西江月·擬花翁》:"情縷紅絲冉冉,啼花碧袖熒熒。迷香雙蝶下庭心。一行悀悀簾影。"

⑤ 甘心:願意。《詩·衛風·伯兮》:"願言思伯,甘心首疾。"張鷟《遊仙窟》:"千看千意密,一見一憐深。但當把手子,寸斬亦甘心。"童羖:無角的公羊,比喻決無的事物。《詩·小雅·賓之初筵》:"由醉之言,俾出童羖。"毛傳:"羖羊不童也。"陳奐傳疏:"今醉之言不中禮法,或有從而謂之,彼醉者推其類,必使羖羊物變而無角,謂出此童羖,以止飲酒。"蘇軾《補龍山文》:"歌《詩》寧擇,請歌《相鼠》,罰此陋人,'俾出童羖。'"

[編年]

《年譜》編年元和九年,"詩云:'絮起覺春狂。'"《編年箋注》云:"《晚宴湘亭》作於元和九年(八一四),元稹時在江陵府士曹參軍任。見下《譜》。"《年譜新編》編年元和九年,没有説明理由。

我們以爲,本詩與《湘南登臨湘樓》爲同時之作,理由也同,亦即元和九年三月,但不包括三月三十日在内。

◎ 寄庾敬休^{(一)①}

小來同在曲江頭，不省春時不共游②。今日江風好暄暖，可憐春盡古湘州③。

録自《元氏長慶集》卷一九

[校記]

（一）寄庾敬休：本詩存世各本，包括楊本、叢刊本、《全詩》、《萬首唐人絶句》、《唐人萬首絶句選》、《石倉歷代詩選》等均無異文。

[箋注]

① 寄：托人遞送。杜甫《述懷》："自寄一封書，今已十月後。"陸游《南窗睡起》："閑情賦罷憑誰寄？悵望壺天白玉京。"元稹此詩作於潭州，而庾敬休當時不在潭州，故言"寄"。　庾敬休：元稹的遠房親戚，元稹《祭禮部庾侍郎太夫人文》中的"庾太夫人"就是庾敬休的母輩，元稹前後兩位夫人——韋叢與而裴淑的姨母，"庾侍郎"庾承宣，是庾敬休的堂兄長，也就是元稹《聽庾及之彈烏夜啼引》中的"庾及子"。庾敬休也是元稹年輕時志同道合的朋友，參見元稹的多首詩篇：《臺中鞫獄憶開元觀舊事呈損之兼贈周兄四十韵》："因言辛庾輩，亦願放羸屝。既回數子顧，輾轉相連攀。"《永貞二年正月二日上御丹鳳樓赦天下予與李公垂庾順之閑行曲江不及盛觀》："春來饒夢慵朝起，不看千官擁御樓。却著閑行是忙事，數人同傍曲江頭。"其中的"庾"、"順之"即是庾敬休。尤其是《永貞二年》這首詩，它作於元和元年正月二日，是日憲宗御丹鳳樓接受群臣對自己登位的慶賀，歡慶鎮壓永貞革新的勝利，大赦天下，改元元和。元稹、庾敬休的態度却與

"擁御樓"的千官絕然相反,竟然與李紳一起"閑行曲江",對此隆重的大典根本不予理會,故意把"閑行曲江"看得比改元大赦更爲重要的"忙事",態度比白居易更加偏向永貞革新。元稹的態度更比庾敬休、李紳還要激進,在唐憲宗已經宣佈改元"元和"的情況下,公然直書"永貞二年",吟詩編集以示紀念。而據《舊唐書·穆宗紀》及庾敬休本傳,兩人與崔群、李絳、李德裕、李紳、白居易、薛放、李景儉、韓愈等人一起反對吐突承璀而受到過排擠打擊,長慶年間都得到提拔和重用,庾敬休成爲元稹長慶年間翰林學士任志同道合的摯友。《新唐書·庾敬休傳》:"庾敬休,字順之,鄧州新野人。祖光烈與弟光先不受安祿山僞官,遁去。光烈終大理少卿,光先吏部侍郎。父何,當朱泚反,又與弟倬逃山谷,不臣賊,官兵部郎中。敬休擢進士第,又中宏辭,辟宣州幕府。入拜右補闕、起居舍人。建言:'天子視朝,宰相群臣以次對,言可傳後者,承旨宰相示左右起居,則載録,季送史官,如故事。'詔可。既而執政以幾密有不可露,罷之。召爲翰林學士。文宗將立魯王爲太子,慎選師傅,敬休以户部侍郎兼魯王傅。初,劍南西川、山南道葰征茶,户部自遣巡院主之,募賈人入錢京師。太和初,崔元略奏責本道主當歲以四萬緡上度支,久之逗留,多不至。敬休始請置院秭歸,收度支錢,乃無逋没。又言:'蜀道米價騰踊,百姓流亡,請以本道闕官職田賑貧民。'詔可。再爲尚書左丞,卒,贈吏部尚書。敬休夷澹,多容可,不飲酒食肉,不邇聲色。"《舊唐書·穆宗紀》文云:"(元和十五年閏正月)甲寅……以監察御史李德裕、右拾遺李紳、禮部員外郎庾敬休並守本官充翰林學士。"《舊唐書·庾敬休傳》亦有傳:"庾敬休,字順之,其先南陽新野人。祖光烈,與仲弟光先,祿山迫以僞官,皆潛伏奔竄。光烈爲大理少卿,光先爲史部侍郎。父河,當賊泚盜據宮闕,與季弟倬逃竄山谷,河終兵部郎中。敬休舉進士,以宏詞登科,授秘書省校書郎,從事宣州,旋授渭南尉、集賢校理,遷右拾遺、集賢學士。歷右補闕,稱職,轉起居舍人,俄遷禮部員外郎。入

爲翰林學士,遷禮部郎中,罷職歸官。又遷兵部郎中、知制誥。丁憂,
服闋,改工部侍郎,權知吏部選事,遷吏部侍郎。上將立魯王爲太子,
愼選師傅,改工部侍郎,兼魯王傅。奏:'劍南西川、山南西道每年稅
茶及除陌錢,舊例委度支巡院勾當榷稅,當司於上都召商人便換。太
和元年,戶部侍郎崔元略與西川節度使商量,取其穩便,遂奏請茶稅
事使司自勾當,每年出錢四萬貫送省。近年已來,不依元奏,三道諸
色錢物,州府逗留,多不送省。請取江西例,於歸州置巡院一所,自勾
當收管諸色錢物送省,所異免有逋懸。欲令巡官李濆專往與德裕、遵
古商量制置,續具奏聞。'從之。又奏:'兩川米價騰踊,百姓流亡。請
糶兩川闕官職田禄米,以救貧人。'從之。再爲尚書左丞,太和九年三
月卒於家。敬休姿容溫雅,襟抱夷曠,不飲酒茹葷,不邇聲色。著《諭
善録》七卷,贈吏部尚書。"

　　② "小來同在曲江頭"兩句:元稹《使東川·清明日》序云:"行至
漢上,憶與樂天、知退、杓直、拒非、順之輩同遊。"詩云:"常年寒食好
風輕,觸處相隨取次行。"即兩句的具體的最好的説明。兩句意謂小
時候我們一直生活在曲江池頭嬉戲玩耍,從來不理會是鮮花爛漫的
春天還是冰天雪地的冬天,我們常常出現在衆多的遊人中間。　　小
來:從小,年輕時。李頎《雜曲歌辭·緩歌行》:"小來託身攀貴遊,傾
財破産無所憂。"杜甫《送李校書二十六韵》:"小來習性懶,晚節慵轉
劇。"　　曲江頭:即"曲江池",在今陝西省西安市東南。秦爲宜春苑,
漢爲樂游原,有河水水流曲折,故稱。隋文帝以曲名不正,更名芙蓉
園,唐復名曲江,開元中更加疏鑿,爲都人中和、上巳等盛節遊賞勝
地。宋之問《秋晚遊普耀寺》:"薄暮曲江頭,仁祠暫可留。山形無隱
霽,野色遍呈秋。"楊巨源《長安春遊》:"鳳城春報曲江頭,上客年年是
勝遊。日暖雲山當廣陌,天清絲管在高樓。"　　不省:不理會。《後漢
書·翟酺傳》:"書奏不省,而外戚寵臣咸畏惡之。"葉適《王木叔詩
序》:"初,木叔仕二十餘年,未嘗覓舉,予屢言於執政,不省。"　　春時:

春天時光。張佖《寄人》：“酷憐風月爲多情，還到春時別恨生。倚柱尋思倍惆悵，一場春夢不分明。”唐代孟氏《獨遊家園(貞賈於外，孟氏春日獨遊家園，忽有美少年逾垣而入，賦詩贈答，遂私焉！逾年夫歸，少年曰：‘吾固知其不久也！’言訖騰身而去)》：“可惜春時節，依前獨自遊。無端兩行淚，長只對花流。”　共遊：一起遊樂觀賞景致。崔融《留別杜審言並呈洛中舊遊》：“斑鬢今爲別，紅顔昨共遊。年年春不待，處處酒相留。”張説《南中別陳七李十》：“二年共遊處，一旦各西東。請君聊駐馬，看我轉征蓬。”

　　③今日：本日，今天。《孟子·公孫丑》：“今日病矣！予助苗長矣！”韓愈《送張道士序》：“今日有書至。”　江風：從江面上吹來的風。皎然《江上風》：“江風西復東，飄暴復何窮！初生虛無際，稍起蕩漾中。”裴説《旅次衡陽》：“欲往幾經年，今來意豁然。江風長借客，岳雨不因天。”　暄暖：温暖，暖和。《南齊書·東夷傳》：“四時暄暖，無霜雪。”王安石《休假大佛寺》：“冬屋稍暄暖，病身更强梁。”　可憐：可惜。盧綸《早春歸鏊屋別業却寄耿拾遺》：“可憐芳歲青山裏，惟有松枝好寄君。”韓愈《贈崔立之評事》：“可憐無益費精神，有似黄金擲虛牝。”　春盡：春去，春天即將結束。《公羊傳·哀公十四年》“薪采者也”漢何休注：“金主芟艾，而正以春盡木火當燃之際，舉此爲文，知庶人采樵薪者。”柳宗元《別舍弟宗一》：“桂嶺瘴來雲似墨，洞庭春盡水如天。”　古湘州：潭州在歷史上曾經稱爲湘州，故名。《元和郡縣志·潭州》：“(漢)景帝……分荆州湘中諸郡置湘州，南以五嶺爲界，北以洞庭爲界，漢晉以來亦爲重鎮……武德四年又置潭州總管府，七年改爲都督府。”賈島《蔣亭和蔡湘州》：“蔣宅爲亭榭，蔡城東郭門。潭連秦相井，松老漢朝根。”梁陟《送孫舍人歸湘州》：“盛才傾世重，清論滿朝歸。作隼他年計，爲鴛此日飛。”

[編年]

《年譜》編年本詩："詩云:'今日江風好暄暖,可憐春盡古湘州。'《通典》卷一八三《州郡》十三《古荆州·長沙郡(湘州)》云:'宋長沙國兼置湘州。'離湘州時作。"《編年箋注》編年:"此詩作於元和九年(八一四)離潭州時。見下《譜》。"《年譜新編》引述"今日"兩句後編年云:"將離潭州時作。"

我們以為,本詩確實作於元和九年元稹公幹潭州之時,但《年譜》所引《通典》之文,與本詩編年沒有任何關係,純粹是浪費讀者的精力而已。"離湘州時"與"離潭州時"意思類似,但後者表述更加確切,而"將離潭州時"的表述又進一步,可取。遺憾的是,本詩完全可以進一步確切編年,但《年譜》《編年箋注》與《年譜新編》都沒有這樣做,非常可惜。本詩云:"今日江風好暄暖,可憐春盡古湘州。"詩中"今日""春盡"云云表明此詩應該作於元和九年三月春天即將結束之時,但不包括三月三十日在内,地點在潭州,亦即所謂的"古湘州"。另外,庚敬休這時肯定不在潭州,詩題既然稱"寄",說明庚敬休這時或者在今京城,或者在其他州郡,而大概潭州有信使前往,故元稹賦詩抒情寄贈庚敬休。否則,元稹在這麼多的朋友中,為什麼獨獨衹寄贈庚敬休?

◎ 放言五首①

近來逢酒便高歌,醉舞詩狂漸欲魔②。五斗解酲猶恨少(一),十分飛盞未嫌多③。眼前仇敵都休問,身外功名一任他④。死是等閑生也得(二),擬將何事奈吾何⑤?

莫將心事厭長沙,雲到何方不是家⑥?酒熟餔糟學漁父,飯來開口似神鴉⑦。竹枝待鳳千莖直,柳樹迎風一向斜⑧。總被天公霑雨露,等頭成長盡生涯⑨。

霆轟電熀數聲頻，不奈狂夫不藉身⑩。縱使被雷燒作爐，寧殊埋骨颺爲塵⑪？得成蝴蝶尋花樹，儻化江魚掉錦鱗⁽三⁾⑫。必若乖龍在諸處，何須驚動自來人⑬！

安得心源處處安，何勞終日望林巒⑭！玉英惟向火中冷，蓮葉元來水上乾⑮。甯戚飯牛圖底事？陸通歌鳳也無端⑯。孫登不語啓期樂，各自當情各自歡⑰。

三十年來世上行，也曾狂走趁浮名⑱。兩迴左降須知命，數度登朝何處榮⑲？乞我杯中松葉滿，遮渠肘上柳枝生⑳。他時定葬燒缸地，賣與人家得酒盛㉑。

録自《元氏長慶集》卷一八

[校記]

（一）五斗解醒猶恨少：楊本、叢刊本、《全詩》、《全唐詩録》同，《唐詩紀事》作“五斗解醒猶恨少”，語義不同，不改。

（二）死是等閒生也得：原本作“死是老閒生也得”，錢校、楊本、叢刊本、《全唐詩録》同，據《全詩》、《唐詩紀事》改。

（三）儻化江魚掉錦鱗：原本作“儻化江魚棹錦鱗”，楊本、叢刊本同，據《全詩》、《唐詩紀事》改。《全唐詩録》作“倘化江魚掉錦鱗”，語義相類，不改。

[箋注]

① 放言五首：《後漢書·荀韓鍾陳列傳傳論》：“論曰：漢自中世以下，閹豎擅恣，故俗遂以遁身矯絜放言爲高（放肆其言，不拘節制也。《論語》曰‘隱居放言’）。士有不談此者，則芸夫牧豎已叫呼之矣（叫呼，譏笑之也！芸，除草也）！故時政彌惛而其風愈往，惟陳先生進退之節必可度也！據於德，故物不犯。安於仁，故不離群。行成乎

身而道訓天下,故凶邪不能以權奪,王公不能以貴驕。所以聲教廢於上而風俗清乎下也!"可以作爲本詩的題解。白居易也有《放言五首》酬和,作於白居易貶任江州司馬途中,序云:"元九在江陵時,有《放言》長句詩五首,韻高而體律,意古而詞新。予每詠之,甚覺有味。雖前輩深于詩者,未有此作。唯李頎有云:'濟水至清河自濁,周公大聖接輿狂。'斯句近之矣!予出佐潯陽,未屆所任。舟中多暇,又江上獨吟,因綴五篇以續其意耳!"其一云:"朝真暮僞何人辨?古往今來底事無?但愛莊生能詐聖,可知甯子解佯愚?草螢有耀終非火,荷露雖團豈是珠?不取燔柴兼照乘,可憐光彩亦何殊?"其二云:"世途倚伏都無定,塵網牽纏卒未休。禍福回還車轉轂,榮枯反復手藏鉤。龜靈未免刳腸患,馬失應無折足憂。不信君看奕棋者,輸贏須待局終頭。"其三云:"贈君一法決狐疑,不用鑽龜與祝蓍。試玉要燒三日滿(真玉燒三日不熱),辨材須待七年期(豫章木生七年而後知)。周公恐懼流言日,王莽謙恭未篡時。向使當時身便死,一生真僞復誰知?"其四云:"誰家第宅成還破?何處親賓哭復歌?昨日屋頭堪炙手,今朝門外好張羅。北邙未省留閑地,東海何曾有定波?莫笑賤貧誇富貴,共成枯骨兩如何?"其五云:"泰山不要欺毫末,顏子無心羨老彭。松樹千年終是朽,槿花一日自爲榮。何須戀世常憂死,亦莫嫌身漫厭生。生去死來都是幻,幻人哀樂繫何情!"可與本詩並讀,進一步瞭解元稹賦詠本詩的題旨。而葛立方《韻語陽秋》卷三:"元白齊名,有自來矣!元微之寫白詩於閬州西寺,白樂天寫元詩百篇合爲屏風,更相傾慕如此。而樂天必言微之詩得已格律頓進,所謂'每被老元偷格律'是也。然微之江陵《放言》與《送客嶺南》詩,樂天皆擬其作,何耶?東坡嘗效山谷體,作江字韻詩,山谷謂坡收斂光芒,入此窄步,余於樂天亦云。"

② 近來:指過去不久到現在的一段時間。張紘《閨怨》:"去年離別雁初歸,今夜裁縫螢已飛。征客近來音信斷,不知何處寄寒衣?"柳渾《牡丹》:"近來無奈牡丹何?數十千錢買一顆。" 逢酒:碰到喝酒

的機會。于鵠《尋李逞》:"任性常多出,人來得見稀。市樓逢酒住,野寺送僧歸。"劉禹錫《秋日書懷寄白賓客》:"州遠雄無益,年高健亦衰。興情逢酒在,筋力上樓知。"　高歌:高聲歌吟。枚乘《七發》:"高歌陳唱,萬歲無斁。"許渾《秋思》:"高歌一曲掩明鏡,昨日少年今白頭。"醉舞:猶狂舞。李白《邯歌行上新平長兄粲》:"趙女長歌入彩雲,燕姬醉舞嬌紅燭。"辛棄疾《滿江紅·題冷泉亭》:"醉舞且搖鸞鳳影,浩歌莫遣魚龍泣。"　詩狂:狂放不羈的詩人。白居易《郢州贈別王八使君》:"昔是詩狂客,今爲酒病夫。強吟翻悵望,縱醉不歡娛。"姚合《贈張質山人》:"先生居處僻,荆棘與墻齊。酒好寧論價? 詩狂不著題。"魔:指迷戀某事物的人,亦指使之迷戀之事物。白居易《與元九書》:"知我者以爲詩仙,不知我者以爲詩魔。"呂巖《大雲寺茶》:"斷送睡魔離幾席,增添清氣入肌膚。"入迷,使入迷,猶瘋,精神錯亂,喪失理智。貫休《寄赤松舒道士二首》二:"余亦如君也,詩魔不敢魔。"

③ 五斗解酲:《晉書·劉伶傳》:"劉伶字伯倫,沛國人也。身長六尺,容貌甚陋。放情肆志,常以細宇宙齊萬物爲心。澹默少言,不妄交遊,與阮籍、嵇康相遇,欣然神解,携手入林。初不以家產有無介意,常乘鹿車,携一壺酒,使人荷鍤而隨之,謂曰:'死便埋我!'其遺形骸如此。嘗渴甚,求酒於其妻,妻捐酒毀器,涕泣諫曰:'君酒太過,非攝生之道,必宜斷之!'伶曰:'善! 吾不能自禁,惟當祝鬼神自誓耳!便可具酒肉!'妻從之,伶跪祝曰:'天生劉伶,以酒爲名。一飲一斛,五斗解酲。婦兒之言,慎不可聽!'仍引酒御肉,隗然復醉。"　解酲:醒酒,消除酒病。孟浩然《春中喜王九相尋》:"林花掃更落,徑草踏還生。酒伴來相命,開尊共解酲。"李益《答寶二曹長留酒還楷》:"楷小非由楷,星郎是酒星。解酲元有數,不用嚇劉伶。"　十分:猶全部、十成,也作充分、十足解。白居易《重到城七絶句·見元九》"容貌一日減一日,心情十分無九分。每逢陌路猶嗟嘆,何況今朝是見君!"白居易《醉吟二首》二:"兩髻千莖新似雪,十分一醆欲如泥。酒狂又引詩

魔發,日午悲吟到日西。" 飛盞:謂傳杯痛飲。劉禹錫《洛中逢白監同話遊梁之樂因寄宣武令狐相公》:"開顏坐上催飛盞,迴首庭中看舞槍。借問風前兼月下,不知何客對胡床?"元稹《泛江翫月十二韵》:"巴童唱巫峽,海客話神瀧。已困連飛盞,猶催未倒缸。"

④ 眼前:眼睛面前,跟前。沈約《和左丞庾杲之病》:"待漏終不溢,囂喧滿眼前。"杜甫《草堂》:"眼前列杻械,背後吹笙竽。"目下,現時。蘇軾《次韵參寥寄少遊》:"巖栖木石已皤然,交舊何人慰眼前?"仇敵:有積恨的敵人。《左傳·昭公五年》:"晉,吾仇敵也。"貫休《寄王滌》:"梅月多開戶,衣裳潤欲滴。寂寥雖無形,不是小仇敵。" 休問:不要詢問,不要計較。杜甫《曲江三章章五句》:"自斷此生休問天,杜曲幸有桑麻田。故將移住南山邊,短衣匹馬隨李廣,看射猛虎終殘年。"元稹《開元觀閑居酬吳士矩侍御三十韵》:"語默君休問,行藏我詎兼。狂歌終此曲,情盡口長箝。" 身外:自身之外。杜甫《絕句漫興九首》四:"二月已破三月來,漸老逢春能幾回?莫思身外無窮事,且盡生前有限杯!"李益《立秋前一日覽鏡》:"萬事銷身外,生涯在鏡中。唯將滿鬢雪,明日對秋風。" 功名:功業和名聲。《史記·管晏列傳》:"吾幽囚受辱,鮑叔不以我爲無恥,知我不羞小節而恥功名不顯於天下也。"岳飛《滿江紅》:"三十功名塵與土,八千里路雲和月。"舊指科舉稱號或官職名位。崔何《喜陸侍御破石埭草寇東峰亭賦詩》:"一戰清戎越,三吳變險艱。功名麟閣上,得詠入秦關。"耿湋《送楊將軍》:"遠山當磧路,茂草向營門。生死酬恩寵,功名豈敢論?"一任:聽憑。杜甫《鷗》:"雪暗還須浴,風生一任飄。"仇兆鰲注引羅大經云:"雖風雪凌厲,亦不暇顧。"包佶《再過金陵》:"玉樹歌終王氣收,雁行高送石城秋。江山不管興亡事,一任斜陽伴客愁。"

⑤ 等閑:尋常,平常。賈島《古意》:"志士終夜心,良馬白日足。俱爲不等閑,誰是知音目?"白居易《新昌新居》:"等閑栽樹木,隨分占風烟。" 何事:什麼事,哪件事。謝朓《休沐重還道中》:"問我勞何

事？沾沐仰清徽。”方干《經周處士故居》：“愁吟與獨行，何事不傷情？”　奈吾何：猶“奈何”，怎麼樣，怎麼辦。《戰國策·趙策》：“辛垣衍曰：‘先生助之奈何？’魯連曰：‘吾將使梁及燕助之，齊楚則固助之矣！’”《楚辭·九歌·大司命》：“羌愈思兮愁人，愁人兮奈何？”

　　⑥　心事：這裏指志向，志趣。謝靈運《〈擬魏太子“鄴中集”詩·徐幹〉序》：“少無宦情，有箕潁之心事，故仕世多素辭。”李賀《致酒行》：“少年心事當拏雲，誰念幽寒坐嗚呃？”心中所思念或期望的事。劉皂《長門怨三首》三：“旁人未必知心事，一面殘妝空淚痕。”　長沙：這裏是“長沙傅”的省稱，亦即指西漢賈誼。漢文帝時賈誼被謫爲長沙王太傅，故稱。宋之問《新年作》：“嶺猿同旦暮，江柳共風烟。已似長沙傅，從今又幾年？”張九齡《詠史》：“輕既長沙傅，重亦邊郡徙。”何方：什麼地方，任何地方。李端《送少微上人入蜀》：“削髮本求道，何方不是歸？松風開法席，江月濯禪衣。”殷堯藩《同州端午》：“鶴髮垂肩尺許長，離家三十五端陽。兒童見説深驚訝，却問何方是故鄉？”

　　⑦　餔糟：飲酒，吃酒糟。元稹《送東川馬逢侍御使回十韵》：“餞筵君置醴，隨俗我餔糟。”梅堯臣《和劉原甫十二月十日試墨》：“予無奈何亦思飲，飲竭甖瓮從餔糟。”也比喻屈志從俗，隨波逐流，語出《楚辭·漁父》：“衆人皆醉，何不餔其糟而歠其醨？”蘇軾《再和》：“當年曹守我膠西，共厭餔糟與汩泥。”　漁父：《楚辭·漁父（漁父者，屈原之所作也。漁父蓋亦當時隱遁之士，或曰亦原之設詞耳）》：“屈原既放，遊於江潭，行吟澤畔，顔色憔悴，形容枯槁。漁父見而問之曰：‘子非三閭大夫與？何故至於斯？’屈原曰：‘舉世皆濁我獨清，衆人皆醉我獨醒，是以見放。’漁父曰：‘聖人不凝滯於物而能與世推移，世人皆濁，何不淈其泥而揚其波？衆人皆醉，何不餔其糟而歠其醨？何故深思高舉，自令放爲？’”　飯來開口：猶“飯來張口”，謂吃現成飯而不勞動。虞儔《戲書》：“淮南豬肉不論錢，下舍應須數擊鮮。過午食單毋涸我，飯來開口亦欣然。”《金瓶梅詞話》第七六回：“那婆子道：‘我的

奶奶,你飯來張口,水來濕手,這等插金帶銀,呼奴使婢,又惹什麼氣?'" 神鴉:指巴陵附近逐舟覓食的烏鴉。杜甫《過洞庭湖》:"護堤盤古木,迎棹舞神鴉。"仇兆鰲注:"《岳陽風土記》:'巴陵鴉甚多,土人謂之神鴉,無敢弋者。'……吳江周篆曰:'神烏在岳州南三十里,群烏飛舞舟上。或撒以碎肉,或撒以荳粒;食葷者接肉,食素者接荳,無不巧中。如不投以食,則隨舟數十里,衆烏以翼沾泥水,污船而去,此其神也。'"范致明《岳陽風土記》:"巴陵鴉甚多,土人謂之神,無敢弋者。穿堂入庖厨,略不畏。園林果實未熟,耗啄已半,故土人未嘗見成實之果,半生半熟採之。"范成大《吳船録》:"廟有馴鴉,客舟將來,則迓於數里之外,或直至縣下。船過,亦送數里,人以餅餌擲空,鴉仰喙承取,不失一,土人謂之神鴉,亦謂之迎船鴉。"需要我們注意的是,元稹一生僅僅祇有一次經過岳陽經過洞庭湖,這是本組詩作於本年三月間的重要佐證。

⑧ 竹枝:竹子的小枝。杜甫《示從孫濟》:"萱草秋已死,竹枝霜不蕃。"劉滄《題古寺》:"古寺蕭條偶宿期,更深霜壓竹枝低。" 待鳳:等待鳳凰前來栖息。李世民《賦得臨池竹》"貞條障曲砌,翠葉負寒霜。拂牖分龍影,臨池待鳳翔。"李程《賦得竹箭有筠》:"常愛凌寒竹,堅貞可喻人……待鳳花仍吐,停霜色更新。" 千莖:非常非常之多的竹竿。張籍《題僧院》:"聞師行講青龍疏,本寺住來多少年?静掃空房唯獨坐,千莖秋竹在檐前。"白居易《北亭招客》:"疏散郡丞同野客,幽閑官舍抵山家。春風北户千莖竹,晚日東園一樹花。" 柳樹:即柳,落葉喬木或灌木,枝條柔韌,葉子狹長,種子有毛,種類很多,有垂柳、旱柳等。《詩·小雅·小弁》:"菀彼柳斯,鳴蜩嘒嘒。"《古詩十九首·青青河畔草》:"青青河畔草,鬱鬱園中柳。" 迎風:逆風,對著風,猶隨風。《後漢書·皇甫嵩傳》:"若欲輔難佐之朝,雕朽敗之木,是猶逆阪走丸,迎風縱棹,豈雲易哉?"蕭繹《看摘薔薇詩》:"倡女倦春閨,迎風戲玉除。" 一向:謂朝著一個目標或一個方向。《孫子·九

地》：“並敵一向，千里殺將。”鍾會《檄蜀文》：“蓄力待時，併兵一向。”
斜：不正，歪斜。王延壽《魯靈光殿賦》：“芝栭欑羅以戢香，枝掌权枒
而斜據。”韓愈《南山詩》：“或斜而不倚，或弛而不彀。”向偏離正中或
正前方的方向移動。賈誼《鵬鳥賦》：“單閼之歲兮，四月孟夏，庚子日
斜兮，鵬集予舍。”杜甫《杜位宅守歲》：“四十明朝過，飛騰暮景斜。”

⑨ 天公：天，以天擬人，故稱。李白《短歌行》：“麻姑垂兩鬢，一
半已成霜。天公見玉女，大笑億千場。”陸游《殘雨》：“五更殘雨滴檐
頭，探借天公一月秋。” 雨露：雨和露，亦偏指雨水。《後漢書·馬融
傳》：“今年五月以來，雨露時澍。”元稹《代曲江老人百韵》：“暇日耕耘
足，豐年雨露頻。”比喻恩澤。高適《送李少府貶峽中王少府貶長沙》：
“聖代即今多雨露，暫時分手莫躊躇。”謂沐浴恩澤。王仁裕《開元天
寶遺事·選婿窗》：“李林甫有女六人，各有姿色，雨露之家，求之不
允。” 等頭：猶等閑，謂輕易。元稹《送東川馬逢侍御史回十韵》：“莫
嘆巴三峽，休驚鬢二毛。流年等頭過，人世各勞勞。”白居易《勸行
樂》：“少年信美何曾久？春日雖遲不再逢。歡笑勝愁歌勝哭，請君莫
道等頭空。” 成長：長大，長成。《顏氏家訓·教子》：“驕慢已習，方
復制之，捶撻至死而無威，忿怒日隆而增怨，逮于成長，終爲敗德。”韓
愈《祭滂文》：“將謂成長，以興吾家，如何不祥，未冠而夭！”向成熟的
階段發展。《北齊書·王昕傳》：“我弟並向成長，志識未定，近善狎
惡，不能不移。” 生涯：語本《莊子·養生主》：“吾生也有涯，而知也
無涯。”原謂生命有邊際、限度，後指生命、人生。沈炯《獨酌謠》：“生
涯本漫漫，神理暫超超。”劉禹錫《代裴相公讓官第三表》：“聖日難逢，
生涯漸短。體羸無拜舞之望，心在有涕戀之悲。”生活。庾信《謝趙王
賚絲布等啓》：“望外之恩，實符大賚，非常之錫，乃溢生涯。”陳亮《謝
陳參政啓》：“暮景生涯，恍如落日；少年夢事，旋若好風。”猶生計。沈
佺期《餞高唐州詢》：“生涯在王事，客鬢各蹉跎。”

⑩ 霆轟：響雷。李覯《上蘇祠部書》：“治道二十五策，霆轟風飛，

震伏天下，非真有道者，安能卓犖如此？”文天祥《回楊秘監就賀》：“自欷起而霆轟，每徐行而山立。” 電綖：閃電。元積《競渡》：“乘風瞥然去，萬里黃河翻。接瞬電綖出，微吟霹靂喧。”元積《三嘆三首》一：“雄爲光電綖，雌但深泓澄。龍怒有奇變，青蛇終不驚。” 數聲頻：一聲緊跟一聲。王雲鳳《子午谷》：“馬前銅笛數聲頻，柳底行沿漢水濱。且喜晚炊來子午，曾經春雨憶庚申。” 不奈：無奈。李昂《戚夫人楚舞歌》：“不奈君王容鬢衰，相存相顧能幾時。”范成大《己丑五月被召至行在》：“酒槽不奈青春老，經笥空供白晝眠。”不耐，忍受不了。陸暢《解內人嘲》：“須教翡翠聞王母，不奈烏鳶噪鵲橋。”王安石《紅梅》：“春半花才發，多應不奈寒。” 狂夫：無知妄爲的人。《詩·齊風·東方未明》：“折柳樊圃，狂夫瞿瞿。”《史記·淮陰侯列傳》：“故曰：‘狂夫之言，聖人擇焉。’”放蕩不羈的人。《後漢書·譙玄傳》：“忽有醉酒狂夫，分爭道路，既無尊嚴之儀，豈識上下之別！”杜甫《狂夫》：“欲填溝壑惟疏放，自笑狂夫老更狂。”用作謙詞。《後漢書·李固傳》：“固狂夫下愚，不達大體，竊感古人一飯之報，況受顧遇而容不盡乎！” 藉：踐踏，凌辱。《呂氏春秋·慎人》：“殺夫子者無罪，藉夫子者不禁。”高誘注：“藉猶辱也。”《史記·魏其武安侯列傳》：“太后怒，不食，曰：‘今我在也，而人皆藉吾弟，令我百歲後，皆魚肉之矣！’”司馬貞索隱引晉灼曰：“藉，蹈也。以言踩藉之。”

⑪ 縱使：即使。《顏氏家訓·養生》：“縱使得仙，終當有死。”杜甫《戲爲六絕句》三：“縱使盧王操翰墨，劣於漢魏近風騷。” 燼：物體燃燒後剩下的東西，灰燼。《詩·大雅·桑柔》：“民靡有黎，具禍以燼。”朱熹集傳：“燼，灰燼也。”葛洪《抱朴子·金丹》：“凡草燒之即燼，而丹砂燒之成水銀。” 寧：寧可，寧願。《國語·晉語》：“必報讎，吾寧事齊楚。”劉義慶《世說新語·德行》：“友人有疾，不忍委之，寧以我身代友人之命。” 殊：區分，區別。《史記·太史公自序》：“法家不別親疏，不殊貴賤，一斷於法。”袁宏《後漢紀·安帝紀》：“別親疏，殊適

庶，尊國體，重繼嗣，防淫篡，絕奸謀，百王不易之道。"差異，不同。
《易·繫辭》："天下同歸而殊塗。"桓寬《鹽鐵論·國疾》："世殊而事
異。"　埋骨：埋葬尸骨。白居易《題故元少尹集後》："龍門原上土，埋
骨不埋名。"陸游《出西門》："青山是處可埋骨，白髮向人羞折腰。"
颺爲塵：義近"揚塵"，激起塵土。宋玉《風賦》："夫庶人之風，塕然起
於窮巷之間，堀堁揚塵，勃鬱煩冤。"王粲《雜詩》："風飈揚塵起，白日
忽已冥。"後用爲世事變遷之典。陸游《護國天王院過之有感》："古傳
東海會揚塵，君看此地亦荊榛。"

　　⑫"得成蝴蝶尋花樹"兩句：這裏化用莊子的典故，《莊子翼附
錄·雜說》："莊子以其自適，則言夢爲蝴蝶。以其自樂，則言如魚之
樂。以蝴蝶微小，飛揚而無所不至矣！以魚處深渺，而能活其身矣！
所以寓其自適自活之意，於二物在於齊諧萬物也！"　蝴蝶：昆蟲名，
翅膀闊大，顏色美麗，靜止時四翅豎於背部，腹瘦長，吸花蜜，種類繁
多，也稱蛺蝶。李時珍《本草綱目·蛺蝶》："蝶美於鬚，蛾美於眉，故
又名蝴蝶，俗謂鬚爲胡也。"李白《思邊》："去年何時君別妾？南園綠
草飛蝴蝶。今歲何時妾憶君？西山白雪暗晴雲。"韓偓《士林紀實》：
"謝蝴蝶佳句云：'狂隨柳絮有時見，飛入梨花無處尋。'"　花樹：開滿
花朵的樹木。張文琮《和楊舍人詠中書省花樹》："花萼映芳叢，參差
間早紅。因風時落砌，雜雨乍浮空。"王勃《春遊》："客念紛無極，春泪
倍成行。今朝花樹下，不覺戀年光。"　儻：倘若，假如，表示假設。
《三國志·董昭傳》："圍中將吏不知有救，計糧怖懼，儻有他意，爲難
不小。"劉知幾《史通·雜說》："而爲晉學者，曾未之知，儻湮滅不行，
良可惜也。"　江魚：石首魚，又名石頭魚、鮸魚、黃花魚。李時珍《本
草綱目·石頭魚》："生東南海中，其形如白魚，扁身，弱骨，細鱗，黃色
如金。首有白石二枚，瑩潔如玉，至秋化爲冠鳧，即野鴨有冠者也。
腹中白鰾可作膠。《臨海異物志》云：'小者名踏水，其次名春來。'田
九成《遊覽志》云：'每歲四月來自海洋，綿亘數里，其聲如雷。海人以

竹筒探水底，聞其聲乃下網，截流取之，潑以淡水，皆圉圉無力。初水來者甚佳，二水、三水來者，魚漸小而味漸減矣！"張謂《過從弟制疑官舍竹齋》："竹裏藏公事，花間隱使車。不妨垂釣坐，時膾小江魚。"韓愈《從潮州量移袁州張韶州端公以詩相賀因酬之》："明時遠逐事何如？遇赦移官罪未除。北望詎令隨塞雁，南遷纔免葬江魚。"我們疑這裏泛指生活在江河裏的魚類。　錦鱗：彩色的魚鱗，對魚鱗的美稱。王公亮《魚上冰》："出冰朱鬣見，望日錦鱗舒。漸覺流漸近，還欣掉尾餘。"溫庭筠《薛氏池垂釣》："池塘經雨更蒼蒼，萬點荷珠曉氣涼。朱瑀空偷御溝水，錦鱗紅尾屬嚴光。"

⑬　必若：如果肯定。杜甫《送韋諷上閬州錄事參軍》："必若救瘡痍，先應去蟊賊。揮淚臨大江，高天意悽惻。"白居易《病眼花》："大窠羅綺看纔辨，小字文書見便愁。必若不能分黑白，却應無悔復無尤。"乖龍：傳說中的孽龍。白居易《偶然二首》一："乖龍藏在牛領中，雷擊龍來牛枉死。"黃休復《茅亭客話》卷五："世傳乖龍者，苦於行雨，而多方竄匿，藏人身中，或在古木楹柱之內，及樓閣鴟甍中，須爲雷神捕之。"　諸處：他處。白居易《龍門下作》："筋力不將諸處用，登山臨水詠詩行。"谷神子《博異志·崔玄微》："主人甚賢，只此從容不惡，諸處亦未勝於此也。"處處，各處。王建《題誑法師院》："僧院不求諸處好，轉經唯有一窗明。"張先《醉垂鞭》："細看諸處好，人人道，柳腰身。"何須：猶何必，何用。曹植《野田黃雀行》："利劍不在掌，結友何須多？"封演《封氏聞見記·敏速》："宰相曰：'七千可爲多矣！何須萬？'"賀鑄《臨江仙》："何須繡被，來伴擁蓑眠？"　驚動：猶震動，舉動影響他人，使有所感。《史記·南越列傳》："漢興兵誅郢，亦行以驚動南越。"文天祥《指南錄後序》："初至北營，抗辭慷慨，上下頗驚動。"自來：不請自來。儲光羲《貽韋鍊師》"精思莫知日，意靜如空虛。三鳥自來去，九光遙卷舒。"劉長卿《宿懷仁縣南湖寄東海荀處士》："佇立白沙曲，相思滄海邊。浮雲自來去，此意誰能傳？"

⑭ 安得:怎麼能够。杜甫《洗兵馬》:"安得壯士挽天河,净洗甲兵長不用!"杜甫《茅屋爲秋風所破歌》:"安得廣廈千萬間,大庇天下寒士俱歡顏!" 心源:猶心性,佛教視心爲萬法之源,故稱。元稹《度門寺》:"心源雖了了,塵世苦憧憧。"邵雍《暮春吟》:"自問心源無所有,答云疏懶味偏長。" 處處:定居,安居。《詩·大雅·公劉》:"京師之野,於時處處,於時廬旅。"鄭玄箋:"京地乃衆民所宜居之野也,於是處其當處者,廬舍其賓旅。"朱熹集傳:"處處,居室也。"各處,每個方面。《漢書·原涉傳》:"自哀平間,郡國處處有豪桀,然莫足數。"蘇軾《殘臘獨出二首》一:"處處野梅開,家家臘酒香。" 何勞:猶言何須煩勞,用不著。李休烈《詠銅柱》:"天門街裏倒天樞,火急先須卸火珠。計合一條絲綫挽,何勞兩縣索人夫(長壽三年,武后建銅柱,謂之天樞。開元中,詔毀。先是有訛言云:'一條絲挽天樞。'故休烈詩及之)?"劉長卿《奉陪鄭中丞自宣州解印與諸侄宴餘干後溪》:"度雨諸峰出,看花幾路迷。何勞問秦漢? 更入武陵溪。" 終日:整天。杜甫《愁坐》:"終日憂奔走,歸期未敢論。"良久。《史記·扁鵲倉公列傳》:"終日扁鵲仰天嘆。"王念孫《讀書雜誌·史記》:"此終日,非謂終一日也,終日猶良久也,言中庶子與扁鵲語良久,扁鵲乃仰天而嘆也。《吕氏春秋·貴卒》篇曰:'所爲貴鏃矢者,爲其應聲而至;終日而至,則與無至同。'言良久乃至,則與不至同也……良久謂之終日,猶常久謂之終古矣!" 林巒:樹林與峰巒,泛指山林。孔稚珪《北山移文》:"望林巒而有失,顧草木而如喪。"王昌齡《山行入涇州》:"林巒信回惑,白日落何處?"指隱居的地方。李白《贈參寥子》:"長揖不受官,拂衣歸林巒。"

⑮ 玉英:玉之精英。《尸子》卷下:"清水有黄金,龍淵有玉英。"古代有食玉英之説,謂能長生。《楚辭·九章·涉江》:"登昆侖兮食玉英,與天地兮同壽,與日月兮同光。"王灣《奉使登終南山》:"玉英時共飯,芝草爲余拾。" 惟向:祇想。戎昱《成都暮雨秋》:"縱欲傾新

酒，其如憶故鄉。不知更漏意，惟向客邊長。」　蓮葉：即荷葉。楊巨源《銜魚翠鳥》：「有意蓮葉間，瞥然下高樹。擘波得潛魚，一點翠光去。」孟郊《樂府戲贈陸大夫十二丈三首》三：「蓮葉未開時，苦心終日卷。春水徒蕩漾，荷花未開展。」　元來：當初，本來。張鷟《遊仙窟》：「元來不見，他自尋常；無故相逢，却交煩惱。」孫棨《贈妓人王福娘》：「謾圖西子爲妝樣，西子元來未得如。」

　　⑯ 甯戚：甯戚，春秋衛人，齊大夫。《楚辭·離騷》：「甯戚之謳歌兮，齊桓聞以該輔。」王逸注：「甯戚修德不用，退而商賈，宿齊東門外。桓公夜出，甯戚方飯牛，叩角而商歌。桓公聞之，知其賢，舉用爲客卿，備輔佐也。」錢起《長安落第作》：「無媒獻詞賦，生事日蹉跎。不遇張華識，空悲甯戚歌。」李咸用《秋日送嚴湘侍御歸京》：「雖道危時難進取，到逢清世又如何？誰聽甯戚敲牛角？月落星稀一曲歌。」　飯牛：比喻賢才屈身於卑賤之事。語本《管子·小問》：「百里傒，秦國之飯牛者也，穆公舉而相之，遂霸諸侯。」《呂氏春秋·舉難》：「甯戚欲干齊桓公，窮困無以自進，於是爲商旅將任車以至齊，暮宿於郭門之外。桓公郊迎客，夜開門，辟任車，爝火甚盛，從者甚衆。甯戚飯牛居車下，望桓公而悲，擊牛角疾歌。桓公聞之，撫其僕之手曰：『異哉！之歌者非常人也！』命後車載之。」　圖：考慮，謀劃，計議。《漢書·高帝紀》：「天下既安，豪傑有功者封侯，新立，未能盡圖其功。」顏師古注：「圖爲謀而賞之。」袁康《越絕書·請糴內傳》：「越王與之劍，使自圖之，吳王乃旬日而自殺也。」　底事：何事。劉肅《大唐新語·酷忍》：「天子富有四海，立皇后有何不可？關汝諸人底事，而生異議！」張元幹《賀新郎·送胡邦衡待制赴新州》：「底事昆崙傾砥柱，九地黃流亂注？」趙翼《陔餘叢考·底》：「江南俗語，問何物曰底物，何事曰底事，唐以來已入詩詞中。」　陸通：陸通，春秋楚人，字接輿。昭王時，政令無常，乃佯狂不仕，時人稱爲楚狂。劉向《列仙傳·陸通》：「陸通者，云楚狂接輿也。好養生，食橐盧木實及蕪菁子。遊諸名山，在蜀峨嵋

山上,世世見之,歷數百年去。"《莊子注》卷二:"孔子適楚,楚狂接輿遊其門曰:'鳳兮,鳳兮! 何如德之衰也! 來世不可待,往世不可追也! 天下有道聖人成焉! 天下無道聖人生焉! 方今之時僅免刑焉……'"　歌鳳:《論語·微子》:"楚狂接輿歌而過孔子曰:'鳳兮鳳兮! 何德之衰? 往者不可諫,來者猶可追。已而,已而! 今之從政者殆而!'"後遂以"歌鳳"爲避世隱居之典。揚雄《法言·淵騫》:"欲去而恐罹害者也,箕子之《洪範》、接輿之歌鳳也哉!"李商隱《贈送前劉五經映三十四韻》:"泣麟猶委吏,歌鳳更佯狂。"　無端:無奈,表示事與願違,或沒有辦法。楊巨源《大堤曲》:"無端嫁與五陵少,離別烟波傷玉顏。"柳永《尾犯》:"秋漸老,蛩聲正苦。夜將闌,燈花旋落。最無端處,總把良宵,祇恁孤眠却。"

　　⑰ 孫登不語:《三國志文類·嵇康自責詩(北山中見隱者孫登,康欲與之言,登默然不對。逾時將去,康曰:'先生竟無言乎?'登乃曰:'子才多識寡,難乎免於今之世。'及遭呂安事,爲詩自責)》:"欲寡其過,謗議沸騰。性不傷物,頻致怨憎。昔慚柳下,今愧孫登。内負宿心,外靦良朋。"元稹《秋堂夕》:"處世苟無悶,佯狂道非弘。無言被人覺,予亦笑孫登。"可止《擬齊梁酬所知見贈二首》二:"美如仙鼎金,清如纖手琴。孫登嘯一聲,縹緲不可尋。"　啓期:啓期,人名,即榮啓期,啓期樂事見《列子·天瑞》:"孔子遊於太山,見榮啓期行乎郕之野,鹿裘帶索,鼓琴而歌。孔子問曰:'先生所以樂,何也?'對曰:'吾樂甚多! 天生萬物,唯人爲貴,而吾得爲人,是一樂也。男女之別,男尊女卑,故以男爲貴,吾既得爲男矣! 是二樂也。人生有不見日月、不免繦褓者,吾既已行年九十矣! 是三樂也。貧者,士之常也。死者,人之終也。處常得終,當何憂哉?'孔子曰:'善乎! 能自寬者也!'"楊巨源《送李舍人歸蘭陵里》:"家貧境勝心無累,名重官閑口不論。惟有道情常自足,啓期天地易知恩。"白居易《琴酒》:"耳根得聽琴初暢,心地忘機酒半酣。若使啓期兼解醉,應言四樂不言三。"　樂:快

樂,歡樂。《史記·刺客列傳》:"高漸離擊築,荊軻和而歌於市中,相樂也,已而相泣,旁若無人者。"歐陽修《醉翁亭記》:"然而禽鳥知山林之樂,而不知人之樂;人知從太守遊而樂,而不知太守之樂其樂也。"各自:各人自己。《史記·孟嘗君列傳》:"孟嘗君客無所擇,皆善遇之,人人各自以爲孟嘗君親己。"干寶《搜神記》卷一:"一旦分別,豈不愴恨,勢不得不爾,各自努力。" 當:承受,承當。《莊子·讓王》:"大王反國,非臣之功,故不敢當其賞。"鮑照《擬古詩八首》二:"羞當白璧貺,恥受聊城功。" 歡:快樂,喜悦。《書·洛誥》:"公功肅將祗歡。"孔穎達疏:"公功已進且大矣,天下皆樂公之功,敬而歡樂。"潘岳《笙賦》:"樂聲發而盡室歡,悲音奏而列坐泣。"

⑱ "三十年來世上行"兩句:這裏指元稹來到當時的人間來到這個世界,匆匆忙忙,三十多年的光陰一晃而過,元稹時年三十六歲,"三十"是詩詞中不得已而使用的約數手法。在這三十多年的人生歲月裏,元稹自己也曾刻苦也曾追求,追逐人世間的虛名浮榮,但最終都無果而終。 年來:近年以來或一年以來。盧綸《和陳翃郎中拜本府少尹兼侍御史獻上侍中因呈同院諸公》:"金印垂鞍白馬肥,不同疏廣老方歸。三千士裏文章伯,四十年來錦繡衣。"戴叔倫《越溪村居》:"年來橈客寄禪扉,多話貧居在翠微。" 世上:人世間。《戰國策·秦策》:"人生世上,勢位富貴,蓋可忽乎哉?"陸游《冬夜讀史有感》:"世上閑愁千萬斛,不教一點上眉端。" 狂走:亂跑,疾奔。《史記·扁鵲倉公列傳》:"陽明脈傷,即當狂走。"蘇軾《蝦虎》:"今年歲旱號蜥蜴,狂走兒童鬧歌舞。" 浮名:虛名。謝靈運《初去郡》:"伊余秉微尚,拙訥謝浮名。"林逋《和酬泉南陳賢良高見贈》:"揚袂公車莫相調,浮名應未似身親。"

⑲ 兩迴左降:指元和元年元稹自左拾遺降爲河南尉與元和五年自監察御史降爲江陵士曹參軍兩件事情。 左降:貶官,義同"左遷",多指由京官降職到州郡。元稹《西歸絕句十二首》五:"白頭歸舍

意如何？賀處無窮吊亦多。左降去時裴相宅，舊來車馬幾人過？"白居易《舟中雨夜》："夜雨滴船背，風浪打船頭。船中有病客，左降向江州。" 知命：謂懂得事物生滅變化都由天命決定的道理。《易·繫辭》："樂天知命，故不憂。"曹植《箜篌引》："先民誰不死？知命復何憂！" 數度登朝：三次在朝廷任職，亦即指元積貞元十九年因吏部乙科及第任職校書郎、元和元年因制科及第被拜爲左拾遺、元和四年因母喪服滿被拜爲監察御史。 數度：幾次。白居易《偶吟二首》一："眼下有衣兼有食，心中無喜亦無憂……猶殘少許雲泉興，一歲龍門數度遊。"孫作《菽乳》："異方營齊味，數度真琦瑰。作羹傳世人，令我憶蓬萊。" 登朝：進用於朝廷。《漢書·叙傳》："賈生矯矯，弱冠登朝。"王翰《奉和聖製送張尚書巡邊》："登朝身許國，出閫將辭家。"榮：樂，快樂。《國語·晉語》："狐偃曰：'日，吾來此也，非以狄爲榮，可以成事也……'"韋昭注："榮，樂也。"顯榮，富貴。《呂氏春秋·務大》："三王之佐，其名無不榮者。"高誘注："榮，顯也。"袁宏《三國名臣序贊》："居上者不以至公理物，爲下者必以私路期榮。"光榮，榮耀，與"辱"相對。《文選·張衡〈南都賦〉》："曜朱光於白水，會九世而飛榮。"李善注："榮，光榮也。"韓愈《贈崔復州序》："丈夫官至刺史，亦榮矣！"

⑳ 松葉：指松葉酒。李商隱《飲席戲贈同舍》："唱盡陽關無限疊，半杯松葉凍頗黎。"古時有用松葉釀酒的習慣，名"松葉酒"。庾信《贈周處士》："方欣松葉酒，自和遊仙吟。"王績《采藥》："家豐松葉酒，器貯參花蜜。"李時珍《本草綱目·松》："松葉酒，治十二風痹不能行……松葉六十斤，細剉，以水四石，煮取四斗九升；以米五斗，釀如常法，別煮松葉汁以漬米並饋飯，泜釀封頭，七日發，澄飲之取醉，得此酒力者甚衆。" 遮渠：盡他，隨他。賀知章《答朝士》："鄉曲近來佳此味，遮渠不道是吳兒。"白居易《答州民》："唯擬騰騰作閑事，遮渠不道使君愚。" 肘上柳枝生：即"肘生柳"，《莊子·至樂》："支離叔與滑

介叔觀於冥伯之丘、昆侖之虛、黃帝之所休。俄而柳生其左肘,其意蹶蹶然惡之。"王先謙集解:"瘤作柳,聲轉借字。"後以"肘生柳"比喻生死、疾病等意外的變化。王安石《東皋》:"肘上柳生渾不管,眼前花發即欣然。"

㉑ "他時定葬燒缸地"兩句:典見見《三國志·吳主傳》注引《吳書》,楊慎《丹鉛總録》卷二五引録云:"世謂清談放曠起於晉,非也,漢末已有之矣! 仲長統見志詩曰:'寄愁天上,埋憂地下。叛散五經,滅裂風雅。'鄭泉嗜酒,臨卒謂同類曰:'必葬我陶家之側,庶千歲之後化而成土,幸見取爲酒壺,實獲我心矣!'二子蓋阮籍、劉伶之先著鞭者也!" 他時:將來,以後。徐鉉《送郝郎中爲浙西判官》:"若許他時作閑伴,殷勤爲買釣魚船。"《太平廣記》卷一四〇引《廣德神異録·僧一行》:"唐開元十五年,一行禪師臨寂滅,遺表云:'他時慎勿以宗子爲相,蕃臣爲將。'"陸游《老學庵筆記》卷四:"〔辰、沅、靖州〕諸蠻惟狵狑頗强習戰鬥,他時或能爲邊患。" 燒缸地:取土燒酒缸之處。按《三國志·吳主傳》注引《吳書》:三國吳鄭泉博學而性嗜酒,臨卒,對人曰:"必葬我陶家之側,庶百歲之後化而成土,幸見取爲酒壺,實獲我心矣!"《建康實録》卷一亦有記載:"(鄭)泉字文淵,陳郡人,博學有姿望,而性嗜酒……臨卒,謂同類曰:'必葬我於陶家側,庶百歲後化成土,見取爲酒壺。'"

[編年]

《年譜》編年本詩於元稹"庚寅至甲午在江陵府所作其他詩",没有列舉理由。《編年箋注》編年云:"此詩作於江陵時期。見卞《譜》。"《年譜新編》亦編年於元稹"庚寅至甲午在江陵府所作其他詩",下云:"白居易《放言五首》序云:'元九在江陵時,有《放言》長句詩五首。'"

我們以爲,白居易《放言五首》序云:"元九在江陵時,有《放言》長句詩五首。"此組詩作於元稹江陵時期自然是不錯的,但如此編年太籠統也太容易更失去了編年的意義。我們以爲本組詩作於元和九年元稹自潭州回到江陵之時，理由有五：一、白居易的《放言五首》作於其貶任江州司馬途中，有白居易自己的詩序爲證，這是史實，相信大家不會有任何疑義。但我們要問：元稹貶任江陵時期，元稹白居易來往密切，詩歌唱酬不斷，有元稹與白居易近百首的唱酬詩篇爲證。如果本組詩作於元稹江陵時期的初期，元稹爲什麼沒有將其寄給白居易？白居易見了元稹的詩篇，爲什麼不作酬和，而直到出貶江州，才在船中酬和？這顯然不符合元稹白居易交往的實際。二、本組詩元稹賦成之後，沒有來得及寄給白居易，就行色匆匆參與了淮西的平叛，直到被宦官假借聖意召回京城，接著又出貶通州，臨行之時，元稹把自己的全部詩文都委託給了白居易，其《叙詩寄樂天書》云：“昨來京師，偶在筐篋。及通行，盡置足下。僕亦有說，僕聞上士立德，其次立事，不遇立言……則安能保持萬全，與足下必復京輦，以須他日立言事之驗耶？但恐一旦與急食相扶而終，使足下受天下友不如己之誚，是用悉所爲文，留穢箱笥……”本組詩即是在元和十年元稹赴任通州之時，交給白居易的全部詩文中的一組詩篇而已，故白居易才能在赴任江州途中諷詠而加以酬和。三、元稹在潭州有《盧頭陀詩》、《醉別盧頭陀》兩詩，詩中“醉迷狂象別吾師，夢覺觀空始自悲。盡日笙歌人散後，滿江風雨獨醒時”之句，與本詩“近來逢酒便高歌，醉舞詩狂漸欲魔。五斗解酲猶恨少，十分飛盞未嫌多”、“他時定葬燒缸地，賣與人家得酒盛”數句抒發的感情如出一時，應該是同時之作。四、本組詩中“神鴉”云云，明顯是元和九年春天在潭州公幹之後歸途中看到的景象，《岳陽風土記》描繪的情景就是明證，尤其“神烏在岳州南三十里”云云更符合元稹當時潭州北歸的情形。而元稹在《岳陽樓》詩云“悵望殘春萬般意”，説明春天即將過去。元稹另有《送杜元穎》詩，詩云：“江上五年同送客。”而《三月三十日程氏館餞杜十四歸京》又表明具體時間在元和九年三月三十日之前，因此可以斷定本詩應該作於元和九年三月下旬,臨近三月三十日之時。

◎ 宿石磯(一)①

石磯江水夜潺湲,半夜江風引杜鵑②。燈暗酒醒顛倒枕,五更斜月入空船③。

錄自《元氏長慶集》卷一九

[校記]

(一)宿石磯:楊本、《石倉歷代詩選》、《佩文齋詠物詩選》、《全詩》同,叢刊本作"宿石",《萬首唐人絕句》作"宿石機",刊刻之誤,不從不改。

[箋注]

① 宿石磯:臨時夜宿於石磯旁邊的船上,這是元稹元和九年春天潭州之行在返回江陵府途中時所作的詩篇。 宿:住宿,過夜。祖詠《夕次圃田店》:"落日桑柘陰,遥村烟火起。西還不遑宿,中夜渡涇水。"柳宗元《漁翁》:"漁翁夜傍西巖宿,曉汲清湘燃楚竹。烟銷日出不見人,欸乃一聲山水淥。" 石磯:在岳州巴陵縣附近的洞庭湖中,石磯甚多,有城陵磯、彭城磯、道人磯、隱磯、白馬磯、鴨欄磯等。本詩中的"石磯",即應該是其中之一。《大清一統志·巴陵縣》:"城陵磯(在巴陵縣北十五里,《水經注》:'江水東徑忌置山南,江之右岸有城陵山,山有故城。'《舊志》:'山在巴陵縣北蜀江口也,江西來洞庭,南注合流於此,爲一郡水口,半隸臨湘界。')、彭城磯(在臨湘縣西江中,《水經注》:'江水又東徑彭城口,水東有彭城磯。'《元和志》:'彭城磯,在巴陵縣東北九十四里。')、道人磯(在臨湘縣西南一十五里江濱,一

名微落山，《水經注》：‘城陵山東接微落山，亦名暉落磯。’《輿地紀勝》：‘道人磯中有二洲，南爲黃金瀨，北爲黃金浦，浦中有白石，高丈餘，其光可鑑，名曰鏡石。’《府志》：‘有石高十餘丈，如道人北面而立，故名。’）、隱磯（在臨湘縣東北。《宋書·謝晦傳》：‘到彥之退保隱磯。’《水經注》：‘如山，北對隱磯。’）、白馬磯（在臨湘縣東北十里。《水經注》：‘彭城磯、隱磯之間，大江之中有獨石孤立山東江浦，世謂之白馬口。’唐李白詩：‘側叠萬古石，横爲白馬磯。’《縣志》：‘白馬磯，在白馬口旁。’）鴨欄磯（在臨湘縣東北十五里。《水經注》：‘江水右歷鴨欄磯北。’《岳陽風土記》：‘鴨欄磯，建昌侯孫慮鬥鴨之所，與白螺山相望。’）。”

　　② 石磯：水邊突出的巨大巖石。張旭《桃花溪》：“隱隱飛橋隔野烟，石磯西畔問漁船。”韓愈《送區册序》：“與之翳嘉林，坐石磯，投竿而漁，陶然以樂，若能遺外聲利而不厭乎貧賤也。” 江水：即長江。《淮南子·墜形訓》：“何謂六水？ 曰河水、赤水、遼水、黑水、江水、淮水。”高誘注：“江水出岷山。”韓愈《除官赴闕至江州寄鄂岳李大夫》：“盆城去鄂渚，風便一日耳。不枉故人書，無因帆江水。” 潺湲：水流貌。《楚辭·九歌·湘夫人》：“慌忽兮遠望，觀流水兮潺湲。”王渙《惆悵十二首》一〇：“晨肇重來路已迷，碧桃花謝武陵溪。仙山目斷無尋處，流水潺湲日漸西。” 半夜：一夜的一半。儲光羲《關山月》：“一雁過連營，繁霜覆古城。胡笳在何處？ 半夜起邊聲。”王昌齡《古意》：“欲暮黃鸝囀，傷心玉鏡臺。清箏向明月，半夜春風來。” 江風：江面上的風。王昌齡《巴陵別劉處士》：“劉生隱岳陽，心遠洞庭水……竹映秋館深，月寒江風起。”元稹《寄庾敬休》：“小來同在曲江頭，不省春時不共遊。今日江風好暄暖，可憐春盡古湘州。” 杜鵑：鳥名，又名杜宇、子規，相傳爲古代蜀王杜宇之魂所化，春末夏初，常晝夜啼鳴，其聲十分哀切。鮑照《擬行路難十八首》六：“中有一鳥名杜鵑，言是古時蜀帝魂。其聲哀苦鳴不息，羽毛憔悴似人髡。”杜甫《杜鵑行》：

"君不見昔日蜀天子,化作杜鵑似老烏。寄巢生子不自啄,群鳥至今與哺雛。"

③ 燈暗:昏暗的燈光。李百藥《詠螢火示情人》:"窗裏憐燈暗,階前畏月明。不辭逢露濕,祗爲重宵行。"崔珏《孤寢怨》:"燈暗愁孤坐,床空怨獨眠。自君遼海去,玉匣閉春弦。" 酒醒:謂酒醉後醒過來。元積《酒醒》:"飲醉日將盡,醒時夜已闌。暗燈風焰曉,春席水窗寒。"蘇軾《謁金門·秋愁》:"酒醒夢回愁幾許? 夜闌還獨語。" 顛倒:迴旋翻轉,翻來覆去。韓愈《秋懷詩十一首》八:"卷卷落地葉,隨風走前軒。鳴聲若有意,顛倒相追奔。"蘇軾《江上值雪效歐陽體次子由韵》:"隨風顛倒紛不擇,下滿坑谷高陵危。" 五更:舊時自黃昏至拂曉一夜間,分爲甲、乙、丙、丁、戊五段,謂之"五更",又稱第五鼓、第五夜。《顏氏家訓·書證》:"或問:'一夜何故五更? 更何所訓?'答曰:'漢魏以來,謂爲甲夜、乙夜、丙夜、丁夜、戊夜;又云鼓,一鼓、二鼓、三鼓、四鼓、五鼓;亦云一更、二更、三更、四更、五更;皆以五爲節……更,歷也,經也,故曰五更爾。'"也特指第五更的時候,即天將明時。伏知道《從軍五更轉五首》五:"五更催送籌,曉色映山頭。"令狐楚《從軍詞五首》四:"胡風千里驚,漢月五更明。縱有還家夢,猶聞出塞聲。" 斜月:西斜的落月。《樂府詩集·子夜四時歌秋歌》:"涼風開窗寢,斜月垂光照。"張若虛《春江花月夜》:"斜月沈沈藏海霧,碣石瀟湘無限路。" 空船:空寂的船。白居易《琵琶行》:"去來江口守空船,繞船月明江水寒。"韓偓《即日二首》一:"萬古離懷憎物色,幾生愁緒溺風光。廢城沃土肥春草,野渡空船蕩夕陽。"

[編年]

《年譜》編年本詩於元和九年"元積潭州之行作",理由是:"詩云:'石磯江水夜潺湲,半夜江風引杜鵑。'可見'石磯'在長江濱。顧祖禹《讀史方輿紀要》卷七十七《湖廣》三《岳州府·巴陵縣》:'隱磯:在府東北，磯南對彭城磯，二磯之間，大江之中也。'又彭城、隱磯之間，有巨石孤立大江中……'《臨湘縣》云：'道人磯：在縣南十五里大江濱，有石高十餘丈，如道人，面北而立。磯中有兩洲……北爲黃金浦，上又有白石，高丈餘，其光如鏡，亦名難冠石。'當是元稹經岳州時，曾宿'石磯'，作此詩。"《編年箋注》、《年譜新編》抄錄《年譜》的編年理由，也編年於元和九年"元稹潭州之行期間作"。

根據本詩詩意，綜觀元稹生平，元稹乘船在春天旅行或出巡，首先是元稹任職武昌軍節度使期間，詩人曾經多次巡行於轄區之內，而在鄂州附近的江面上，石磯甚多。但當時元稹是"上馬管軍，下馬管民"的節度使，其出巡時一定前呼後擁，與本詩的"空船"不符。除此之外，春天出行衹有兩次：元和十年春天元稹從江陵奉詔回歸西京，上溯漢水而返回長安。但元和十年回歸之時，船中除了詩人自己，還有詩人的女兒保子以及兒子元荊，不應該是"空船"，可以排除。元和九年春天，元稹前往潭州拜訪張正甫，有諸多元稹詩作證明，如《陪張湖南宴望岳樓稹爲監察御史張中丞知雜事》："觀象樓前奉末班，絳峰只似殿庭間。今日高樓重陪宴，雨籠衡岳是南山。"《岳陽樓》："岳陽樓上日銜窗，影到深潭赤玉幢。悵望殘春萬般意，滿櫳湖水入西江。"《寄庾敬休》："小來同在曲江頭，不省春時不共游。今日江風好暄煖，可憐春盡古湘州。"而詩中的"殘春"、"春盡"、"古湘州"與本詩的"半夜江風引杜鵑"相呼應，不僅節令是春天，而且具體時間是"殘春"、"春盡"，因爲"杜鵑"衹有在"春末夏初"才出現在人們的視覺與聽覺之中。據此，可以認定本詩作於元稹元和九年春天潭州之行期間。我們的編年意見似乎與《年譜》、《編年箋注》、《年譜新編》的編年意見一致，其實仍然有所區別：元稹潭州之行，來回應該兩次經由岳州，本詩究竟作於前往潭州經由岳州之時，還是在回歸江陵府途中經由岳州之時？《年譜》、《編年箋注》、《年譜新編》都含糊其詞。岳州府的巴陵縣、臨湘縣有隱磯、彭城磯、道人磯，與元稹詩中的"石磯"雖然有一定的聯繫,但仍然難以認定本詩作於來程還是歸途。杜鵑一般在春末夏初晝夜啼鳴,既然是"春末夏初",也正好與"半夜江風引杜鵑"相一致,也與上引三詩的節令相一致,還與元稹回歸江陵府之後《送杜元穎》、《三月三十日程氏館餞杜十四歸京》的時間一致,故本詩應該是元稹從潭州回歸江陵府途中經由岳州所作,具體時間在三月之末。而不是《年譜》、《編年箋注》、《年譜新編》認定的"元稹潭州之行期間作",因爲"潭州之行"應該包括前往潭州與返回江陵府兩個部份,如果再加上"期間",時間就更長,也就更加不夠確切。

◎ 岳陽樓①

　　岳陽樓上日銜窗,影到深潭赤玉幢⁽一⁾②。悵望殘春萬般意,滿櫺湖水入西江③。

　　　　　　　　　　　　　　錄自《元氏長慶集》卷一九

[校記]

　　(一) 影到深潭赤玉幢:楊本、叢刊本、《全詩》、《萬首唐人絕句》、《石倉歷代詩選》同,《錦繡萬花谷》、《唐人萬首絕句選》作"影倒深潭赤玉幢","到"與"倒"兩字相通,不改。

[箋注]

　　① 岳陽樓:湖南省岳陽市西門古城樓,相傳三國吳魯肅在此建閱兵臺,唐開元四年(716)中書令張説謫守巴陵(府治今岳陽市)時在舊閱兵臺基礎上興建此樓。主樓三層,巍峨雄壯。登樓遠眺,八百里洞庭盡收眼底,爲古今著名風景名勝。著名詩人李白、杜甫、白居易、李商隱等都有詠岳陽樓詩。李白《與夏十二登岳陽樓》:"樓觀岳陽

盡,川迥洞庭開。雁引愁心去,山銜好月來。"杜甫《登岳陽樓》:"昔聞洞庭水,今上岳陽樓。吳楚東南坼,乾坤日夜浮。"白居易《題岳陽樓》:"岳陽城下水漫漫,獨上危樓凭曲欄。春岸綠時連夢澤,夕波紅處近長安。猿攀樹立啼何苦!雁點湖飛渡亦難。此地唯堪畫圖障,華堂張與貴人看。"李商隱《岳陽樓》:"欲爲平生一散愁,洞庭湖上岳陽樓。可憐萬里堪乘興,枉是蛟龍解覆舟。"又李商隱《岳陽樓》:"漢水方城帶百蠻,四鄰誰道亂周班?如何一夢高唐雨,自此無心入武關。"宋慶曆五年(1045)滕子京謫守巴陵時重修,第二年范仲淹爲撰《岳陽樓記》,文云:"慶曆四年春,滕子京謫守巴陵郡。越明年,政通人和,百廢具興,乃重修岳陽樓,增其舊制,刻唐賢今人詩賦于其上,屬余作文以記之。余觀夫巴陵勝狀,在洞庭一湖。銜遠山,吞長江,浩浩湯湯,橫無際涯,朝暉夕陰,氣象萬千,此則岳陽樓之大觀也,前人之述備矣!然則北通巫峽,南極瀟湘,遷客騷人都會於此。覽物之情,得無異乎?若夫霪雨霏霏,連月不開。陰風怒號,濁浪排空。日星隱耀,山嶽潛形。商旅不行,檣傾楫摧。薄暮冥冥,虎嘯猿啼。登斯樓也,則有去國懷鄉,憂讒畏譏。滿目蕭然,感極而悲者矣!至若春和景明,波瀾不驚。上下天光,一碧萬頃。沙鷗翔集,錦鱗游泳。岸芷河蘭,郁郁青青。而或長烟一空,皓月千里。浮光躍金,靜影沉璧。漁歌互答,此樂何極!登斯樓也,則有心曠神怡,寵辱偕忘。把酒臨風,其喜洋洋者矣!嗟夫!予嘗求古仁人之心,或異二者之爲,何哉?不以物喜,不以己悲。居廟堂之高,則憂其民;處江湖之遠,則憂其君。是進亦憂,退亦憂,然則何時而樂耶?其必曰:先天下之憂而憂,後天下之樂而樂乎!噫!微斯人,吾誰與歸?時六年九月十五日。"由於范仲淹此文,岳陽樓盛名益著。

②日銜窗:意謂窗銜日,亦即從窗戶中看到天邊的太陽。劉應時《山居三首》二:"茅檐頗幽隱,竹徑自回環。犬吠溪頭客,日銜窗外山。"　深潭:深水池,亦指河流中水極深而有回流之處。《淮南子·

原道訓》:"〔舜〕釣於河濱,朞年,而漁者争處湍瀨,以曲隈深潭相予。"高誘注:"深潭,回流饒魚之處。"孟雲卿《新安江上寄處士》:"深潭與淺灘,萬轉出新安。人遠禽魚静,山空水木寒。" 玉幢:原來是經幢的美稱,指刻著佛號或經咒的石柱。元稹《泛江翫月十二韻》:"遠樹懸金鏡,深潭倒玉幢。"袁桷《槍竿嶺》:"金橋群仙迎,玉幢百神鑿。"這裏比喻秀麗的山峰。春臺仙《遊春臺詩》:"玉幢亙碧虚,此乃真人居。"

③ 悵望:惆悵地看望或想望。杜甫《詠懷古迹五首》二:"摇落深知宋玉悲,風流儒雅亦吾師。悵望千秋一灑泪,蕭條異代不同時。"韓翃《寄裴鄆州》:"烏紗靈壽對秋風,悵望浮雲濟水東。官樹陰陰鈴閣暮,州人轉憶白頭翁。" 殘春:指春天將盡的時節。賈島《寄胡遇》:"一自殘春别,經炎復到凉。"李清照《慶清朝慢》:"禁幄低張,彤闌巧護,就中獨占殘春。" 萬般:總括之詞,謂各種各樣。元稹《酬樂天得微之詩知通州事因成四首》四:"饑摇困尾喪家狗,熱暴枯鱗失水魚。苦境萬般君莫問,自憐方寸本來虚。"杜牧《不寐》:"到曉不成夢,思量堪白頭。多無百年命,長有萬般愁。" 檻:窗户或欄杆上雕有花紋的格子。葉適《柯君振相别三十餘年爲言親喪不能舉請賦此詩庶幾有哀之者》:"無人爲買南山麓,月户風檻作好鄰。"温純《夏日邀徐君羽飲子由亭》:"天漢風流見使星,乾坤此地剩孤亭。懷人汝上雲連蜀,下榻尊前月滿檻。" 湖水:湖泊中的水。裴説《岳陽兵火後題僧舍》:"十年兵火真多事,再到禪扉却破顔。唯有兩般燒不得,洞庭湖水老僧閑。"鄭谷《寄題方干處士》:"山雪照湖水,漾舟湖畔歸。松篁調遠籟,臺樹發清輝。" 西江:唐人多稱長江中下游爲西江。李白《夜泊牛渚懷古》:"牛渚西江夜,青天無片雲。"元稹《相憶泪》:"西江流水到江州,聞道分成九道流。"

[編年]

　　《年譜》引述樂史《太平寰宇記》中關於岳陽樓的記載,但與本詩編年沒有關係。唯"元詩有'悵望殘春萬般意'之句,當繫離潭州返江陵經岳州時作"云云表述差強人意,但又排列在大和四五年詩篇《賽神》、《競舟》之後,《寄庾敬休》之前,在地理上是錯亂的,在時間上是倒置的,不可取。《編年箋注》編年:"此詩作於元和九年(八一四),元稹離潭州返江陵,途經岳陽,登岳陽樓。見下《譜》。"但排列與《年譜》亦步亦趨,也排列在大和四五年詩篇《賽神》、《競舟》之後,《寄庾敬休》之前,同樣是錯誤的。《年譜新編》編年與《年譜》、《編年箋注》如出一轍,同樣是不可取的。

　　我們以爲,據《寄庾敬休》編年,本詩應該作於元稹自潭州回歸江陵的元和九年三月底,但不包括三月三十日,"殘春"云云就是明證,地點是在返回江陵途中經由岳州之時的岳陽樓上。

◎ 送杜元穎^{(一)①}

　　江上五年同送客,與君長羨北歸人②。今朝又送君先去,千里洛陽城裏塵③。

録自《元氏長慶集》卷一九

[校記]

　　(一) 送杜元穎:原本作"送杜元穎",楊本、叢刊本同,據《舊唐書·杜元穎傳》、《新唐書·杜元穎傳》、《資治通鑑》、《全詩》改。《萬首唐人絕句》作"送元穎杜君",意義相類,不改。

[箋注]

① 送:送行,送別。韋述《廣陵送別宋員外佐越鄭舍人還京》:"朱紱臨秦望,皇華赴洛橋。文章南渡越,書奏北歸朝。"張謂《送李著作倅杭州》:"水陸風烟隔,秦吴道路長。佇聞敷善政,邦國詠惟康。"杜元穎:元稹在江陵的同事,元稹《晨起送使病不行因過王十一館居二首》中的"王十一"就是杜元穎,兩人當時交情不淺,但在後來的寶曆、大和年間,杜元穎參與了李逢吉對元稹的迫害與打擊。在當時的江陵,元稹在與杜元穎一起"江上五年同送客"之後,在"江春今日盡"之時,亦即元和九年的三月三十日,元稹在江陵送走了荆南節度府的從事杜元穎。杜元穎的歸朝估計與趙宗儒有關,趙宗儒是元稹、杜元穎江陵任的首任主官亦即荆南節度使,趙璘《因話録·商部》:"族祖天水昭公以舊相爲吏部侍郎,考前進士杜元穎宏詞登科,鎮南又奏爲從事。杜公入相,昭公復掌選。至杜出鎮西川,奏宋相申錫爲從事。數年杜以南蠻入寇貶刺循州,遂卒。宋以宰相被誣,謫佐開州。又數年昭公始薨。公凡八任銓衡,三領節鎮,皆帶府號爲尚書,惟不歷工部,其兵、吏、太常皆再任,年八十七薨。其間未嘗遇重疾,異數壽考爲中朝之首焉!"王讜《唐語林》文云:"趙昭公以舊相爲吏部侍郎,考前進士杜元穎宏詞登科。及鎮荆南,又奏爲從事。""趙昭公"就是前任荆南節度使趙宗儒,元和六年回京職任刑部尚書。

② 江上五年:江上,在這里借指江陵,張説《送岳州李十從軍桂州》:"送客之江上,其人美且才。風波萬里闊,故舊十年來。"崔頌《和張荆州九齡晨出郡舍林下》:"優閑表政清,林薄賞秋成。江上懸曉月,往來虧復盈。"五年,自元和五年元稹出貶江陵至元和九年,正好五年。　送客:送別客人。冷朝陽《送紅綫(潞州節度使薛嵩有青衣,善彈阮咸琴,手紋隱起如紅綫,因以名之。一日辭去,朝陽爲詞)》:"採菱歌怨木蘭舟,送客魂銷百尺樓。還似洛妃乘霧去,碧天無際水空流。"于鵠《山中寄韋鉦》:"懶成身病日,因醉卧多時。送客出溪少,

讀書終卷遲。”　北歸：自南歸北。劉長卿《北歸入至德州界偶逢洛陽鄰家李光宰》：“生涯心事已蹉跎，舊路依然此重過。近北始知黃葉落，向南空見白雲多。”獨孤及《答皇甫十六侍御北歸留別作》：“正當楚客傷春地，豈是騷人道別時？俱徇空名嗟欲老，況將行役料前期。”

③　今朝：今晨。《詩・小雅・白駒》：“縶之維之，以永今朝。”今日。白居易《井底引銀瓶》：“瓶沉簪折知奈何，似妾今朝與君別。”千里：這裏指路途遙遠。《舊唐書・地理志》：“荆州江陵府……在京師東南一千七百三十里，至東都一千三百一十五里。”元稹在這裏言“千里”，是詩歌中常見的約數。王維《和使君五郎西樓望遠思歸》：“高樓望所思，目極情未畢。枕上見千里，窗中窺萬室。”王之渙《登樓》：“白日依山盡，黃河入海流。欲窮千里目，更上一重樓。”

[編年]

《年譜》編年元和九年，其譜文云：“杜元穎歸西京，元稹餞於程氏館。”其下引述元稹本詩及《三月三十日程氏館餞杜十四歸京》的部分詩句，“綜合二詩，杜元穎當繫元和九年三月底歸京”。《編年箋注》編年：“元和九年(八一四)三月底，元穎由江陵返長安，正‘江上五年’也……見下《譜》。”《年譜新編》編年本詩於元和九年“江陵作”，有譜文“三月，原道返回江陵。月末，程氏館送杜元穎歸京”。

根據“江上五年同送客”以及《三月三十日程氏館餞杜十四歸京》的詩題，本詩確實作於元和九年三月三十日，地點在江陵；不過從“今朝又送君先去，千里洛陽城裏塵”來看，杜元穎所歸之“京”不是“西京”長安而是“東京”洛陽，《年譜》所云“杜元穎歸西京”，《編年箋注》所云“元穎由江陵返長安”以及《年譜新編》所云“杜元穎歸京”的表述，都是不正確的。

● 三月三十日程氏館餞杜十四歸京^{(一)①}

江春今日盡^(二)，程館祖筵開^②。我正南冠縶，君尋北路回^③。謀身誠太拙^(三)，從宦苦無媒^④。處困方明命，遭時不在才^⑤。逾年長倚玉，連夜共銜杯^⑥。涸溜霑濡沫^(四)，餘光照死灰^⑦。行看鴻欲矯，敢憚酒相催^⑧！拍逐飛觥絕，香隨舞袖來^⑨。消梨拋五遍^(五)，娑葛殢三臺^⑩。已許樽前倒^(六)，臨風泪莫頹^⑪！

本詩《元氏長慶集》未見，錄自《全詩》卷四二三

［校記］

（一）三月三十日程氏館餞杜十四歸京：此篇不見於馬元調所編《元氏長慶集》刊本，楊本補錄於《歲時雜詠》，後被《全詩》再次收錄，特此說明。

（二）江春今日盡：楊本《元氏長慶集》原無本詩，據《歲時雜詠》而收錄本詩，作"江村今日盡"，但《歲時雜詠》中本詩仍然作"江春今日盡"，《全詩》同。本詩題曰"三月三十日程氏館餞杜十四歸京"，與本句"江春今日盡"兩兩呼應，而"江村今日盡"云云，語義難通，顯然是楊本的疏誤所致，不從不改。

（三）謀身誠太拙：楊本、《全詩》同，《歲時雜詠》原作"構身誠太拙"，語義不佳，不從不改。

（四）涸溜霑濡沫：楊本、《全詩》同，《歲時雜詠》作"涸溜沾濡末"，語義不同，不改。

（五）消梨拋五遍：《歲時雜詠》原作"消梨拋五遍"，楊本引錄同，《全詩》作"消梨拋五遍"，語義不佳，不取。

（六）已許樽前倒：《歲時雜詠》原作"已許樽前倒"，楊本引録同，《全詩》作"已許尊前倒"，應該遵從原本。

［箋注］

① 三月三十日程氏館餞杜十四歸京："江春今日盡"等二十句，不見於劉本《元氏長慶集》，也不見於馬本《元氏長慶集》，但楊本《元氏長慶集》據《歲時雜詠》採録本詩附録於卷二六"集外詩"中，又見於《歲時雜詠》卷一九、《全詩》四二三，據補。　三月三十日：此日是元和九年三月三十日，元積剛剛從潭州返回江陵，正趕上杜元穎奉調回歸京師。　程氏館：江陵的一處館名，主人應該是程姓，其餘不詳。餞：設酒食送行，古代一種禮儀。《詩·大雅·崧高》："申伯信邁，可餞於郿。"鄭玄箋："餞，送行飲酒也。"《國語·周語》："宴、饗、贈、餞，如公命侯伯之禮，而加之以宴好。"韋昭注："餞，謂郊送飲酒之禮。"韓愈《送殷員外序》："朝之大夫，莫不出餞。"　杜十四：即杜元穎，十四是其排行，如白居易《東南行一百韻寄通州元九侍御灃州李十一舍人果州崔二十二使君開州韋大員外庾三十二補闕杜十四拾遺李二十助教員外竇七挍書》詩題之中的"杜十四"，白居易《代書》："子到長安，持此札爲予謁集賢庾三十二補闕、翰林杜十四拾遺、金部元八員外、監察牛二侍御、秘書蕭正字、藍田楊主簿兄弟，彼七八君子，皆予文友，以予愚直，嘗信其言，苟於今不我欺，則子之道庶幾光明矣！"中的"翰林杜十四拾遺"，都是指杜元穎。　歸京：回歸京師。李白《對雪奉餞任城六父秩滿歸京》："餞離駐高駕，惜別空殷勤。何時竹林下，更與步兵鄰？"岑參《白雪歌送武判官歸京》："輪臺東門送君去，去時雪滿天山路。山迴路轉不見君，雪上空留馬行處。"但李唐的"京師"有西京與東都之別，這裏應該指東都洛陽，元積《送杜元穎》"千里洛陽城裏塵"之句就是明證。

② 江春：江濱的春天景象。王灣《次北固山下》："海日生殘夜，

江春入舊年。鄉書何處達？歸雁洛陽邊。"劉長卿《送李判官之潤州行營》："萬里辭家事鼓鼙，金陵驛路楚雲西。江春不肯留歸客，草色青青送馬蹄。" **今日**：本日，今天。杜甫《九日五首》三："故里樊川菊，登高素滻源。他時一笑後，今日幾人存？"賈至《送李侍郎赴常州》："雪晴雲散北風寒，楚水吳山道路難。今日送君須盡醉，明朝相憶路漫漫。"這裏指元和九年三月三十日。 **盡**：農曆月終，古以農曆月終三十日爲大盡，二十九日爲小盡。農曆有三十天的月份叫大盡，也叫大建。韓鄂《歲華紀麗·晦日》："大酺小盡。"原注："月月小盡、大盡。三十日爲大盡，二十九日爲小盡。"朱敦儒《小盡行》："藤州三月作小盡，梧州三月作大盡。"因爲元稹賦詠本詩的具體日期是三月三十日，屬於"月盡"之時，故言"盡"。 **程館**：即詩題中的"程氏館"，在江陵，具體不詳。 **祖筵**：送行的酒席。孟郊《送黃構擢第後歸江南》："却憶江南道，祖筵花裏開。春風不能別，別罷空徘徊。"康駢《劇談錄·廣謫仙怨詞》："隨州刺史劉長卿左遷睦州司馬，祖筵之內，吹之爲曲。"

③ **南冠**：春秋時楚人之冠，後泛指南方人之冠。《左傳·成公九年》："晉侯觀於軍府，見鍾儀，問之曰：'南冠而縶者，誰也？'有司對曰：'鄭人所獻楚囚也。'"也借指囚犯，用鍾儀事。駱賓王《在獄詠蟬》："西陸蟬聲唱，南冠客思侵。"文天祥《真州雜賦》："十二男兒夜出關，曉來到處捉南冠。"元稹在這裏將歷史故事與他的親身感受巧妙地結合在一起，而又不露痕迹不留話把。 **北路**：北方之路，走向北方之路。李白《送梁四歸東平》："玉壺挈美酒，送別強爲歡。大火南星月，長郊北路難。"韓翃《送李侍御歸宣州使幕》："春草東江外，翩翩北路歸。官齊魏公子，身逐謝玄暉。"

④ **"謀身誠太拙"兩句**：詩人在這裏訴說謀身乏術、從宦無人援引的苦惱。 **謀身**：爲自身打算。張說《將赴朔方軍應制》："劍舞輕離別，歌酣忘苦辛。從來思博望，許國不謀身。"盧綸《春日書情贈別

司空曙》："壯志隨年盡，謀身意未安。"　拙：笨拙，遲鈍。《老子》："大
道若屈，大巧若拙，大辯若訥。"韓愈《爲裴相公讓官表》："知事君以
道，無憚殺身；慕當官而行，不求利己。人以爲拙，臣行不疑。"自謙之
辭。《樂府詩集·安東平》："微物雖輕，拙手所作。"　從宦：猶言做
官。武元衡《兵行褒斜谷作》："矢彙弧室豈領軍！儋爵食禄由從宦。"
蘇軾《上神宗皇帝書》："士大夫捐親戚，棄墳墓，以從宦於四方者，宣
力之餘，亦欲取樂，此人之至情也。"　媒：引薦的人。《楚辭·九章·
抽思》："既惸獨而不群兮，又無良媒在其側。"駱賓王《上吏部侍郎帝
京篇》："馬卿辭蜀多文藻，揚雄仕漢乏良媒。"

　　⑤"處困方明命"兩句：詩人認爲：處在遭遇這樣困難的處境，並
不是自己沒有才幹，祇是自己命運不佳之故。看到杜元穎等人在別
人的幫助下一一北歸，而自己祇能無限期地等待。元稹的苦悶不難
想見，詩人祇能借醉澆愁，臨風流淚而已。　處困：生活在困境或困
苦之中。李紳《肥河維舟阻凍祇待救命》："食蘗苦心甘處困，飲冰持
操敢辭寒！"許渾《送林處士》："處困道難固，乘時恩易酬。"邵雍《首尾
吟》："堯夫非是愛吟詩，詩是堯夫處困時。"　命：天命，命運。《易·
乾》："乾道變化，各正性命。"孔穎達疏："命者，人所禀受若貴賤夭壽
之屬是也。"朱熹本義："物所受爲性，天所賦爲命。"嵇康《釋難宅無吉
凶攝生論》："夫命者，所禀之分也。"　遭時：謂遇到好時勢。《莊子·
徐無鬼》："遭時有所用，不能無爲也。"成玄英疏："以前諸士遭遇時
命，情隨事遷，故不能無爲也。"《周書·薛憕傳》："此年少極慷慨，但
不遭時耳！"也指所遭遇的不利時勢。獨孤及《癸卯歲赴南豐道中聞
京師失守寄權士繇韓幼深》："種田不遇歲，策名不遭時。胡塵晦落
日，西望泣路岐。"韓愈《祭鄭夫人文》："既克反葬，遭時艱難。百口偕
行，避地江濆。"　才：才力，才能。《詩·魯頌·駉》："思無期，思馬斯
才。"朱熹集傳："才，材力也。"《論語·子罕》："既竭吾才，如有所立，
卓爾。"

⑥ 逾年：謂時間超過一年。《公羊傳·莊公三十二年》：“君薨稱子某，既葬稱子，逾年稱公。”韓愈《唐故贈絳州刺史馬府君行狀》：“夫人榮陽鄭氏……有賢行，侍君疾，逾年不下堂。”一年以後，第二年。《太平廣記》卷四三七引薛用弱《集異記·齊瓊》：“逾年牝死，犬加勤效。”文瑩《玉壺清話》卷二：“〔朱昂〕歘歷清貴三十年，晚以工部侍郎懇求歸江陵，逾年方允。”謂經歷年歲，這裏應該指五個年頭，元稹與杜元穎在江陵度過了五年的歲月，即《送杜元穎》詩中所云“江上五年同送客”。韋應物《述園鹿》：“野性本難畜，玩習亦逾年。麛班始力直，麚角已蒼然。”許彬《歸山夜發湖中》：“響嶽猿相次，翻空雁接連。北歸家業就，深處更逾年。” 倚玉：《世說新語·容止》：“魏明帝使後弟毛曾與夏侯玄共坐，時人謂‘蒹葭倚玉樹’。”後以“倚玉”謂高攀或親附賢者，這裏是元稹的謙辭，意謂自己與杜元穎相處，猶如“蒹葭倚玉樹”。李白《贈宣城宇文太守兼呈崔侍御》：“登龍有直道，倚玉阻芳筵。”韓愈《和席八十二韻》：“倚玉難藏拙，吹竽久混真。” 連夜：夜以繼日，徹夜。宋之問《廣州朱長史座觀妓》：“歌舞須連夜，神仙莫放歸。”蘇軾《中秋月寄子由三首》三：“鄭子向河朔，孤舟連夜行。” 銜杯：口含酒杯，多指飲酒。劉伶《酒德頌》：“捧罌承槽，銜杯漱醪。”李白《廣陵贈別》：“繫馬垂楊下，銜杯大道間。”

⑦ 涸溜：乾枯的小水流。盧綸《敬酬大府二十四舅覽詩卷因以見示》：“徹底碧潭滋涸溜，壓枝紅艷照枯株。”趙自勔《寒賦》：“豈祁寒而致憾，亦遭時而不息。終乖挾纊之暄，更悲綈袍之及。層冰涸溜，宋生則惝恨而相望；皓雪盈門，袁子則茹悲而於悒。” 霑：浸潤，沾濕。《詩·小雅·信南山》：“既霑既足，生我百穀。”孔穎達疏：“既已沾潤，既已豐足。”江淹《別賦》：“掩金觴而誰御？橫玉柱而霑軾。”濡沫：用唾沫來濕潤，比喻同處困境，相互救助。語出《莊子·天運》：“泉涸，魚相與處於陸，相呴以濕，相濡以沫。”元稹《酬翰林白學士代書一百韻》：“臥轍希濡沫，低顏受顉頤。”蘇軾《和王晉卿》：“謂言相濡

沐，未足救溝瀆。"　餘光：謂多餘之光。《史記·樗里子甘茂列傳》："臣聞貧人女與富人女會績，貧人女曰：'我無以買燭，而子之燭光幸有餘，子可分我餘光，無損子明而得一斯便焉！'今臣困而君方使秦而當路矣！茂之妻子在焉，願君以餘光振之。"後遂用爲美稱他人給予的恩惠福澤，這裏稱美杜元穎對元稹的照顧，也應該是詩人的謙辭。《北齊書·魏收傳》："會司馬子如奉使霸朝，收假其餘光。"曾鞏《賀轉運狀》："鞏備官於此，託庇雲初。將承望於餘光，但欣愉於孺思。"喻指美德、威勢所顯現或留下的影響，同樣是對杜元穎品德的讚美。歐陽修《相州晝錦堂記》："自公少時，已擢高科，登顯仕，海内之士，聞下風而望餘光者，蓋亦有年矣！"　死灰：火滅後的冷灰，形容消沉、失望的心情，這是元稹自喻，自謙之詞。《莊子·知北遊》："形若槁骸，心若死灰。"杜甫《秋日荆南述懷三十韻》："自古江湖客，冥心若死灰。"也比喻敗亡的人或事。孫樵《刻武侯碑陰》："武侯獨憤激不顧，收死灰於蜀，欲噓而再然之，艱乎爲力哉！"

⑧　行看：且看。韓愈《郴州祈雨》："行看五馬入，蕭颯已隨軒。"復看，又看。賈島《送去華法師》："默聽鴻聲盡，行看葉影飛。"　鴻欲翥：義同"鴻翥"，鴻鵠高飛，借指遠行，遠遊。《文選·曹植〈七啓〉》："翔爾鴻翥，濊然鳧没。"李善注引《爾雅》："翥，舉也。"元稹《送崔侍御之嶺南二十韵》："逸翮憐鴻翥，離心覺刃劘。"朱敦儒《念奴嬌·約友中秋游長橋魏倅邦式不預》："我遇清時無箇事，好約鶯遷鴻翥。"憚：畏難，畏懼。《詩·小雅·綿蠻》："豈敢憚行？畏不能趨。"鄭玄箋："憚，難也。"韓愈《送靈師》："尋勝不憚險，黔江屢洄沿。"　酒相催：義近"勸酒"，勸人飲酒。李白《山人勸酒》："稱是秦時避世人，勸酒相歡不知老。各守廉鹿志，耻隨龍虎争。"錢起《秋夜梁七兵曹同宿二首》二："老夫相勸酒，稚子待題文。"

⑨　飛觥：傳杯。羊昭業《皮襲美見留小宴次韻》："澤國春來少遇晴，有花開日且飛觥。"梅堯臣《次韵答黄介夫七十韵》："物理既難常，

達生重飛觥。" 舞袖：舞衣的衣袖，代指起舞的女藝人。駱賓王《秋晨同淄川毛司馬秋九詠·秋風》："亂竹搖疏影，縈池織細流。飄香曳舞袖，帶粉泛妝樓。"王維《三月三日勤政樓侍宴應制》："酒筵嫌落絮，舞袖怯春風。"

⑩ 消梨：梨的一種，又稱香水梨、含消梨。體大，形圓，可入藥。蘇軾《答任師中家漢公》："門前萬竿竹，堂上四庫書。高樹紅消梨，小池白芙蕖。"王文誥注引《三秦記》："漢武帝園有大梨如五升瓶，落地則破，名含消梨。"邵雍《食梨吟》："願君莫愛金花梨，願君須愛紅消梨。金色紅消兩般味，一般顏色如臙脂。"李時珍《本草綱目·梨》："消梨即香水梨也，俱爲上品，可以治病。"這裏借用作行酒令的道具。遍：量詞，亦作"遍"，表示動作從頭到尾完成的次數。《三國志·王肅傳》："明帝時大司農弘農董遇等。"裴松之注引魚豢《魏略》："讀書百遍而義自見。"李白《僧伽歌》："問言誦呪幾千遍，口道恒河沙復沙。"量詞，唐宋時稱樂曲的結構單位，今存詞調猶可見其遺迹，如《哨遍》、《泛清波摘遍》等。 娑葛：疑爲酒名、酒令，不詳，待考。 三臺：原指曹操所建銅雀臺、金虎臺、冰井臺，故址在今河北臨漳縣三臺村。《文選·左思〈魏都賦〉》："飛陛方輦而徑西，三臺列峙以崢嶸。"張載注："銅爵園西有三臺，中央有銅爵臺，南則金虎臺，北則冰井臺。"後北齊文帝在舊基上加以擴建，改銅爵曰金鳳，金虎曰聖應，冰井曰崇光。孟雲卿《鄴城懷古》："三臺竟寂寞，萬事良難固。"這裏指曲調名。《樂府詩集·三臺詞序》："劉禹錫《嘉話錄》曰：'三臺送酒，蓋因北齊高洋毀銅雀臺，築三個臺，宮人拍手呼上臺送酒，因名其曲爲《三臺》。'"王建《江南三臺四首》三："樹頭花落花開，道上人去人來。朝愁暮愁郎老，百年幾度三臺？"

⑪ 樽：亦作"尊"，古盛酒器，用作祭祀或宴享的禮器，早期用陶製，後多以青銅澆鑄。鼓腹侈口，高圈足，形制較多，常見的有圓形及方形，盛行於商及西周，字亦作"樽"、"罇"。《說文·酋部》："尊，酒器

也。"段玉裁注:"凡酒必實於尊,以待酌者。"朱駿聲通訓:"尊爲大名,彝爲上,卣爲中,罍爲下,皆以待祭祀賓客之禮器也。"《禮記·明堂位》:"泰,有虞氏之尊也;山罍,夏後氏之尊也;著,殷之尊也;犧象,周尊也。"後來泛指一般盛酒器。元稹《有酒十章》五:"有酒有酒香滿尊,君寧不飲開君顏。"　倒:僕倒,跌倒。司馬相如《上林賦》:"弓不虛發,應聲而倒。"《南史·江子一傳》:"子一刺其騎,騎倒稍折。"　臨風:迎風,當風。杜甫《與嚴二郎奉禮別》:"出涕同斜日,臨風看去塵。"范仲淹《岳陽樓記》:"登斯樓也,則有心曠神怡,寵辱皆忘,把酒臨風,其喜洋洋者矣!"　頹:謂水向下流。《史記·河渠書》:"往往爲井,井下相通行水。水頹以絕商顏,東至山嶺十餘里間,井渠之生自此始。"裴駰集解引臣瓚曰:"下流曰頹。"曹植《王仲宣誄》:"經歷山河,泣涕如頹。"

[編年]

　　《年譜》編年本詩於元和九年,其譜文云:"杜元穎歸西京,元稹餞於程氏館。"其下引述元稹《送杜元穎》及本詩的部分詩句,得出"杜元穎當繫元和九年三月底歸京"的結論。《編年箋注》編年:"此詩作於元和九年(八一四),元稹時在江陵士曹任。見下《譜》。"《年譜新編》編年本詩於元和九年"江陵作",有譜文"三月……月末,程氏館送杜元穎歸京"。

　　根據《送杜元穎》"江上五年同送客"的詩句以及本詩的詩題,本詩確實作於元和九年三月三十日,地點在江陵;不過從《送杜元穎》"今朝又送君先去,千里洛陽城裏塵"來看,杜元穎所歸之"京"不是"西京"長安而是"東京"洛陽。

◎ 送孫勝(一)①

桐花暗淡柳惺憁,池帶輕波柳帶風②。今日與君臨水別,可憐春盡宋亭中③。

録自《元氏長慶集》卷一八

[校記]

(一)送孫勝:本詩存世各本,包括楊本、叢刊本、《石倉歷代詩選》、《全詩》、《萬首唐人絕句》、《唐人萬首絕句選》,未見異文。

[箋注]

① 送:送行,送別。《詩·邶風·燕燕》:"之子于歸,遠送于野。"儲光羲《京口送別王四誼》:"江上楓林秋,江中秋水流。清晨惜分袂,秋日尚同舟。" 孫勝:查閱元稹現存詩文,在元稹所有的交遊中,孫姓的朋友僅此一人。他既非元稹的同僚,也非元稹的同年,更不是元稹的親友,究竟"孫勝"是誰? 無從查考。我們懷疑這位"孫勝",大約與元稹《別孫村老人》中的的"老人"有關。而"孫村老人"是照料元氏家族祖塋的人,既然尊稱爲"老人",應該是一直擔負照料元氏家族祖塋的職責。"孫勝"大約是"孫村老人"的後人,這次是路過江陵或者特地來到江陵看望元稹的,但詩中沒有提及任何頭銜,應該是社會地位一般的士人或平頭百姓。《白居易集箋校·和新樓北園偶集從孫公度周巡官韓秀才盧秀才范處士小飲鄭侍御判官周劉二從事皆先歸》中認爲孫公度疑即本詩中的的"孫勝",這是誤判:"從孫公度"是元稹"從孫""元公度",不等於"孫"姓"公度",與本詩的"孫勝"風馬牛不相及。

② 桐花：桐樹的花。孫昌胤《清明》："清明暮春裏，悵望北山陲。燧火開新焰，桐花發故枝。"白居易《桐花》："春令有常候，清明桐始發。何此巴峽中，桐花開十月？"　暗淡：亦作"暗澹"，不鮮艷，不明亮。白居易《見紫薇花憶微之》："一叢暗澹將何比？淺碧籠裙襯紫巾。除却微之見應愛，人間少有惜花人。"吴融《東歸望華山》："碧蓮重疊在青冥，落日垂鞭緩客程。不奈春烟籠暗澹，可堪秋雨洗分明。"　惺憁：形容色澤鮮明。覺範《次韵通明叟晚春二十七首》六："落英寂寂草離離，天氣清和得所宜。頭面惺憁快清曉，可人惟有海棠枝。"姜夔《阮郎歸·爲張平甫壽是日同宿湖西定香寺》："紅雲低壓碧玻瓈。惺憁花上啼。静看樓角拂長枝。朝寒吹翠眉。"　輕波：細微的波浪。儲光羲《鞏城南河作寄徐三景暉》："摇摇芳草岸，屢見春山曉。清露洗雲林，輕波戲魚鳥。"李嘉祐《送蘇修往上饒》："愛爾無羈束，雲山恣意過。一身隨遠岫，孤櫂任輕波。"

③ 臨水：靠近江河或湖泊的水邊。包融《賦得岸花臨水發》："笑笑傍溪花，叢叢逐岸斜。朝開川上日，夜發浦中霞。"崔國輔《杭州北郭戴氏荷池送侯愉》："秋近萬物肅，况當臨水時。折花贈歸客，離緒斷荷絲。"　可憐：可惜。盧綸《早春歸盩厔别業却寄耿拾遺》："可憐芳歲青山裏，惟有松枝好寄君。"韓愈《贈崔立之評事》："可憐無益費精神，有似黄金擲虚牝。"　春盡：春去，春天結束。王昌齡《静法師東齋》："築室在人境，遂得真隱情。春盡草木變，雨來池館清。"柳宗元《别舍弟宗一》："桂嶺瘴來雲似墨，洞庭春盡水如天。"　宋亭：宋玉故宅中的亭子，在江陵。韓愈《送李六協律翺歸荆南》："柳花還漠漠，江燕正飛飛……宋亭池水緑，莫忘蹋芳菲。"吴融《赴闕次留獻荆南成相公三十韵》："畫舸横青雀，危檣列綵虹。席飛巫峽雨，袖拂宋亭風。"

［編年］

《年譜》編年本詩於"庚寅至甲午在江陵府所作其他詩"欄内，理由是："詩云：'今日與君臨水別，可憐春盡宋亭中。'據《輿地紀勝》卷六十五《荊湖北路·江陵府》下《古迹》云：'宋玉宅：即庾信所居。信《哀江南賦》云：誅茅宋玉之宅，穿徑臨江之府。'《全唐詩》卷五二二杜牧《送劉秀才歸江陵》云：'劉郎浦夜侵船月，宋玉亭春弄袖風。'馮集梧云：'《水經注·沔水篇》：宜城城南有宋玉宅。'"《編年箋注》編年："元稹此詩作於江陵時期。見卞《譜》。"《年譜新編》編年本詩於"庚寅至甲午在江陵府所作其他詩"欄內，引述本詩全文之後，又引錄《年譜》列舉的理由，然後認爲："元和五年春猶未至江陵，八年、九年、十年春未在江陵，故詩當作于元和六年、七年春末。"

我們以爲，《年譜》與《編年箋注》的編年意見把元和五年的"春盡"也包含進去，很不應該。《年譜新編》的意見也值得商榷：元和"十年"的干支是"乙未"，已經不在"庚寅至甲午"的範圍之內，屬於誤筆；元和八年《年譜新編》無法證明"春盡"之時元稹不在江陵，不能排除；元和九年的"三月三十日"亦即"春盡"之時元稹在江陵送別杜元穎，元稹《三月三十日程氏館餞杜十四歸京》："江春今日盡，程館祖筵開。我正南冠繫，君尋北路迴。檮身誠太拙，從宦苦無媒。處困方明命，遭時不在才。逾年長倚玉，連夜共銜杯。澗溜沾濡末，餘光照死灰。行看鴻欲翥，敢憚酒相催。拍逐飛觥絕，香隨舞袖來。消梨拋五遍，婪葛殢三臺。已許樽前倒，臨風淚莫頹！"以及《送杜元穎》："江上五年同送客，與君長羨北歸人。今朝又送君先去，千里洛陽城裏塵。"就是明證。既然元稹能夠在江陵送別杜元穎，就也有可能在江陵送別孫勝。據此，本詩應該編年元和六年、元和七年、元和八年、元和九年的"春盡"之時，亦即三月三十日，今暫時編排在元和九年的三月三十日。

◎ 楚歌十首（江陵時作）①

楚人千萬户，生死繫時君②。當璧便爲嗣，賢愚安可分③？干戈長浩浩，篡亂亦紛紛④。縱有明君在⁽一⁾，區區何足云⑤！

陶虞事已遠，尼父獨將明⑥。潛穴龍無位，幽林蘭自生⑦。楚王謀授邑，此意復中傾⁽二⁾⑧。未别子西語，縱來何所成⑨？

平王漸昏惑⁽三⁾，無極轉承恩⁽四⁾⑩。子建猶相貳，伍奢安得存⑪？生居宫雉闕，死葬寢園尊⑫。豈料奔吴士，鞭尸郢市門⑬！

懼盈因鄧曼，罷獵爲樊姬⑭。盛德留金石，清風鑒薄帷⑮。襄王忽妖夢，宋玉復淫詞⑯。萬事捐宫館，空山雲雨期⑰。

宜僚南市住，未省食人恩⑱。臨難忽相感，解紛寧用言⑲？何如晉夷甫，坐占紫微垣⑳。看著五胡亂，清談空自尊⁽五⁾㉑。

誰恃王深寵？誰爲楚上卿㉒？包胥心獨許，連夜哭秦兵㉓。千乘徒虚爾，一夫安可輕㉔！殷勤聘名士，莫但倚方城㉕。

梁業雄圖盡，遺孫世運消㉖。宣明徒有號，江漢不相朝㉗。碑碣高臨路，松枝半作樵㉘。惟餘開聖寺，猶學武皇妖㉙。

江陵南北道，長有遠人來㉚。死别登舟去，生心上馬迴㉛。榮枯誠異日，今古盡同灰㉜。巫峽朝雲起，荆王安在哉㉝？

三峽連天水，奔波萬里來㉞。風濤各自急，前後苦相推㉟。倒入黃牛漩⁽六⁾，驚衝灔澦堆㊱。古今流不盡，流去不曾迴㊲。

八荒同日月，萬古共山川㊳。生死既由命，興衰還付天㊴。栖栖王粲賦，憤憤屈平篇㊵。各自埋幽恨，江流終宛然㊶。

録自《元氏長慶集》卷四

［校記］

（一）縱有明君在：原本作“縱有明在下”，楊本、叢刊本、《全詩》同，語義難通，據宋蜀本改。

（二）此意復中傾：楊本、叢刊本、《全詩》同，張校宋本作“此意便中傾”，語義不同，不改。

（三）平王漸昏惑：原本作“平生漸昏惑”，楊本、叢刊本同，據宋蜀本、《全詩》改。

（四）無極轉承恩：原本作“無復轉承恩”，據楊本、叢刊本、《全詩》改。無極是楚平王時期著名的讒臣，作“無極”是。

（五）清談空自尊：《全詩》同，楊本、叢刊本作“清談空自專”，語義不佳，不從不改。

（六）倒入黃牛漩：楊本、叢刊本、《全詩》等本同，《元稹集》疑爲“倒入黃牛泭”之誤，理由是“‘黃牛泭’與下文之‘灔澦堆’對。”其實“泭”與“漩”兩字義近，泭是漩渦，也可作名詞，用作地名。鮑照《还都道中三首》二：“鳥還暮林諠，潮上水結泭。”李白《牛渚矶》：“亂石流泭間，迴波自成浪。”漩是回旋的水流，也是名詞。杜甫《最能行》：“敲帆側柁入波濤，撇澈捎潰無險阻。"兩字有共同之點，且無版本根據，不從不改。

［箋注］

① 楚歌：楚人之歌。《史記·高祖本紀》："項羽卒聞漢軍之楚歌，以爲漢盡得楚地，項羽乃敗而走，是以兵大敗。"孫逖《淮陰夜宿二首》二："永夕卧烟塘，蕭條天一方。秋風淮水落，寒夜楚歌長。"引申指悲歌，表示陷入困境。高適《漣上別王秀才》："東路方蕭條，楚歌復悲愁。暮帆使人感，去鳥兼離憂。"李商隱《潭州》："潭州官舍暮樓空，今古無端入望中。湘泪淺深滋竹色，楚歌重疊怨蘭叢。"詩人這裏借用其歌詠形式，抒發自己内心的悲傷感受。

② 楚人：楚地之人，楚是古國名，芈姓，始祖鬻熊，西周時立國於荆山一帶，都丹陽（今湖北秭歸東南）。周人稱爲荆蠻，後建都於郢（今湖北江陵西北紀王城）。春秋戰國時國勢强盛，疆域由湖北、湖南擴展到今河南、安徽、江蘇、浙江、江西和四川一帶，爲五霸七雄之一，戰國末漸弱，屢敗於秦，遷都陳（今河南淮陽），又遷壽春（今安徽壽縣），公元前二二三年爲秦所滅。王維《送方城韋明府》："遙思葭菼際，寥落楚人行。高鳥長淮水，平蕪故郢城。"劉長卿《春草宮懷古》："君王不可見，芳草舊宫春。猶帶羅裙色，青青向楚人。"　千萬户：千家萬户，極言其多。皮日休《奉和魯望早春雪中作吳體見寄》："全吳縹瓦千萬户，惟君與我如袁安。"貫休《贈楊公杜之舅》："王楊盧駱真何者，房杜蕭張更是誰？應念衢民千萬户，家家皆置一生祠。"　生死：生和死，生或死。《荀子·禮論》："禮者，謹於治生死者也。生，人之始也；死，人之終也。"白居易《夢裴相公》："五年生死隔，一夕魂夢通。"偏指死。《韓非子·解老》："所謂廉者，必生死之命也，輕恬資財也。"陳奇猷集釋引王先慎曰："謂能死節。"蔣防《霍小玉傳》："鄙拙庸愚，不意顧盼，倘垂採録，生死爲榮。"　繫：拴縛。《禮記·禮器》："三

月繫,七日戒,三日宿,慎之至也。"鄭玄注:"繫,繫牲於牢也。"韓愈《獨釣四首》一:"聊取誇兒女,榆條繫從鞍。"楊萬里《紅錦帶花》:"何曾繫住春歸腳,只解長縈客恨眉。" 時君:當時或當代的君主。張衡《四愁詩序》:"〔屈原〕思以道術相報貽於時君,而懼讒邪,不得以通。"楊嗣復《題李處士山居》:"臥龍決起爲時君,寂寞匡廬惟白雲。今日仲容修故業,草堂焉敢更移文!"

③ 當璧:《左傳·昭公十三年》:"初,共王無冢適,有寵子五人,無適立焉!乃大有事於群望,而祈曰:'請神擇於五人者,使主社稷。'乃遍以璧見於群望,曰:'當璧而拜者,神所立也,誰敢違之?'既,乃與巴姬密埋璧於大室之庭,使五人齊,而長入拜,康王跨之,靈王肘加焉,子幹、子晳皆遠之。平王弱,抱而入,再拜,皆厭紐。"楊伯峻注:"厭同壓,壓紐即當璧。"後以"當璧"喻立爲國君之兆。詩人下句即是對此種不正當現象的批判,其意指向貶謫他的唐憲宗。 嗣:繼承君位。《書·舜典》:"帝曰:'格汝舜……汝陟帝位。'舜讓於德,弗嗣。"柳宗元《六逆論》:"宋襄嗣而子魚退,乃亂。"君位或職位的繼承人。《左傳·襄公三年》:"祁奚請老,晉侯問嗣焉!"杜預注:"嗣,續其職者。"柳宗元《封建論》:"歷於宣王,挾中興復古之德,雄南征北伐之威,卒不能定魯侯之嗣。" 賢愚:即"愚賢",愚與賢。劉長卿《贈普門上人》:"山雲隨坐夏,江草伴頭陀。借問迴心後,賢愚去幾何?"蘇軾《懷西湖寄晁美叔同年》:"西湖天下景,遊者無愚賢。深淺隨所得,誰能識其全?" 安:副詞,表示疑問,相當於"怎麼"、"豈"。《論語·先進》:"安見方六七十如五六十而非邦也者?"韓愈《送惠師》:"離合自古然,辭別安足珍!" 分:辨別,區別。《論語·微子》:"四體不勤,五穀不分,孰爲夫子!"韓愈《長安交遊者贈孟郊》:"何能辨榮悴,且欲分賢愚?"

④ 干戈:指戰爭。《史記·儒林列傳序》:"然尚有干戈,平定四海,亦未暇遑庠序之事也。"葛洪《抱朴子·廣譬》:"干戈興則武夫奮,

《韶》《夏》作則文儒起。”　浩浩：喧鬧貌。元稹《江邊四十韵》：“犬驚狂浩浩，雞亂響嘍嘍。”《舊唐書·柏耆傳》：“元和十五年，王承元歸國，移鎮滑州，朝廷賜成德軍賞錢一百萬貫，令諫議大夫鄭覃宣慰軍人，賞錢未至，浩浩然騰口。”　篡亂：謂篡權亂世。《後漢書·張純傳》：“自昭帝封安世，至吉，傳國八世，經歷篡亂，二百年間未嘗譴黜，封者莫與爲比。”元稹《董逃行》：“城門四走公卿士，走勸劉虞作天子。劉虞不敢作天子，曹瞞篡亂從此始。”　紛紛：亂貌。《管子·樞言》：“紛紛乎若亂絲，遺遺乎若有從治。”王安石《桃源行》：“重華一去寧復得？天下紛紛經幾秦？”衆多貌。陶潛《勸農六章》三：“紛紛士女，趨時競逐。”蘇軾《論會于澶淵宋災故》：“春秋之際何其亂也，故曰春秋之盟無信盟也，春秋之會無義會也。雖然，紛紛者天下皆是也。”煩忙貌，忙亂貌。元稹《餘杭周從事以十章見寄詞調清婉難於遍酬聊和詩首篇以答來貺》：“擾擾紛紛旦暮間，經營閑事不曾閑。”王安石《尹村道中》：“自憐許國終無用，何事紛紛客此身？”

　　⑤縱有：即使有。黃滔《憶廬山舊遊》：“平生爲客老，勝境失雲栖。縱有重遊日，烟霞會恐迷。”楊達《明妃怨》：“漢國明妃去不還，馬駝絃管向陰山。匣中縱有菱花鏡，羞對單于照舊顔。”　明君：賢明的君主。《左傳·成公二年》：“大夫爲政，猶以衆克，況明君而善用其衆乎？”駱賓王《宿温城望軍營》：“還應雪漢耻，持此報明君。”　區區：小，少，形容微不足道。《左傳·襄公十七年》：“宋國區區，而有詛有祝，禍之本也。”《舊唐書·張鎬傳》：“臣聞天子修福，要在安養含生，靖一風化，未聞區區僧教，以致太平。”　何足：猶言哪里值得。《史記·秦本紀》：“〔百里傒〕謝曰：‘臣亡國之臣，何足問！’”干寶《搜神記》卷一六：“穎心愉然，即寤，語諸左右，曰：‘夢爲虚耳，亦何足怪！’”云：説。《書·微子》：“我舊云刻子，王子弗出，我乃顛隮。”陸德明釋文引馬融語：“云，言也。”吳質《在元城與魏太子箋》：“聊以當觀，不敢多云。”兩句意謂政變不斷，戰亂頻繁，即使賢明君主治理，個人的力

量也非常有限,區區不足挂齒。

⑥ 陶虞:傳說中古代聖明君主陶唐與虞舜的並稱,因事情發生在遠古時代,故言"事已遠"。蘇伯衡《景古齋記》:"夫神農氏之耒耜,黃帝之衣裳,陶虞三代之圭璧,鼎卣孔子之劍履……"宋祁《論乞別撰郊廟歌曲明述祖宗積累之業》:"歌詩之興,尚矣!自陶虞而上,書逸其傳,商頌概有存者,而周詩大備。" 尼父:對孔子的尊稱。李涉《懷古》:"尼父未適魯,屢屢倦迷津。徒懷教化心,紆鬱不能伸。"吳筠《覽古十四首》七:"魯侯祈政術,尼父從棄捐。漢主思英才,賈生被排遷。" 明:證明,闡明,表明。《韓非子·難勢》:"何以明其然也?"《史記·孟嘗君列傳》:"魏子所與粟賢者聞之,乃上書言孟嘗君不作亂,請以身爲盟,遂自到宮門以明孟嘗君。"李朝威《柳毅傳》:"閉戶剪髮,以明無意。"

⑦ 潛穴:深穴,暗穴。《文選·曹植〈七啓〉》:"出山岫之潛穴,倚峻崖而嬉遊。"李周翰注:"潛,深也。"張說《岳州城西》:"潛穴探靈詭,浮生揖聖仙。" 龍:傳說中的一種神異動物,形如蛇,這裏喻指人君。《呂氏春秋·介立》:"晉文公反國,介子推不肯受賞,自爲賦詩曰:'有龍于飛,周遍天下。五蛇從之,爲之丞輔。龍反其鄉,得其處所。四蛇從之,得其露雨。'"高誘注:"龍,君也,以喻文公。"杜甫《哀王孫》:"豺狼在邑龍在野,王孫善保千金軀。"仇兆鰲注:"豺狼指祿山,龍指玄宗。" 無位:指沒有一定的地位。盧象《贈廣川馬先生》:"經書滿腹中,吾識廣川翁。年老甘無位,家貧懶發蒙。"竇常《求自試》:"文墨悲無位,詩書誤白頭。陳王抗表日,毛遂請行秋。" 幽林:幽深茂密的樹林。班固《西都賦》:"其陽則崇山隱天,幽林穹谷,陸海珍藏,藍田美玉。"宋之問《陸渾山莊》:"源水看花入,幽林採藥行。" 蘭:蘭花,多年生常綠草本植物,葉細長而尖,根簇生,圓柱形。春初開花,呈淡黃綠色,亦有秋季開花者。品種甚多,常見的有建蘭、墨蘭、蕙蘭等。花幽香清遠,可供觀賞。宋濂《辯蘭》:"蘭爲瑞草而取貴於世也

尚矣！然其種有九，而九之中又有山澤二者之殊。生於山者……華絕香，每行透迤深谷間，微風忽過而清馨悠悠遠聞。”李時珍《本草綱目·蘭草》引寇宗奭曰：“〔蘭〕多生陰地幽谷，葉如麥門冬而闊，且韌，長及一二尺，四時常青，花黃綠色，中間瓣上有細紫點。春芳者爲春蘭，色深；秋芳者爲秋蘭，色淡。開時滿室盡香，與他花香又別。”蘭草，即澤蘭，多年生草本植物，葉卵形，秋季開白花，全草有香氣，可製芳香油，亦可入藥。《易·繫辭》：“同心之言，其臭如蘭。”《漢書·司馬相如傳》：“其東則有蕙圃，衡蘭芷若。”顏師古注：“蘭，即今澤蘭也。”　自生：自己生長。杜甫《示從孫濟》：“堂前自生竹，堂後自生萱。萱草秋已死，竹枝霜不繁。”顧況《諒公洞庭孤橘歌》：“不種自生一株橘，誰教渠向階前出……待取天公放恩赦，儂家定作湖中客。”

⑧ “楚王謀授邑”四句：《史記·孔子世家》：“於是使子貢至楚，楚昭王興師迎孔子……昭王將以書社地七百里封孔子，楚令尹子西曰：‘王之使使諸侯有如子貢者乎？’曰：‘無有。’‘王之輔相有如顏回者乎？’曰：‘無有。’‘王之將率有如子路者乎？’曰：‘無有。’‘王之官尹有如宰予者乎？’曰：‘無有。’‘且楚之祖封於周，號爲子男五十里。今孔丘述三王之法，明周召之業，王若用之，則楚安得世世堂堂方數千里乎？夫文王在豐，武王在鎬，百里之君卒王天下。今孔丘得據土壤，賢弟子爲佐，非楚之福也。’昭王乃止。”　楚王：楚國的君王，文學作品中多指在陽臺夢遇巫山神女的楚懷王或楚襄王。孟浩然《送王七尉松滋得陽臺雲》：“嬋娟流入楚王夢，倏忽還隨零雨分。”李白《江上吟》：“屈平詞賦懸日月，楚王臺榭空山邱。”

⑨ 未別：沒有識別。達奚珣《秦客相劍賦》：“有懷其寶而未別，候以其時而自絕；始藏用而有疑，終因人而一決。”白居易《認春戲呈馮少尹李郎中陳主簿》：“暗助醉歡尋綠酒，潛添睡興著紅樓。知君未別陽和意，直待春深始擬遊。”　子西：人名，這裏指楚令尹子西。《史記·楚世家》：“十三年，平王卒，將軍子常曰：‘太子珍少，且其母乃前

太子建所當娶也，欲立令尹子西子西平王之庶弟也。"《史記·楚世家》："惠王二年，子西召故平王太子建之子勝於吳，以爲巢大夫，號曰白公。"

⑩ "平生漸昏惑"兩句：綜合《史記·楚世家》以及《伍子胥列傳》等材料：楚平王即位，昏惑無道，聽從奸臣無極的讒言，疏遠太子建，囚太子傅伍奢，誘殺其子伍尚，伍尚弟伍子胥出奔吳國。後伍子胥領吳兵入郢，伍子胥乃掘楚平王之墓，出其尸，鞭之三百。元積在這裏揭示楚國衰敗的歷史故事，借此警示後人，借古而諷今。　平王：即楚平王，以陰謀殺害大臣而自立爲王，即位之後聽信無極的讒言，屢屢殺害大臣，最終埋下楚國滅亡的後患。李白《遊溧陽北湖亭望瓦屋山懷古贈同旅》："子胥昔乞食，此女傾壺漿。運開展宿憤，入楚鞭平王。"胡曾《柏舉》："野田極目草茫茫，吳楚交兵此路傍。誰料伍員入郢後，大開陵寢撻平王！"　昏惑：昏亂，迷糊困惑。張衡《思玄賦》："通人暗於好惡兮，豈昏惑而能剖?"《新唐書·韋巨源傳》："巨源見帝昏惑，乃與宗楚客、鄭愔、趙延禧等推處祥妖，陰導韋氏行武后故事。"無極：楚平王時期的楚國大夫，又名費無忌，善於進讒，殺害大臣，最後令尹囊瓦殺無極，滅其全族。李翱《疏屏奸佞》："所謂奸邪之臣者，榮夷公、費無極、太宰嚭、王子蘭、王鳳、張禹、許敬宗、楊再思、李義府、林甫、盧杞、裴延齡之比是也。"晁補之《春秋左氏傳雜論》："夫無極，楚之讒人也，民莫不知，去朝吳，出蔡侯，朱喪大子建，殺連尹奢……"　轉：副詞，反而，反倒。《詩·小雅·谷風》："將恐將懼，維予與女。將安將樂，女轉棄予。"高亨注："到了安樂時，你反而拋棄了我。"韓愈《與崔群書》："僕無以自全活者，從一官於此，轉困窮甚，思自放於伊穎之上，當亦終得之。"　承恩：蒙受恩澤。岑參《送張獻心充副使歸河西雜句》："前日承恩白虎殿，歸來見者誰不羨?"吳象之《少年行》："承恩借獵小平津，使氣常遊中貴人。一擲千金渾是膽，家無四壁不知貧。"

⑪ "子建猶相貳"兩句：意謂作爲楚平王太子的子建，尚且不被楚平王信任，遭到楚平王的猜疑，那麼作爲太子傅的伍奢，又怎麼能够得到楚平王的重用，在楚國政界站住脚根不被殺害？　　子建：人名，楚平王的太子。《史記·楚世家》："平王二年，使費無忌如秦爲太子建娶婦。婦好，來未至，無忌先歸，説平王曰：'秦女好，可自娶，爲太子更求。'平王聽之，卒自娶秦女……更爲太子娶。是時伍奢爲太子太傅，無忌爲少傅，無忌無寵於太子，常讒惡太子建。建時年十五矣！其母蔡女也，無寵於王，王稍益疏外建也。"　　貳：不信任，懷疑。《書·大禹謨》："任賢勿貳，去邪勿疑。"獨孤及《故江陵尹兼御史大夫呂諲謚議》二："謂蕭瑀端直絺亮近貞，性多猜貳近褊。"　　伍奢：人名，楚平王時的太子太傅，最後被楚平王殺害。伍奢有二子，長子伍尚被殺，次子伍胥出奔吳國，最後回到楚國，鞭楚平王之尸。《史記·楚世家》："（平王）六年，使太子建居城父守邊。無忌又日夜讒太子建於王曰：'自無忌入秦女，太子怨，亦不能無望於王，王少自備焉！且太子居城父，擅兵，外交諸侯，且欲入矣！'平王召其傅伍奢責之，伍奢知無忌讒，乃曰：'王奈何以小臣疏骨肉？'無忌曰：'今不制，後悔也。'於是王遂囚伍奢，而召其二子而告以免父死。乃令司馬奮揚召太子建，欲誅之。太子聞之，亡奔宋。無忌曰：'伍奢有二子，不殺者爲楚國患。盍以免其父召之，必至。'於是王使使謂奢：'能致二子，則生；不能，將死。'奢曰：'尚至，胥不至。'王曰：'何也？'奢曰：'尚之爲人，廉，死節，慈孝而仁，聞召而免父，必至，不顧其死。胥之爲人，智而好謀，勇而矜功，知來必死，必不來。然爲楚國憂者，必此子。'於是王使人召之，曰：'來！吾免爾父。'伍尚謂伍胥曰：'聞父免而莫奔，不孝也；父戮莫報，無謀也；度能任事，智也。子其行矣！我其歸死！'伍尚遂歸，伍胥彎弓屬矢，出見使者曰：'父有罪，何以召其子爲？'將射，使者還走，遂出奔吳。伍奢聞之曰：'胥亡，楚國危哉！'楚人遂殺伍奢及尚。"

⑫ 宫雉：皇宫的圍墻，雉，古代計算城墻面積的單位，這裏代指

皇宫。謝朓《暫使下都夜發新林至京邑》:"引領見京室,宫雉正相望。"蕭綱《菩提樹頌序》:"如珠如璧,既照燭於中畿;若雲非雲,亦徘徊於宫雉。"《魏書·李騫傳》:"南瞻帶宫雉,北睇拒畦瀛。" 閟:謹慎。《書·大誥》:"天閟毖我成功所,予不敢不極卒寧王圖事。"孔傳:"閟,慎也。言天慎勞我周家成功所在,我不敢不極盡文王所謀之事,謂致太平。"秘密。范攄《雲溪友議》卷八:"石使君此去,當有重臣抽擢,而立武功,合爲河陽、鳳翔節度,復有一官失望,所以此事須閟密,不異耳聞之。"歐陽詹《珍祥論》:"神理閟密,吉凶罔測。" 寢園:陵園。王維《敕賜百官櫻桃》:"總是寢園春薦後,非關御苑鳥銜殘。"白居易《德宗皇帝挽歌詞四首》四:"夢減三齡壽,哀延七月期。寢園愁望遠,宫仗哭行遲。" 尊:尊貴,高貴。《荀子·正論》:"天子者,執位至尊。"韓愈《讀〈荀〉》:"始吾讀孟軻書,然後知孔子之道尊。"引申爲高。《易·繫辭》:"天尊地卑,乾坤定矣!"虞翻注:"天貴,故尊;地賤,故卑。"《周禮·考工記·輪人》:"十分寸之一謂之枚,部尊一枚。"鄭玄注:"尊,高也,蓋斗上隆高,高一分也。"賈公彦疏:"高者必尊,故尊爲高也。"

⑬ "豈料奔吴士"兩句:事見《史記·楚世家》:"(平王)十年,楚太子建母在居巢,開吴。吴使公子光伐楚,遂敗陳、蔡,取太子建母而去。楚恐,城郢。初,吴之邊邑卑梁,與楚邊邑鍾離小童争桑,兩家交怒相攻,滅卑梁人。卑梁大夫怒,發邑兵攻鍾離。楚王聞之怒,發國兵滅卑梁。吴王聞之大怒,亦發兵,使公子光因建母家攻楚。遂滅鍾離、居巢,楚乃恐而城郢。十三年,平王卒。將軍子常曰:'太子珍少,且其母乃前太子建所當娶也。'欲立令尹子西。子西,平王之庶弟也,有義。子西曰:'國有常法,更立則亂,言之則致誅。'乃立太子珍,是爲昭王。昭王元年,楚衆不説費無忌,以其讒亡太子建,殺伍奢子尚與郤宛。宛之宗姓伯氏子嚭及子胥皆奔吴,吴兵數侵楚,楚人怨無忌甚。楚令尹子常誅無忌以説衆,衆乃喜。(昭王)四年,吴三公子奔

楚,楚封之以扞吳。五年,吳伐取楚之六、潛。七年,楚使子常伐吳,吳大敗楚於豫章。十年冬,吳王闔閭、伍子胥、伯嚭與唐、蔡俱伐楚,楚大敗,吳兵遂入郢,辱平王之墓,以伍子胥故也。” 豈料:哪裏料到。元稹《酬哥舒大少府寄同年科第》:“自言行樂朝朝是,豈料浮生漸漸忙。賴得官閑且疏散,到君花下憶諸郎。”白居易《喜敏中及第偶示所懷》:“自知群從爲儒少,豈料詞場中第頻。桂折一枝先許我,楊穿三葉盡驚人。” 奔吳士:這裏指逃奔吳國的人士伍子胥。梅堯臣《宣州雜詩二十首》四:“伍員奔吳日,蒼皇及水濱。彎弓射楚使,解劍與漁人。抉目觀亡國,鞭尸失舊臣。猶爲夜濤怒,來往百川頻。”蘇軾《王齊萬秀才寓居武昌縣劉郎洑正與伍洲相對伍子胥奔吳所從渡江也》:“君家稻田冠西蜀,搗玉揚珠三萬斛。塞江流沸起書樓,碧瓦朱欄照山谷。” 鞭尸:《史記·伍子胥列傳》:“及吳兵入郢,伍子胥求昭王。既不得,乃掘楚平王墓,出其尸,鞭之三百,然後已。”後遂以“鞭尸”謂對有深仇大恨的人泄憤的典實。顧炎武《子胥鞭平王之尸辨》:“而《季布傳》亦言:‘此伍子胥所以鞭平王之墓也,’蓋止於鞭墓,而傳者甚之以爲鞭尸,使後代之人,蔑棄人倫,仇對枯骨。”另有“鞭墓”之説,語本《史記·季布欒布列傳》:“此伍子胥所以鞭荆平王之墓也。”鞭墓,謂以鞭擊墓,意在鞭撻死者,報仇雪恨。《後漢書·蘇不韋傳》:“〔伍子胥〕而但鞭墓戮尸,以舒其憤,竟無手刃後主之報。”《魏書·劉昶蕭寶夤等傳論》:“劉昶猜疑懼禍,蕭寶夤亡破之餘,並潛骸竄影,委命上國。俱稱曉了,咸當任遇,雖有枕戈之志,終無鞭墓之誠。” 郢市:即郢都,是春秋、戰國時楚國的國都,故址在今湖北江陵東北。《楚辭·九章·哀郢》:“發郢都而去閭兮,怊荒忽其焉極?”洪興祖補注:“前漢南郡江陵縣,故楚郢都,楚文王自丹陽徙此,後九世平王城之。”李白《中丞宋公以吳兵三千赴河南軍次尋陽脱余之囚參謀幕府因贈之》:“組練明秋浦,樓船入郢都。風高初選將,月滿欲平胡。”

⑭ 懼盈因鄧曼:事見《左傳紀事本末》卷四五:“莊公四年春,王

三月,楚武王荆尸,授師子焉,以伐隨。將齊,入告夫人鄧曼曰:'余心蕩。'鄧曼嘆曰:'王禄盡矣!盈而蕩,天之道也。先君其知之矣!故臨武事,將發大命而蕩王心焉!若師徒無虧,王薨于行,國之福也!'王遂行,卒於樠木之下。"又見《資治通鑑外紀·周桓王紀》:"初,鄭莊公娶鄧曼,生太子忽。又娶宋雍氏女,曰雍姞,生突夏。莊公薨,昭公忽立。宋莊公誘執鄭卿祭仲,使立突,祭仲許之,以突歸。秋九月丁亥,昭公奔衛。己亥,立突,是爲屬公。"　罷獵爲樊姬:事見劉向《古列女傳·楚莊樊姬》:"樊姬,楚莊王之夫人也。莊王即位,好狩獵,樊姬諫不止,乃不食禽獸之肉,王改過,勤於政事。王嘗聽朝罷晏,姬下殿迎曰:'何罷晏也?得無飢倦乎?'王曰:'與賢者語,不知飢倦也。'姬曰:'王之所謂賢者,何也?'曰:'虞丘子也。'姬掩口而笑,王曰:'姬之所笑,何也?'曰:'虞丘子,賢則賢矣,未忠也!'王曰:'何謂也?'對曰:'妾執巾櫛十一年,遣人之鄭、衛求美人進於王。今賢於妾者二人,同列者七人,妾豈不欲擅王之愛寵哉?妾聞堂上兼女所以觀人能也,妾不能以私蔽公,欲王多見知人能也。今虞丘子相楚十餘年,所薦非子弟則族昆弟,未聞進賢退不肖,是蔽君而塞賢路。知賢不進,是不忠;不知其賢,是不智也。妾之所笑,不亦可乎?'王悅,明日王以姬言告虞丘子,丘子避席,不知所對,於是避舍使人迎孫叔敖而進之,王以爲令尹。治楚三年,而莊王以霸。"

⑮ 盛德:品德高尚,高尚的品德。《史記·老子韓非列傳》:"良賈深藏若虛,君子盛德,容貌若愚。"岑參《故僕射裴公挽歌三首》一:"盛德資邦傑,嘉謨作世程。"這裏讚揚鄧曼高尚的品德。　　金石:指古代鐫刻文字、頌功紀事的鐘鼎碑碣之屬。《墨子·兼愛》:"以其所書於竹帛,鏤於金石,琢於槃盂,傳遺後世子孫者知之。"孫詒讓間詁:"《呂氏春秋·求人》篇云:'功績銘乎金石,著於槃盂。'高注云:'金,鐘鼎也;石,豐碑也。'"韓愈《平淮西碑》:"既還奏,群臣請紀聖功,被之金石。"　　清風:清惠的風化。《文選·張衡〈東京賦〉》:"清風協於

玄德,淳化通於自然。"薛綜注:"清惠之風,同於天德。"夏侯湛《三國名臣序贊》:"喪亂備矣! 勝塗未隆,先生標之,振起清風。"高潔的品格,這裏指樊姬。《文心雕龍·誄碑》:"標序盛德,必見清風之華。"孫元晏《庾樓》:"江州樓上月明中,從事同登眺遠空。玉樹忽蘦千載後,有誰重此繼清風?"　薄帷:義同"宮帷"、"帳帷",這裏指宮殿裏的圍幕,亦借指王宮。李嶠《月》:"清輝飛鵲鑑,新影學蛾眉。皎潔臨疏牖,玲瓏鑒薄帷。"杜甫《諸葛廟》:"久遊巴子國,屢入武侯祠。竹日斜虛寢,溪風滿薄帷。"

⑯ "襄王忽妖夢"兩句:源自宋玉《高唐賦》:"昔者楚襄王與宋玉遊於雲夢之臺,望高唐之觀,其上獨有雲氣,崪兮直上,忽兮改容,須臾之間變化無窮。王問玉曰:'此何氣也?'玉對曰:'所謂朝雲者也。'王曰:'何謂朝雲?'玉曰:'昔者先王嘗遊高唐,怠而晝寢,夢見一婦人,曰:'妾,巫山之女也,爲高唐之客,聞君遊高唐,願薦枕席。'王因幸之,去而辭曰:'妾在巫山之陽,高丘之阻,旦爲朝雲,莫爲行雨,朝朝莫莫,陽臺之下。'旦朝視之,如言,故爲立廟,號曰朝雲。'"兩句與下面"巫峽朝雲起,荆王安在哉"兩句呼應。　襄王:即楚襄王,但前人也認爲高唐之夢是張冠李戴、子虛烏有之事。于濆《巫山高》:"何山無朝雲? 彼雲亦悠揚。何山無暮雨? 彼雨亦蒼茫。宋玉恃才者,憑虛構高唐。自垂文賦名,荒淫歸楚襄。羪羪十二峰,永作妖鬼鄉。"陸游《三峽歌》:"十二巫山見九峰,船頭彩翠滿秋空。朝雲暮雨渾虛語,一夜猿啼明月中。"胡鳴玉《訂譌雜録·高唐神女夢》:"古今詞人多以巫山雲雨之夢屬之楚襄王,其實非也。宋玉《高唐賦》所謂:昔者先王嘗遊高唐,怠而晝寢,夢見一婦人曰:'妾巫山之女,願薦枕席。旦爲行雲,暮爲行雨,朝朝暮暮,陽臺之下'云云,則始之夢神女者爲懷王,《神女賦》所謂楚襄王與宋玉遊雲夢,使玉賦《高唐》之事,其夜玉寢,夢與神女遇,其狀甚麗,玉異之。明日以白王,王曰'其夢若何'云云,則繼之夢神女者爲宋玉,襄王元未嘗夢也。《文選》刻本舊於

《神女賦》'其夜玉寢'及'玉異之'、'玉對曰'、'晡夕之後,玉曰:茂矣!美矣!'諸處'玉'字皆譌作'王'。'於明日以白王'、'王曰其夢若何'、'王曰狀如何也'諸處'王'字皆譌作'玉',所以謂之襄王夢耳!'明日以白王'作'白玉',既無以君白臣之理,且於下文'王曰若此盛矣!試爲寡人賦之'處,文理不通。檢閱元本,應自知之。《容齋隨筆》亦謂'襄王',既使玉賦《高唐》之事,其夜王寢夢,與神女遇,則是王父子皆與此女荒淫,近於聚麀之醜矣!後人譏其失言,蓋神女之夢,寓言諷主,不特不得誤屬襄王,即懷王、宋玉之夢亦本子虛烏有。杜少陵詩:'雲雨荒臺豈夢思!'李義山詩:'襄王枕上元無夢,莫枉陽臺一片雲'是也。 妖夢:反常之夢,妖妄之夢。《左傳·僖公十五年》:"寡人之從君而西也,亦晉之妖夢是踐。"杜預注:"狐突不寐而與神言,故謂之妖夢。" 宋玉:戰國時楚人,辭賦家,或稱是屈原弟子,曾爲楚頃襄王大夫。其流傳作品,以《九辯》最爲可信。《九辯》首句爲"悲哉秋之爲氣也",故後人常以宋玉爲悲秋憫志的代表人物。又傳説其人才高貌美,遂亦爲美男子的代稱。張鷟《遊仙窟》:"華容婀娜,天上無儔;玉體透迤,人間少匹。輝輝面子,荏苒畏彈穿;細細腰支,參差疑勒斷。韓娥宋玉,見則愁生;絳樹青琴,對之羞死。"周邦彥《紅羅襖·秋悲》:"楚客憶江蘺,算宋玉未必爲秋悲。" 淫詞:亦作"淫辭",邪僻荒誕的言論。《孟子·公孫丑》:"詖辭知其所蔽,淫辭知其所陷。"趙岐注:"有淫美不信之辭。"《孔叢子·連叢子》:"忿俗儒淫辭冒義,有意欲校亂反正,由來久矣!"放蕩猥褻的言詞。《文心雕龍·樂府》:"若夫艷歌婉變,怨志訣絶,淫辭在曲,正響焉生?"曾鞏《讀賈誼傳》:"故詭辭誘之而不能動,淫辭迫之而不能顧,考是與非,若別白黑而不能惑。"

⑰ 萬事:一切事。《墨子·貴義》:"子墨子曰:'萬事莫貴於義。'"李白《古風》五九:"萬事固如此,人生無定期。" 宮館:離宮別館,供皇帝游息的地方。《漢書·元帝紀》:"罷角抵、上林宮館希御幸者。"《文選·張衡〈西京賦〉》:"郡國宮館,百四十五。"李善注:"離宮

別館在諸郡國者。」　空山：幽深少人的山林。韋應物《寄全椒山中道士》：「落葉滿空山，何處尋行迹？」曹松《商山夜聞泉》：「瀉月聲不斷，坐來心益閑。無人知落處，萬木冷空山。」　雲雨：雲和雨。《詩·召南·殷其靁》：「殷其靁，在南山之陽。」毛傳：「山出雲雨，以潤天下。」李紳《南梁行》：「斜陽瞥映淺深樹，雲雨翻迷崖谷間。」因宋玉《高唐賦》，後因用「雲雨」指男女歡會。劉禹錫《巫山神女廟》：「星河好夜聞清珮，雲雨歸時帶異香。」晏幾道《河滿子》：「眼底關山無奈，夢中雲雨空休。」

⑱宜僚：人名，據《左傳·哀公十六年》記載：春秋時楚之勇士，姓熊，居於市南，因號曰市南子。楚白公勝謀作亂，將殺令尹子西。以宜僚勇士，可敵五百人，遂遣使屈之。宜僚正上下弄丸，既不爲利諂，又不爲威惕，卒不從命。白公不得宜僚，反事不成，遂使白公、子西兩家之難得以解脱，因以宜僚爲除難解紛的代表人物。《莊子·徐無鬼》：「市南宜僚弄丸，而兩家之難解。」盧照鄰《五悲·悲人生》：「請弄宜僚之丸，以合兩家之美。」　南市：市區的南部。《樂府詩集·木蘭詩》：「南市買轡頭，北市買長鞭。」庾信《夜聽擣衣》：「北堂細腰杵，南市女郎砧。」　未省：未曾，没有。白居易《尋春題諸家園林》：「平生身得所，未省似而今。」蘇軾《再遊徑山》：「平生未省出艱險，兩足慣曾行犖確。」　食：謂言已出而反吞之，不實行。《書·湯誓》：「爾無不信，朕不食言。」孔傳：「食盡其言，僞不實。」孔穎達疏：「哀二十五年《左傳》云：孟武伯惡郭重曰：『何肥也？』公曰：『是食言多矣！能無肥乎？』然則言而不行，如食之消盡，後終不行前言爲僞。」　恩：恩賜，加恩。《孟子·梁惠王》：「今恩足以及禽獸，而功不至於百姓者，獨何與？」《戰國策·秦策》：「臣願請藥賜死，而恩以相葬臣。」

⑲臨難：謂身當危難，常指面臨死亡。陸機《謝平原内史表》：「肝血之誠，終不一聞，所以臨難慷慨，而不能不恨恨者，惟此而已！」蕭穎士《仰答韋司業垂訪五首》五：「豈知晉叔向，無罪嬰囚拘。臨難

侯解紛，獨知祁大夫。" 　相感：相互感應。《易·繫辭》："往者屈也，來者信也，屈信相感而利生焉！"張子容《贈司勛蕭郎中》："漁父留歌詠，江妃入興詞。今將獻知己，相感勿吾欺！" 　解紛：排解紛亂，排解糾紛。語出《老子》："挫其銳，解其紛。"《史記·滑稽列傳序》："天道恢恢，豈不大哉！談言微中，亦可以解紛。"張守節正義："至於談言微中，亦以解其紛亂，故治一也。"劉知幾《史通·言語》："若《史記》載蘇秦合從，張儀連橫，范雎反間以相秦，魯連解紛而全趙是也。" 　寧：豈，難道。《左傳·成公二年》："夫齊，甥舅之國也，而大師之後也，寧不亦淫從其欲以怒叔父，抑豈不可諫誨？"《顏氏家訓·歸心》："釋一曰，夫遙大之物，寧可度量？" 　言：話，言語。《書·盤庚》："遲任有言曰：'人惟求舊，器非求舊，惟新。'"《魏書·釋老志》："浮屠正號曰佛屠，佛屠與浮圖聲相近，皆西方言，其來轉爲二音。"

⑳ 夷甫：西晉王衍字夷甫，好清談虛無之言。"八王之亂"中附勢謀取高位，又不以國事爲念，以自保爲重，後爲石勒所殺。《晉書·王衍傳》："衍字夷甫，神情明秀，風姿詳雅。總角嘗造山濤，濤嗟嘆良久，既去目而送之曰：'何物老嫗，生寧馨兒？然誤天下蒼生者，未必非此人也！'……衍年十四時，在京師造僕射羊祜，申陳事狀，辭甚清辯。祜名德貴重，而衍幼年，無屈下之色，眾咸異之。楊駿欲以女妻焉！衍恥之，遂陽狂自免。武帝聞其名，問戎曰：'夷甫當世，誰比？'戎曰：'未見其比，當從古人中求之！'……累遷尚書僕射，領吏部，後拜尚書令、司空、司徒。衍雖居宰輔之重，不以經國爲念，而思自全之計。說東海王越曰：'中國已亂，當賴方伯，宜得文武兼資以任之，乃以弟澄爲荊州，族弟敦爲青州，因謂澄、敦：'荊州有江漢之固，青州有負海之險，卿二人在外，而吾留此，足以爲三窟矣！'識者鄙之。"劉長卿《罪所留繫寄張十四》："冶長空得罪，夷甫豈言錢！直道天何在？愁容鏡亦憐。"呂溫《題石勒城二首》二："天生傑異固難馴，應變摧枯若有神。夷甫自能疑倚嘯，忍將虛誕誤時人！" 　紫微垣：星官名，三

垣之一。中國古代爲認識星辰和觀測天象,把若干顆恒星多少不等地組合起來,一組稱一個星官。衆星官中,三垣(紫微垣、太微垣、天市垣)和二十八宿佔有重要地位。紫微垣有星十五顆,分兩列,以北極爲中樞,成屏藩狀。《宋史・天文志》:"紫微垣東蕃八星,西蕃七星,在北斗北,左右環列,翊衞之象也。一曰大帝之坐,天子之常居也,主命、主度也。"和凝《宫詞百首》三二:"宫庭皆應紫微垣,壯麗宸居顯至尊。赤子顒顒瞻父母,已將仁德比乾坤。"徐鉉《迴至瓜洲獻侍中》:"紫微垣裏舊賓從,來向吳門謁府公。奉使謬持嚴助節,登門初識魯王宫。"唐時一度改中書省爲紫微省,這裏指王衍曾任中書令之職而言。

㉑ "看著五胡亂"兩句:關於這兩句,蘇軾《歷代世變》説得非常透徹:"秦以暴虐焚詩書而亡,漢興,鑒其弊,必尚寬德崇經術之士,故儒者多,雖未知聖人,然學宗經師有識義理者衆,故王莽之亂,多守節之士。世祖繼起,不得不廢經術,褒尚名節之士,故東漢之士多名節,知名節而不能節之以禮,遂至於苦節。苦節之士有視死如歸者,苦節既極,故晉魏之士變而爲曠蕩,尚浮虚而亡禮法。禮法既亡,與夷狄同,故五胡亂華。夷狄之亂已甚,必有英雄出而平之,故隋、唐混天下,隋不可謂一天下,第能驅除爾! 唐有天下,如貞觀、開元間,雖號治平,然亦有夷狄之風,三綱不正,無父子、君臣、夫婦,其原始於太宗也。故其後世子孫皆不可使,玄宗才使,肅宗便叛。肅宗才使,永王璘便反。君不君,臣不臣,故藩鎮不賓,權臣跋扈。陵夷有五代之亂,漢之治過於唐,漢有綱紀……因問十世可知,遂推此數論。"　五胡亂:晉武帝死後,晉室内亂,北方少數民族匈奴族的劉淵及沮渠氏、赫連氏,羯族石氏,鮮卑族慕容氏及禿發氏、乞伏氏,氐族符氏、吕氏,羌族姚氏相繼在中原稱帝,史稱"五胡亂中國"。《晉書・元帝紀論》:"晉氏不虞,自中流外,五胡扛鼎,七廟隳尊。"高適《同觀陳十六史興碑》:"東周既削弱,兩漢更淪没。西晉何披猖? 五胡相唐突。"　清

談:亦作"清譚",原指清雅的談論。劉楨《贈五官中郎將四首》二:"清談同日夕,情盼敘憂勤。"杜甫《送高司直尋封閬州》:"清談慰老夫,開卷得佳句。"猶清議,談論的內容以對人物、時事的批評爲主。《三國志·許靖傳》:"靖雖年逾七十,愛樂人物,誘納後進,清談不倦。"《梁書·沈約傳》:"自負高才,昧於榮利,乘時藉世,頗累清談。"這裏謂魏晉時期崇尚老莊,空談玄理的風氣,亦稱玄談,清談重心集中在有無、本末之辨,始於何晏、夏侯玄、王弼等,至晉王衍輩而益盛,延及齊梁不衰。應璩《與侍郎曹長思書》:"幸有袁生,時步玉趾,樵蘇不爨,清談而已。"《晉書·魯褒傳》:"京邑衣冠,疲勞講肄,厭聞清談,對之睡寐。" 空:副詞,徒然,白白地。《戰國策·趙策》:"春平侯者,趙王之所甚愛也,而郎中甚妒之……今君留之,是空絶趙,而郎中之計中也。"李頎《古從軍行》:"年年戰骨埋荒草,空見蒲桃入漢家。" 自尊:自我尊重。《禮記·表記》:"不自尚其事,不自尊其身。"《韓非子·詭使》:"重厚自尊,謂之長者。"

㉒ 寵:恩寵,寵愛。《東觀漢記·和帝紀》:"望長陵東門,見二臣之墓,生既有節,終不遠身,誼臣受寵,古今所同。"韓愈《爲韋相公讓官表》:"伏奉今日制命,以臣爲尚書右丞,同中書門下平章事。非常之寵,忽降於上天。不次之恩,遽屬於庸品。承命震駭,心神靡寧。"上卿:古官名,周制:天子及諸侯皆有卿,分上中下三等,最尊貴者謂"上卿"。《左傳·成公三年》:"次國之上卿,當大國之中,中當其下,下當其上大夫。小國之上卿,當大國之下卿,中當其上大夫,下當其下大夫。上下如是,古之制也。"後代泛指朝廷大臣。崔湜《送梁卿王郎中使東蕃吊册》:"梁侯上卿秀,王子中臺傑。贈册綏九夷,旌旟下雙闕。"高適《崔司録宅燕大理李卿》:"上卿才大名不朽,早朝至尊暮求友。"

㉓ 包胥:即申包胥,春秋時楚國大夫。楚昭王十年(公元前五〇六年),吳國用伍子胥計攻破楚國,申包胥到秦國求救,在秦庭痛哭七

日夜，終於使秦國發兵救楚，擊敗吳國，故元稹發表感慨云：“千乘徒虛爾，一夫安可輕！”《三國志·臧洪傳》：“若子之言，則包胥宜致命於伍員，不當哭於秦庭矣！”張説《過庾信宅》：“包胥非救楚，隨會反留秦。獨有東陽守，來嗟古樹春。”　許：應允，許可。《書·金縢》：“爾之許我，我其以璧與珪歸，俟爾命；爾不許我，我乃屏璧與珪。”韓愈《唐故朝散大夫商州刺史除名徙封州董府君墓誌銘》：“明年立皇太子，有赦令，許歸葬。”相信。《孟子·梁惠王》：“有復於王者曰：‘吾力足以舉百鈞，而不足以舉一羽；明足以察秋毫之末，而不見輿薪。’則王許之乎？”焦循義引《説文·言部》：“許，聽也。”　連夜：夜以繼日，日以繼夜。吳融《雨後聞思歸樂二首》一：“山禽連夜叫，兼雨未嘗休。儘道思歸樂，應多離別愁。”鄭準《江南清明》：“吳山楚驛四年中，一見清明一改容。旅恨共風連夜起，韶光隨酒著人濃。”　秦兵：秦國的軍隊。許渾《塞下》：“夜戰桑乾北，秦兵半不歸。朝來有鄉信，猶自寄征衣。”汪遵《細腰宮》：“鼓聲連日燭連宵，貪向春風舞細腰。爭奈君王正沈醉，秦兵江上促征橈。”

　　㉔　千乘：兵車千輛，古以一車四馬爲一乘。《孫子·作戰》：“凡用兵之法，馳車千駟，革車千乘，帶甲十萬。”司馬相如《子虛賦》：“王車駕千乘，選徒萬騎，畋於海濱。”戰國時期諸侯國，小者稱千乘，大者稱萬乘。《韓非子·孤憤》：“萬乘之患，大臣太重；千乘之患，左右太信：此人主之所公患也。”劉向《説苑·至公》：“夫不以國私身捐千乘而不恨，棄尊位而無忿，可以庶幾矣！”　徒：副詞，徒然，白白地。鮑照《擬古八首》四：“空謗齊景非，徒稱夷叔賢。”陳造《望夫山》：“野花徒自好，江月爲誰白？”　虛：空無所有，與“實”相對。《史記·老子韓非列傳》：“良賈深藏若虛，君子盛德容貌若愚。”司馬貞索隱：“深藏謂隱其寶貨，不令人見，故云‘若虛’。”段成式《酉陽雜俎·醫》：“魏時有句驪客善用針，取寸髮斬爲十餘段，以針貫取之，言髮中虛也，其妙如此。”　爾：助詞，用於句末，表限止，相當於“而已”。《禮記·檀弓》：

"不以食道,用美焉爾!"王引之《經傳釋詞》:"爾,猶'而已'也……言用美焉而已也。"《論語·鄉黨》:"便便言,唯謹爾。" 一夫:一人,指男人。《書·君陳》:"爾無忿疾於頑,無求備於一夫。"孔穎達疏:"無求備於一人。"《漢書·谷永傳》:"秦居平土,一夫大呼而海內崩析者,刑罰深酷,吏行殘賊也。" 安可:怎麼可以。王仁裕《和蜀後主題劍門》:"庸才安可守?上德始堪矜。暗指長天路,濃巒蔽幾層?"李中《宿山店書懷寄東林令圖上人》:"一宿山前店,旅情安可窮?猨聲鄉夢後,月影竹窗中。" 輕:輕視,鄙視。《莊子·秋水》:"我嘗聞少仲尼之聞,而輕伯夷之義者。"曹丕《典論·論文》:"文人相輕,自古而然。"

㉕ 殷勤:宣宗宮人韓氏《題紅葉》:"流水何太急?深宮盡日閑。殷勤謝紅葉,好去到人間!"郭紹蘭《寄夫》:"我婿去重湖,臨窗泣血書。殷勤憑燕翼,寄與薄情夫。" 名士:指名望高而不仕的人。《禮記·月令》:"〔季春之月〕勉諸侯,聘名士,禮賢者。"鄭玄注:"名士,不仕者。"孔穎達疏:"名士者,謂其德行貞絕,道術通明,王者不得臣,而隱居不在位者也。"《晉書·劉頌傳》:"今閭閻少名士,官司無高能,其故何也?清議不肅,人不立德,行在取容,故無名士。"舊時指以學術詩文等著稱的知名士人。《呂氏春秋·尊師》:"由此爲天下名士顯人,以終其壽。"《顏氏家訓·名實》:"有一士族,讀書不過二三百卷……多以酒犢、珍玩交諸名士,甘其餌者,遞共吹噓。" 莫但:義近"非但",不僅,何況。荀悅《漢紀·哀帝紀》:"以萬不及一之時,求百不一遇之知,此下情所以不上通,非但君臣而凡言百姓亦如之。"元稹《和樂天折劍頭》:"雷震山嶽碎,電斬鯨鯢死。莫但寶劍頭,劍頭非此比。" 方城:春秋時楚北方的長城,由今之河南省方城縣,循伏牛山,北至今鄧縣,爲古九塞之一。《淮南子·墜形訓》:"何謂九塞?曰:太汾、澠阨、荆阮、方城、殽阪、井陘、令疵、句注、居庸。"紀唐夫《送溫庭筠尉方城》:"且盡綠醽銷積恨,莫辭黃綬拂行塵。方城若比長沙路,

猶隔千山與萬津。"後來借指山川險要。李商隱《岳陽樓》:"漢水方城
帶百蠻,四郊誰道亂周班? 如何一夢高唐雨,自此無心入武關。"

㉖ "梁業雄圖盡"兩句:梁朝滅亡之後,梁武帝的後人蕭詧(梁宣
帝)、蕭巋(梁明帝)以及蕭琮在江陵一帶建立梁國稱帝,史稱後梁、北
梁,三十三年後爲隋文帝所滅,留存下來的僅僅是臨路的碑碣,還有
至今仍然保存著武皇即梁武帝時的崇佛痕迹的開聖寺而已。溫庭筠
《開聖寺》:"路分溪石夾烟叢,十里蕭蕭古樹風。出寺馬嘶秋色裏,向
陵雅亂夕陽中。竹間泉落山厨静,墻下僧歸影殿空。猶有南朝舊碑
在,敢將興廢問漁翁。"可與元積本詩參讀。元積另有《度門寺》、《大
雲寺二十韵》、《和友封題開善寺十韵》詩,可以同讀。　雄圖:遠大的
抱負,宏偉的謀略。謝朓《和伏武昌登孫權故城》:"雄圖悵若兹,茂宰
深遐眺。"李百藥《郢城懷古》:"方城次北門,滇海窮南服。長策挫吳
豕,雄圖競周鹿。"宏大廣闊的版圖。張九齡《登荆州城樓》:"暇日時
登眺,荒郊臨故都。纍纍見陳迹,寂寂想雄圖。"宋之問《銅雀臺》:"昔
年分鼎地,今日望陵臺。一旦雄圖盡,千秋遺令開。"　盡:止,終。
《易·序卦》:"物不可以終盡。"孫光憲《玉蝴蝶》:"春欲盡,景仍長,滿
園花正黄。"　遺孫:指死者遺留下的孫兒。《漢書·戾太子劉據傳》:
"太子有遺孫一人,史皇孫子,王夫人男,年十八即尊位,是爲孝宣
帝。"《魏書·許謙傳》:"代主初崩,臣子亡叛,遺孫冲幼,莫相輔立。"
泛指後裔、後代。蔡邕《郡掾吏張玄祠堂碑銘》:"邈矣遺孫,用懷多
福。"《魏書·陽固傳》:"賴先後之醇德兮,乃保護其遺孫。"　世運:時
代盛衰治亂的氣運。陳子昂《感遇詩三十八首》一九:"聖人教猶在,
世運久陵夷。一繩將何繫? 憂醉不能持。"孟雲卿《傷時二首》一:"虎
豹不相食,哀哉人食人! 豈伊逢世運,天道亮云云。"　消:消失,消
除,不復存在。《易·泰》:"内君子而外小人,君子道長,小人道消
也。"王昌齡《城傍曲》:"邯鄲飲來酒未消,城北原平掣皂雕。"

㉗ 宣:即宣帝蕭詧建立的後梁,年號大定(555—561),前後共七

年。　明：即明帝蕭巋繼承的後梁，年號天保（562—582），前後共二十四年。此後還有蕭琮在江陵建立的後梁政權，但前後祇有兩年，爲隋朝所滅，前後三帝共三十三年。後梁是因爲南朝梁岳陽王蕭詧降西魏之後被立为梁帝，史稱後梁（554—587），又稱北梁。因爲它實際上祇是西魏的附庸，徒有虛名，故言"徒有號"。　江漢不相朝：意謂後梁地域很小，根本沒有佔有長江與漢水流域的大部份地區，所以連長江與漢水都不會前來朝拜這個所謂的朝廷。　江漢：長江和漢水。《書・禹貢》："江漢朝宗於海。"《诗・小雅・四月》："滔滔江漢，南國之紀。"朱熹集传："江、漢，二水名。"指長江與漢水之間及其附近的一些地區，古荆楚之地，在今湖北省境内。陸機《演連珠五十首》四〇："江漢之君，悲其墜屨，少原之婦，哭其亡簪。"《文選・江淹〈望荆山〉》："奉義至江漢，始知楚塞長。"李善注："江漢，荆楚之境也。"

㉘　碑碣：石碑方首者稱碑，圓首者稱碣，後多不分，以之爲碑刻的統稱。《南史・顏協傳》："時吳人范懷約能隸書，協學其書，殆過真也，荆楚碑碣皆協所書。"杜甫《贈蜀僧閭丘師兄》："青熒雪嶺東，碑碣舊製存。"特指墓前所立的石刻。酈道元《水經注・河水》："漯水又東徑漢徵君伏生墓南，碑碣尚存。"　高臨路：意謂碑碣在松林之中，緊貼大路之傍高高聳立。柳宗元《商山臨路有孤松往來斫以爲明好事者憐之編竹成援遂其生植感而賦詩》："孤松停翠蓋，託根臨廣路。不以險自防，遂爲明所誤。"許渾《春日題韋曲野老村舍二首》二："烟草近溝濕，風花臨路香。自憐非楚客，春望亦心傷。"　松枝：松樹的枝幹。張喬《送韓處士歸少室山》："石竇垂寒乳，松枝長別琴。他年瀑泉下，亦擬置家林。"陸龜蒙《山僧二首》二："一夏不離蒼島上，秋來頻話石城南。思歸瀑布聲前坐，却把松枝拂舊庵。"　樵：柴薪。《左傳・桓公十二年》："絞小而輕，輕則寡謀。請無扞采樵者以誘之。"杜預注："樵，薪也。"《梁書・阮孝緒傳》："家貧無以爨，僮妾竊鄰人樵以繼火。"

㉙　惟餘：衹留下。李端《妾薄命三首》三：“自從君棄妾，憔悴不羞人。惟餘壞粉淚，未免映衫勻。”張謂《邵陵作》：“遙望零陵見舊丘，蒼梧雲起至今愁。惟餘帝子千行淚，添作瀟湘萬里流。”　開聖寺：寺院名，建立於南北朝時期的梁代，在江陵。李涉《題開聖寺》：“宿雨初收草木濃，群鴉飛散下堂鐘。長廊無事僧歸院，盡日門前獨看松。”温庭筠《開聖寺》：“出寺馬嘶秋色裏，向陵雅亂夕陽中……猶有南朝舊碑在，敢將興廢問漁翁？”　猶學：還在效法，還在模仿。劉禹錫《題于家公主舊宅》：“樹繞荒臺葉滿池，簫聲一絕草蟲悲。鄰家猶學宫人髻，園客爭偷御果枝。”張祜《容兒鉢頭》：“争走金車叱鞅牛，笑聲唯是説千秋。兩邊角子羊門裏，猶學容兒弄鉢頭。”學，效法、模仿。《墨子·貴義》：“貧家而學富家之衣食多用，則速亡必矣！”杜甫《北征》：“學母無不爲，曉妝隨手抹。”　武皇：原指漢武帝，漢武窮兵黷武，後或借指當代黷武的皇帝。杜甫《兵車行》：“邊庭流血作海水，武皇開邊意未已。”後來凡謚號爲“武”的皇帝，亦稱武皇。《文選·曹植〈責躬詩〉》：“於穆顯考，時維武皇。”李善注：“武皇，謂曹操也。”《文選·潘岳〈西征賦〉》：“武皇忽其升遐。”李善注引臧榮緒《晉書·武紀》：“帝諱炎，字世安。崩，謚曰武。”這裏指梁武帝蕭衍，一生推崇佛教。妖：這裏指反常、怪異的事物。《吕氏春秋·慎大》：“晝見星而天雨血，此吾國之妖也。”韓愈《後二十九日復上書》：“天災時變，昆蟲草木之妖，皆已銷息。”

㉚　江陵：地名，元稹當時被貶職的地方。《通典·江陵郡》：“今之荆州（理於江陵縣），春秋以来楚國之都，謂之郢都。西通巫巴，東接雲夢，亦一都會也。秦置南郡，漢高帝改爲臨江郡，景帝改爲臨江國，後復故，後漢因之。其地居洛陽正南，蜀先主得之，後屬吳，常爲重鎮。晉平吳，置南郡及荆州，東晉以爲重鎮，宋、齊並因之，梁元帝都之，爲西魏所陷，遷，後梁居之，爲藩國，又置江陵總管府。隋并梁，置江陵總管府如故，後改爲荆州，煬帝初復爲南郡，大唐爲荆州或爲

江陵郡，領縣七：江陵、枝江、松滋、當陽、公安、長林、石首。"李白《早發白帝城》："朝辭白帝彩雲間，千里江陵一日還。兩岸猿聲啼不盡，輕舟已過萬重山。"岑參《送江陵泉少府赴任便呈衛荊州》："神仙吏姓梅，人吏待君來。渭北草新出，江南花已開。"　南北道：南北方向的交通大道。黃庭堅《次韻公定世弼登北都東樓四首》一："清興俱不淺，長吟無用歸。月明南北道，猶見驛塵飛。"杭淮《送芮惟善尹興寧四首》："送君出城郭，行行上河梁。爲別豈不惡？南北道路長。"　長有：常常有，經常有。羊士諤《亂後曲江》："憶昔曾遊曲水濱，春來長有探春人。遊春人靜空地在，直至春深不似春。"韓愈《杏花》："二年流竄出嶺外，所見草木多異同……浮花浪蕊鎮長有，纔開還落瘴霧中。"長，常常，經常。《莊子・秋水》："吾長見笑於大方之家。"賈島《落第東歸逢僧伯陽》："曉去長侵月，思鄉動隔春。"　遠人：遠方來人。皇甫冉《齊郎中筵賦得的的帆向浦留別》："偏爭高鳥度，能送遠人歸。偏似南浮客，悠揚無所依。"耿湋《宋中》："日暮黃雲合，年深白骨稀。舊村喬木在，秋草遠人歸。"

　㉛ 死別：永別。《玉臺新詠・古詩〈爲焦仲卿妻作〉》："生人作死別，恨恨那可論！"杜甫《垂老別》："孰知是死別！且復傷其寒。"　登舟：意謂被親屬們抬上岸邊的船隻，駛向自己的墓地。因江陵是水網地區，無船處處難行，故言。孟浩然《陪張丞相自松滋江東泊渚宮》："放溜下松滋，登舟命楫師……渚宮何處是？川暝欲安之。"李白《夜泊牛渚懷古》："牛渚西江夜，青天無片雲。登舟望秋月，空憶謝將軍。"　生心：懷有異心，產生疑心。《左傳・莊公二十八年》："疆場無主，則啟戎心；戎之生心，民慢其政，國之患也。"《三國志・鍾會傳》："我要自當以信義待人，但人不當負我，我豈可先人生心哉！"出自內心，產生於心中。《韓非子・解老》："仁者，謂其中心欣然愛人也。其喜人之有福，而惡人之有禍也。生心之所不能已也，非求其報也。"陳奇猷集釋："謂仁乃發生於心，不能自已。"　上馬：騎馬。《史記・廉

頗藺相如列傳》：“〔廉頗〕被甲上馬，以示尚可用。”《魏書·傅永傳》：“上馬能擊賊，下馬作露布，唯傅修期耳。”

㉜ 榮枯：原指草木茂盛與枯萎，這裏喻人世的盛衰、窮達。《後漢書·馮異傳》：“結死生之約，同榮枯之計。”錢起《初至京口示諸弟》：“兄弟得相見，榮枯何處論？” 異日：往日，從前。《管子·山權數》：“五年國穀之重，什倍異日。”沈括《夢溪筆談·權智》：“異日惟是聚集遊民，刮鹹煮鹽，頗干鹽禁，時爲寇盜。自爲潴濼，奸鹽遂少。”猶來日，以後。《史記·張儀列傳》：“軫曰：‘吾爲事來，公不見軫，軫將行，不得待異日。’”韓愈《順宗實錄》：“因爲上言：‘某可爲將，某可爲相，幸異日用之。’”不在同一天，隔日。曾鞏《越州趙公救災記》：“憂其衆相蹂也，使受粟者男女異日，而人受二日之食。” 今古：現時與往昔，謂古往今來，從古到今。韓愈《柳子厚墓誌銘》：“議論證據今古，出入經史百子。”蘇軾《夜直秘閣呈王敏甫》：“共誰交臂論今古，只有閑心對此君。”過去，往昔，亦借指消逝的人事、時間。《北史·薛辯傳》：“汝既未來，便成今古，緬然永別，爲恨何言！”王昌齡《同從弟銷南齋玩月》：“冉冉幾盈虛，澄澄變今古。” 同灰：語本李白《長干行》：“十五始展眉，願同塵與灰。”同灰，一起化成灰，形容愛情堅貞不渝。這裏意謂不管生前榮枯不同，貧富不一，死後一樣都化爲灰燼，無一例外。祖詠《古意二首》一：“生前妒歌舞，死後同灰塵。塚墓令人哀，哀於銅雀臺。”

㉝ 巫峽：長江三峽之一，西起重慶市巫山縣大溪，東至湖北省巴東縣官渡口。酈道元《水經注·江水》：“其間首尾百六十里，謂之巫峽，蓋因山爲名也……每至晴初霜旦，林寒澗肅，常有高猿長嘯，屬引淒異，空谷傳響，哀轉久絕。故漁者歌曰：‘巴東三峽巫峽長，猿鳴三聲淚沾裳。’”陳陶《續古二十九首》六：“杳杳巫峽雲，悠悠漢江水。愁殺幾少年，春風相憶地。”宋玉《高唐賦》記楚襄王遊雲夢臺館，有楚懷王夢與巫山神女相會的故事，後遂以“巫峽”稱男女幽會之事。李中

《悼亡》：“武陵期已負，巫峽夢終迷。獨立銷魂久，雙雙好鳥啼。” 朝雲：早晨之雲。曹植《贈丁儀》：“朝雲不歸山，霖雨成川澤。”賈島《感秋》：“商氣颯已來，歲華又虛擲。朝雲藏奇峰，暮雨灑疏滴。”巫山神女名，戰國時楚懷王游高唐，晝夢幸巫山之女，後好事者爲立廟，號曰“朝雲”。袁皓《寄岳陽嚴使君》：“得意東歸過岳陽，桂枝香惹蕊枝香。也知暮雨生巫峽，爭奈朝雲屬楚王。”崔素娥《別韋洵美詩》：“妾閉閑房君路岐，妾心君恨兩依依。神魂倘遇巫娥伴，猶逐朝雲暮雨歸。”元稹在這裏是一語雙關，既是自然景色的描繪，也是歷史傳説的借用。前人已經指出：宋玉記楚王與巫山神女相會的故事爲附會之説，僅備一説。 荆王：楚王，詩賦中常指楚襄王，詠誦傳説中襄王與巫山神女的戀愛故事。宋之問《内題賦得巫山雨》：“神女向高唐，巫山下夕陽。裴回作行雨，婉戀逐荆王。”錢起《送衡陽歸客》：“歸客愛鳴榔，南征憶舊鄉。江山追宋玉，雲雨憶荆王。” 安在：在哪裏。杜甫《蘇端薛復筵簡薛華醉歌》：“如澠之酒常快意，不知窮愁安在哉！”劉禹錫《再經故元九相公宅池上作》：“竹叢身後長，臺勢雨來傾。六尺孤安在？人間未有名。” 哉：語氣助詞，有表示反詰、表示肯定、表示祈望或禁止等多種語法功用，這裏表示反詰。《史記·廉頗藺相如列傳》：“相如雖駑，獨畏廉將軍哉？”柳宗元《捕蛇者説》：“豈若吾鄉鄰之旦旦有是哉？”也兼有表示疑問之用。《詩·王風·君子于役》：“曷至哉？雞栖於塒。”《莊子·山木》：“此何鳥哉？”

㉞ 三峽：重慶、湖北兩省市境内，長江上游的瞿塘峽、巫峽和西陵峽的合稱。岑參《初至犍爲作》：“雲雨連三峽，風塵接百蠻。到來能幾日？不覺鬢毛斑。”李嘉祐《送客遊荆州》：“帆影連三峽，猨聲在四鄰。青門一分首，難見杜陵人。” 連天：滿天。《後漢書·光武帝紀》：“旗幟蔽野，埃塵連天。”韓愈《李花二首》二：“誰將平地萬堆雪，剪刻作此連天花？”與天際相連。李白《夢遊天姥吟留別》：“天姥連天向天橫，勢拔五嶽掩赤城。”方岳《湖上》：“連天芳草晚淒淒，蹀躞花邊

馬不嘶。”　奔波：奔騰的波濤。葛洪《抱朴子·正郭》：“況可冒衝風
而乘奔波乎？”元稹《分水嶺》：“有時遭孔穴，變作嗚咽聲。褊淺無所
用，奔波奚所營？”　萬里：萬里是約數，極言路程遙遠。岑參《磧西頭
送李判官入京》：“一身從遠使，萬里向安西。漢月垂鄉泪，胡沙費馬
蹄。”李嘉祐《送房明府罷長寧令湖州客舍》：“君爲萬里宰，恩及五湖
人。未滿先求退，歸閑不厭貧。”

㉟　風濤：風浪。顏延之《車駕幸京口侍遊蒜山作》：“春江壯風
濤，蘭野茂荑英。”杜甫《曲江三章章五句》：“曲江蕭條秋氣高，菱荷枯
折隨風濤。”　各自：指事物的各個自身。鮑照《擬行路難十八首》四：
“瀉水置平地，各自東西南北流。”杜甫《秋行官張望督促東渚耗稻》：
“上天無偏頗，蒲稗各自長。”　前後：用於空間，指事物的前邊和後
邊。《左傳·隱公九年》：“戎人之前遇覆者奔，祝聃逐之。衷戎師，前
後擊之，盡殪。”柳宗元《朗州竇常員外寄劉二十八詩見促行騎走筆酬
贈》：“賜環留逸響，五馬助征騑。不羨衡陽雁，春來前後飛。”　相推：
互相推移。《易·繫辭》：“日往則月來，月往則日來，日月相推而明生
焉！寒往則暑來，暑往則寒來，寒暑相推而歲成焉！”李覯《寄上孫安
撫書》：“凡居位者，何異一曹司。但行文書，不責事實。但求免罪，不
問成功。前後相推，上下相蔽。事到今日，猶不知非。”

㊱　倒入：顛顛倒倒而入，這裏指船隻猶如一片樹葉，落入漩渦之
中。鄭樵《穀城山松隱巖》：“青嶂迴環畫屏倚，晴窗倒入春湖水。村
村叢樹綠於藍，列列行人去如蟻。”楊萬里《入浮梁界》：“漚漩嬉浮葉，
烟炊倒入船。順流風更順，只道不雙全。”　黃牛：長江的峽名，因山
石如黃牛得名。酈道元《水經注·江水》：“又東徑黃牛山下……此巖
既高，加江湍紆迴，雖途徑信宿，猶望見此物，故行者謠曰：‘朝發黃
牛，暮宿黃牛。’”杜甫《獨坐二首》二：“白狗斜臨北，黃牛更在東。”
漩：迴旋的水流。杜甫《最能行》：“鼓帆側柁入波濤，撇漩捎濆無險
阻。朝發白帝暮江陵，頃來目擊信有徵。”司空圖《委曲》：“水理漩洑，

鵬風翱翔。道不自器，與之圓方。” 灩澦堆：長江瞿塘峽口的險灘，在四川省奉節縣東。李白《長干行二首》一：“十六君遠行，瞿塘灩澦堆。”王琦注引《太平寰宇記》：“灩澦堆，周回二十丈，在夔州西南二百步蜀江中心瞿塘峽口。冬水淺，屹然露百餘尺。夏水漲，没數十丈。其狀如馬，舟人不敢進，諺曰：‘灩澦大如馬，瞿塘不可下。灩澦大如鱉，瞿塘行舟絶。灩澦大如龜，瞿塘不可窺。灩澦大如襆，瞿塘不可觸。’”杜甫《所思》：“故憑錦水將雙泪，好過瞿塘灩澦堆。” 不盡：未完，无盡。崔顥《舟行入剡》：“鳴棹下東陽，回舟入剡鄉。青山行不盡，綠水去何長？”綦毋潛《宿龍興寺》：“白日傳心静，青蓮喻法微。天花落不盡，處處鳥銜飛。” 不曾：未曾，没有。張潮《長干行》：“憶昔深閨裏，烟塵不曾識。嫁與長干人，沙頭候風色。”王昌齡《閨怨》：“閨中少婦不曾愁，春日凝妝上翠樓。忽見陌頭楊柳色，悔教夫婿覓封侯。”

　　㊲“古今流不盡”兩句：意謂長江之水從古到今一直流淌一直奔騰不息，但流去的江水却從來没有看見它們返回。古人對水氣的循環迴流缺乏足够的認識，故有這樣的疑問。 古今：古代和現今，但“現今”祇指限賦詩撰文的當時。《史記·太史公自序》：“故禮因人質爲之節文，略協古今之變。”杜甫《登楼》：“錦江春色來天地，玉壘浮雲變古今。”

　　㊳八荒：八方荒遠的地方。《漢書·項籍傳贊》：“併吞八荒之心。”顏師古注：“八荒，八方荒忽極遠之地也。”韓愈《調張籍》：“我願生兩翅，捕逐出八荒。” 日月：太陽與月亮。皎然《兵後與故人别予西上至今在揚楚因有是寄》：“日月不相待，思君魂屢驚。草玄寄揚子，作賦得蕪城。”子蘭《短歌行》：“日月何忙忙，出没住不得？使我勇壯心，少年如頃刻。” 萬古：猶遠古。《宋書·顧覬之傳》：“皆理定於萬古之前，事徵於千代之外。”葛洪《抱朴子·勖學》：“故能究覽道奥，窮測微言，觀萬古如同日，知八荒若户庭。”猶萬代，萬世，形容經歷的年代久遠。《北齊書·文宣帝紀》：“〔高洋〕詔曰：‘朕以虚寡，嗣弘王

業,思所以贊揚盛績,播之萬古。'"杜甫《戲爲六絕句》二:"爾曹身與
名俱滅,不廢江河萬古流。"　山川:山嶽、江河。《易·坎》:"天險,不
可升也;地險,山川丘陵也,王公設險以守其國。"沈佺期《興慶池侍宴
應制》:"漢家城闕疑天上,秦地山川似鏡中。"

㊴　由命:相信天命,聽從天命。儲光羲《田家即事》:"杏色滿林
羊酪熟,麥涼浮壠雉媒低。生時樂死皆由命,事在皇天志不迷。"李益
《古別離》"江迴漢轉兩不見,雲交雨合知何年? 古來萬事皆由命,何
用臨岐苦涕漣!"　興衰:興盛和衰落。《史記·太史公自序》:"獵儒
墨之遺文,明禮義之統紀,絕惠王利端,列往世興衰。"《北史·崔浩
傳》:"自古以來,載籍所記,興衰存亡,尟不由此。"　付天:把決定自
己興衰等等的大權交由老天。白居易《思舊》:"已開第七秩,飽食仍
安眠。且進杯中物,其餘皆付天。"蘇頌《次韻楊立之懷舊》:"俛仰週
三紀,文章了十人。窮通不復問,一以付天均。"

㊵　栖栖:亦作"淒淒",悲傷貌。范鎮《擬招隱士》:"歲晏兮憂未
開,草蟲鳴兮淒淒。"長孫佐輔《關山月》:"淒淒還切切,戍客多離別。"
皇皇不安之貌《詩·小雅·六月》:"六月栖栖,戎車既飭。四牡騤騤,
載是常服。"朱熹集傳:"栖栖,猶皇皇不安之貌。"　王粲賦:這裏指王
粲的《登樓賦》賦篇名。《文選·王粲〈登樓賦〉》:"登茲樓以四望兮,
聊暇日以銷憂。"劉良注引《魏志》:"王粲,山陽高平人也。少而聰惠
有大才,仕爲侍中。時董卓作亂,仲宣避難荆州依劉表,遂登江陵城
樓,因懷舊而有此作,述其進退危懼之情也。"舊時常作爲文人思鄉、
懷才不遇的典故。劉滄《汶陽客舍》:"思鄉每讀登樓賦,對月空吟叩
角歌。"　憤憤:心求通而未得貌。《論語·述而》:"不憤不啓,不悱不
發。"何晏集解引鄭玄注:"孔子與人言,必待其人心憤憤,口悱悱,乃
後啓發爲説之。"氣憤不平。《後漢書·齊武王縯傳》:"自王莽篡漢,
常憤憤,懷復社稷之慮。"《宋書·殷景仁傳》:"湛既入,以景仁位遇本
不逾己,一旦居前,意甚憤憤。"　屈平篇:指屈原的著作,其題旨均有

憂國憂民而憤憤不平之氣。章如愚《群書考索續集》卷一七:"楚辭諸篇之意:屈子初放,猶未嘗有奮然自絕之意。故《九歌》、《天問》、《遠遊》、《卜居》以及此卷《惜誦》、《涉江》、《哀郢》諸篇,皆無一語及自沈之事,而其辭意雍容整暇,尚無以異於平日,若《九歌》則含意悽惋,戀嬺低佪,所以自媚於其君者尤爲深厚騷經。《漁父》、《懷沙》雖有彭咸江魚死不可讓之説,然猶未有決然之計也,是以其詞雖切而猶未失其常度。《抽思》以下,死期漸迫,至《惜往日》、《悲回風》則其身已臨沅湘之淵,而命在晷刻矣!顧恐小人蔽君之罪暗而不章,不得以爲後世深切著明之戒,故忍死以畢其詞焉!計其出於瞀亂煩惑之際,而其傾輸罄竭,又不欲使吾長逝之後冥漠之中胸次介然有豪髮之不盡,則固宜有不暇擇其辭之精粗而悉吐之者矣!故原之作,其志之切而詞之哀,蓋未有甚於此數篇者,讀者其深味之,真可爲慟哭而流涕也!"其中《哀郢》篇,有學者認爲是爲楚國郢都被秦軍白起攻破而不得不東遷而作,元稹時在江陵,感受更爲深刻,《楚歌十首》也應該屬於有感而發的詩篇。元稹這組詩歌,借著發生在楚地亦即荆州的歷史故事,聯繫本朝的歷史,結合自身的遭遇,抒發自己的感慨,千萬不可當一般的詩歌來讀。

㊶ 幽恨:深藏於心中的怨恨。王初《青帝》:"終古蘭巖栖偶鶴,從來玉谷有離鸞。幾時幽恨飄然斷?其待天池一水乾。"李群玉《晚蓮》:"楚客罷奇服,吳姬停櫂歌。涉江無可寄,幽恨竟如何?" 江流:奔流不息的江河。元稹《使東川·江上行》:"悶見漢江流不息,悠悠漫漫竟何成?江流不語意相問,何事遠來江上行?"熊孺登《湘江夜泛》:"江流如箭月如弓,行盡三湘數夜中。無那子規知向蜀,一聲聲似怨春風。" 宛然:委曲順從的樣子。《詩·魏風·葛屨》:"好人提提,宛然左辟。"毛傳:"宛,辟貌。"陳奐傳疏:"宛有委曲順從之義,故云辟貌。"真切貌,清晰貌。《關尹子·五鑒》:"譬猶昔遊再到,記憶宛然,此不可忘不可遣。"李肇《唐國史補》卷上:"山川宛然,原野未改。"

［編年］

　　《年譜》編年本組詩於"庚寅至甲午在江陵府所作其他詩"，理由是："題下注：'江陵時作'。"《編年箋注》編年意見是："組詩《楚歌十首》作於元和九年(八一四)。"理由是："詳卞《譜》。"但卞《譜》並沒有編年元和九年，不知所"詳"何來？《年譜新編》編年元和五年"元稹貶江陵時所作詩"，理由是："其七云：'惟餘開聖寺，猶學武皇妖。'自注：'江陵時作。'據釋道宣《高僧傳二集》卷三五《感通篇》中《隋初荆州四望山開聖寺智曠傳》，開聖寺在荆州四望山。元稹自京赴江陵當經過此處，詩當是初到江陵時作。"

　　本詩不可能作於元和五年"初到江陵時作"，因爲十首詩歌中涉及了大量的楚地，亦即荆州的風土人情、歷史故事，應該是元稹來到江陵有比較長的時間之後才能瞭解。"江陵南北道，長有遠人來"就清楚表明了這一點。而"生死既由命，興衰還付天"云云，透露了元稹久貶而不得內遷的怨憤之情，絕不是初到江陵之時所作。元稹初貶江陵之時，縈繞在他頭腦中的是元和五年那場令詩人莫名其妙的貶謫；久貶而內遷無望，才會産生這種怨憤。而引發這種怨憤的應該是杜元穎的回東京：元和九年的三月三十日，元稹在江陵送走了荆南節度府的從事杜元穎，據趙璘《因話錄》、王讜《唐語林》記載，促成杜元穎內遷的是趙宗儒，"趙昭公"宗儒前任荆南節度使，元和六年回京職任刑部尚書，從元稹詩中"謀身誠太拙，從宦苦無媒。處困方明命，遭時不在才"的牢騷話語來看，估計杜元穎的回歸東京洛陽也許與趙宗儒的援引有關，而元稹則祇能感嘆而已，元稹有《三月三十日程氏館餞杜十四歸京》、《送杜元穎》兩詩抒發自己的感慨，請參閱拙稿《元稹評傳》以及本書關於這兩首詩歌的箋注與編年。從元稹的這兩首詩歌，我們明顯感到詩人在謫地江陵盼望回京的熱切期待。從元和五年元稹出貶江陵至此已經五個年頭，但由於裴垍的謝世，朝中無人爲其開脫援引，元稹歸京之夢遙遙無期，祇能在江陵苦苦地等待著。這組詩歌,就是這一時期的作品,與《三月三十日程氏館餞杜十四歸京》、《送杜元穎》作於同時,亦即元和九年的三月三十日稍後。

◎ 貽蜀五首·序^{(一)①}

　　元和九年,蜀從事韋臧文告別②。蜀多朋舊,積性懶爲寒溫書,因賦代懷五章,而贈行亦在其數③。

錄自《元氏長慶集》卷一九

[校記]

　　(一)貽蜀五首·序:本序文各本,包括楊本、叢刊本、《全詩》、《石倉歷代詩選》、《成都文類》、《全蜀藝文志》,均無異文。

[箋注]

　　① 貽蜀五首:本組詩原來在"貽蜀五首"的總標題下分別列有《病馬詩寄上李尚書》、《李中丞表臣》、《盧評事子蒙》、《張校書元夫》、《韋兵曹臧文》五首詩篇,根據本書的統一體例,凡屬組詩,均將組詩總標題冠於每首詩篇標題之前,以與其他獨立成篇的詩歌相區別,與此類似的情況還有《使東川》、《和劉猛古題樂府十首》、《和李餘古題樂府九首》、《詠廿四氣詩》、《和李校書新題樂府十二首》組詩,一併在此説明。　貽:贈送,給予。盧象《同李北海追涼歷下古城西北隅此地有清泉喬木》:"謝朓出華省,王祥貽佩刀。前賢真可慕,衰病意空勞。"儲光羲《貽韋鍊師》:"新池近天井,玉宇停雲車。余亦苦山路,洗心祈道書。"　蜀:古族名,國名,分佈在今四川西部,相傳最早的首領名蠶叢,稱蜀王,公元前三一六年歸併於秦,秦於其地置蜀郡。常璩《華陽國志·蜀志》:"蜀之爲國,肇於人皇,與巴同囿。至黄帝,爲其子昌意

娶蜀山氏之女,生子高陽,是爲帝嚳,封其支庶於蜀,世爲侯伯,歷夏、商、周。武王伐紂,蜀與焉!」又漢末劉備據益州稱帝,國號漢,後爲魏所滅,史稱蜀漢(221—263)。另外五代時王建據東西二川,在成都稱帝,國號蜀,爲後唐所滅,史稱前蜀(907—925)。後唐孟知祥在蜀,封蜀王,自稱帝,國號蜀,爲宋所滅,史稱後蜀(934—965),但"前蜀"與"後蜀"已經是元稹身後之事,與本詩無涉。本詩所指的"蜀",是劍南西川,是李唐的諸多節度使府之一,元稹的幾個朋友當時從宦於此。

②　從事:官名,漢以後三公及州郡長官皆自辟僚屬,多以從事爲稱。元稹《奉和嚴司空重陽日同崔常侍崔郎中及諸公登龍山落帽臺佳宴》:"謝公愁思眇天涯,蠟屐登高爲菊花。貴重近臣光綺席,笑憐從事落烏紗。"白居易《寄行簡》:"去春爾西征,從事巴蜀間。今春我南謫,抱疾江海壖。"　告別:辭行,辭別。《後漢書·郅惲傳》:"惲於是告別而去。"蘇軾《東坡志林·僧伽何國人》:"吾妻沈素事僧伽謹甚,一夕夢和尚告別,沈問所往,答曰:'當與蘇子瞻同行。'"離別,離開。杜甫《酬孟雲卿》:"相逢難袞袞,告別莫匆匆。"

③　朋舊:朋友故舊。鮑照《學陶彭澤體詩》:"但使尊酒滿,朋舊數相過。"蘇舜欽《王子野行狀》:"家貧,柩不能還先塋,朋舊在要官者皆助之,遂得還京師。"　性懶:爲人懶散,自謙之詞。皇甫冉《閑居作》:"遠山期道士,高柳覓先生。性懶尤因疾,家貧自省營。"徐鉉:《和尉遲贊善病中見寄》:"晝夢乍驚風動竹,夜吟時覺露霑莎。情親稍喜貧居近,性懶猶嫌上直多。"　寒溫書:問寒問暖之書,無事問候之書。杜甫《暮秋枉裴道州手札率爾遣興寄近呈蘇涣侍御》:"久客多枉友朋書,素書一月凡一束。虛名但蒙寒溫問,泛愛不救溝壑辱。"許渾《下第歸蒲城墅居》:"牧豎還呼犢,鄰翁亦抱孫。不知余正苦,迎馬問寒溫。"　贈行:臨別相贈。《漢書·段會宗傳》:"雖然,朋友以言贈行,敢不略意。"顏師古注:"贈行謂將別相贈也。"李白《送魯郡劉長史遷弘農長史》:"相國齊晏子,贈行不及言。"

［編年］

《年譜》編年本組詩於元和九年，理由：“《序》云：‘元和九年，蜀從事韋臧文告別，蜀多朋舊……因賦代懷五章，而贈行亦在其數。’”《編年箋注》云：“此詩作於元和九年（八一四），元稹時在江陵士曹任。見下《譜》。”《年譜新編》亦編年元和九年“江陵作”，沒有說明理由。

我們以爲，本組詩有元稹自己的詩序“元和九年……”爲證，又有元稹自己的詩句“五年沙尾白頭新”作爲輔證，編年元和九年自然沒有問題。但根據現有材料，本組詩尚可進一步編年：從組詩詩意來看，詩人是在江陵送別韋臧文。但元和九年元稹並沒有一直耽在江陵，春天，元稹奉命前往潭州公幹，拜訪張正甫，會見盧頭陀，聽唐有熊歌，一直到春天將要結束的時候還在回歸江陵途中，元稹《岳陽樓》“岳陽樓上日銜窗，影到深潭赤玉幢。悵望殘春萬般意，滿檻湖水入西江”中“殘春”云云可證。但三月三十日元稹已經回到江陵，在程氏館送別杜元穎回京，《三月三十日程氏館餞杜十四歸京》“江春今日盡，程館祖筵開。我正南冠縶，君尋北路回”可證。同年秋天，淮西吳元濟叛亂，嚴綬奉命招撫討伐，元稹隨同前往唐州平叛前線。掐頭去尾，本組詩應該作於夏天，至多加上秋初時光，地點自然在江陵，編年於整個元和九年內，實在是太籠統了。

◎ 貽蜀五首·病馬詩寄上李尚書(一)①

萬里長鳴望蜀門，病身猶帶舊瘡痕②。遙看雲路心空在，久服鹽車力漸煩③。尚有高懸雙鏡眼，何由並駕兩朱轓④？唯應夜識深山道，忽遇君侯一報恩⑤。

録自《元氏長慶集》卷一九

［校記］

　　（一）貽蜀五首·病馬詩寄上李尚書：本詩各本，包括楊本、叢刊本、《全詩》、《石倉歷代詩選》、《成都文類》、《全蜀藝文志》，均無異文。

［箋注］

　　① 病馬：有病之馬，這裏是詩人自喻。杜甫《病馬》：“乘爾亦已久，天寒關塞深。塵中老盡力，歲晚病傷心。”孟郊《京山行》：“衆虻聚病馬，流血不得行。後路起夜色，前山聞虎聲。”　寄上：猶今日之“寄呈”，一般是下對上，示尊重之意。盧僎《稍秋曉坐閣遇舟東下揚州即事寄上族父江陽令》：“虎嘯山城晚，猨鳴江樹秋。紅林架落照，青峽送歸流。”劉長卿《至德三年春正月時謬蒙差攝海鹽令聞王師收二京因書事寄上浙西節度李侍郎中丞行營五十韵》：“天上胡星孛，人間反氣橫。風塵生汗馬，河洛縱長鯨。”　李尚書：即李夷簡，時任劍南西川節度使，尚書是榮銜，並非實職。元稹與其關係比較密切，李夷簡也曾給予元稹不少的支持。當然李夷簡與元稹一樣，都受到宰相裴垍的器重，是重要的原因。元和四年，元稹以監察御史的身份出使東川的時候，李夷簡是元稹的頂頭上司御史中丞，《舊唐書·憲宗紀》：“（元和四年）夏四月丙子朔……甲辰……以刑部郎中、侍御史知雜李夷簡爲御史中丞……（元和五年）二月辛未朔……東臺監察御史元稹攝河南尹房式於臺，擅令停務，貶江陵府士曹參軍。三月辛丑朔……乙巳，以御史中丞李夷簡爲户部侍郎判度支，以兵部侍郎王播爲御史中丞。”據此，李夷簡任職御史中丞的時間（元和四年四月二十九日至元和五年三月五日），與元稹任職監察御史的時間基本相重合，元稹在監察御史任上，包括巡察劍南東川之行彈劾嚴礪與山南西道舉奏裴玢以及分務洛陽任上對權貴、宦官、方鎮的嚴正彈劾，應該與李夷簡的大力支持分不開。當然，李夷簡之所以支持元稹的正義之舉，自

然是兩個人都是宰相裴垍識拔的緣故。元和四年下半年,李夷簡又與元稹的朋輩白居易、李絳、崔群、獨孤郁曾一起彈劾宦官頭目吐突承璀爲征討鎮州統帥的荒謬決策,他們應該是政治上的盟友。而元稹三月十八日被召回長安,李夷簡在三月五日被卸任御史中丞的職務,相信李夷簡作爲元稹的直接頂頭上司,在李絳、白居易爲元稹辯護、救援元稹的過程中自然而然也參與其中,所以最終被調離了御史中丞的職位,改由王播擔任御史中丞的職務,接著元稹在三月中旬出貶江陵士曹參軍。根據時間編織的這份歷史脈絡圖,已經清晰地展現了宰相裴垍、御史中丞李夷簡、中書舍人李絳、左拾遺白居易、監察御史元稹之間進退同時榮損同步的密切關係。元和六年,元稹曾經拜訪過時任山南東道節度使的李夷簡。元和十三年,元稹在通州司馬任內,也曾經將結束自己貶謫生活的希望寄託在剛剛拜相的李夷簡身上。詩人在這裏以病馬自喻,企望得到政治盟友李夷簡的幫助,早日結束貶謫生涯。《新唐書・李夷簡傳》:"李夷簡,字易之,鄭惠王元懿四世孫……擢進士第,中拔萃科,調藍田尉,遷監察御史,坐小累,下遷虔州司户參軍,九歲復爲殿中侍御史。元和時至御史中丞,京兆尹楊憑性驚倪,始爲江南觀察使,冒没于財。夷簡爲屬刺史,不爲憑所禮。至是發其貪,憑貶臨賀尉,夷簡賜金紫,以户部侍郎判度支。俄檢校禮部尚書、山南東道節度使。初,貞元時取江西兵五百戍襄陽,制蔡右脅,仰給度支,後亡死略盡,而歲取貲不置。夷簡曰:'迹空文,苟軍興,可乎?'奏罷之。閱三歲,徙帥劍南西川。嶲州刺史王顯積奸贓,屬蠻怒,畔去。夷簡逐顯,占檄諭禍福,蠻落復平。始,韋皋作《奉聖樂》,于頔作《順聖樂》,常奏之軍中。夷簡輒廢去,謂禮樂非諸侯可擅制,語其屬曰:'我欲蓋前人非,以詒戒後來。'十三年,召爲御史大夫,進門下侍郎同中書門下平章事。李師道方叛,裴度當國,帝倚以平賊,夷簡自謂才不能有以過度,乃求外遷,以檢校尚書左僕射平章事爲淮南節度使。穆宗立……久之請老,朝廷謂夷簡齒力

可任,不聽。以右僕射召,辭不拜。復以檢校左僕射兼太子少師分司
東都,明年卒,年六十七,贈太子太保。夷簡致位顯處,以直自閑,未
嘗苟辭氣悦人。歷三鎮,家無産貲,病不迎醫,將終,戒毋厚葬,毋事
浮屠,毋碑神道,惟識墓則已,世謂行己能有終始者。"白居易《聞李尚
書拜相因以長句寄賀微之》:"憐君不久在通川,知己新提造化權……
肯向泥中抛折劍,不收重鑄作龍泉。"元稹《酬樂天聞李尚書拜相以詩
見賀》:"尚書入用雖旬月,司馬銜冤已十年。若待更遭秋瘴後,便愁
平地有重泉。"

　②　萬里:極言路途遙遠,這裏指江陵與西川之間的距離,兩地實
際里程并沒有萬里,這裏是概而言之。劉眘虛《越中問海客》:"風雨
滄洲暮,一帆今始歸。自云發南海,萬里速如飛。"柳中庸《征人怨》:
"歲歲金河復玉關,朝朝馬策與刀環。三春白雪歸青塚,萬里黃河繞
黑山。"　長鳴:長聲鳴叫。朱穆《與劉伯宗絶交》:"長鳴呼鳳,謂鳳無
德,鳳之所趨,與子異域。"潘岳《馬汧督誄》:"青烟傍起,歷馬長鳴。"
多喻士人施展抱負、才能。劉孝標《廣絶交論》:"顧盼增其倍價,剪拂
使其長鳴。"王勃《上武侍極啓》:"千載一時,下走得長鳴之所。"　蜀
門:山名,即劍門,在四川省劍閣縣北。山勢險峻,古爲戍守之處,亦
常常代稱蜀地。杜甫《木皮嶺》:"季冬携童稚,辛苦赴蜀門。"黃滔《明
皇回駕經馬嵬賦》:"長鯨入鼎兮中原,六龍迴轡兮蜀門。"　病身:體
弱多病之身。張籍《感春》:"遠客悠悠任病身,誰家地上又逢春?"白
居易《彭蠡湖晚歸》:"何必爲遷客,無勞是病身。"　瘡痕:原指創傷或
潰瘍愈後留下的疤痕,這裏指受到政治上的創傷。元稹《酬樂天見
寄》:"三千里外巴蛇穴,四十年來司馬官。瘴色滿身治不盡,瘡痕刮
骨洗應難。"元稹《寄樂天二首》二:"羸骨欲銷猶被刻,瘡痕未没又遭
彈。劍頭已折藏須蓋,丁字雖剛屈莫難。"元稹詩歌里反反復復説的
"瘡痕",就是指詩人在仕途中屢次遭到的打擊留下永遠難忘的記憶
與"疤痕"。

③ "遙看雲路心空在"兩句：意謂自己被貶斥江陵，遠離長安，雖然有盼望回京之心，但山高水長，更主要的是來自政治方面的重重阻力，這份願望祇能默默留存心間，難以付諸實現。連年的貶斥，自己也心灰意冷，已經不再有什麼意外的盼望。　遙看：觀望目力難及之處。王昌齡《送鄭判官》："東楚吳山驛樹微，軺車銜命奉恩輝。英僚攜出新豐酒，半道遙看驄馬歸。"劉長卿《晚次苦竹館却憶干越舊遊》："匹馬風塵色，千峰旦暮時。遙看落日盡，獨向遠山遲。"　雲路：比喻仕途與高位。元稹《蟲豸詩七篇·虻三首》："氣平蟲豸死，雲路好攀登。"劉禹錫《洛中初冬拜表有懷上京故人》："省門簪組初成列，雲路鴛鷺想退朝。寄謝殷勤九天侶，搶榆水擊各逍遙。"　鹽車：原指運載鹽的車子，後以"鹽車"爲典，多用於喻賢才屈沉於下。殷堯藩《暮春述懷》："此時若遇孫陽顧，肯服鹽車不受鞭？"元稹《予病瘴樂天寄通中散碧腴垂雲膏仍題四韵以慰遠懷開坼之間因有酬答》："紫河變煉江霞散，翠液煎研碧玉英。金籍真人天上合，鹽車病驥輒前驚。"

④ 尚有高懸雙鏡眼：意謂李夷簡作爲朝廷的方面大臣，大堂之上明鏡高懸，爲皇上分憂爲民解難。　高懸：高高挂起。劉復《禪門寺暮鐘》："簾簾高懸于閬鐘，黃昏發地殷龍宮。遊人憶到嵩山夜，疊閣連樓滿太空。"白居易《八月十五日夜聞崔大員外翰林獨直對酒玩月因懷禁中清景偶題是詩》："秋月高懸空碧外，仙郎静玩禁闈間。歲中唯有今宵好，海内無如此地閑。"　鏡眼：借喻當權者眼明如鏡。姚勉《鏡齋相士求詩二首》二："人間鏡是無心物，物到皆知醜與妍。欲得一雙如鏡眼，中書堂裹坐搜賢。"　何由：從何處，從什麼途徑。宋之問《寄天台司馬道士》："卧來生白髮，覽鏡忽成絲……不寄西山藥，何由東海期？"儲光羲《明妃曲四首》一："西行隴上泣胡天，南向雲中指渭川。毳幕夜來時宛轉，何由得似漢王邊？"　並駕：兩馬並馳。何遜《送韋司馬別》："歸軸並駕奔，別館空筵卷。"猶言並駕齊驅。蔡夢弼《草堂詩話》卷一："昔韓子蒼嘗論此筆力變化，當與太史公諸《贊》

並駕。" 朱轓：車乘兩旁之紅色障泥。《漢書·景帝紀》："令長吏二千石車朱兩轓，千石至六百石朱左轓。"顏師古注引應劭曰："所以爲之藩屏，翳塵泥也。"後常以"朱轓"指貴顯者之車乘。羊士諤《赴資陽經嶓冢山》："寧辭舊路駕朱轓，重使疲人感漢恩。今日鳴驪到嶓峽，還勝博望至河源。"劉禹錫《和南海馬大夫聞楊侍郎出守郴州因有寄上之作》："忽驚金印駕朱轓，遂別鳴珂聽曉猿。"

⑤ 深山：與山外距離遠的、人不常到的山嶺。《左傳·襄公二十一年》："深山大澤實生龍蛇。"東方朔《非有先生論》："遂居深山之間，積土爲室，編蓬爲户。" 君侯：秦漢時稱列侯而爲丞相者，漢以後用爲對達官貴人的敬稱。衛宏《漢官舊儀》："列侯爲丞相相國者號君侯。"又云："丞相之刺史及侍御史皆稱卿，不得言君。蓋其時丞相稱君，而以列侯爲之，故兼稱君侯也。按：丞相稱君，本沿戰國之制：田文相齊封孟嘗君，蘇秦相趙封武安君是也。至如謝萬謂王述曰'人言君侯痴，君侯信自痴'，李白《與韓荆州書》亦曰君侯，此則非列侯爲相者。蓋自漢以來，君侯爲貴重之稱，故口語相沿，凡稱達官貴人皆爲君侯耳！"漢以後用爲對達官貴人的敬稱。高適《畫馬篇》："君侯櫪上驄，貌在丹青中。馬毛連錢蹄，鐵色圖畫光。"元稹《競舟》："連延數十日，作業不復憂。君侯饌良吉，會客陳膳羞。" 報恩：報答恩惠。《漢書·蓋寬饒傳》："奉法宣化，憂勞天下，雖日有益，月有功，猶未足以稱職而報恩也。"梅堯臣《雙羊山會慶堂記》："堂之前許其置佛，俾報恩奉佛兩得焉！"

[編年]

《年譜》、《編年箋注》、《年譜新編》的編年意見及編年理由同《貽蜀五首·序》，我們的編年意見及編年理由也同《貽蜀五首·序》所述。

◎ 貽蜀五首·李中丞表臣①

韋門同是舊親賓⁽一⁾,獨恨潘床簟有塵②。十里花溪錦城麗,五年沙尾白頭新③。倅戎何事勞專席?老掾甘心逐衆人④。却待文星上天去⁽二⁾,少分光影照沈淪⁽三⁾⑤。

錄自《元氏長慶集》卷一九

[校記]

(一)韋門同是舊親賓:楊本、叢刊本、《全詩》、《石倉歷代詩選》、《成都文類》同,《全蜀藝文志》作"韋門向是舊親賓",語義不同,不改。

(二)却待文星上天去:楊本、叢刊本、《全詩》、《石倉歷代詩選》、《成都文類》同,《全蜀藝文志》作"却待文星天上去",語義相類,不改。

(三)少分光影照沈淪:楊本、叢刊本、《全詩》、《石倉歷代詩選》、《成都文類》同,《全蜀藝文志》作"少分光彩照沉淪",語義相類,不改。

[箋注]

① 李中丞表臣:即李程,元稹的連襟,"韋門同是舊親賓,獨恨潘床簟有塵"可證。《舊唐書·李程傳》:"李程字表臣……貞元十二年進士擢第,又登宏辭科,累辟使府。二十年入朝爲監察御史,其年秋召充翰林學士。順宗即位,爲王叔文所排,罷學士,三遷爲員外郎。元和中出爲劍南西川節度行軍司馬,十年入爲兵部郎中,尋知制誥……拜中書舍人權知京兆尹事,十二年權知禮部貢舉,十三年四月拜禮部侍郎,六月出爲鄂州刺史鄂岳觀察使,入爲吏部侍郎……敬宗即位之五月,以本官同平章事。"李程科舉時有"德動天鑒,祥開日華"之句聞名於時,故元稹有"却待文星上天去,少分光影照沉淪"的讚

譽,期待李程歸京發揮更大的作用,同時對自己也有所提携。　　中丞:漢代御史大夫下設兩丞,一稱御史丞,一稱中丞。中丞居殿中,故以爲名。東漢以後以中丞爲御史臺長官。《漢書・百官公卿表》:"御史大夫……有兩丞,秩千石。一曰中丞,在殿中蘭臺,掌圖籍秘書,外督部刺史,内領侍御史員十五人,受公卿奏事,舉劾按章。"大概這是李程此前曾經擔任過的官職,或者是外任州郡官職時所附帶的榮銜,這種情況在古代比較常見。張衆甫《送李觀之宣州謁袁中丞賦得二州渡》:"古渡大江濱,西南距要津。自當舟檝路,應濟往来人。"盧綸《送鮑中丞赴太原》:"分路引鳴騶,喧喧似隴頭。暫移西掖望,全解北門憂。"

②"韋門同是舊親賓"兩句:意謂我與你原來都是韋門之中的連襟,但獨獨遺恨的是我已經失去了愛妻韋叢,數年以來,見證我們愛情的床鋪已經積有厚厚的灰塵。　　韋門:這裏指韋夏卿之門,意謂元稹與李程同在韋夏卿門下爲女婿。元稹原配妻子韋叢是韋夏卿的"季女",那麽她肯定有自己的姐妹,因此元稹也肯定有自己的連襟,而李程就應該是其中之一。元稹《夢遊春七十韵》:"韋門正全盛,出入多歡裕。甲第漲清池,鳴騶引朱輅。"白居易《和夢遊春詩一百韵》:"韋門女清貴,裴氏甥賢淑……既傾南國貌,遂坦東床腹。"　　親賓:親戚與賓客。江淹《別賦》:"左右兮魂動,親賓兮泪滋。"白居易《花下對酒二首》一:"故園音信斷,遠郡親賓絶。"　　潘床:義同"東床",潘床大約是從潘岳的《悼亡詩三首》轉化而來,其二有句云:"展轉盼枕蓆,長簟竟床空。床空委清塵,室虚來悲風。"也許還借鑒了薛德音《悼亡》的詩句:"苔生履迹處,花没鏡塵中。唯餘長簟月,永夜向朦朧。"東床是指女婿,王定保《唐摭言・散序》:"曲江之宴,行市羅列,長安幾於半空。公卿家率以其日揀選東床,車馬闐塞,莫可殫述。"劉義慶《世說新語・雅量》:"郗太傅在京口,遣門生與王丞相書,求女婿。丞相語郗信:'君往東廂,任意選之。'門生歸白郗曰:'王家諸郎亦皆可嘉,

聞來覓婿,咸自矜持;唯有一郎在東床上坦腹卧,如不聞。'郤公云:
'正此好!'訪之,乃是逸少,因嫁女與焉!"後因以"東床坦腹"代指女
婿。也指待賓之床。楊巨源《上劉侍中》:"佳景燕臺上,清輝鄭驛傍。
鼓鼙喧北里,珪玉映東床。"李賀《將發》:"東床卷席罷,濩落將行去。"
　　③　花溪:即浣花溪,在成都,亦即李表臣的任職之地。祝穆《方
輿勝覽·成都府》:"浣花溪在城西五里,一名百花潭(按吳中復《冀國
夫人任氏碑記》云:'夫人微時以四月十九日見一僧墜污渠,爲濯其
衣,百花滿潭,因名曰百花潭。')。"十里,是概言浣花溪的長度。戎昱
《成都元十八侍御》:"不見元生已數朝,浣花溪路去非遙。客舍早知
渾寂寞,交情豈謂更蕭條!"杜甫《將赴成都草堂途中有作先寄嚴鄭公
五首》三:"竹寒沙碧浣花溪,菱刺藤梢怨尺迷。過客徑須愁出入,居
人不自解東西。"　錦城:即"錦官城",城名,故址在今四川成都南,成
都舊有大城、少城。少城古爲掌織錦官員之官署,因稱"錦官城",後
用作成都的別稱。杜甫《春夜喜雨》:"曉看紅濕處,花重錦官城。"亦
省稱"錦官"、"錦城"。常璩《華陽國志·蜀志》:"其道西城,故錦官
也。"《初學記》卷二七引任豫《益州記》:"錦城在益州南笮橋東流江南
岸,蜀時故錦官也。"李白《蜀道難》:"錦城雖雲樂,不如早還家。"　五
年:五個年頭,這裏指元稹自元和五年至元和九年。元稹《送杜元
穎》:"江上五年同送客,與君長羨北歸人。今朝又送君先去,千里洛
陽城裏塵。"元稹《西歸絕句十二首》二:"五年江上損容顏,今日春風
到武關。兩紙京書臨水讀,小桃花樹滿商山。"以上詩篇,爲我們提供
了元稹在江陵,包括"沙尾"的足夠的證據。　沙尾:灘尾,沙灘的邊
緣。李端《荆門歌送從兄赴夔州》:"余兄佐郡經西楚,餞行因賦荆門
雨……沙尾長檣發漸稀,竹竿草屬涉流歸。"元稹作於江陵時期的《去
杭州(送王師範)》叙述元稹與王師範在江陵的交遊云:"時尋沙尾楓
林夕,夜摘蘭叢衣露繁。今君別我欲何去? 自言遠結迢迢婚。"由此
可見,這裏的"沙尾"應該是江陵的一個具體地名。　白頭:猶白髮,

形容年老。《戰國策·韓策》:"中國白頭游敖之士,皆積智欲離秦韓之交。"曹丕《與吳質書》:"意志何時,復類昔日?已成老翁,但未白頭耳!"元稹貶任江陵在元和五年,當時三十二歲,照理不應該以"白頭"自稱。但事實是元稹已經在"去年",亦即三十一歲時生有白髮,時經五年,白髮自然增加不少,故言"白頭新"。

　　④ 倅:副。《逸周書·糴匡》:"君親巡方,卿參告糴,餘子倅運。"孔晁注:"倅,副也。"白居易《李彤授檢校工部郎中充鄭滑節度副使王源中授檢校刑部員外郎充觀察判官各兼侍御史賜緋紫制》:"一可以倅戎事,一可以佐輶車。"州郡長官的副職。秦觀《雪齋記》:"雪齋者,杭州法會院言師所居室之東軒也……州倅太史蘇公過而愛之。"指充任州郡的副職官員。王禹偁《李太白真贊序》:"倅高平趙公,即故相之子也。"蘇軾《密州通判廳題名記》:"未一年而君來倅是邦。"　戎:軍隊,軍事。《後漢書·董卓傳》:"臣既無老謀,又無壯事,天恩誤加,掌戎十年,士卒大小相狎彌久。"潘岳《楊荆州誄》:"烈烈楊侯,實統禁戎。"戰爭,征伐。《書·泰誓》:"襲於休祥,戎商必克。"蔡沈集傳:"重有休祥之應,知伐商而必勝之也。"杜甫《秦州見敕目薛璩畢曜遷官》:"師老資殘寇,戎生及近坰。"　何事:爲何,何故。左思《招隱詩二首》一:"何事待嘯歌?灌木自悲吟。"《新唐書·沈既濟傳》:"若廣聰明以收淹滯,先補其缺,何事官外置官?"　專席:位高權重者獨坐一席,表示尊寵。《兩漢博聞·三獨坐》:"注云:《漢官儀》曰御史大夫、尚書令、司隸校尉皆專席,號'三獨坐'。"元稹《代李中丞謝官表》:"誰謂天眷曲臨,過蒙獎拔!坐令專席,位忝中司。"　老:年歲大,與"幼"或"少"相對。《詩·小雅·北山》:"嘉我木老,鮮我方將。"《楚辭·九章·涉江》:"余幼好此奇服兮,年既老而不衰。"　掾:官府中佐助官吏的通稱。《史記·項羽本紀》:"項梁嘗有櫟陽逮,乃請蘄獄掾曹咎書抵櫟陽獄掾司馬欣,以故事得已。"劉長卿《送陶十赴杭州攝掾》:"莫嘆江城一掾卑,滄州未是阻心期。"元稹官職極低,而且是貶職在

外州他鄉，年紀又大，屬於無用之人，除了自謙之外，也反映詩人對自己前途的絕望之情。　甘心：願意。《詩·衛風·伯兮》：「願言思伯，甘心首疾。」張鷟《遊仙窟》：「千看千意密，一見一憐深。但當把手子，寸斬亦甘心。」但詩人的所謂「甘心」，透露出詩人內心的無奈。　逐：隨，跟隨。《楚辭·九歌·河伯》：「靈何爲兮水中，乘白黿兮逐文魚。」王逸注：「逐，從也。」《顏氏家訓·書證》：「張敞者，吳人，不甚稽古，逐鄉俗訛謬，造作書字耳！」王利器集解：「逐鄉俗，猶言徇俗。」　眾人：一般人，群眾。《孟子·告子》：「君子之所爲，眾人固不識也。」元稹《酬樂天赴江州路上見寄三首》三：「人亦有相愛，我爾殊眾人。」大家，指一定範圍內所有的人。《楚辭·漁父》：「舉世皆濁我獨清，眾人皆醉我獨醒。」《百喻經·乘船失釪喻》：「爾時眾人無不大笑。」

　　⑤ 文星：星名，即文昌星，又名文曲星，相傳文曲星主文才，後亦指有文才的人。元稹《獻滎陽公》：「詞海跳波湧，文星拂坐懸。」裴說《懷素臺歌》：「杜甫、李白與懷素，文星、酒星、草書星。」　上天：升天，登天。枚乘《上書諫吳王》：「必若所欲爲，危於累卵，難於上天。」李洞《春日即事寄一二知己》：「朱衣映水人歸縣，白羽遺泥鶴上天。」這裏指李程回歸京師擔任重要的職務。　光影：日光，光輝，這裏指李程的輝光影響詩人自己。《列子·周穆王》：「光影所照，王目眩不能得視。」寒山《詩》二○三：「光影騰輝照心地，無有一法當現前。」　沈淪：亦作「沉淪」，指埋沒不遇的賢士。李白《贈從弟南平太守之遙二首》一：「彤庭左右呼萬歲，拜賀明主收沉淪。」曾鞏《贈張濟》：「憶初蘭渚訪沉淪，一飫蕭然里舍貧。」指陷於困境之人。裴鉶《傳奇·崔煒》：「龍王能施雲雨，陰陽莫測，神變由心，行藏在己，必能有道，拯援沉淪。」

［編年］

　　《年譜》、《編年箋注》、《年譜新編》的編年意見及編年理由同《貽蜀五首·序》,我們的編年意見及編年理由也同《貽蜀五首·序》所述。

◎ 貽蜀五首·盧評事子蒙^{(一)①}

　　爲我殷勤盧子蒙,近來無復昔時同^②?懶成積疹推難動,禪盡狂心鍊到空^③。老愛早眠虛夜月^(二),病妨杯酒負春風^④。唯公兩弟閑相訪^(三),往往潛然一望公^⑤。

錄自《元氏長慶集》卷一九

[校記]

　　(一)盧評事子蒙:楊本、叢刊本、《全詩》同,《成都文類》、《全蜀藝文志》作"盧評事"。

　　(二)老愛早眠虛夜月:楊本、叢刊本、《全詩》、《成都文類》同,《全蜀藝文志》作"老愛晝眠虛夜月",語義不同,不改。

　　(三)唯公兩弟閑相訪:楊本、叢刊本、《全詩》、《成都文類》同,《全蜀藝文志》作"唯公兩弟間因訪",語義不同,不改。

[箋注]

　　① 盧評事子蒙:讀者對"盧子蒙"這個名字並不陌生,他經常出現在我們這本拙稿裏。因爲盧子蒙是元稹多年的老朋友,所以詩人話語更加隨便,要韋藏文捎話,説自己已經不像洛陽審案那麼繁忙異常,因爲無所事事而又疾病纏身,所以衹能學禪、戒酒、早眠而已,"懶成積疹推難動"四句,雖然元稹以故作輕鬆的口吻來表述,但仍然能夠體味到詩人的一絲無奈與苦澀。元稹《初寒夜寄盧子蒙子蒙近亦喪妻》:"倚壁思閑事,回燈檢舊詩。聞君亦同病,終夜遠相悲。"白居

易《覽盧子蒙侍御舊詩多與微之唱和感今傷昔因贈子蒙題於卷後》："早聞元九詠君詩，恨與盧君相識遲。今日逢君開舊卷，卷中多道贈微之。" 評事：職官名，漢置廷尉平，與廷尉正、廷尉監同掌決斷疑獄。魏晉改稱評，隋改爲評事，屬大理寺。《隋書·百官志》："大理寺丞改爲勾檢官，增正員爲六人，分判獄事。置司直十六人，降爲從六品，後加至二十人。又置評事四十八人，掌頗同司直，正九品。"高承《事物紀原·評事》："漢宣帝地節三年，初置廷尉左右評。魏晉無左右，直曰評。隋煬帝始曰評事。"孫逖《送趙評事攝御史監軍嶺南》："議獄持邦典，臨戎假憲威。風從閶闔去，霜入洞庭飛。"王維《送韋評事》："欲逐將軍取右賢，沙場走馬向居延。遙知漢使蕭關外，愁見孤城落日邊。"

②　慇懃：情意深厚，熱情周到。張謂《送僧》："此去不堪別，彼行安可涯？慇懃結香火，來世上牛車！"耿湋《九日》："橫空過雨千峰出，大野新霜萬葉枯。更望尊中菊花酒，慇懃能得幾回沽？" 近來：指過去不久到現在的一段時間。柳渾《牡丹》："近來無奈牡丹何？數十千錢買一顆。"張紘《閨怨》："去年離別雁初歸，今夜裁縫螢已飛。征客近來音信斷，不知何處寄寒衣！" 無復：不再，不會再次。《晉書·王導傳》："桓彝見朝廷微弱……憂懼不樂，往見導，極談世事，還，謂顗曰：'向見管夷吾無復憂矣！'"韓愈《落葉送陳羽》："落葉不更息，斷蓬無復歸。"指不再有，沒有。葛洪《抱朴子·對俗》："不死之事已定，無復奄忽之慮。"蕭繹《金樓子·雜記》："少來搜集書史，頗得諸遺書，無復首尾，或失名，凡百餘卷。" 昔時：往日，從前。董思恭《感懷》："望望情何極？浪浪淚空泫。無復昔時人，芳春共誰遣？"駱賓王《過張平子墓》："忽懷今日昔，非復昔時今。日落豐碑暗，風來古木吟。"

③　懶成積疹推難動：意謂自己因久病身體虛弱，萬事灰心懶得動彈，別人一再勸説也不肯聽從。 積疹：久病。馬戴《寄遠》："坐想親愛遠，行嗟天地闊。積疹甘毀顔，沈憂更銷骨。"司空圖《觀音懺

文》:"況積疹初平,殊恩有自,置齋生日,用表成功。"　禪:佛教語,梵語"禪那"之略,原指靜坐默念,引申爲禪理、禪法、禪學。杜甫《宿贊公房》:"放逐寧違性,虛空不離禪。"劉商《酬問師》:"虛空無處所,仿佛似琉璃。詩境何人到? 禪心又過詩。"　狂心:狂妄或放蕩的念頭。《後漢書·隗囂傳》:"既亂諸夏,狂心益悖,北攻强胡,南擾勁越。"强烈的願望。白居易《元和十二年淮寇未平詔停歲仗憤然有感率爾成章》:"愚計忽思飛短檄,狂心便欲請長纓。"曾鞏《孔教授張法曹以曾論薦特示長箋》:"衰翁厚幸懷雙璧,更起狂心慕薦賢。"　鍊:修煉,陶冶。葛洪《抱朴子·金丹》:"服此二物,鍊人身體,故能令人不老不死。"李白《過四皓墓》:"荒凉千古迹,蕪没四墳連。伊昔鍊金鼎,何年閟玉泉?"　空:佛教語,謂萬物從因緣生,没有固定,虛幻不實。《維摩經·入不二法門品》:"色即是空,非色滅空,色性自空。"孫綽《游天台山賦》:"泯色空以合迹,忽即有而得玄。"

④ 早眠:晚上睡覺比較早。白居易《寒食夜有懷》"寒食非長非短夜,春風不熱不寒天。可憐時節堪相憶,何況無燈各早眠!"姚合《武功縣中作三十首》一二:"簿籍誰能問? 風寒趁早眠。每旬常乞假,隔月探支錢。"　夜月:夜晚明潔的月亮。劉長卿《送李員外使還蘇州兼呈前袁州李使君賦得長字袁州即員外之從兄》:"别離共成怨,衰老更難忘。夜月留同舍,秋風在遠鄉。"錢起《江陵晦日陪諸官泛舟》:"尊酒平生意,烟花異國春。城南無夜月,長袖莫留賓!"　春風:春天的風。宋玉《登徒子好色賦》:"寤春風兮發鮮榮,絜齋俟兮惠音聲。"元稹《鶯鶯傳》:"春風多屬,强飯爲嘉。"

⑤ 唯:獨,僅,祇有。《易·乾》:"知進退存亡而不失其正者,其唯聖人乎!"《顏氏家訓·止足》:"宇宙可臻其極,情性不知其窮,唯在少欲知足,爲立涯限爾。"　公:這裏指對平輩的敬稱。《史記·平原君虞卿列傳》:"〔毛遂〕曰:'……公等録録,所謂因人成事者也。'"應劭《風俗通·葉令祠》:"公忠於社稷,惠恤萬民,方城之外,莫不欣

戴。" 兩弟:這裏指盧子蒙的兩位弟弟,當時應該在江陵地區,餘情不詳也無考。 往往:常常。《史記·十二諸侯年表序》:"及如荀卿、孟子、公孫固、韓非之徒,各往往捃摭《春秋》之文以著書,不可勝紀。"曹唐《劉晨阮肇遊天台》:"往往鷄鳴巖下月,時時犬吠洞中春。" 潸然:流淚貌,亦謂流淚。《漢書·中山靖王劉勝傳》:"紛驚逢羅,潸然出涕。"杜甫《送梓州李使君之任》:"君行射洪縣,爲我一潸然。" 一望:眺望一下,看一下。王僧孺《落日登高》:"憑高且一望,目極不能捨。"孫光憲《浣溪沙》:"蓼岸風多橘柚香,江邊一望楚天長。"這裏指遠視,遙望。《詩·衛風·河廣》:"誰謂宋遠,跂予望之。"鄭玄箋:"跂足則可以望見之。"宋玉《高唐賦》:"登巍巖而下望兮,臨大阺之稽水。"

[編年]

《年譜》、《編年箋注》、《年譜新編》的編年意見及編年理由同《貽蜀五首·序》,我們的編年意見及編年理由也同《貽蜀五首·序》所述。

◎ 貽蜀五首·張校書元夫①

　　未面西川張校書,書來稠疊頗相於(一)②。我聞聲價金應敵,衆道風姿玉不如③。遠處從人須謹慎(二),少年爲事要舒徐④。勸君便是酬君愛,莫比尋常贈鯉魚⑤。

錄自《元氏長慶集》卷一九

[校記]

　　(一)書來稠疊頗相於:楊本、叢刊本、《全詩》、《成都文類》同,

《全蜀藝文志》作"畫來稠疊頗相于",形近而誤,不從不改。

　　(二)遠處從人須謹慎:楊本、叢刊本、《全詩》、《全蜀藝文志》同,《成都文類》作"遠處從人復謹慎",形近而誤,不從不改。

[箋注]

　　① 張校書元夫:張元夫雖然"未面",但他是老朋友張正甫的侄子,而元稹本年春天剛剛從張正甫任職的湖南觀察使任地歸來,自然不能也不應該忘記這位政治知己的侄子。《舊唐書・張正甫傳》:"正甫兄式……式子元夫……大和初兵部郎中知制誥,遷中書舍人,出爲汝州刺史。"所以詩人以"遠處從人須謹慎,少年爲事要舒徐"相告誡。張元夫與薛濤有交往唱和,今存有薛濤《寄張元夫》詩可證:"前溪獨立後溪行,鷺識朱衣自不驚。借問人間愁寂意,伯牙弦絕已無聲。"張元夫後來成爲牛黨的成員,《通鑑總類・文宗復言朋黨》:"以楊虞卿爲常州刺史,張元夫爲汝州刺史。它日,文宗復言及朋黨,李宗閔曰:'臣素知之,故虞卿輩,臣皆不與美官。'李德裕曰:'給、舍非美官而何?'宗閔失色。" 校書:最初的語義是校勘書籍。《後漢書・傅毅傳》:"建初中,肅宗博召文學之士,以毅爲蘭臺令史,拜郎中,與班固、賈逵共典校書。"《三國志・向朗傳》:"年逾八十,猶手自校書。"古代掌校理典籍的官員。漢有校書郎中,三國魏始置秘書校書郎,隋唐等都設此官,屬秘書省。在地方的屬吏中,也常見帶有"校書"之職銜者,但那僅僅是表示職級而已,並非實職。劉長卿《送李校書赴東浙幕府》:"方從大夫後,南去會稽行。森森滄江外,青青春草生。"岑參《送秘省虞校書赴虞鄉丞》:"花綬傍腰新,關東縣欲春。殘書厭科斗,舊閣別麒麟。"

　　② 未面:沒有見過面。賀遂亮《贈韓思彦》:"意氣百年内,平生一寸心。欲交天下士,未面已虛襟。"徐鉉《遊方山宿李道士房》:"從來未面李先生,借我西窗臥月明。二十三家同願識,素驪何日暫還

城？" 西川：這裏指劍南西川節度使府，唐人詩文中常常簡稱"西川"。杜甫《杜鵑》："西川有杜鵑，東川無杜鵑。涪萬無杜鵑，雲安有杜鵑。"竇群《奉酬西川武相公晨興贈友見示之作》："碧樹分曉色，宿雨弄清光。猶聞子規啼，獨念一聲長。" 稠疊：稠密重疊，密密層層。謝靈運《過始寧墅》："巖峭嶺稠疊，洲縈渚連綿。"杜甫《八哀詩·故司徒李公忠弼》："三軍晦光彩，烈士痛稠疊。"這裏是指張元夫委託韋臧文帶來的"書"，亦即來信稠密重疊，密密層層寫了許多，可見張元夫對元稹的信任與敬重。 相於：相厚，相親。焦贛《易林·蒙之巽》："患解憂除，皇母相於，與喜俱來，使我安居。"王符《潛夫論·釋難》："夫堯舜之相於，人也，非戈與伐也。"汪繼培箋："相於，亦相厚之意矣！"齊己《酬王秀才》："相於分倍親，靜論到吟真。"

③ 我聞：我聽說，含不確切的因素在內。張説《贈崔公》："我聞西漢日，四老南山幽。長歌紫芝秀，高卧白雲浮。"李白《送通禪師還南陵隱静寺》："我聞隱静寺，山水多奇蹤。巖種朗公橘，門深杯渡松。" 聲價：名譽身價。應劭《風俗通·聘士彭城姜肱》："吾以虛獲實，蘊藉聲價。盛明之際，尚不委質，况今政在家哉！"牟融《司馬遷墓》："英雄此日誰能薦？聲價當時衆所推。" 金應敵：意謂與金子一樣金貴，祇有黄金才能與之匹敵。"應敵"與"相敵"義近，即相當，相匹。陸以湉《冷廬雜識·文體相似》："蓋惟才力足以相敵，故即能用其體也。""應敵"也與"匹敵"同義，相比，相當，對等。《左傳·成公二年》："蕭同叔子非他，寡君之母也；若以匹敵，則亦晉君之母也。"《三國志·郭皇后傳》："諸親戚嫁娶，自當與鄉里門户匹敵者，不得因勢強與他人婚也。"杜甫《鄭典設自施州歸》："時雖屬喪亂，事貴當匹敵。" 衆道：大家都在説，也含有不一定的成份。杜甫《瘦馬行》："細看火印帶官字（監牧馬右髈皆印官字），衆道三軍遺路旁。皮乾剥落雜泥滓，毛暗蕭條連雪霜。"孫一元《潯陽歌十首》九："王公衆道善提兵，伍守臨鋒氣亦橫。大戰長江看掎角，成功今日是書生。" 風姿：

風度儀態。葛洪《抱朴子・審舉》:"士有風姿豐偉,雅望有餘,而懷空抱虛,幹植不足,以貌取之,必不得賢。"溫庭筠《春暮宴罷寄宋壽先輩》:"蘇小風姿迷下蔡,馬卿才調似臨邛。"　玉不如:意謂張元夫的風姿連人人寶貴的寶玉也趕不上。楊巨源《崔娘詩》:"清潤潘郎玉不如,中庭蕙草雪消初。風流才子多春思,腸斷蕭娘一紙書。"白居易《繼之尚書自余病來寄遺非一又蒙覽醉吟先生傳題詩以美之今以此篇用伸酬謝》:"交情鄭重金相似,詩韻清鏘玉不如。醉傳狂言人盡笑,獨知我者是尚書。"

④ 遠處:距離很遠的地方。楊凝《夜泊渭津》:"飄飄東去客,一宿渭城邊。遠處星垂岸,中流月滿船。"張籍《贈道士宜師》:"自到皇城得幾年?巴童蜀馬共隨緣。兩朝侍從當時貴,五字聲名遠處傳。"　從人:指投靠他人。《漢書・韓信傳》:"韓信,淮陰人也。家貧無行,不得推擇爲吏,又不能治生爲商賈,常從人寄食。"劉長卿《睢陽贈李司倉》:"只爲乏生計,爾來成遠遊。一身不家食,萬事從人求。"　謹慎:言行慎重小心,以免發生有害或不幸的事情。《穀梁傳・桓公三年》:"父戒之曰:'謹慎從爾舅之言。'母戒之曰:'謹慎從爾姑之言。'"元稹《叙詩寄樂天書》:"朝廷大臣以謹慎不言爲樸雅,以時進見者不過一二親信。"　少年:古稱青年男子,與老年相對,與今稱介於童年與青年之間的年紀以及這樣年紀的人稱爲少年者稍有不同。岑參《送胡象落第歸王屋別業》:"看君尚少年,不第莫悽然。可即疲獻賦,山村歸種田。"芮挺章《少年行》:"任氣稱張放,銜恩在少年。玉階朝就日,金屋夜升天。"　爲事:辦事,成事。張説《贈工部尚書馮公挽歌三首》一:"忠鯁難爲事,平生盡畏途。如弦心自直,秀木勢恒孤。"元結《酬裴雲客》:"自厭久荒浪,於時無所任。耕釣以爲事,來家樊水陰。"　舒徐:從容不迫。元稹《唐故工部員外郎杜君墓係銘并序》:"晉世風概稍存,宋齊之間教失根本,士以簡慢歙習舒徐相尚,文章以風容色澤放曠精清爲高。"覺範《孜遷善石菖蒲》:"已忘身世在南嶽,

勿覺夢寐遊西湖。遙知夏木午陰静，篆畦半破烟舒徐。"

⑤ "勸君便是酬君愛"兩句：意謂我苦口婆心勸導你，就是爲了酬答你對我的一片深情厚意，你千萬別以爲那祇是一封平平常常的酬答詩篇。　尋常：平常，普通。劉禹錫《烏衣巷》："舊時王謝堂前燕，飛入尋常百姓家。"葉適《寶謨閣直學士贈光禄大夫劉公墓誌銘》："今不過尋常文書，肯首而退爾！"　鯉魚：蔡邕《飲馬長城窟行》："客從遠方來，遺我雙鯉魚。呼兒烹鯉魚，中有尺素書。"後因以"鯉魚"代稱書信。常建《送楚十少府》："因送別鶴操，贈之雙鯉魚。鯉魚在金盤，別鶴哀有餘。"岑參《敷水歌送竇漸入京》："九月霜天水正寒，故人西去度征鞍。水底鯉魚幸無數，願君別後垂尺素。"這裏指元稹以詩代書的書信。

[編年]

《年譜》、《編年箋注》、《年譜新編》的編年意見及編年理由同《貽蜀五首·序》，我們的編年意見及編年理由也同《貽蜀五首·序》所述。

◎ 貽蜀五首·韋兵曹臧文①

處處侯門可曳裾，人人争事蜀尚書②。摩天氣直山曾拔，澈底心清水共虛(一)③。鵬翼已翻君好去，烏頭未變我何如④？殷勤爲話深相感，不學馮諼待食魚⑤。

録自《元氏長慶集》卷一九

[校記]

（一）澈底心清水共虛：楊本、叢刊本、《全詩》、《成都文類》同，

《全蜀藝文志》作"徹底心清水共虛"，形近而誤，不從不改。

[箋注]

　　① 韋兵曹臧文：韋臧文不知道是不是韋夏卿的族人，任職西川不知與韋夏卿的另一個女婿李程任職西川行軍司馬有無關係，但他既是信使又值回去，詩歌自然以送行爲主旨。　兵曹：古代管兵事等的官員。漢代爲公府、司隸的屬官，唐代爲府、州設立的"六曹"（或"六司"）之一，在府稱"兵曹參軍"，在州稱"司兵參軍"，後世或沿用此稱。高承《事物紀原·兵曹》："漢公府掾史有兵曹，主兵事。司隸屬官有兵曹從事史，郡國爲使。北齊同諸曹爲參軍。"陳子昂《登薊丘樓送賈兵曹入都》："東山宿昔意，北征非我心。孤負平生願，感涕下沾襟。"王昌齡《送韋十二兵曹》："縣職如長纓，終日檢我身。平明趨郡府，不得展故人。"

　　② 處處：各處，每個方面。《漢書·原涉傳》："自哀平間，郡國處處有豪桀，然莫足數。"蘇軾《殘臘獨出二首》一："處處野梅開，家家臘酒香。"　侯門：諸侯之門。錢起《送兵曹李赴河中》："能荷鐘鼎業，不矜紈綺榮。侯門三事後，儒服一書生。"顧況《閑居懷舊》："騷客空傳成相賦，晉人已負絕交書。貧居謫所誰推轂？仕向侯門恥曳裾。"曳裾：拖着衣襟，裾，衣服的大襟。王績《薛記室收過莊見尋率題古意以贈》："曳裾出門迎，握手登前除。"曳裾王門，比喻在王侯權貴門下作食客。李白《行路難三首》二："彈劍作歌奏苦聲，曳裾王門不稱情。"　人人：每个人，所有的人。岑參《稠桑驛喜逢嚴河南中丞便別》："駟馬映花枝，人人夾路窺。離心且莫問，春草白應知。"李華《奉寄彭城公》："公子三千客，人人願報恩。應憐抱關者，貧病老夷門。"爭事：爭先恐後，以能夠侍候西川的李尚書爲幸爲榮。蘇轍《禮義信足以成德論》："民去其本而爭事於末，當時之君子思救其弊而求之太迫，導之無術……"李綱《恭聞詔書褒悼陳少陽贈官與一子恩澤賜縉

錢五十萬感涕四首》二：“祖宗德澤在斯民，韋帶精忠不乏人。魏闕獻言開帝聽，甌函爭事觸龍鱗。” 尚書：官名，始置於戰國時，或稱掌書，尚即執掌之義。秦爲少府屬官，漢武帝提高皇權，因尚書在皇帝左右辦事，掌管文書奏章，地位逐漸重要。漢成帝時設尚書五人，開始分曹辦事。東漢時正式成爲協助皇帝處理政務的官員，從此三公權力大大削弱。魏晉以後，尚書事務益繁。隋代始分六部，唐代更確定六部爲吏、户、禮、兵、刑、工。從隋唐開始，中央首要機關分爲三省，尚書省即其中之一，職權益重。唐代派官員外出擔任節度使，常常賜予“尚書”的名稱，雖然是虛銜，但被時人看成榮銜。這裏的“尚書”是指李夷簡，當時李夷簡是帶著“户部尚書”的榮銜出任成都尹與劍南西川節度使的。《舊唐書·憲宗紀》“（元和）八年春正月乙卯朔……癸未，以山南東道節度使李夷簡檢校户部尚書，成都尹充劍南西川節度使”就是明證。元稹《酬樂天聞李尚書拜相以詩見賀》：“初因彈劾死東川，又爲親情弄化權。百口共經三峽水，一時重上兩漫天。”白居易《春送盧秀才下第遊太原謁嚴尚書》：“烟郊春別遠，風磧暮程深。墨客投何處？并州舊翰林。”

　　③ 摩天氣直山曾拔：這裏巧妙借用項羽的故事，《史記·項羽本紀》：“於是項王乃悲歌忼慨，自爲詩曰：‘力拔山兮氣蓋世，時不利兮騅不逝。騅不逝兮可奈何，虞兮虞兮奈若何？’歌數闋，美人和之，項王泣數行下，左右皆泣，莫能仰視。”這裏形容李夷簡的英雄氣概，史傳記述李夷簡在御史中丞時彈劾京兆尹楊憑貪財之罪，以及在山南東道堅決停發被有關部門貪吃的空餉，就是“氣直”的具體説明。摩天：迫近藍天，形容極高。王粲《從軍詩五首》五：“寒蟬在樹鳴，鸛鵠摩天遊。”陸游《秋夜將曉出籬門迎凉有感》二：“三萬里河東入海，五千仞嶽上摩天。” 氣直：猶理直氣壯。羊士諤《守郡累年俄及知命聊以言志》：“登朝非大隱，出谷是真愚。氣直慚龍劍，心清愛玉壺。”杜荀鶴《送李鐔遊新安》：“邯鄲李鐔才崢嶸，酒狂詩逸難干名。氣直

不與兒輩洽,醉來擬共天公爭。"　澈底:清澈見底。李群玉《古鏡》:"瑤匣開旭日,白電走孤影。泓澄一尺天,澈底涵霜景。"劉弇《知府黃龍圖生辰五首》三:"長庚夢白真無敵,嵩岳生申世有開。直恐龍陂清澈底,照人都入骨毛來。"　心清:心明如鏡。錢起《送畢侍御謫居》:"忠蓋不爲明主知,悲來莫向時人説!滄浪之水見心清,楚客辭天泪滿纓。"貫休《贈信安鄭道人》:"貌古似蒼鶴,心清如鼎湖。仍聞得新義,便欲註陰符。"　水共虛:水清見底,空無一物。此意正與元稹《酬樂天書懷見寄》所云"懷我浩無極,江水秋正深。清見萬丈底,照我平生心。"異詞同調。

④　鵬翼:大鵬的翅膀,語本《莊子・逍遙遊》:"鵬之背,不知其幾千里也,怒而飛,其翼若垂天之雲。"《文選・左思〈吳都賦〉》:"屠巴蛇,出象骼;斬鵬翼,掩廣澤。"李周翰注:"鵬鳥其翼垂天,今斬之,固掩蔽廣澤也。"謝偃《玉牒真記》:"曩者炎運將終,九城淪陷,於是披丹霄而軒鵬翼,駕元海而截鯨鱗。"這裏以"鵬翼"借喻船隻的風帆。張説《郭代公元振》:"代公舉鵬翼,懸飛摩海霧。志康天地屯,適與雲雷遇。"元稹《送友封二首》二:"惠和坊裏當時別,豈料江陵送上船。鵬翼張風期萬里,馬頭無角已三年。"　烏頭未變我何如:元稹這裏反用"烏頭白馬生角"的典故,典出《燕丹子》卷上:"燕太子丹質於秦,秦王遇之無禮,不得意,欲求歸。秦王不聽,謬言令烏頭白馬生角乃可許耳!丹仰天嘆,烏即白頭,馬生角,秦王不得已而遣之。"而在現實生活裏面,烏頭變白與馬首長角是永遠也不可能實現的事情,故在元稹看來,回歸京師,同樣是難以實現的幻想而已。

⑤　殷勤:情意深厚。李白《感遇四首》一:"舉首白日間,分明謝時人。二仙去已遠,夢想空殷勤。"李白《寄遠十一首》三:"本作一行書,殷勤道相憶。一行復一行,滿紙情何極!"　深:情意厚。《禮記・樂記》:"情深而文明,氣盛而化神。"毛文錫《戀情深》二:"賓帳欲開慵起,戀情深。"　相感:相互感應。《漢書・蒯通傳》:"然物有相感,事

有適可。"晁説之《晁氏客語》："人心動時，言語相感，言順而理不可屈。" 不學馮諼待食魚：這是勸告韋臧文的話，意謂不要認爲自己有才幹，可以像馮諼向孟嘗君要求"食有魚"那樣向李夷簡討價還價，從元稹如此直率勸告韋臧文看來，韋臧文也許與韋夏卿有一點牽涉也説不定。而馮諼與孟嘗君的故事盡人皆知，典出《戰國策·齊策》："齊人有馮諼者，貧乏不能自存，使人屬孟嘗君，願寄食門下……左右以君賤之也，食以草具。居有頃，倚柱彈其劍，歌曰：'長鋏歸來乎！食無魚。'"後遂以"食無魚"爲待客不豐或不受重視、生活貧苦的典故。楊萬里《跋蜀人魏致堯撫幹萬言書》："雨裏短檠頭似雪，客間長鋏食無魚。" 待：等待，等候。《左傳·隱公元年》："多行不義，必自斃，子姑待之。"韓愈《赴江陵途中寄贈三學士》："積雪驗豐熟，幸寬待蟊蟊。"對待，待遇。《史記·孟子荀卿列傳》："惠王欲以卿相位待之，髡因謝去。"王安石《上仁宗皇帝言事書》："約之以禮矣，不循禮則待之以流殺之法。" 食魚：比喻幕賓受到重視、優待。方干《贈處州段郎中》："德重自將天子合，情高元與世人疏。寒潭是處清連底，賓席何心望食魚！"徐渭《自爲墓誌銘》："〔余〕一旦爲少保胡公羅致幕府……食魚而居廬，人爭榮而安之，而已深以爲危。"最後，我們有必要在這裏多説一句，《元薛因緣》等極力主張元稹以監察御史出使東川時與住在西川成都的薛濤有男女私情，在江陵貶任士曹參軍時與薛濤唱和，但元稹這五首寄贈西川"朋舊"的詩篇，却没有一首詩是寄給薛濤的。而其時亦在西川成都府的薛濤與李程與張元夫都有唱和，如薛濤《別李郎中》："花落梧桐鳳別凰，想登秦嶺更淒凉。安仁縱有詩將賦，一半音詞雜悼亡。"其《寄張元夫》詩前面已經引述，有"借問人間愁寂意，伯牙弦絶已無聲"之句。如果如《元薛因緣》等所言，"以夫婦自况"的元稹理應有詩歌寄贈薛濤，但《貽蜀五首》却無一字一句涉及薛濤，爲我們提供了有力的反證。由此可見，所謂元稹與薛濤江陵唱和以及"以夫婦自况"云云純屬"齊東野語"之類。

［編年］

《年譜》、《編年箋注》、《年譜新編》的編年意見及編年理由同《貽蜀五首·序》，我們的編年意見及編年理由也同《貽蜀五首·序》所述。

◎ 畫　松①

張璪畫古松，往往得神骨②。翠帚掃春風，枯龍憂寒月③。流傳畫師輩，奇態盡埋没④。纖枝無瀟灑（一），頑幹空突兀（二）⑤。乃悟埃塵心，難狀烟霄質⑥。我去淅陽山，深山看真物⑦。

錄自《元氏長慶集》卷三

［校記］

（一）纖枝無瀟灑：楊本、《淵鑑類函》、《歷代題畫詩類》、《聲畫集》、《佩文齋廣群芳譜》同，叢刊本、《全詩》、《佩文齋詠物詩選》作“纖枝無蕭灑”，語義不同，不改。

（二）頑幹空突兀：楊本、叢刊本、《淵鑑類函》、《歷代題畫詩類》同，《聲畫集》、《佩文齋廣群芳譜》、《佩文齋詠物詩選》、《全詩》作“頑榦空突兀”，語義相類，不改。

［箋注］

① 畫松：描繪松樹。錢起《詠門上畫松上元王杜三相公》：“昔聞生澗底，今見起毫端……只在丹青筆，凌雲也不難。”施肩吾《觀吳偃畫松》：“君有絕藝終身寶，方寸巧心通萬造。忽然寫出澗底松，筆下看看一枝老。”

② 張璪：唐代著名畫家，善於樹石山水。張彥遠《歷代名畫記》卷一〇："張璪，字文通，吳郡人。初，相國劉晏知之，相國王縉奏擁揅祠部員外郎、鹽鐵判官，坐事貶衡州司馬，移忠州司馬。尤工樹石山水，自撰《繪境》一篇，言畫之要訣，詞多不載。初，畢庶子宏擅名於代，一見驚嘆之，異其唯用秃毫，或以手摸絹素，因問璪所受，璪曰：'外師造化，中得心源。'畢宏於是閣筆。彥遠每聆長者説，璪以宗黨，常在予家，故予家多璪畫。曾令畫八幅山水障，在長安平原里，破墨未了，值朱泚亂，京城騷擾，璪亦登時逃去。家人見畫在幀，蒼忙掣落，此帑最見張用思處。又有士人家有張松石幛，士人云：亡兵部李員外約好畫成癖，知而購之，其家弱妻已練爲衣裹矣！唯得兩幅，雙柏一石在焉！嗟惋久之，作《繪練紀》，述張畫意，極盡，此不具載（具《李約員外集》）。"劉商《懷張璪》："苔石蒼蒼臨澗水，陰風裊裊動松枝。世間唯有張通會，流向衡陽那得知？"李群玉《長沙元門寺張璪員外壁畫》："片石長松倚素楹，翛然雲壑見高情。世人只愛凡花鳥，無處不知梁廣名。" 古松：年代久遠的松樹。劉長卿《雲母溪》："白髮慚皎鏡，清光媚齋淪。寥寥古松下，歲晚挂頭巾。"朱放《遊石澗寺》："聞道幽深石澗寺，不逢流水亦難知。莫道山僧無伴侶，獼猴長在古松枝。" 神骨：神韵風骨。劉敞《桃源》："山中道人多百歲，翠髮蕭條神骨異。漁舟往往傍林藪，相逢亦問人間世。"米芾《畫史·唐畫》："江州張氏收李重光道裝像，神骨俱全。"

③ 翠帚：翠綠色的掃帚，比喻松枝。唐扶《和兵部鄭侍郎省中四松詩》："日射蒼鱗動，塵迎翠帚迴。嫩茸含細粉，初葉泛新杯。"道潛《暉暉堂》："堂上何爲絶點埃？堂前翠帚掃空階。遙憐薄日暉暉静，影入高人燕坐懷。" 春風：春天的風。蕭至忠《陪遊上苑遇雪》："龍驂曉入望春宫，正逢春雪舞春風。花光併在天文上，寒氣行銷御酒中。"袁暉《二月閨情》："二月韶光好，春風香氣多。園中花巧笑，林裏鳥能歌。" 枯龍：義同"老龍"，指蒼松的多年枝幹，因其盤曲如龍，故

稱。元稹《西齋小松二首》二:"清風日夜高,凌雲意何已。千歲盤老龍,修鱗自兹始。"齊己《小松》:"後夜蕭騷動,空階蟋蟀聽。誰於千歲外,吟繞老龍形?"　寒月:清冷的月亮,亦指清寒的月光。張說《山夜聞鐘》:"夜卧聞夜鐘,夜静山更響。霜風吹寒月,窈窕虛中上。"李白《望月有懷》:"寒月揺清波,流光入窗户。"

④ 流傳:傳下來,傳播開。《墨子·非命》:"聲聞不廢,流傳至今。"羅大經《鶴林玉露》卷三:"當時吳濞、鄧通,皆得自鑄錢,獨多流傳,至今不絶。其輕重適中,與今錢略相似。"　畫師:畫工,畫家。薛道衡《昭君詞》:"不蒙女史進,更無畫師情。"梅堯臣《看山寄宋中道》:"安得老畫師,寫寄幽懷客?"　奇態:神奇之態。王融《琵琶》:"絲中傳意緒,花裏寄春情。掩抑有奇態,凄鏘多好聲。"覺範《湘西飛來湖》:"武林散烟鬟,一峰螺髻孤。烟雲有奇態,華木秋不枯。"　埋没:湮没,泯滅。庾信《哀江南賦》:"功業夭枉,身名埋没。"韋莊《秦婦吟》:"昔時繁盛皆埋没,舉目凄凉無故物。"

⑤ 纖枝:纖細的枝條。張喬《題小松》:"松子落何年?纖枝長水邊。斸開深澗雪,移出遠林烟。"徐鉉《題殷舍人宅木芙蓉》:"憐君庭下木芙蓉,嫋嫋纖枝淡淡紅。曉吐芳心零宿露,晚揺嬌影媚清風。"　瀟灑:灑脱不拘、超逸絶俗貌。李白《王右軍》:"右軍本清真,瀟灑在風塵。"姜夔《續書譜·真》:"古今真書之妙,無出鍾元常,其次王逸少。今觀二家之書,皆瀟灑縱横,何拘平正?"　頑幹:長得稀奇古怪的樹幹,義近"古幹",李洞《古柏》:"結根生别樹,吹子落鄰峰。古幹經龍嗅,高烟過雁衝。"義近"霜幹",楊萬里《記丘宗卿語紹興府學前景》:"恰思是間宜看梅,忽然一枝横出來。霜幹皴裂臂來大,只著寒花三兩箇。"　突兀:特出,奇特。劉義慶《世説新語·品藻》:"劉尹目庾中郎,雖言不愔愔似道,突兀差可以擬道。"施肩吾《壯士行》:"有時誤入千人叢,自覺一身横突兀。"

⑥ 埃塵心:即"塵心",指凡俗之心,名利之念。白居易《馮閣老

處見與嚴郎中酬和詩因戲贈絕句》:"縱有舊游君莫憶,塵心起即墮人間!"梅堯臣《送曇穎上人往廬山》:"塵心古難洗,瀑布垂秋虹。" 烟霄質:脫凡去俗的氣質。陳子昂《春日登金華觀》:"山川亂雲日,樓榭入烟霄。鶴舞千年樹,虹飛百尺橋。"錢起《過曹鈞隱居》:"濟濟振纓客,烟霄各致身。誰當舉玄晏,不使作良臣?"

⑦ 淅陽:地名,在鄧州,淅水流經境內,元稹在那兒有自己的田莊。《舊唐書·地理志》:"鄧州……內鄉:漢淅縣地,屬弘農郡,後周改爲中鄉,隋改爲內鄉,武德元年置淅州,又分內鄉置默水縣,後復改爲內鄉。"《新唐書·地理志》:"均州:武當郡下。義寧二年析淅陽郡之武當、均陽置,貞觀元年州廢,二縣隸淅州,八年以武當、郇鄉復置。"《資治通鑑》卷一五〇:"曹義宗等取順陽、馬圈,與裴衍等戰於淅陽(漢弘農郡有析縣,晉分屬順陽郡,元魏置淅陽郡,以其地在淅水之陽也,即隋唐南鄉、內鄉二縣之地)。"《資治通鑑》卷一五六:"行臺郎中李廣諫曰:'淅陽四面無民,唯一城之地。山路深險,表裏群蠻。今少遣兵,則不能制賊;多遣,則根本虛弱,脫不如意,大挫威名。人情一去,州城難保。" 深山:與山外距離很遠、人不常到的山嶺。王維《過香積寺》:"不知香積寺,數里入雲峰。古木無人徑,深山何處鐘?"李頎《行路難》:"秋風落葉閉重門,昨日論交竟誰是? 薄俗嗟嗟難重陳,深山麋鹿可爲鄰。" 真物:自然界原有的生物,亦即今天所謂的"原生態"。梅堯臣《吳仲卿示和韓持國詩一卷輒以爲謝》:"葉公所好者,熟以識頭角。一日真物來,駭汗沛且渥。"蘇轍《白菊》:"得勢從教盈九畹,俛眉聊復引三杯。愈風明目須真物,能使神農爲爾同。"

[編年]

《年譜》編年本詩於"元和九年閏八月'淅行'時作。"理由是:"我去淅陽山,深山看真物。"《編年箋注》編年:"此詩作於元和九年(八一四)閏八月。詳卜《譜》。"《年譜新編》編年元和九年"江陵作",沒有說明理由。

　　我們以爲本詩確實作於元和九年,但不在元稹隨同嚴綬出征淮西之時。而且"閏八月"云云也是不對的,嚴綬受命爲山南東道節度使在元和九年的九月十三日,與"閏八月"沒有牽涉,《舊唐書·憲宗紀》的記載非常清晰,不必懷疑。還有,一個即將參與平叛決策的"從事",怎麼可能會有"我去淅陽山,深山看真物"的閑暇? 而元稹在淅川有自己的田莊也是不爭的事實:元稹《西歸絶句十二首》九:"今朝西渡丹河水,心寄丹河無限愁。若到莊前竹園下,殷勤爲繞故山流(丹,淅莊之東流)。"元稹《葬安氏誌》:"近歲嬰疾,秋方綿痼。適予與信友約爲淅行,不敢私廢,及還,果不克見。"字裏行間透露的是:元稹與"信友"相約,前往淅陽山、淅川一帶自己的"淅莊"看看,而這位"信友"就是元稹元和八年前往山南東道拜訪節度使李夷簡時新結識的朋友甄逢。元稹《與史館韓侍郎書》:"及(甄)逢既長,耕先人舊田於襄之宜城,讀書爲文,不詣州里。"兩人都有田莊在那裏,故能够相約前往,當然甄逢的出發之地不在江陵而在襄陽。據此我們可以推斷,元稹大約於"秋天"出發,具體時間應該是七月、八月間,本詩即應該作於出發之前。等到元稹返回江陵,他的小妾安仙嬪已經病故,元稹有《葬安氏志》寄託自己的哀思,大概作於元和九年的"閏八月"之時。同年九月十三日,嚴綬奉命征討吳元濟,元稹被任命爲"唐州從事",與嚴綬一起趕往唐州前綫。

◎ 葬安氏誌[①]

　　予稚男荊,母曰安氏,字仙嬪,卒於江陵之金隄鄉莊敬坊沙橋外二里嫗樂之地焉[②]! 始辛卯歲,予友致用憫予愁,爲予卜姓而授之,四年矣[(一)③]! 供侍吾賓友,主視吾巾櫛,無違命④。近歲嬰疾，秋方綿痼，適予與信友約爲浙行⁽二⁾，不敢私廢。及還，果不克見⑤。

大都女子由人者也，雖妻人之家，常自不得舒釋，況不得爲人之妻者，則又閨祧不得專妒於其夫，使令不得專命於其下⁽三⁾，己子不得以尊卑長幼之序加於人⁽四⁾，疑似逼側，以居其身⁽五⁾，其常也⑥。況予貧，性復事外，不甚知其家之無，苟視其頭面無蓬垢，語言不以饑寒告，斯已矣⑦！今視其篋笥無盈餘之帛⁽六⁾，無成襲之衣，無完裹之衾⁽七⁾，予雖貧，不使其若是可也，彼不言而予不察⁽八⁾，以至於其生也不足如此，而其死也大哀哉⑧！

稚子荊方四歲，望其能念母亦何時？幸而成立⁽九⁾，則不能使不知其卒葬，故爲誌且銘⑨。銘曰：復土之骨，歸天之魂。亦既墓矣！又何爲文？且曰有子，異日庸知其無求墓之哀焉⑩！

錄自《元氏長慶集》卷五八

［校記］

（一）四年矣：宋蜀本、叢刊本、《文章辨體彙選》、《全文》同，楊本作"四年供矣"，語義不通，"供"字應該下讀，"矣"、"供"兩字乙倒，不從不改。

（二）適予與信友約爲浙行：原本作"適予與信友約浙行"，楊本、叢刊本、《文章辨體彙選》、《全文》同，據宋蜀本、盧校補改。

（三）使令不得專命於其下：原本作"使令不得專命於其外"，楊本、叢刊本、《文章辨體彙選》同，宋蜀本、《全文》作"使令不得專命於其下"，語義較佳，據改。

（四）己子不得以尊卑長幼之序加於人：原本作“禮儀不得以尊卑長幼之序加於人”，宋蜀本、《全文》作“己子不得以尊卑長幼之序加於人”，兩説均通，宋蜀本語義更佳，據改。楊本、叢刊本作“□□不得以尊卑長幼之序加於人”，《文章辨體彙選》作“庭闈不得以尊卑長幼之序加於人”，各備爲一説。

（五）以居其身：宋蜀本、《全文》同，楊本、叢刊本作“以居□身”，《文章辨體彙選》作“以居此身”，各僅備一説。

（六）今視其篋笥無盈餘之帛：楊本、叢刊本、《文章辨體彙選》同，宋蜀本、《全文》作“今視其篋笥無盈丈之帛”，兩説均通，不改。

（七）無完裹之衾：原本作“無帛裹之衾”，楊本、叢刊本、《文章辨體彙選》、《全文》同，宋蜀本作“無完裹之衾”，語義較佳，據改。

（八）彼不言而予不察：宋蜀本、《文章辨體彙選》、《全文》同，楊本、叢刊本作“彼不言而予察”，誤，不從不改。

（九）幸而成立：原本作“可成立”，宋蜀本、《全文》作“幸而成立”，語義佳，據改。楊本、叢刊本作“□□立”，《文章辨體彙選》作“能成立”，備爲一説。

［箋注］

① 葬：掩埋屍體。《易・繫辭》：“古之葬者，厚衣之以薪，葬之中野，不封不樹，喪期无數。後世聖人易之以棺椁，蓋取諸《大過》。”《楚辭・漁父》：“寧赴湘流，葬於江魚之腹中。”　安氏：即安仙嬪，江陵人，元稹的小妾，與元稹前後生活四年，元和九年秋天病故。有子元荊，長慶元年秋天病故，年僅十歲。　誌：記事的書籍或文章。張説《府君墓誌》：“府君諱驚，字成驚，姓張氏，其先晉人也⋯⋯”元稹《唐故使持節萬州諸軍事萬州刺史賜緋魚袋劉君墓誌銘》：“歲長慶之癸卯五月日乙亥，處士禄汾以予友保極喪訃於予，且告保極遺意，欲予誌卒葬⋯⋯”

②稚:孩子,兒童。《孟子・滕文公》:"爲民父母,使民盼盼然,將終歲勤動,不得以養其父母,又稱貸而益之,使老稚轉乎溝壑,惡在其爲民父母也?"韓愈《復讎狀》:"若孤稚羸弱,抱微志而伺敵人之便,恐不能自言於官,未可以爲斷於今也。" 卒:古代指大夫死亡,後爲死亡的通稱。《禮記・曲禮》:"天子死曰崩,諸侯曰薨,大夫曰卒,士曰不祿,庶人曰死。"《史記・魏世家》:"晉獻公卒,四子爭更立,晉亂。"《文心雕龍・誄碑》:"逮尼父卒,哀公作誄,觀其慭遺之切,嗚呼之嘆,雖非叡作,古式存焉!" 江陵金隈鄉莊敬坊:疑是安仙嬪的娘家所在地,具體不詳也不見其他文獻記載。

③辛卯歲:元稹《蟲豸詩七篇序》:"始辛卯年,予掾荊,州之地洲渚濕墊。"在元稹在世的五十三年中,"辛卯歲"應該是元和六年。元稹貶任江陵,在元和五年,不是"辛卯年",《蟲豸詩七篇序》是元稹病後誤記,不過本文續娶安仙嬪確實在"辛卯年",元稹沒有記錯。韓愈《辛卯年雪》:"元和六年春,寒氣不肯歸。河南二月末,雪花一尺圍。"杜牧《李和鼎》:"鵩鳥飛來庚子直,謫去日蝕辛卯年。由來枉死賢才事,消長相持勢自然。" 憫:憐恤,哀憐。《顏氏家訓・省事》:"然而窮鳥入懷,仁人所憫,況死士歸我,當棄之乎?"韓愈《賀雨表》:"陛下憫茲黎庶,有事山川。" 卜姓:長孫無忌《唐律疏義》卷一三:"若男夫居喪娶妾妻,女作妾嫁人妾,既許以卜姓爲之,其情理賤也。"胡寅《先公行狀》:"爲太學官,同僚爲謀買妾,既卜姓矣!嘆曰:'吾親待養千里之外,何以是爲?'亦終身不復買也。" 卜:選擇。《呂氏春秋・舉難》:"卜相曰成(季成)璜(翟璜)孰可,此功之所以不及五伯也。"高誘注:"卜,擇也。"葉適《中奉大夫林公墓志銘》:"今士大夫去就,常以臺諫官賢否爲卜。" 姓:標誌家族系統的稱號。《左傳・隱公八年》:"天子建德,因生以賜姓,胙之土而命之氏。"《史記・屈原賈生列傳》:"屈原者,名平,楚之同姓也。"惲敬《得姓述》:"明洪武中,吳沈纂天下姓,得一千九百有奇。"指家族。柳宗元《永州鐵爐步志》:"今世有負

其姓而立於天下者，曰：‘吾門大，他不我敵也。’”姓氏是指姓和氏。姓、氏本有分別，姓起於女系，氏起於男系。秦漢以後，姓、氏不合一，通稱姓，或兼稱姓氏。《通志·氏族略序》：“三代之前，姓氏分而爲二，男子稱氏，婦人稱姓……三代之後，姓氏合而爲一。”洪邁《容齋三筆·漢人希姓》：“兩《漢書》所載人姓氏，有後世不著見者甚多，漫紀於此，以助氏族書之遺脱。”顧炎武《日知録·氏族》：“姓氏之稱，自太史公始混而爲一。”

④ 供侍：侍奉，侍候。葛洪《神仙傳·薊子訓》：“生許諾，便歸事子訓，灑掃供侍左右數百日。”蘇軾《乞改居喪婚娶條狀》：“臣伏見元祐五年秋頒條貫，諸民庶之家，祖父母、父母老疾，無人供侍，子孫居喪者，聽尊長自陳，驗實婚娶。右臣伏以人子居父母喪，不得嫁娶，人倫之正，王道之本也……”　賓友：賓客朋友。《晉書·鄭袤傳》：“魏武帝初封諸子爲侯，精選賓友。”鮑照《數詩》：“九族共瞻遲，賓友仰徽容。”　主視：猶言負責照料，義同“主持”。劉禹錫《和樂天燒藥不成命酒獨醉》：“九轉欲成就，百神應主持。鶯啼鼎上去，老貌鏡中悲。”杜光庭《興州王承休特進爲母修黃籙齋詞》：“臣况主持王事，迢遞道途，不得躬奉庭闈，親調藥膳。”　巾櫛：巾和梳篦，泛指盥洗用具。《禮記·曲禮》：“男女不雜坐，不同椸枷，不同巾櫛。”蘇軾《莊子祠堂記》：“公執席，妻執巾櫛。”引申指盥洗。姚合《假日書事呈院中司徒》：“十日公府静，巾櫛起清晨。”王讜《唐語林·補遺》：“巾櫛既畢，又請更衣。”　違命：違背命令。《國語·晉語》：“吾聞事君者，竭力以役事，不聞違命。”曹植《求自試表》：“顧西尚有違命之蜀，東有不臣之吳。”

⑤ 近歲：猶近年。韓愈《順宗實録》：“逮乎近歲，又嬰沈痼。”白居易《西原晚望》：“近歲始移家，飄然此村住。新屋五六間，古槐八九樹。”　綿痼：謂疾病嚴重，久治不愈。《南齊書·庾杲之傳》：“臣昨夜及旦，更增氣疾，自省綿痼，頃刻危殆。”宋祁《上曾太尉書三首》二：

"(宋)祁衰老，綿痼病勢，留連未能悉平，敢不用鈞教！" 信友：誠實守信的朋友。周必大《通判舒州沈君(煥)墓碣》："孟子謂明善以誠身，誠身以悦親，悦親以信友，信於友乃獲於上，若吾叔晦所謂任重道遠，誠其身以獲乎上者。"陳造《吕正將墓誌銘》："然孔子於孝必歷言所可移者，孟子謂治民信友悦親其本也，君之賢，吾得之源委也。"這裏的"信友"是甄逢，元稹與其結識於元和八年拜訪山南東道節度使李夷簡之時。 浙行：即詩人的浙陽山之行。元稹《畫松》"我去浙陽山，深山看真物"就是明證。浙陽山是地名，在鄧州，浙水流經境内，元稹在那兒有自己的田莊。元稹《西歸絶句十二首》九："今朝西渡丹河水，心寄丹河無限愁。若到莊前竹園下，殷勤爲繞故山流(丹，浙莊之東流)。"而甄逢在那裏也有自己的祖業，元稹《與史館韓侍郎書》："及(甄)逢既長，耕先人舊田於襄之宜城，讀書爲文，不詣州里。"而浙州是唐代曾經有過的一個地名，當時應該改爲"内鄉"。《舊唐書·地理志》："鄧州……内鄉：漢浙縣地，屬弘農郡，後周改爲中鄉，隋改爲内鄉，武德元年置浙州，又分内鄉置默水縣，後復改爲内鄉。" 私廢：私自廢除。吕陶《樞密劉公墓誌銘》："公謂朝廷之儀，安可以私廢，上疏辨之，由是上失宰相意。"張嵲《除福建漕上殿札子·第二札》："若乃御下以嚴，去惡以猛，使奸不得以倖免，而法不至以私廢，胡爲而不可哉！" 及還：等到回來。元結《出規》："元子門人叔將出遊，三年及還，元子問之曰'……'"權德輿《翰苑集原序》："及還京師，李抱真來朝奏曰：'……'"這裏指元稹與甄逢結束細川之行之後回到江陵。不克：不能。《詩·齊風·南山》："析薪如之何，匪斧不克。"鄭玄箋："克，能也。"《左傳·昭公十二年》："南蒯懼不克，以費叛如齊。"

⑥ 大都：泛稱都邑之大者。《左傳·隱公元年》："先王之制：大都不過參國之一；中，五之一；小，九之一。"王鏊《震澤長語·官制》："唐世諸道置按察使，後改爲採訪處置使，治於所部之大都。" 女子：處女。《禮記·雜記》："男子附於王父則配，女子附於王母則不配。"

鄭玄注：“女子，謂未嫁者也。”蘇軾《留侯論》：“太史公疑子房以爲魁梧奇偉，而其狀貌乃如婦人女子，不稱其志氣。” 由人：聽憑他人，歸屬別人。《論語·顏淵》：“爲人由己，而由人乎哉？”王讜《唐語林·言語》：“太宗聞之，怒曰：‘威福豈由（李）靖等！何爲禮靖等而輕我宫人！’” 舒釋：猶舒暢。張説《賀祈雨感應表》：“群心舒釋，聖情開暢。”石介《上孔中丞書》：“而天人之心猶欝然不大舒釋者，以閣下尚稽大任也！” 閨衽：閨房床席，借指寢卧。閨特指婦女的居室。曹植《雜詩六首》三：“妾身守空閨，良人行從軍。自期三年歸，今已歷九春。”白居易《長恨歌》：“楊家有女初長成，養在深閨人未識。”衽指卧席、床褥。《儀禮·士喪禮》：“衽如初，有枕。”鄭玄注：“衽，寢卧之席也。”《新唐書·韓滉傳》：“滉雖宰相子，性節儉，衣裘茵衽，十年一易。” 妒：婦女相忌妒。《左傳·襄公二十一年》：“叔向之母妒叔虎之母美而不使。”《史記·淮南衡山列傳》：“厲王母弟趙兼因辟陽侯言吕后，吕后妒，弗肯白。” 使令：差遣，使唤。《孟子·梁惠王》：“便嬖不足使令於前與？”韓愈《省試學生代齋郎議》：“贊於教化，可以使令於上者，德藝之大者也。” 尊卑：貴賤，位分的高低。《史記·商君列傳》：“明尊卑爵秩等級，各以差次名田宅，臣妾衣服以家次。”《隋書·音樂志》：“禮逾其制，則尊卑乖；樂失其序，則親疏亂。” 長幼：指輩份的高低。《論語·微子》：“長幼之節，不可廢也；君臣之義，如之何其廢之？”《禮記·大傳》：“服術有六：一曰親親，二曰尊尊，三曰名，四曰出入，五曰長幼，六曰從服。”孫希旦集解：“長，謂旁親屬尊者之服。幼，謂旁親屬卑者之服也。”指年長與年幼。《禮記·射義》：“鄉飲酒之禮者，所以明長幼之序也。”孔穎達疏：“六十者坐，五十者立侍是也。” 逼側：迫近，擁擠。《後漢書·廉范傳》：“成都民物豐盛，邑宇逼側，舊制禁民夜作，以防火灾。”韓愈《岳陽樓別竇司直》：“新恩移府庭，逼側厠諸將。”

　　⑦ 事外：指塵世之外。《晉書·樂廣傳》：“廣與王衍俱宅心事

外，名重於時。"孟郊《長安羈旅行》："潛歌歸去來，事外風景真。" 頭面：頭部和面部，亦單指頭或臉。王充《論衡·初稟》："天無頭面，眷顧如何？"韓愈《題木居士二首》一："火透波穿不計春，根如頭面幹如身。" 蓬垢："蓬頭垢面"的緊縮語，指頭髮蓬亂，面有塵垢。《魏書·封軌傳》："君子整其衣冠，尊其瞻視，何必蓬頭垢面，然後爲賢？"郭象《睽車志》卷四："〔席子先生〕莫詳其姓氏，蓬頭垢面，以一席裹身。" 饑寒：飢餓寒冷。饑，通"飢"。劉灣《對雨愁悶寄錢大郎中》："積雨細紛紛，飢寒命不分。攬衣愁見肘，窺鏡覓從文。"杜甫《贈畢四曜》："才大今詩伯，家貧苦宦卑。饑寒奴僕賤，顏狀老翁爲。"

⑧ 篋笥：藏物的竹器。班婕妤《怨歌行》："常恐秋節至，凉風奪炎熱。棄捐篋笥中，恩情中道絕。"杜甫《留別公安太易沙門》："數問舟航留製作，長開篋笥擬心神。" 盈餘：有餘，多餘。《後漢書·桓鸞傳》："少立操行，褞袍糟食，不求盈餘。"陳襄《與福建運使安度支書》："科調之時，專委清强之吏，民無私斂，輸納不艱，道塗無愁苦之聲，倉廩有盈餘之蓄矣！" 成襲：整套。襲指穿衣加服，泛指穿衣，穿戴。《禮記·表記》："子曰：'裼襲之不相因也，欲民之毋相瀆也。'"鄭玄注："禮盛者以襲爲敬。"曹植《五游咏》："披我丹霞衣，襲我素霓裳。" 完裹之衾：完整如一的大被裹子，沒有經過補接聯綴。裹指衣服的內層或被子的裹子。《詩·邶風·綠衣》："綠兮衣兮，綠衣黃裹。"《漢書·賈誼傳》："白縠之表，薄紈之裹，緁以偏諸，美者黼繡。"《禮記·雜記》："內子以鞠衣襃衣素沙。"孔穎達疏："古之服皆以素紗爲裹。"

⑨ 念母：思念母親。元稹《贈田弘正等母制》："或寄重股肱，或親連肺腑，而克忠於國，克孝於家，歌康公念母之詩，感日碑見圖而泣。"范仲淹《贈太師楚國公衛國太夫人誥》："士大夫義隆於顯親，恩深於念母，追劬勞之罔極，悼寵禄之無施。" 成立：成人，成長自立。《北史·范紹傳》："汝父卒日，令汝遠就崔生，稀有成立。今已過期，宜遵成命。"李密《陳情事表》："臣少多疾病，九歲不行，零丁孤苦，至於成立。"

⑩ 銘：文體的一種,古代常刻於碑版或器物,或以稱功德,或用以自警。《後漢書·延篤傳》："〔延篤〕所著詩、論、銘、書、應訊、表、教令,凡二十篇云。"《文心雕龍·銘箴》："箴全御過,故文資確切；銘兼褒讚,故體貴弘潤。"一般墓誌銘的最後,都有銘文。　復土：謂掘穴下棺,以所出土覆於棺上爲墳,建陵墓。《史記·秦始皇本紀》："先帝爲咸陽朝廷小,故營阿房宮,爲室堂未就,會上崩,罷其作者,復土酈山。"《周禮·地官·小師徒》："大喪,帥邦役,治其政教。"鄭玄注："喪役,正棺引窆復土。"賈公彥疏："復土者,掘坎之時,掘土向外,下棺之後,反復此土,以爲丘陵,故云復土。"　歸天：人死的婉辭。王建《故梁國公主池亭》："裝檐玳瑁隨風落,傍岸鴛鵡逐暖眠。寂寞空餘歌舞地,玉簫聲絕鳳歸天。"方干《哭王大夫》："爲政舊規方利國,降生直性已歸天。峴亭惋咽知無極,渭曲馨香莫計年。"

［編年］

《年譜》編年本文於元和九年,沒有説明理由,但有譜文"妾安氏卒於江陵府。卒後,元稹始還,葬之"説明。《編年箋注》編年："'始辛卯歲'下推四年,爲元和九年(八一四),爲安氏卒年,亦即本文之作年。"《年譜新編》編年本文於元和九年,沒有説明理由,但有譜文"秋,與'信友'赴浙陽山。安氏卒於江陵,卒後,元稹始還"説明。

本文云："近歲嬰疾,秋方綿痼,適予與信友約爲浙行,不敢私廢。及還,果不克見。"元稹的"浙行"究竟在何時？從"秋方綿痼"的話來看,其出發之時應該已經是秋天,正是元稹的浙莊農作物即將成熟的季節。計其來回路程的時間,加上元稹在浙陽山與浙莊逗留的時間,元稹返回江陵應該在八月前後。據此,我們以爲,本文應該作於元和九年的暮秋,亦即閏八月前後,但必定在九月十三日元稹隨同嚴綬前往唐州之前,僅僅編年"元和九年"稍顯籠統。相比之下,《年譜新編》的編年意見比較具體,但以"秋"描述,仍然不夠具體。

■ 酬樂天嘆元九見寄^{(一)①}

據白居易《嘆元九》

[校記]

(一)酬樂天嘆元九見寄：元稹本佚失詩所據白居易《嘆元九》，見《白氏長慶集》、《萬首唐人絕句》、《白香山詩集》、《全詩》，“城中”，《萬首唐人絕句》、《全詩》作“城門”，各備一説。

[箋注]

① 酬樂天嘆元九見寄：白居易《嘆元九》：“不入城中來五載，同時班列盡官高。何人牢落猶依舊？唯有江陵元士曹。”不見現存元稹詩文有回酬之篇，應該是佚失了，據補。 嘆：嘆息，嘆氣。《詩·王風·中谷有蓷》：“有女仳離，嘅其嘆矣！”韓愈《晚寄張十八助教周郎博士》“田野興偶動，衣冠情久厭。吾生可携手，嘆息歲將淹。”讚嘆，讚美。孔融《論盛孝章書》：“孝章要爲有天下大名，九牧之人，所共稱嘆。”王安石《寄郎侍郎》：“兩朝人物嘆賢豪，凛凛清風晚見褒。”

[編年]

未見《元稹集》採録，也未見《年譜》、《編年箋注》、《年譜新編》採録與編年。

白居易詩中有“不入城中來五載”之句，白居易元和六年因守母親之喪退居下邽義津縣金氏村，至元和八年服除，元和九年冬天，詔授太子左贊善大夫，回到長安，前後相加，接近五年，故言“來五載”。白居易詩應該賦成於元和九年冬天，元稹的酬和之篇也應該賦成於元和九年的冬天。白居易賦詩之時在長安城中，而元稹酬和在平定淮西叛亂的前綫唐州。

■ 酬樂天感化寺題名處見寄⁽一⁾①

據白居易《感化寺見元九劉三十二題名處》

［校記］

（一）酬樂天感化寺題名處見寄：元稹本佚失詩所據白居易《感化寺見元九劉三十二題名處》，見《白氏長慶集》、《萬首唐人絕句》、《白香山詩集》、《全詩》，唯《萬首唐人絕句》題作"感化寺見元劉題名"，其餘悉同。

［箋注］

① 酬樂天感化寺題名處見寄：白居易《感化寺見元九劉三十二題名處》："微之謫去千餘里，太白無來十一年。今日見名如見面，塵埃壁上破窗前。"現存元稹詩文不見回酬之篇，應該是佚失吧！據補。感化寺：寺院名，在藍田縣。王維《過感化寺曇興上人山院》："暮持筇竹杖，相待虎溪頭。催客聞山響，歸房逐水流。"裴迪《遊感化寺曇興上人山院》："不遠灞陵邊，安居向十年。入門穿竹徑，留客聽山泉。"題名處：古人爲紀念科場登録、旅遊行程等，題記姓名的石碑或壁柱。張籍《哭孟寂》："曲江院裏題名處，十九人中最少年。今日春光君不見，杏花零落寺門前。"白居易《西明寺牡丹花時憶元九》："前年題名處，今日看花來。一作芸香吏，三見牡丹開。"

[編年]

未見《元稹集》採錄，也未見《年譜》、《編年箋注》、《年譜新編》採錄與編年。

白居易詩中有"微之謫去千餘里，太白無來十一年"之句，劉三十二敦質，字太白，病故於貞元二十年，下推十一年，爲元和九年。白居易詩應該賦成於元和九年冬天，元稹的酬和之篇也應該賦成於元和九年的冬天。白居易賦詩之時在下邽金氏村，而元稹酬和在平定淮西叛亂的前綫唐州。

◎ 爲嚴司空謝招討使表^{(一)①}

臣某言：中使某乙至，伏奉今月十九日敕，以臣兼充申光蔡等州招撫使，并賜臣手詔兩道。天光下濟，聖澤逾深。捧詔慚惶，心魂戰越。臣某（中謝）②。

伏以陛下威加四海，德被萬方。下蜀（劉闢）無束馬之勞，平吳（李錡）但斬鯨而已。百蠻述職，九有懷仁。凡在生成，孰不柔茂③？

而蕞爾元濟，天將勦除。眞蟊賊於其心，假螻蟻以爲聚。父死不葬，王命未臨。擅脅師徒，偷侵縣道④。此誠仁人孝子決憤激忠之日也，陛下尚先含垢，未忍加誅。曲示綏懷，俾臣招撫。臣誠雖懇到（二），性本孱愚。任重憂深，驚惶失據⑤。

然以苗心可化，舜舞方興。仰荷威靈，冀其柔服。臣即日與鄰道計會，奉宣詔旨，誘諭頑凶，威愛並施，使之來格⑥。如或尚驅梟鏡，不襲椒蘭，臣則誓死剪除，俾無遺孽（三）⑦。其歸投百姓等，臣並准詔別加優恤，置在安全，仰副聖情，不令驚擾⑧。

　　臣先奉恩詔，令臣發赴唐州⁽四⁾，不獲奔走伏謝闕庭，無任恐懼之至⑨。

錄自《元氏長慶集》卷三四

[校記]

　　（一）爲嚴司空謝招討使表：楊本、叢刊本、《全文》同，元稹《代論淮西書》作“山南東道節度、兼申光蔡等州招撫使、檢校司空嚴某”，元稹《故金紫光禄大夫檢校司徒兼太子少傅贈太保鄭國公食邑三千户嚴公行狀》作“後累歲，遷山南東道節度、觀察處置支度營田等使，兼襄州刺史、司空、大夫皆如故，就加淮西招撫使”，本文有“以臣兼充申光蔡等州招撫使”，嚴綬名義上是“招撫使”，實際上是“招討使”，李唐當時是先行招撫，如不奏效，則加招討，對内對外，並不一致。僅録以備考，不改。

　　（二）臣誠雖懇到：《全文》同，楊本、叢刊本作“臣誠雖懇倒”，兩詞相通，不改。

　　（三）俾無遺孽：蘭雪堂本、叢刊本、《全文》同，楊本作“傾無遺孽”，録以備考，不改。

　　（四）令臣發赴唐州：叢刊本、《全文》同，楊本作“今臣發赴唐州”，兩字均可説通，以“令”爲佳，不改。

[箋注]

　　① 爲：介詞，給，替。《書·金縢》：“我其爲王穆卜。”秦觀《踏莎行》：“郴江幸自繞郴山，爲誰流下瀟湘去？”　嚴司空：即嚴綬，時以山南東道節度使的身份兼任申光蔡等州招撫使。《舊唐書·憲宗紀》：“（元和九年）秋七月丙午朔……丙戌……以荆南節度使嚴綬檢校司

空,襄州刺史、山南東道節度使。"《舊唐書·憲宗紀》:"(元和九年)冬十月甲辰朔……甲子制:'宜以山南東道節度使嚴綬兼充申光蔡等州招撫使。'"元稹《奉和嚴司空重陽日同崔常侍崔郎及諸公登龍山落帽臺佳宴》:"謝公秋思渺天涯,蠟屐登高爲菊花。貴重近臣光綺席,笑憐從事落烏紗。"劉禹錫《元和癸巳歲仲秋詔發江陵偏師問罪蠻徼後命宣慰釋兵歸降凱旋之辰率爾成咏寄荆南嚴司空》:"蠻水阻朝宗,兵符下渚宮。前籌得上策,無戰已成功。"　招討:招撫征討。元稹《加裴度鎮州四面招討使制》:"舉毛拾芥,其易可知,兼用恩威,尚存招致,宜令河東節度使裴度充鎮州四面招討使。"《新五代史·西方鄴傳》:"荆南高季興叛,明宗遣襄州節度使劉訓等招討,而以東川董璋爲西南面招討使。"　謝表:舊時臣下感謝君主的奏章。《東觀漢記·和熹鄧皇后傳》:"后遜位,手書謝表,深陳德薄不足以奉宗廟,充小君之位。"趙昇《朝野類要·文書》:"帥、守、監司初到任,並陞除,或有宣賜,皆上四六句謝表。"

②　中使:宮中派出的使者,多指宦官。《文選·沈約〈齊故安陸昭王碑文〉》:"勉膳禁哭,中使相望。"張銑注:"天子私使曰中使。"白居易《繚綾》:"去年中使宣口敕,天上取樣人間織。"　敕:古時自上告下之詞,漢時凡尊長告誡後輩或下屬皆稱敕,南北朝以後特指皇帝的詔書。《宋書·竟陵王誕傳》:"蒙陛下聖恩,賜敕解饒吏名。"《新唐書·百官志》:"凡上之逮下,其制有六:一曰制,二曰敕,三曰册,天子用之。"　招撫:招安,使歸附。《後漢書·賈琮傳》:"琮即移書告示,各使安其資業,招撫荒散,蠲復傜役。"封演《封氏聞見記·惠化》:"閻伯嶼爲袁州時,征役煩重,袁州先已殘破。伯嶼專以惠化招撫,逃亡皆復。"　手詔:帝王親手寫的詔書。李肇《唐國史補》卷上:"天寶末,有人於汾晉間古墓穴中得所賜張果老敕書、手詔、衣服進之。"趙昇《朝野類要·法令》:"手詔,或非常典,或是篤意,及不用四六句者也。"　天光:喻君主。王禹偁《謝加朝請大夫表》:"年鬢漸高,郡封甚

僻……未知何日再覿天光。”蘇舜欽《答杜公書》：“況今主上好諫樂善，丈人日對天光，故未可與彼同年而語。”　聖澤：帝王的恩澤。曹植《求自試表》：“今臣蒙國重恩，三世於今矣！正值陛下升平之際，沐浴聖澤，潛潤德教，可謂厚幸矣！”楊巨源《上裴中丞》：“清威更助朝端重，聖澤曾隨筆下多。”　心魂：心神，心靈。江淹《雜體詩·效左思〈詠史〉》：“百年信荏苒，何用苦心魂！”蘇舜欽《和菱溪石歌》：“畫圖突兀亦頗怪，張之屋壁驚心魂。”　戰越：因惶恐而戰慄，越，殞越，惶恐，多用於章表或上書。張九齡《進龍池聖德頌狀》：“謹隨封進以聞，塵黷宸嚴，伏增戰越。”蘇轍《上洪州孔大夫論徐常侍墳書》：“轍言非所職，干冒高明，不勝戰越。”

③ 四海：猶言天下。胡雄《儀坤廟樂章》：“送文迎武遞參差，一始一終光聖儀。四海生人歌有慶，千齡孝享肅無虧。”王維《奉和聖製重陽節宰臣及群官上壽應制》：“四海方無事，三秋大有年。百生無此日，萬壽願齊天。”　萬方：指天下各地，全國各地。《漢書·張安世傳》：“聖王褒有德以懷萬方，顯有功以勸百寮，是以朝廷尊榮，天下鄉風。”杜甫《登樓》：“花近高樓傷客心，萬方多難此登臨。”　下蜀：本文指元和元年李唐平定西川劉闢叛亂之事。最後高崇文奏收成都，擒獲劉闢，獻於長安，斬於獨柳樹下。　下：攻克，征服。《逸周書·允文》：“人知不棄，愛守正户，上下和協，靡敵不下。”《史記·項羽本紀》：“廣陵人召平於是爲陳王徇廣陵，未能下。”張守節正義：“以兵威服之曰下。”　束馬：又作“束馬懸車”，亦作“束馬縣車”，包裹馬足，挂牢車子，以防滑跌傾覆，形容路險難行。《管子·封禪》：“束馬懸車，上卑耳之山。”尹知章注：“將上山，纏束其馬，懸鈎其車也。”《三國志·魏武帝紀》：“烏丸三種，崇亂二世，袁尚因之，逼居塞北，束馬縣車，一征而滅，此又君之功也。”　平吳：本文指李唐元和二年平定浙西叛亂之事，節度使李錡被部將張文良、李奉仙所擒獲，獻於京師，斬於獨柳樹下。浙西全境在春秋戰國時期是吳國的轄境，故言“吳”。

平:平定,平息。《詩·小雅·常棣》:"喪亂既平,既安且寧。"韓愈《送張道士序》:"臣有平賊策,狂童不難治。" 鯨:即"鯨鯢",比喻凶惡的敵人。《左傳·宣公十二年》:"古者明王伐不敬,取其鯨鯢而封之,以爲大戮。"杜預注:"鯨鯢,大魚名,以喻不義之人吞食小國。"《晉書·湣帝紀》:"掃除鯨鯢,奉迎梓宮。"《資治通鑑·晉湣帝建興元年》引此文,胡三省注曰:"鯨鯢,大魚,鈎網所不能制,以此敵人之魁桀者。"百蠻:古代南方少數民族的總稱,後也泛稱其他少數民族。《漢書·孝成許皇后傳》:"方外內鄉,百蠻賓服,殊俗慕義,八州懷德。"《舊唐書·辛替否傳》:"千里萬里,貢賦於郊;九夷百蠻,歸款於闕。" 述職:諸侯向天子陳述職守。《孟子·梁惠王》:"諸侯朝於天子曰述職。述職者,述所職也。"司馬相如《上林賦》:"夫使諸侯納貢者,非爲財幣,所以述職也。" 九有:九州。《詩·商頌·玄鳥》:"方命厥後,奄有九有。"毛傳:"九有,九州也。"貫休《行路難》:"九有茫茫共堯日,浪死虛生亦非一。" 懷仁:心懷仁德。陸賈《新語·道基》:"聖人懷仁仗義。"歸服於仁德。《禮記·禮器》:"君子有禮,則外諧而內無怨,故物無不懷仁。" 生成:指人民。元稹《賀誅吳元濟表》:"〔陛下〕威動區宇,道光祖宗,凡在生成,孰不歡忭?"蘇頌《賀光獻皇太后受冊寶》:"臣某言:伏審祗嚴先制,誕受鴻名,凡在生成,率均慶忭!" 柔茂:柔嫩而繁茂,這裏借喻百姓生活欣欣向榮,情緒興高采烈。韓愈《南山詩》:"無風自飄簸,融液煦柔茂。"元稹《論討賊表》:"今陛下法天之德,與物爲春,凡在生成,孰不柔茂!"

④ 蕞爾:形容眇小。《左傳·昭公七年》:"鄭雖無腆,抑諺曰'蕞爾國',而三世執其政柄。"劉禹錫《賀收蔡州表》:"蕞爾元濟,敢懷野心!" 勦除:消滅,剷除。曹植《漢二祖優劣論》:"夫其蕩滌凶穢,勦除醜類,若順迅風而縱烈火,曬白日而掃朝雲也。"《南史·祖皓傳》:"意欲奉戴府君,勦除凶逆,遠近義徒,自當投赴。" 蟊賊:喻危害百姓或國家的人。《詩·大雅·召旻》:"天降罪罟,蟊賊內訌。"《後漢

書·岑彭傳》:"我有螟賊,岑君遏之。"李賢注:"螟賊,食禾稼蟲名,以喻奸吏侵漁也。"　螻蟻:螻蛄和螞蟻,泛指微小的生物。《莊子·列御寇》:"在上爲烏鳶食,在下爲螻蟻食。"《淮南子·人間訓》:"千里之堤,以螻螳之穴漏。"　王命:帝王的命令、詔諭。劉長卿《奉送從兄罷官之淮南》:"離別誰堪道?艱危更可嗟。兵鋒搖海內,王命隔天涯。"孟浩然《陪張丞相祠紫蓋山途經玉泉寺》:"望秋宣王命,齋心待漏行。青衿列胄子,從事有參卿。"　師徒:士卒,亦借指軍隊。《左傳·成公二年》:"畏君之震,師徒撓敗。"張九齡《敕平盧諸將士書》:"近日安祿山無謀,率爾輕敵,馳突不顧,遂損師徒。"　縣道:縣和道,漢制,邑有少數民族雜居者稱道,無者稱縣。《史記·司馬相如列傳》:"檄到,亟下縣道,使咸知陛下之意。"裴駰集解:"《漢書·百官表》曰:'縣有蠻夷曰道。'"《漢書·梅福傳》:"數因縣道上言變事,求假軺傳,詣行在所,條對急政,輒報罷。"

⑤ 仁人:有德行的人。《書·泰誓》:"雖有周親,不如仁人。"賈誼《惜誓》:"悲仁人之盡節兮,反爲小人之所賊。"　孝子:孝順父母的兒子。《詩·大雅·既醉》:"威儀孔時,君子有孝子。孝子不匱,永錫爾類。"王延壽《魯靈光殿賦》:"忠臣孝子,烈士貞女,賢愚成敗,靡不載叙。"舊時表旌孝行卓著者的特定稱號。《後漢書·蔡邕傳》:"又市賈小民,爲宣陵孝子者,悉除爲郎中、太子舍人。"　含垢:包容污垢,容忍恥辱。《左傳·宣公十五年》:"川澤納污,山藪藏疾,瑾瑜匿瑕,國君含垢,天之道也。"《續資治通鑒·宋高宗建炎元年》:"念臣世受國恩,異於衆人,故忍恥含垢,逭死朝夕。"　誅:討伐。《國語·晉語》:"大國道,小國襲焉曰服;小國傲,大國襲焉曰誅。"韓愈《唐故朝散大夫商州刺史除名徙封州董府君墓誌銘》:"兵誅恒州,改度支郎中,攝御史中丞,爲糧料使。"　綏懷:安撫關切。《三國志·杜襲傳》:"太祖還,拜襲駙馬都尉,留督漢中軍事。綏懷開導,百姓自樂出徙洛鄴者,八萬餘口。"《北史·叔孫建傳》:"雅尚人倫,禮賢愛士,在平原

十餘年,綏懷內外,甚得邊稱。" 懇到:亦作"懇倒",猶懇至。《後漢書·諒輔傳》:"今郡太守改服責己,爲民祈福,精誠懇到,未有感徹。"柳宗元《爲耆老等請復尊號表》:"被玄化而益深,望鴻名而未覯,懇倒之至,夙夜不寧。" 孱愚:鄙陋愚拙。《舊唐書·賈耽傳》:"臣幼切磋於師友,長趨侍於軒墀,自揣孱愚,叨榮非據,鴻私莫答,夙夜兢惶。"范仲淹《讓觀察使第二表》:"祇膺寵異,載被孱愚,心戴雲天,足臨淵谷。" 任重:擔負重大的責任。《國語·周語》:"夫天事恆象,任重享大者必速及,故晉侯誣王,人亦將誣之。"《新五代史·王建世家》:"建以元膺年少任重,以記事戒之,令:'一切學朕所爲,則可以保國。'" 憂:憂愁,憂慮。白居易《賣炭翁》:"可憐身上衣正單,心憂炭賤願天寒。"王讜《唐語林·補遺》:"德宗嘆曰:'卿理虢州而憂他郡百姓,宰相才也。'" 驚惶:震驚惶恐,驚慌。《呂氏春秋·明理》:"有豕生狗,國有此物,其主不知驚惶亟革,上帝降禍,凶災必亟。"韓愈《爲裴相公讓官表》:"承命驚惶,魂爽飛越。" 失據:失去憑依。《文選·宋玉〈神女賦〉》:"㢠腸傷氣,顛倒失據。"李善注:"毛萇《詩傳》曰:'據,依也。'"《後漢書·皇甫嵩傳》:"所在燔燒官府,劫略聚邑,州郡失據,長吏多逃亡。"

⑥ "然以苗心可化"兩句:意謂用王化懷化百姓,古代文舞執羽,武舞執干。《書·大禹謨》:"帝乃誕敷文德,舞干羽於兩階。"李義府《承華箴》:"思皇茂則,敬詢端輔。業光啓誦,藝優干羽。"也指文德教化。張孝祥《六州歌頭》:"干羽方懷遠,靜烽燧,且休兵。" 威靈:神靈。《楚辭·九歌·國殤》:"天時墜兮威靈怒,嚴殺盡兮棄原野。"指神靈的威力。劉禹錫《君山懷古》:"千載威靈盡,赭山寒水中。" 柔服:溫柔順服。《左傳·昭公三十年》:"若好吳邊疆,使柔服焉!猶懼其至。"杜光庭《謝恩宣示修丈人觀殿功畢表》:"文風遐布,殊庭效柔服之誠;武烈光宣,異俗稟雪霜之令。" 道:古代行政區劃名,唐初分全國爲十道,後增爲十五道。《新唐書·地理志》:"太宗元年,始命并

省，又因山川形便，分天下爲十道……開元二十一年，又因十道分山南、江南爲東西道，增置黔中道及京畿、都畿，置十五採訪使。” 計會：計慮，商量。《韓非子·解老》：“人有欲則計會亂，計會亂而有欲甚。”張九齡《敕平盧使烏知義書》：“已敕守珪與卿計會，可須觀釁裁之。” 奉宣：宣佈帝王的命令。《漢書·黃霸傳》：“時上垂意於治，數下恩澤詔書，吏不奉宣。”杜甫《奉謝口敕三司推問狀》：“今日巳時，中書侍郎平章事張鎬，奉宣口敕，宜放推問。” 詔旨：詔書、聖旨。《後漢書·周舉傳》：“群臣議者多謂宜如詔旨。”俞文豹《吹劍四錄》：“任法不如任人，苟非其人，雖法令昭昭，視如不見，詔旨切切，聽如不聞。” 誘諭：亦作“誘喻”，誘導教喻。《三國志·梁習傳》：“習到官，誘諭招納，皆禮召其豪右。”道恒《釋駁論》：“乃大設方便，鼓動愚俗，一則誘喻，一則迫憎。” 頑凶：愚妄不順。《史記·五帝本紀》：“放齊曰：‘嗣子丹朱開明。’堯曰：‘籲！頑凶，不用。’”張守節正義：“凶，訟也。言丹朱心既頑嚚，又好爭訟，不可用之。”司空圖《共命鳥賦》：“附强迎意，掩醜自容。忌其不校，寢以頑凶。” 威愛：威嚴而仁惠。《新五代史·王師範傳》：“師範頗好儒學，聚書至萬卷，爲政有威愛。”王安石《韓持國從富并州辟》：“并州天下望，撫士威愛愜。千金棄不惜，賓客常滿閣。” 來格：來臨，到來。格，至。《書·益稷》：“戛擊鳴球，搏拊琴瑟以詠，祖考來格。”孔傳：“此舜廟堂之樂，民悅其化，神歆其祀，禮備樂和，故以祖考來至明之。”《三國志·劉馥傳》：“闡弘大化，以綏未賓；六合承風，遠人來格。”

⑦ 梟鏡：亦作“梟獍”，舊説梟爲惡鳥，生而食母；獍爲惡獸，生而食父，比喻忘恩負義之徒或狠毒的人。《魏書·侯剛傳》：“曾無犬馬識主之誠，方懷梟鏡返噬之志。”元稹《捕捕歌》：“外無梟鏡援，內有熊羆驅。” 椒蘭：比喻美好，喻美好賢德者。元稹《授牛元翼深冀州節度使制》：“聞爾鼙鼓之音，懷爾椒蘭之德。”《舊唐書·列女傳序》：“末代風靡，貞行寂寥，聊播椒蘭，以貽閨壼，彤管之職，幸無忽焉！” 剪

除:斫除,伐滅。袁宏《三國名臣序贊》:"思樹芳蘭,剪除荆棘。"孟郊《贈轉運陸中丞》:"投彼霜雪令,翦除荆棘叢。楚倉傾向西,吳米發自東。" 遺孽:指殘餘的壞分子或惡勢力。徐陵《爲貞陽侯與陳司空書》:"雖復搖山蕩谷,驅電乘雷,殘厥凶渠,曾靡遺孽。"田錫《論軍國機要朝廷大體》:"先帝恢張皇業,開闢天下,平吳取蜀,易如破竹,唯河東遺孽終不能平。"

⑧ 歸投:投奔,歸順。《宋書·武帝紀》:"傾其巢窟,令賊奔走之日,無所歸投。"《敦煌曲子詞·感皇恩》:"還(寰)海內,束手願歸投。"百姓:民衆。《書·泰誓》:"百姓有過,在予一人。"孔穎達疏:"此'百姓'與下'百姓懍懍',皆謂天下衆民也。"《論語·顏淵》:"百姓足,君孰與不足? 百姓不足,君孰與足?" 優恤:亦作"優卹",體恤,優待照顧。韓愈《論淮西事宜狀》:"所在將帥,以其客兵,難處使先,不存優恤。待之既薄,使之又苦。"王栐《燕翼詒謀錄》卷五:"自後軍帥亦仰承朝廷優卹之意,待遇之禮與統領官等。" 安全:平安,無危險。焦贛《易林·小畜之無妄》:"道里夷易,安全無恙。"范仲淹《答趙元昊書》:"有在大王之國者,朝廷不戮其家,安全如故。" 聖:古之王天下者,亦爲對於帝王或太后的極稱。《呂氏春秋·求人》:"古之有天下者七十二聖。"李商隱《韓碑》:"元和天子神武姿,彼何人哉軒與羲! 誓將上雪列聖恥,坐法宫中朝四夷。" 驚擾:驚慌騷亂。《漢書·項籍傳》:"籍遂拔劍擊斬守,(項)梁持守頭,佩其印綬。門下驚擾,籍所擊殺數十百人。"《宋書·謝方明傳》:"罪及比伍,動相連坐。一人犯吏,則一村廢業。邑里驚擾,狗吠達旦。"

⑨ 恩詔:帝王降恩的詔書。《南史·王藻傳》:"若恩詔難降,披請不申,便當刊膚剪髮,投山竄海。"岑參《奉送李賓客荆南迎親》:"迎親辭舊苑,恩詔下儲闈。" 唐州:州郡名,府治今河南泌陽市,與淮西接壤。王建《贈李愬僕射》:"唐州將士死生同,盡逐雙旌舊鎮空。獨破淮西功業大,新除隴右世家雄。"劉禹錫《重寄絕句》:"淮西既是平

安地，鴉路今無羽檄飛。聞道唐州最清静，戰場耕盡野花稀。” 闕
庭：朝廷，亦借指京城。韋應物《送雷監赴闕庭》：“才大無不備，出入
爲時須。雄藩精理行，秘府擢文儒。”張少博《雪夜觀象闕待漏》：“殘
雪初晴後，鳴珂奉闕庭。九門傳曉漏，五夜候晨扃。”

［編年］

　　《年譜》編年本文於元和九年，具體日期則表述不清，似乎是十月
十九日，又似乎是十月二十一日：“《表》云：‘伏奉今月十九日敕，以臣
兼充申光蔡等州招撫使，并賜臣手詔兩道。’所謂‘今月十九日敕’，即
《舊唐書·憲宗紀》下所載之元和九年十月甲子制(十月甲辰朔，十月
甲子是二十一日)。”《編年箋注》引用《舊唐書·憲宗紀》“甲子制”後
認爲本文撰作在“元和九年(八一四)十月二十一日以後不久。”《年譜
新編》編年本文於元和九年，沒有説明理由，但有譜文：“十月二十一
日，嚴綬兼充申光蔡等州招撫使，崔潭峻爲監軍，元稹爲從事，司章
奏。”引用《舊唐書·憲宗紀》、《册府元龜》的“甲子制”以及本文、《代
論淮西書》“伏奉今月十九日敕”一段文字，認爲“十月甲辰朔，十月甲
子是二十一日，而元《表》、《書》俱云十九日，不知何故。”

　　《年譜》、《編年箋注》、《年譜新編》的編年結論以及理由忽視諸多
事實，因而存在諸多錯誤：一、本文以及《代論淮西書》提及的“今月十
九日敕”，與《舊唐書·憲宗紀》記載的“甲子制”雖然内容相關，但它
們是時間有先有後的兩回事，不應該混爲一談。“敕”撰成於十月十
九日，估計憲宗親手撰寫的“手詔兩道”也作於同時；而“甲子制”即
《招諭蔡州詔》，則正式發佈於十月二十一日，其内容除任命嚴綬“兼
申光蔡等州招撫使”之外，還包括其他諸多内容，讀者可以參閲《唐大
詔令集·招諭蔡州詔》，文長不録。《舊唐書·憲宗紀》所載“甲子制”
衹是節録，並非全文。二、忽視了長安與襄陽的距離，“今月十九日
敕”也好，“甲子制”也罷，都撰成於長安，並非撰成於襄陽。嚴綬與元

稹當時都在山南東道治府的襄陽,而並非在長安,因此不能以在長安發出的"敕"、"制"的日期,框定元稹在襄陽撰成本文以及《代諭淮西書》的日期。三、元稹撰寫本文以及《代諭淮西書》之時,嚴綬肯定接到了"今月十九日敕",但肯定沒有接到"甲子制",故元稹本文以及《代諭淮西書》中沒有提及"甲子制"。四、元稹撰寫本文以及《代諭淮西書》的時間,應該考慮長安與襄陽之間的距離,據《元和郡縣志》的記載,兩地相距"一千二百五十里",雖然軍情緊急萬分,定然快速傳遞,但尚需數日才能到達嚴綬手中。五、元稹撰寫本文以及《代諭淮西書》時,雖然"甲子制"有可能已經在長安正式發佈,但尚在前往襄陽的途中,嚴綬與元稹都沒有看到。據此,我們以爲本文以及《代諭淮西書》應該撰成於元和九年十月十九日之後的數天之内,地點在襄陽,元稹的身份是嚴綬的幕僚,嚴綬"發赴唐州"之後,元稹被明確爲"唐州從事",但實際上仍然祇是個幕僚而已。

◎ 代諭淮西書①

某月日,山南東道節度兼申光蔡等州招撫使、檢校司空嚴某,致書前彰義軍兵馬使吳侍御及淮西將士官吏、申光蔡等州百姓等:奉十月十九日詔書,以某充申光蔡招撫使,某月日遣使齎敕送付界首布告訖②。

某頃鎮太原,與吳侍御伯父相國公同受恩寄,交問歲時,歡好不絶僅十餘年,可謂至矣③!及吳侍御先尚書繼當寵命,某又領鎮荆南,前好復修,款密如舊,吊喪問疾,禮無不時,亦可謂勤矣④!某於吳侍御伯父、先父既等夷,於吳侍御實丈人行,固已私矣⑤!

況朝廷以吳侍御因喪擾惑(一),迷誤詔旨,欲思致訓(二),

未忍加兵,仍以某爲招撫之使,是吳尚書之嗣既絕,而由某有復聯之望⑥。捧詔以來,夙夜憂嘆,不任憐痛之懷。某欲上徵古類,恐引諭不明,切爲諸公以近事灼然在耳目者言之⑦:

今吳侍御棄喪背禮,捨父干君,誘聚師徒,希求爵位者,豈不以貞元末年天下方鎮物故,往往依憑眾請而得者十恒二三,以此爲自偷之證耶?甚不然也⑧。德宗皇帝御天下日久,春秋高,理務便安,不欲生事,或謀及卒伍而置師長,蓋一時之權也⑨!

今天子二十八即皇帝位,控一海内,臣服夷狄⁽三⁾,赫然皇威,熏灼白日。初楊惠琳、劉闢、李錡猶守故態,謂朝廷未即誅擒,曾不知逾月之間,皆頭懸藁街,腰斬都市,此諸公之所聞見也⑩!自是蠻夷懾竄⁽四⁾,戎臣震惕,相與奔走朝闕之不暇。今廟堂之上,命將擇帥,容易於置卿長⁽五⁾,即吳侍御希求非望之志,安得復行於今日哉?此眾不可憑、位不可取之明驗也⑪!

今吳侍御蓄聚粻糧,繕完城壘,偷侵縣邑,不自危亡者,豈不以貞元中吳相國爲讒邪所鬥,錯誤朝章,韓太保率眾奉詞,而吳相國終以宥免,又以此爲自偷之證耶?又不然也⑫!日者謀議之臣,算畫不審。韓太保行陣之將耳!總統非所長,而又徵天下烏合之眾以授之,是以遷延進退,不時成功。然猶吳相國悔過乞降,深自咎責,朝廷多之,僅乃全活。且吳相國躬服節儉,衣食與士卒同,蓄貨力耕向三十載,然後粗能支一戰耳⑬!

今吳尚書馭眾日淺,吳侍御年位俱卑,諸將之在下者皆怏怏苟容,非有威懷信服之志。百姓日慼,賦斂月加,天兵四臨，耕織盡廢。竊聞壯者劫而爲兵，老弱妻孥吞聲於道路，而欲以吳相國三十年拊循積聚之力爲自比，甚相懸矣[14]！

況國家命全軍之將，用不竭之資，烏尚書董懷汝之師，李尚書舉陳許之衆，柳中丞以鄂之全軍軍於安陸，令狐中丞以淮南之銳旅屯於壽春，某以襄陽之勁卒數萬集於唐，而又益之以魏博之驍騎、江陵之強弩[15]。以攻則彼有壓卵之危，以守則我無出疆之費。用三州之賦，敵天下四海之饒；以一旅之師，抗天下無窮之衆。雖妾婦騃孩猶知笑之，而況於義夫壯士哉[16]！

若聖天子推含垢之化，圖不戰之功，使環而守之，塞其飛走，則男不得耕，女不得織，鹽茗之路絕，倉廩之積空，不三數月，求諸公於枯魚之肆矣[17]！儻或神算風驅，天威電激，使齊攻四面，各裂一隅。彼若聚而待之則自窮，分而應之則不足，東抗則西入，南備則北侵，腹背受攻，首尾皆畏，赤族之刑既迫，輿櫬之計方施，則固難期於曩時之宥免矣！此又力不可支、勢不可久之明驗也[18]！

今吳侍御厚利買交，嚴刑劫質，謂王師可敵，謂己衆不離者，豈不以大將李義等言甘約重，許與死生之爲耶？又不然也[19]！夫李錡據吳楚之雄，兼榷管之利，選才養士向十五年。獨以張子良爲腹心不貳之將，故授以銳健先鋒之兵；又以裴行立爲骨肉不欺之親，故授以敢死酬恩之卒。然而一朝遷延王命，稱疾不朝，子良朝倒戈以攻於外，而行立夕縱火以應於內，錡則戮死而張、裴甚榮，此又諸公之所聞見也[20]！

劉闢乘韋令饒衍之後，虜藏縠帛以億萬計[(六)]，啖養士卒，憑恃阻固，以仇良輔有樸厚不搖之心，是以成其要害而授之兵。然而天兵一麾，因壘來下，席卷餘孽，巴蜀大定，鬭則戮死而良輔甚榮，此又諸公之所聞見也㉑！

　　盧從史內蘊私邪，外張威武，熒惑天聽，逗留王師，以烏尚書有委用親信之恩，故授之以爪牙衛己之衆。然而睿略潛施，元凶就執，烏尚書清壘整旅以俟命，從史放死而尚書甚榮，此又諸公之所見聞也！此數君子者，豈受利不厚而誓約不明哉？蓋逆順之理殊而子孫之禍大也㉒！

　　且田太保季安藉累代繼襲之勢，身沒之後，胤子不肖，將卒聚謀而請之天子，天子嘉其忠而與之。貲百萬之財以贍軍，復三年之賦以勵俗，輟郎署之英以榮其賓介，而坐專席操郡國者又相繼。彼魏博三軍之士，豈獨不受恩於田氏父子耶？蓋苦其束縛禁閉⁽七⁾，終日以城門爲戰場，思復泰然，游泳於王澤耳㉓！今國家用烏尚書爲重鎮，所以警諸將囚縛受賞之功⁽八⁾；用仇大夫爲先驅，所以警城堡降下寵榮之利；使田大夫統魏博向義之旅，所以勵三軍去邪附正之機㉔。奈何吳侍御碎六尺之軀，爲李義輩求福之費？絕公侯之嗣，爲淮西軍受賞之資？其爲人謀也則厚矣！自謀何薄哉？此又將不可恃而兵不可保之明驗也㉕！

　　今天子垂惻隱之詔，建招撫之名，吳侍御若束身歸朝，將吏等繼踵向闕，縱不得與烏尚書、張金吾分封並位，受立功之賞獨不得與田懷諫命服趨朝，奉先人之冢嗣耶⁽九⁾㉖？且張伯靖，五溪之蠻隸耳！聚徒殺人，爲惡甚大。聖上憐其愚，詔某招致之，而猶據戎行之右職，忝佐郡之清員，豈獨於吳侍御洎淮西之將吏，而阻其自新之路哉㉗？

　　諺曰：“天不可違。”又曰：“時不可失。”書至之日，善自圖之！如或違天失時，寢而不報，則王師進擊於外，義士潛謀於中，身首之戮指期，肘腋之危坐見，異日爲天下戮笑，而李義等伐封侯之利^(一〇)，豈不大哀哉㉘！

戎事方殷，未獲周盡，感念平昔，興然動懷㉔。

録自《元氏長慶集》卷三一

［校記］

（一）況朝廷以吳侍御因喪擾惑：叢刊本、《全文》同，楊本誤刊爲"況朝廷以吳侍侍因喪擾惑"，不從不改。

（二）欲思致訓：叢刊本、《全文》同，楊本作"思欲致訓"，各備一說，不改。

（三）臣服夷狄：楊本、叢刊本、《全文》作"臣妾夷狄"，各備一說，不改。

（四）自是蠻夷懾竄：叢刊本、《全文》同，楊本作"自是蠻夷攝竄"，兩字在"畏懼，威脅"義項雖然可通，但其他義項則不可通用，不從不改。

（五）容易於置卿長：楊本、《全文》作"容易於授卿長"，叢刊本作"容易於□卿長"，各備一說，不改。盧校作"容易於置鄉長"，《編年箋注》據改。本文下有"師長"之語，師長是衆官之長，"三公六卿"之謂，與"鄉長"有天地之別；堂堂君主，豈有直接任命鄉長之理？不從不改。

（六）廩藏穀帛以億萬計：原本誤作"廩藏穀帛以億萬計"，楊本、叢刊本同誤。穀是落葉喬木，新生枝密披灰色粗毛，具乳汁，葉闊卵形至長圓狀卵形，先端漸尖，全緣或缺裂。初夏開淡綠色小花，雌雄異株，果實圓球形，成熟時鮮紅色，皮可製造桑皮紙，又稱構或楮。《詩·小雅·鶴鳴》："爰有樹檀，其下維穀。"《史記·封禪書》："後八世,至帝太戊,有桑穀生於廷,一暮大拱,懼。"與"穀"不通,據《全文》改。

（七）蓋苦其束縛禁閉:原本作"蓋苦其束縛禁閉","束縛"上下難通,據楊本、叢刊本、《全文》改。《編年箋注》作"蓋苦其束縛禁閉",失校。

（八）所以警諸將囚縛受賞之功:原本誤作"所以警諸將囚縛受賞之功","囚縛"上下難通,楊本誤作"所以警諸將囚縛受賞之切",據叢刊本、《全文》改。《編年箋注》作"所以警諸將囚縛受賞之功",失校。

（九）奉先人之冢嗣耶:原本作"奉先人之家嗣耶",楊本、叢刊本、《全文》同,據盧校改。

（一〇）而李義等伐封侯之利:叢刊本同,《全文》作"而李義等成封侯之利",可備一説;楊本誤作"而李義等弋封侯之利",不從不改。

［箋注］

① 代諭淮西書:本文發佈之後,在平叛的後期,吳元濟曾經表示向李唐朝廷請罪,準備束身歸朝;而淮西的一些主要將領也前後反戈。當然,決定戰爭勝負的決定因素是雙方的實力對比和人心的向背。而人心的向背則往往取決於宣傳的得力與否,本文就是一篇情文並茂的優秀作品,它首先攻破了淮西將士的心理防綫,成效正在逐步顯現,最後招致淮西平叛的勝利。《舊唐書·憲宗紀》:"(元和十二年)六月己未朔……壬戌,賊吳元濟上表,請束身歸。朝時連破三柵,賊勢迫蹙,實欲歸朝而制於左右,故不果行。"《資治通鑑·唐憲宗元和十二年》:"(李)愬厚待吳秀琳,與之謀取蔡,秀琳曰:'公欲取蔡,非李祐不可,秀琳無能爲也!'祐者,淮西騎將,有勇略……李祐言於李愬曰:'蔡之精兵,皆在洄曲。及四境拒守,守州城者皆羸老之卒,可以乘虛直抵其城。比賊將聞之,元濟已成擒矣!'　代:代替。《史

記·張釋之馮唐列傳》：“釋之從行，登虎圈。上問上林尉諸禽獸簿，十餘問，尉左右視，盡不能對。虎圈嗇夫從帝代尉對上所問禽獸簿甚悉。”《文心雕龍·誄碑》：“以石代金，同乎不朽。”本文是作者代嚴綬向淮西叛首以及其他各方發出的公開信，也可以理解爲嚴綬代唐憲宗向淮西各方的勸諭。　諭：舊指上對下的文告或指示，亦特指皇帝的詔令。《隋書·長孫平傳》：“上使平持節宣諭，令其和解。”楊巨源《送裴中丞出使》：“龍韜何必陳三略？虎旅由來肅萬方。宣諭生靈真重任。回軒應問石渠郎。”　淮西：以吳少誠、吳少陽、吳元濟世代相襲的淮西藩鎮，一直盤踞著以蔡州、光州、申州爲中心的淮西地區。司空圖《題裴晉公華嶽廟題名》：“嶽前大隊赴淮西，從此中原息鼓鼙。石闕莫教苔蘚上，分明認取晉公題。”清江《贈淮西賈兵馬使》：“破寇功成百戰場，天書新拜漢中郎。映門旌斾春風起，對客弦歌白日長。”　書：文體名，用以陳述對政事的見解、意見。王充《論衡·對作》：“上書奏記，陳列便宜，皆欲輔政。今作書者，猶上書奏記，説發胸臆，文成手中，其實一也。夫上書謂之奏記，轉易其名謂之書。”姚華《論文後編·目録》：“書以言事，行上行下，平行往復，統謂之書。故二十九篇誓誥與命十居五六，皆曰書也。書者總言，析曰誓誥，曰命誓。命以上行下，誥則上下通行，意猶告也。平行用告，更不待言。古人事簡，體無多制，週末用書更盛。”

② 某月日：這在古籍的文告、謝表或墓誌銘中比較常見，因爲不知道或不能確定具體的月日，故以“某月日”代替，也就是説出現在爲某事而撰作文篇的“草稿”、“原稿”之中。如本文的“某月日”，其正式發佈之時，就會被自動改成具體的確定的月日。元稹《唐故使持節萬州諸軍事萬州刺史賜緋魚袋劉君墓誌銘》：“以某月日葬某所。”劉禹錫《爲容州竇中丞謝上表（羣時在郎州相逢，因以見託）》：“臣某言：伏奉某月日制書，授臣容州刺史兼御史中丞，充本管經略招討等使……”　嚴某：即嚴綬，本文的名義作者。元稹在本篇中，祇是一個

代人捉刀的角色。這在舊時和當今，下屬奉命爲上司代擬文稿，也是司空見慣之事，舊時和現在各級政府機關中的秘書，就常常擔任爲首長或有關領導起草報告、擔任捉刀的角色。　　吳侍御：即吳元濟，李唐平叛淮西之前，吳元濟承襲父親吳少陽被朝廷授以的多種職銜，“侍御”是其中之一。《舊唐書·吳元濟傳》：“吳元濟，少陽長子也。初爲試協律郎，兼監察御史，攝蔡州刺史。及父死，不發喪，以病聞。因假爲少陽表，請元濟主兵務。帝遣醫工候之，即稱少陽疾愈，不見而還。”《舊唐書·憲宗紀》：“(元和九年)閏八月乙巳朔……乙丑……淮西節度使吳少陽卒，其子元濟匿喪，自總兵柄，乃焚劫舞陽等四縣，朝廷遣使弔祭，拒而不納。”　　詔書：皇帝頒發的命令。常建《太公哀晚遇》：“詔書起遺賢，匹馬令致辭。因稱江海人，臣老筋力衰。”劉長卿《奉送裴員外赴上都》：“彤襜江上遠，萬里詔書催。獨過潯陽去，空憐潮信迴。”　　界首：邊界前緣，交界的地方。《後漢書·董宣傳》：“今勒兵界首，檄到，幸思自安之宜。”《梁書·范岫傳》：“永明中，魏使至，有詔妙選朝士有詞辯者，接使於界首，以岫兼淮陰長史迎焉！”　　佈告：遍告，宣告。《史記·呂太后本紀》：“劉氏所立九王，呂氏所立三王，皆大臣之議，事已佈告諸侯，諸侯皆以爲宜。”張九齡《籍田赦書》：“都城內賜酺三日，佈告遐邇，咸使知聞。”

③ 某頃鎮太原：嚴綬爲河東節度使，事在貞元十七年至元和四年之間，前後歷時九年。元稹《故金紫光禄大夫檢校司徒兼太子少傅贈太保鄭國公食邑三千户嚴公行狀》：“入拜尚書刑部員外郎，一年轉太原少尹，賜金紫，尋加北都副留守兼御史中丞，又加行軍司馬、檢校司封郎中，特命爲銀青光禄大夫、檢校工部尚書、河東節度支使營田觀察處置等使，兼太原尹、御史大夫、北都留守。”《舊唐書·嚴綬傳》：“未幾，河東節度使李説嬰疾，事多曠弛，行軍司馬鄭儋代綜軍政。既而説卒，因授儋河東節度使。是時姑息四方諸侯，未嘗特命，帥守物故，即用行軍司馬爲帥，冀軍情厭伏。儋既爲帥，德宗選朝士可以代

儋爲行軍司馬者，因綬前日進獻，上頗記之，故命檢校司封郎中，充河東行軍司馬。不周歲儋卒，遷綬銀青光禄大夫、檢校工部尚書，兼太原尹、御史大夫、北都留守，充河東節度支度營田觀察處置等使。”伯父相國公：即吳元濟的伯父吳少誠，申光蔡等州節度使，晚年掛有“同中書門下平章事”的榮銜，事見《舊唐書·吳少誠傳》：“吳少誠，幽州潞縣人……（李）希烈死，少誠等初推陳仙奇統戎事，朝廷已命仙奇，尋爲少誠所殺，衆推少誠知留務，朝廷遂授以申光蔡等州節度觀察兵馬留後，尋正授節度……累加檢校僕射，順宗即位，加同中書門下平章事。元和初，遷檢校司空，依前平章事，元和四年十一月卒。”吳少誠與嚴綬，在貞元末元和初，分別爲淮西、河東的節度使，故曰“同受恩寄”“僅十餘年”。　伯父：父親的哥哥。《禮記·曾子問》：“已祭而見伯父叔父，而後饗冠者。”《釋名·釋親屬》：“父之兄曰世父，言爲嫡統繼世也。又曰伯父，伯，把也，把持家政也。”　相國：古官名，春秋戰國時，除楚國外，各國都設相，稱爲相國、相邦或丞相，爲百官之長。秦及漢初，其位尊於丞相，後爲宰相的尊稱。《戰國策·東周策》：“昭獻在陽翟，周君將令相國往，相國將不欲。”《漢書·百官公卿表》：“高帝元年，沛相蕭何爲丞相。九年，丞相何遷爲相國。”恩寄：特指帝王的授職。白居易《蘇州刺史謝上表》：“今奉恩寄，又付郡符，獎飾具載於詔中，慶幸實生於望外。”張籍《和令狐尚書平泉東莊近屬李僕射有寄十韵》：“各當恩寄重，歸卧恐無緣。”　交問：義近“修問”，問候，寫信問候。王安石《與王宣徽書三首》一：“某屏居丘園，衰疾日嬰，闕于修問，想蒙矜恕。”吕本中《紫薇詩話》：“司馬温公既辭樞密副使，名重天下。韓魏公元臣舊德，倍加欽慕，在北門與温公書云：‘多病寖劇，闕於修問。’”　歲時：一年，四季。《周禮·春官·占夢》：“掌其歲時，觀天地之會，辨陰陽之氣。”鄭玄注：“其歲時，今歲四時也。”每年一定的季節或時間。《周禮·地官·州長》：“若以歲時祭祀州社，則屬其民而讀法。”孫詒讓正義：“此云歲時，唯謂歲之二時春、秋耳！”元稹《告贈皇祖祖妣文》：“叔仲伯季、姊妹諸姑，洎友婿彌孫，歲時與會，集者百有餘人。”　歡好：歡悦和好。《後漢書·孔融傳》：“然願人之相美，不樂人之相傷，是以區區思協歡好。”阮籍《詠懷詩十七首》一三：“願覩卒歡好，不見悲別離。”　僅：幾乎，接近。《晉書·趙王倫傳》：“自兵興六十餘日，戰所殺害，僅十萬人。”白居易《草堂記》：“夾澗有古松、老杉，大僅十人圍，高不知幾百尺。”

④ 先尚書繼當寵命：元和四年十一月，吳少誠病故，其弟，亦即吳元濟的父親吳少陽，承襲吳少誠爲彰義軍節度使，檢校工部尚書，時間從元和四年至元和九年。元稹撰寫本文的元和九年十月下旬，吳少陽已經病故，故稱爲“先尚書”。吳少陽事見《舊唐書·吳少陽傳》：“吳少陽，本滄州清池人。初吳少誠父翔在魏博軍中，與少陽相愛。及少誠知淮西留守，乃厚以金帛取少陽至，則名以堂弟，署爲軍職，累奏官爵，出入少誠家，情旨甚暱。少陽度少誠猜忍，懼爲所害，乃請出外以任防捍之任，少誠乃表爲申州刺史，兼御史大夫。凡五年，少陽頗寬易，而少誠之衆悦附焉！及少誠病亟，家僮單于熊兒者僞以少誠意取少陽至，時少誠已不知人，乃僞署少陽攝副使，知軍州事。少誠子元慶年二十餘，先爲軍職，兼御史中丞，少陽密害之。及少誠死，少陽自爲留後。時王承宗求繼士真，不受詔，憲宗怒以討承宗。不欲兵連兩河，乃詔遂王宥遙領彰義軍節度大使，以少陽爲留後。遂授彰義軍節度使，檢校工部尚書。少陽據蔡州凡五年，不朝覲。”　寵命：加恩特賜的任命，封建社會中對上司或他人任命的敬辭。李密《陳情事表》：“今臣亡國賤俘，至微至陋，過蒙拔擢，寵命優渥。”韓愈《送石處士序》：“無味於諂言，惟先生是聽，以能有成功，保天子之寵命。”　某又領鎮荆南：當吳少陽承襲爲彰義軍節度使之時，元和六年三月嚴綬恰恰奉李唐之命移鎮荆南，直至元和九年再次移鎮山南東道，前往淮西前綫，而荆南與彰義軍則地理上更加相近。荆南：荆州一帶。《文選·陸機〈辯亡論〉》：“吳武烈皇帝慷慨下國，電

發荆南。"張銑注:"堅起兵於荆州,故云荆南也。"《宋書·王弘傳》:"敷政江漢,化被荆南。"荆南,唐爲方鎮名,轄今湖北、湖南、四川間部分地區。張説《幽州新歲作》:"去歲荆南梅似雪,今年薊北雪如梅。共知人事何常定,且喜年華去復來。"劉長卿《送裴使君赴荆南充行軍司馬》:"盛府南門寄,前程積水中。月明臨夏口,山晚望巴東。" 前好:以前的友好關係。《左傳·成公十一年》:"秋,宣伯聘於齊,以修前好。"杜預注:"以前之好。"阮瑀《爲曹公作書與孫權》:"離絶以來,於今三年,無一日而忘前好。亦猶姻媾之義,恩情已深。" 款密:親密,親切。許靖《與曹公書》:"昔在會稽,得所貽書,辭旨款密,久要不忘。"張炎《木蘭花慢·舟中有懷澄江皆山樓昔遊》:"樓前,笑語當年。情款密,思留連。" 弔喪:至喪家祭奠死者。《左傳·文公八年》:"穆伯如周弔喪,不至。以弊奔莒,從己氏焉!"《後漢書·禰衡傳》:"文若可借面弔喪,稚長可使監厨請客。" 問疾:探問疾病。《禮記·雜記》:"弔死而問疾。"盧綸《酬李端公野寺病居見寄》:"寂寞日長誰問疾?料君惟取古方尋。" 不時:隨時,時時。董仲舒《春秋繁露·天容》:"人主有喜怒,不可以不時。"杜甫《臨邑舍弟書至苦雨》:"尺書前日至,版築不時操。"

⑤ 等夷:同等,同輩,同等的人。《韓詩外傳》卷六:"遇長老則修弟子之義,遇等夷則修朋友之義。"《周書·趙貴傳》:"初,貴與獨孤信等皆與太祖等夷。" 丈人行:猶言父輩,長輩。《史記·匈奴列傳》:"單于初立,恐漢襲之,乃自謂:'我兒子,安敢望漢天子。漢天子,我丈人行也。'"崔峒《送薛仲方歸揚州》:"慚爲丈人行,怯見後生才。" 私:偏愛,寵愛。《儀禮·燕禮》:"對曰:'寡君,君之私也。'"鄭玄注:"私謂獨有恩厚也。"《戰國策·齊策》:"吾妻之美我者,私我也。"

⑥ 朝廷:指以君王爲首的中央政府。《史記·汲鄭列傳》:"大將軍聞,愈賢黯,數請問國家朝廷所疑,遇黯過於平生。"任華《雜言寄杜拾遺》:"而我不飛不鳴亦何以,只待朝庭有知己。" 擾惑:騷亂,煩

亂。《後漢書・吳漢傳》:"會王郎起,北州擾惑。"《舊唐書・李全略傳》:"未幾,私行墨縗,毒殺忠良,擾惑部校,稽之國憲,難逭常刑。"迷誤:迷惑謬誤。駱賓王《和道士閨情詩啟》:"類西秦之鏡,照徹心靈;同南指之車,導引迷誤。"王禹偁《謝賜御製逍遙詠秘藏詮表》:"足可以指迷誤於群生,扇穆清於四海。" 詔旨:詔書,聖旨。《後漢書・周舉傳》:"群臣議者多謂宜如詔旨。"俞文豹《吹劍四錄》:"任法不如任人,苟非其人,雖法令昭昭,視如不見,詔旨切切,聽如不聞。" 訓:教誨,教導。《孟子・萬章》:"三年,以聽伊尹之訓已也,復歸於亳。"趙岐注:"以聽伊尹之教訓己,故復得歸之於亳。"任昉《劉先生夫人墓誌》:"稟訓丹陽,弘風丞相。" 加兵:謂發動戰爭,以武力進攻。《史記・魏公子列傳》:"當是時,諸侯以公子賢,多客,不敢加兵謀魏十餘年。"《周書・王羆傳論》:"梁人爲之退舍,高氏不敢加兵。" 吳尚書:指吳元濟的父親吳少陽,在世之日,有榮銜"檢校工部尚書"在身,故言。 嗣:子孫,後代。《書・大禹謨》:"罰弗及嗣,賞延於世。"《晉書・王濬傳》:"昔漢高定業,求樂毅之嗣。"韓愈《祭十二郎文》:"吾兄之盛德而夭其嗣乎!" 復聯:重新接連,繼續延續。陳思《書苑菁華・釋行》:"遊絲斷而復聯,皆契以天真,同於輪扁。"李德裕《重過列子廟追感頃年自淮服與居守王僕射同題名於廟壁僕射已爲御史余尚布衣自後俱列紫垣繼遊內署兩爲夏官之代復聯左揆之榮荷寵多同感涕何極因書四韻奉寄》:"白首過遺廟,朱輪入故城。已慚聯左揆,猶喜抗前旌。"

⑦ 夙夜:朝夕,日夜。桓寬《鹽鐵論・刺復》:"是以夙夜思念國家之用,寢而忘寐,飢而忘食。"柳宗元《爲劉同州謝上表》:"庶當刻精運力,夙夜祇勤,上奉雍熙,旁流愷悌。" 憂嘆:憂慮嘆息。諸葛亮《前出師表》:"受命以來,夙夜憂嘆,恐託付不效,以傷先帝之明。"曹植《謝妻改封表》:"乃復隨例,顯封大國,光揚章灼,非臣負薪之才所宜克當,非臣穢釁所宜蒙獲,夙夜憂嘆,念報罔極。" 引諭:亦作"引

喻"，稱引比喻。《三國志·諸葛亮傳》："不宜妄自菲薄，引喻失義，以塞忠諫之路也。"蔣防《霍小玉傳》："生素多才思，援筆成章，引諭山河，指誠日月。" 灼然：明顯貌。徐幹《中論·審大臣》："文王之識也，灼然若披雲而見日，霍然若開霧而觀天。"蘇軾《錄進單鍔吳中水利書》："今若泄江湖之水，則二堰尤宜先復，不復則運河將見涸而糧運不可行，此灼然之利害也。"

⑧ 棄喪背禮：有喪事不辦，有禮法不遵。蘇軾《書傳·周書》："末世法壞，違經背禮。"湛若水《春秋正傳·襄公》："而棄喪以朝晉，爲忘哀，非孝也。" 捨父干君：捨棄父親，沖犯君主。元稹《祭淮瀆文》："喪父禮虧，干君志愎。"范祖禹《王延嗣傳》："臣決策入閩，士卒將佐，棄鄉井墳墓，捨父母妻子，從王南征，何所圖哉？" 誘聚：引誘聚集，招集。王禹偁《江州廣寧監記》："然自古銅鉛仰給饒信，故《史記》言：'吳王即山鑄錢，誘聚亡命。'"王銍《默記》卷下："蕭固爲廣西轉運使，時儂智高未反，但誘聚亡命，陰爲窺邊計。" 師徒：士卒，亦借指軍隊。曹植《王仲宣誄》："嗟彼東夷，憑江阻湖。騷擾邊境，勞我師徒。"張九齡《敕平盧諸將士書》："近日安禄山無謀，率爾輕敵，馳突不顧，遂損師徒。" 希求：謀求，企求。田錫《上宰相書》："近日左拾遺胡旦上書，希求差遣。"韓琦《謝賜詔書示諭表》："當朝廷憂邊之秋，非臣下擇官之日。辭之則有可疑之迹，掇希求進用之嫌；授之則有從權之名，協軍旅稱呼之便。" 爵位：爵號，官位。葛洪《抱朴子·論仙》："夫有道者，視爵位如湯鑊，見印綬如縗絰。"韓愈《答竇秀才書》："高可以釣爵位，循次而進，亦不失萬一於甲科。" 方鎮：指掌握兵權、鎮守一方的軍事長官，如晉持節都督，唐觀察使、節度使、經略等。《新唐書·裴均傳》："德宗以均任方鎮，欲遂相之。"趙與時《賓退錄》卷一："開元九年置朔方節度，自是始有方鎮。" 物故：死亡。《荀子·君道》："人主不能不有遊觀安燕之時，則不能不有疾病物故之變焉！"《漢書·蘇武傳》："前以降及物故，凡隨武還者九人。"顏師古注：

"物故謂死也,言其同於鬼物而故也。"王先謙補注引宋祁曰:"物,當從南本作歾,音没。"

⑨ "德宗皇帝御天下日久"六句:元稹《叙詩寄樂天書》裏的一段文字,與本文此六句有異曲同工之妙:"時貞元十年已後,德宗皇帝春秋高,理務因人,最不欲文法吏生天下罪過。外閫節將,動十餘年不許朝覲,死於其地不易者十八九。而又將豪卒愎之處,因喪負衆,橫相賊殺,告變駱驛,使者迭窺,旋以狀聞天子曰:'某邑將某能遏亂,亂衆寧附,願爲帥。'名爲衆情,其實逼詐,因而可之者又十八九。前置介倖因緣交授者,亦十四五。"　御:統治,治理。《書·大禹謨》:"臨下以簡,御衆以寬。"賈誼《過秦論》:"振長策而御宇内,吞二周而亡諸侯。"　春秋:年紀,年數。《戰國策·楚策》:"今楚王之春秋高矣! 而君之封地,不可不早定也。"楊衒之《洛陽伽藍記·永寧寺》:"皇帝晏駕,春秋十九。"　理務:處理政務。《宋書·柳元景傳》:"元景起自將帥,及當朝理務,雖非所長,而有弘雅之美。"《周書·樂遜傳》:"孝閔帝踐阼,以遜有理務材,除秋官府上士。"　卒伍:古人軍隊編制,五人爲伍,百人爲卒。《禮記·郊特牲》:"季春出火爲焚也,然後簡其車賦,而歷其卒伍。"泛指軍隊,行伍。《韓非子·顯學》:"故明主之吏,宰相必起於州部,猛將必發於卒伍。"　師長:衆官之長。《書·盤庚》:"嗚呼! 邦伯師長,百執事之人,尚皆隱哉!"孔穎達疏:"衆官之長,故爲三公六卿也。"《舊唐書·盧群傳》:"但得百寮師長肝膽,不用三軍羅綺金銀。"　權:權宜,變通,古代常與"經"對言。《易·繫辭》:"井以辯義,巽以行權。"王弼注:"權,反經而合道,必合乎巽順,而後可以行權也。"桓寬《鹽鐵論·詔聖》:"高皇帝時,天下初定,發德音,行一卒之令,權也,非撥亂反正之常也。"

⑩ 今天子二十八即皇帝位:《舊唐書·憲宗紀》:"憲宗聖神章武孝皇帝諱純,順宗長子也……大曆十三年二月生於長安之東内……貞元四年六月,封廣陵王。順宗即位之年四月,册爲皇太子。七月乙

未，權勾當軍國政事。八月丁酉朔，授内禪。乙巳，即皇帝位於宣政殿。""大曆十三年"爲公元七七八年，"順宗即位之年"與憲宗"即皇帝位於宣政殿"同爲公元八〇五年，據此推算，唐憲宗即位之年，正是"二十八"歲。　海内：國境之内，古謂我國疆土四面臨海，故稱。《孟子・梁惠王》："海内之地，方千里者九。"焦循正義："古者内有九洲，外有四海……此海内，即指四海之内。"《史記・貨殖列傳》："漢興，海内爲一。"　臣服：以臣禮服從君命，稱臣降服。《漢書・地理志》："夫差立，句踐乘勝復伐吴，吴大破之，栖會稽，臣服請平。"《三國志・譙周傳》："自古以來，無寄他國爲天子者也，今若入吴，固當臣服。"　夷狄：古稱東方部族爲夷，北方部族爲狄，常用以泛稱除華夏族以外的各族。《論語・八佾》："夷狄之有君，不如諸夏之亡也。"《漢書・蕭望之傳》："聖王之制，施德行禮，先京師而後諸夏，先諸夏而後夷狄。"赫然：興盛貌，顯赫貌。石介《上趙先生書》："先生犄之，介等角之，又豈知不能勝兹萬百千人之衆，革兹百數千年之弊，使有宋之文赫然爲盛，與大漢相視、鉅唐同風哉！"葉適《梁父吟》："嘉梁父之草木兮，被赫然之榮寵。"　皇威：指皇帝的威力。潘岳《西征賦》："教敷而彝倫叙，兵舉而皇威暢。"韓愈《送汴州監軍俱文珍序》："奮其武毅，張我皇威。"　熏灼：喻聲威氣勢雄壯。劉孝標《廣絶交論》："九域聳其風塵，四海疊其燻灼。"元稹《授杜元穎户部侍郎依前翰林學士制》："昔我憲宗章武皇帝，熏灼威名，兵定八極。"　白日：喻指君主。《文選・宋玉〈九辯〉》："去白日之昭昭兮，襲長夜之悠悠。"張銑注："白日喻君，言放逐去君。"武元衡《順宗至德大聖皇帝挽歌詞三首》二："昆浪黄河注，崦嵫白日頹。"　"初楊惠琳、劉闢、李錡猶守故態"六句：元稹《憲宗章武孝皇帝挽歌詞三首（膳部員外時作）》也曾提及唐憲宗的平叛功德："天寶遺餘事，元和盛聖功。二凶梟帳下，三叛斬都中（楊惠琳、李師道傳首京師，劉闢、李錡、吴元濟腰斬都市）。"五人都是元和年間對抗李唐朝廷的叛鎮之頭目，但"吴元濟腰斬都市"在元和十二年十一月，"李師道傳首京師"在元和十四年二月，故元和九年十月元稹撰寫本文之時，吳元濟還沒有腰斬，李師道也沒有傳首，自然沒有提及。故態：舊日的態度，平素的神態，原先的舉止。裴度《寶七中丞見示初至夏口獻元戎詩輒戲和之》："故態君應在，新詩我亦便。元侯看再入，好被暫流連。"白居易《又戲答絕句》："狂夫與我兩相忘，故態些些亦不妨。縱酒放歌聊自樂，接輿爭解教人狂。" 誅殄：義近"誅殄"，誅滅。《後漢書·曹節傳》："陛下即位之初，未能萬機，皇太后念在撫育，權時攝政，故中常侍蘇康、管霸應時誅殄。"《隋書·高祖紀》："以上天之靈，助戡定之力，便可出師授律，應機誅殄，在斯舉也，永清吳越。" 藁街：漢時街名，在長安城南門內，爲屬國使節館舍所在地。陸機《飲馬長城窟行》："振旅勞歸士，受爵藁街傳。"也常常作爲處置犯人的場所。李子昂《西戎即叙》："懸首藁街中，天兵破犬戎。營收低隴月，旗偃度湟風。"元稹《授牛元翼深冀州節度使制》："苟獲戎首，置之藁街。" 腰斬：古時酷刑，將犯人從腰部斬爲兩截。《史記·商君列傳》："令民爲什伍，而相牧司連坐，不告奸者腰斬。"《晉書·石季龍載記》："季龍志在窮兵，以其國內少馬，乃禁蓄私馬，匿者腰斬。"都市：都城中的集市。《漢書·王嘉傳》："丞相幸得備位三公，奉職負國，當伏刑都市以示萬衆。丞相豈兒女子邪？何謂咀藥而死！"王定保《唐摭言·節操》："嘗於都市遇鐵燈臺，市之，而命洗刷，却銀也。"

⑪ 蠻夷：古代對四方邊遠地區少數民族的泛稱，亦專指南方少數民族。高適《李雲南征蠻詩》："料死不料敵，顧恩寧顧終。鼓行天海外，轉戰蠻夷中。"杜甫《草堂》："昔我去草堂，蠻夷塞成都。今我歸草堂，成都適無虞。" 懾：恐懼。《墨子·七患》："君修法討臣，臣懾而不敢拂。"謝靈運《述祖德詩二首》二："萬邦咸震懾，橫流賴君子。"竄：伏匿，隱藏。《左傳·定公四年》："天誘其衷，致罰於楚，而君又竄之。"杜預注："竄，匿也。"《新唐書·王播傳》："播悉置格律坐隅，商處重輕，剖決如流，吏不能竄其私。"奔逃。《史記·淮陰侯列傳》："常山

王背項王,奉項嬰頭而竄,逃歸於漢王。"高適《同群公出獵海上》:"豺狼竄榛莽,麋鹿罷艱虞。" 震惕:震驚畏懼。杜光庭《親隨爲大王修九曜醮詞》:"以此省循,常懷震惕。"宋祁《祈雪文》:"無助刺史,夙夜震惕,不知爲計。" 朝闕:宮闕,借指朝廷。范曄《樂游應詔詩》:"崇盛歸朝闕,虛寂在川岑。"盧綸《秋晚河西縣樓送渾中允赴朝闕》:"高樓吹玉簫,車馬上河橋。岐路自奔隘,壺觴終寂寥。" 廟堂:朝廷,借指以君主爲首的中央政府。崔湜《襄陽作》:"廟堂初解印,郡邸忽腰章。按節巡河右,鳴騶入漢陽。"儲光羲《同諸公送李雲南伐蠻》:"冢宰統元戎,太守齒軍行。囊括千萬里,矢謨在廟堂。" 命將:任命將帥,派遣將帥。《晉書·陸機傳》:"自古命將遣師,未有臣凌其君而可以濟事者也。"劉憲《奉和聖製幸望春宮送朔方大總管張仁亶》:"命將擇耆年,圖功勝必全。光輝萬乘餞,威武二庭宣。" 擇帥:選定領軍的統帥。田錫《將箴并序》:"兵者,凶器;戰者,危事。國有外患,君先擇帥。"楊億《代中書密院謝降詔表》:"當前席憂邊之際,既無決勝之謀;及登壇擇帥之初,又闕指蹤之效。" 卿長:衆卿之首,指宰相或藩王。元稹《授韓皋尚書左僕射制》:"〔韓皋〕在順宗、憲宗時出領藩方,入備卿長。逮於小子,歷事五君,勤亦至矣!"胡宿《賜占城國王俱舍利波微收羅婆麻提楊卜敕書》:"卿長治國,藩事修王。" 非望:非分的希望。《漢書·息夫躬傳》:"東平王雲以故與其後日夜祠祭祝詛上,欲求非望。"顏師古注:"言求帝位也。"《魏書·張袞傳》:"顯志大意高,希冀非望,乃有參天貳地,籠罩宇宙之規。" 憑:依託,依仗。《文選·陸機〈苦寒行〉》:"猛虎憑林嘯,玄猿臨岸嘆。"李善注:"憑,依也。"杜甫《至後》:"愁極本憑詩遣興,詩成吟詠轉淒涼。" 明驗:明顯的證驗或應驗。《後漢書·袁安傳》:"安到郡,不入府,先往案獄,理其無明驗者,條上出之。"王勃《三國論》:"以知曹孟德不爲人下,事之明驗也。"

⑫ 蓄聚:積聚。《國語·楚語》:"吾見令尹,令尹問蓄聚積實,如

餓豺狼焉!"《宋書·張邵傳》:"坐在雍州營私蓄聚,臧貨二百四十五萬,下廷尉,免官,削爵土。"　糗糧:乾糧。《吕氏春秋·悔過》:"惟恐士卒罷弊與糗糧匱乏。"柳宗元《興洲江運記》:"糗糧、芻藁,填谷委山。"　繕完:修繕墙垣,完,通"院",垣。《左傳·襄公三十一年》:"以敝邑之爲盟主,繕完葺墙,以待賓客。"楊伯峻注:"完借爲院……《廣雅·釋宫》云:'院,垣也。'"也泛指修繕。蘇洵《上韓樞密書》:"往年詔天下繕完城池。"　城壘:城池營壘。桓寬《鹽鐵論·繇役》:"自古明王不能無征伐而服不義,不能無城壘而禦强暴也。"韋莊《過内黄縣》:"雲中粉堞新城壘,店後荒郊舊戰場。"　縣邑:縣城。《韓非子·説林》:"晉中行文子出亡,過於縣邑。"《後漢書·伏湛傳》:"今所過縣邑,尤爲困乏。"　危亡:危急,滅亡。《史記·酈生陸賈列傳》:"不下漢王,危亡可立而待也。"《南史·虞寄傳》:"況將軍纍非張繡,罪異畢諶,當何慮於危亡?何失於富貴?"　讒邪:讒佞奸邪的人。張籍《獻從兄》:"一朝遇讒邪,流竄八九春。詔書近遷移,組綬未及身。"黄滔《代鄭郎中上興道鄭相啓》:"扇澆薄爲淳風,激讒邪歸直道。"　錯誤:不正確的認識、行爲、動作等。李白《古風》五〇:"流俗多錯誤,豈知玉與瑉!"《舊唐書·褚遂良傳》:"陛下失言!伏願審思,無令錯誤也。"　朝章:朝廷的典章。《後漢書·胡廣傳》:"〔廣〕性温柔謹素,常遜言恭色,達練事體,明解朝章。"《南史·到仲舉傳》:"仲舉既無學術,朝章非其所長,選舉引用,皆出自袁樞。"　"韓太保率衆奉詞"兩句:韓太保,即韓全義,元和初以"太子太保"致仕,故言"韓太保"。貞元十五年招討吳少誠失敗,宦官"掩其敗迹",故"上待之如初";而淮西叛鎮吳少誠也借機上書"願求昭洗",唐德宗也"卜制洗滌,加其爵秩",事見下引《舊唐書·韓全義傳》。　宥免:赦免,寬恕。《北史·郭祚傳》:"十年之中,三經肆眚,赦前之罪,不問輕重,皆蒙宥免。"元稹《韋珩京兆府美原縣令制》:"昔先王眚灾肆赦,則殊死已降,無不宥免。而受賄枉法者,獨不在數。"

⑬ 日者：往日，從前。陳子昂《爲朝官及岳牧賀慈竹再生表》："日者，王德壽等承使失旨，虐濫無辜。"顏真卿《祭伯父豪州刺史文》："日者，羯胡禄山俶擾河洛，生靈塗炭，兵甲靡夷。" 謀議：謀劃，計議。《史記·封禪書》："而使博士諸生刺六經中作《王制》，謀議巡狩封禪事。"柳宗元《唐故秘書少監陳公行狀》："其勤勞侍從，謀議可否，時之所賴者大。" 算畫：猶計畫，謀劃。元稹《加裴度鎮州四面招討使制》："上臺居鎮，算畫無遺，操晉陽之利兵，驅屈産之良馬。"杜牧《上李司徒相公論用兵書》："雖樽俎之謀，籌畫已定；而賤末之士，芻蕘敢陳。伏希捨其狂愚，一賜聽覽。" 不審：不察，未審察。《吕氏春秋·察微》："公怒不審，乃使郈昭伯將師徒以攻季氏。"高誘注："審，詳也。"顏真卿《與李太保帖》："陰寒不審，太保所苦何如？" "韓太保行陣之將耳"九句：此處回叙貞元年間韓全義統帥李唐軍隊征討吴少誠而最後大敗虧輸的史實，事見《舊唐書·韓全義傳》："韓全義，出自行間，少從禁軍，事竇文場。及文場爲中尉，用全義爲帳中偏將，典禁兵在長武城。貞元十三年，爲神策行營節度、長武城使，代韓潭爲夏綏銀宥節度，詔以長武兵赴鎮。全義貪而無勇，短於撫御。制未下，軍中知之，相與謀曰：'夏州沙磧之地，無耕蠶生業。盛夏移徙，吾所不能。'是夜，戌卒鼓譟爲亂，全義逾城而免，殺其親將王栖巖、趙虔曜等。賴都虞候高崇文誅其亂首而止之，全義方獲赴鎮。明年，吴少誠拒命，詔徵十七鎮之師討之。時軍無統帥，兵無多少，皆以內官監之，師之進退不由主將。十五年冬，王師爲賊所敗於小激河。德宗以文場素待全義，乃用爲蔡州四面行營招討使，仍以陳許節度使上官涗副之。諸鎮之師，皆取全義節度。全義將略非所長，能以巧佞財賄結中貴人，以被薦用。及師臨賊境，又制在監軍，每議兵出，一帳之中，中人十數，紛然爭論莫決。蔡賊聞之，屢求決戰。十六年五月，遇賊於溵水南廣利城。旗鼓未交，諸軍大潰，爲賊所乘，全義退保五樓，賊對壘相望。潰兵未集，乃與監軍賈英秀、賈國良等保溵水縣。賊距溵水

五六里而軍，全義懼其淩突，退保陳州。其汴宋、河北之軍，皆亡歸本鎮，唯陳許將孟元陽、神策將蘇光榮等數千人守溵水。全義誘潞州大將夏侯仲宣、滑將時昂、河陽將權文度、河中將郭湘等誅之，緜是軍情稍固。少誠知王師無能為，致書幣以告監軍，願求昭洗。德宗召大臣議，宰相賈耽曰：‘昨全義五樓退軍，賊不追襲者，應望國家恩貸，臣伏恐須開生路。’上然之，又得監軍等奏，即下制洗滌，加其爵秩。十七年，全義自陳州班師，而中人掩其敗迹，上待之如初。全義武臣，不達朝儀，託以足疾，不任謁見。全義司馬崔放入對，德宗勞問，放引過，言招撫無功。德宗曰：‘全義為招討使，招得吳少誠歸國，其功大矣！何必殺人乃為功耶？’旋命還鎮，令中使就第賜宴，錫賚頗厚。自還至辭，都不謁見而去。議者以隳敗法制，從古已還，未如貞元之甚。憲宗在藩，常惡其事。及即位，全義懼，求入觀，詔以太子太保致仕，其年七月卒。”　　行陣：指軍隊的行列。于鵠《出塞》：“山川引行陣，蕃漢列旌旗。”指揮軍隊，布陣勢。《南史·梁邵陵携王綸傳》：“帝誡曰：‘侯景小豎，頗習行陣，未可一戰即殄，當以歲月圖之。’”　　總統：總攬，總管。《漢書·百官公卿表》：“太師、太傅、太保，是為三公，蓋參天子，坐而議政，無不總統，故不以一職為官名。”《隋書·李密傳》：“翟讓所部王儒信勸讓為大冢宰，總統衆務，以奪密權。”　　烏合之衆：形容一時聚集、無組織紀律的一群人。《東觀漢記·公孫述傳》：“今東帝無尺土之柄，驅烏合之衆，跨馬陷敵，所向輒平。”《周書·賀拔岳傳》：“岳報曰：‘王家跨據三方，士馬殷盛，高歡烏合之衆，豈能為敵？’”　　遷延：徘徊，停留不前貌。《戰國策·楚策》：“白汗交流，中阪遷延，負轅不能上。”司馬相如《美人賦》：“有女獨處，婉然在床。奇葩逸麗，淑質艷光。覩臣遷延，微笑而言。”　　不時：不善。《書·益稷》：“帝不時，敷同日奏，罔功。”孔傳：“帝用臣不是。”曾運乾正讀：“時，善也。”《詩·大雅·蕩》：“匪上帝不時，殷不用舊。”高亨注：“時，善也。”悔過：悔改過錯。《孟子·萬章》：“太甲悔過，自怨自艾。”《後漢書·

馮魴傳》：“汝知悔過伏罪，今一切相赦，聽各反農桑，爲令作耳目。”乞降：請求投降。《東觀漢紀・穆宗紀》：“單于乞降。”《晉書・宣帝紀》：“權遣使乞降，上表稱臣。”　咎責：責備。《後漢書・度尚傳》：“尚人人慰勞，深自咎責。”《隋書・高祖紀》：“嘗遇關中饑，遣左右視百姓所食，有得豆屑雜糠而奏之者，上流涕以示群臣，深自咎責。”多：稱讚，重視。《韓非子・五蠹》：“以其不收也外之，而高其輕世也；以其犯禁也罪之，而多其有勇也。”《史記・管晏列傳》：“天下不多管仲之賢，而多鮑叔能知人也。”　全活：保全，救活。《漢書・成帝紀》：“流民欲入關，輒籍內，所之郡國，謹遇以理，務有以全活之。”蘇軾《聖散子後序》：“聖散子主疾，功效非一，去年春，杭之民病，得此藥，全活者不可勝數。”　節儉：節約儉省。《史記・平津侯主父列傳》：“蓋聞治國之道，富民爲始；富民之要，在於節儉。”白居易《太平樂詞二首》一：“歲豐仍節儉，時泰更銷兵。”　力耕：努力耕作。陶潛《移居二首》二：“衣食當須紀，力耕不吾欺。”曾鞏《謝章學士書》：“不能用身於世俗之外，力耕於大山長谷之中。”

⑭　馭衆日淺：吳尚書即吳元濟的父親吳少陽，其殺害吳少誠的兒子之後接替吳少誠的淮西舊部，衆心本來難服，而且吳少陽在淮西節度使任上僅僅五年，就因病而亡，基礎不穩，故曰“馭衆日淺”。馭：統治，治理。《周禮・天官・大宰》：“以八柄詔王馭群臣……以八統詔王馭萬民。”鄭玄注：“凡言馭者，所以敺之，內之於善。”《南史・梁武帝紀》：“爰及晉宋，憲章在昔，咸以君德馭四海。”　年位：年齡和爵位。《三國志・費禕傳》：“丞相亮南征還，群寮於數十里逢迎，年位多在禕右，而亮特命禕同載，由是衆人莫不易觀。”尹洙《故推誠保德功臣金紫光祿大夫守太子少傅致仕上柱國天水郡開國公食邑四千二百戶食實封一千戶趙公墓誌銘并序》：“雖年位尊顯，不自爲貴，士子賤微者，皆與之鈞禮。”　怏怏：不服氣或悶悶不樂的神情。《史記・絳侯周勃世家》：“景帝以目送之，曰：‘此怏怏者非少主臣也！’”王昌

齡《大梁途中作》:"怏怏步長道,客行渺無端。"　苟容:義近"媮合苟容",謂苟且迎合以求容身。《漢書·賈山傳》:"〔秦皇帝〕退誹謗之人,殺直諫之士,是以道諛媮合苟容……天下已潰而莫之告也。"顏師古注:"媮與偷同。"蘇轍《潁濱遺老傳》:"究觀聖意,本欲求賢自助……豈欲使左右大臣媮合苟容,出入唯唯,危而不持,顛而不扶,竊取利祿,以養妻子而已哉!"　威懷:威服和懷柔,謂威德並用。《後漢書·荀彧傳》:"既停軍所次,便宜與臣俱進,宣示國命,威懷醜虜。"柳宗元《送楊凝郎中使還汴宋詩後序》:"是宜慰薦煦諭,納爲腹心,然後威懷之道備。"　信服:相信佩服。《後漢書·孔融傳》:"薦達賢士,多所獎進,知而未言,以爲己過,故海內英俊皆信服之。"曾鞏《廣德湖記》:"張侯計工賦材,擇民之爲人信服有知計者,使督役,而自主之。"　日蹙:一天比一天緊迫。《周書·晉蕩公護傳》:"季孟勢窮,伯珪日蹙,坐待滅亡,鑒之愚智。"獨孤及《答楊賁處士書》:"以此,人焉得不日困? 事焉得不日蹙?"　賦斂:田賦,稅收。《左傳·成公十八年》:"薄賦斂,宥罪戾。"柳宗元《捕蛇者說》:"孰知賦斂之毒,有甚是蛇者乎!"　天兵:舊稱封建王朝的軍隊。揚雄《長楊賦》:"夫天兵四臨,幽都先加。"《新唐書·陳子昂傳》:"宜益屯兵,外得以防盜,內得以營農,取數年之收,可飽士百萬,則天兵所臨,何求不得哉?"　耕織:耕種紡織,猶言農桑。賈誼《新書·過秦論》:"內立法度,務耕織,修守戰之具。"《後漢書·梁鴻傳》:"乃共入霸陵山中,以耕織爲業。"　劫:威逼,脅迫。《漢書·高帝紀》:"願君召諸亡在外者,可得數百人,因以劫衆,衆不敢不聽。"顏師古注:"劫,謂威脅之。"蘇洵《六國論》:"悲夫! 有如此之勢,而爲秦人積威之所劫,日削月割,以趨於亡,爲國者無使爲積威之所劫哉!"　吞聲:不出聲,不說話。《後漢書·曹節傳》:"群公卿士,杜口吞聲,莫敢有言。"杜甫《哀江頭》:"少陵野老吞聲哭,春日潛行曲江曲。"　拊循:訓練,調度。《史記·淮陰侯列傳》:"且信非得素拊循士大夫也,此所謂'驅市人而戰之',其勢非置之死地,使人人自爲戰。"陳亮《酌古論·韓信》:"且信之精兵已詣滎陽,而所存者皆非素拊循之兵也。"　積聚:積累聚集,蘊積。《禮記·月令》:"〔仲秋之月〕乃命有司,趣民收斂,務畜菜,多積聚。"《新唐書·李罕之傳》:"〔張言〕善積聚,勸民力耕,儲廥稍集。"

⑮　全軍:謂不戰而以計謀使敵軍全部降伏。《孫子·謀攻》:"凡用兵之法,全國爲上,破國次之;全軍爲上,破軍次之。"袁宏《後漢紀·靈帝紀》:"嵩曰:'不然,善用兵者,全軍爲上,破軍次之,百戰百勝不如不戰而屈人之兵也。'"　竭:窮盡。曹冏《六代論》:"夫泉竭則流涸,根朽則葉枯。"李華《吊古戰場文》:"鼓衰兮力盡,矢竭兮絃絕。"烏尚書:即烏重胤,率領"懷汝之師"從北面壓向淮西,事見《舊唐書·烏重胤傳》:"烏重胤,潞州牙將也。元和中王承宗叛,王師加討。潞帥盧從史雖出軍而密與賊通,時神策行營吐突承璀與從史軍相近,承璀與重胤謀,縛從史於帳下。是日重胤戒嚴,潞軍無敢動者。憲宗賞其功,授潞府左司馬,遷懷州刺史,兼充河陽三城節度使。會討淮蔡,用重胤壓境,仍割汝州隸河陽。自王師討淮西三年,重胤與李光顏犄角相應,大小百餘戰,以至元濟誅,就加檢校尚書右僕射,轉司空。蔡將有李端者,過漵河降重胤,其妻爲賊束縛於樹,臠食至死,將絕猶呼其夫曰:'善事烏僕射!'其得人心如此。"《舊唐書·憲宗紀》:"(元和五年)夏四月庚午朔……甲申,鎮州行營招討使吐突承璀執昭義節度使盧從史,載從史送京師……壬申,以昭義都知兵馬使、潞州左司馬烏重胤爲懷州刺史、河陽三城懷州節度使……(元和十二年十一月)錄平淮西功……忠武軍節度使李光顏、河陽節度使烏重胤並檢校司空。"　李尚書:即中唐名將李光顏,淮西叛亂之時,李光顏"舉陳許之衆","獨當一面",立下汗馬功勞。事見《舊唐書·李光顏傳》:"(李)光顏……(元和)九年,將討淮蔡,九月,遷陳州刺史,充忠武軍都知兵馬使。逾月,遷忠武軍節度使,檢校工部尚書。會朝廷徵天下兵,環申蔡而討吳元濟,詔光顏以本軍獨當一面。"　柳中丞:即柳公綽,元

和初"拜御史中丞",淮西叛亂,奉命以鄂岳之五千兵從南面進逼淮西。柳公綽雖屬儒生,但善於用兵,平叛多所貢獻。《舊唐書‧柳公綽傳》:"(元和)九年,吳元濟據蔡州叛,王師討伐,詔公綽以鄂岳兵五千隸安州刺史李聽,率赴行營。公綽曰:'朝廷以吾儒生不知兵耶?'即日上奏,願自征行,許之。公綽自鄂濟湓江,直抵安州,李聽以廉使之禮事之。公綽謂之曰:'公所以屬鞬負弩者,豈非爲兵事耶?若去戎容,被公服,兩郡守耳!何所統攝乎?以公名家曉兵,若吾不足以指麾,則當赴闕。不然,吾且署職名,以兵法從事矣!'聽曰:'惟公所命!'即署聽爲鄂岳都知兵馬使、中軍先鋒、行營兵馬都虞候,三牒授之,乃選卒六千屬聽,戒其部校曰:'行營之事,一決都將!'聽感恩畏威,如出麾下。其知權制變,甚爲當時所稱。鄂軍既在行營,公綽時令左右省問其家,如疾病。養生。送死,必厚廩給之。軍士之妻冶容不謹者,沉之于江。行卒相感曰:'中丞爲我輩知家事,何以報效?'故鄂人戰每剋捷。"　令狐中丞:即令狐通,元和九年年末以壽州之兵,從東南面迎擊淮西之敵。元和十年年初,爲淮西兵所敗,貶職昭州司户。《資治通鑑‧唐憲宗元和九年》:"九月庚辰……以泗州刺史令狐通爲壽州防禦使,通,彰之子也。"《資治通鑑‧唐憲宗元和十年》:"二月……壽州團練使令狐通爲淮西兵所敗,走保州城,境上諸柵盡爲淮西所屠。癸丑,以左金吾大將軍李文通代之,貶通昭州司户。"《舊唐書‧憲宗紀》:"(元和十四年三月)丁未,以撫州司馬令狐通爲右衛將軍、給事中,崔植封還制書,言通前刺史壽州,用兵失律,未宜獎用。上令宰臣諭植,以通父彰有功,不忍遂棄其子,其制方行。"　襄陽:當時爲山南東道節度使府治,嚴綬剛剛從荆南節度使移鎮山南東道節度使,嚴綬移節唐州,從西面指向淮西,嚴綬總統各個方面的李唐軍隊。張説《襄陽路逢寒食》:"去年寒食洞庭波,今年寒食襄陽路。不辭著處尋山水,秖畏還家落春暮。"張子容《除夜樂城逢孟浩然》:"遠客襄陽郡,来過海岸家。樽開柏葉酒,燈發九枝花。"　魏博:當時魏博的節度使是田弘正,剛剛歸順李唐的他也派出了自己兒子田布前往參戰,屢建戰功。《舊唐書·田弘正傳》:"元和十年,朝廷用兵討吳元濟,弘正遣子布率兵三千進討,屢戰有功。"王建《朝天詞十首寄上魏博田侍中》:"相感君臣總淚流,恩深舞蹈不知休。初從戰地來無物,唯奏新添十八州。"孟郊《魏博田興尚書聽嫂命不立非夫人詩》:"魏博田尚書,與禮相綢繆。善詞聞天下,一日一再周。" 江陵:當時荊南的節度使爲袁滋,與嚴綬互換防地,《資治通鑑·唐憲宗元和九年》:"九月……丙戌,以山南東道節度使袁滋爲荊南節度使,以荊南節度使嚴綬爲山南東道節度使。"李白《荆門浮舟望蜀江》:"流目浦烟夕,揚帆海月生。江陵識遥火,應到渚宮城。"杜甫《得舍弟觀書自中都已達江陵今兹暮春月末行李合到夔州悲喜相兼團圓可待賦詩即事情見乎詞》:"爾到江陵府,何時到峽州? 亂離生有別,聚集病應瘳。"銳旅:精銳部隊。《宋書·謝莊傳》:"殿下親董銳旅,授律繼進。"《宋史·樂志》:"銳旅慶迴旋,邊防盡晏然。" 勁卒:精壯的士兵。《三國志·杜恕傳》:"武士勁卒愈多,愈多愈病耳!"《晉書·苻堅載記》:"晉龍驤將軍劉牢之率勁卒五千,夜襲梁成壘,克之。" 驍騎:勇猛的騎兵。班固《封燕然山銘》:"鷹揚之校,螭虎之士,爰該六師暨南單于、東胡、烏桓、西戎、氐、羌侯王君長之群,驍騎十萬。"曹丕《浮淮賦》:"武將奮發,驍騎赫怒。" 強弩:借指能開硬弓的射手,代指軍隊。《後漢書·袁紹傳》:"馥從事趙浮、程涣將強弩萬人屯孟津。"吳曾《能改齋漫録·事始》:"唐咸通六年,安南久屯,兩河銳士死瘴毒者十七。宰相楊收議罷屯軍,以江西爲鎮南軍,募強弩二萬,建節度。"

⑯ 壓卵:謂以山壓卵,極言以強壓弱。《晉書·孫惠傳》:"況履順討逆,執正伐邪,是烏獲摧冰,賁育拉朽,猛獸吞狐,泰山壓卵,因風燎原,未足方也。"張九齡《敕幽州節度張守珪書》:"以國家之威武,取叛亡之殘孽,太山壓卵,豈其難乎?" 出疆:猶出境,古代指離開某一封國疆土,前往他國。《禮記·曲禮》:"大夫私行,出疆必請,反必有

獻；士私行，出疆必請，反必告。"《孟子·滕文公》："孔子三月無君，則皇皇如也，出疆必載質。"　三州：指淮西叛鎮吳元濟盤踞的蔡州、光州、申州，府治分別在今河南省汝陽、信陽、潢川。李嘉祐《送評事十九叔入秦》："白露沾蕙草，王孫轉憶歸。蔡州新戰罷，郢路去人稀。"劉長卿《奉使至申州傷經陷沒》："舉目傷蕪沒，何年此戰爭？歸人失舊里，老將守孤城。"馬戴《答光州王使君》："信來淮上郡，楚岫入秦雲。自顧爲儒者，何由答使君？"　四海：猶言天下，全國各處。盧象《寒食》："子推言避世，山火遂焚身。四海同寒食，千秋爲一人。"王維《奉和聖製重陽節宰臣及群官上壽應制》："四海方無事，三秋大有年。百生無此日，萬壽願齊天。"　妾婦：泛指婦女。《孟子·滕文公》："以順爲正者，妾婦之道也。"元稹《白氏長慶集序》："王公、妾婦、牛童、馬走之口無不道。"　騃：愚，呆。《漢書·息夫躬傳》："左將軍公孫祿、司隸鮑宣皆外有直項之名，內實騃不曉政事。"顏師古注："騃，愚也。"韓愈《答劉秀才論史書》："僕雖騃，亦粗知自愛。"　義夫：堅守大義的人。陸贄《奉天改元大赦制》："義夫節婦，孝子順孫，旌表門閭。"柳宗元《祭穆質給事文》："危法旋加，譖言俄及。左宦夔國，義夫掩泣。邪臣既黜，乃進其級。"　壯士：意氣豪壯而勇敢的人，勇士。《戰國策·燕策》："風蕭蕭兮易水寒，壯士一去兮不復還。"《新唐書·張巡傳》："〔賀蘭進明〕懼師出且見襲，又忌巡聲威，恐成功，初無出師意。又愛霽雲壯士，欲留之。"

⑰　含垢：包容污垢。《左傳·宣公十五年》："川澤納污，山藪藏疾，瑾瑜匿瑕，國君含垢，天之道也。"《續資治通鑑·宋高宗建炎元年》："念臣世受國恩，異於衆人，故忍恥含垢，遄死朝夕。"　不戰之功：不戰而勝。韋驤《賀收青唐邈川表》："天聲遠曁，坐收不戰之功；戎族來歸，仰慕至仁之化。不頓一戟而開邊千里，不鳴一鼓而置守二州。"陸佃《賀收青唐表》："恭惟皇帝陛下用夏變夷，以文經武，高蹈無前之迹，坐收不戰之功。"　鹽茗：鹽與茶。秦觀《田居四首》二："倒筒

3565

備青錢，鹽茗恐垂槖。"《宋史·兵志》："無事放營農，月給鹽茗。有警召集防守，即廩給之，無出本路。" 倉：貯藏糧食的場所。《詩·小雅·甫田》："乃求千斯倉，乃求萬斯箱。"韓愈《路公神道碑銘》："校其倉得石者五十萬餘。" 廩：糧倉。《孟子·萬章》："父母使舜完廩。"《舊五代史·葛從周傳》："今燕帥來赴，不可外戰，當縱其入壁，聚食困廩，力屈糧盡，必可取也。" 枯魚之肆：乾魚店。《莊子·外物》："周昨來，有中道而呼者。周顧視車轍中，有鮒魚焉！周問之曰：'鮒魚來！子何爲者邪?'對曰：'我，東海之波臣也，君豈有斗升之水而活我哉?'周曰：'諾，我且南游吳越之王，激西江之水而迎子，可乎?'鮒魚忿然作色曰：'……吾得斗升之水然活耳！君乃言此，曾不如早索我於枯魚之肆！'"後因以爲典，喻困境、絕境。《晉書·閔王承傳》："足下若能卷甲電赴，猶或有濟；若其狐疑，求我枯魚之肆矣！"亦省作"枯肆"。杜光庭《蜀王葛仙化祈雨醮詞》："生靈嘆息，懼失於農功；沼沚魚喁，將懸於枯肆。"

⑱ 儻或：或許，恐怕。《後漢書·李固傳》："臣所以敢陳愚瞽，冒昧自聞者，儻或皇天欲令微臣覺悟陛下。"駱賓王《答員半千書》："蓋足下之不知言，倘或劇談，豈吾人之所仰望！" 神算：亦作"神筭"，神妙的計謀。《後漢書·王渙傳》："〔渙〕又能以譎數發擿奸伏，京師稱嘆，以爲渙有神筭。"李賢注："智筭若神也。"《文選·王儉〈褚淵碑文〉》："公實仰贊宏規，參聞神算。"呂延濟注："算，計也，言有神秘之計策也。" 天威：帝王的威嚴，朝廷的聲威。《左傳·僖公九年》："天威不違顏咫尺……敢不下拜。"杜甫《承聞河北諸節度入朝歡喜口號絕句十二首》一二："十二年來多戰場，天威已息陣堂堂。" 腹背受攻：即"腹背受敵"，前面和後面都受到敵人的攻擊。《梁書·陳慶之傳》："仲宗等恐腹背受敵，謀欲退師。"秦觀《邊防》："吾軍糧盡引還，則腹背受敵，而進退不可得，非萬全也。" 赤族：誅滅全族。《漢書·揚雄傳》："客徒欲朱丹吾轂，不知一跌，將赤吾之族也。"顏師古注：

"誅殺者必流血,故云赤族。"杜甫《壯遊》:"朱門任傾奪,赤族迭罹殃。"焦竑《焦氏筆乘・赤族》:"赤族,言盡殺無遺類也。《漢書》注以爲流血丹其族者,大謬。古人謂空盡無物曰赤,如'赤地千里',《南史》稱'其家赤貧'是也。"　輿櫬:載棺以隨,表示決死或有罪當死。《左傳・僖公六年》:"許男面縛銜璧,大夫衰絰,士輿櫬。"《後漢書・梁冀傳》:"絮初逃亡,知不得免,因輿櫬奏書冀門。"

⑲ 買交:花錢交朋友。任華《寄李白》:"白璧一雙買交者,黃金百鎰相知人。"梅堯臣《依韵自和送詩寄潘歙州》:"有心希買交,白璧無一雙。"　嚴刑:嚴厲的刑法,殘酷的刑罰。《商君書・開塞》:"去奸之本,莫深於嚴刑。"任昉《奏彈曹景宗》:"不有嚴刑,誅賞安寘?"　劫質:謂挾持人以爲人質。《後漢書・董卓傳》:"多又劫質公卿,所爲如是,而君苟欲左右之邪!"《新唐書・田令孜傳》:"遘惡令孜劫質天子,生方鎮之難,使玫進迎乘輿。"　王師:天子的軍隊,國家的軍隊。《三國志・陸遜傳》:"蠻夷猾夏……拒逆王師。"杜甫《新安吏》:"況乃王師順,撫養甚分明。送行勿泣血,僕射如父兄。"　言甘約重:甜言蜜語,信誓旦旦。陸贄《奉天請數對群臣兼許令論事狀》:"而效速者不必愚,言甘而利重者不必智。"王炎《送曹成之序》:"順我者,言甘而用其言,後必有禍;忤我者,言苦而用其言,後必有福。善擇禍福者,不以言甘爲善,言苦加憎,斯謂之智矣!"　死生:偏義復指詞,指死亡。高適《燕歌行》:"戰士軍前半死生,美人帳下猶歌舞。"蘇軾《侄安節遠來夜坐三首》二:"畏人默坐成痴鈍,問舊驚呼半死生。"

⑳ "夫李錡據吳楚之雄"十二句:參見元稹《唐故開府儀同三司檢校兵部尚書兼左驍衛上將軍充大内皇城留守御史大夫上柱國南陽郡王贈某官碑文銘》:"南陽王姓張氏,諱奉國,本名子良……元和之二年,潤帥錡求覲京師,既許之,不克覲,辱中貴人,殺其臣寮以令下。楊帥鍔以叛告,朝廷甚憂之。初,錡筦鹽於潤有年矣! 削虐暴狠,其下甚畏之,而庫庾之藏以億計。潤之師故南韓晉公之所教訓,弩勁劍

利，號爲難當。是時初定蜀，兵始散，物力未完，加誅於錡，甚難之。憲宗皇帝不得已下誅詔。不浹日，露章自潤曰：'十月十二日，錡就擒，從亂者無遺餘。'問其狀，則曰：'錡既叛，以是月十一日命南陽王、田少卿、李奉仙率鋭衆以圖池。南陽王喜養士，又能爲逆順言。明日，與二將誓所部迴討，錡城守不敢出，環其城，是夕攻愈急。錡衆壞散，縋于城下，遂就擒。'"《舊唐書‧李錡傳》也有記載："初，錡以宣州富饒，有并吞之意，遣兵馬使張子良、李奉仙、田少卿領兵三千，分略宣、池等州。三將夙有向順志，而錡甥裴行立亦思向順，其密謀多決於行立，乃迴戈趣城，執錡於幕，縋而出之，斬於闕下。" 吴楚：泛指春秋吴楚之故地，即今長江中下游一帶。劉義慶《世説新語‧言語》："君吴楚之士，亡國之餘，有何異才，而應斯舉？"杜甫《登岳陽樓》："吴楚東南坼，乾坤日夜浮。" 榷管：亦作"榷筦"，謂對鹽鐵等物實行專管專賣。《漢書‧車千秋傳》："桑弘羊爲御史大夫八年，自以爲國家興榷筦之利。"顏師古注："榷謂專其利使入官也，筦即管字也。"白居易《柳公綽罷鹽鐵守本官兵部侍郎制》："敕某官柳某：昔先皇帝知爾有材，元和已來應用不暇，及領榷管漕運之務……"。 選才：選拔人才。盧尚卿《東歸詩》："九重丹詔下塵埃，深鎖文闈罷選才……今日灞陵橋上過，路人應笑臘前迴。"魏兼恕《送張兵曹赴營田》："河曲今無戰，王師每務農。選才當重委，足食乃深功。" 養士：謂收羅、供養賢才。趙曄《吴越春秋‧勾踐陰謀外傳》："幸蒙諸大夫之策，得返國修政，富民養士。"劉洞《石城懷古》："千里長江皆渡馬，十年養士得何人？" 腹心：指親信。《漢書‧張湯傳》："伍被本造反謀，而助親幸出入禁闥腹心之臣，乃交私諸侯，如此弗誅，後不可治。"《陳書‧高祖紀》："景至闕下，不敢入臺，遣腹心取其二子而遁。" 不貳：專一，無二心。《左傳‧昭公十三年》："君苟有信，諸侯不貳，何患焉？"《楚辭‧九章‧惜誦》："事君而不貳兮，迷不知寵之門。" 骨肉：比喻至親，指父母兄弟子女等親人。《墨子‧尚賢》："當王公大人之於此也，雖有骨肉之親，無故富貴，面目美好者，誠知其不能也，不使之也。"沈亞之《上壽州李大夫書》："亞之前應貢在京師，而長幼骨肉萍居於吳。"　敢死：勇敢不怕死，決死。《史記·平原君虞卿列傳》："〔平原君〕得敢死之士三千人。"龔鼎臣《東原錄》："狄青善用不滿千人之法，蓋擇銳敢死者而已。"　遷延：拖延，多指時間上的耽誤。司馬相如《美人賦》："有女獨處，婉然在床。奇葩逸麗，淑質艷光。覯臣遷延，微笑而言。"李商隱《行次西郊作一百韵》："臨門送節制，以錫通天班。破者以族滅，存者尚遷延。"　王命：帝王的命令、詔諭。孟浩然《陪張丞相祠紫蓋山途經玉泉寺》："望秩宣王命，齋心待漏行。青衿列胄子，從事有參卿。"李白《別內赴徵三首》一："王命三徵去未還，明朝離別出吳關。白玉高樓看不見，相思須上望夫山。"　稱疾：稱病。《史記·樗里子甘茂列傳》："今者張唐欲稱疾不肯行，甘羅説而行之。"吳質《答魏太子箋》："至於司馬長卿稱疾避事，以著書爲務。"　朝：指諸侯定期朝見天子，報告封國情況。朝，古代凡見人皆稱朝。《孟子·梁惠王》："諸侯朝於天子曰述職，述職者述所職也。"《文心雕龍·章表》："天子垂珠以聽，諸侯鳴玉以朝。"也指臣下朝見君王。《左傳·成公十二年》："百官承事，朝而不夕。"孔穎達疏："旦見君謂之朝。"杜甫《野人送朱櫻》："憶昨賜霑門下省，退朝擎出大明宫。"　倒戈：掉轉武器向己方攻擊。《書·武成》："前徒倒戈，攻於後以北，血流漂杵。"魚玄機《浣紗廟》："一雙笑靨纔回面，十萬精兵盡倒戈。"　縱火：放火。《史記·五帝本紀》："瞽叟尚復欲殺之，使舜上塗廩，瞽叟從下縱火焚廩。"胡曾《夷陵》："夷陵城闕倚朝雲，戰敗秦師縱火焚。何事三千珠履客，不能西禦武安君？"　戮死：受戮而死。《韓非子·奸劫弑臣》："何怪夫賢聖之戮死哉！此商君之所以車裂於秦，而吳起之所以枝解於楚者也。"韓愈《故金紫光禄大夫董公行狀》："彼知天下之怒，朝夕戮死者也，故求其同罪而與之比，公何所利焉？"

㉑　韋令：即韋皋，貞元元年(785)至永貞元年(805)在劍南西川

節度使任，前後計二十一年。《舊唐書·德宗紀》："（貞元十七年）冬十月，加韋皋檢校司徒、中書令，封南康郡王，賞破吐蕃功也。"故時人常常以"韋令""韋令公"稱之。元稹《送林復夢赴韋令辟》："蜀路危於劍，憐君自坦途……相門多禮讓，前後莫相逾。"白居易《和武相公感韋令公舊池孔雀》："頂毳落殘碧，尾花銷暗金。放歸飛不得，雲海故巢深。" 饒衍：富饒。《漢書·食貨志》："名山大澤，饒衍之臧。"《新唐書·李觀傳》："在屯四年，訓部伍，儲藏饒衍。" 廩藏：廩蓄。元稹《有唐贈太子少保崔公墓誌銘》："破壞豪黠，除去冗費。歲中，廩藏皆羨溢。"華鎮《變論》："夫農人春以耒耕，夏以鎛芸，秋以銍刈，冬以廩藏，事物不同，名迹殊異。" 穀帛：穀物與布帛，亦泛指衣食一類生活資料。《列子·天瑞》："夫金玉珍寶，穀帛財貨，人之所聚，豈天之所與？"元稹《茅舍》："號呼憐穀帛，奔走伐桑柘。" 啖養：謂飼養。元稹《雉媒》："啖養能幾時？依然已馴熟。" 憑恃：依恃，依仗。潘勗《冊魏公九錫文》："袁紹逆常，謀危社稷，憑恃其衆，稱兵內侮。"玄奘《大唐西域記·摩揭陀國》："憑恃國威，遊方問道，羇旅異域，載罹寒暑。" 仇良輔：原爲韋皋、劉闢手下鹿頭城守將，後來投順李唐。《舊唐書·高霞寓傳》："元和初，詔授兼御史大夫，從崇文將兵擊劉闢，連戰皆克，下鹿頭城，降李文悅、仇良輔，蜀平，以功拜彭州刺史。"《舊唐書·高崇文傳》："是日，賊綿江栅將李文悅以三千人歸順，尋而鹿頭將仇良輔舉城降者衆二萬，闢之男方叔、子婿蘇強先監良輔軍，是日械繫送京師。" 樸厚：樸質厚道。駱賓王《上兗州刺史啓》："賓王淹中故俗，體樸厚之弘規；稷下遺甿，陶禮義之餘化。"曾鞏《與杜相公書》："伏以閣下樸厚清明，讜直之行，樂善好義，遠大之心，施於朝廷而博見於天下。" 要害：喻緊要的關鍵的部分，亦指軍事上的要地。賈誼《過秦論》："良將勁弩，守要害之處。"《周書·文帝紀》："今若移軍近隴，扼其要害，示之以威，服之以德，即可收其士馬，以實吾軍。" 天兵：舊稱封建王朝的軍隊。揚雄《長楊賦》："夫天兵四臨，幽都先加。"

《新唐書·陳子昂傳》：“宜益屯兵，外得以防盜，內得以營農，取數年之收，可飽士百萬，則天兵所臨，何求不得哉？”　壘：軍壁，陣地上的防禦工事。《禮記·曲禮》：“四郊多壘，此卿大夫之辱也。”鄭玄注：“壘，軍壁也。”杜甫《不寐》：“多壘滿山谷，桃源無處求。”　席捲：形容盡數帶走或除去。《後漢書·袁紹傳》：“今公孫瓚南馳，陸掠北境，臣即星駕席捲，與瓚交鋒。”施彥執《北窗炙輠》卷下：“朝廷新得燕山，其倉，北人皆席捲而去。”　餘孽：殘存未盡的壞分子或惡勢力。《後漢書·段熲傳》：“費耗若此，猶不誅盡，餘孽復起，於茲作害。”錢起《送薛判官赴蜀》：“始見儒者雄，長纓繫餘孽。”　巴蜀：秦漢設巴蜀二郡，皆在今四川省，後用爲四川的別稱。《戰國策·秦策》：“大王之國，西有巴蜀、漢中之利，北有胡貉、代馬之用。”《後漢書·光武帝紀》：“公孫述稱王巴蜀，李憲自立爲淮南王。”　定：安定，平定。《易·家人》：“正家而天下定矣！”《史記·白起王翦列傳》：“四十八年十月，秦復定上黨郡。”

　　㉒“盧從史內蘊私邪”十一句：參見《舊唐書·盧從史傳》：“（盧）從史少矜力，習騎射，遊澤潞間，節度使李長榮用爲大將。德宗中歲，每命節制，必令採訪本軍爲其所歸者。長榮卒，從史因軍情，且善迎奉中使，得授昭義軍節度使。漸狂恣不道，至奪部將妻妾，而辯給矯妄，從事孔戡等以言直不從引去。前年丁父憂，朝旨未議起復，屬王士真卒，從史竊獻誅承宗計，以希上意，用是起授，委其成功。及詔下討賊，兵出，逗留不進，陰與承宗通謀，令軍士潛懷賊號。又高其芻粟之價，售於度支。諷朝廷求宰相，且誣奏諸軍與賊通，兵不可進，上深患之。護軍中尉吐突承璀將神策兵與之對壘，從史往往過其營博戲。從史沓貪好得，承璀出寶帶、奇玩以炫燿之，時其愛悦而遺焉！從史喜甚，日益狎。上知其事，取裴垍之謀，因戒承璀伺其來博，揖語，幕下伏壯士突起，持捽出帳後縛之，內車中，馳以赴闕。從者驚亂，斬十數人，餘號令乃定，且宣諭密詔，追赴闕庭。都將烏重胤素懷忠順，乃

嚴戒其軍,衆不敢動。會夜,使疾驅,未明出境,道路人莫知。" 私邪:偏私邪曲。《韓非子·和氏》:"今人主之於法術也,未必和璧之急也,而禁群臣士民之私邪?"周密《齊東野語·洪君疇》:"奏乞屏絶私邪,休息土木,以弭天災。" 威武:軍威,武力。《漢書·車師國傳》:"詔遣長羅侯將張掖、酒泉騎出車師北千餘里,揚威武車師旁。"酈道元《水經注·汝水》:"〔王莽〕又驅諸獷獸虎豹犀象之屬,以助威武。" 熒惑:炫惑。《逸周書·史記》:"昔者績陽強力四征,重丘遺之美女,績陽之君悦之,熒惑不治。"桓寬《鹽鐵論·論誹》:"夫蘇秦、張儀,熒惑諸侯,傾覆萬乘,使人主失其所恃。" 天聽:帝王的聽聞。綦毋潛《經陸補闕隱居》:"不敢要君徵亦起,致君全得似唐虞。讜言昨嘆離天聽,新象今聞入縣圖。"獨孤及《諫表》:"百姓不敢訴於有司,有司不敢聞於天聽。" 逗留:延誤,耽誤。陸贄《奉天奏李建徽楊惠元兩節度兵馬狀》:"右,懷光當管師徒足以獨制凶寇,逗留未進,抑有他由?"李德裕《代彥佐與澤潞三軍書》:"盧從史首鼠兩端,貪狠成性,包隱奸慝,逗留兵機。" 爪牙:黨羽,幫凶。《史記·酷吏列傳》:"是以湯雖文深意忌不專平,然得此聲譽。而刻深吏多爲爪牙用者,依於文學之士。"元結《問進士》一:"外以奉王命爲辭,内實理車甲,招賓客,樹爪牙。" 睿略:聖明的謀略。顧非熊《武宗挽歌詞二首》一:"睿略皇威遠,英風帝業開。"王禹偁《諭交趾文》:"故一之二歲,藥庸蜀,餌湘潭;三之四歲,針廣越,砭吳楚。筋骸血脈,涣然小康。非王者神機睿略,疇能至於此乎!" 元凶:罪魁。曹植《責躬》:"將寘於理,元凶是率。"孫楚《爲石仲容與孫皓書》:"桴鼓一震,而元凶折首。" 清壘:義同"固壘",加固營壘,控制陣地。《左傳·成公十六年》:"楚師輕窕,固壘而待之,三日必退。"《晉書·姚泓載記》:"田子等進及青泥,姚紹方陣而前,以距道濟,道濟固壘不戰。" 整旅:整治軍旅。《詩·大雅·皇矣》:"王赫斯怒,爰整其旅。"《左傳·昭公二十三年》:"請先者去備薄威,後者敦陳整旅。" 放死:猶"誅死",殺戮。《史記·田叔列傳》:

“時左丞相自將兵,令司直田仁主閉守城門,坐縱太子,下吏誅死。”
《漢書‧司馬遷傳》:“爲人臣子不通於《春秋》之義者,必陷篡弒誅死
之罪。”　受利:義同“享利”,獲取利益。王珪《祕書省著作佐郎鄭君
墓誌銘》:“君始至,召并湖富人立庭下,一旦還,沒其所侵,民今享利
不窮。”曾鞏《兜率院記》:“其使子之徒知己之享利也多,而人蒙病已
甚。”　誓約:盟誓,訂約。《三國志‧彭羕傳》:“昔每與龐統共相誓
約,庶託足下末蹤,盡心於主公之業,追名古人,載勳竹帛。”《舊五代
史‧王師範傳》:“因戒厲士衆,大行頒賞,與之誓約,自率之以攻棣
州,擒張蟾,斬之。”　逆順:逆與順,多指臣民的順從與叛逆。《史
記‧張釋之馮唐列傳》:“法如是足也,且罪等,然以逆順爲差。”杜甫
《往在》:“主將曉逆順,元元歸始終。”

　　㉓“且田太保季安藉累代繼襲之勢”十五句:參見《舊唐書‧田
季安傳》:“季安字夔,母微賤,嘉誠公主蓄爲己子,故寵異諸兄。年數
歲,授左衛胄曹參軍,改著作佐郎,兼侍御史,充魏博節度副大使,累
加至試光禄少卿兼御史大夫。緒卒時,季安年纔十五,軍人推爲留
後,朝廷因授起復左金吾衛將軍兼魏州大都督府長史、魏博節度營田
觀察處置等使。服闋,拜銀青光禄大夫,檢校尚書右僕射,進位檢校
司空,襲封雁門郡王。未幾,加金紫光禄大夫,以本官同中書門下平
章事。季安幼守父業,懼嘉誠之嚴,雖無他才能,亦寵修禮法。及公
主薨,遂頗自恣,擊鞠,從禽色之娛。其軍中政務,大抵任狗情意,賓
僚將校言皆不從。免公主喪,加檢校司徒。元和中王承宗擅襲戎帥,
憲宗命吐突承璀爲招撫使,會諸軍進討,季安亦遣大將率兵赴會,仍
自供糧餉。師還,加太子太保。季安性忍酷,無所畏懼。有進士丘絳
者,嘗爲田緒從事,及季安爲帥,絳與同職侯臧不協,相持爭權。季安
怒,斥絳爲下縣尉,使人召還,先掘坎於路左,既至坎所,活排而瘞之,
其凶暴如此。元和七年卒,時年三十二,贈太尉。子懷諫、懷禮、懷
詢、懷讓,懷諫母,元誼女。及季安卒,元氏召諸將欲立懷諫,衆皆唯

唯。懷諫幼，未能御事，軍政無巨細，皆取決於私白身蔣士則。數以愛憎移易將校，衙軍怒，取前臨清鎮將田興爲留後，遣懷諫歸第，殺蔣士則等十餘人。田興葬季安畢，送懷諫於京師，乃起復授右監門衛將軍，賜第一區，芻米甚厚。田氏自承嗣據魏州至懷諫，四世相傳襲四十九年，而田興代焉！" **太保**：古三公之一，位次太傅。周置，爲輔弼國君之官。春秋後廢，漢復置。後代沿置，多爲重臣加銜，以示恩寵，並無實職。《書·周官》："立太師、太傅、太保，茲惟三公，論道經邦，燮理陰陽。"元稹《故金紫光禄大夫檢校司徒兼太子少傅贈太保鄭國公食邑三千户嚴公行狀》："長慶二年五月二十七日薨於家，上爲一日不聽朝，詔贈太保，出内帛以贈賻之，恩有加也。"本文指太子太保，爲輔導太子之官，田季安授職正是"太子太保"，也不是實職，褒獎其元和中討伐王承宗的功勞。李德裕《上尊號玉册文（奉敕撰會昌二年）》："維會昌二年，歲次壬戌，四月乙丑朔，十四日戊寅，攝太尉、光禄大夫，守司空，兼門下侍郎、同中書門下平章事臣德裕……及文武百官金紫光禄大夫，撿校司徒，兼太子太保臣僧孺等六千五百七十四人言……" **累代**：歷代，接連幾代。《管子·參患》："一戰之費，累代之功盡。"《晉書·惠帝紀》："〔永平四年〕冬十月，武庫火，焚累代之寶。" **繼襲**：承襲封爵。庾信《請功臣襲封表》："先有封爵、死於王事絶嗣者，聽以支子繼襲。"陸贄《賜安西管内黄姓蠁官鐵券文》："錫以券書，若金之堅。永代無變，子孫繼襲，作我藩臣。爾其欽承，勿替休命。" **胤子**：子嗣，嗣子。舊題李陵《答蘇武書》："足下胤子無恙，勿以爲念。"《後漢書·明帝紀》："而胤子無成康之質，群臣無吕旦之謀。"本文指田懷諫。 **不肖**：不成材。《韓非子·功名》："堯爲匹夫，不能正三家，非不肖也，位卑也。"《漢書·武帝紀》："代郡將軍敖、雁門將軍廣，所任不肖，校尉又背義妄行，棄軍而北。"顏師古注："肖，似也。不肖者，言無所象類，謂不材之人也。" **聚謀**：義近"協謀"，共同謀劃。《三國志·程昱傳》："又兖州從事薛悌與昱協謀，卒完三城。"

陸贄《論叙遷幸之由狀》："上自朝列，下達烝黎，日夕族黨聚謀，咸憂必有變故。"　嘉忠：義近"嘉德"，美德。《左傳·桓公六年》："奉酒醴以告曰，'嘉栗旨酒'，謂其上下皆有嘉德而無違心也。"崔駰《縫銘》："惟歲之始，承天嘉德。"　贍軍：猶"勞軍"，慰勞軍隊。《史記·樂毅列傳》："燕昭王大説，親至濟上勞軍，行賞饗士。"《三國志·魏武帝紀》："太祖乃自力勞軍，令軍中促爲攻具，進復攻之。"　復賦：返還賦稅，亦即是免徵賦稅。復是還，返回之意。《易·泰》："無往不復。"高亨注："復，返也。"《穀梁傳·宣公八年》："公子遂如齊，至黃乃復。"李頻《寄遠》："槐欲成陰分袂時，君期十日復金扉。槐今落葉已將盡，君向遠鄉猶未歸。"　勵俗：亦即"厲俗"，激勵世俗。《漢書·王貢兩龔鮑傳序》："自(東)園公、綺里季、夏黃公、甪里先生、鄭子真、嚴君平皆未嘗仕，然其風聲足以激貪厲俗，近古之逸民也。"李隆基《送賀知章歸四明序》："豈惟崇德尚齒，抑亦勵俗勸人，無令二疏獨光漢册，乃賦詩贈行。"　輟：通"掇"，取。陸游《老學庵筆記》卷七："卿輟由俸禄，恭備貢輸，遙陳稱賀之誠，知乃盡忠之節。"葉紹翁《四朝聞見録·洛學》："(真)文忠嘗出其副示予，相與嘆息，公輟俸命書市刻之。"　郎署：代稱皇帝的宿衛、侍從官。《後漢書·馬融傳》："安帝親政，召還郎署，復在講部。"《南史·陸瓊傳》："〔瓊〕識具優敏，文史足用，進居郎署，歲月過淹。"　賓介：賓，賢賓；介，賢賓之次，多偏指賢賓。《儀禮·鄉飲酒禮》："主人就先生而謀賓介。"鄭玄注："賓介，處士賢者……賢者爲賓，其次爲介，又其次爲衆賓。"《新唐書·裴冑傳》："是時武臣多粗暴庸人，待賓介不以禮。"　專席：獨坐一席。《漢官儀》："御史大夫、尚書令、司隸校尉皆專席，號'三獨坐'。"《後漢書·宣秉傳》："光武特詔御史中丞與司隸校尉、尚書令會同，並專席而坐，故京師號曰'三獨坐'。"　郡國：郡和國的並稱，漢初，兼采封建及郡縣之制，分天下爲郡與國。郡直屬中央，國分封諸王、侯，封王之國稱王國，封侯之國稱侯國。南北朝仍沿郡、國並置之制，至隋始廢國存郡，後亦以"郡國"泛指地方行政區劃。崔融《關山月》:"漢兵開郡國,胡馬窺亭障。夜夜聞悲笳,征人起南望。"王昌齡《塞下曲四首》三:"奉詔甘泉宫,總徵天下兵。朝廷備禮出,郡國豫郊迎。" 束縛:約束,限制。《吕氏春秋·論人》:"意氣宣通,無所束縛,不可收也。"元稹《投吴端公崔院長》:"臺官相束縛,不許放情志。" 禁閉:閉關,閉鎖。《宋書·西南夷訶羅陁國》:"伏願聖王,遠垂覆護,並市易往反,不爲禁閉。"元稹《故中書令贈太尉沂國公墓誌銘》:"然後斬暴亂,叙勞舊,除僭異,弛禁閉,家家始以燈火相會聚。" 泰然:安然,形容心情安定。權德輿《丙寅歲苦貧戲題》:"中憶裴子野,泰然傾薄糜。"《雲笈七籤》卷六四:"心既泰然,不壽何待?" 王澤:君王的德澤。白居易《得乙上封請永不用赦判》:"刑乃天威,赦惟王澤。"梅堯臣《和王尚書花木瓜》:"復何備國風,庶亦見王澤。"

㉔ 重鎮:軍事上占重要地位的城鎮。《晉書·義陽成王望傳》:"吴將施績寇江夏,邊境騷動。以望統中軍步騎二萬,出屯龍陂,爲二方重鎮。"曾鞏《送趙宏序》:"天子、宰相以潭重鎮,守臣不勝任,爲改用人。" 囚縛:義近"羈縛",捆綁,縛縶。玄奘《大唐西域記·烏仗那國》:"既失國位,無以爲施,遂令羈縛,擒往敵王,冀以賞財,回爲惠施。"陸龜蒙《怪松圖贊序》:"礧砢然,矗縮然,榦不暇枝,枝不暇葉,有若龍攣、虎跛、壯士囚縛之狀。" 受賞:受賞賜。《隋書·李文博傳》:"賞罰之設,功過所歸,今王妃生男,於群官何事,乃妄受賞也?"蘇轍《論冬温無冰札子》:"無功受賞。" 先驅:先鋒,前導。《左傳·襄公二十三年》:"秋,齊侯伐衛。先驅,穀榮御王孫揮,召揚爲右。"杜預注:"先驅,前鋒軍。"《史記·絳侯周勃世家》:"天子先驅至,不得入。" 城堡:城壘。《晉書·劉牢之傳》:"牢之進屯鄄城,討諸未服,河南城堡承風歸順者甚衆。"岑參《行軍詩二首》一:"干戈礙鄉國,豺虎滿城堡。村落皆無人,蕭條空桑棗。" 寵榮:猶尊榮。《史記·禮書》:"德厚者位尊,禄重者寵榮。"庾亮《讓中書令表》:"夫富貴寵榮,臣所不能

忘也;刑罰貧賤,臣所不能甘也。" 向義:歸附正義。《宋書‧劉康祖傳》:"上以河北義徒並起,若頓兵一周,沮向義之志,不許。"《南史‧齊和帝紀》:"夏四月戊辰,詔凡東討衆軍及諸向義之衆,普復除五年。" 三軍:軍隊的通稱。李嶠《旗》:"桂影承宵月,虹輝接曙雲。縱橫齊八陣,舒卷引三軍。"沈佺期《春閨》:"鐵馬三軍去,金閨二月還。邊愁離上國,春夢失陽關。" 去邪:義近"棄邪",捨棄邪説。《文心雕龍‧諸子》:"覽華而食實,棄邪而採正,極睇參差,亦學家之壯觀也。"柳宗元《同劉二十八院長述舊言懷感時書事奉寄澧州張員外使君五十二韵之作因其韵增至八十通贈二君子》:"執簡寧循枉,持書每去邪。" 附正:義近"反正",由邪歸正。《詩‧衛風‧氓序》:"宣公之時,禮義消亡……故序其事以風焉!美反正,刺淫泆也。"《漢書‧息夫躬傳》:"天之見異,所以救戒人君,欲令覺悟反正,推誠行善。"

㉕ 六尺:指成年男子之身軀。李山甫《下第獻所知三首》一:"虛教六尺受辛苦,枉把一身憂是非。"柳宗元《讀書》:"書史足自悦,安用勤與劬? 貴爾六尺軀,勿爲名所驅!" 求福:求神賜福。《詩‧大雅‧旱麓》:"豈弟君子,求福不回。"班固《白虎通‧社稷》:"王者所以有社稷何? 爲天下求福報功。" 公侯:泛指有爵位的貴族和官高位顯的人。《後漢書‧朱景王杜馬等傳論》:"自兹下降,迄於孝武,宰輔五世,莫非公侯。"李賢注:"自高祖至於孝武凡五代也,其中宰輔皆以公侯勛貴爲之。"白居易《歌舞》:"秦中歲雲暮,大雪滿皇州。雪中退朝者,朱紫盡公侯。"

㉖ 惻隱:同情,憐憫。《孟子‧公孫丑》:"今人乍見孺子將入於井,皆有怵惕惻隱之心。"儲光羲《田家即事》:"我心多惻隱,顧此兩傷悲。" 招撫:招安,使歸附。《後漢書‧賈琮傳》:"琮即移書告示,各使安其資業,招撫荒散,蠲復徭役。"封演《封氏聞見記‧惠化》:"閻伯嶼爲袁州時,征役煩重,袁州先已殘破。伯嶼專以惠化招撫,逃亡皆復。" 束身:自縛其身,表示歸順。《梁書‧袁昂傳》:"永元末,義師

至京師，州牧郡守皆望風降款，昂獨拒境不受命……建康城平，昂束身詣闕，高祖宥之不問也。"羅隱《讒書·婦人之仁》："漢祖得天下，而良、平之功不少焉！吾觀留侯破家以仇韓，曲逆束身以歸漢，則有爲之用，先見之明，又何以加焉！" **歸朝**：歸附朝廷。《舊唐書·憲宗紀》："賊吳元濟上表，請束身歸朝。"陸游《老學庵筆記》卷五："鄧王乃錢俶歸朝後所封。" **繼踵**：接踵，前後相接。《史記·范雎蔡澤列傳論》："及二人羈旅入秦，繼踵取卿相。"胡曾《詠史詩·五湖》："不知范蠡乘舟後，更有功臣繼踵無？" **向闕**：投奔朝廷。韓愈《郾城晚飲奉贈副使馬侍郎及馮宿李宗閔二員外（馮李時從裴度東征）》："城上赤雲呈勝氣，眉間黃色見歸期。幕中無事惟須飲，即日連鑣向闕時。"柳宗元《北還登漢陽北原題臨川驛》："驅車方向闕，迴首一臨川。多壘非余恥，無謀終自憐。" **分封**：分地以封諸侯。《史記·秦本紀論》："秦之先爲嬴姓。其後分封，以國爲姓。"權德輿《酬張秘監閣老喜太常中書二閣老與德輿同日遷官相代之作》："珠樹共飛栖，分封受紫泥。正名推五字，貴仕仰三珪。" **立功**：建樹功績，建立功勞。《左傳·襄公二十四年》："大上有立德，其次有立功，其次有立言，雖久不廢，此之謂不朽。"孔穎達疏："立功，謂拯厄除難，功濟於時。"《後漢書·班超傳》："大丈夫無它志略，猶當效傅介子、張騫立功異域，以取封侯，安能久事筆研間乎？" **命服**：原指周代天子賜予元士至上公九種不同命爵的衣服，後泛指官員及其配偶按等級所穿的制服。權德輿《奉送孔十兄賓客承恩致政歸東都舊居》："角巾華髮忽自遂，命服金龜君更與。"白居易《酬元郎中同制加朝散大夫書懷見贈》："命服雖同黃紙上，官班不共紫垣前。青衫脫早差三日，白髮生遲校九年。" **趨朝**：亦作"趁朝"。上朝。沈作喆《寓簡》卷八："宰相趨朝，騶唱過門。"孟元老《東京夢華錄·天曉諸人入市》："每日交五更，諸寺院行者打鐵牌子或木魚循門報曉……諸趨朝入市之人，聞此而起。" **先人**：祖先。葛洪《抱朴子·自叙》："又累遭兵火，先人典籍蕩盡。"韓愈

《感二鳥賦》：“幸生天下無事時，承先人之遺業。”　冢：墳墓。《周
禮·春官·序官》：“冢人，下大夫二人，中士四人。”鄭玄注：“冢，封土
爲丘壠，象冢而爲之。”賈公彥疏：“案《爾雅》，山頂曰冢，故云象冢而
爲之也。”謝惠連《祭古冢文》：“東府掘城北塹，入丈餘，得古冢。”

　　㉗ 張伯靖：溆州蠻首，曾因事民變，後來被嚴綬招撫。事見元稹
《故金紫光禄大夫檢校司徒兼太子少傅贈太保鄭國公食邑三千户嚴
公行狀》：“其在江陵也，蠻酋張伯靖殺長吏，劫據辰錦諸州，連九洞以
自固。詔公討之，公上言曰：‘緣溪諸蠻，狐鼠跧竄，王師步趨，不習巉
嶮。沂水行舟，進寸退里，晝不得戰，夜則掩覆，攻實危道，招可懷來。
臣今謹以便宜，未宣討詔，先遣所部將李志烈齎書諭旨，俟其悛心。’
不十餘日，伯靖果以隸黔六州之地乞降于公，天子褒異，一以委公。
公命志烈復往，伯靖遂以其下舒秀和等來就戮，詔公皆署麾下，將以
撫之，由是六州平，而伯靖亦卒爲我用。”又見《舊唐書·嚴綬傳》：
“（嚴綬）尋出鎮荆南，進封鄭國公。有溆州蠻首張伯靖者，殺長吏，據
辰錦等州，連九洞以自固。詔綬出兵討之，綬遣部將李忠烈齎書曉
諭，盡招降之。”　五溪：地名，指雄溪、樠溪、無溪、酉溪、辰溪，一説指
雄溪、蒲溪、酉溪、沅溪、辰溪，漢屬武陵郡，爲少數民族聚居地，在今
湖南西部和貴州東部。酈道元《水經注·沅水》：“武陵有五溪，謂雄
溪、樠溪、無溪、酉溪、辰溪。”李白《聞王昌齡左遷龍標遙有此寄》：“楊
花落盡子規啼，聞道龍標過五溪。我寄愁心與明月，隨風直到夜郎
西。”楊齊賢注：“武陵有五溪，曰雄溪、蒲溪、酉溪、沅溪、辰溪。”　蠻
隸：由南方少數民族人充當的奴隸。《周禮·秋官·蠻隸》：“蠻隸，掌
役校人養馬。”鄭玄注：“征南夷所獲者。”賈公彥疏：“云掌役校人者，
爲校人所役使以養馬。”柳宗元《嶺南節度饗軍堂記》：“問役焉取？則
蠻隸是徵。”　聖上：君主時代對在位皇帝的尊稱。班固《典引》：“是
時聖上固以垂精遊神，苞舉藝文。”韓愈《祭薛中丞文》：“聖上軫不憖
之悲，具僚興雲亡之嘆。”　招致：招而使至，收羅。應劭《風俗通·淮

南王安神仙》："俗説：淮南王安招致賓客方術之士數千人。"《舊唐書·崔胤傳》："〔胤〕慮全忠急於篡代，乃與鄭元規謀招致兵甲，以扞茂貞爲辭。" 戎行：行伍，軍隊。《左傳·成公二年》："下臣不幸，屬當戎行，無所逃隱。"陸機《辯亡論》："拔呂蒙於戎行，識潘濬於係虜。" 右職：重要的職位。劉獻廷《廣陽雜記》卷五："漢制以右爲尊，以貶秩爲左遷，居高位曰右職。"《漢書·文翁傳》："數歲，蜀生皆成就還歸，文翁以爲右職，用次察舉，官有至郡守刺史者。"顏師古注："郡中高職也。" 佐郡：協理州郡政務，指任州郡的司馬、通判等職。李白《感時留別從兄徐王延年從弟延陵》："佐郡浙江西，病閑絶趨馳。"白居易《忠州刺史謝上表》："猶蒙聖慈，曲賜容貸。尚加禄食，出佐潯陽……豈意天慈，忽加詔命：特從佐郡，寵授專城。" 清員：職位顯貴的官員。田錫《上中書相公書》："昔在於蜀同與科場者，今皆列丹陛，升清員，出奉帝皇之命，入居臺省之職。" 自新：自己改正錯誤，重新做人。《史記·孝文本紀》："妾願没入爲官婢，贖父刑罪，使得自新。"葉適《代宗彦遠青詞》："雖積罪以致禍，猶積哀而自新。"

　　㉘ 諺：諺語。《左傳·桓公十年》："周諺有云：'匹夫無罪，懷璧其罪。'"《孟子·梁惠王》："夏諺曰：'吾王不遊，吾何以休？'"焦循正義："《廣雅·釋詁》云：'諺，傳也。'然則夏諺謂夏也相傳之語。《國語》：'諺有之。'韋昭注云：'諺，俗之善謠也。'俗所傳聞，故云民之諺語，而其辭如歌詩，則謠之類也。" 天：古人以天爲萬物主宰者。《論語·八佾》："獲罪於天，無所禱也。"《左傳·宣公四年》："君，天也，天可逃乎？"也稱君王。樂史《楊太真外傳》："虢國不施妝粉，自衒美艷，常素面朝天。" 違：違背，違反。《孟子·梁惠王》："不違農時，穀不可勝食也。"韓愈《元和聖德詩》："天錫皇帝，爲主天下。並包畜養，無異細鉅。億載萬年，敢有違者？" 時：時機，機會。《論語·陽貨》："好從事而亟失時，可謂知乎？"韓愈《寒食日出遊》："桐花最晚今已繇，君不强起時難更。" 失：錯過，放過。《左傳·昭公二十七年》：

“此時也，弗可失也。”《後漢書·荀彧傳》：“此用奇之時，不可失也。”
寢：謂湮沒不彰，隱蔽。《陳書·樊毅傳》：“會施文慶等寢隋兵消息，
毅計不行。”元稹《鶯鶯傳》：“誠欲寢其詞，則保人之奸，不義。” 不
報：不答覆。《東觀漢記·丁鴻傳》：“鴻當襲封，上書讓國於盛，書不
報。”王維《不遇詠》：“北闕獻書寢不報，南山種田時不登。” 進擊：進
攻，攻擊。《史記·高祖本紀》：“項羽數擊彭越等，齊王信又進擊楚。”
王禹偁《前普州刺史康公預撰神道碑》：“諸將方議進擊，會有蜀卒來
降，自言知山川道路。” 潛謀：暗中謀劃。干寶《晉紀總論》：“潛謀雖
密，而在幾必兆。”劉禹錫《賀德音表》：“貴使下情盡達，寧虞厚貌潛
謀？” 身首：軀幹和頭顱。陳琳《爲袁紹檄豫州》：“身首被梟懸之誅，
妻孥受灰滅之咎。”潘岳《西征賦》：“分身首於鋒刃，洞胸腋以流矢。”
指期：猶指日，不日。皇甫曾《遇風雨作》：“望路殊未窮，指期今已
促。”《資治通鑑·唐高祖武德二年》：“若以大軍臨之，指期可取。”
肘腋：胳膊肘與胳肢窩。《後漢書·戴就傳》：“就慷慨直辭，色不變
容。又燒鋘斧，使就挾於肘腋。”李商隱《行次西郊作一百韵》：“筋體
半痿痺，肘腋生臊膻。” 坐見：猶言眼看著，徒然看著。盧思道《聽鳴
蟬篇》：“一夕復一朝，坐見涼秋月。”杜甫《後出塞五首》五：“坐見幽州
騎，長驅河洛昏。” 戮笑：耻笑。《漢書·司馬遷傳》：“僕以口語遇遭
此禍，重爲鄉黨戮笑，污辱先人，亦何面目復上父母之丘墓乎？”柳宗
元《非國語·狐偃》：“夫如是，以爲諸侯之孝，又何戮笑於天下哉？”
封侯：封拜侯爵。《戰國策·趙策》：“貴戚父兄皆可以受封侯。”《史
記·衛將軍列傳》：“人奴之生，得毋笞罵即足矣！安得封侯事乎？”

　　㉙ 戎事：軍事，戰事。《左傳·僖公十五年》：“今乘異產以從戎
事，及懼而變，將與人易。”桓寬《鹽鐵論·擊之》：“先帝之時，郡國頗
煩於戎事，然亦寬三陲之役。” 方殷：謂正當劇盛之時。張說《論神
兵軍大總管功狀》：“初，戎寇方殷，王乘駟救衆，纔數騎，捍敵群醜。”
《新唐書·陸贄傳》：“今師旅方殷，瘡痛呻吟之聲未息，遽以珍貢私別

庫,恐群下有所觖望,請悉出以賜有功。" 周盡:周詳。薛調《無雙傳》:"花箋五幅,皆無雙真迹,詞理哀切,叙述周盡。"曾鞏《史館申請三道》:"所貴祖宗功德,傳布方册,得以周盡。" 感念:思念,感激懷念。陸機《爲顧彦先贈婦二首》一:"修身悼憂苦,感念同懷子。"李商隱《五言述德詩一首四十韻獻上杜七兄僕射相公》:"感念殺尸露,咨嗟趙卒坑。" 平昔:往昔,往常。劉義慶《世説新語·德行》:"〔殷仲堪〕每語子弟云:'勿以我受任方州,云我豁平昔時意。'"曾鞏《祭孔長源文》:"維我與公,綢繆平昔,詩書討論,相求以益。" 興然動懷:亦即"興懷",引起感觸。王羲之《蘭亭集序》:"俯仰之間,已爲陳迹,猶不能不以之興懷。"《舊唐書·李源傳》:"言念於此,慨然興懷。"

[編年]

《年譜》編年本文於元和九年,理由是:"《書》云:'奉十月十九日詔書,以某充申光蔡招撫使,某月日遣使齎敕送付界首布告訖。'代嚴綬撰。"《編年箋注》認爲:"元稹此《書》作於元和九年(八一四)十月嚴綬移鎮唐州之際。"《年譜新編》編年本文於元和九年,没有説明理由,也無譜文加以表述。

我們以爲,《年譜》、《編年箋注》、《年譜新編》的編年結論及理由不僅籠統,而且還忽視了諸多事實,具體理由敬請參閲拙稿《爲嚴司空謝招討使表》編年。我們以爲《爲嚴司空謝招討使表》以及本文應該撰成於元和九年十月十九日之後的數天之内,一者發往長安謝恩,一者發往淮西界首張貼。從兩文的前後次序來看,《爲嚴司空謝招討使表》應該在先,本文在後。撰文的地點都在襄陽,代筆者元稹的身份都是嚴綬的幕僚"唐州從事"。

◎ 祭淮瀆文①

維元和九年歲次甲午十二月朔甲辰某日辰，使謹遣某，用少牢醴酒之奠，昭禱于淮瀆長源公之靈(一)②：

浩浩靈源，滔滔不息。流謙處順(二)，潤下表德③。清輝可鑑，浮穢不匿。月映澄鮮，霞明煥豔④。經界區夏，左右方國(三)。百川委輸，萬靈受職⑤。赴海貢誠(四)，載舟竭力。明哲用興，凶庡潛殛⑥。

眇爾吳頑，蔑然蟊賊。鴟張蔡郊，蟻聚淮側⑦。喪父禮虧，干君志惑。天子命我，滌除妖慝⑧。卒乘桓桓(五)，戈鋋嶷嶷。電淬爪牙，雷憤胸臆⑨。

王心示懷，士剪猶抑。柔叛誘衷(六)，取順捨逆(七)⑩。咨爾有神，逮爾有極。彼暴我仁，彼枉我直⑪。歸我者昌，倍我者闐。不斬祠祀，不湮溝洫⑫。不殄渠魁(八)，不虐畏逼。不進梯衝，不耀矛戟⑬。

火滅燎原，人歸壽域。然後潔神牛羊，奉神黍稷。告神有成，謂神不惑(九)。尚饗⑭。

錄自《元氏長慶集》卷六〇

[校記]

（一）告禱于淮瀆長源公之靈：原本作"昭禱于淮瀆長源公之靈"，楊本、叢刊本、《文章辨體彙選》、《全文》同，據宋蜀本、盧校改。

（二）流謙處順：原本作"流謙順處"，楊本、叢刊本同，據宋蜀本、《文章辨體彙選》、《全文》改。

（三）左右方國：原本作"左右萬國"，楊本、叢刊本、《文章辨體彙選》、《全文》同，據宋蜀本、盧校改。

（四）赴海貢誠：原本作"越海貢誠"，叢刊本、《文章辨體彙選》、《全文》同，據楊本、宋蜀本、盧校改。

（五）卒乘桓桓：宋蜀本、《全文》同，楊本、叢刊本作"卒乘□□"，《文章辨體彙選》作"卒乘林林"，各備一說，不改。

（六）柔叛誘衷：原本作"柔叛布衷"，楊本、叢刊本作"柔叛□衷"，《文章辨體彙選》作"柔叛綏衷"，僅備一說，據宋蜀本、盧校、《全文》改。

（七）取順捨逆：宋蜀本、盧校、《文章辨體彙選》、《全文》同，楊本、叢刊本作"取順拾逆"，不從不改。

（八）不殄渠魁：楊本、叢刊本、《全文》同，宋蜀本、盧校、《文章辨體彙選》作"不赦渠魁"，但與上文"彼暴我仁，彼枉我直。歸我者昌，倍我者關。不斬祠祀，不湮溝洫"以及下文"不虐畏逼。不進梯衝，不耀矛戟"不合，不從不改。

（九）謂神不惑：楊本、叢刊本、《文章辨體彙選》同，《全文》作"謂神不忒"，兩說均通，各備一說，不改。

［箋注］

① 祭文：文體名，祭祀或祭奠時表示哀悼或禱祝的文章。《文心雕龍·祝盟》："若乃禮之祭祀，事止告饗；而中代祭文，兼讚言行。祭而兼讚，蓋引神而作也。"郭象《睽車志》卷四："忽有髑髏自空墮几案間，舉家駭愕，詠之爲祭文而埋之。"　淮瀆：指淮河。王禹偁《偶置小園田題二首》二："偶營菜圃爲盤飧，淮瀆祠前水北村。泉響靜連衙鼓響，柴門深近子城門。"蘇軾《西路闕雨於濟瀆河瀆淮瀆廟祈雨祝文》："愧我不德，瀆於有神。願爲三日之霖，大慰一方之望。國有常報，我其敢忘！"這仍然是元稹代嚴綬所作的祭文，可以看作是對《代諭淮西

書》的補充,進一步宣揚李唐招撫淮西將士的主張,其中也包括對魁首吳元濟的招撫在内。

②　十二月朔甲辰:查《舊唐書·憲宗紀》,元和九年十二月朔日爲甲辰,"甲辰朔"與"朔甲辰"表達的意思相同,《年譜新編》對此表示疑誤:"疑爲'甲辰朔'之倒。"大可不必。如《管城碩記·春秋》:"二十八年十二月朔戊戌也,《傳》曰:'十二月乙亥朔,齊人遷莊公,殯于大寢。'昭元年十二月朔甲辰也,晉之汜當在趙孟之前。"又如《古今律曆考·歷代日食曆》:"推是年七月朔甲辰,八月朔甲戌,無壬申,俱不入食限不應食。"　少牢:舊時祭禮的犧牲,牛、羊、豕俱用叫太牢,衹用羊、豕二牲叫少牢。《左傳·襄公二十二年》:"祭以特羊,殷以少牢。"杜預注:"四時祀以一羊,三年盛祭以羊、豕。殷,盛也。"趙翼《陔餘叢考·太牢少牢》:"《國語》'鄉舉少牢'注:'少牢,羊、豕也。'則羊與豕俱稱少牢矣! 其不兼用二牲而專用一羊或一豕者,則曰特羊、特豕。可知太牢不專言牛,少牢不專言羊也。"一説謂以羊爲少牢乃舉羊以賅豕。《大戴禮記·曾子天圓》:"大夫之祭牲,羊曰少牢。"孔廣森補注:"少牢,舉羊以賅豕。"　醴酒:甜酒。《禮記·喪大記》:"始食肉者,先食乾肉;始飲酒者,先飲醴酒。"玄應《一切經音義》卷二二:"醴,甜美也,言其水甘如醴酒。"　告:禱告,祭告。《魏書·太祖紀》:"九月,進師,臨河築臺告津。"韓愈《祭竹林神文》:"京兆尹兼御史大夫韓愈,謹以酒脯之奠,再拜稽首告于竹林之神。"　禱:向神祝告祈求福壽。《論語·述而》:"子疾病,子路請禱。"《韓非子·外儲説》:"秦昭王有病,百姓里買牛而家爲王禱。"　長源公:古代淮河神的封號。《舊唐書·玄宗紀》:"〔天寶六載〕封河瀆爲靈源公,濟瀆爲清源公,江瀆爲廣源公,淮瀆爲長源公。"張舜民《畫墁集·郴行録》:"辛卯,次洪澤口,過龜山寺,辛奉議繼至,同遊久之,寺臨淮水……少南有長源公祠,祠下臨水。"

③　浩浩:水盛大貌。鮑照《夢還鄉》:"白水漫浩浩,高山壯巍

巍。"王安石《送長倩歸輝州》:"江海收百川,浩浩誰能量?" 靈源:對水源的美稱。趙嘏《洛中逢盧郢石歸覲》:"春山和雪静,寒水帶冰流。別後期君處,靈源紫閣秋。"王十朋《題雙瀑》:"瀑水簫峰下,靈源不可尋。" 滔滔:大水奔流貌。《詩·齊風·載驅》:"汶水滔滔,行人儦儦。"毛傳:"滔滔,流貌。"王粲《贈文叔良》:"瞻彼黑水,滔滔其流。"不息:不停止。《易·乾》:"天行健,君子以自强不息。"韓愈《上考功崔虞部書》:"行之以不息,要之以至死。" 流謙:劉向《説苑·敬慎》:"夫天道毁滿而益謙,地道變滿而流謙。"後以"流謙"謂極其謙抑。王禹偁《賀册尊號表》:"粤兹元日,誕受徽章。册鏤乾文,愈見流謙之道。"范仲淹《淡交若水賦》:"進弗違於汎愛,退不失於流謙。" 處順:順應變化,順從自然。《莊子·大宗師》:"且夫得者時也,失者順也。安時而處順,哀樂不能入也。"謝靈運《遊山》:"攝生貴處順,將爲智者説。" 潤下:謂水性就下以滋潤萬物。《書·洪範》:"水曰潤下,火曰炎上。"孔傳:"言其自然之常性。"王禹偁《鹽池十八韵》:"潤下終資國,靈長任酌蠡。" 表德:《顔氏家訓·風操》:"古者,名以正體,字以表德。"後因以"表德"指人之表字或别號。李商隱《雜纂》:"呼兒孫表德。"張世南《遊宦紀聞》卷三:"昔人有誡後生,不可稱前輩表德,此忠厚之至也。"本文之"表德",應該是一般意義上的詞義,意謂讚揚淮瀆過去發揚滋生萬物之德,希望淮瀆繼續發揚滋生萬物之德。張薦《享文敬太子廟樂章·送神》:"三獻具舉,九旗將旋。追勞表德,罷享賓天。"徐鉉《光穆皇后挽歌三首》一:"仙馭期難改,坤儀道自光。閟宮新表德,沙麓舊膺祥。"

④ 清輝:清光。葛洪《抱朴子·博喻》:"否終則承之以泰,晦極則清輝晨耀。"杜甫《月圓》:"故園松桂發,萬里共清輝。" 鑑:照,映照。《左傳·襄公二十八年》:"獻車於季武子,美澤可以鑑。"杜預注:"光鑑形也。"阮籍《詠懷八十二首》一:"薄帷鑑明月,清風吹我襟。"浮穢:猶污垢。潜説友《咸淳臨安志·河》:"每大雨流潦,挾草壤雜

至,乃即其處穿海子口,深三丈餘,置鐵窗櫺以醞之,使浮穢不入於海。"《三吳水考·松江府生員張內藴水利議》:"如吳江之長橋、長洲之寶帶橋,沿塘三十六座橋道及一百三十餘處泄水石竇,內中多有浮泥、浮穢漲塞者。"　匿:隱藏,隱瞞。《史記·季布欒布列傳》:"季布匿濮陽周氏。"王安石《中述》:"故薄於責人,而非匿其過,不苟於論人,而非求其全,聖人之道本乎中而已。"　澄鮮:清新。謝靈運《登江中孤嶼》:"雲日相輝映,空水共澄鮮。"任希古《和東觀群賢七夕臨泛昆明池》:"秋風始搖落,秋水正澄鮮。飛眺牽牛渚,激賞鏤鯨川。"霞明:像彩霞一樣明麗。王勃《乾元殿頌》:"瓊構霞明,璜軒露敞。"盧照鄰《晚渡渭沱敬贈魏大》:"津谷朝行遠,冰川夕望曛。霞明深淺浪,風卷去來雲。"　焕艴:猶"艴然",赤色光耀貌。岑參《送張獻心充副使歸河西雜句》:"未年三十已高位,腰間金印色艴然。"又猶"艴艴",赤色光耀貌。鮑照《河清頌》:"艴艴嶺丹,渾渾泉黑。"洪邁《夷堅丁志·仙舟上天》:"舟徑由開處入,天即合無際,而開處尚艴艴如霞。"

⑤ 經界:土地、疆域的分界。《孟子·滕文公》:"夫仁政,必自經界始。經界不正,井地不鈞,穀祿不平,是故暴君污吏必慢其經界。"《漢書·食貨志》:"理民之道,地著爲本。故必建步立畝,正其經界。"區夏:諸夏之地,指華夏、中國。《書·康誥》:"用肇造我區夏。"孔傳:"始爲政於我區域諸夏。"賈至《燕歌行》:"我唐區夏餘十紀,軍容武備赫萬祀。"　左右:附近,兩旁。《詩·小雅·采菽》:"平平左右,亦是率從。"酈道元《水經注·河水》:"顧瞻左右,山椒之上有垣若頹基焉!"　方國:指四方州郡。《後漢書·胡廣傳》:"臣等竊以爲廣在尚書,勤勞日久,後母年老,既蒙簡照,宜試職千里,匡寧方國。陳留近郡。今太守任缺,廣才略深茂,堪能撥煩,願以參選。"蘇軾《賜新除翰林學士許將赴闕詔》:"出殿方國,則修儒術以飾吏事;入備顧問,則酌民言以廣上聽。"　百川:江河湖澤的總稱。李白《公無渡河》:"大禹理百川,兒啼不窺家。"龔鼎臣《東原錄》:"四瀆尊於百川,謂其發源而

東，不假他水，直注於海也。" 委輸：彙聚，注聚。木華《海賦》："於廓靈海，長爲委輸。"駱賓王《在江南贈宋五之問》："淪波通地穴，委輸下歸塘。" 萬靈：衆神。《史記·封禪書》："黄帝接萬靈明廷。"蘇軾《次韵張昌言喜雨》："精貫天人一言足，雲興嶽瀆萬靈趨。" 受職：接受上司委派的職務。《周禮·春官·宗伯》："壹命受職。"賈公彦疏："鄭司農云'受職治職事'者，謂始受王之官職，治其所掌之事也。"王維《送秘書晁監還日本國序》："百神受職，五老告期，況乎戴髮含齒，得不稽顙屈膝?"

⑥ 貢誠：表達真誠之心。劉禹錫《故荆南節度推官董府君墓誌》："中年奉浮圖，説三乘，用是貢誠於清賢，乃被辟書。"元稹《論西戎表》："今庸蜀有犬吠之警，南蠻絶貢誠之路，陛下又輟邊將以統問罪之師。" 載舟：乘舟。《史記·河渠書》："禹抑洪水十三年，過家不入門。陸行載車，水行載舟。"歐陽修《懷嵩樓晚飲示徐無黨無逸》："滁山不通車，滁水不載舟。" 竭力：竭盡力量。《禮記·燕義》："臣下竭力盡能以立功於國，君必報之以爵禄。"范仲淹《又上吕相公書》："相公坐籌於内，某輩竭力於外，内外協一，奉安宗廟社稷。" 明哲：明智，洞察事理。《書·説命》："知之曰明哲，明哲實作則。"孔傳："知事則爲明智，明智則能製作法則。"杜甫《北征》："周漢獲再興，宣光果明哲。" 興：昌盛，興旺。《書·太甲》："與治同道罔不興，與亂同事罔不亡。"《詩·小雅·天保》："天保定爾，以莫不興。"鄭玄箋："興，盛也。" 凶戾：凶殘暴戾的人。《後漢書·何敞傳》："昔鄭武姜之幸叔段，衛莊公之寵州吁，愛而不教，終至凶戾。"《晉書·温嶠傳》："罪不相及，古之制也。近者大逆，誠由凶戾。凶戾之甚，一時權用。" 殛：誅殺。《逸周書·商誓》："予既殛紂，承天命，予亦來休命爾百姓裏居君子。"《新唐書·竇參傳》："卒與妻子併誅，暴先骨，殛命於道，蓋自取之也。"

⑦ 眇：細小，微末。《莊子·德充符》："眇乎小哉!"元稹《賀誅吴

元濟表》:"五十年間,三后貽顧,眇爾元濟,繼爲凶妖。"　頑:指愚妄、愚頑的人。《書‧君陳》:"爾無忿疾於頑,無求備於一夫。"孔傳:"人有頑嚚不喻,汝當訓之,無忿怒疾之。"洪邁《夷堅庚志‧石城尉官舍》:"曾西遷未幾,市頑有不相樂者,訐其與部民趣膝歡飲,興訟於州,擾擾數月乃定。"本文指吳元濟。　蔑然:空無所有。元稹《才識兼茂明於體用策》:"其所謂通經者,不過於覆射數字;明義者,纔至於辨析章條。是以中第者歲盈百數,而通經之士蔑然。"蘇轍《辭召試中書舍人狀》:"伏念臣頃自外官擢任言責,雖繼陳狂瞽,而報效蔑然。"　蟊賊:吃禾苗的兩種害蟲。《詩‧小雅‧大田》:"去其螟螣,及其蟊賊。"毛傳:"食根曰蟊,食節曰賊。"喻危害國家的人。《後漢書‧岑彭傳》:"我有蟊賊,岑君遏之。"李賢注:"蟊賊,食禾稼蟲名,以喻奸吏侵漁也。"　鴟張:像鴟鳥張翼一樣,比喻囂張,凶暴。《三國志‧孫堅傳》:"卓不怖罪而鴟張大語,宜以召不時至,陳軍法斬之。"《舊唐書‧僖宗紀》:"初則狐假鴟張,自謂驍雄莫敵。"　蟻聚:如螞蟻般聚集,比喻結集者之多。《三國志‧周魴傳》:"錢唐大帥彭式等,蟻聚爲寇。"張鷟《朝野僉載》卷一:"是以選人冗冗,甚於羊群;吏部喧喧,多於蟻聚。"

　　⑧ "喪父禮虧"兩句:事見《舊唐書‧憲宗紀》:"(元和九年)九月甲戌朔……乙丑……淮西節度使吳少陽卒,其子元濟匿喪,自總兵柄,乃焚劫舞陽等四縣。朝廷遣使吊祭,拒而不納。"　禮:社會生活中由於風俗習慣而形成的行爲準則、道德規範和各種禮節。《晏子春秋‧諫》:"凡人之所以貴於禽獸者,以有禮也。故《詩》曰:'人而無禮,胡不遄死?'禮,不可無也。"元稹《鶯鶯傳》:"內秉堅孤,非禮不可入。"　虧:違背。《呂氏春秋‧察今》:"其時已與先王之法虧矣!"《周書‧令狐整傳》:"初,梁興州刺史席固以州來附,太祖以固爲豐州刺史。固蒞職既久,猶習梁法,凡所施爲,多虧治典。"　干:干犯,沖犯,干擾。《國語‧晉語》:"河曲之役,趙孟使人以其乘車干行。"韋昭注:

"干,犯也;行,軍列。"韓愈《永貞行》:"國家功高德且厚,天位未許庸夫干。" 君:常用以專稱帝王。《儀禮·喪服》:"君,至尊也。"白居易《杜陵叟》:"十家租稅九家畢,虛受吾君蠲免恩。" 志:德行。《吕氏春秋·遇合》:"凡舉人之本,太上以志,其次以事,其次以功。"高誘注:"志,德也。"志向,志願。《論語·公冶長》:"盍各言爾志?"韓愈《縣齋有懷》:"身將老寂寞,志欲死閑暇。" 愎:任性,執拗。《左傳·哀公二十六年》:"君愎而虐,少待之,必毒於民,乃睦於子矣!"背戾。王禹偁《並諤》:"汝率我化,從我教,我其賞;愎我政,違我道,我其刑。" 天子:古以君權爲神所授,故稱帝王爲天子。崔湜《大漠行》:"但使將軍能百戰,不須天子築長城。"李嶠《星》:"蜀郡靈槎轉,豐城寶劍新。將軍臨北塞,天子入西秦。" 滌除:洗去,清除。《老子》:"滌除玄覽,能無疵乎?"杜甫《北風》:"滌除貪破浪,愁絕付摧枯。"妖:淫邪,不正。《後漢書·梁冀傳》:"梁冀妻孫壽,色美而善爲妖態,作愁眉。"指邪惡之人。《荀子·大略》:"口言善,身行惡,國妖也。"慝:邪惡。《國語·魯語》:"且夫君也者,將牧民而正其邪者也,若君縱私回而棄民事,民旁有慝,無由省之,益邪多矣!"韋昭注:"慝,惡也。"韓愈《平淮西碑》:"肅宗、代宗,德祖、順考,以勤以容,大慝適去,稂莠不薅。"

⑨ 卒乘:士兵與戰車,後多泛指軍隊。《左傳·隱公元年》:"大叔完聚,繕甲兵,具卒乘,將襲鄭。"杜預注:"步曰卒,車曰乘。"《韓非子·外儲說》:"是故循車馬,比卒乘,以備戎事。" 桓桓:勇武、威武貌。陶潛《命子》:"桓桓長沙,伊勳伊德。"杜甫《北征》:"桓桓陳將軍,仗鉞奮忠烈。"仇兆鰲注:"桓桓,武勇貌。" 戈鋋:戈與鋋,亦泛指兵器。《文選·班固〈東都賦〉》:"元戎竟野,戈鋋彗雲。"李善注:"《説文》曰:'鋋,小矛也。'"岑參《陪狄員外早秋登府西樓因呈院中諸公》:"旌節羅廣庭,戈鋋凛秋霜。" 嶷嶷:形容壯盛、威武。柳宗元《平淮夷雅》二:"王師嶷嶷,熊羆是式。衒勇韜力,日思予殛。"李觀《周穆王

八駿圖序》：“若日月之所不足照，若天地之所不足周，軒軒然，巍巍然。”　淬：鍛造時，把燒紅的鍛件浸入水中，急速冷却，以增强硬度。《戰國策·燕策》：“於是太子預求天下之利匕首，得趙人徐夫人之匕首，取之百金，使工以藥淬之。以試人，血濡縷，人無不立死者。”吳師道補注：“《説文》徐云：‘淬，劍燒而入水也。’此謂以毒藥染鍔而淬之也。”王褒《聖主得賢臣頌》：“清水淬其鋒，越砥斂其鍔。”引伸謂鍛煉，錘煉。《新唐書·李抱真傳》：“繕甲淬兵，遂雄山東，天下稱昭義步兵爲諸軍冠。”　爪牙：比喻武臣。《漢書·陳湯傳》：“戰克之將，國之爪牙，不可不重也。”顏真卿《右武衛將軍臧公神道碑銘》：“公兄左羽林軍大將軍平盧副持節懷亮，以方虎之才，膺爪牙之任。”　憤：即“憤發”，奮發。《史記·秦楚之際月表》：“故憤發其所爲天下雄，安在無土不王！”阮瑀《爲曹公作書與孫權》：“夫似是之言，莫不動聽，因形設象，易爲變觀。示之以禍難，激之以恥辱，大丈夫雄心能無憤發？”胸臆：胸襟和氣度。黃滔《祭宋員外》：“德木千尋，人材八尺，夐雲鶴於風裁，瀠陂湖於胸臆。”王安石《寄贈胡先生》：“先生天下豪傑魁，胸臆廣博天所開。”

⑩ “王心示懷”四句：意謂聖王寬惠淮西叛鎮的將士，容忍被脅迫者，歡迎投奔朝廷者。　王心：義近“王言”，君王的旨意、言語、詔誥。《禮記·緇衣》：“王言如絲，其出如綸。王言如綸，其出如綍。”《舊唐書·韓愈韋辭等傳論》：“如俾之詠歌辛載，黼藻王言，足以平揖古賢，氣吞時輩。”　示懷：表示恩德。崔元翰《奉和聖製重陽旦日百寮曲江宴示懷》：“偶聖覯昌期，受恩慚弱質。幸逢良宴會，況是清秋日。”《宋史·樂志》：“扞齊護楚，宣威示懷。”　誘衷：《左傳·僖公二十八年》：“今天誘其衷。”楊伯峻注：“《吳語》云‘天舍其衷’，即‘天誘其衷’，皆天心在我之意。”後以“誘衷”指天意保佑。陸贄《告謝昊天上帝册文》：“上帝顧懷，誘衷悔禍。”

⑪ 咨爾：《論語·堯曰》：“堯曰：‘咨，爾舜！天之曆數在爾躬。’”

邢昺疏："咨,咨嗟;爾,女也……故先咨嗟,嘆而命之。"後常以"咨爾"用於句首,表示讚嘆或祈使。潘岳《爲賈謐作贈陸機》："長離云誰,咨爾陸生。"葉適《毋自欺室銘》："咨爾弟昆,敬事一心。" 有神:神靈,有,助詞,無義。《書·武成》："惟爾有神,尚克相予。"孔傳："神庶幾助我。"《大戴禮記·少間》："故天子昭有神於天地之間,以示威於天下也。" 極:引申爲達到頂點、最高限度。《呂氏春秋·大樂》："天地車輪,終則復始,極則復反,莫不咸當。"《史記·李斯列傳》："物極則衰,吾未知所稅駕也。" 暴:凶惡殘酷。《易·繫辭》："上慢下暴,盜思伐之矣!"孔穎達疏："小人居上位必驕慢,而在下必暴虐。"《後漢書·崔琦傳》："暴辛惑婦,拒諫自孤。"李賢注："暴,虐也。紂……名辛,以其暴虐,故曰暴辛。" 仁:仁愛,相親,仁是古代一種含義極廣的道德觀念,其核心指人與人相互親愛,孔子以之作爲最高的道德標準。《禮記·中庸》："仁者人也,親親爲人。"韓愈《原道》："博愛之謂仁,行而宜之之謂義。" 枉:欺淩弱者。《呂氏春秋·仲秋》："命有司,申嚴百刑,斬殺必當,無或枉撓。"高誘注："淩弱爲枉,違強爲撓。"《後漢書·陳龜傳》："時三輔強豪之族,多侵枉小民。" 直:公正,正直。《韓非子·解老》："所謂直者,義必公正,公心不偏黨也。"《新唐書·李夷簡傳》："夷簡致位顯處,以直自閑,未嘗苟辭氣悦人。"

⑫ 歸:歸附。《孟子·梁惠王》："誠如是也,民歸之,由水之就下,沛然誰能禦之?"《南史·檀道濟傳》："於是中原感悦,歸者甚衆。"昌:興盛,昌盛。《穆天子傳》卷二："犬馬牛羊之所昌。"郭璞注："昌,猶盛也。"《新唐書·李晟傳》："熒惑退,國家之利,速用兵者昌。"倍:通"背",背棄,背叛。《孟子·滕文公》："子之兄弟事之數十年,師死而遂倍之。"《史記·項羽本紀》："今秦嘉倍陳王而立景駒,逆無道。" 闢:屏除,驅除。《荀子·解蔽》："闢耳目之欲。"楊倞注："闢,屏除也。"《漢書·禮樂志》："圖匈虐,熏鬻殟。闢流離,抑不詳。"王念孫《讀書雜誌·漢書》："余謂流離者梟也,所以喻惡人。闢之言屏除,

謂屏除惡人也。”　斬：斷絕。《詩・小雅・節南山》：“國既卒斬，何用不監？”毛傳：“斬，斷。”朱熹集傳：“斬，絕。”《孟子・離婁》：“君子之澤，五世而斬。”　祠祀：祭祀，立祠祭神或祭祖。《史記・孝文本紀》：“毋禁取婦、嫁女、祠祀、飲酒食肉者。”《新唐書・王縉傳》：“初，代宗喜祠祀，而未重浮屠法。”　堙：填塞，堵塞。《逸周書・大明武》：“城高難平，堙之以土。”孔晁注：“此‘堙’字與下‘堙溪’皆填塞之義。”《莊子・天下》：“昔禹之堙洪水，決江河，而通四夷九州也，名山三百，支川三千，小者無數。”　溝洫：田間水道。《周禮・考工記・匠人》：“匠人爲溝洫……九夫爲井，井間廣四尺，深四尺，謂之溝。方十里爲成，成間廣八尺，深八尺，謂之洫。”鄭玄注：“主通利田間之水道。”左思《蜀都賦》：“溝洫脈散，疆里綺錯，黍稷油油，稉稻莫莫。”借指農田水利。《論語・泰伯》：“卑宮室而盡力乎溝洫。”

⑬　殄：滅絕，絕盡。《書・畢命》：“商俗靡靡，利口惟賢，餘風未殄，公其念哉？”孔穎達疏：“餘風至今未絕，公其念絕之哉？”宋若昭《和御製麟德殿宴百僚》：“修文招隱伏，尚武殄妖凶。”　渠魁：大頭目，首領。《書・胤征》：“殲厥渠魁，脅從罔治。”孔傳：“渠，大。魁，帥也。”孔穎達疏：“‘殲厥渠魁’，謂滅其元首，故以渠爲大，魁爲帥，史傳因此謂賊之首領爲渠帥，本原出於此。”陸游《董逃行》：“渠魁赫赫起臨洮，僵尸自照臍中膏。”　虐：殘害，侵凌。《左傳・文公十五年》：“君子之不虐幼賤，畏於天命也。”韓愈《嗟哉董生行》：“時之人，夫妻相虐，兄弟爲讎。”　畏逼：威迫。潘岳《楊荆州誄》：“吳夷凶侈，偏師畏逼，將乘釁釁，席捲南極。”元稹《故金紫光禄大夫檢校司徒兼太子少傅贈太保鄭國公食邑三千戶嚴公行狀》：“非夫上取信於其君，下取信於其友，權近不疑於畏逼，戎旅賴我以安全，其孰能如此哉？”　梯衝：古代攻城之具，雲梯與沖車。《後漢書・公孫瓚傳》：“袁氏之攻，狀若鬼神，梯衝舞吾樓上，鼓角鳴於地中。”楊炯《昭武校尉曹君神道碑》：“梯衝所及，攻靡堅城；矛戟所臨，野無橫陣。”　矛戟：矛和戟，亦

用以泛稱兵器。《詩‧秦風‧無衣》："王于興師，修我矛戟，與子偕作。"元稹《酬樂天東南行》："判身入矛戟，輕敵比錙銖。"

　　⑭燎原：火延燒原野，比喻勢態不可阻擋。潘尼《火賦》："及至焚野燎原，埏光赫戲……遂乃衝風激揚，炎光奔逸。"盧綸《送夏侯校書歸華陰別墅》："山前白鶴村，竹雪覆柴門。候客定爲黍，務農因燎原。"　壽域：謂人人得盡天年的太平盛世，語出《漢書‧禮樂志》："願與大臣延及儒生，述舊禮，明王制，驅一世之民，濟之仁壽之域，則俗何以不若成康？壽何以不若高宗？"杜牧《郡齋獨酌》："生人但眠食，壽域富農桑。"　黍稷：黍和稷，爲古代主要農作物，亦泛指五穀。《書‧君陳》："黍稷非馨，明德惟馨。"葛洪《抱朴子‧明本》："珍黍稷之收，而不覺秀之者豐壤也。"本文許願平叛之後把牛羊、黍稷都作爲祭祀之品供奉淮瀆之神。　有成：成功，有成效，有成就。《論語‧子路》："苟有用我者，期月而已可也，三年有成。"韓愈《魏博書度觀察使沂國公先廟碑銘》："田侯稽首，臣愚不肖，迨茲有成，祖考之教。"　不惑：謂遇事能明辨不疑。《論語‧子罕》："知者不惑，仁者不憂，勇者不懼。"韓愈《伯夷頌》："一家非之，力行而不惑者寡矣！至於一國一州非之，力行而不惑者，蓋天下一人而已矣！"　尚饗：舊時用作祭文的結語，表示希望死者或神靈來享用祭品的意思。張説《祭城隍文》："猛獸不搏，毒蟲不噬，精誠或通，昭鑒非遠。尚饗。"張九齡《爲吏部侍郎祭故人文》："德音不忘，應甘棠之勿剪：交情乃見，伊黍稷之非馨。嗚呼哀哉，尚饗！"

[編年]

　　《年譜》編年本文於元和九年，理由是："文首題：'維元和九年，歲次甲午，十二月朔甲辰，某日辰。'"《編年箋注》編年本文："元和九年（八一四）十二月。"《年譜新編》編年意見與理由與《年譜》、《編年箋注》大致相同。

　　我們以爲,《年譜》、《編年箋注》、《年譜新編》"十二月"的編年意見比較籠統,編年理由也沒有表達清楚。據本文開頭所言,本文編年元和九年十二月確實應該沒有任何問題,但究竟是"十二月"何時?照理應該盡可能表述。據《元和郡縣志·桐柏縣》:"淮瀆廟在縣西六十里桐柏山東北。"而桐柏縣就在唐州境内,本文是用於嚴綬派人在唐州桐柏縣淮瀆廟祭祀長源公之時,應該是嚴綬以及元稹到達唐州之後所作。結合《爲嚴司空謝招討使表》、《代諭淮西書》作於元和九年十月十九日之後數天的史實,估計嚴綬"發赴"唐州當在十一月上旬之末,元稹《故金紫光禄大夫檢校司徒兼太子少傅贈太保鄭國公食邑三千户嚴公行狀》有"既至,再旬而王師濟漢"的話可以佐證,經過"十一月"後面二十天軍事上的忙碌,至"十一月"冬至日之後,軍事上大致就緒的嚴綬就要打點祭祀淮瀆神長源公這樣的虛文。我國古時有冬至以後歲終祭祀百神的風俗,名曰"臘祭"。《禮記·月令》:"〔孟冬之月〕臘先祖五祀。"孔穎達疏:"以欲臘祭之時,暫出田獵以取禽。"《漢書·武帝紀》:"比臘。"顏師古注:"臘者,冬至後臘祭百神也。"吳曾《能改齋漫録·辨誤》:"臘祭之名,起於三代,廢於始皇,而興於漢也。"而"冬至"是二十四節氣之一,據史籍記載,一般應該在公曆十二月二十二日前後,也就是約當於農曆十一月下旬。孟元老《東京夢華録·冬至》:"十一月冬至,京師最重此節。"根據"冬至後臘祭百神也"的記載,結合本文"十二月朔甲辰某日辰"的標示,我們以爲本文即撰作於元和九年十二月初、冬至日之後、祭祀百神之時。撰文的地點在唐州嚴綬的臨時使府,並非是唐州桐柏縣的淮瀆廟,因爲據本文,嚴綬與元稹都沒有到達桐柏縣淮瀆廟的現場,祗是"使謹遣某"而已。元稹當時的職務,應該是唐州從事的身份。

■ 酬竇鞏送元稹西歸^{(一)①}

據竇鞏《送元稹西歸》

［校記］

（一）酬竇鞏送元稹西歸：元稹本佚失詩所據竇鞏《送元稹西歸》，見《萬首唐人絕句》、《全詩》，未見異文。

［箋注］

① 酬竇鞏送元稹西歸：竇鞏《送元稹西歸》：“南州風土滯龍媒，黃紙初飛敕字來。二月曲江連舊宅，阿婆情熟牡丹開。”現存元稹詩文集未見元稹酬和，應該是佚失，據補。題目是筆者自撰，不一定完全與元稹原有詩篇題目相符。　竇鞏：字友封，行七，著名詩人竇叔向之子，與兄竇常、竇牟、竇群、竇庠齊名。元和二年登進士第，元和八年爲山南東道節度掌書記，九年隨袁滋移鎮荊南，參與淮西平叛，仍舊爲節度掌書記。元稹出鎮浙東觀察使、武昌軍節度使，先後辟爲副使。大和五年元稹病故，竇鞏辭職北歸，病卒於道。陸暢《陝州逢竇鞏同宿寄江陵韋協律》：“共出丘門歲九霜，相逢悽愴對離觴。荊南爲報韋從事，一宿同眠御史床。”令狐楚《和寄竇七中丞》：“仙吏秦峨別，新詩鄂渚來。才推今北斗，職賦舊三台。”　西歸：向西歸還，歸向西方。白居易《秋暮西歸途中書情》：“耿耿旅燈下，愁多常少眠。思鄉貴早發，發在雞鳴前。”元稹《西歸絕句十二首》一：“雙堠頻頻減去程，漸知身得近京城。春來愛有歸鄉夢，一半猶疑夢裏行。”

[編年]

　　未見《元稹集》採録，也未見《年譜》、《編年箋注》、《年譜新編》採録與編年。

　　據《舊唐書·竇鞏傳》，竇鞏曾隨袁滋鎮荊襄，掌書記，傳云：“鞏字友封……袁滋鎮滑州，辟爲從事。滋改荊襄二鎮，皆從之掌管記之任。”而袁滋時在荊南節度使任，《資治通鑑》：“(元和九年閏八月)丙戌，以山南東道節度使袁滋爲荊南節度使，以荊南節度使嚴綬爲山南東道節度使。”《年譜》認爲元稹從唐州返江陵，竇鞏是在江陵送別元稹。我們以爲元稹奉詔入京，竇鞏應該在唐州平叛前綫送別元稹。因爲元稹《代諭淮西書》云參加平叛淮西的官軍中有“江陵强弩”，亦即荊南官軍。竇鞏大約也和元稹一樣，隨同荊南官軍在淮西前綫平叛，證據是竇鞏有《唐州東途作》詩：“緑林兵起結愁雲，白羽飛書未解紛。天子欲開三面網，莫將弓箭射官軍！”詩中所述，正是平叛淮西戰役前期之景象。當然，元稹自然應返回江陵帶著保子、元荊返回京城，但竇鞏的送別詩篇應該作於唐州平叛前綫，時在元和九年年底。今天已經佚失的元稹酬和之篇，亦應該賦成於同時，地點在唐州前綫，元稹奉詔回歸長安，當時已經不是荊南節度使府的士曹參軍，暫時沒有一官半職在身。

■ 荊南寄樂天書(一)①

據白居易《寄元九》

[校記]

　　（一）荊南寄樂天書：本佚失書所據白居易的《寄元九》，見《白氏長慶集》、《白香山詩集》、《全詩》等，有關文字相同。

[箋注]

① 荆南寄樂天書：白居易《寄元九》：“一病經四年，親朋書信斷。窮通各易交，自笑知何晚！元君在荆楚，去日唯云遠。彼獨似何人？心如石不轉。憂我貧病身，書來唯勸勉。上言少愁苦，下道加飱飯。憐君爲謫史，窮薄家貧褊。三寄衣食資，數盈二十萬。豈是貪衣食，感君心繾綣。念我口中食，分君身上暖。不因身病久，不因命多蹇。平生親友心，豈得知深淺！”今存元稹詩文集中未見“上言少愁苦，下道加飱飯”的書信，據補。　荆南：即江陵，李唐諸多節度使府之一，在今天湖北的江陵市。張説《送任御史江南發糧以賑河北百姓》：“河朔人無歲，荆南義廩開。將興泛舟役，必仗濟川才。”劉長卿《送裴使君赴荆南充行軍司馬》：“盛府南門寄，前程積水中。月明臨夏口，山晚望巴東。”　書：指書信。《左傳・昭公六年》：“叔向詒子産書……復書曰：若吾子之言。僑不才，不能及子孫，吾以救世也。”杜甫《春望》：“感時花濺泪，恨別鳥驚心。烽火連三月，家書抵萬金。”

[編年]

未見《元稹集》採録，也未見《編年箋注》採録與編年。《年譜》編年於元和九年“佚文”欄内，《年譜新編》也編年於元和九年“佚文”欄内。

朱金城先生《白居易集箋校》編年白居易《寄元九》詩篇於元和九年，所謂的“病”，是指白居易元和六年在下邽義津鄉金氏村守母親喪制所得之眼疾，又其女金鑾子夭折因悲傷加重了病情，其《眼暗》：“早年勤倦看書苦，晚歲悲傷出泪多。眼損不知都自取，病成方悟欲如何？夜昏乍似燈將滅，朝暗長疑鏡未磨。千藥萬方治不得，唯應閉目學頭陀。”又《病中作》：“病來城裏諸親故，厚薄親疏心自知。唯有蔚章於我分，深於同在翰林時。”又《病中哭金鑾子》：“豈料吾方病，翻悲汝不全。卧驚從枕上，扶哭就燈前。有女誠爲累，無兒豈免憐！病來纔十日,養得已三年。慈淚隨聲迸,悲傷遇物牽。故衣猶架上,殘藥尚頭邊。送出深村巷,看封小墓田。莫言三里地,此別是終天。"從元和六年下推"四年",應該是元和九年。元稹的"書",應該與白居易《寄元九》詩撰成於同年,但應該在白居易《寄元九》詩之前,元稹時在荊南,任江陵士曹參軍之職。

■ 論詩寄樂天書^{(一)①}

據白居易《與元九書》

[校記]

(一)論詩寄樂天書:本佚失書所據白居易《與元九書》,見《白氏長慶集》、《白香山詩集》、《英華》、《全文》,所引關於元稹"論詩"的文字相同。

[箋注]

① 論詩寄樂天書:白居易《與元九書》:"自足下謫江陵至於今,凡所贈答詩僅百篇。每詩來,或辱序,或辱書冠於卷首,皆所以陳古今歌詩之義,且自叙爲文因緣與年月之遠近也。僕既受足下詩,又諭足下此意,常欲承答來旨,粗論歌詩大端,并自述爲文之意,總爲一書,致足下前。累歲已來,牽故少暇,間有容隙,或欲爲之,又自思所陳亦無足卜之見,臨紙復罷者數四,率不能成就其志,以至於今。"可見元稹在江陵,論詩之文甚多,不止一篇。今因佚失,難得其詳,秪能總而論之,作爲讀者參考。　　論:議論,分析和説明事理。《孟子·萬章》:"以友天下之善士爲未足,又尚論古之人。"《文心雕龍·論説》:"是以論如析薪,貴能破理。"　　詩:文學體裁的一種,通過有節奏、韻

律的語言反映生活,抒發情感,最初詩可以唱詠,後來多僅僅形諸文字,但有詩歌自身的規則。《書·金縢》:"於後公乃爲詩以貽王,名之曰'鴟鴞'。"《文心雕龍·樂府》:"凡樂辭曰詩,詩聲曰歌。"

[編年]

未見《元稹集》採録,也未見《編年箋注》、《年譜新編》採録與編年,《年譜》編年於元和十年"佚文"欄內。

朱金城先生《白居易集箋校》編年白居易《與元九書》於元和十年,稍顯籠統。而《與元九書》云:"潯陽臘月,江風苦寒,歲暮鮮歡,夜長無睡,引筆鋪紙,悄然燈前,有念則書,言無次第,勿以繁雜爲倦,且以代一夕之話也。微之,知我心哉!樂天再拜。"《與元九書》有"潯陽臘月"、"歲暮鮮歡"之句,臘月是農曆十二月。《史記·陳涉世家》:"臘月,陳王之汝陰,還至下城父。"駱賓王《陪潤州薛司空丹徒桂明府遊招隱寺》:"緑竹寒天筍,紅蕉臘月花。"歲暮是歲末,一年將終時。顏延之《秋胡詩》:"歲暮臨空房,凉風起坐隅。"杜甫《自京赴奉先縣詠懷五百字》:"歲暮百草零,疾風高岡裂。"據此,《與元九書》應該撰成於元和十年十二月。《與元九書》又云:"自足下謫江陵至於今……"似乎也因包括元和十年在內。但元和十年前期,元稹與白居易在一起;元和十年的後期,元稹大病,"一見外不復記憶",幾乎丢了性命,沒有可能論及詩歌的諸多問題。因此元稹諸多論詩的文字,主要是指元和五年至元和九年間的文字,特此説明。元稹時任江陵士曹參軍,地點在江陵。

元和十年乙未(815) 三十七歲

◎ 酒 醒①

飲醉日將盡,醒時夜已闌②。暗燈風焰曉,春席水窗寒③。未解縈身帶,猶傾墜枕冠④。呼兒問狼籍〔一〕,疑是夢中歡⑤。

録自《元氏長慶集》卷一四

[校記]

(一)呼兒問狼籍:叢刊本、《石倉歷代詩選》、《古詩鏡・唐詩鏡》、《佩文齋詠物詩選》同,楊本、《全詩》作"呼兒問狼藉",兩詞通用,不改。

[箋注]

① 酒醒:醉酒之後醒來。竇庠《龍門看花》:"無葉無枝不見空,連天撲地徑縈通。山鶯驚起酒醒處,火焰燒人雪噴風。"竇鞏《秋夕》:"護霜雲映月朦朧,烏鵲争飛井上桐。夜半酒醒人不覺,滿池荷葉動秋風。"

② 盡:竭盡,完。《管子・乘馬》:"貨盡而後知不足,是不知量也。"韓愈《秋懷》:"退坐西壁下,讀詩盡數編。" 闌:將盡,將完。元稹《和樂天别弟後月夜作》:"況我兄弟遠,一身形影單。江波浩無極,但見時歲闌。"毛文錫《更漏子》:"春夜闌,春恨切,花外子規啼月。"

③ 暗燈:昏暗的燈光。張祜《秋霽》:"垂老歸休意,栖栖陋巷中。

暗燈棋子落,殘語酒瓶空。"閻選《河傳》:"秋雨。秋雨。無晝無夜,滴
滴霏霏。暗燈凉簟怨分離。妖姬。不勝悲。" 風焰:清晨微風吹拂
中的燈焰。劉孝威《和簾裏燭》:"開關簾影出,參差風焰斜。浮光燭
綺帶,凝滴汗垂花。"范成大《照田蠶行》:"儂家今夜火最明,的知新歲
田蠶好。夜闌風焰西復東,此占最吉餘難同。" 春席:春日的床席。
羅隱《商於驛樓東望有感》:"山川去接漢江東,曾伴隋侯醉此中。歌
繞夜梁珠宛轉,舞嬌春席雪朦朧。"宋庠《次韻和吳侍郎睡足成詠》:
"何處西臺樂? 高眠萬慮沈。杯盤春席罷,風雨畫堂深。" 水窗:船
上的窗戶。白居易《舟夜贈內》:"莫憑水窗南北望,月明月暗總愁
人。"《太平廣記》卷一五二引唐無名氏《鄭德璘傳》:"〔韋氏〕於水窗中
垂鈎,德璘因窺見之,甚悅,遂以紅綃一尺,上題詩曰:'纖手垂鈎對水
窗,紅蕖秋色艷長江。'"

④ "未解縈身帶"兩句:描述酒醉之後,根本沒有寬衣解帶,稀裏
糊塗就隨便和衣而臥,帽子歪戴,鼾聲如雷,活畫出一副酒後酣睡的
狼狽相。 縈:迴旋纏繞。《詩·周南·樛木》:"南有樛木,葛藟縈
之。"毛傳:"縈,旋也。"江淹《恨賦》:"蔓草縈骨,拱木斂魂。" 墜枕:
熟睡中,帽子或其他頭上的裝飾品歪在枕頭旁邊。楊衡《春夢》:"空
庭日照花如錦,紅妝美人當晝寢。傍人不知夢中事,唯見玉釵時墜
枕。"韓偓《半睡》:"眉山暗澹向殘燈,一半雲鬟墜枕棱。四體著人嬌
欲泣,自家揉碎砑綾綾。"

⑤ 兒:在古代,父母對女兒稱呼,或女兒對父母自稱。《木蘭詩
二首》一:"可汗問所欲,木蘭不用尚書郎。願馳千里足,送兒還故
鄉。"白居易《燕詩示劉叟》:"梁上有雙燕,翩翩雄與雌。銜泥兩椽間,
一巢生四兒。"這裏指元積與安仙嬪的兒子元荊,計其年歲,應該在剛
剛五歲之時。除了元荊,還有元積與韋叢的女兒保子,當時也應該同
在船中。在古代,父母也可呼自己的女兒爲"兒",保子的年歲長於元
荊,應該比元荊懂事,本詩中之"兒",理應也包括保子在內。 狼籍:

亦作“狼藉”,縱橫散亂貌。《史記·滑稽列傳》:“日暮酒闌,合尊促坐,男女同席,履舃交錯,杯盤狼藉。”元稹《夜坐》:“孩提萬里何時見?狼籍家書卧滿床。”　夢中:睡夢之中。《列子·周穆王》:“西極之南隅有國焉!不知境界之所接,名古莽之國,陰陽之氣所不交,故寒暑亡辨;日月之光所不照,故晝夜亡辨。其民不食不衣而多眠。五旬一覺,以夢中所爲者實,覺之所見者妄。”沈約《別范安成》:“勿言一樽酒,明日難重持。夢中不識路,何以慰相思?”《唐詩箋注》卷三:黄叔燦評本詩爲“醉意可想”,“極言其沉湎於酒”。黄氏祇闡述詩人“沉湎於酒”的表面現象,而没有進一步揭示:元稹因失去了爲民平叛爲國立功的大好機會,回京以後的政治前程也很難預料,因而心情灰暗,情緒不高,與在《歸田》詩中流露出來的消極情緒前後呼應。

［編年］

　　本詩未見《年譜》編年,《編年箋注》則列入最後的“未編年詩”欄目之中。而《年譜新編》則編年本詩於“元稹潭州之行期間作”,亦即元和九年的春天。理由是:“《酒醒》詩云:‘暗燈風焰曉,春席水窗寒。’疑是元和九年潭州之行時作。”《年譜新編》僅僅憑這兩句詩句,就斷然將本詩編年元和九年春天的潭州之行,顯得有點草率。《年譜新編》忘記本詩還有“呼兒問狼籍,疑是夢中歡”的詩句,説明元稹是與兒子元荆、女兒保子一起外出的。而元和九年的春天,元稹的小妾,亦即元荆的生身母親安仙嬪尚在人世,而元稹却帶著自己年僅五歲的兒子和也祇有十歲的女兒離開小妾,拖兒帶女前往潭州公幹,那景象頗有點滑稽,給人於啼笑皆非的感覺。不知在古代,有没有一個公務在身的官員,獨自一人帶著需要事事關心時時照料的年幼子女,離開妻子或小妾,臨時出差外地的事情?《年譜新編》還能够找出一些令人信服的其他例子嗎?元稹《夢成之》“燭暗船風獨夢驚,夢君頻問向南行。覺來不語到明坐,一夜洞庭湖水聲”所述,確確實實是元稹“元和九年潭州之行時作”,而所揭示的詩境,是詩人與女兒保子、兒子元荆在同一條船隻之中嗎?

本詩“春席水窗寒”、“呼兒問狼藉”云云,應該是元稹與兒子元荆、女兒保子行進在水路之中,時間是在春天。元稹與保子、元荆乘船趕路共有兩次:第一次是元和九年年底至元和十年年初元稹奉詔回京,自江陵逆漢水上行;第二次是元和十四年春天元稹偕同妻子裴淑及女兒保子、兒子元荆等自通州經長江水路北上虢州赴任。本詩揭示:詩人終日飲酒打發時日,似乎情緒不高;而且酒醉之後沒有人照顧詩人入睡,酒醒之後詩人不是詢問妻子裴淑而是向年僅五歲的兒子元荆或年僅十歲的女兒保子發問,説明當時妻子不在身旁或者暫時沒有妻子,故本詩應該作於元稹元和十年初春自江陵赴京途中,具體地點應該是在途經漢水的行程之中。

● 春　曉^{(一)①}

半欲天明半未明,醉聞花氣睡聞鶯^②。猧兒撼起鐘聲動^(二),二十年前曉寺情^③。

錄自《元氏長慶集》補遺卷一

[校記]

(一)春曉:楊本、叢刊本、《全詩》、《才調集》、《全唐詩録》、《侯鯖録》同,《説郛》作“春晚詞一首”,不從不改。

(二)猧兒撼起鐘聲動:原本作“□兒撼起鐘聲動”,《全詩》、《才調集》、《全唐詩録》同,楊本、叢刊本、《説郛》作“娃兒撼起鐘聲動”,據《侯鯖録》改。

［箋注］

① 春曉：“半欲天明半未明”四句，不見劉本《元氏長慶集》收錄，但《才調集》卷五、《侯鯖錄》卷五、馬本《元氏長慶集》補遺卷一、《全唐詩錄》卷六七、《全詩》卷四二二收錄，故據補。春日黎明，春日黎明之時。孟浩然《春曉》：“春眠不覺曉，處處聞啼鳥。夜來風雨聲，花落知多少？”許孟容《奉和武相公春曉聞鶯》：“碧樹當窗啼曉鶯，間關入夢聽難成。千回萬囀盡愁思，疑是血魂哀困聲。”

② 天明：天亮。杜甫《石壕吏》：“天明登前途，獨與老翁別。”歐陽修《鵯鵊詞》：“紅紗蠟燭愁夜短，綠窗鵯鵊催天明。”　未明：這裏指天將亮而沒有全部亮的時分。王建《烏夜啼》：“未明重繞主人屋，欲下空中黑相觸。風飄雨濕亦不移，君家樹頭多好枝。”張籍《烏夜啼引》：“少婦起聽夜啼烏，知是官家有赦書。下床心喜不重寐，未明上堂賀舅姑。”　花氣：花的香氣。賈至《對酒曲二首》一：“曲水浮花氣，流風散舞衣。”王安石《見遠亭》：“圃畦花氣合，田徑燒痕斑。”　聞鶯：聽到黃鶯的悦耳鳴叫。陳子昂《居延海樹聞鶯同作》：“邊地無芳樹，鶯聲忽聽新。間關如有意，愁絶若懷人。”李益《奉和武相公春曉聞鶯》：“蜀道山川心易驚，綠窗殘夢曉聞鶯。分明似寫文君恨，萬怨千愁弦上聲。”

③ 猧兒：即猧子，一種體形嬌小的寵物狗。段成式《酉陽雜俎·忠志》：“上夏日嘗與親王棋，令賀懷智獨彈琵琶，貴妃立於局前觀之。上數枰子將輸，貴妃放康國猧子於坐側。猧子乃上局，局子亂，上大悦。”王涯《宮詞三十首》一三：“白雪猧兒拂地行，慣眠紅毯不曾驚。”撼：動，搖動。司馬相如《長門賦》：“擠玉户以撼金鋪兮，聲噌吰而似鐘音。”韓愈《調張籍》：“蚍蜉撼大樹，可笑不自量。”　鐘聲：寺院的鐘聲，用作各種活動的信號。張繼《楓橋夜泊》：“月落烏啼霜滿天，江楓漁父對愁眠。姑蘇城外寒山寺，夜半鐘聲到客船。”戴叔倫《留宿羅源西峰寺示輝上人》：“一宿西峰寺，塵煩暫覺清。遠林生夕籟，高閣起

鐘聲。"這裏指黎明報曉的鐘聲。元積《哭子十首》三:"爾母溺情連夜哭,我身因事有時悲。鐘聲欲絕東方動,便是尋常上學時。"張祜《題潤州金山寺》:"僧歸夜船月,龍出曉堂雲。樹色中流見,鐘聲兩岸聞。" 二十年前:自元和十年(815)前推"二十年",應該是貞元十一年(795),元積十七歲,據白居易詩《和微之十七與君別及隴月花枝之詠》,元積正與一名年輕的女性戀愛,詩云:"別時十七今頭白,惱亂君心三十年。垂老休吟花月句,恐君更結身後緣。"而這名女性就是管兒,説詳拙稿《元積評傳》裏的有關章節及《元積考論》中的有關文章。《才調集》卷五宋邦綏將本詩與《鶯鶯傳》模擬:"此詩正憶其情也。"這是不言而喻的錯誤,説詳拙稿《元積考論·元積與〈鶯鶯傳〉考論》)。

[編年]

　　《年譜》編年本詩爲元和十四年,理由是:"詩云:'半欲天明半未明,醉聞花氣睡聞鶯。㹷兒撼起鐘聲動,二十年前曉寺情。'貞元十六年元積與'崔鶯鶯'在河中府(蒲州)普救寺'幽會',下推'二十年'爲元和十四年。"我們以爲,《年譜》將傳奇小説《鶯鶯傳》作爲唯一的根據來推斷《春曉》詩的作年,顯然是不合適的。

　　《編年箋注》云:"此詩作於元和十四年(八一九),元積時在膳部員外郎。"根據是:"見下《譜》。"據我們考證,元積因好友崔群的幫助被召入京爲膳部員外郎確實在元和十四年,但具體的時間已經是元和十四年十一月十六日之後、同年十二月十一日之前,請參見拙稿《元積評傳·第四節　量移近地　閑置虢州》注文。而時間已經進入隆冬,元積如何還能吟出以《春曉》爲題的詩篇?

　　《年譜新編》在引述本詩之後云:"疑作於元和十四年或稍後,暫繫於此。"元積元和十四年春天北上虢州就職途中,其後在虢州長史任,年底入京,《春曉》究竟作於元和十四年的何時何地?"稍後"究竟稍後到什麽時候?又如何解釋"疑"字的具體含義?"暫繫於此"是一個省時省力的辦法,但如果用得過多過濫,這樣的詩文編年還有意義麼? 讀者對它還有起碼的可信度嗎?

　　從詩意可以看出,這是元稹孤眠獨宿感情空虛時回憶自己年輕時候的艷遇,詩題表明時間是在春天。貞元十九年元稹二十五歲與韋叢結婚,元和四年元稹三十一歲時韋叢病逝。元和六年三十三歲的元稹在江陵續娶小妾安氏,元和九年秋天元稹三十六歲時安氏又病逝。元和十年年底元稹三十七歲時在興元再娶繼配裴淑,裴氏死在元稹之後。據此,元稹孤眠獨宿感情空虛的時間有三:即二十五歲之前、三十一歲至三十三歲間以及三十六歲冬至三十七歲之間。以"二十年前"推之,第一個時間元稹還是個五六歲的孩子,而第二個時間元稹也祇是個十三歲的少年,僅僅第三個時間較爲切合。三十七歲(即元和十年)的春天,元稹從唐州從事任被召回京,仕途的失意、小妾的亡故,又在旅途中孤眠獨宿,自然而然勾起了元稹對"二十年前"往事的回憶,寫下了這首《春曉》詩。詩意顯示《春曉》詩可能即是元稹在洛陽李著作園"朧明春月照花枝,花下鶯聲是管兒"之時與管兒相戲相悅之情景的回憶。

▲ 楊柳枝(一)①

　　春江一曲柳千條,二十年前舊板橋②。曾與美人橋上別,恨無消息到今朝③。

　　　　　　　　　　　據《四庫全書總目·詞海遺珠》

[校記]

　　(一) 楊柳枝:《雲谿友議》:"劉禹錫尚書一首'春江一曲柳千條……'"《唐詩紀事》、《詩話總龜》同,《丹鉛摘錄》卷一〇:"《麗情集》

3607

載湖州妓周德華者,劉采春女也,唱劉禹錫《柳枝詞》云:'春江一曲柳千條……'此詩甚佳,而《劉集》不載。"《升庵集》、《歷代詩餘》、《全詩》同,乃轉相抄錄所致。《四庫全書總目·詞海遺珠》:"此書雜採金石文字以及詩詞雜文,不分體製,亦不叙時代,又多刪節原文,餖飣割裂,其紕繆不可殫數:如王羲之《月儀帖》,乃索靖之語;劉禹錫'春江一曲柳千條'詩,以爲本集不載,乃元稹之詩,刪八句爲四句。又載裴度'題嶽廟石闕'詩,乃司空圖作,載在本集。又'古黄姑歌'二句,乃梁武帝《東飛伯勞歌》。又《青史子》一篇,不知爲賈誼《新書》所載。晉無名氏'三言詩',不知爲傅元作。'漢鑑銘鍊形神冶'一篇,不知爲《太平廣記》所載,唐人作。他如《左傳》衛靈公石槨銘、聲伯夢、涉洹水歌,《禮記》伊祁氏蜡詞,皆載於經;蕭子顯《齊書·郡國志贊》,亦見正史。皆曰'遺珠',尤疏舛矣!"據此,《楊柳枝》應該是元稹之詩篇,可從。

[箋注]

① 楊柳枝:"春江一曲柳千條"四句,不見於劉本《元氏長慶集》與馬本《元氏長慶集》採錄,但見於《四庫全書總目·詞海遺珠》,並有甄別非劉禹錫詩而是元稹詩意見,可從,據補。樂府近代曲名,本爲漢樂府橫吹曲辭《折楊柳》,至唐易名《楊柳枝》,開元時已入教坊曲,至白居易依舊曲作辭,翻爲新聲。白居易《楊柳枝詞八首》一:"六幺水調家家唱,白雪梅花處處吹。古歌舊曲君休聽,聽取新翻楊柳枝。"當時詩人相繼唱和,均用此曲詠柳抒懷,與《竹枝詞》相類。劉禹錫《楊柳枝》:"揚子江頭烟景迷,隋家宮樹拂金堤。嵯峨猶有當時色,半蘸波中水鳥栖。"滕邁《楊柳枝詞》:"三條陌上拂金羈,萬里橋邊映酒旗。此日令人腸欲斷,不堪將入笛中吹。"

② 春江:春天的江。張若虛《春江花月夜》:"春江潮水連海平,海上明月共潮生。灧灧隨波千萬里,何處春江無月明?"蘇軾《惠崇春

江晚景二首》一：“竹外桃花三兩枝，春江水暖鴨先知。蔞蒿滿地蘆芽短，正是河豚欲上時。”　一曲：一首樂曲。嵇康《與山巨源絕交書》：“濁酒一盃，彈琴一曲。”崔顥《渭城少年行》：“可憐錦瑟箏琵琶，玉壺清酒就倡家。小婦春來不解羞，嬌歌一曲楊柳花。”　二十年前：時間用語，意謂二十年之前。元稹《贈吳渠州從姨兄士則》：“憶昔分襟童子郎，白頭拋擲又他鄉。三千里外巴南恨，二十年前城裏狂。”白居易《醉中酬殷協律》：“泗水亭邊一分散，浙江樓上重遊陪。揮鞭二十年前別，命駕三千里外來。”　板橋：木板架設的橋。《墨子·備城門》：“爲斬縣梁，聆穿，斷城以板橋。”孫詒讓間詁：“連板爲橋，架之城塹以便往來。”溫庭筠《商山早行》：“雞聲茅店月，人迹板橋霜。”

③ 美人：容貌美麗的人，多指女子。《六韜·文伐》：“厚賂珠玉，娛以美人。”顧況《悲歌》：“美人二八顏如花，泣向春風畏花落。”本詩指元稹年輕時結識的風塵女子“蕭娘”。　消息：音信，信息。蔡琰《悲憤詩》：“迎問其消息，輒復非鄉里。”劉餗《隋唐嘉話》卷上：“人言陛下欲幸山南，在外悉裝了，而竟不行，因何有此消息？”　今朝：今日，現在。韋應物《初發揚子寄元大校書》：“今朝此爲別，何處還相遇？世事波上舟，沿洄安得住？”杜甫《王十五司馬弟出郭相訪兼遺營茅屋貲》：“客裏何遷次？江邊正寂寥。肯來尋一老，愁破是今朝。”

[編年]

《元稹集》、《全唐詩補編》未收錄，《年譜》、《編年箋注》、《年譜新編》未收錄，也未編年。

我們以爲，本詩爲詩人年輕時結識的風塵女子“蕭娘”而作。與《春曉》一樣，本詩也是元稹孤眠獨宿、感情空虛時回憶自己年輕時候的艷遇，詩意表明時間是在春天。元稹孤眠獨宿感情空虛的時間有三：即二十五歲之前、三十一歲至三十三歲間以及三十六歲冬至三十七歲之間。以“二十年前”推之，祇有第三個時間較爲切合。三十七歲(即元和十年)的春天,元稹從唐州從事任被召回京,仕途的失意、小妾的亡故,又在旅途中孤眠獨宿,自然而然勾起了元稹對"二十年前"往事的種種回憶,寫下了這首《楊柳枝》。《楊柳枝》的詩意顯示,二十年前的春天,詩人在西河與楊巨源一起,與當地的風塵女子"蕭娘"相識,元稹《贈別楊員外巨源》:"憶昔西河縣下時,青山顯頴官名卑。揄揚陶令緣求酒,結託蕭娘只在詩。"而最後,元稹不得不在"春江一曲柳千條"的春日裏與"蕭娘"分別。二十年來,竟然連一點兒的消息也没有得到,詩人的遺憾之情流露在字裏行間。

應該説明的是:這裏的"美人"不是分別也有二十年的元稹初戀情人管兒,因爲元和五年,元稹與管兒曾經在洛陽重逢,元稹《琵琶歌》:"去年御史留東臺,公私蹙促顔不開。今春制獄正撩亂,晝夜推囚心似灰。暫輟歸時尋著作,著作南園花拆萼。臙脂耀眼桃正紅,雪片滿溪梅已落。是夕青春值三五,花枝向月雲含吐。著作施鞲命管兒,管兒久別今方覿。"與本詩"恨無消息到今朝"不符。而元稹相識於西河縣的"蕭娘",與相識管兒的時間大致相同,亦即元稹明經及第之後宦遊西河縣之時,至元和十年,時間也正在"二十年"上下,而"蕭娘"從別後一直没有能够與元稹見面。據此,本詩應該賦成於元和十年元稹北上西歸京城的途中,具體時間應該是元和十年的初春時節,元稹在漸近洛陽與西河縣的時候,自然而然想起"二十年前"結識的紅粉知己:管兒與"蕭娘"。但"管兒"是真實的人名,而"蕭娘"祇是風塵女子的代名字,猶如白居易《和元九與吕二同宿話舊感贈》中的"秋娘"一般:"見君新贈吕君詩,憶得同年行樂時。争入杏園齊馬首,潛過柳曲鬥蛾眉。八人雲散俱遊宦,七度花開盡別離。聞道秋娘猶且在,至今時復問微之。"

還要説明的是:元稹長慶四年《酬樂天重寄別》:"却報君侯聽苦辭,老頭抛我欲何之?武牢關外雖分手,不似如今衰白時。"據我們考證,元稹白居易這次武牢關外的分手,時間在元稹白居易吏部乙科及

第之後相識的貞元十九年春天。白居易在貞元十九年秋冬之季遊許
昌,看望去年剛剛任職許昌縣令的叔叔白季軫,有白居易《許昌縣令
新廳壁記》可證:"去年春,叔父自徐州士曹掾選署厥邑令……時貞元
十九年冬十月一日記。"而元稹大姐當時在夏陽縣,病故於貞元二十
年十二月初五,有元稹《夏陽縣令陸翰妻河南元氏墓誌銘》爲證:"嗚
呼!享年三十有一,歿世於夏陽縣之私第,是唐之貞元二十年十二月
之初五日也。冬十月十有四日,葬於河南洛陽之清風郡平樂里之北
邙原。"結合此詩所言元稹白居易曾經在武牢關外分手的史實,根據
元稹白居易此後沒有再在武牢關外分手的經歷,可以斷定元稹、白居
易在貞元十九年曾經結伴同行,自長安東行經由洛陽,至武牢關外分
手。白居易南下許昌縣,主要目的是探望在那裏任職縣令的叔父白
季軫。而元稹北上夏陽縣看望當時健在人世的大姐,也許還懷揣著
尋覓年輕時結識的風塵女子"蕭娘"的念頭。

■ 又楊柳枝^{(一)①}

據《四庫全書總目·詞海遺珠》

[校記]

(一)楊柳枝:本佚失詩所據《四庫全書總目·詞海遺珠》之有關
文字,不見其他文獻記載。

[箋注]

① 楊柳枝:《四庫全書總目·詞海遺珠》:"劉禹錫'春江一曲柳
千條'詩,以爲本集不載,乃元稹之詩,刪八句爲四句。"據此,《楊柳
枝》應該是元稹之詩篇,可從,據補。而"刪八句爲四句"之説,説明元

積的《楊柳枝》應該佚失四句，内容應該也是回憶與"美人"亦即"蕭娘"相戀相别的情景。被删除的"四句"，有可能是《楊柳枝》的第一首或第二首，也有可能是一首之中開頭兩句和最後兩句，難以考定。唐無名氏《楊柳枝》："萬里長江一帶開，岸邊楊柳幾千栽？錦帆未落西風起，惆悵龍舟去不廻。"柳氏《楊柳枝》："楊柳枝，芳菲節，可恨年年贈離别。一葉隨風忽報秋，縱使君來豈堪折？"據此，似乎《楊柳枝》應該是四句一首，但又與"删八句爲四句"之説不符，確實是難於考定。

[編年]

未見《元稹集》、《全唐詩補編》過録，也未見《年譜》、《編年箋注》、《年譜新編》過録與編年。

我們以爲，本佚失詩既然是《楊柳枝》被删除的四句，内容自然是回憶"蕭娘"的作品，賦詩時間亦應該與《楊柳枝》相同，亦即元和十年初春元稹自江陵回歸長安的途中。

◎ 歸田(時三十七)(一)①

陶君三十七，挂綬出都門(二)②。我亦今年去，商山漸岸村(三)③。冬修方丈室，春種桔橰園④。千萬人間事(四)，從兹不復言⑤。

録自《元氏長慶集》卷一四

[校記]

(一)歸田(時三十七)：楊本、叢刊本、《全詩》同，《石倉歷代詩選》作"歸田"，無"時三十七"題注。

(二)陶君三十七，挂綬出都門：楊本、叢刊本、《全詩》、《石倉歷代詩選》同,《記纂淵海》卷四五將兩句歸在"白侍郎"亦即白居易名下,誤。

（三）商山淅岸村:叢刊本、《全詩》同,楊本、《石倉歷代詩選》作"商山浙岸村",誤,不改。

（四）千萬人間事:楊本、叢刊本、《全詩》同,《石倉歷代詩選》作"幾許人間事",語義不同,不改。

［箋注］

① 歸田:謂辭官回鄉務農,漢代張衡、晉代張華都有《歸田賦》傳世,元積的詩篇應該是受他們的影響。《藝文類聚》卷六六引魯褒《錢神論》:"諺曰:官無中人,不如歸田。"張說《伯奴邊見歸田賦因投趙侍御》:"爾家嘆窮鳥,吾族賦歸田。莫道榮枯異,同嗟世網牽。"張署《贈韓退之》:"鮫人遠泛漁舟水,鵬鳥閑飛露裏天。澣汗幾時流率土?扁舟西下共歸田。"

② 陶君:指晉代詩人陶潛,字淵明。據《晉書》及《南史》之《陶潛傳》所記:皆云潛曾爲彭澤令,素簡貴不私事。上官郡遣督郵至縣,吏白當束帶見之。潛嘆曰:"吾不能爲五斗米折腰,拳拳事鄉里小人。"即日解印綬去,賦《歸去來辭》以遂其志。據說當年陶潛三十七歲,正與賦詩的元積同歲。而元積的歸田也并非是一時衝動,是一直挂在心頭的問題,不過一直沒有實現。究其原因,元積報君之心佔據主導地位,而歸田祇是其政治理想難以實現時的消極之舉。其《東臺去（僕每爲崔、白二學士話陶先生喜不遇之事,且曰:'僕得分司東臺,即足以買山家。'）》:"陶君喜不遇,予每爲君言。今日東臺去,澄心在陸渾。"又其《寄隱客》:"陶君喜不遇,顧我復何疑?潛書周隱士,白雲今有期。"　挂綬:謂辭官,即"挂印"。綬,繫在印紐上的絲帶。尹臺《晚春同許奉常胡太史赴陸生牛首之約二首》一:"淩晨鳴兩颺霏微,過曙輕陰散曉暉。一入名山堪挂綬,況逢勝侶與褰衣。"　都門:有多種含

義,不能單純解釋爲京城之門:國都、京都自然稱爲"都";但大城市、著名城市亦稱爲"都"。《左傳・隱公元年》:"先王之制,大都不過參國之一,中五之一,小九之一。"杜預注:"三分國城之一。"《漢書・司馬遷傳》:"僕誠已著此書,藏之名山,傳之其人通邑大都。"古代行政區劃之名,亦稱爲"都"。夏制十邑爲"都",周制四縣爲"都",後來亦有以十州爲"都"。陶淵明向荊州刺史桓玄辭官歸田而去,其所出之"都門"正是荊州之城門,與元稹從江陵北歸的情景有相似之處。

③ 今年:這裏指元和十年,元稹三十七歲,與陶潛離開荊州的年齡相同。元稹《遣病》:"自古誰不死? 不復記其名。今年京城內,死者老少並。"元稹《連昌宮詞》:"年年耕種宮前道,今年不遣子孫耕。老翁此意深望幸,努力廟謀休用兵。" 商山:山名,在今陝西商縣東,地形險阻,景色幽勝。陳子昂《題田洗馬遊巖桔槹》:"望苑長爲客,商山遂不歸。誰憐北陵井? 未息漢陰機。"耿湋《送王閏》:"相送臨漢水,愴然望故關。寒江蕭連夢澤,楚雪入商山。" 淅岸村:淅水爲漢水的支流,在今河南省西北部。詩人在商山淅水附近有自己的田莊,也正在詩人自唐州回西京長安的必經之路上。田莊購置於元稹監察御史期間,有詩人《東臺去》詩爲證,詩序云:"僕每爲崔、白二學士話陶先生喜不遇之事,且曰:僕得分司東臺,即足以買山家。"詩云:"旋抽隨日俸,並買近山園。千萬崔兼白,殷勤承主恩。"又其《西歸絕句十二首》之八:"今朝西渡丹河水,心寄丹河無限愁。若到莊前竹園下,殷勤爲繞故山流。"詩下注:"丹,淅莊之東流。"其中"淅莊"應是"淅莊"之誤。

④ 方丈室:一丈見方之室,極言室之狹小,屬於農莊臨時性質的房屋,構造於田野之中。白居易《不出門》:"方寸方丈室,空然兩無塵。披衣腰不帶,散髮頭不巾。"范祖禹《和子進夏日憶寶上人》:"宴坐期三月,迷行有萬途。寥寥方丈室,一物更應無。" 桔槹:井上汲水的工具:在井旁架上設一杠杆,一端繫汲器,一端懸、綁石塊等重物,用不大的力量即可將灌滿水的汲器輕輕提起。《莊子・天運》:

"且子獨不見夫桔橰者乎？引之則俯，舍之則仰。"陸龜蒙《江邊》："江邊日晚潮烟上，樹裏鴉鴉桔橰嚮。"

　　⑤"千萬人間事"兩句：詩人在唐州前綫平叛，正在冀圖爲國立功爲民平叛之時，却突然接到了唐廷將其調離前綫返回京城的命令。接到詔令之初，詩人以爲自己終於結束了漫長的貶謫生涯，著著實實高興了好一陣子。而在歸途中，詩人才猛然領悟到這是政敵的陰謀迫害，目的是不讓他有立功的機會。而所謂的政敵就是元稹在監察御史任上得罪的宦官吐突承璀集團，故而詩人心情十分不快，因有這等牢騷與不滿。　　千萬：形容數目極多。劉庭琦《從軍》："朔風吹寒塞，胡沙千萬里。陣雲出岱山，孤月生海水。"張若虛《春江花月夜》："春江潮水連海平，海上明月共潮生。灩灩隨波千萬里，何處春江無月明。"比喻極其紛繁。曹丕《折楊柳行》："達人識真偽，愚夫好妄傳。追念往古事，憒憒千萬端。"李白《月下獨酌四首》四："窮愁千萬端，美酒三百杯。愁多酒雖少，酒傾愁不來。"　　人間：人類社會。《韓非子·解老》："聾則不能知雷霆之害，狂則不能免人間法令之禍。"蘇軾《魚蠻子》："人間行路難，踏地出賦租。"塵世，世俗社會。陶潛《庚子歲五月中從都還阻風于規林二首》二："静念園林好，人間良可辭。"趙令時《侯鯖録》卷五："麗質仙娥生月殿，謫向人間，未免凡情亂。"民間。《後漢書·王昌傳》："普天率土，知朕隱在人間。"《新唐書·杜正倫傳》："朕年十八，猶在人間，情偽無不嘗。"　　從兹：猶從此。孫逖《下京口埭夜行》："南溟接潮水，北斗近鄉雲。行役從兹去，歸情入雁群。"孟浩然《送王大校書》："雲雨從兹别，林端意渺然。尺書能不吝，時望鯉魚傳。"　　復言：再發表意見。《史記·白起王翦列傳》："已矣！將軍勿復言！"孟郊《感懷八首》七："河梁莫相遇，草草不復言。漢家正離亂，王粲别荆蠻。"

［編年］

《年譜》編年於元稹元和十年夏天貶任通州司馬途中，《編年箋注》與《年譜》意見相同：“元和十年（八一五）三月，元稹出爲通州司馬，此詩作於赴通州途中。”理由是：“見下《譜》。”《年譜新編》引述本詩之後編年本詩於元和五年：“‘七’疑爲‘二’形近之訛。據梁啓超《陶淵明年譜》：‘（元興）二年癸卯，先生三十二歲，自江陵還柴桑。’有《癸卯始春懷古田舍》、《還舊居》、《歸園田居》等。元稹元和五年自東都被奪俸召回長安，遂滋生‘歸田’之想。”

《年譜》編年理由是：由西京赴通州，近路“一千五百七十六里”，遠路“二千五百里”，據唐代“三十里一驛”和“乘傳者日四驛，乘驛者六驛”的情況，元稹“快則半月，慢則一月可到”；而事實上“元稹於三月底即離京，閏六月才到通州”。《年譜》著者問：元稹“費時三四個月，這是什麼緣故”？《年譜》爲此尋找理由說：“從‘挂綬出都門’的句子，看出此詩是元和十年夏元稹出西京、赴通州時所作。元和十年春，元稹由唐州從事召回西京，心情愉快，不會想‘歸田’。又出爲通州司馬，感到失望，才想‘歸田’。但元稹徘徊了一陣子，最後還是赴任去了。這是元稹三月底即離西京，閏六月才到通州，費時三四月的緣故。”《年譜》還在辨正欄內批評陳寅恪“竟不知元稹‘歸田’事”。

我們實在無法苟同《年譜》與《編年箋注》的意見，理由主要有七條：其一，《年譜》關於元稹到通州的行程有“三四月”之多的計算是錯誤的。據元稹《灃西別樂天三月三十日相餞送》詩，元稹此行於元和十年三月三十日自長安西南之灃西出發，六月至通州。元稹《酬東南行詩》注：“元和十年閏六月至通州。”據《舊唐書·憲宗紀》、陳垣《二十四史朔閏表》、方詩銘《中國史曆日和中西曆日對照表》、王詠剛《兩千年中西曆速查》，是年並無閏六月，當是元稹大病之後誤記；陳寅恪《元微之遣悲懷詩之原題及其次序》並《年譜》均承襲其誤。實際時間僅有兩個多月，怎麼能說是“三四月”？其二，《年譜》關於“快則半月，慢則一月可到”的說法也是沒有根據的。以元稹本人爲例，他元和四年奉旨按御東川，可謂急如星火，自然屬於“乘傳”、“乘驛”之例。據元稹《使東川》組詩、白行簡《三夢記》，詩人三月七日從長安出發，“帶月夜行”，這月的二十一日才到達梁州，時經半月，路程才行一半，到達東川首府梓州最快也得一月，何況通州比梓州更遠，半月到達在當時無論如何是辦不到的。其三，在唐代，出貶官員應該立即離京，但與奉詔出使者不同，不必急急趕路。以同時代人白居易爲例，元和十年詩人出貶江州，有《初出藍田路作》詩云：“朝經韓公阪，夕次藍橋水。潯陽僅四千，始行七十里。”如除去京城長安到韓公阪的距離，白居易一日路程至多不過三四十里。元稹元和十年出貶通州，自然不同於元和四年奉旨按御，而理應與白居易出貶江州相類，不必急急趕路。事實上據元稹《褒城驛二首》、《題漫天嶺》的描述，元稹此行在褒城驛懷舊，在漫天嶺晤僧，在渠州與從姨兄吳士則叙舊，耽誤了不少時日。其四，與白居易行進在平坦大道上和順流而下的漢水、長江上不同的是，元稹是行走在“難於上青天”的蜀道之上，何況當時正值雨季，道路泥濘難行，元稹《酬樂天雨後見寄》：“雨滑危梁性命愁，差池一步一生休。黃泉便是通州路，漸入深泥漸到州。”在這樣險惡的情況下元稹的行程理應比白居易更慢。其五，《年譜》對“挂綬出都門”一句的理解是錯誤的。《年譜》解“都門”僅僅衹爲京城長安之門未免欠當，在古漢語裏“都”常常有地方區域、大都市、京城等多種含義。事實上陶淵明三十七歲向荊州刺史恒玄辭去官職歸田而去，其所出之“都門”正是荊州之城門，而荊州並非是當時的京城。陶淵明當時擔任荊州刺史恒玄的幕僚，與元稹擔任荊南節度使嚴綬幕下的江陵府士曹參軍以及後來的臨時職務唐州從事的身份十分相類。兩人的年歲又是如此巧合，都是“三十七”，詩人身臨其境，感受相類，自然要以陶淵明爲例，引發共鳴，從而引古喻今，抒發“歸田”之感，十分貼切也非常自然。如果如《年譜》所云元稹在長安“挂綬”，當時元稹在長安並無一官半職,無"綬"可挂;如果説是通州的司馬之職,詩人既没有到任,司馬也并無印綬可言,"挂綬"云云似乎有矯情之嫌。而且,元稹的"淅莊"也不在自長安至通州的綫路上,此時元稹云"歸田",顯得十分勉强。其六,《年譜》對元稹回歸京城之時"愉快心情"的推測也是片面的錯誤的。我們以爲《歸田》詩雖作於元和十年元稹三十七歲之時,但恰恰不是在詩人自長安至通州的途中,而是在元稹奉召自唐州與江陵回歸長安的途中。此前元稹正在淮西前綫唐州以唐州從事的身份參加平叛,冀圖爲國立功爲民治害,却突然接到離開淮西前綫命赴長安的命令。元稹開始以爲自己回京升遷有望,着着實實高興了一陣子。但詩人從種種迹象中很快悟出了這是政敵蓄意迫害自己的更陰險更惡毒的陰謀,亦即不讓元稹有任何爲國立功爲民平叛的機會。而所謂的"朋輩"和"上司",亦即崔潭俊(按照《年譜》的觀點,崔潭俊是元稹的'信友')與嚴綬(《年譜》稱嚴綬是元稹的"府主")。他們也顧及自身的利益而坐視不救,因而元稹在《酬盧秘書》詩中憤怒地喊出了"劇敵徒相軋,羸師亦自謀"的呼聲。元稹這個時候因失去平叛立功機會而情緒十分低落,因而在途經淅川自己田莊之時,在《西歸絶句十二首》中抒發出低調情感、苦悶的心情,有詩云:"今朝西渡丹河水,心寄丹河無限愁。若到莊前竹園下,殷勤爲繞故山流。"自然而然引發了詩人的辭官之舉、歸田之思,吟賦了《歸田》之詩,《年譜》所謂的元稹心情愉快之説,則是毫無根據的臆測之詞。第七,《年譜新編》所謂的"'七'疑爲'二'形近之訛"云云,也祇是《年譜新編》的編年者自説自話、一廂情願的推測之詞罷了,並無任何版本的根據,自然難以成立,更是難以讓人信服。

據此,我們認爲本詩應該賦成於元稹自江陵與唐州奉詔回京途經元稹自己的田莊淅莊之時,具體時間是在元和十年的初春,元稹當時並無一官半職在身。

■ 復李諒書^{(一)①}

據元稹《西歸絶句十二首》二

［校記］

（一）復李諒書：本佚失之書信，據元稹《西歸絶句十二首》二，又見楊本、叢刊本、《全詩》、《全唐詩録》、《萬首唐人絶句》、《石倉歷代詩選》，有關文字相同。

［箋注］

① 復李諒書：本佚失之書信，據元稹《西歸絶句十二首》二：“五年江上損容顏，今日春風到武關。兩紙京書臨水讀（得復言樂天書），小桃花樹滿商山。”元稹收到白居易、李諒的“京書”，理應回覆也應該回覆，但今存元稹詩文集中未見，合理的解釋祇有一個，那就是佚失，今據此補入。 李諒：字復言，永貞中王叔文薦爲度支鹽鐵判官和諫官，元和二年出貶外地縣令，元和九年入京任職祠部員外郎，此時正在京城。與元稹、白居易均有交往。長慶二年至寶曆元年在蘇州刺史任。元稹《酬復言長慶四年元日郡齋感懷見寄》：“臘盡殘銷春又歸，逢新別故欲沾衣。自驚身上添年紀，休繫心中小是非。”白居易《見李蘇州示男阿武詩自感成詠》：“遙羨青雲裏，祥鸞正引雛。自憐滄海畔，老蚌不生珠。” 書：指書信。《左傳·昭公六年》：“叔向詒子產書……復書曰：若吾子之言，僑不才，不能及子孫，吾以救世也。”杜甫《春望》：“烽火連三月，家書抵萬金。”

[編年]

　　未見《元稹集》採録，也未見《年譜》、《編年箋注》、《年譜新編》採録與編年。

　　元稹在江陵，李諒與元稹的詩文來往這是非常重要的一次。雖然由於李諒書信的佚失，今天已經無法知道李諒書信的內容，也不知這封佚失的書信撰成於何時，但根據元稹在返京途中讀李諒之書，應該在元稹返京之前，可能是聽到元稹結束貶謫生涯、即將返京消息之後的祝賀之言。據此，元稹的回覆之書也應該隨後發出，作於離開江陵回京途中。

■ 復白居易書^{(一)①}

　　　　　　　　　　　　　據元稹《西歸絕句十二首》二

[校記]

　　（一）復白居易書：本佚失之書信，據元稹《西歸絕句十二首》二，又見楊本、叢刊本、《全詩》、《全唐詩録》、《萬首唐人絕句》、《石倉歷代詩選》，有關文字相同。

[箋注]

　　① 復白居易書：本佚失之書信，據元稹《西歸絕句十二首》二："五年江上損容顏，今日春風到武關。兩紙京書臨水讀（得復言樂天書），小桃花樹滿商山。"元稹收到白居易、李諒的"京書"，理應回覆也應該回覆，但今存元稹詩文集中未見，合理的解釋衹有一個，那就是佚失，今據此補入。　書：指書信。楊凌《秋原野望》："客雁秋來次第逢，家書頻寄兩三封。夕陽天外雲歸盡，亂見青山無數峰。"司空曙

《送王使君小子孝廉登科歸省》:"鞍馬臨岐路,龍鍾對別離。寄書胡太守,請與故人知。"

[編年]

　　未見《元稹集》採錄,也未見《年譜》、《編年箋注》、《年譜新編》採錄與編年。

　　元稹在江陵,白居易與元稹的詩文來往頻繁。雖然由於白居易書信的佚失,今天已經無法知道白居易書信的內容,也不知這封佚失的書信撰成於何時,但根據元稹在返京途中讀白居易、李諒之書,應該在元稹返京之前,可能是聽到元稹結束貶謫生涯、即將返京消息之後的祝賀之言。據此,元稹的回覆之書也應該隨後發出,作於離開江陵回京途中。

◎ 西歸絕句十二首⁽一⁾①

　　雙堠頻頻減去程,漸知身得近京城⁽二⁾②。春來愛有歸鄉夢,一半猶疑夢裏行③。

　　五年江上損容顏,今日春風到武關④。兩紙京書臨水讀(得復言、樂天書),小桃花樹滿商山⑤。

　　獨歸諫院韋丞相(韋丞相貫之)⁽三⁾,共貶河南亞大夫(裴中丞度)⑥。今日還鄉獨憔悴,幾人憐見白髭鬚⑦?

　　只去長安六日期,多應及得杏花時⑧。春明門外誰相待?不夢閒人夢酒巵⑨。

　　白頭歸舍意如何?賀處無窮吊亦多⑩。左降去時裴相宅(裴相公垍),舊來車馬幾人過⑪?

3621

還鄉何用淚沾襟？一半雲霄一半沈⑫。世事漸多饒悵望，舊曾行處便傷心⑬。

閑遊寺觀從容到，遍問親知次第尋⑭。腸斷裴家光德宅，無人掃地戟門深⑮。

一世營營死是休，生前無事定無由⑯。不知山下東流水，何事長須日夜流⑰？

今朝西渡丹河水，心寄丹河無限愁⑱。若到莊前竹圍下，殷勤爲繞故山流（丹，浙莊之東流）⑲。

寒窗風雪擁深爐，彼此相傷指白鬚⑳。一夜思量十年事，幾人強健幾人無（宿竇十二藍田宅）㉑？

雲覆藍橋雪滿溪，須臾便與碧峰齊㉒。風回麪市連天合，凍壓花枝着水低㉓。

寒花帶雪滿山腰，着柳冰珠滿碧條㉔。天色漸明回一望，玉塵隨馬度藍橋㉕。

錄自《元氏長慶集》卷一九

［校記］

（一）西歸絶句十二首：楊本、叢刊本、《全詩》同，《萬首唐人絶句》作“西歸十二首”，並且刪除了所有的原注，其書名已經標示“絶句”，不必重複，刪除原注是體例所需，可以理解。《石倉歷代詩選》作“西歸絶句”，選本組詩第一、第二、第十二首，如標示“十二首”，有不切題之感。第二首元稹原注也被刪除，應該也是其書的體例所限吧！《全唐詩録》作“西歸絶句”，選本組詩第一、第二、第三、第四、第七、第十、第十二等七首，應屬選本的處理方式。

（二）漸知身得近京城：楊本、叢刊本、《全詩》、《全唐詩録》、《萬首唐人絕句》同,《石倉歷代詩選》作"漸知自得近京城",語義不佳,不從不改。

（三）**獨歸諫院韋丞相**：原本作"同歸諫院韋丞相",楊本、叢刊本、《全詩》、《全唐詩錄》同,據元稹生平,並沒有與韋貫之"同歸"之史實,《萬首唐人絕句》的版本是可信的,據改。

［箋注］

① **西歸**：詩人自唐州奉詔回歸長安,自東南向西北而行,故曰"西歸"。元稹《元和五年予官不了罰俸西歸三月六日至陝府與吳十一兄端公崔二十二院長思愴曩遊因投五十韻》："罰俸得西歸,心知受朝庇。"元稹《桐孫詩序》："元和五年,予貶掾江陵,三月二十四日宿曾峰館。山月曉時,見桐花滿地,因有八韻寄白翰林詩。當時草蹙,未暇紀題。及今六年,詔許西歸,去時桐樹上孫枝已拱矣!予亦白須兩莖,而蒼然斑鬢,感念前事,因題舊詩,仍賦《桐孫詩》一絕,又不知幾何年復來商山道中。元和十年正月題。"我們舉出元稹的兩次"西歸",雖然出發點並不相同,但目的地却都是長安,從中可見元稹一生奔波的命運。　絕句：詩體名,每首四句,每句五字者稱五絕,七字者稱七絕,亦有每句六字者,或用平韻,或用仄韻。絕句又有近體絕句和古體絕句兩種,近體絕句始於唐代,產生於律詩之後,蓋截律詩之半而成,故又名"截句"。古體絕句實爲最簡短之古詩,產生於律詩之前,《玉臺新詠》已載有《古絕句》,唐代以後詩人所作古體絕句,一般即稱古風。張彙《絕句》："茫茫烟水上,日暮陰雲飛。孤坐正愁緒,湖南誰搗衣?"李白《杜陵絕句》："南登杜陵上,北望五陵間。秋水明落日,流光滅遠山"　首：量詞,篇。《史記·田儋列傳論》："蒯通者,善爲長短說,論戰國之權變,爲八十一首。"寒山《詩》二七一："五言五百篇,七字七十九。三字二十一,都來六百首。"

② **堠**：古時築在路旁用以分界或計里數的土壇,每五里築單堠,

3623

十里築雙堠。崔國輔《渭水西別李命》：“隴右長亭堠，山陰古塞秋。不知嗚咽水，何事向西流？”高適《塞上》：“東出盧龍塞，浩然客思孤。亭堠列萬里，漢兵猶備胡。” 頻頻：連續不斷貌。戴叔倫《別張員外》：“木葉紛紛湘水濱，此中何事往頻頻？”張籍《贈項斯》：“曲江亭上頻頻見，爲愛鷦鷯雨裏飛。” 去程：去路。張祜《玉環琵琶》：“宮樓一曲琵琶聲，滿眼雲山是去程。”張先《卜算子慢》：“溪山別意，烟樹去程，日落采蘋春晚。” 京城：國都，本詩指西京長安。左思《詠史詩八首》四：“濟濟京城內，赫赫王侯居。”韋應物《擬古詩十二首》三：“京城繁華地，軒蓋淩晨出。”

③ 歸鄉：回鄉。《後漢書·和熹鄧皇后》：“太后潛陰氏之罪廢，赦其徙者歸鄉。”李端《冬夜與故友聚送吉校書》：“途窮別則怨，何必天涯去？共作出門人，不見歸鄉路。”元稹祖籍洛陽，但他的家一直在長安的靖安坊，故元稹也把長安當作自己的故鄉。 夢：想象。《荀子·解蔽》：“不以夢劇亂知，謂之靜。”楊倞注：“夢，想象也。”元稹《西還》：“悠悠洛陽夢，爵爵灞陵樹。落日正西歸，逢君又東去。” 夢：睡眠時局部大腦皮質還沒有完全停止活動而引起的腦中的表像活動，亦即做夢。《左傳·僖公二十八年》：“晉侯夢與楚子搏。”元稹《酬樂天書懷見寄》：“仍云得詩夜，夢我魂悽涼。終言作書處，上直金鑾東。”

④ 五年江上：詩人元和五年三月出貶江陵，至元和十年回京，已經五年。元稹《送杜元穎》：“江上五年同送客，與君長羨北歸人。今朝又送君先去，千里洛陽城裏塵。”元稹《貽蜀五首·李中丞表臣》：“韋門同是舊親賓，獨恨潘床簟有塵。十里花谿錦城麗，五年沙尾白頭新。”元稹貶謫在江陵，江陵地近長江，故稱“江上”。郎士元《湘夫人二首》二：“桂酒神降時，回風江上秋。彩雲忽無處，碧水空安流。”韋迢《早發湘潭寄杜員外院長》：“北風昨夜雨，江上早來涼。楚岫千峰翠，湘潭一葉黃。” 春風：春天的風。宋玉《登徒子好色賦》：“寢春

風兮發鮮榮,絜齋俟兮惠音聲。”元稹《鶯鶯傳》:“春風多厲,強飯爲嘉。”　武關:地名,在陝西商南縣西北,是詩人西歸長安的必經之地。楚懷王三十年,秦昭襄王遺書誘楚王,約會於此,執以入秦。公元前二〇七年劉邦也由此入秦,是西入長安的必經之路。李商隱《餞席重送從叔余之梓州》:“莫嘆萬重山,君還我未還。武關猶悵望,何況百牢關!”胡曾《武關》:“戰國相持竟不休,武關才掩楚王憂。出門若取靈均語,豈作咸陽一死囚!”

　　⑤　兩紙:猶兩張信紙,兩封書信,分別是李諒與白居易寄給元稹的書信。白居易《禁中夜作書與元九》:“心緒萬端書兩紙,欲封重讀意遲遲。五聲宮漏初鳴夜,一點窗燈欲滅時。”李商隱《李肱所遺畫松詩書兩紙得四十韵》:“萬草已凉露,開圖披古松。青山偏蒼海,此樹生何峰?”　京書:來自京城的書信,當時李諒與白居易都在京城長安任職。施肩吾《山中得劉秀才京書》:“自笑家貧客到疏,滿庭烟草不能鋤。今朝誰料三千里,忽得劉京一紙書?”朱慶餘《送韓校書赴江西幕》:“山橋槲葉暗,水館燕巢新。驛舫迎應遠,京書寄自頻。”　小桃:初春即開花的一種桃樹。陸游《老學庵筆記》卷四:“歐陽公、梅宛陵、王文恭集皆有小桃詩,歐詩云:‘雪裏花開人未知,摘來相顧共驚疑。便須索酒花前醉,初見今年第一枝。’初但謂桃花有一種早開者耳,及遊成都,始識所謂小桃者,上元前後即著花,狀如垂絲海棠。曾子固《雜識》云:‘正月二十,開天章閣賞小桃。’正謂此也。”王珪《小桃》:“小桃常憶破正紅,今日相逢二月中。”　花樹:亦即開滿小桃花朵的小桃樹。張文琮《和楊舍人詠中書省花樹》:“花蕚映芳叢,參差間早紅。因風時落砌,雜雨乍浮空。”王勃《春日還郊》:“魚床侵岸水,鳥路入山烟。還題平子賦,花樹滿春田。”　復言:詩人的朋友李諒字復古,永貞中王叔文薦爲度支鹽鐵判官和諫官,元和二年出貶外地縣令,元和九年入京任職祠部員外郎,此時正在京城。李諒的遭遇與詩人的經歷頗爲類似,此後兩人還有交往。元稹與“永貞革新”成員在

革新失敗之後友誼不替，交往甚多，李諒也是一個明顯的例子。　商山：山名，在今陝西商縣東。元稹《酬樂天書懷見寄》："我上秦嶺南，君直樞星北。秦嶺高崔嵬，商山好顏色。"元稹《感夢》："行吟坐嘆知何極，影絕魂銷動來年。今夜商山館中夢，分明同在後堂前。"這是元稹元和五年出貶江陵途經商山時思念亡妻韋叢，以及元稹到江陵之後寄給白居易的詩歌。

⑥ 獨歸諫院韋丞相：事見《舊唐書·韋貫之傳》："韋貫之本名純，以憲宗廟諱，遂以字稱……少舉進士，貞元初登賢良科，授校書郎。秩滿從調判入等，再轉長安縣丞。德宗末年，京兆尹李實權移宰相，言其可否，必數日而詔行。人有以貫之名薦於實者，答曰：'是其人居與吾同里，亟聞其賢，但吾得識其面而進於上。'舉笏示說者曰：'實已記其名氏矣！'說者喜，驟以其語告於貫之，且曰：'子今日詣實而明日受賀矣！'貫之唯唯，數歲終不往，然是後竟不遷。永貞中始除監察御史，上書舉季弟纁自代，時議不以爲私。轉右補闕，而纁代爲監察。元和元年杜從郁爲左補闕，貫之與崔群奏論，尋降爲左拾遺。又論遺、補雖品不同。皆是諫官。父爲宰相，子爲諫官，若政有得失，不可使子論父，改爲秘書丞……"　諫院：御史臺的別稱。楊巨源《和盧諫議朝回書情即事寄兩省閣老兼呈二起居諫院諸院長》："寵位資寂用，回頭憐二疏。超遙比鶴性，皎潔同僧居。"劉禹錫《送國子令狐博士赴興元覲省》："相門才子高陽族，學者清資五品官。諫院過時榮棣萼，謝庭歸去蹋芝蘭。"按，令狐博士指令狐楚，嘗爲河南尹兼御史大夫。開成元年四月，檢校左僕射、興元尹。　丞相：古代輔佐君主的最高行政長官，戰國秦悼武王二年始置左右丞相，秦以後各朝時廢時設，這裏指元稹制舉考試的座主韋貫之，《舊唐書·韋貫之傳》："元和元年……與中書舍人張弘靖考制策，第其名者十八人，其後多以文稱。"登第十八人中，元稹名列第一。韋貫之是唐代名相之一，元和元年，詩人與韋貫之同在諫院任職；而元和十年，韋貫之已經在丞相任

上。敬請參見拙稿《元稹評傳》的有關章節。　　共貶河南亞大夫:這
裏的亞大夫指與詩人同受知於裴垍、並且同時貶官的裴度。《舊唐
書·元稹傳》轉引元稹《表奏》:"元和初,章武皇帝新即位,臣下未有
以言刮視聽者。予始以對詔在拾遺中供奉,由是獻《教本書》、《諫
職》、《論事》等表十數通,仍爲裴度、李正辭、韋繟訟'所言當行',而宰
相曲道上語,上頗悟,召見問狀,宰相大惡之,不一月出爲河南尉。"注
意,所謂的"由是獻《教本書》、《諫職》、《論事》等表十數通",就是指
《論教本書》、《論諫職表》、《論追制表》、《論西戎表》、《論討賊表》以及
《遷廟議狀》、《獻事表》、《■論出宮人以消水旱書》、《■論嫁諸女以
遂人倫書》、《■論無時召宰相以講庶政書》、《■論序次對百辟以廣
聰明書》、《■論復正衙奏事以示躬親書》、《■論許方幅糾彈以懾奸
佞書》、《■論禁非時貢獻以絕誅求書》、《■論省出入畋遊以防衛蹕
書》等十七篇論奏。元稹《上門下裴相公書》:"昔者相公之掾洛也,稹
獲陪侍道塗。不以妄庸,語及章句,則固竊聞閣下以文皇初起居郎書
'居安思危'四字於笏上爲至戒矣!"元和元年,詩人爲裴度等人辯解,
并與裴度同時貶赴河南府。十年後詩人歸京,裴度已在御史中丞任
上,在幫助劉禹錫的同時却並不理會元稹再次出貶通州。十三年,元
稹在通州有《上門下裴相公書》再次向裴度求救,裴度再次不予援手。
敬請參見拙稿《元稹評傳》有關章節以及《元稹考論·裴度的彈劾與
元稹的貶職》。元稹本詩的詩句,明確無誤寄希望於兩個故友的援
手。　　亞大夫:即中大夫。《左傳·昭公七年》:"朔於敝邑,亞大夫
也。"在唐代爲御史臺的主官。《古今事文類聚·御史臺部》:"且天子
之設御史府,尊其位,崇其任,不與他府並。舊有大夫則中丞、亞大夫
而領其屬。今大夫闕,則中丞其長也。"

　　⑦ 今日:目前,現在。《穀梁傳·僖公五年》:"今日亡虢,而明日
亡虞矣!"駱賓王《爲徐敬業討武曌檄》:"請看今日之域中,竟是誰家
之天下?"　　還鄉:返回鄉里,元氏家族自稱洛陽人,但從隋代開始,已

經居住在長安，且元稹就是在長安出生，度過了童年時代。《南史·劉之遴傳》：“武帝謂曰：‘卿母年德並高，故令卿衣錦還鄉，盡榮養之理。’”戎昱《江城秋霽》：“萬事無成空過日，十年多難不還鄉。不知何處銷茲恨，轉覺愁隨夜夜長。” 憔悴：黃瘦，瘦損。王建《調笑令四首》一：“玉顏憔悴三年，誰復商量管弦？”也作凋零枯萎解。焦贛《易林·需之否》：“毛羽憔悴，志如死灰。”梅堯臣《風異賦》：“乾坤黯慘，物色憔悴。”又作困頓，憂戚，煩惱解。皇甫枚《三水小牘·飛烟傳》：“企望寬懷，毋至憔悴。” 憐見：憐憫，見是詞尾，無義。憐在這裏是哀憐、憐憫之意。《史記·項羽本紀》：“籍與江東子弟八千人渡江而西，今無一人還，縱江東父兄憐而王我，我何面目見之？”韓愈《寄三學士》：“上憐民無食，征賦半已休。” 髭鬚：鬍子，唇上曰髭，唇下為須。《樂府詩集·陌上桑》：“行者見羅敷，下擔捋髭鬚。”劉商《寄李佃》：“挂却衣冠披薜荔，世人應是笑狂愚。年來漸覺髭鬚黑，欲寄松花君用無？”

⑧“只去長安六日期”兩句：意謂自己離開到達長安祇有六天的路程了，無論如何都能趕上京城杏花綻放的大好時節了。元稹此時歸心如箭，雖然不必是朝廷規定的乘傳乘驛速度，但其返回家鄉的速度，應該與乘傳不相上下。根據乘傳日四驛，一驛三十里計，此時元稹離開長安祇有七百多里的路程了。歸家的興奮，人皆有之，但出貶六年才得歸還，元稹興奮的心情，肯定不同於常人。 只去：僅僅距離，祇是隔開。李涉《題白鹿蘭若》：“只去都門十里強，竹陰流水遶回廊。滿城車馬皆知有，每喚同游盡道忙。”李郢《邵博士溪亭》：“野茶無限春風葉，溪水千重返照波。只去長橋三十里，誰人一解枉帆過？”期：期限。《文選·謝靈運〈過始寧墅〉》：“揮手告鄉曲，三載期歸旋。”李善注：“三載黜陟幽明，故以為限。”丁謂《丁晉公談錄》：“無了期，無了期，營基纔了又倉基。” 多應：大概，多半是。李宣古《聽蜀道士琴歌》：“人間豈合值仙蹤？此別多應不再逢。”曾慥《類說》卷四九：“定

知我死在汝後，多應汝死在我前。"　及得：來得及，趕得上。李頻《黔中罷職過峽州題田使君北樓》："巴中初去日，已遇使君留。及得尋東道，還陪上北樓。"高駢《太公廟》："青山長在境長新，寂寞持竿一水濱。及得王師身已老，不知辛苦爲何人？"　杏花時：義同"杏花天"，杏花開放時節，指初春季節。李商隱《評事翁寄賜餳粥走筆爲答》："粥香餳白杏花天，省對流鶯坐綺筵。"杜牧《寓言》："暖風遲日柳初含，顧影看身又自慚。何事明朝獨惆悵？杏花時節在江南。"

⑨　春明門：唐代長安城門名，是城東三門之中門。唐人向東行與自東歸，往往經由春明門出入。王建《寄廣文張博士》："春明門外作卑官，病友經年不得看。莫道長安近於日，升天却易到城難。"劉禹錫《和令狐相公別牡丹》："莫道兩京非遠別，春明門外即天涯。"這裏借指京城長安。　相待：迎候，招待，款待。張説《送梁知微渡海東》："今日此相送，明年此相待。天上客星回，知君渡東海。"王維《送崔興宗》："已恨親皆遠，誰憐友復稀……方同菊花節，相待洛陽扉。"　閑人：不相干的人。元稹《酬樂天頻夢微之》："我今因病魂顛倒，唯夢閑人不夢君。"元稹《別李十一五絕》二："京城每與閑人別，猶自傷心與白頭。今日別君心更苦，別君緣是在通州。"　酒卮：盛酒的器皿，這裏借指酒，意謂詩人自己渴望喝到家鄉亦即長安的美酒。馬戴《題鏡湖野老所居》："漚苧成魚網，枯根是酒卮。老年唯自適，生事任群兒。"王安石《思王逢原三首》二："廬山南墮當書案，溢水東來入酒卮。"

⑩　白頭：猶白髮，形容衰弱年老。曹丕《與吳質書》："意志何時，復類昔日？已成老翁，但未白頭耳！"奚賈《尋許山人亭子》："君是何年隱，如今成白頭？"元稹時年三十七歲，並不是年老之人，但過多的政治迫害與生活磨難，使元稹成了未老先衰之人。據詩人自述，他三十一歲已經生有白髮，在元和六年的《六年春遣懷八首》詩中，元稹即有"小於潘岳頭先白"的感嘆。　歸舍：回家。白居易《讀史五首》五：

"又令下人力,各競錐刀利。隨分歸舍來,一取妻孥意。"劉禹錫《浪淘沙九首》四:"鸚鵡洲頭浪颭沙,青樓春望日將斜。銜泥燕子爭歸舍,獨自狂夫不憶家。" 如何:怎樣。《書·堯典》:"帝曰:'俞,予聞,如何?'"蘇軾《贈包安靜先生三首》二:"建茶三十片,不審味如何?" 賀處:義同"賀問",祝賀與省問,借指應酬交往。《後漢書·周變傳》:"不讀非聖之書,不修賀問之好。"權德輿《朔旦冬至攝職南郊因書即事》:"星辰列位祥光滿,金石交音曉奏清。更有觀臺稱賀處,黃雲捧日瑞昇平。"所謂賀處,即應該指"韋丞相貫之"與"裴中丞度"。 無窮:無盡,無限,指事物沒有窮盡。方澤《武昌阻風》"江上春風留客舟,無窮歸思滿東流。與君盡日閑臨水,貪看飛花忘却愁。"唐代無名氏《空水共澄鮮》:"悠然四望通,渺渺水無窮。海鶴飛天際,烟林出鏡中。" 吊:祭奠死者或對遭喪事及不幸者給予慰問。《儀禮·士喪禮》:"君使人吊,徹帷,主人迎於寢門外。"賈誼《吊屈原文》:"造託湘流兮,敬吊先生。"韓愈《祭十二郎文》:"今吾使建中祭汝,吊汝之孤與汝之乳母。"所謂"吊處",就包括"裴相公坦"在內。

⑪ 左降:這裏指貶官,多指京官降職到州郡。《晉書·王羲之傳》:"或可左降,令在疆塞極難之地。"白居易《舟中雨夜》:"船中有病客,左降向江州。"亦稱左遷,也是降官貶職之義。《漢書·朱博傳》:"〔朱博〕遷爲大司農,歲餘坐小法,左遷犍爲太守。"柳宗元《送李渭赴京師序》:"過洞庭,上湘江,非有罪左遷者罕至。" 裴相公坦:唐代賢相之一,詩人的知遇恩人,元和四年曾提拔元稹爲監察御史,出使東川,分務洛陽,元和六年裴坦病故。關於元稹與裴坦的親密關係,有元稹的《感夢(十月初二日)》詩可參閱,拙稿《元稹評傳》與《元稹考論》也有詳細論述,拜請有興趣的讀者審閱。 舊來:從前,向來。張敬忠《邊詞》:"五原春色舊來遲,二月垂楊未挂絲。"楊萬里《試毗陵周壽墨池樣筆》:"舊來雞距說宣城,近來墨池説毗陵。" 車馬:車和馬,古代陸上的主要交通工具,常常所指是車馬中的人。武元衡《送七兄

赴歙州》：“車馬去憧憧，都門聞曉鐘。客程將日遠，離緒與春濃。”權德輿《題崔山人草堂》：“世人車馬不知處，時有歸雲到枕邊。”詩人這裏意謂，裴垍在世之時，握有遷升大權，門前車馬填街塞巷，如今權勢者裴垍閉目西去，那些當日在門口等候拜見的人們，如今又到什麼地方去了呢？　過：來訪，前往拜訪。《史記·魏公子列傳》：“臣有客在市屠中，願枉車騎過之。”陸游《老學庵筆記》卷七：“仲殊長老，東坡爲作《安州老人食蜜歌》者，一日與數客過之。”交往，相處。韓愈《長安交遊者一首贈孟郊》：“親朋相過時，亦各有以娛。”

⑫　還鄉：返回鄉里。貫休《送新羅僧歸本國》：“想得還鄉後，多應著紫衣。”韋莊《菩薩蠻》二：“未老莫還鄉，還鄉須斷腸。”　沾襟：浸濕衣襟，多指傷心落淚。劉長卿《送侯中丞流康州》：“轅門畫角三軍思，驛路青山萬里心。北闕九重誰許屈？獨看湘水淚沾襟。”白居易《慈烏夜啼》：“夜夜夜半啼，聞者爲沾襟。”　雲霄：喻指高位。杜甫《奉贈鮮于京兆》：“雲霄今已逼，台袞更誰親？”朱慶餘《酬李處士見贈》：“雲霄未得路，江海作閑人。久別唯謀道，相逢不話貧。”本詩仍然是指正在高位的韋貫之、裴度等舊知，而沉淪下僚的自然是指包括自己在内的白居易等人。

⑬　世事：時事，世上的事。陸游《書憤》：“早歲那知世事艱，中原北望氣如山。”也作世務，塵俗之事解。《文選·張衡〈歸田賦〉》：“超埃塵以遐逝，與世事乎長辭。”李善注：“世務紛濁，以喻塵埃。”也指社交應酬、人情世故。《宋書·庾登之傳》：“登之雖不涉學，善於世事，王弘、謝晦、江夷之徒，皆相知友。”　悵望：惆悵地看望或想望。李頎《題盧五舊居》：“物在人亡無見期，閑庭繫馬不勝悲……悵望秋天鳴墜葉，巑岏枯柳宿寒鷗。”顧敻《更漏子》：“舊歡娛，新悵望。擁鼻含嚬樓上。濃柳翠，晚霞微。江鷗接翼飛簾。”　行處：走過的地方。白居易《盧侍御與崔評事爲予于黃鶴樓置宴宴罷同望》：“總是平生未行處，醉來堪賞醒堪愁。”韋莊《嘆落花》：“西子去時遺笑靨，謝娥行處落

金鈿。」　傷心：心靈受傷，形容極其悲痛。元稹《遠望》：「滿眼傷心冬景和，一山紅樹寺邊多。」陸游《重過沈園作》一：「傷心橋下春波綠，曾是驚鴻照影來。」

⑭ 閑遊：到外面隨便遊玩，閑逛。李中《懷廬岳舊遊寄劉鈞因感鑒上人》：「昔年廬岳閑遊日，乘興因尋物外僧。寄宿愛聽松葉雨，論詩惟對竹窗燈。」姚揆《潁川客舍》：「素琴孤劍尚閑遊，誰共芳尊話唱酬？鄉夢有時生枕上，客情終日在眉頭。」　寺觀：佛寺和道觀，僧人所居曰寺，道士所居曰觀。韓愈《論佛骨表》：「〔陛下〕即位之初，即不許度人爲僧尼、道士，又不許創立寺觀。」元稹《奉和浙西大夫李德裕述夢四十韻大夫本題言贈於夢中詩賦以寄一二僚友故今所和者亦止述翰苑舊遊而已次本韻》：「分阻杯盤會，閑隨寺觀邀（學士無過從聚會之例，大夫與稹時時期於寺觀閑行而已矣）。」　從容：悠閑舒緩，不慌不忙。齊己《喜乾晝上人遠相訪》：「澹泊門難到，從容日易過。餘生消息外，只合聽詩魔。」歐陽修《歸田録》卷二：「其弟伺間從容言之。」　遍問：一一問遍，不想遺漏。楊憑《長安春夜宿開元觀》：「霓裳下晚烟，留客杏花前。遍問人寰事，新從洞府天。」于鵠《送遷客二首》二：「上帆南去遠，送雁北看愁。遍問炎方客，無人得白頭？」　親知：親戚朋友。謝朓《和王著作八公山》：「浩蕩別親知，連翩戒征軸。」劉象《春夜二首》二：「一別杜陵歸未期，秖憑魂夢接親知。近來欲睡兼難睡，夜夜夜深聞子規。」　次第：依次。劉禹錫《秋江晚泊》：「暮霞千萬狀，賓鴻次第飛。」陸游《書事》：「聞道興圖次第還，黃河依舊抱潼關。」

⑮ 腸斷：形容極度悲痛。朱放《別李季蘭》：「古岸新花開一枝，岸傍花下有分離。莫將羅袖拂花落，便是行人腸斷時。」白居易《長恨歌》：「行宫見月傷心色，夜雨聞鈴腸斷聲。」　光德宅：唐代的長安由宫城、皇城和外廓城組成，外廓城從東、西、南三面拱衛宫城與皇城，外廓城是一般官僚與百姓的住宅區。城内大街南北十一條，東西十

四條,整個城區除了曲江園區之外,都被這些大街分隔成一百零九個坊區,光德坊即是其中之一。據宋敏求《長安志》記載,"病太子賓客裴洎(垍)宅"正在其中。　　無人:沒有人,沒人在。《史記·范雎蔡澤列傳》:"秦王屏左右,宮中虛無人。"應瑒《與侍郎曹良思書》:"足下去後,甚相思想。《叔田》有無人之歌,閭闔有匪存之思,風人之作,豈虛也哉!"　掃地:打掃地面。《孔子家語·致思》:"於是夫子再拜,受之。使弟子掃地,將以享祭。"蘇軾《擬進士對御試策》:"兔首瓠葉,可以行禮;掃地而祭,可以事天。"　戟門:立戟爲門,古代帝王外出,在止宿處插戟爲門。《周禮·天官·掌舍》:"爲壇壝宮棘門。"鄭玄注引漢鄭司農曰:"棘門,以戟爲門。"後指立戟之門。《資治通鑑·唐僖宗光啓三年》:"行密帥諸軍合萬五千人入城,以梁纘不盡節于高氏,爲秦畢用,斬於戟門之外。"胡三省注:"唐設戟之制,廟社宮殿之門二十有四,東宮之門一十有八,一品之門十六,二品及京兆、河南、太原尹、大都督、大都護之門十四,三品及上都督、中都督、上都護、上州之門十二,下都督、下都護、中州、下州之門各十。設戟於門,故謂之戟門。"引申指顯貴之家或顯赫的官署。錢起《秋霖曲》:"貂裘玉食張公子,炰炙熏天戟門裏。"元稹《奉誠園》:"秋來古巷無人掃,樹滿空墻閉戟門。"

　　⑯　一世:一生,一輩子。《史記·魏豹列傳》:"一生一世間,如白駒過隙耳!"杜甫《送樊二十三侍御赴漢中判官》:"裴回悲生離,局促老一世。"　營營:勞而不知休息,忙忙碌碌。《莊子·庚桑楚》:"全汝形,抱汝生,無使汝思慮營營。"鍾泰發微:"營營,勞而不知休息貌。"武元衡《桃源行送友》:"多君此去從仙隱,令人晚節悔營營。"孟郊《蚊》:"五月中夜息,饑蚊尚營營。但將膏血求,豈覺性命輕!"　生前:指死者還活着的時候。白居易《狂歌詞》:"生前不歡樂,死後有餘貲。焉用黃墟下,珠衾玉匣爲?"辛棄疾《破陣子·爲陳同甫賦壯詞以寄之》:"了却君王天下事,贏得生前身後名,可憐白髮生。"　無事:指

無爲，道家主張順乎自然，無爲而治。《老子》："取天下常以無事，及其有事，不足以取天下。"也指無所事事。韓愈《秋懷詩十一首》三："學堂日無事，驅馬適所願。" 無由：沒有門徑，沒有辦法。元稹《相憶泪》："除非入海無由住，縱使逢灘未擬休。"李德裕《二猿》："無由碧潭飲，争接綠蘿枝。"

　　⑰ 不知：不知道，不明白。唐代任氏《書桐葉》："天下負心人，不識相思字。有心與負心，不知落何地。"周仲美《書壁》："江鄉感殘春，腸斷晚烟起。西望太華峰，不知幾千里。" 山下：山嶺之下。王維《田園樂七首》五："山下孤烟遠村，天邊獨樹高原。一瓢顔回陋巷，五柳先生對門。"儲光羲《題應聖觀》："空中望小山，山下見餘雪。皎皎河漢女，在兹養真骨。" 東流：流向東方。杜甫《別贊上人》："百川日東流，客去亦不息。"東去的流水，亦比喻事物消逝，不可復返。李白《金陵歌送别范宣》："四十餘帝三百秋，功名事迹隨東流。"本詩所指的東流，無論是指元稹淅川附近的淅水，還是元稹西歸途經的丹河水，都是自西東流，在均縣流入漢水，然後經襄陽南下流入長江，最後東流入海。元稹在這裏的發問，實質寓含着對人生的思考。 何事：什麼事，哪件事。謝朓《休沐重還道中》："問我勞何事？沐沐仰清徽。"方干《經周處士故居》："愁吟與獨行，何事不傷情？"爲何，何故。左思《招隱二首》一："何事待嘯歌？灌木自悲吟。"劉過《水調歌頭》："湖上新亭好，何事不曾來？" 長須：一直需要，永遠如此。令狐楚《塞下曲二首》二："邊草蕭條塞雁飛，征人南望泪沾衣。黄塵滿面長須戰，白髮生頭未得歸。"白居易《得微之到官後書備知通州之事悵然有感因成四章》二："寅年籬下多逢虎，亥日沙頭始賣魚。衣斑梅雨長須熨，米澀畬田不解鉏。" 日夜：白天黑夜，日日夜夜。《周禮·夏官·挈壺氏》："凡喪，縣壺以代哭者，皆以水火守之，分以日夜。"杜甫《悲陳陶》："都人回面向北啼，日夜更望官軍至。"

　　⑱ 今朝：今晨。《詩·小雅·白駒》："縶之維之，以永今朝。"今

日。白居易《井底引銀瓶》：“瓶沉簪折知奈何，似妾今朝與君別。”
西渡：自東而西渡過大河或湖泊。黃庭堅《西山南浦行記》：“蓋郡西
渡大壑，稍陟山半，竹柏薈蔚之間，水泉潴爲大湖。”郭祥正《代刺訪歷
陽孫守公素》：“月洗晴江秋愈清，扁舟西渡歷陽城。漁翁贄見無羔
雁，滿袖盈襟皆月明。”　丹河：水名，即丹江，在今天河南省，元稹的
淅川田莊就在附近。據《河南通志》卷七記載：“丹河在府城東北一十
五里，源出澤州界内，穿太行，名曰丹口南流三十里入沁河，唐元微之
詩……”《關中勝迹圖志·地理》：“仙娥峰一名吸秀山，亂山中特起一
峰，下臨丹江，謂之仙娥洞。”　心寄：推心相托。張若虛《代答閨夢
還》：“燕入窺羅幕，蜂來上畫衣。情催桃李艷，心寄管弦飛。”武元衡
《春暮郊居寄朱舍人》：“春水滿池新雨霽，香風入户落花餘。目隨鴻
雁窮蒼翠，心寄溪雲任卷舒。”　無限：猶無數，謂數量極多。《史記·
河渠書》：“漢中之穀可致，山東從沔無限，便於砥柱之漕。”張守節正
義：“無限，言多也。”白居易《詔授同州刺史病不赴任因詠所懷》：“白
髮來無限，青山去有期。”没有窮盡，謂程度極深，範圍極廣。《後漢
書·杜林傳》：“及至其後，漸以滋章，吹毛索疵，詆欺無限。”元稹《酬
段丞與諸棋流會宿見贈》：“此中無限興，唯怕俗人知。”　愁：憂慮，憂
愁。《左傳·襄公二十九年》：“哀而不愁，樂而不荒。”張協《七命八
首》一：“愁洽百年，苦溢千歲。”悲哀，哀傷。陳子昂《宿襄河驛浦》：
“臥聞塞鴻斷，坐聽峽猿愁。”怨尤，怨恨。白居易《琵琶行》：“別有幽
愁暗恨生，此時無聲勝有聲。”

　⑲ 若到：假若到了，意謂詩人當時尚未到達。李白《送祝八之江
東賦得浣紗石》：“君去西秦適東越，碧山青江幾超忽。若到天涯思故
人，浣紗石上窺明月。”岑參《送鄭少府赴滏陽》：“青山入官舍，黃鳥度
宫墻。若到銅臺上，應憐魏寢荒。”　竹園：種竹之園。《史記·梁孝
王世家》：“於是孝王築東苑，方三百餘里。”張守節正義引李泰等《括
地志》：“兔園在宋州宋城縣東南十里……俗人言梁孝王竹園也。”盧

綸《早春歸盩厔屋寄耿湋李端》:"野日初晴麥壠分,竹園相接鹿成群。" 殷勤:頻繁,反復。《後漢書‧陳蕃傳》:"天之於漢,恨之無已,故殷勤示變,以悟陛下。"《北史‧拓拔澄傳》:"澄亦盡心匡輔,事有不便於人者,必於諫諍殷勤不已,内外咸敬憚之。" 故山:舊山,喻家鄉。應瑒《别詩二首》一:"朝雲浮四海,日暮歸故山。"司空圖《漫書五首》一:"逢人漸覺鄉音異,却恨鶯聲似故山。"元稹這時已經有歸田的打算,故把歸田之地也看成自己的"故山"。 淅莊:淅水爲漢水的支流,在今河南省西北部。元稹在商山淅水附近有自己的田莊,也正在詩人自唐州西歸長安的必經之路上。據元稹《東臺去》,其田莊購置於元稹監察御史期間所積儲的俸禄錢。

⑳ 寒窗:寒冷的視窗,常用以形容艱苦的讀書生活,或者是寂寞貧苦的生活。元稹《聞樂天授江州司馬》:"垂死病中驚起坐,暗風吹雨入寒窗。"牟融《客中作》:"千里雲山戀舊遊,寒窗凉雨夜悠悠。浮亭花竹頻勞夢,别路風烟半是愁。" 風雪:風與雪一起到來,與當時元稹西歸的季節相切合。祖詠《歸汝墳山莊留别盧象》:"對酒雞黍熟,閉門風雪時。非君一延首,誰慰遙相思?"劉長卿《逢雪宿芙蓉山主人》:"日幕蒼山遠,天寒白屋貧。柴門聞犬吠,風雪夜歸人。" 深爐:又大又深的取暖爐子。韋應物《永定寺喜辟强夜至》:"夜叩竹林寺,山行雪滿衣。深爐正燃火,空齋共掩扉。"司空圖《秋燕》:"從撲香塵拂面飛,憐渠只爲解相依。經冬好近深爐暖,何必千巖萬水歸!" 深:泛指從上到下或從外到内距離大。陶潛《歸園田居六首》一:"狗吠深巷中,雞鳴桑樹巔。"王維《鹿柴》:"返景入深林,復照青苔上。" 彼此:那個和這個,雙方。王昌齡《題僧房》:"棕櫚花滿院,苔蘚入閑房。彼此名言絶,空中聞異香。"韋應物《寄諸弟》:"歲暮兵戈亂京國,帛書間道訪存亡。還信忽從天上落,唯知彼此泪千行。" 相傷:互相感傷。元稹《贈吕二校書》:"語到欲明歡又泣,傍人相笑兩相傷。"元稹《送盧戡》:"紅樹蟬聲滿夕陽,白頭相送倍相傷。" 白須:白色的髯

鬚,形容衰老。蘇軾《贈黃山人》:"倦游不擬談玄牝,示病何妨出白鬚。"陸游《一年老一年》:"平生常笑愚公愚,欲栽墮齒染白鬚。"

㉑ "一夜思量十年事"兩句:從元和元年元稹制科及第之後,至詩人賦詠本詩,正爲十年。在這十年裏,詩人先在左拾遺任上,後在監察御史任上,與權貴、重臣、宦官違法之舉進行了不屈不撓、始終如一的鬥爭,十年來的往事一幕幕在詩人眼前閃現,感慨自然很多。而十年來,有人晉職有人貶斥,有人健在有人作古,喜憂參半不堪回首。而潘自牧《記纂淵海·感嘆》連續錄有如下唐人詩句:"世事不同心事,新人何似故人(劉禹錫)"、"所嘆別此年,永無長慶曆"、"淒涼百年事,應與一年同"、"風光少時新(同上)"、"一夜思量十年事,幾人強健幾人無(同上)",按照排列順序,這九句,似乎都應該歸屬劉禹錫;但《記纂淵海》在這裏的記載出現了差錯,如其中的"世事不同心事,新人何似故人",確實是劉禹錫詩句,其《答樂天臨都驛見贈》:"北固山邊波浪,東都城裏風塵。世事不同心事,新人何似故人?"但"一夜思量十年事,幾人強健幾人無"兩句誤歸屬於劉禹錫名下,應該予以辨正,是《西歸絕句十二首》一〇之詩,它不僅見於《元氏長慶集》各本,同時也見於《萬首唐人絕句》、《全詩》、《全唐詩錄》,都歸屬元稹名下,除《記纂淵海》外,不見有其他歸屬劉禹錫的記載。   **一夜**:一個夜晚,一整夜。江淹《哀千里賦》:"魂終朝以三奪,心一夜而九摧。"李白《子夜吳歌·冬》:"明朝驛使發,一夜絮征袍。"   **思量**:考慮,忖度。《晉書·王豹傳》:"得前後白事,具意,輒別思量也。"杜荀鶴《秋日寄吟友》:"閑坐細思量,惟吟不可忘。"   **十年**:十個年頭,十年時間。張說《送岳州李十從軍桂州》:"送客之江上,其人美且才。風波萬里闊,故舊十年來。"丁仙芝《贈朱中書》:"十年種田濱五湖,十年遭澇盡爲蕪。頻年井稅常不足,今年緡錢誰爲輸?"   **強健**:亦作"强健",強壯健康。《三國志·華佗傳》:"卿今強健,我欲死,何忍無急去藥,以待不祥?"白居易《偶吟》:"老自退閑非世棄,貧蒙強健是天憐。"   **無**:死

的婉辭。《北齊書·神武帝紀》："王在，吾不敢有異；王無，吾不能與鮮卑小兒共事。"《南史·齊豫章文獻王嶷傳》："〔蕭嶷〕臨終，召子子廉、子恪曰：'吾無後，當共相勉勵，篤睦爲先。'"實十二：《唐人行第錄》："元氏集一九《西歸絶句》原注'宿實十二藍田宅'，名未詳。"《年譜》引述《唐人行第錄》舊説，《編年箋注》缺注。《年譜新編》："'實十二'疑是竇晦之。"與我們早年的考證以及《元稹評傳》的表述不謀而合：元稹元和四年在洛陽喪妻之後，曾與盧子蒙、竇晦之借酒澆愁，有《擬醉（與盧子蒙飲於竇晦之）》詩，詩云："九月閑宵初向火，一尊清酒始行杯。憐君城外遙相憶，冒雨沖泥黑地來。"詩人與盧子蒙、竇晦之的交情一直不錯，故借宿"實十二藍田宅"應該是順理成章之事。藍田：縣名，在陝西省渭河平原南緣、秦嶺北麓、渭河支流灞河上游。秦置縣，以產美玉聞名。班固《西都賦》："陸海珍藏，藍田美玉。"張九齡《奉使自藍田玉山南行》："征驂入雲壑，始憶步金門。通籍微軀幸，歸途明主恩。"

㉒ 藍橋：橋名，在陝西省藍田縣東南藍溪之上，相傳其地有仙窟，爲唐裴航遇仙女雲英處。元稹西歸長安，必定經由藍橋。劉禹錫《微之鎮武昌中路見寄藍橋懷舊之作淒然繼和兼寄安平》："同爲三楚客，獨有九霄期……武昌應已到，新柳映紅旗。"白居易《初出藍田路作》："朝經韓公阪，夕次藍橋水。潯陽近四千，始行七十里。" 須臾：片刻，短時間。盧仝《嘆昨日三首》一："昨日之日不可追，今日之日須臾期。如此如此復如此，壯心死盡生鬢絲。"元稹《連昌宮詞》："力士傳呼覓念奴，念奴潛伴諸郎宿。須臾覓得又連催，特敕街中許然燭。"碧峰：即碧山，青山。劉禹錫《松滋渡望峽中》："巴人淚應猿聲落，蜀客船從鳥道回。十二碧峰何處所？永安宮外是荒臺。"杜牧《鷺鷥》："鷺飛遠映碧山去，一樹梨花落晚風。"

㉓ 風回麵市連天合：形容漫天的飛雪覆蓋整個原野，連天接地，如同進入一個麵粉世界。李商隱《喜雪》："朔雪自龍沙，呈祥勢可嘉。

有田皆種玉,無樹不開花⋯⋯人疑遊麵市,馬似困鹽車。"喻良能《二月二日大雪》:"礐湖二月雪,寒氣故裴回。麵市連天合,銀花照眼開。" 麵市:形容如麵粉一般的雪花鋪天蓋地。李商隱《喜雪》:"寂寞門扉掩,依稀履迹斜。人疑遊麵市,馬似困鹽車。"喻良能《二月二日大雪》:"礐湖二月雪,寒氣故裴回。麵市連天合,銀花照眼開。" 連天:滿天。韓愈《李花二首》二:"當春天地爭奢華,洛陽園苑尤紛挐。誰將平地萬堆雪,剪刻作此連天花?"朱敦儒《十二時》:"連雲衰草,連天晚照,連山紅葉。"與天際相連。李白《夢遊天姥吟留別》:"天姥連天向天橫,勢拔五嶽掩赤城。天台四萬八千丈,對此欲倒東南傾。"胡權《濟川用舟楫》:"渺渺水連天,歸程想幾千。孤舟辭曲岸,輕檝濟長川。" 合:會集,聚合。酈道元《水經注·江水》:"大江又東,左合子夏口。"蘇轍《龍川別志》卷下:"五更,市方合而雨作,入五局觀避之。" 凍壓花枝著水低:含苞待放的一枝枝花枝,經不住漫天大雪的重壓,慢慢向著由水面形成的冰面垂了下去。 花枝:開有花的枝條。王維《酌酒與裴迪》:"草色全經細雨濕,花枝欲動春風寒。世事浮雲何足問!不如高臥且加餐。"杜甫《西閣雨望》:"樓雨沾雲幔山寒,著水城徑添沙麵。" 著水:靠近水面,接觸水面。李益《鹽州過胡兒飲馬泉》:"綠楊著水草如烟,舊是胡兒飲馬泉(鸊鵜泉在豐州城北,胡人飲馬於此)。幾處吹笛明月夜?何人倚劍白雲天?"元稹《高荷》:"亭亭自擡舉,鼎鼎難藏壓。不學著水莖,一生長怗怗。" 低:向下,向下垂。謝朓《詠風》:"徘徊發紅萼,葳蕤動綠漪。垂楊低復舉,新萍合且離。"李端《代棄婦答賈客》:"玉壘城邊爭走馬,銅鞮市裏共乘舟。鳴環動珮恩無盡,掩袖低巾淚不流。"

㉔ 寒花:寒冷時節開放的花,如梅花、迎春等。李頎《送李回》:"千巖曙雪旌門上,十月寒花輦路中。"錢起《送元評事歸山居》:"寒花催酒熟,山犬喜人歸。遙羨書窗下,千峰出翠微。" 山腰:山脚和山頂之間大約一半的地方。庾信《枯樹賦》:"橫洞口而欹卧,頓山腰而

半折。"白居易《殘暑招客》:"雲截山腰斷,風驅雨腳回。" 著柳冰珠滿碧條:意謂在這冰雪世界裏,大大小小的冰珠一個連著一個,挂滿了淺綠色的柳條。 冰珠:凝結在樹枝上的小小冰球。庾信《郊行值雪》:"風雲俱慘慘,原野正茫茫。雪花開六出,冰珠映九光。"蘇軾《次韵舒堯文祈雪霧豬泉》:"曉來泉上東風急,鬢上冰珠老蛟泣。" 碧條:淺綠色的植物枝條。元稹《生春二十首》九:"綠誤眉心重,黃驚蠟淚融。碧條殊未合,愁緒已先叢。"王翰《食苜蓿》"東皋雨過土膏潤,採擷登厨露未晞。生處碧條儕莧藋,糁時白粲坋珠璣。"

㉕ 天色:天空的顔色。岑參《與鄠縣群官泛渼陂》:"萬頃浸天色,千尋窮地根。"蘇軾《過萊州雪後望三山》:"雲光與天色,直到三山回。" 玉塵:喻雪。朱灣《長安喜雪》:"千門萬户雪花浮,點點無聲落瓦溝。全似玉塵消更積,半成冰片結還流。"白居易《酬皇甫十早春對雪見贈》:"漠漠復雰雰,東風散玉塵。"

[編年]

我們以爲《西歸絶句十二首》這一組詩歌中的所有詩篇,都是作於元稹西歸長安途中,雖然有幾首詩歌涉及長安城内的内容,但那是詩人路途中的懸想之詞,並非是回到長安之後所作。請看元稹自己的表述:第一首:"雙堠頻頻减去程,漸知身得近京城。"第二首:"今日春風到武關。"第四首:"只去長安六日期。"第八首:"不知山下東流水,何事長須日夜流?"第九首:"今日西渡丹河水。"第十首詩下注:"宿竇十二藍田宅。"第十一首:"雲覆藍橋雪滿溪。"第十二首:"玉塵隨馬度藍橋。"清晰地描述了元稹一路西行的路綫。至於第三首"同歸諫院韋丞相,共貶河南亞大夫。今日還鄉獨憔悴,幾人憐見白髭須"、第五首"白頭歸舍意如何? 賀處無窮吊亦多。左降去時裴相宅,舊來車馬幾人過"、第六首"還鄉何用泪沾襟? 一半雲霄一半沈。世事漸多饒悵望,舊曾行處便傷心"、第七首"閑遊寺觀從容到,遍問親知次第尋。腸斷裴家光德宅,無人掃地戟門深",全部都是元稹在西歸途中的想像之詞,設想自己回京之後的種種遭遇,既有傷心的回憶,也有不幸的預測,絕對不是元稹回到京城之後的真實遭遇。據此,本組詩撰寫的具體時間應該在元和十年正月之初。

《年譜》編年本組詩歌於元和十年年初西歸"初到西京作",不確;編排在《留呈夢得子厚致用》之後,更不合適。《編年箋注》順從卞孝萱之説:"此詩作於元和十年(八一五)正月奉詔回朝,初到西京時。"理由是:"見卞《譜》。"編排在《留呈夢得子厚致用》之後,不合適。《年譜新編》將這組詩歌編入"以上詩離唐州赴長安途中作(《西歸絕句》中個別作品爲到長安後作)。"但仍然編排在《留呈夢得子厚致用》之後,也不合適。

◎ 桐孫詩(并序　此後元和十年詔召入京及通州司馬已後詩)(一)①

元和五年,予貶掾江陵。三月二十四日宿曾峰館,山月曉時,見桐花滿地,因有八韵寄白翰林詩。當時草瘗,未暇紀題②。及今六年,詔許西歸,去時桐樹上孫枝已拱矣!予亦白鬚兩莖而蒼然斑鬢③。感念前事,因題舊詩,仍賦《桐孫詩》一絕④。又不知幾何年(二),復來商山道中。元和十年正月題⑤。

去日桐花半桐葉,別來桐樹老桐孫⑥。城中過盡無窮事,白髮滿頭歸故園⑦。

録自《元氏長慶集》卷一九

[校記]

(一)桐孫詩:叢刊本、《全詩》、《全唐詩録》、《佩文齋廣群芳譜》同,楊本、《萬首唐人絕句》作"桐花詩",語義不同,不改。《萬首唐人絕句》并略去了原有的序文。

（二）又不知幾何年：楊本、叢刊本、《全詩》、《萬首唐人絕句》、《佩文齋廣群芳譜》同，《全唐詩録》作"又不知何年"，語義相類，不改。

［箋注］

① 桐孫：桐樹新生的小枝。庾信《詠樹》："楓子留爲式，桐孫待作琴。"周賀《贈神遘上人》："草履蒲團山意存，坐看庭木長桐孫。"後以"桐孫"稱美他人子孫，與詩序的"孫枝"義同。

② 曾峰館：商山道中的驛站，元稹元和五年出貶江陵時曾經借宿於此，元稹有《三月二十四日宿曾峰館夜對桐花寄樂天》詩，該詩即詩序所云"八韵寄白翰林詩"："微月照桐花，月微花漠漠。怨澹不勝情，低回拂簾幕。葉新陰影細，露重枝條弱。夜久春恨多，風清暗香薄。是夕遠思君，思君瘦如削。但感事睽違，非言官好惡。奏書金鑾殿，步屧青龍閣。我在山館中，滿地桐花落。" 草慼：亦作"草感"，倉猝，匆忙。鮑照《登大雷岸與妹書》："臨塗草慼，辭意不周。"韋應物《送李侍御益赴幽州幕》："契闊晚相遇，草感遽離群。" 紀題：猶紀實，記述實況。武元衡《和楊二舍人晚秋與崔二舍人張秘監苗考功同遊昊天觀時中書寓直不得陪隨因追往年曾與舊僚聯遊此觀紀題在壁已有淪亡書事感懷輒以呈寄兼呈東省三給事之作楊公見徵鄙詞因以繼和》："瑤圃高秋會，金街奉詔辰。朱綸天上客，白石洞中人。"徐綸《元化長壽禪院記》："院主以余祖構是務，翰墨爲功，爰托紀題，以傳悠久矣！"

③ 六年：元稹自元和五年三月出貶江陵，經由曾峰驛，來到江陵，元和九年奉詔西歸北上，至"元和十年正月"又經由曾峰驛，前後相計，已經六個年頭。杜甫《春日江村五首》二："迢遞來三蜀，蹉跎有六年。客身逢故舊，發興自林泉。"李吉甫《癸巳歲吉甫圜丘攝事合於中書後閣宿齋常負忝愧移止於集賢院會門下相公以七言垂寄亦有所

酬短章絕韵不足抒意因敘所懷奉寄相公兼呈集賢院諸學士》：“淮海同三入，樞衡過六年。廟齋虩永夕，書府會群仙”　西歸：向西歸還，歸向西方。何遜《臨行與故遊夜別》：“復如東注水，未有西歸日。”孟郊《感懷八首》五：“去去荒澤遠，落日當西歸。”這裏指自江陵或唐州西歸長安。　孫枝：從樹幹上長出的新枝。《太平御覽》卷九五六引應劭《風俗通》：“梧桐生於嶧山陽巖石之上，採東南孫枝爲琴，聲甚清雅。”《古文苑·沈約〈篦〉》：“江南簫産地，妙響發孫枝。”章樵注：“詩言江南之地，産竹多良，可爲樂器，孫枝又其特異者也。”　拱：拱手，兩手相合。《論語·微子》：“子路拱而立。”董仲舒《春秋繁露·五行相生》：“立而磬折，拱則抱鼓。”這裏指桐樹的“孫枝”如人的兩臂，互相拱而相合。　白鬚：亦作“白須”，白色的鬍鬚，形容衰老。元積《西歸絕句十二首》一〇：“寒窗風雪擁深爐，彼此相傷指白鬚。”陸游《一年老一年》：“平生常笑愚公愚，欲栽墮齒染白須。”　蒼然：義近“蒼白”，白而略微發青，灰白色。岑參《秋夕聽羅山人彈三峽流泉》：“皤皤岷山老，抱琴鬢蒼然。衫袖拂玉徽，爲彈三峽泉。”柳宗元《寄韋珩》：“邇來氣少筋骨露，蒼白澗泪盈顛毛。”　斑鬢：鬢毛斑白，謂衰老。杜甫《壯遊》：“黑貂寧免敝，斑鬢兀稱觴。”趙蕃《寄送潘文叔恭叔二首》一：“斑鬢驚催老，青衿悔負初。”

④ 感念：思念。陸機《爲顧彥先贈婦二首》一：“修身悼憂苦，感念同懷子。”李商隱《五言述德詩一首四十韵獻上杜七兄僕射相公》：“感念毀屍露，咨嗟趙卒坑。儻令安隱忍，何以贊貞明？”感激懷念。孟浩然《閑園懷蘇子》：“鳥過烟樹宿，螢傍水軒飛。感念同懷子，京華去不歸。”元積《酬別致用》：“感念交契定，泪流如斷縻。此交定生死，非爲論盛衰。”　前事：以前發生過的事情。高適《別孫訢》：“離人去復留，白馬黑貂裘。屈指論前事，停鞭惜舊遊。”張彪《北遊還酬孟雲卿》：“忽忽忘前事，志願能相乖？衣馬久羸弊，誰信文與才？”　舊詩：以前賦寫的詩篇。錢起《暇日覽舊詩因以題咏》：“何窮默識輕洪範，

未喪斯文勝大還。筐篋静開難似此,蕊珠春色海中山。"元稹《初寒夜寄盧子蒙》:"倚壁思閑事,回燈檢舊詩。聞君亦同病,終夜遠相悲。"

⑤ 不知:無法預料。張若虛《春江花月夜》:"斜月沈沈藏海霧,碣石瀟湘無限路。不知乘月幾人歸?落月遥情滿江樹。"崔國輔《渭水西别李崟》:"隴右長亭堠,山陰古塞秋。不知鳴咽水,何事向西流?" 幾何:猶若干,多少。《史記·白起王翦列傳》:"於是始皇問李信:'吾欲攻取荆,於將軍度用幾何人而足?'"《新唐書·李多祚傳》:"〔張柬之〕乃從容謂曰:'將軍居北門幾何?'曰:'三十年矣!'" 復來:第二次來,再一次來。李白《望夫山》:"雲山萬重隔,音信千里絶。春去秋復來,相思幾時歇?"岑參《過梁州奉贈張尚書大夫公》:"漢中二良將,今昔各一時。韓信此登壇,尚書復來斯。"

⑥ 去日:離開的那天。王維《伊州歌》:"清風明月苦相思,蕩子從戎十載餘。征人去日殷勤囑,歸雁來時數附書。"張彪《古别離》:"去日忘寄書,來日乖前期。縱知明當返,一息千萬思。"這裏是指元和五年三月二十四日,元稹前往江陵途中入住曾峰驛,並且賦詩寄贈白翰林白居易。 桐花:桐樹的花。白居易《桐花》:"春令有常候,清明桐始發。何此巴峽中,桐花開十月?"梅堯臣《問答·送九舅席上作》:"桐花正美喬雪亂,家庭玉樹須來儀。"這裏指代桐樹,意在與下句的"桐樹"不相重複。 半桐葉:尚没有完全長成的幼枝上没有完全展開的嫩葉。韋應物《題桐葉》:"參差剪緑綺,瀟灑覆瓊柯。憶在澧東寺,偏書此葉多。"岑參《送魏升卿擢第歸東都因懷魏校書陸渾喬潭》:"井上桐葉雨,灞亭卷秋風。故人適戰勝,匹馬歸山東。" 别來:離别以來。謝惠連《代古詩》:"别來經年歲,歡心不同淩。"竇群《贈劉大兄院長》:"路自長沙忽相見,共驚雙鬢别來殊。" 老桐孫:已經完全成熟的孫枝。楊巨源《和鄭少師相公題慈恩寺禪院》:"舊寺長桐孫,朝天是聖恩。謝公詩更老,蕭傅道方尊。"周賀《贈神邁上人》:"草履蒲團山意存,坐看庭木長桐孫。行齋罷講仍香氣,布褐離床帶雨痕。"

⑦　城中：這裏指長安城中。沈佺期《奉和聖製同皇太子遊慈恩寺應制》：“蕭蕭蓮花界，燄燄貝葉宮。金人來夢裏，白馬出城中。”崔顥《七夕》：“長安城中月如練，家家此夜持針綫。仙裙玉佩空自知，天上人間不相見。”　無窮：無盡，無限，指事物没有窮盡。《孫子·虛實》：“人皆知我所以勝之形，而莫知我所以制勝之形，故其戰勝不復，而應形於無窮。”盧藏用《宋主簿鳴皋夢趙六予未及報而陳子雲亡今追爲此詩答宋兼貽平昔遊舊》：“爲君成此曲，因言寄友生。默語無窮事，凋傷共此情。”　白髮：銀白色的頭髮，衰老的體徵。李中《再遊洞神宮懷邵羽人有感》：“泉落小池清復咽，雲從高嶠起還收。自慚未得沖虛術，白髮無情漸滿頭。”徐鉉《九日落星山登高》：“秋暮天高稻穟成，落星山上會諸賓。黄花汎酒依流俗，白髮滿頭思古人。”　滿頭：頭上都是。陳羽《古意》“妾年四十絲滿頭，郎年五十封公侯。男兒全盛日忘舊，銀床羽帳空颼颼。”張籍《書懷寄王秘書》：“白髮如今欲滿頭，從來百事盡應休。祇於觸目須防病，不擬將心更養愁。”　故園：舊家園，故鄉。駱賓王《晚憩田家》：“唯有寒潭菊，獨似故園花。”劉希夷《故園置酒》：“酒熟人須飲，春還鬢已秋。願逢千日醉，得緩百年憂。”這裏指元稹的出生地長安。

[編年]

　　據本詩詩序，本詩當作於元和十年正月元稹奉詔西歸長安途中，地點在商山的曾峰館，與《西歸絶句十二首》爲前後之作。《年譜》編年本詩於元和十年，《編年箋注》、《年譜新編》同《年譜》，但他們認爲作於《西歸絶句十二首》之前。商山，亦即商洛，離開長安祇有二百多里地，而《西歸絶句十二首》四：“只去長安六日期。”按照元稹歸心如箭的心情，應該與乘傳的速度不相上下，但當時風雪滿野，行進速度定然有限，里程應該在二百里以上，大致在數百里上下。按此推算，《西歸絶句十二首》的大部份詩篇，應該賦成於《桐孫詩》之前。

◎ 題藍橋驛留呈夢得子厚致用^{(一)①}

泉溜才通疑夜磬,燒烟餘暖有春泥^{(二)②}。千層玉帳鋪松蓋,五出銀區印虎蹄③。暗落金烏山漸黑,深埋粉堠路渾迷④。心知魏闕無多地,十二瓊樓百里西⑤。

録自《元氏長慶集》卷一九

[校記]

（一）題藍橋驛留呈夢得子厚致用:楊本、叢刊本作“留呈夢得子厚致用”,下作題注“題藍橋驛”,《全詩》、《古詩鏡·唐詩鏡》同,兩者没有什麼差别,不改。

（二）燒烟餘暖有春泥:原本作“燒烟餘煖有春泥”,據楊本、叢刊本、《古詩鏡·唐詩鏡》、《全詩》改。

[箋注]

① 藍橋驛:驛站名,裴航遇仙女雲英的故事就發生在那裏。《太平廣記·裴航》:“唐長慶中,有裴航秀才,因下第遊於鄂渚,謁故舊友人崔相國。值相國贈錢二十萬,遠挈歸於京,因僱巨舟,載於湘漢。同載有樊夫人,乃國色也。言詞問接,幃帳昵洽。航雖親切,無計道達而會面焉!因賂侍妾裊烟,而求達詩一章曰:‘同爲胡越猶懷想,況遇天仙隔錦屏。儻若玉京朝會去,願隨鸞鶴入青雲!’詩往久而無答,航數詰裊烟,烟曰:‘娘子見時若不聞,如何?’航無計,因在道求名醞珍果而獻之,夫人乃使裊烟召航相識。及褰帷,而玉瑩光寒,花明麗景,雲低鬢鬢,月淡修眉,舉止烟霞外人,肯與塵俗爲偶,航再拜揖,愕眙良久之。夫人曰:‘妾有夫在漢南,將欲棄官而幽栖巖谷,召某一訣耳!深哀草擾,慮不及

期,豈更有情留盼他人,的不然耶? 但喜與郎君同舟共濟,無以諧謔為
意耳!'航曰:'不敢!'飲訖而歸。操比冰霜,不可干冒。夫人後使裊烟
持詩一章曰:'一飲瓊漿百感生,玄霜搗盡見雲英。藍橋便是神仙窟,何
必崎嶇上玉清。'航覽之,空愧佩而已,然亦不能洞達詩之旨趣。後更不
復見,但使裊烟達寒暄而已。遂抵襄漢,與使婢挈妝奩不告辭而去。人
不能知其所造,航遍求訪之,滅迹匿形,竟無蹤兆。遂飾妝歸輦下,經藍
橋驛側近,因渴甚,遂下道求漿而飲。見茅屋三四間,低而復隘。有老
嫗緝麻苧,航揖之求漿,嫗咄曰:'雲英擎一甌漿來! 郎君要飲!'航訝
之,憶樊夫人詩有'雲英'之句,深不自會。俄於葦箔之下,出雙玉手捧
瓷甌,航接飲之。真玉液也! 但覺異香氤鬱,透於戶外。因還甌,遽揭
箔,覩一女子,露裛瓊英,春融雪彩,臉欺膩玉,鬢若濃雲,嬌而掩面蔽
身。雖紅蘭之隱幽谷,不足比其芳麗也! 航驚怛,植足而不能去,因白
嫗曰:'某僕馬甚饑,願憩於此,當厚答謝,幸無見阻!'嫗曰:'任郎君自
便!'且遂飯僕秣馬,良久,謂嫗曰:'向覩小娘子艷麗驚人,姿容擢世,所
以躊躇而不能適。願納厚禮而娶之,可乎?'嫗曰:'渠已許嫁一人,但時
未就耳! 我今老病,只有此女孫。昨有神仙遺靈丹一刀圭,但須玉杵臼
搗之百日,方可就吞,當得後天而老。君約取此女者,得玉杵臼,吾當與
之也。其餘金帛,吾無用處耳!'航拜謝曰:'願以百日為期,必攜杵臼而
至,更無他許人!'嫗曰:'然!'航恨恨而去。及至京國,殊不以舉事為
意,但於坊曲鬧市喧衢而高聲訪其玉杵臼,曾無影響。或遇朋友,若不
相識,衆言為狂人。數月餘日,或遇一貨玉老翁曰:'近得虢州藥舖卞老
書云有玉杵臼貨之,郎君懇求如此,此君吾當為書導達。'航愧荷珍重,
果獲杵臼。卞老曰:'非二百緡不可得!'航乃瀉囊,兼貨僕馬,方及其
數,遂步驟獨挈而抵藍橋。昔日嫗大笑曰:'有如是信士乎? 吾豈愛惜
女子而不醻其勞哉!'女亦微笑曰:'雖然,更為吾搗藥百日,方議姻好!'
嫗於襟帶間解藥,航即搗之。晝為而夜息,夜則嫗收藥臼於內室。航又
聞搗藥聲,因窺之。有玉兔持杵臼,而雪光輝室,可鑒毫芒,於是航之意

愈堅。如此日足，嫗持而吞之，曰：'吾當入洞而告姻戚，爲裴郎具帳幃，遂挈女入山。謂航曰：'但少留此！'逡巡，車馬僕隸迎航而往。別見一大第連雲，珠扉晃日，内有帳幄屏幃，珠翠珍玩莫不臻至，愈如貴戚家焉！仙童侍女引航入帳就禮訖，航拜嫗，悲泣感荷。嫗曰：'裴郎自是清泠裴真人子孫，業當出世，不足深愧老嫗也！'及引見諸賓，多神仙中人也。後有仙女，鬟髻霓衣，云是妻之姊耳！航拜訖，女曰：'裴郎不相識耶？'航曰：'昔非姻好，不省拜侍……'女曰：'不憶鄂渚同舟回而抵襄漢乎？'航深驚怛，懇惘陳謝。後問左右，曰：'是小娘子之姊雲翹夫人、劉綱仙君之妻也！已是高真，爲玉皇之女吏。'嫗遂遣航將妻入玉峰洞中，瓊樓珠室而居之，餌以絳雪瓊英之丹。體性清虚，毛髮紺緑，神化自在，超爲上仙。至太和中，友人盧顥遇之於藍橋驛之西，因説得道之事，遂贈藍田美玉十斤、紫府雲丹一粒，叙話永日，使達書於親愛。盧顥稽顙曰：'兄既得道，如何乞一言而教授！'航曰：'老子曰虚其心，實其腹。今之人，心愈實，何由得道之理？盧子憮然，而語之曰：'心多妄想，腹漏精溢，即虚實可知矣！凡人自有不死之術、還丹之方，但子未便可教，異日言之。'盧子知不可請，但終宴而去，後世人莫有遇者。"　　藍橋：橋名，在陝西省藍田縣東南藍溪之上，附近有藍橋驛。《長安志·藍田縣》："青泥驛在縣郭下，藍田驛在縣西北二十五里，韓公堆驛在縣南二十五里，藍橋驛在縣東南四十里。"白居易《藍橋驛見元九詩（詩中云：江陵歸時逢春雪）》："藍橋春雪君歸日，秦嶺秋風我去時。每到驛亭先下馬，循墙繞柱覓君詩。"白居易《初出藍田路作》："朝經韓公坂，夕次藍橋水。潯陽近四千，始行七十里。"　　驛：古時供傳遞文書、官員來往及運輸等中途暫息、住宿的地方、旅店。岑參《虢州後亭送李判官使赴晉絳得秋字》："西原驛路挂城頭，客散紅亭雨未收。君去試看汾水上，白雲猶似漢時秋。"李嘉佑《登楚州城望驛路十余里山村竹林相次交映》："十里山村道，千峰櫟樹林。霜濃竹枝亞，歲晚荻花深。"夢得子厚致用：劉禹錫字夢得，柳宗元字子厚，李景儉字致用。三人都是永貞革新的重要成員,革新失敗後先後貶斥荒郡遠州,這次也奉詔回京。元稹與三人都是交情深厚的朋友,他們的友誼至死不逾,詩歌酬唱甚密。我們以爲僅僅從這首詩的表面看來,衹是當時藍橋驛的風景描繪;但從詩中顯示"春泥"、"心知魏闕無多地"、"山漸黑"、"路渾迷"等資訊來看,也流露了詩人對這次歸京的熱切期盼與前途未卜的極度迷茫;而這種心情衹有同受苦難同遭不幸的詩人自己與劉禹錫、柳宗元、李景儉才能"心有靈犀一點通",才能有如此相同的體會和如此共同的感受。在藍橋驛,元稹得知因永貞革新而被貶斥遠地的劉禹錫、柳宗元以及永貞革新的贊助者李景儉即將歸來,詩人的心情分外高興,迫不及待地題詩藍橋驛,以寄託自己對他們的思念之情。這首詩歌流露了詩人對與自己同受苦難同遭不幸的劉禹錫、柳宗元、李景儉政治情意,故直至柳宗元李景儉病故多年之後,劉禹錫與元稹還在重提這段難忘的往事:大和四年元稹出鎮武昌途徑藍橋,仍然有詩懷念永貞革新的朋友。元稹的原作雖然已散失,但劉禹錫《微之鎮武昌中路見寄藍橋懷舊之作淒然繼和兼寄安平》詩仍然透露了元稹原作的某些內容,劉禹錫詩云:"今日油幢引,他年黃紙追。同爲三楚客,獨有九霄期。宿草恨長在,傷禽飛尚遲。武昌應已到,新柳映紅旗。"詩題中的"藍橋懷舊之作"即是元稹《留呈夢得子厚致用》詩,劉夢得禹錫、柳子厚宗元、李致用景儉都是永貞革新成員,而"安平"亦即永貞革新成員韓泰之字。時間已過去了近三十年,而元稹却在自己的詩歌中多次追憶永貞革新成員的坎坷經歷,這不是偶然的,難怪劉禹錫要"淒然繼和"了。劉禹錫在詩中回憶了自己與元稹等人元和十年同謫楚地的遭遇,讚揚元稹先因自己的才能而入相,又因李逢吉、李宗閔的誣陷排擠而出鎮外任。在劉禹錫的詩歌裏,詩人承認自己與元稹"同爲三楚客",成爲"傷禽"。他們的"恨長在",他們的"傷"至今未愈,詩人衷心期盼元稹"他年"仍然能够回到京城,擔任要職,再展宏圖再續大業。從中可見元稹與永貞革新集團成員的感情交往,是一直深厚不替的。

②"泉溜才通疑夜磬"兩句：意謂春天的腳步逼近，雪花暗暗溶化，雪花之下是悄悄流動的泉水，發出動聽的淙淙水聲，遠遠聽來，好像是廟宇裏傳來的夜磬之聲。戶戶炊烟，處處人迹，大雪覆蓋之下的大地開始蘇醒，春天的氣息已經慢慢融入大地之中。　泉：原指泉水。潘岳《射雉賦》："天泱泱以垂雲，泉涓涓而吐溜。"地下水。《左傳·隱公元年》："君何患焉？若闕地及泉，隧而相見，其誰曰不然？"《荀子·榮辱》："短綆不可以汲深井之泉。"這裏指厚雪之下溶化的雪水。　溜：通"霤"，屋檐滴水處。《左傳·宣公二年》："三進，及溜，而後視之。"孔穎達疏："溜謂檐下水溜之處。"陸德明釋文："屋霤也。"王安石《示元度》："五楸東都來，斸以繞檐溜。"這裏形容雪花慢慢溶化成細小水流的情景。　磬：古代打擊樂器，狀如曲尺，用玉、石或金屬製成，懸挂於架上，擊之而鳴。《左傳·襄公十一年》："凡兵車百乘、歌鐘二肆，及其鎛、磬，女樂二八。"杜預注："鎛、磬，皆樂器。"錢起《登玉山諸峰偶至悟真寺》："更聞東林磬，可聽不可說。興中尋覺化，寂爾諸象滅。"　春泥：從殘冬嚴寒中慢慢蘇醒變暖的泥土，春天的泥土。杜甫《陪裴使君登岳陽樓》："雪岸叢梅發，春泥百草生。"竇鞏《襄陽寒食寄宇文籍》："烟水初銷見萬家，東風吹柳萬條斜。大堤欲上誰相伴？馬踏春泥半是花。"

③千層：猶言多層。薛能《嘉陵驛》："江濤千疊閣千層，衙尾相隨盡室登。稠樹蔽山聞杜宇，午烟薰日食嘉陵。"來鵠《宛陵送李明府罷任歸江州》："官滿便尋垂釣侶，家貧已用賣琴錢。浪生溢浦千層雪，雲起爐峰一炷烟。"　玉帳：玉飾之帳。張說《虛室賦》："玉帳瓊宮，圖奢務豐；朱門金穴，恃滿矜隆。"戎昱《涇州觀元戎出師》："吹笳覆樓雪，祝纛滿旗風……金鐃肅天外，玉帳静霜中。"本詩借指漫天大雪形成的如瓊宮一般的世界，猶如玉飾之帳。　松蓋：謂喬松枝葉茂密，狀如傘蓋。錢起《登秦嶺半崖遇雨》："依巖假松蓋，臨水羨荷衣。"李山甫《題李員外廳》："高丘松蓋古，閑地藥苗肥。"　五出：猶五瓣的

花朵，這裏指寒天開放的花朵，與“六出”亦即六角形的雪花相媲美。元稹同時詩《西歸絶句十二首》一一：“雲覆藍橋雪滿溪，須臾便與碧峰齊。風回麵市連天合，凍壓花枝着水低。”其一二：“寒花帶雪滿山腰，着柳冰珠滿碧條。天色漸明回一望，玉塵隨馬度藍橋。”就是最好的明證。《太平御覽》卷一二引《韓詩外傳》：“凡草木花多五出，雪花獨六出。”楊炯《梅花落》：“窗外一株梅，寒花五出開。”梅堯臣《思歸賦》：“青芋連區，烏椑五出。”　銀區：這裏形容被大雪覆蓋的大地，白雪如銀，故言。義近“雪野”、“雪海”，积雪如海的原野。盧綸《酬陳翃郎中冬至携柳郎竇郎歸河中舊居見寄》：“燒烟浮雪野，麥隴潤冰渠。班白皆持酒，蓬茅盡有書。”陸游《雪中登雲泉上方》：“滃滃雲堆上，茫茫雪海中。”　虎蹄：老虎留在地上的蹄印。晁以道《才上人處見圓機五字輒用其韵作》：“振錫千峰下，觀空萬象前。水深猿臂直，雪厚虎蹄圓。”王之道《沙窩道中》：“山嶺梅花迎客笑，路傍松蓋與雲齊。寒林昨夜微經雨，新迹分明過虎蹄。”這裏指老虎留在雪地上的蹄印。

④ 落：下降，下墜。應璩《與從弟君苗君胄書》：“雲重積而復散，雨垂落而復收。”韓愈《詠雪贈張籍》：“只見縱横落，寧知遠近來。”　金烏：古代神話傳説太陽中有三足烏，因用爲太陽的代稱，與月亮的代稱銀兔相對。李涉《寄河陽從事楊潛》：“金烏欲上海如血，翠色一點蓬萊光。”劉禹錫《淮陰行五首》二：“今日轉船頭，金烏指西北。”　黑：晦暗，黑暗。《漢書・五行志》：“京房《易傳》曰：‘……厥異日黑，大風起，天無雲，日光晻。’”李清照《聲聲慢》：“守著窗兒，獨自怎生得黑？”　堠：古代記里程或分界的土壇。《北史・韋孝寬傳》：“先是路側一里置一土堠，經雨頽毁，每須修之。自孝寬臨州，乃勒部内，當堠處植槐樹代之。既免修復，行旅又得庇蔭。”韓愈《路旁堠》：“堆堆路旁堠，一雙復一隻。”　渾：副詞，簡直，幾乎。杜甫《春望》：“白頭搔更短，渾欲不勝簪。”辛棄疾《沁園春・杯汝來前》：“渾如許，嘆汝於知己，真少恩哉！”　迷：迷失道路，不辨方向。《韓非子・解老》：“凡失

其所欲之路而妄行者之謂迷,迷則不能至於所欲至矣!"王安石《秣陵道中口占二首》一:"經世才難就,田園路欲迷。"

　　⑤ 魏闕:古代宮門外兩邊高聳的樓觀,樓觀下常爲懸布法令之所,常常借指朝廷。錢起《送衛功曹赴荆南》:"漢家仍用武,才子晚成名。惆悵江陵去,誰知魏闕情?"元稹《酬友封話舊叙懷十二韵》:"魏闕何由到? 荆州且共依。"　瓊樓:形容華美的建築物,詩文中有時指仙宮或者皇宮中的樓臺,這裏借指瓊樓所在的京城。徐夤《華清宮》:"十二瓊樓鏁翠微,暮霞遺却六銖衣。桐枯丹穴鳳何去? 天在鼎湖龍不歸。"皮日休《臘後送内大德從勖遊天台》:"夢入瓊樓寒有月,行過石樹凍無烟。"　百里:一百里,謂距離不遠。王維《青溪》:"言入黄花川,每逐清溪水。隨山將萬轉,趣途無百里。"儲光羲《貽余處士》:"故園至新浦,遙復未百里。北望是他邦,紛吾即遊士。"此時元稹離開長安祇有百里之遙,按照唐人一日四驛、一驛三十里的"乘傳"速度,祇需一天時日,而不是《西歸絶句十二首》裏所説的"只去長安六日期"了,元稹就馬上可以回到朝思暮想的長安,夢想着朝廷給他一個公平合理的説法,還他一個使他心靈慰藉的安排。但詩人同時隱隱地意識到,事情也許不這麼簡單,遣春也許不這麼樂觀。

[編年]

　　《年譜》編年本詩於元和十年"離唐州,赴西京途中作。"没有説明理由。《編年箋注》照抄《年譜》,但匆忙之中却抄錯了,將"唐州"誤爲"商州":"此詩作於元和十年(八一五)離商州赴西京途中。見下《譜》。"《年譜新編》編年本詩於"離唐州赴長安途中作"。

　　本詩作於元和十年初春元稹西歸時途經藍橋驛之時,在《西歸絶句十二首》之後。《年譜》、《編年箋注》、《年譜新編》的編年主要問題是本詩不應該編排在《西歸絶句十二首》之前,理由我們已經在前篇《西歸絶句十二首》中論及。

▲ 題藍橋驛^{(一)①}

江陵歸時逢春雪^②。

　　　見白居易《藍橋驛見元九詩(詩中云江陵歸時逢春雪)》

[校記]

　　（一）題藍橋驛：白居易《藍橋驛見元九詩(詩中云江陵歸時逢春雪)》："藍橋春雪君歸日，秦嶺秋風我去時。每到驛亭先下馬，循墻遶柱覓君詩。"題注："江陵歸時逢春雪。"《白香山詩集》卷一五、《全詩》卷四三八、《全唐詩錄》卷六五同，《萬首唐人絕句》、《才調集》無此題注。不見《編年箋注》採錄，不知何故。周相錄《元稹詩文補遺六則》（《古籍整理出版情況簡報》三九〇期）認爲"江陵歸時逢春雪"句是白居易"隱括""元稹《留呈夢得子厚致用》詩意"，不確，不取。

[箋注]

　　① 題藍橋驛："江陵歸時逢春雪"一句，不見於劉本《元氏長慶集》、馬本《元氏長慶集》採録，但白居易《白氏長慶集·藍橋驛見元九詩》有題注："詩中云：'江陵歸時逢春雪。'"是元稹佚失本句及其他各句的最好證據。據元稹《西歸絕句十二首》一一描述："雲覆藍橋雪滿溪，須臾便與碧峰齊。風回麵市連天合，凍壓花枝著水低。"又《西歸絕句十二首》一二描述："寒花帶雪滿山腰，着柳冰珠滿碧條。天色漸明囘一望，玉塵隨馬度藍橋。"以及其《題藍橋驛留呈夢得子厚致用》描述："千層玉帳鋪松蓋，五出銀區印虎蹄。暗落金烏山漸黑，深埋粉堠路渾迷。"知元稹返歸長安之時，確實是漫天大雪。至於白居易《藍橋驛見元九詩》的其他版本沒有題注："詩中云：'江陵歸時逢春雪。'"

那是各種文獻的採録體例不同而已，不能作爲否決白居易《白氏長慶集·藍橋驛見元九詩》有題注的客觀存在，故據此補。 題：書寫，題署。張抃《題衡陽泗州寺》："一水悠悠百粤通，片帆無奈信秋風。幾層峽浪寒春月，盡日江天雨打篷。"孟浩然《題李十四莊兼贈綦毋校書》："聞君息陰地，東郭柳林間。左右瀍澗水，門庭緱氏山。" 藍橋：橋名，在陝西省藍田縣東南藍溪之上，相傳其地有仙窟，爲唐代裴航遇仙女雲英處。裴鉶《傳奇·裴航》："一飲瓊漿百感生，玄霜搗盡見雲英。藍橋便是神仙窟，何必崎嶇上玉清！"元稹《西歸絶句十二首》一二："寒花帶雪滿山腰，著柳冰珠滿碧條。天色漸明回一望，玉塵隨馬度藍橋。" 驛：驛站。劉長卿《瓜洲驛重送梁郎中赴吉州》："渺渺雲山去幾重？依依獨聽廣陵鐘。明朝借問南來客，五馬雙旌何處逢？"孟浩然《渡揚子江》："桂檝中流望，京江兩畔明。林開揚子驛，山出潤州城。"

② 江陵：地名，荆南節度使府治所在地，即今湖北省荆州市。劉禹錫《自江陵沿流道中》："沙村好處多逢寺，山葉紅時覺勝春。行到南朝征戰地，古來名將盡爲神（陸遜、甘寧皆有祠宇）。"張籍《留別江陵王少府》："迢迢山上路，病客獨行遲。況此分手處，當君失意時。"歸時：回來之時。白居易《夜惜禁中桃花因懷錢員外》："前日歸時花正紅，今夜宿時枝半空。坐惜殘芳君不見，風吹狼藉月明中。"劉言史《代胡僧留別》："此地緣疏語未通，歸時老病去無窮。定知不徹南天竺，死在條支陰磧中。"這是指元稹從江陵回歸長安，時在元和九年年底與元和十年年初。 春雪：春天的雪。東方虬《春雪》："春雪滿空來，觸處似花開。不知園裏樹，若箇是真梅？"蕭至忠《陪遊上苑遇雪》："龍驂曉入望春宮，正逢春雪舞春風。花光併在天文上，寒氣行銷御酒中。"

[編年]

　　未見《元稹集》採録,也未見《年譜》、《編年箋注》、《年譜新編》採録與編年。

　　我們以爲,兩句所在的詩篇可以編年,它應該與元稹《西歸絶句十二首》作於同時,亦即元和九年年底、元和十年初,地點在藍橋驛,元稹從江陵士曹參軍奉詔歸京,當時並無官職在身。

◎ 小碎詩篇(一)①

　　小碎詩篇取次書,等閑題柱意何如②? 諸郎到處應相問,留取三行代鯉魚(二)③。

録自《元氏長慶集》卷一九

[校記]

　　(一)小碎詩篇:楊本、叢刊本、《萬首唐人絶句》、《佩文齋詠物詩選》、《全詩》作"小碎",語義相類,不改。

　　(二)留取三行代鯉魚:楊本、叢刊本、《萬首唐人絶句》、《佩文齋詠物詩選》同,叢刊本注、《全詩》作"留與三行代鯉魚",語義相類,不改。

[箋注]

　　① 小碎:短小零碎。元稹《唐故工部員外郎杜君墓係銘并序》:"陵遲至於梁陳,淫艷、刻飾、佻巧、小碎之詞劇,又宋齊之所不取也。"元稹《上令狐相公詩啓》:"其間感物寓意,可備矇瞽之諷達者有之,詞直氣粗,罪戾是懼,固不敢陳露於人。唯杯酒光景間屢爲小碎篇章,以自吟暢。"詩人用以爲自己的詩題,應該是謙辭。

② 取次：隨便，任意。葛洪《抱朴子·袪惑》："此兒當興卿門宗，四海將受其賜，不但卿家，不可取次也。"杜甫《送元二適江左》："經過自愛惜，取次莫論兵。"草草，倉促。陸游《秋暑夜興》："呼童持燭開藤紙，一首清詩取次成。" 等閑：輕易，隨便。白居易《新昌新居》："等閑栽樹木，隨分占風烟。"朱熹《春日》："等閑識得東風面，萬紫千紅總是春。"無端，平白。劉禹錫《竹枝詞》："長恨人心不如水，等閑平地起波瀾。"歐陽修《南歌子》："等閑妨了繡功夫，笑問雙鴛鴦字怎生書？"題柱：亦即"題橋柱"，司馬相如初離蜀赴長安，曾於成都城北昇仙橋題句於橋柱，自述致身通顯之志，曰："不乘赤車駟馬，不過汝下也！"後以"題橋柱"比喻對功名有所抱負，亦省作"題橋"、"題柱"。蘇頲《利州北佛龕前重於去歲題處作》："歲年書有記，非爲學題橋。"蘇軾《復改科賦》："雖負凌雲之志，未酬題柱之心。"元稹回歸西京途經藍橋之時，正是大雪紛飛之時，無法在橋柱上題寫詩篇，元稹《西歸絶句十二首》一一："雲覆藍橋雪滿溪，須臾便與碧峰齊。風回麵市連天合，凍壓花枝着水低。"又一二云："寒花帶雪滿山腰，着柳冰珠滿碧條。天色漸明回一望，玉塵隨馬度藍橋。"因此本詩從嚴格意義上來説，它不是"題橋柱"、"題柱"詩，它祇是題寫在藍橋驛之內的墻壁之上的，或者題寫在驛館內的廊柱之上的，但由於驛站之名含有"藍橋"，詩人予以巧妙借用，與傳統意義上的"題橋柱"、"題柱"詩相通。何如：如何，怎麼樣，用於詢問。《左傳·襄公二十七年》："子木問於趙孟曰：'范武子之德何如？'"《新唐書·哥舒翰傳》："禄山見翰責曰：'汝常易我，今何如？'"

③ 諸郎：指郎官。《史記·魏其武安侯列傳》："魏其已爲大將軍後，方盛，蚡爲諸郎，未貴，往來侍酒魏其，跪起如子姓。"白居易《見于給事暇日上直寄南省諸郎官詩因以戲贈》："雲彩誤居青瑣地，風流合在紫微天。東曹漸去西垣近，鶴駕無妨更著鞭。"年輕子弟。元稹《連昌宮詞》："力士傳呼覓念奴，念奴潛伴諸郎宿。"辛棄疾《鷓鴣天·讀

淵明詩不能去手戲作小詞以送之》:"若教王謝諸郎在,未抵柴桑陌上塵。"這裏指與元稹一樣即將回歸西京的劉禹錫、柳宗元、李景儉,劉禹錫出貶之前已經是"屯田員外郎判度支鹽鐵案兼崇陵使判官",柳宗元已經是"尚書禮部員外郎",李景儉已經是"監察御史",稱爲"郎官"含義的"諸郎"也未嘗不可。但在三人返回西京之前,劉禹錫、柳宗元均是"司馬",而李景儉曾爲"江陵戶曹",稱爲"年輕子弟"的諸郎也同樣合適。　　到處:處處,各處。李山甫《寒食》:"有時三點兩點雨,到處十枝五枝花。"張道洽《嶺梅》:"到處皆詩境,隨時有物華。"相問:互相贈送。《禮記·雜記》:"相問也,既封而退。"鄭玄注:"相問,嘗相惠遺也。"《國語·吳語》:"王乃之壇列,鼓而行之,至於軍,斬有罪者以徇,曰:'莫如此以環瑱通相問也。'"韋昭注:"問,遺也。通,行賂以亂軍。"詢問,質問。宋之問《陸渾山莊》:"野人相問姓,山鳥自呼名。去去獨吾樂,無然愧此生!"崔顥《贈盧八象》:"青山滿蜀道,綠水向荆州。不作書相問,誰能慰別愁?"　　留取:猶留存,取,語助詞。白居易《縣南花下醉中留劉五》:"百歲幾迴同酩酊?一年今日最芳菲。願將花贈天台女,留取劉郎到夜歸。"劉禹錫《酬思黯代書見戲》:"官冷如漿病滿身,凌寒不易過天津。少年留取多情興,請待花時作主人。"　　三行:行數不多。許瑤《題懷素上人草書》:"志在新奇無定則,古瘦灕纚半無墨。醉來信手兩三行,醒後却書書不得。"柳宗元《段九秀才處見亡友呂衡州書迹》:"交侶平生意最親,衡陽往事似分身。袖中忽見三行字,拭泪相看是故人。"　　鯉魚:蔡邕《飲馬長城窟行》:"客從遠方來,遺我雙鯉魚。呼兒烹鯉魚,中有尺素書。"後因以"鯉魚"代稱書信。孟浩然《送王大校書》:"雲雨從茲別,林端意渺然。尺書能不吝,時望鯉魚傳。"元稹《貽蜀五首·張校書元夫》:"遠處從人須謹慎,少年爲事要舒徐。勸君便是酬君愛,莫比尋常贈鯉魚。"

[編年]

《年譜》編年本詩於元和十年"初到西京作",然後録引本詩作爲理由。《編年箋注》編年:"此詩作於元和十年(八一五)初到西京時。見下《譜》。"《年譜新編》編年本詩於元和十年"離唐州赴長安途中作",理由是:"此詩編於《留呈夢得子厚致用》之後,又云'等閑題柱'、'諸郎到處',當是題詩藍橋驛後作。"

我們以爲,《年譜》、《編年箋注》作於"初到西京作"的意見不可取,與"諸郎到處應相問,留取三行代鯉魚"詩意不合,如果劉禹錫等三人已經先後到了西京,與元稹見了面,那本詩"諸郎"兩句豈不成了廢話?本詩還有"代鯉魚"的作用嗎?《年譜新編》的編年意見大致可取,但諸多理由并沒有叙述清楚:根據元稹與劉禹錫、柳宗元、李景儉之間的深厚情感,與本詩"諸郎"、"相問"、"等閑題柱"、"代鯉魚"流露的親昵而又隨意的筆調——切合,同時也與元稹《西歸絶句十二首》一一、一二描摹的景象非常貼切。更主要的是,元和十年初,元稹、劉禹錫、柳宗元、李景儉都被召回京,都將途經藍橋驛返回的歷史史實,故我們編年本詩於元和十年初春元稹途經藍橋驛之時,與《西歸絶句十二首》爲先後之作,與《題藍橋驛留呈夢得子厚致用》爲同時之作,地點就在藍橋驛驛館之内。

■ 酬樂天開元九詩書卷^{(一)①}

據白居易《開元九詩書卷》

[校記]

(一) **酬樂天開元九詩書卷**:元稹本佚失詩所據白居易《開元九詩書卷》,見《白氏長慶集》、《萬首唐人絶句》、《白香山詩集》、《全詩》,

未見異文。

［箋注］

① 酬樂天開元九詩書卷：白居易《開元九詩書卷》：“紅箋白紙兩三束，半是君詩半是書。經年不展緣身病，今日開看生蠹魚。”現存元稹詩文未見元稹回酬，據補。　詩書：詩作和書信。孟郊《哀孟雲卿嵩陽荒居》：“戚戚抱幽獨，宴宴沈荒居。不聞新歡笑，但覩舊詩書。”白居易《醉後狂言酬贈蕭殷二協律》：“勞將詩書投贈我，如此小惠何足論？我有大裘君未見，寬廣和暖如陽春。”　卷：書籍或字畫的卷軸。蕭繹《金樓子·雜記》：“有人讀書握卷而輒睡者，梁朝有名士呼書卷爲黃奶，此蓋見其美神養性如奶媪也。”韓愈《與陳給事書》：“並獻近所爲《復志賦》已下十首爲一卷，卷有標軸。”泛指書籍，書本。陶潛《與子儼等書》：“開卷有得，便欣然忘食。”《南史·司馬褧傳》：“褧少傳家業，强力專精，手不釋食。”

［編年］

未見《元稹集》採録，也未見《年譜》、《編年箋注》、《年譜新編》採録與編年。

朱金城先生《白居易集箋校》編年白居易詩於元和九年。我們以爲意見可取，元和九年冬天，白居易剛剛從下邽義津鄉金氏村回到長安拜左贊善大夫，移居昭國里，整理書籍，見到元稹多年的書詩，故有此作。元稹當時正在唐州平叛前綫，不久奉詔回京，元白久別重逢。元稹酬和白居易此詩在所必然，時間在元和十年的初春，地點在長安，元稹當時並無一官半職在身。

■ 和樂天見元九^{(一)①}

據白居易《重到城七絕句·見元九》

[校記]

（一）和樂天見元九：元稹本佚失詩所據白居易《重到城七絕
句·見元九》，見《白氏長慶集》、《萬首唐人絕句》、《白香山詩集》、《全
詩》，未見異文。

[箋注]

① 和樂天見元九：白居易《重到城七絕句·見元九》：“容貌一日
減一日，心情十分無九分。每逢陌路猶嗟嘆，何況今朝是見君!”白居
易《重到城七絕句》是組詩，它們分別是《見元九》、《高相宅》、《張十
八》、《劉家花》、《裴五》、《仇家酒》、《恒寂師》七首，但現存《元氏長慶
集》中，祇有《和樂天高相宅》、《和樂天仇家酒》、《和樂天雲寂僧》三首
在卷一九，而《和樂天劉家花》却在卷八，不見其他三首，這是元稹酬
和白居易七篇絕句散失的最好證據，也是宋代劉麟父子編集《元氏長
慶集》時不加辨別而東拼西湊的直接證據。而現在已經散失的三首
中，特別是《見元九》，元稹沒有理由不予酬和。元和十年初春，元稹、
白居易、張籍，都在長安，元稹爲什麼祇酬和其中四首？唯一合理的
解釋祇能是其他三首酬和詩篇已經佚失，今據此補入。

[編年]

未見《元稹集》採録，也未見《年譜》、《編年箋注》、《年譜新編》採
録與編年。

　　朱金城先生《白居易集箋校》編年白居易詩於元和十年。白居易元和九年冬天奉詔回京，拜授太子左贊善大夫，元稹元和九年奉詔回京，元和十年初春到達京城。白居易能够“見元九”，祇能在元和十年的初春，白居易《與元九書》“遊城南”一節文字，則是最清楚不過的描寫。白居易詩作於元和十年初春，元稹酬和之篇也應該賦成於同時，當時元稹剛剛被召還京，尚無任何官職在身。

◎ 和樂天高相宅①

　　莫愁已去無窮事，漫苦如今有限身(一)②。二百年來城裏宅，一家知換幾多人③？

錄自《元氏長慶集》卷一九

［校記］

　　（一）漫苦如今有限身：楊本、叢刊本、《全詩》同，《萬首唐人絕句》作“漫苦如今有恨身”，“有限身”與“無窮事”呼應，不改。

［箋注］

　　① 和樂天高相宅：本詩是酬和白居易《重到城七絕句》之一，白居易原唱《重到城七絕句·高相宅》云：“青苔故里懷恩地，白髮新生抱病身。涕泪雖多無哭處，永寧門舘屬他人。” 高相：即高郢，白居易進士考試時的座主。《舊唐書·高郢傳》：“高郢，字公楚，其先渤海蓨人。九歲通《春秋》，能屬文……拜禮部侍郎，時應進士舉者多務朋游，馳逐聲名。每歲冬州府薦送後，唯追奉宴集，罕肄其業。郢性剛正，尤嫉其風。既領職，拒絕請託，雖同列通熟，無敢言者。志在經藝，專考程試。凡掌貢部三歲，進幽獨，抑浮華，朋濫之風翕然一變。

拜太常卿,貞元十九年冬,進位銀青光禄大夫,守中書侍郎,同中書門下平章事。順宗即位,轉刑部尚書。爲韋執誼等所憚,尋罷知政事,以本官判吏部尚書事……(元和)六年七月卒,年七十二,贈太子太保,謚曰貞。"高郢《諫造章敬寺書》:"八月二十五日,草莽臣前鄉貢進士高郢昧死再拜稽首獻書闕下。從諫如流者,君這明也;有犯無隱者,臣之忠也。君明臣忠,國之利也。"權德輿《祭徐給事文》:"維貞元十四年歲次戊寅,八月戊寅朔,十日丁亥,右諫議大夫裴佶、中書舍人翰林學士吳通微、中書舍人高郢……謹以清酌庶羞之奠,敬祭於故給事中贈禮部尚書徐公之靈。" 宅:住宅,住所。《孟子·梁惠王》:"五畝之宅,樹之以桑,五十者可以衣帛矣!"沈既濟《任氏傳》:"鄭子隨之東,至樂游園,已昏黑矣! 見一宅,土垣車門,室宇甚嚴。"這裏指高郢的宅第,在長安永寧坊,白居易賦詩之時,高郢的宅第已經歸屬他人。

② 無窮:無盡,無限,指事物沒有窮盡。劉長卿《送李録事兄歸襄鄧》:"行人杳杳看西月,歸馬蕭蕭向北風。漢水楚雲千萬里,天涯此別恨無窮。"元稹《桐孫詩》:"去日桐花半桐葉,別來桐樹老桐孫。城中過盡無窮事,白髮滿頭歸故園。" 漫苦:義近"厭苦",厭煩以爲苦事。《後漢書·孟嘗傳》:"姑年老壽終,夫女弟先懷嫌忌,乃誣婦厭苦供養,加鴆其母,列訟縣庭。"《舊唐書·陽城傳》:"諸諫官紛紜言事,細碎無不聞達,天子益厭苦之。" 有限:有限制,有限度。杜甫《前出塞九首》六:"殺人亦有限,立國自有疆。"蘇軾《孔毅甫妻挽詞》:"那將有限身,長瀉無益涕?"

③ "二百年來城裏宅"兩句:意謂二百多年以來,長安城裏的許許多多住宅,今天姓李明天屬張,換了一家又一家,前前後後不知道換了多少主人。 二百年來:二百多年以來。李唐立國在武德元年(618),至白居易賦詩之元和九年(814)與元稹酬和之元和十年(815),正是"二百年來"。白居易《新樂府·隋堤柳憫》:"二百年來汴河路,沙草和烟朝復暮。後王何以鑒前王? 請看隋堤亡國樹。"徐寅

《馬嵬》："二百年來事遠聞,從龍誰解盡如雲? 張均兄弟皆何在? 却是楊妃死報君。"

[編年]

《年譜》編年本詩於元和十年"西京作",除列舉白居易原唱詩題之外,沒有舉證其他理由。《編年箋注》編年:"白居易原唱《重到城七絕句·高相宅》見《白居易集》卷一五。元稹和作成於元和十年(八一五)。見下《譜》。"《年譜新編》編年本詩元和十年"在長安作",理由是:"白居易原唱《重到城七絕句·高相宅》,次韵酬和。"

《年譜》、《編年箋注》主張元稹"二月,抵西京",《年譜新編》認爲"二月或稍前,至長安",他們的根據是柳宗元的《詔追赴都二月至灞亭上》:"十一年前南渡客,四千里外北歸人。詔書許逐陽和至,驛路開花處處新。"其實柳宗元二月到達"灞亭"與元稹回歸西京的時間沒有必然的聯繫。元稹《桐孫詩序》:"元和五年予貶掾江陵,三月二十四日宿曾峰館,山月曉時,見桐花滿地,因有八韵寄白翰林詩。當時草瘞,未暇紀題。及今六年,詔許西歸,去時桐樹上孫枝已拱矣! 予亦白鬚兩莖而蒼然斑鬢,感念前事,因題舊詩,仍賦《桐孫詩》一絕,又不知幾何年復來商山道中。元和十年正月題。"而元稹《西歸絕句十二首》四:"只去長安六日期,多應及得杏花時。"完全是一派早春的氣息。據此推算,元稹歸朝應該在元和十年一月。我們以爲,説元稹"二月"回到長安是缺乏證據的。而且,白居易與元稹分別五年,時時牽拌,這是在京城相逢,自然欣喜異常,白居易定然馬上賦詩,《重到城七絕句·見元九》:"容貌一日減一日,心情十分無九分。每逢陌路猶嗟嘆,何況今朝是見君!"就是這種心態的具體流露。而元稹,對白居易的熱忱贈詩,自然也會立即酬和,《和樂天高相宅》等詩,就是元稹回酬白居易的詩篇。我們以爲,白居易的原唱與元稹的酬唱,都應該作於元和十年的一月中下旬,亦即初春季節。而白居易《重到城七絶句・劉家花》:"劉家墻上花還發,李十門前草又春。"白居易《重到城七絶句・仇家酒》:"年年老去歡情少,處處春來感事深。"也爲我們提供了另一個側面的證據。

■ 和樂天嘆張十八 (一)①

據白居易《重到城七絶句・張十八》

[校記]

(一)和樂天嘆張十八:元稹本佚失詩所據白居易《重到城七絶句・張十八》,見《白氏長慶集》、《萬首唐人絶句》、《白香山詩集》、《全詩》,未見異文。

[箋注]

① 和樂天嘆張十八:白居易《重到城七絶句・張十八》"諫垣幾見遷遺補,憲府頻聞轉殿監。獨有詠詩張太祝,十年不改舊官銜。"但不見於元稹回酬之篇,佚失是唯一合理的解釋,據此補。由白居易詩第四句此前推"十年",張籍職任太祝應該在元和元年之前的貞元二十一年,住在西明寺後面。孟郊《寄張籍》:"西明寺後窮瞎張太祝,縱爾有眼誰爾珍?天子咫尺不得見,不如閉眼且養真!"西明寺,是元稹白居易貞元後期元和時期經常光顧之地,元稹《尋西明寺僧不在》、《西明寺牡丹》,白居易《西明寺牡丹花時憶元九》、《重題西明寺牡丹(時元九在江陵)》就是那一時期的作品,白居易、元稹相識張籍,有可能就在那個時候。 張十八:即張籍,排行十八,元稹、白居易、王建、韓愈、孟郊等人的朋友。王建《酬張十八病中寄詩》:"本性慵遠行,綿綿病自生。見君綢繆思,慰我寂寞情。"韓愈《題張十八籍所居》:"君

居泥溝上,溝濁萍青青。蛙謹橋未掃,蟬嘻門長扃。"

[編年]

　　未見《元稹集》採錄,也未見《年譜》、《編年箋注》、《年譜新編》採錄與編年。

　　朱金城先生《白居易集箋校》編年白居易詩於元和十年。我們以爲,元稹本佚失詩,應該與《和樂天見元九》賦作於同時,亦即元和十年的初春,地點在長安。白居易《與元九書》:"李白、孟浩然輩,不及一命,窮悴終身。近日孟郊六十終試協律,張籍五十未離一太祝,彼何人哉! 彼何人哉!"就是最有力的證據。當時元稹剛剛被召還京,尚無任何官職在身。

◎ 和樂天劉家花⁽一⁾①

　　閑坊静曲同消日,泪草傷花不爲春②。遍問舊交零落盡,十人纔有兩三人③。

録自《元氏長慶集》卷八

[校記]

　　(一) 和樂天劉家花:本詩存世各本,包括楊本、叢刊本、《萬首唐人絶句》、《全詩》諸本,未見異文。

[箋注]

　　① 和樂天劉家花:白居易的原唱是《重到城七絶句·劉家花》:"劉家牆上花還發,李十門前草又春。處處傷心心始悟,多情不及少情人。"這裏要特別提請讀者注意:白居易的《重到城七絶句》共有七

首,但今天存留的《元氏長慶集》的和篇却祇有四首,而《和樂天高相宅》、《和樂天仇家酒》、《和樂天恒寂師》三首編集在《元氏長慶集》卷一九中,《和樂天劉家花》却編集在《元氏長慶集》卷八中。這可以説明兩點:一、白居易《重到城七絶句》的其他三首詩篇,不是元積棄而不和,而是一起酬和,但後來散失了。二、宋代劉麟父子重新編集《元氏長慶集》之舉,功不可没。但由於爲當時客觀條件所限,他們没有能够恢復《元氏長慶集》原有的次序,而是東拼西凑成六十卷,有的大致保留了原來的次序,有的祇能勉勉强强"拉郎配"了。但這僅僅祇是其中的一個證據,另一個證據就是劉麟父子根據《擬醉》詩題下的題注:"與盧子蒙飲於竇晦之,醉後賦詩共十九首,子蒙叙爲別卷。自此至《狂醉》,皆是夕所賦。"胡亂拼凑詩題帶"醉"字的詩篇,好不容易拼凑了十二首,没有達到十九首之數,結果鬧出了牛頭不對馬嘴的笑話。　劉家:劉敦質家,在長安宣平坊。劉敦質是元積白居易校書郎任的同事與好友,字太白。白居易《常樂里閑居偶題十六韵兼寄劉十五公興王十一起吕二炅吕四潁崔十八玄亮元九積劉三十二敦質張十五仲元時爲校書郎》:"勿言無知己,躁静各有徒。蘭臺七八人,出處與之俱。"又《代書詩一百韵寄微之》:"笑勸迁辛酒,閑吟短李詩(辛大丘度性迁嗜酒,李二十紳體短能詩,故當時有'迁辛短李'之號)。儒風愛敦質,佛理賞玄師(劉三十二敦質有儒風,庾七玄師談佛理有可賞者)。"元積《送劉太白(太白居從善坊)》:"洛陽大底居人少,從善坊西最寂寥。"又《與太白同之東洛至櫟陽太白染疾駐行予九月二十五日至華嶽寺雪後望山》:"共作洛陽千里伴,老劉因疾駐行軒。"劉太白病故於貞元二十年,白居易《哭劉敦質》:"小樹兩株柏,新土三尺墳。蒼蒼白露草,此地哭劉君。哭君豈無辭?辭云君子人。如何天不吊,窮悴至終身?愚者多貴壽,賢者獨賤迍。龍亢彼無悔,蠖屈此不伸。哭罷持此辭,吾將詰義文。"白居易《過劉三十二故宅》:"不見劉君來近遠,門前兩度滿枝花。朝來惆悵宣平過,柳巷當頭第一家。"

②"閑坊靜曲同消日"兩句：意謂老朋友已經離開我們遠去，他原來住過的街坊現在顯得非常冷清。雖然花草遍地，但淚眼朦朧的我們却看不到那裏的半點春色。　坊：城市居民聚居地的名稱，與街市里巷相類似。楊衒之《洛陽伽藍記・開善寺》："壽丘里，皇宗所居也，民間號爲王子坊。"《舊唐書・食貨志》："在邑居者爲坊，在田野者爲村。"　曲：小巷。蔣防《霍小玉傳》："住在勝業坊古寺曲。"《敦煌變文集・前漢劉家太子傳》："其時南陽郡太守，諸坊諸曲，出榜曉示；並及諸坊，各懸布鼓，擊之音響，以辯凡聖。"

③"遍問舊交零落盡"兩句：意謂回到京城，四處尋訪過去的朋友，非常遺憾的是一個個都已經作古歸西，十人之中祇有兩三個還健在人世。　舊交：老朋友。《史記・吳太伯世家》："〔季札〕使於鄭，見子產，如舊交。"梅堯臣《次答黃介夫七十韻》："舊交半存歿，新知慕徒傾。"　零落：喻死亡。《文選・孔融〈論盛孝章書〉》："海内知識，零落殆盡。"張銑注："零落，死也。"王昌齡《代扶風主人答》："鄉親悉零落，塚墓亦摧殘。"

[編年]

《年譜》編年本詩於元和十年"西京作"，除列舉白居易原唱詩題之外，沒有舉證其他理由。《編年箋注》編年："元和十年(八一五)，元稹奉詔由江陵府回朝，二月抵西京長安，三月出爲通州司馬。此詩……作於在長安日。見下《譜》。"《年譜新編》編年本詩元和十年"在長安作"，理由是："白居易原唱《重到城七絶句・劉家花》，次韻酬和。"

我們認爲本詩與《和樂天高相宅》雖然不與《和樂天高相宅》、《和樂天贈雲寂僧》、《和樂天仇家酒》編集在同一詩卷之中，但却應該賦作於同一時間，亦即元和十年一月的初春，地點在長安。

■ 和樂天感裴五^{(一)①}

據白居易《重到城七絕句·裴五》

［校記］

（一）和樂天感裴五：元稹本佚失詩所據白居易《重到城七絕句·裴五》，見《白氏長慶集》、《萬首唐人絕句》、《白香山詩集》、《全詩》，未見異文。

［箋注］

① 和樂天感裴五：白居易《重到城七絕句·裴五》：“莫怪相逢無笑語，感今思舊戟門前。張家伯仲偏相似，每見青楊一惘然。”今存元稹詩文未見，據補。　感：感慨，感傷。江淹《別賦》：“是以行子斷腸，百感悽惻。”陳師道《秋後五日应物无诗岂年志俱壯未解伤秋耶以诗挑之》：“情知寇公子，不作感秋詞。”　裴五：朱金城先生《白居易集箋校·裴五》：“裴五：名未詳。”岑仲勉先生《唐人行第錄·裴》：“《白氏集》一五《裴五》，味詩意似裴垍之子，唯名未詳。”我們以爲岑仲勉先生的意見可取，元稹《西歸絕句十二首》五：“白頭歸舍意如何？賀處無窮吊亦多。左降去時裴相宅（裴相公垍），舊來車馬幾人過？”《舊唐書·裴垍傳》：“元和五年中風病，憲宗甚嗟惜，中使旁午致問，至於藥膳進退，皆令疏陳。疾益痼，罷爲兵部尚書，仍進階銀青。明年改太子賓客，卒，廢朝，賻禮有加，贈太子少傅。”裴垍時任宰相，是元稹白居易的知遇恩相。元稹元和五年出貶江陵之時，裴垍尚在人世，元稹東山再起有望。裴垍故世，自然令白居易與元稹分外哀傷，賦詩相和白居易之詩，在所必然，也理所應當。

[編年]

　　未見《元稹集》採録，也未見《年譜》、《編年箋注》、《年譜新編》採
録與編年。

　　朱金城先生《白居易集箋校》編年白居易詩於元和十年。我們以
爲，元稹本佚失詩，應該與《和樂天見元九》賦作於同時，亦即元和十
年的初春，地點在長安。當時元稹剛剛被召還京，尚無任何官職
在身。

◎ 和樂天仇家酒①

　　病嗟酒户年年減，老覺塵機漸漸深②。飲罷醒餘更惆
悵，不如閑事不經心(一)③。

録自《元氏長慶集》卷一九

[校記]

　　(一) 不如閑事不經心：楊本、叢刊本、《萬首唐人絶句》同，《全
詩》作"不如閑事不驚心"，語義不同，不改。

[箋注]

　　① 仇家酒：本詩原唱是白居易《重到城七絶句·仇家酒》："年年
老夫歡情少，處處春來感事深。時到仇家非愛酒，醉時心勝醒時心。"
仇家酒是當時在長安的一家仇姓酒肆，酒價不菲，十千一斗。白居易
《東南行一百韻寄通州元九侍御澧州李十二舍人果州崔二十二使君
開州韋大員外庾三十二補闕杜十四拾遺李二十助教員外竇七校書》：
"軟美仇家酒，幽閑葛氏姝。十千方得斗，二八正當壚。"《芥隱筆記·
唐朝酒價(真廟問左右唐朝酒價，衆莫能對，丁晉公以三百青銅錢

對)》：“丁晉公對真廟：唐酒價以三百，亦出於一時耳！若李白金樽清酒斗十千。白樂天共把十千酤一斗，又軟美仇家酒，十千方得斗，又十千一斗猶賒飲，何況官供不著錢。又崔輔國與酤一斗酒，恰用十千錢（曹子建樂府：歸來宴平樂，美酒斗十千。十千恐未必酒價，言酒美而價貴耳）。”白居易原唱《仇家酒》：“年年老去歡情少，處處春來感事深。時到仇家非愛酒，醉時心勝醒時心。”

②　酒户：唐宋時經官方許可的私營酒坊，這種酒坊必須向官方買曲，然後自釀自銷。《舊唐書·食貨志》：“元和六年六月，京兆府奏：‘榷酒錢除出正酒户外，一切隨兩税青苗據貫均率。’從之。”陸游《村居書事》：“酒户知貧焚舊券，醫翁憐病獻新方。”但這裏指酒量，古稱酒量大者爲大户或上户，不能多飲的稱小户或下户。元稹《春遊》：“酒户年年減，山行漸漸難。欲終心懶慢，轉恐興闌散。”陸游《深居》：“作吏難堪簿領迷，深居聊復學幽栖。病來酒户何妨小，老去詩名不厭低。”錢仲聯校注：“户，唐人語，指酒量。”　年年：每年。盧照鄰《昭君怨》：“漢地草應綠，胡庭沙正飛。願逐三秋雁，年年一度歸。”宋之問《七夕》：“傳道仙星媛，年年會水隅。停梭借蟋蟀，留巧付蜘蛛。”塵機：猶言塵俗的心計與意念。孟浩然《臘月八日於剡縣石城寺禮拜》：“願承功德水，從此濯塵機。”賀鑄《懷寄寇元弼》：“何日蘆軒下雙榻，滿持尊酒洗塵機？”　漸漸：逐漸。荀悦《漢紀·武帝紀》：“廣僞死，漸漸騰而上馬，抱胡兒而鞭馬南馳。”張籍《早春病中》：“更憐晴日色，漸漸暖貧居。”

③　惆悵：因失意或失望而傷感、懊惱。陶潛《歸去來兮辭》：“既自以心爲形役，奚惆悵而獨悲？”韋瓘《周秦行紀》：“共道人間惆悵事，不知今夕是何年？”　閑事：無關緊要的事，跟自己沒有關係的事。鮑溶《相和歌辭·苦哉遠征人》：“虛名乃閑事，生見父母鄉。”蘇軾《戲周正孺二絶》一：“勸君鸚鵡猶閑事，腸斷閨中楊柳枝。”　經心：縈心，煩心。葛洪《抱朴子·崇教》：“貴遊子弟，生乎深宮之中，長乎婦人之

手,憂懼之勞未常經心。"《世説新語·賢媛》:"汝何以都不復進？爲是塵務經心？天分有限？"留心,著意。陶弘景《冥通記》卷一:"凡好書畫、人間雜伎,經心即能。"杜甫《春日江村五首》三:"經心石鏡月,到面雪山風。"

[編年]

《年譜》編年本詩於元和十年"西京作",除列舉白居易原唱詩題之外,没有舉證其他理由。《編年箋注》編年:"元和十年(八一五),元稹奉詔由江陵府回朝,二月抵西京長安,三月出爲通州司馬⋯⋯《和樂天仇家酒》⋯⋯作於在長安日。見下《譜》。"《年譜新編》編年本詩元和十年"在長安作",理由是:"白居易原唱《重到城七絶句·仇家酒》,次韵酬和。"

我們認爲本詩與《和樂天高相宅》作於同時,亦即元和十年一月的初春,地點在長安。

◎ 和樂天贈雲寂僧①

欲離煩惱三千界,不在禪門八萬條②。心火自生還自滅⁽ ̄⁾,雲師無路與君銷③。

録自《元氏長慶集》卷一九

[校記]

(一)心火自生還自滅:蘭雪堂本、叢刊本、《全詩》同,楊本作"心火自生還自减",語義不佳,不改。

［箋注］

① 和樂天贈雲寂僧：白居易原唱《重到城七絕句·恒寂師》：“舊
遊分散人零落，如此傷心事幾條？會逐禪師坐禪去，一時滅盡定中
消。”元稹和篇詩題稱“雲寂僧”，詩文稱“雲師”，而白居易原唱詩題爲
“恒寂師”，《萬首唐人絕句》、《全詩》亦稱“恒寂師”，白居易另有《苦熱
題恒寂師禪室》：“人人避暑走如狂，獨有禪師不出房。可是禪房無熱
到？但能心靜即身涼。”《御選唐詩》、《佩文齋詠物詩選》亦稱“恒寂
師”，兩者稱呼並不統一，怎麼回事？對此，《年譜》作出了解釋：“宋人
繕刻《元集》，避真宗諱，改‘恒寂’爲雲寂。”《年譜新編》也承襲其說，
認爲：“宋人刻《元集》，避真宗趙恒諱改‘恒’爲‘雲’。”據現有資料，不
見宋真宗時有《元氏長慶集》繕刻問世，《元稹年譜》、《元稹年譜新編》
並沒有列舉任何證據。直到宋真宗謝世一百多年之後的宣和甲辰
(1124)，才有劉麟整理散亂的元稹詩文，成今天我們看到的《元氏長
慶集》六十卷本，從宋真宗到宋徽宗，中間隔著宋仁宗、宋英宗、宋神
宗、宋哲宗，劉麟當時是否特地改動“恒”字以避諱，今天沒有確鑿的
證據。《編年箋注》所據工作底本是“楊本”，而“楊本”作“雲寂僧”，馬
本亦同，也作“雲寂僧”，《編年箋注》過錄本詩時，沒有出示任何根據，
就擅自改爲“恒寂僧”。我們以爲，如果一定要從避諱的角度來解讀，
元稹在長慶四年唐穆宗剛剛謝世不久編集自己的集子，特地以“長
慶”命名，可見元稹對唐穆宗感恩戴德之深，其程度遠遠超過了白居
易等同時期之人，而唐穆宗的名諱正是李恒，元稹正是因爲要避恩主
李恒之諱，才特地改“恒”爲“雲”的。“恒寂師”與“雲寂僧”，其實就是
同一個人。作爲有力的旁證，元稹另有《元和五年予官不了罰俸西歸
三月六日至陝府與吳十一兄端公崔二十二院長思愴曩游因投五十
韵》詩，有“常山攻小寇，淮右擇良帥”之句，兩句中的“常山”，應該指
“恒山”，也是因避唐穆宗諱而在長慶四年《元氏長慶集》結集時所改。

② 煩惱：佛教語，謂迷惑不覺，包括貪、嗔、痴等根本煩惱以及隨

之而來的煩惱,能擾亂身心,引生諸苦,爲輪回之因。《百喻經·五人買婢共使作喻》:"五陰亦爾,煩惱因緣合成此身。而此五陰,恒以生老病死無量苦惱搒笞衆生。"蕭衍《浄業賦》:"抱惑而生,與之偕老;隨逐無明,莫非煩惱。"《壇經·般若品》:"凡夫即佛,煩惱即菩提。前念迷即凡夫,後念悟即佛。前念著境即煩惱,後念離境即菩提。"　三千界:佛教語,"三千大千世界"的省稱。陶宗儀《説郛》卷一〇九:"《華嚴經》云:四天下共一日月爲一世界,有千世界,有一小鐵圍山繞之,名曰小千世界。有一小千世界,有中鐵圍山繞之,名曰中千世界。有中千世界,有大鐵圍山繞之,名曰大千世界。此三千大千世界之中,有百億須彌山。"皇甫冉《奉和獨孤中丞遊法華寺》:"謝君臨郡府,越國舊山川。訪道三千界,當仁五百年。"白居易《酬微之開拆新樓初畢相報末聯見戲之作》:"海山鬱鬱石稜稜,新豁高居正好登。南臨瞻部三千界,東對蓬宮十二層。"　禪門:佛教語,謂禪定之法門,爲心定於一、屏除妄念之法。又指達摩所傳禪法言,即謂禪宗法門。玄覺《永嘉證道歌》:"是以禪門了却心,頓入無生知見力。"此"禪門"即禪宗之法門。猶佛門,指佛教。唐彦謙《寄蔣二十四》:"禪門澹泊無心地,世事生疏欲面墙。"　八萬條:即"八萬四千",本爲佛教表示事物衆多的數字,後用以形容極多。《法華經·寶塔品》:"若持八萬四千法藏,十二部經,爲人演説。"李濤《題僧院》:"走却坐禪客,移將不動尊。世間顛倒事,八萬四千門。"戴復古《贈萬杉老秀痴翁二首》二:"讀儒書五千卷,通禪門八萬條。宴坐萬杉林下,四旁風雨蕭蕭。"

③ 心火:指内心的激動或忿怒等情緒。孟郊《讀經》:"安排未定時,心火競炎炎。"白居易《感春》:"憂喜皆心火,榮枯是眼塵。"　自生:自發產生。韋應物《詠聲》:"萬物自生聽,太空恒寂寥。還從静中起,却向静中消。"王建《酬張十八病中寄詩》:"本性慵遠行,綿綿病自生。見君綢繆思,慰我寂寞情。"　自滅:自行消亡。白居易《山中五絶句·嶺上雲》:"嶺上白雲朝未散,田中青麥旱將枯。自生自滅成何

事！能逐東風作雨無？”馬戴《題青龍寺鏡公房》：“一室意何有？閑門爲我開。爐香寒自滅，履雪飯初迴。” 雲師：即雲寂僧，亦即白居易詩中的“恒寂師”，當時有道行的高僧，元稹白居易的朋友。 無路：沒有辦法，沒有途徑。沈頌《早發西山》：“遊子空有懷，賞心杳無路。前程數千里，乘夜連輕馭。”皇甫冉《溫泉即事》：“丞相金錢賜，平陽玉輦過。魯儒求一謁，無路獨如何？” 銷：消除，消散。《後漢書·壽光侯傳》：“此小怪，易銷耳！”韓愈《憶昨行和張十一》：“殃銷禍散百福併，從此直至耇與鮐。”

［編年］

《年譜》編年本詩於元和十年“西京作”，除列舉白居易原唱詩題之外，沒有舉證其他理由。《編年箋注》編年：“元和十年（八一五），元稹奉詔由江陵府回朝，二月抵西京長安，三月出爲通州司馬……《恒寂僧》作於在長安日。見卞《譜》。”《年譜新編》編年本詩元和十年“在長安作”，理由是：“白居易原唱《重到城七絕句·恒寂師》，次韻酬和。”

我們認爲本詩與《和樂天高相宅》作於同時，亦即元和十年一月的初春，地點在長安。

◎ 酬盧秘書（并序）①

予自唐歸京之歲（自唐州從事還京）⁽一⁾，秘書郎盧㧑作《喜遇白贊善學士詩二十韵》，兼以見貽②。白時酬和先出⁽二⁾，予草麼未暇，盧頻有致師之挑⁽三⁾，故篇末不無憤辭③。其次用本韵，習然也④。

偶有衝天氣，都無處世才⑤。未容榮路穩，先蹋禍機開⑥。

分久沉荆揉，慚經厠柏臺⁽四⁾⑦。理推愁易惑，鄉思病難裁⑧。夜伴吳牛喘，春驚朔雁回⑨。北人腸斷送，西日眼穿頹⁽五⁾⑩。唯望魂歸去，那知詔下來⑪。涸魚千丈水，殰燕一聲雷⑫。幽匣提青鏡⁽六⁾，衰顏拂故埃⑬。夢雲期紫閣，厭雨別黃梅⑭。親戚迎時到，班行見處陪⑮。文工猶畏忌，朝士絕嫌猜⑯。新識蓬山傑，深交翰苑材⑰。連投珠作貫，獨和玉成堆⑱。劇敵徒相軋，贏師亦自媒⑲。磨礱刮骨刃，翻擲委心灰⑳。恐被神明哭，憂爲造化災㉑。私調破葉箭，定飲奪旗杯㉒。金寶潛砂礫，芝蘭似草萊㉓。憑君毫髮鑒，莫遣翳莓苔㉔。

録自《元氏長慶集》卷一二

［校記］

（一）自唐州從事還京：楊本、叢刊本、《全詩》無此注，應該是馬本自注，非元稹原注。

（二）白時酬和先出：楊本、叢刊本同，《元稹集》據《全詩》改作“白詩酬和先出”，其實本詩不誤，意謂“白居易當時的酬和之篇先我而出”，而“白詩酬和先出”云云，語義反而不佳。

（三）盧頻有致師之挑：原本作“皇頻有致師之挑”，楊本、叢刊本、《全詩》同，語義難解，“皇”顯然是刊刻之誤，岑仲勉先生認爲是“白”之誤，但《全詩》在其下注云：“一作盧”。我們認爲兩者都可以説通，但元稹詩題既然云“酬盧秘書”，當以“盧”字較爲合理，今據《全詩》注改。

（四）慚經厠柏臺：原本作“慚經厮柏臺”，楊本、叢刊本同，語義不通，據《全詩》改。

（五）西日眼穿頹：原本作“西日眼穿隤”，楊本、《全詩》作“西日眼穿頹”，兩字語義並不完全相通，可改可不改。盧拱原唱雖然已經散失,但白居易酬和之篇尚在,韵脚雖然不是"次韵",但大部份的押韵字眼相同,根據白居易"奔波白石頹"的詩句,作"頹"爲是,據改。叢刊本作"西日眠穿隙",語義不佳,不從不改。

(六)幽匣提青鏡:楊本、叢刊本同,《全詩》作"幽匣提清鏡",兩字語義不完全相同,不改。

[箋注]

① 盧秘書:即盧拱,據元稹、白居易酬詩,盧拱曾參與科舉考試,但仕途不順,後隱居爲"蓬壺客",元和十年前後爲秘書郎,大和初年出任申州刺史。與元稹、白居易、王建、姚合、楊巨源有唱和,但今僅存《江亭寓目》、《中元日觀法事》兩詩。除元稹白居易的這兩篇酬和詩篇外,另有白居易《題盧秘書夏日新栽竹二十韵》、《戲題盧秘書新栽薔薇》、王建《戲酬盧秘書》、姚合《寄送盧拱秘書游魏州(元和中)》、楊巨源《寄申州盧拱使君》諸詩,如《戲酬盧秘書》:"芸香閣裏人,採摘御園春。取此和仙藥,猶治老病身。"如《寄送盧拱秘書游魏州(元和中)》:"太行山下路,荆棘昨來平。一自開元後,今逢上客行。地形吞北虜,人事接東京。掃灑氛埃静,遊從氣味生。薊門春不艷,淇水煖還清。看野風情遠,尋花酒病成。官閑身自在,詩逸語縱横。車馬迴應晚,烟光滿去程。"又如《寄申州盧拱使君》:"領郡仍聞總虎貔,致身還是見男兒。小船隔水催桃葉,大鼓當風舞柘枝。酒座微酣諸客倒,毬場慢撥幾人隨?從來樂事憎詩苦,莫放窗中遠岫知!"從中大致可以看出盧拱任職"芸香閣",成爲"蓬山傑","元和中"出遊"魏州",大和中"領郡""申州"的某些生平軌迹。

② 予自唐歸京之歲:元和九年秋冬,元稹隨同嚴綬參與淮西平叛,但當權的宦官集團頭目吐突承璀等不讓詩人有平叛立功的機會,於元和九年年底將元稹調回京城,同年三月又將詩人出貶到更爲荒凉的通州,擔任司馬之職。 白時酬和先出:盧拱的原唱《喜遇白贊

善學士詩二十韵》已經散失，白居易的"酬和"之篇即《酬盧秘書二十韵》，詩云："謬歷文場選，慚非翰苑才。雲霄高暫致，毛羽弱先摧。識分忘軒冕，知歸返草萊。杜陵書積蠹，豐獄劍生苔。晦厭鳴雞雨，春驚震蟄雷。舊恩收墜履，新律動寒灰。鳳詔容徐起，鵷行許重陪。衰顏雖拂拭，蹇步尚徘徊。睡少鐘偏警，行遲漏苦催。風霜趁朝去，雨雪拜陵迴。上感君猶念，傍慚友或推。石頑鐫費力，女醜嫁勞媒。倏忽青春度，奔波白石頹。性將時共背，病與老俱來。聞有蓬壺客，知懷杞梓材。世家標甲第，官職滯麟臺。筆盡鉛黃點，詩成錦繡堆。嘗思黲雲霧，忽喜訪塵埃。心爲論文合，眉因勸善開。不勝珍重意，滿袖寫瓊瓌。"可與本詩參讀。　　見貽：猶見贈。王建《昭應李郎中見貽佳作次韵奉酬》："窗戶風涼四面開，陶公愛晚上高臺。中庭不熱青山入，野水初晴白鳥來。"劉禹錫《酬樂天見貽賀金紫之什》："久學文章含白鳳，却因政事賜金魚。郡人未識聞謠詠，天子知名與詔書。"

③ 草殯：倉猝，匆忙。鮑照《登大雷岸與妹書》："臨塗草殯，辭意不周。"元積《桐花詩序》："元和五年……宿曾峰館，山月曉時，見桐花滿地，因有八韵寄白翰林詩。當時草殯，未暇紀題，及今六年，詔許西歸，去時桐樹上孫枝已拱矣！"　　致師：挑战，也轉喻作"拜賜""領教"之義。《周礼·夏官·环人》："環人，掌致師。"鄭玄注："致師者，致其必戰之志。古者將戰，先使勇力之士犯敵焉！"《新唐书·尉迟敬德传》："令敬德執稍，略其壘，大呼致師。"　　憤辭：憤怒之詞，牢騷之語。陸機《漢高祖功臣頌》："義形于色，憤發于辭。"李彭《七夕》："昔在臺省時，模畫秘莫覿。奈何吐憤辭，投荒猶未悟！"

④ 次用本韵：即次韵，依次用原唱詩中的韵作詩，也稱步韵。世傳次韵始於元積、白居易，稱"元和體"。元積《酬樂天餘思不盡加爲六韵之作》："次韵千言曾報答，直詞三道共經綸。"原注："樂天曾寄予千字律詩數首，予皆次用本韵酬和，後來遂以成風耳！"一說始於南北朝，焦竑《焦氏筆乘·次韵非始唐人》："楊衒之《洛陽伽藍記》載王肅

入魏,捨江南故妻謝氏,而娶元魏帝女,故其妻贈之詩曰:‘本爲薄上蠶,今爲機上絲。得路遂騰去,頗憶纏綿時。’繼室代答,亦用‘絲’、‘時’兩韵,是次韵非始元白也。”我們認爲,不管楊衒之《洛陽伽藍記》所記是否真實可靠,有目的、大規模的次韵還是由元稹首先用於其朋輩白居易等人,然後才是白居易等人逐步適應逐步跟進,元稹不僅與白居易主動次韵,同時還和其他朋輩主動次韵酬和,有時還在自己詩篇中相互次韵,如《遣行十首》,每首均押“情”、“聲”、“驚”、“行”韵;又如《生春二十首》,每首均押“中”、“風”、“融”、“叢”韵。可以這樣説吧,元稹應該是唐代次韵詩的首創者、組織者、最積極的參與者、最大的成功者,説詳拙稿《元稹白居易通江唱和真相述略》(《蘇州大學學報》一九八八年第二期)、《元稹白居易通江唱和真相縱述》(《南昌大學學報》二〇〇二年第二期)、《元稹考論·元稹白居易通江唱和真相考略》(河南人民出版社二〇〇八年三月版)、《後人對元稹詩文的錯解》(《杭州電子科技大學學報》2015 年第一期),敬請有興趣的讀者參閱。　習然:義近“習常”,因順常道,沿襲舊章,遵循常規。《老子》:“見小曰明,守柔曰强。用其光,復歸其明,無遺身殃,是謂習常。”《史記·樂書》:“孝惠、孝文、孝景無所增更,於樂府習常肆舊而已。”請讀者注意:細讀元稹白居易詩篇,元稹本詩並沒有與白居易酬唱詩篇“次用本韵”,而應該是與盧拱原唱次韵,白居易的酬詩,事實上並沒有與盧拱原唱次韵,從中可見元稹與白居易在“次韵酬唱”上的高下區别以及技藝高下。從元稹白居易的酬唱情況來看,元稹主動次韵酬和時候居多,而白居易次韵酬和者較少。

⑤ 偶有:偶然有,偶爾有,不是經常有。姚合《成名後留別從兄》:“爲客衣裳多不穩,和人詩句固難精。幾年秋賦唯知病,昨日春闈偶有名。”陸龜蒙《薔薇》:“清香往往生遙吹,狂蔓看看及四鄰。遇有客來堪玩處,一端晴綺照烟新。”　衝天:直向天空。酈道元《水經注·渭水》:“項王在鴻門,亞父曰:‘吾使人望沛公,其氣衝天,五色采

相繆，或似龍，或似雲，非人臣之氣，可誅之。'"黃巢《賦菊》："衝天香陣透長安，滿城盡帶黃金甲。"比喻志氣超邁或情緒高漲而猛烈，或謂向最高統治者告發。張九齡《眉州康司馬挽歌詞》："劉楨徒有氣，管輅獨無年……從茲匣中劍，埋沒罷衝天。"郭震《古劍篇》："何言中路遭棄捐，零落漂淪古獄邊。雖復塵埋無所用，猶能夜夜氣衝天。"元稹的衝天之氣是指元和元年在左拾遺任上向唐憲宗進諫，其《論追制表》揭發宰相杜佑包庇杜兼，元和五年在分司洛陽期間嚴懲違紀的河南尹杜兼與接任的河南尹房式，實實在在得罪了杜佑。　　氣：特指勇氣，豪氣。《左傳·莊公十年》："夫戰，勇氣也。一鼓作氣，再而衰，三而竭。"郭璞《山海經圖讚·鰩魚》："壯士挺劍，氣激白虹。"韓愈《送張道士序》："臣有膽與氣，不忍死茅茨。"　　都無：倘無，若無。李白《留別龔處士》："龔子棲閑地，都無人世喧。柳深陶令宅，竹暗辟疆園。"辛棄疾《鷓鴣天·讀淵明詩不能去手戲作小詞送之》："晚歲躬耕不怨貧，隻雞斗酒聚比鄰。都無晉宋之間事，自是羲皇以上人。"鄧廣銘箋注："'都無'當作'倘無'解。陶淵明生於東晉末年，卒於劉宋初年。其時內多篡弒之禍，而北方則先後分處於十六國統治下……故稼軒作此設詞，以爲若無晉宋之間事，則彼自是羲皇上人耳！"　　處世：原指生活在人世間，引申指參與政治或社交活動。《晉書·謝安傳》："初辟司徒府，除佐著作郎，並以疾辭。寓居會稽……無處世意。"蘇軾《與林濟甫書》二："某兄弟不善處世，並遭遠竄。"　　才：才力，才能。左思《魏都賦》："通若任城，才若東阿。"王安石《三司鹽鐵副使陳述古衛尉少卿制》："具官某以才自奮，能世其家。"

　　⑥"未容榮路穩"兩句：元稹得罪杜佑，導致元稹最終貶職江陵：元稹《同州刺史謝上表》："及爲監察御史，又不規避，專心糾繩，復爲宰相怒臣不庇親黨，因以他事貶臣江陵判司。"元稹《表奏》："宰相素以劾叛官事相銜，乘是黜予江陵掾。"以及元稹身後白居易所寫的《唐故武昌軍節度處置等使正議大夫檢校戶部尚書鄂州刺史兼御史大夫

賜紫金魚袋尚書右僕射河南元公墓誌銘并序》又一次揭示原因云：
"內外權寵臣無奈何，咸不快意。會河南尹有不如法事，公引故事奏
而攝之甚急，先是不快者乘其便相噪喋。坐公專逞作威，黜爲江陵士
曹掾。"第一條所說的"親黨"是指前任河南尹杜兼，而《唐故武昌軍節
度處置等使正議大夫檢校戶部尚書鄂州刺史兼御史大夫賜紫金魚袋
尚書右僕射河南元公墓誌銘并序》說的"河南尹"是指繼杜兼之後任
職河南尹的房式。《新唐書·杜兼傳》云："元和初入爲刑部郎中，改
蘇州刺史……尋擢河南尹。杜佑素善兼，終始倚爲助力。所至大殺
戮，裒蓺財貨，極耆欲。適幸其時，未嘗敗。"杜佑是德宗、順宗、憲宗
的三朝宰相，權勢在所有宰臣之上。作爲中書省的首腦之一，宰相裴
垍雖然支持元稹的正義鬥爭，同情他的無過冤屈，但礙於杜佑的位高
權重與跋扈專橫，自己也無法出面，祇好由他的親信李絳、崔群、白居
易出面營救。營救未果，裴垍也祇能徒喚奈何！ 請參閱白居易《論元
稹第三狀》。　　未容：還沒有來得及。孟郊《覆巢行》："陽和發生均孕
育，鳥獸有情知不足。枝危巢小風雨多，未容長成已先覆。"元稹《哭
女樊四十韻》："迢遞離荒服，提攜到近京。未容誇伎倆，唯恨枉聰
明。"　　榮路：指仕途。《後漢書·左周黃傳論》："中興以後，復增敦
樸、有道、賢能……清白、敦厚之屬，榮路既廣，觖望難裁。"元稹《酬樂
天東南行詩一百韻》："謫居今共遠，榮路昔同趨。"　　禍機：指隱伏待
發之禍患。《文選·鮑照〈苦熱行〉》："生軀蹈死地，昌志登禍機。"李
善注："《莊子》曰：'其發若機栝，其司是非之謂也。'司馬彪曰：'言生
以是非藏否交接，則禍敗之來若機栝之發。'班固《漢書》述曰：'禍如
發機。'"崔櫓《華清宮四首》二："障掩金雞蓄禍機，翠環西拂蜀雲飛。"

　　⑦ "分久沉荊掾"兩句：這兩句應該是前後倒裝句。　　分：職分。
《荀子·王霸》："相者，論列百官之長，要百事之聽，以飾朝廷臣下百
吏之分。"《後漢書·溫序傳》："受國重任，分當效死，義不貪生苟背恩
德。"　　沉：沉淪，淪落。左思《詠史八首》二："世胄躡高位，英俊沈下

僚。”李商隱《戊辰會靜中出貽同志二十韵》：“我本玄元胄，稟華由上津。中迷鬼道樂，沈爲下土民。”　掾：官府中佐助官吏的通稱。賈島《讓紅曹上樂使君》：“戰戰復兢兢，猶如履薄冰。雖然叨一掾，還似説三乘。”陳陶《哭王贊府》：“白水流今古，青山送死生。驅馳三楚掾，倏忽一空名。”　慚：羞愧。《易·繫辭》：“將叛者，其辭慚。”孟浩然《送韓使君除洪府都督》：“無才慚孺子，千里愧同聲。”　厠：雜置，參與。《史記·樂毅列傳》：“先王過舉，厠之賓客之中，立之群臣之上。”《文選·潘岳〈秋興賦〉》：“攝官承乏，猥厠朝列。”李善注引《蒼頡篇》：“厠，次也，雜也。”　柏臺：御史臺的別稱。漢御史府中列植柏樹，常有野鳥數千栖其上，後因以柏臺稱御史臺。苑咸《送大理正攝御史判涼州別駕》：“天子念西疆，咨君去不遑。垂銀棘庭印，持斧柏臺綱。”元稹之所以“沉荆掾”，就是他在監察御史任上前後懲辦河南尹杜兼、房式，從而得罪當朝宰相杜佑所致。

　　⑧ “理推愁易惑”兩句：意謂如果按照傳統的道理來推論，那末我的憂愁我的内心將更加迷惑更加糊塗也更加難受。在這種迷惑裏，我對家鄉的思念更加强烈也更加難以消除。　理：道理，事理。《易·坤》：“君子黄中通理。”孔穎達疏：“黄中通理者，以黄居中，兼四方之色，奉承臣職，是通曉物理也。”《宋書·王景文傳》：“〔景文〕美風姿，好言理，少與陳郡謝莊齊名。”　推：推斷，推論。《史記·秦始皇本紀》：“始皇推終始五德之傳，以爲周得火德，秦代周德，從所不勝。”謝靈運《石壁精舍還湖中作》：“寄言攝生客，試用此道推。”　惑：疑惑，懷疑。《孟子·公孫丑》：“若是，則弟子之惑滋甚。”韓愈《師説》：“師者，所以傳道授業解惑也。”糊塗，令人不解。《孟子·離婁》：“鄉鄰有鬥者，被髮纓冠而往救之，則惑也。”韓愈《與孟尚書書》：“進退無所據而信奉之，亦且惑矣！”佛教稱煩惱爲惑。　鄉思：對故鄉的思念。王周《下瞿塘寄時同年》：“春寒天氣下瞿塘，大壞溪前柳綫長。須信孤雲似孤宦，莫將鄉思附歸艎！”薛濤《鄉思》：“峨眉山下水如油，

憐我心同不繫舟。何日片帆離錦浦,櫂聲齊唱發中流?" 裁:消除、解除。元稹《見人詠韓舍人新律詩因有戲贈》:"莫漫裁章句,須饒紫禁仙。"張泌《碧户》:"詠絮知難敵,傷春不易裁。"

⑨ 夜伴吳牛喘:吳地之牛畏熱,見月疑日而氣喘。《太平御覽》卷四引應劭《風俗通》:"吳牛望見月則喘,使之苦於日,見月怖,喘矣!"後遂用作典故。李白《丁督護歌》:"雲陽上征去,兩岸饒商賈。吳牛喘月時,拖船一何苦!"李白《送蕭三十一之魯中兼問稚子伯禽》:"六月南風吹白沙,吳牛喘月氣成霞。水國鬱蒸不可處,時炎道遠無行車。" 吳牛:吳地的水牛。劉商《秋夜聽嚴紳巴童唱竹枝歌》:"曲中歷歷叙鄉土,鄉思綿綿楚詞古。身騎吳牛不畏虎,手提蘘笠欺風雨。"陸游《秋懷十首》四:"典琴沽市釀,賣劍買吳牛。雞黍隨時具,江山到處留。" 春驚朔雁回:時值春天,氣候轉暖,大雁開始北飛,詩人被大雁勾起北返的鄉思,故言"驚"。李商隱《及第東歸次灞上却寄同年》:"芳桂當年各一枝,行期未分壓春期。江魚朔雁長相憶,秦樹嵩雲自不知。"劉滄《與僧話舊》:"莎徑晚烟凝竹塢,石池春色染苔衣。此時相見又相別,即是關河朔雁飛。" 朔雁:指北地南飛之雁。謝靈運《撰征賦(有序)》:"望新晴於落日,起明光於躋月。眷轉蓬之辭根,悼朔雁之赴越。"劉滄《與僧話舊》:"莎徑晚烟凝竹塢,石池春色染苔衣。此時相見又相別,即是關河朔雁飛。"

⑩ 北人:泛稱北方之人,這裏是指在長安送詩人南謫的朋友們,因爲元稹的朋友如白居易、李絳、崔群都應該算是地地道道的"北人"。《顏氏家訓·風操》:"南人賓至不迎,相見捧手而不揖,送客下席而已;北人迎送並至門,相見則揖,皆古之道也。"王安石《紅梅》:"春半花纔發,多應不奈寒。北人初未識,渾作杏花看。" 腸斷:形容極度悲痛,這裏指白居易、李絳、崔群等人在元稹被貶前夕的極力營救以及無奈看着元稹走上南貶的遙途。宋之問《途中寒食題黃梅臨江驛寄崔融》:"北極懷明主,南溟作逐臣。故園腸斷處,日夜柳條

新。"白居易《長恨歌》："行宮見月傷心色,夜雨聞鈴腸斷聲。"　西日:
這裏喻指長安。許嵩《建康實錄》:"(晉)明帝諱紹字,道畿,中宗長
子,母豫章君。帝幼而聰哲,年數歲,嘗置中宗膝上,會長安使來,中
宗因問曰:'汝謂日與長安孰遠?'對曰:'日遠。'中宗問其故,答曰:
'不聞人從日邊來,居然可知爾!'中宗異之。明日會群臣,又問之,對
曰:'日近。'中宗失色,曰:'何異昨日之言?'對曰:'舉目見日,不見長
安。'由是益奇之。"　眼穿:猶言望眼欲穿,形容殷切盼望。韓愈《酒
中留上襄陽李相公》:"眼穿常訝雙魚斷,耳熱何辭數爵頻。"梅堯臣
《獨酌偶作》:"眼穿南去翼,耳冷北來音。"　頽:敗落,衰退。諸葛亮
《前出師表》:"親小人,遠賢臣,此後漢所以傾頽也。"李白《古風》五
四:"晉風日已頽,窮途方慟哭。"

　　⑪唯望:祇指望。權德輿《寄李衡州(時所居即衡州宅)》:"片石
叢花畫不如,庇身三徑豈吾廬!主人千騎東方遠,唯望衡陽雁足書。"
皮日休《吳中書事寄漢南裴尚書》:"青梅蒂重初迎雨,白鳥群高欲避
潮。唯望舊知憐此意,得爲傖鬼也逍遙!"　魂:魂魄,魂靈。《易·繫
辭》:"精氣爲物,遊魂爲變。"潘岳《馬汧督誄》:"死而有靈,庶慰冤
魂。"　歸去:回去。陶潛《歸去來兮辭》:"歸去來兮!田園將蕪,胡不
歸?"李白《題金陵王處士水亭》:"醉罷欲歸去,花枝宿鳥喧。"　那知:
哪裏知道。盧綸《關口逢徐邁》:"廢寺連荒壘,那知見子真。關城夜
有雪,冰渡曉無人。"司空曙《獨遊寄衛長林》:"身外唯須醉,人間盡是
愁。那知鳴玉者,不羨賣瓜侯!"　詔:皇帝下達命令。高誘《淮南子
注叙》:"孝文皇帝甚重之,詔使爲《離騷》賦。"《新唐書·魏徵傳》:"帝
痛自咎,即詔停册。"詔書。《史記·秦始皇本紀》:"命爲'制',令爲
'詔'。"裴駰集解引蔡邕曰:"詔,詔書。"《漢書·董仲舒傳》:"陛下發
德音,下明詔,求天命與情性,皆非愚臣之所能及也。"

　　⑫"涸魚千丈水"兩句:意謂朝廷的詔書對詩人來說,猶如涸魚
得水,好像冬日的僵燕聽到第一聲春雷一般。詩人在這裏是回憶當

時的心情,其實回到京城之前,元稹已經明白所謂的奉詔回京,祇是政敵、宦官頭目吐突承璀對自己另一次迫害的開始。　洇魚:"洇轍魚"的略語。曹植《文帝誄》:"(孫)權若洇魚,乾臘矯鱗。"李紳《趨翰苑遭誣構四十六韻》:"洇魚思雨潤,殭燕望雷蘇。"　殭燕:被凍僵即將死亡的燕子。殭是偃仆,倒斃之意。王符《潛夫論·忠貴》:"或捕格斬首,或拉髖掔胸,掊死深穿,銜刀都市,殭屍破家,覆宗滅族者,皆無功於民氓者也。"僵硬。盧仝《月蝕詩》:"森森萬木夜殭立,寒氣屭贔頑無風。"　雷:春天之雷。孟浩然《李氏園林臥疾》:"我愛陶家趣,園林無俗情。春雷百卉坼,寒食四鄰清。"韋應物《寄馮著》:"春雷起萌蟄,土壤日已疏。胡能遭盛明,才俊伏里閭?"

⑬"幽匣提青鏡"兩句:意謂詩人聽到召他回京,從平日根本不用的鏡匣裏拿出鏡子,抹去臉上的塵土,疏理自己的容顏,等待回京以後朝聖。　幽匣:猶珍藏"幽鏡"的匣子。《文選·劉鑠〈擬行行重行行〉》:"淚容不可飾,幽鏡難復治。"李周翰注:"幽匣之鏡,誰復重理?"元稹《說劍》:"鑄時近山破,藏在松桂朽。幽匣獄底埋,神人水心守。"　青鏡:即青銅鏡。李嶠《梅》:"妝面回青鏡,歌塵起畫梁。"賀朝《孤興》:"晴日暖珠箔,夭桃色正新。紅粉青鏡中,娟娟可憐嚬。"　衰顏:衰老的容顏。尹式《別宋常侍詩》:"秋鬢含霜白,衰顏倚酒紅。"梅堯臣《雪中廖宣城寄酒》:"任從六花甕船戶,滿酌春色生衰顏。"　故埃:過去的塵埃。李那《和奉重適陽關》:"銜悲向玉關,垂淚上瑤臺。舞閣懸新網,歌梁積故埃。"

⑭夢雲:原指宋玉《高唐賦》楚王與巫山之女幽會的故事。杜牧《潤州二首》二:"謝朓詩中佳麗地,夫差傳裏水犀軍。城高鐵甕橫強弩,柳暗朱樓多夢雲。"孫光憲《浣溪沙》:"繡閣數行題了壁,曉屏一枕酒醒山。却疑身是夢雲間。"這裏詩人借此希望得到皇上和宰相的信任與青睞。　紫閣:金碧輝煌的殿閣,多指帝居。崔琦《七蠲》:"紫閣青臺,綺錯相連。"江淹《宋故銀青光祿大夫孫夐墓銘》:"紫閣咸趨,朱

軒既履。"唐代曾改中書省爲紫微省,中書令爲紫微令,因稱宰相府第爲紫閣。楊賁《時興》:"平明登紫閣,日晏下彤闈。擾擾路傍子,無勞歌是非。"王涯《漢苑行》:"二月春風遍柳條,九天仙樂奏雲韶。蓬萊殿後花如錦,紫閣階前雪未銷。"　厭雨:厭煩連綿不斷的雨季。鄭獬《晚晴》:"人間久厭雨,最快是初晴。驟見碧林影,喜聞歸雁聲。"歐陽修《答和閣老劉舍人雨中見寄》:"花間鳥語愁泥滑,屋上鳩鳴厭雨多。"　黃梅:原指梅子成熟的季節,這裏指江南地區黃梅季節的黃梅雨。薛道衡《梅夏應教》:"長廊連紫殿,細雨應黃梅。"杜甫《梅雨》:"南京犀浦道,四月熟黃梅。湛湛長江去,冥冥細雨來。"

⑮ 親戚:與自己有血緣或婚姻關係的人。《左傳·僖公二十四年》:"昔周公吊二叔之不咸,故封建親戚,以屏藩周。"《南史·岑之敬傳》:"之敬年五歲,讀《孝經》,每燒香正坐,親戚咸加嘆異。"親愛,親近。阮籍《鳩賦》:"何依恃以育養,賴兄弟之親戚。"《續資治通鑒·宋孝宗乾道元年》:"朕念兄弟無幾,於汝尤爲親戚;汝亦自知之,何爲而懷此心?"　迎時:迎合時勢。杜牧《罪言》:"階此蜀亦叛,吳亦叛,其他未叛者,皆迎時上下,不可保信。"李清《三垣筆記》卷中:"孫廷尉晉先在言路,以聲氣自雄,然爲人圓巧,善於迎時。"　班行:朝班的行列,朝官的位次。黃庭堅《次韵宋楙宗僦居甘泉坊雪後書懷》:"漢家太史宋公孫,漫逐班行謁帝閽。"也泛指行輩、行列。王定保《唐摭言·主司失意》:"扶即薛謂近從兄弟班行,內外親族絕多。"指朝官。張籍《送鄭尚書出鎮南海》:"遠鎮承新命,王程不假催。班行爭路送,恩賜不時來。"秦觀《辭史官表》:"班行之內,學術過於臣者甚多。"見處:見地,見解。許顗《彥周詩話》:"僕嘗三復玩味之,知前輩觀書,自有見處。"李咸用《題陳正字山居》:"怪來忘祿位,習學近瀟湘。見處雲山好,吟中歲月長。"

⑯ 文工:猶文人,古稱先祖之有文德者。《書·文侯之命》:"汝肇刑文武,用會紹乃辟,追孝于前文人。"孔傳:"使追孝於前文德之

人。"《詩·大雅·江漢》:"厘爾圭瓚,秬鬯一卣,告于文人。"鄭玄箋:
"告其先祖諸有德美見記者。"孔穎達疏:"汝當受之以告祭於汝先祖
有文德之人。"馬瑞辰通釋:"文人,猶云文祖、文父、文考耳……文人
亦追自稱其先祖。此詩'文人',傳、箋俱指召穆公之先人,甚確。"
畏忌:畏懼顧忌。《詩·大雅·桑柔》:"匪言不能,胡斯畏忌。"高亨
注:"畏忌,畏懼顧忌。"《漢書·杜周傳》:"〔翟方進〕排擠英俊,託公報
私,橫厲無所畏忌。"猶謹慎。《儀禮·士虞禮》:"孝子某孝顯相,夙興
夜處,小心畏忌,不惰其身。"張衡《陳事疏》:"恭儉畏忌,必蒙祉祚。"
厭惡。《史記·五帝本紀》:"朕畏忌讒説殄偽。"張守節正義:"言畏惡
利口讒説之人,兼殄絶奸偽人黨。"《宋書·謝弘微傳》:"領中庶子,又
尋加侍中。弘微志在素宦,畏忌權寵,固讓不拜。" 朝士:朝廷之士,
泛稱中央官員。陸賈《新語·懷慮》:"戰士不耕,朝士不商,邪不奸
直,圓不亂方。"張九齡《劾牛仙客疏》:"昔韓信淮陰一壯夫,羞與絳灌
爲伍。陛下必用仙客,朝士所鄙,臣實恥之。" 嫌猜:疑忌。鮑照《代
放歌行》:"明慮自天斷,不受外嫌猜。"李白《長干行》:"同居長干里,
兩小無嫌猜。"

⑰ 新識:猶新交。何遜《擬輕薄篇》:"黄鶴悲故群,山枝詠新
識。"呂温《道州敬酬何處士書情寄贈》:"新識幾人知杞梓?舊園何歲
長蓬蒿?"指盧拱,元稹與盧拱剛剛認識,所以説"新識"。 蓬山:這
裏是秘書省的別稱。儲光羲《洛中貽朝校書衡朝即日本人也》:"吾生
美無度,高駕仕春坊。出入蓬山裏,逍遙伊水傍。"《舊唐書·劉子玄
傳》:"蓬山之下,良直差肩;芸閣之中,英奇接武。"説明盧拱曾經任職
校書郎,元稹、白居易與盧拱相識,大約就在元稹白居易也任職校書
郎時期。 傑:才智超群的人。《隋書·王世積傳》:"世積容貌魁岸,
腰帶十圍,風神爽拔,有傑人之表。"陸游《老學庵筆記》卷六:"王伯照
長於禮樂,歷代及國朝議禮之書,悉能成誦,亦可謂一時之傑。" 深
交:猶至友,謂交情很深。《晉書·裴憲傳》:"〔裴邵、王導〕二人相與

爲深交。"元稹《酬樂天東南行詩一百韻》:"薄命知然也,深交有矣夫。"　翰苑材:指白居易。翰苑這裏是翰林院的別稱,白居易元和初年曾任職翰林院,爲翰林學士。錢起《送李九貶南陽》:"霜降幽林霑蕙若,弦驚翰苑失鴛鸞。秋來回首君門阻,馬上應歌行路難。"《宋史·蕭服傳》:"文辭勁麗,宜居翰苑。"

　⑱投:合,投合。《楚辭·大招》:"二八接舞,投詩賦只。"王逸注:"投,合也……言與詩雅相合,且有節度也。"王安石《得書知二弟附陳師道舟上汴》:"兒童聞太丘,邂逅兩心投。"　珠:這裏比喻華美的文詞。《文心雕龍·時序》:"茂先搖筆而散珠,太沖動墨而橫錦。"韓愈《酬盧給事曲江荷花行》:"遺我明珠九十六,寒光映骨睡驪目。"孫汝聽注:"(盧)汀詩九十六字。"　貫:原指串錢的繩索。蕭繹《菩提樹頌》:"紅粒盈箱,青蚨委貫。"李賀《出城別張又新酬李漢》:"開貫瀉蚨母,買冰防夏蠅。"這裏指串連,連結,意謂詩歌一篇連著一篇。《楚辭·離騷》:"擥木根以結茞兮,貫薛荔之落蕊。"《宣和畫譜·楊暉》:"今人畫魚者,多拘鱗甲之數,或貫柳,或在陸,奄奄無生意。"　和:以詩歌酬答,依照別人詩詞的題材和體裁作詩詞。《列子·周穆王》:"西王母爲王謠,王和之,其辭哀焉!"張湛注:"和,答也。"韓愈《送楊少尹序》:"吾聞楊侯之去,丞相有愛而惜之者,白以爲其都少尹,不絕其祿,又爲歌詩以勸之,京師之長於詩者,亦屬而和之。"　玉:溫潤而有光澤的美石。《詩·小雅·鶴鳴》:"它山之石,可以攻玉。"這裏借喻爲詩篇,與上句的"珠"呼應。元稹《酬東川李相公十六韻並啓》:"而又賜詩□十韻,並首序一百二十三言,廢名位之常數,比朋友以字之,飾揚涓埃,投擲珠玉,幸甚,幸甚!"　堆:堆積。韓愈《元和聖德詩》:"帛堆其家,粟塞其庾。"指堆積之物。韓愈《詠雪贈張籍》:"坳中初蓋底,坻處遂成堆。"引申爲詩篇聚集,與上句"貫"呼應。

　⑲劇敵:義近"仇敵",有積恨的敵人。《左傳·昭公五年》:"晉,吾仇敵也。"《隋書·突厥傳》:"仇敵怨偶,泣血拊心。"這裏是指指宦

官吐突承璀集團。　劇：巨，大。《後漢書·宦者傳序》：“寇劇緣閑，搖亂區夏。”李賢注：“寇盜劇賊緣閑隙而起也。”韓愈《衢州徐偃王廟碑》：“州無怪風劇雨，民不夭厲，穀果完實。”　相軋：互相傾軋。《莊子·人間世》：“名也者，相軋也，知也者，爭之器也。”韓愈《別知賦》：“山礚礚其相軋，樹蓊蓊其相摎。”　羸師：謂藏其精銳而出示疲弱的軍隊以麻痺敵人，也指疲弱的軍隊。《左傳·桓公六年》：“少師侈，請羸師以張之。”杜預注：“羸，弱也。”元稹《酬段丞與諸棋流會宿弊居見贈二十四韵》：“堂堂排直陣，袞袞逼羸師。”李逢吉《奉酬忠武李相公見寄》：“黃閣碧幢惟是儉，三公二伯未爲榮。惠連忽贈池塘句，又遣羸師破膽驚。”這裏借喻元稹的頂頭上司嚴綬。　自媒：衹顧謀取、營求自己的利益，《編年箋注》的解釋是完全錯誤的：“自媒：猶自告奮勇。”戴叔倫《酬贈張衆甫》：“迢遥千里道，依倚九層臺。出處寧知命，輪轅豈自媒？”李頻《勉力》：“日月不並照，升沉俱有時。自媒徒欲速，孤立却宜遲。”媒，謀取，營求。李綱《與梅和勝侍郎書》：“惟知佞柔，以媒富貴。”元稹的“篇末不無憤辭”，即指宦官頭目吐突承璀的屢加迫害與被元稹目爲“府主”嚴綬的坐視不救，説盧拱“頻有致師之挑”，僅僅是元稹發牢騷的藉口而已，讀者不要誤會詩人的原意。

⑳ 磨礱：磨石。《文選·枚乘〈上書諫吳王〉》：“磨礱砥礪，不見其損，有時而盡。”李周翰注：“磨礱砥礪，皆磨石。”蕭繹《金樓子·雜記》：“枚乘有之：磨礱不見其損，有時而盡。”黃滔《書懷寄友人》：“此生如孤燈，素心挑易盡。不及如頑石，非與磨礱近。”　刮骨：用刀刮除骨上的藥毒以治創傷。《三國志·關羽傳》：“羽嘗爲流矢所中，貫其左臂，後創雖愈，每至陰雨，骨常疼痛，醫曰：‘矢鏃有毒，毒入於骨，當破臂作創，刮骨去毒，然後此患乃除耳！’羽便伸臂令醫劈之。時羽適請諸將飲食相對，臂血流離，盈於盤器，而羽割炙引酒，言笑自若。”後用爲形容精神堅强的典實。庾信《周柱國大將軍紇干弘神道碑》：“公入仕四十五年，身經一百六戰……刮骨傅藥，事同關羽。”王維《燕

支行》:"報讎只是聞嘗膽,飲酒不曾妨刮骨。"　委心:隨心之自然。
《淮南子·精神訓》:"清目而不以視,靜耳而不以聽,鉗口而不以言,
委心而不以慮。"陶潛《歸去來辭》:"寓形宇內復幾時,曷不委心任
去留?"

㉑　神明:天地間一切神靈的總稱。《易·繫辭》:"陰陽合德,而
剛柔有體,以體天地之變,以通神明之德。"孔穎達疏:"萬物變化,或
生或成,是神明之德。"《孝經·感應》:"天地明察,神明彰矣!"李隆基
注:"事天地能明察,則神感至誠而降福佑,故曰彰也。"　造化:自然
界的創造者,亦指自然。《莊子·大宗師》:"今一以天地爲大鑪,以造
化爲大冶,惡乎往而不可哉?"張協《七命》:"功與造化爭流,德與二儀
比大。"

㉒　破葉箭:指百步穿楊的箭,義近"穿楊",謂射箭能於遠處命中
楊柳的葉子,極言射技之精,語本《戰國策·西周策》:"楚有養由基
者,善射,去柳葉者百步而射之,百發百中。"薛業《晚秋贈張折衝》:
"位以穿楊得,名因折桂還。"《北史·崔頤傳》:"況復桑榆漸暮,藜藋
屢空;舉燭無成,穿楊盡棄。"　搴旗:拔取敵方旗幟。司馬遷《報任安
書》:"不能備行伍,攻城野戰,有斬將搴旗之功。"杜甫《前出塞九首》
二:"捷下萬仞岡,俯身試搴旗。"這裏暗喻元稹暗中準備繼續與"劇
敵"較量,爭取最後的成功。

㉓　金寶:黃金和珠寶,泛指貴重財物。《史記·天官書》:"金寶
之上,皆有氣,不可不察。"白居易《策林·議釋教策》:"況僧徒日益,
佛寺日崇,勞人力於土木之功,耗人利於金寶之飾。"劉敞《同原甫詠
秘閣詔藏古器圖》:"昔占金寶氣,天瑞告成功。繪事今時絕,書文自
古同。"　砂礫:細碎的小石子。《史記·衛將軍驃騎列傳》:"會日且
入,大風起,砂礫擊面,兩軍不相見,漢益縱左右翼繞單于。"杜甫《遣
興五首》一:"朔風飄胡雁,慘澹帶砂礫。"　芝蘭:芷和蘭,皆香草。
《孔子家語·在厄》:"芝蘭生於森林,不以無人而不芳。"徐夤《霜》:

"露結芝蘭瓊屑厚,日乾葵藿粉痕殘。世間無此催搖落,松竹何人肯
更看?" 草萊:猶草莽,雜生的草。《南史·孔珪傳》:"門庭之內,草
萊不翦。"葉適《代人上書》:"奪農人牛具,犁伐之地,草萊隨長。"

㉔ 毫髮:原指毛髮,這裏引申爲絲毫,極少,極細微。鮑照《代白
頭吟》:"毫髮一爲瑕,丘山不可勝。"杜甫《敬贈鄭諫議十韵》:"毫髮無
遺恨,波瀾獨老成。" 翳:遮蔽,隱藏,隱没。《楚辭·離騷》:"百神翳
其備降兮,九疑繽其並迎。"王逸注:"翳,蔽也。"《漢書·揚雄傳》:"於
是乘輿乃登夫鳳凰兮翳華芝。"顔師古注:"翳,蔽也。以華芝爲蔽
也。" 莓苔:青苔。孫綽《游天台山賦》:"踐莓苔之滑石,搏壁立之翠
屏。"蘇舜欽《寄守堅覺初二僧》:"松下莓苔石,何年重訪尋?"以上數
句,是元稹希望實權者能夠識別真僞,重視自己的才幹,洞悉自己的
忠誠。

[編年]

《年譜》編年本詩於元和十年,理由是:"居易原唱爲:《酬盧秘書
二十韵》,自注:'時初奉詔除贊善大夫。'"《編年箋注》贊同《年譜》之
説:"元稹和作成於元和十年(八一五),時由唐州從事奉詔回京。"理
由:"見下《譜》。"《年譜新編》編年本詩於元和十年"在長安作",理由:
"白居易原唱爲《酬盧秘書二十韵》,依韵酬和。"

據《舊唐書》、《新唐書》本傳,白居易"初奉詔除贊善大夫"在元和
九年的冬天,請大家尤其要注意那個"初"字。《年譜》如果僅僅以此
爲理由,應該編入元和九年的冬天才是;現在編入元和十年,理由不
够充分。《年譜新編》的編年理由表述有誤:白居易的《酬盧秘書二十
韵》不是"原唱",與元稹詩篇一樣都是酬和盧拱之作。元稹白居易酬
唱的是盧拱所作《喜遇白贊善學士詩二十韵》,今天已經不見其蹤影。
而且元稹的《酬盧秘書》詩,並非與白居易的《酬盧秘書二十韵》(參見
本詩"箋注"所引白居易詩)爲"依韵酬和"亦即"次韵之作",否則元稹

《酬盧秘書》詩序所云“其次用本韵，習然也”，就成了一句沒有着落的空話。元稹的詩與盧拱的《喜遇白贊善學士詩二十韵》詩，才是“次用本韵”。幸請讀者加以辨別，千萬不要聽信《年譜新編》的隨意之言。

　　我們以爲，白居易原唱云：“春驚震蟄雷……新律動寒灰。”驚蟄是我國二十四節氣之一，大致時間在二月初旬。此時氣温上升，土地解凍，春雷始鳴，蟄伏過冬的動物被驚起開始出來活動，故名。這是白居易詩篇作於元和十年二月的明證。而參照本詩詩序所云，元稹的酬詩並不是馬上酬和的，至少應該在二月末吧！與元稹酬詩所云“春驚朔雁回”相合。如此，詩作時間正與元稹元和十年春天返京相合，因爲“元和十年正月”，元稹還在回京途中，有《桐孫詩序》爲證。當時白居易在長安爲贊善大夫，盧秘書拱也在長安爲秘書郎，與元詩序所云“予自唐歸京之歲，秘書郎盧拱作《喜遇白贊善學士二十韵》，兼以見貽。白詩酬和先出，予草蹙未暇，盧頻有致師之挑”也一一相符，時合地合情也合。

■ 酬樂天遊城南挽留晚歸⁽⁻⁾①

據白居易《遊城南留元九李二十晚歸》

［校記］

　　(一)酬樂天遊城南挽留晚歸：元稹本佚失詩所據白居易《遊城南留元九李二十晚歸》，見《白氏長慶集》、《萬首唐人絶句》、《佩文齋詠物詩選》、《白香山詩集》、《全詩》，未見異文。

［箋注］

　　① 酬樂天遊城南挽留晚歸：元稹本佚失詩所據白居易《遊城南

留元九李二十晚歸》："老遊春飲莫相違，不獨花稀人亦稀。更勸殘杯看日影，猶應趁得鼓聲歸。"未見現存元稹詩文集中有酬和之篇，大約是佚失，故據此補。　　城南：本處指長安城之南。杜甫《哀江頭》："人生有情淚霑臆，江水江花豈終極？黃昏胡騎塵滿城，欲往城南忘南北。"權德輿《奉和于司空二十五丈新卜城南郊居接司徒公別墅即事書情奉獻兼呈李裴相公》："一德承昌運，三公翊至尊。雲龍諧理代，魚水見深恩。"　　挽留：使將要離去者留下。蘇軾《辯才老師退居龍井不復出入軾往見之常出至風篁嶺左右驚曰遠公復過虎溪矣辯才笑曰杜子美不云乎與子成二老來往亦風流因作亭嶺上名之曰過溪亦曰二老謹次辯才韻賦詩一首》："去住兩無礙，人天爭挽留。"文同《壽安縣太君何氏墓誌銘》："秘丞君生方數月，馬服去客諸郡，爲人挽留主師席，凡不歸者十四年。"　　晚歸：歸來時間較晚。李頎《晚歸東園》："出郭喜見山，東行亦未遠。夕陽帶歸路，靄靄秋稼晚。"錢起《自終南山晚歸》："絕境勝無倪，歸途興不盡。沮溺時返顧，牛羊自相引。"

[編年]

　　未見《元稹集》採錄，也未見《年譜》、《編年箋注》、《年譜新編》採錄與編年。

　　朱金城先生《白居易集箋校》編年白居易詩於元和十年。白居易《與元九書》："如今年春遊城南時，與足下馬上相戲，因各誦新艷小律，不雜他篇，自皇子陂歸昭國里，迭吟遞唱不絕聲者二十里餘，樊李在旁無所措口。知我者以爲詩仙，不知我者以爲詩魔。何則？勞心靈，役聲氣，連朝接夕，不自知其苦，非魔而何？偶同人，當美景，或花時宴罷，或月夜酒酣，一咏一吟，不知老之將至，雖驂鸞鶴遊蓬瀛者之適，無以加于此焉！又非仙而何？微之，微之！此吾所以與足下外形骸，脫蹤迹，傲軒鼎，輕人寰者，又以此也。"所指即白居易、元稹、李紳等人元和十年春天遊城南事。白居易詩應該賦成於元和十年春天，元稹的酬和之篇也應該賦成於元和十年的春天。白居易與元稹，還有李紳，當時都在長安。元稹從江陵士曹參軍被召還京，尚無任何官職在身。

◎ 和樂天贈楊秘書①

舊與楊郎在帝城，搜天斡地覓詩情②。曾因並句甘稱小，不爲論年便喚兄③。刮骨直穿由苦鬥⁽一⁾，夢腸翻出暫閑行④。因君投贈還相和，老去那能競底名⁽二⁾⑤？

録自《元氏長慶集》卷二〇

[校記]

（一）刮骨直穿由苦鬥：楊本、叢刊本、《全詩》、《唐詩紀事》同，《全詩》注作“刮骨直穿猶苦鬥”，兩字可通，不改。

（二）老去那能競底名：原本作“老去那能竟底名”，語義不佳，據楊本、叢刊本、《全詩》、《唐詩紀事》改。

[箋注]

① 和樂天贈楊秘書：本詩是酬和白居易的詩篇，白居易詩《贈楊秘書巨源》：“早聞一箭取遼城，相識雖新有故情。清句三朝誰是敵？白鬚四海半爲兄。貧家薙草時時入，瘦馬尋花處處行。不用更教詩過好，折君官職是聲名。”據朱金城先生《白居易集箋校》考證，“遼城”應該是“聊城”之誤，是。而白居易的詩篇又是酬和楊秘書巨源的，可惜，楊秘書巨源的原唱已經散失，今天無法知其詳。　楊秘書：即楊巨源，元稹的忘年朋友。楊巨源，生於公元七五五年，卒年暫時無考。字景山，行十二，河中（今山西永濟）人。元和六年，以監察御史爲河

中節度使張弘清從事。元和九年，入朝拜秘書郎，時年六十，故張籍有詩《題楊秘書新居》："愛閑不向爭名地，宅在街西最静坊。卷裏詩過一千首，白頭新受秘書郎。"賈島《楊秘書新居》："城角新居鄰静寺，時從新閣上經樓。南山泉入宫中去，先向詩人門外流。"又王建有《賀楊巨源博士拜虞部員外》紀事："合歸蘭署已多時，上得金梯亦未遲。兩省郎官開道路，九州山澤屬曹司。諸生拜别收書卷，舊客看來讀制詞。殘著幾丸仙藥在，分張還遣病夫知。"具體事迹可參閱傅璇琮先生主編的《唐才子傳校箋·楊巨源》。

②舊與楊郎在帝城：這裏是指貞元年間元稹在長安與楊巨源相識相交的事情：元稹《叙詩寄樂天書》"不數年，與詩人楊巨源友善，日課爲詩"可證，元稹與楊巨源不僅是詩友，同時也是遊玩的伴當，元稹《春晚寄楊十二兼呈趙八》、《與楊十二李三早入永壽寺看牡丹》、《憶楊十二巨源（去時芍藥才堪贈）》就是兩人在長安交友嬉戲的記録。郎：官名，戰國時已有，秦漢時沿置，有議郎、中郎、侍郎、郎中等，員額無定，均屬於郎中令（後改爲光禄勛），其職責原爲護衛陪從，隨時建議、備顧問及差遣。東漢以尚書臺爲實際的行政中樞，其分曹任事者爲尚書郎，職責範圍與過去的郎官不同，後遂以侍郎、郎中、員外郎爲各部要職。《漢書·蘇武傳》："武字子卿，少以父任，兄弟並爲郎。"王安石《送文學士倅邛州》："操筆賦《上林》，脱巾選爲郎。"元稹在這裏稱楊巨源爲"楊郎"，其一是唐代"郎"是對男子的敬稱。李白《横江詞六首》五："横江館前津吏迎，向余東指海雲生。郎今欲渡緣何事？如此風波不可行！"其二是楊巨源其時已經官拜"秘書郎"之職，稱"郎"是名實相副。雖然楊巨源年近六十，元稹祇有三十七歲，但元稹與楊巨源老早就是"忘年之交"，故稱。　帝城：京都，皇城。《漢書·陳咸傳》："即蒙子公力，得入帝城，死不恨。"王維《奉和聖製春望之作應制》："雲裏帝城雙鳳闕，雨中春樹萬人家。"　搜天斡地覓詩情：意謂想盡一切辦法，用最恰當的語句，表達自己的情感。後人對此句評價

甚高,與杜甫的名句"語不驚人死不休"相提並論,鑷纘《霏雪録》:"唐人作詩,盡一生心力爲之,故能名世傳後,如……'爲人性僻耽佳句,語不驚人死不休'……如'搜天翰地覓詩情'……之類是也,惟知者可以語此。今人以鹵莽滅裂之心,率爾出言便欲過人,恐無此理!"袁桷《次韵王正臣書史試院書事二首》一:"貢士搜天巧,經營縹緲間。露蟲吟唶唶,雨葉戰潛潛。"凌義渠《又賦傷心行》:"入地搜天遍,呵神罵鬼多。卜商誠有語,命也謂之何?"王洋《得周朋詩云方爲秘府書石渠二字作詩美之》:"翰地排天力有餘,倚空金榜稱華胥。快兼長史三杯酒,優重中郎六體書。"馮時行《遺夔門故舊》:"蜀江迸出岷山來,翻濤鼓浪成風雷。掀天翰地五千里,争赴東海相喧豗。"　詩情:作詩的情緒、興致,詩一般的美妙意境。楊巨源《送章孝標校書歸杭州因寄白舍人》:"不妨公事資高卧,無限詩情要細論。若訪郡人徐孺子,應須騎馬到沙村。"劉禹錫《秋詞二首》一:"自古逢秋悲寂寥,我言秋日勝春朝。晴空一鶴排雲上,便引詩情到碧霄。"

③　並句:亦即"聯句",作詩方式之一,由兩人或多人各成一句或一聯或幾句,合而成篇。舊傳始于漢武帝和諸臣合作的《柏梁詩》。《文心雕龍·明詩》:"回文所興,則道原爲始;聯句共韵,則《柏梁》餘製。"白居易《醉後走筆酬劉五主簿長句之贈》:"秋燈夜寫聯句詩,春雪朝傾暖寒酒。"《舊唐書·鄭顥傳》:"舘宇蕭灑,相與聯句,予爲數聯,同遊甚稱賞。"　不爲論年便喚兄:楊巨源與元稹年齡相差二十四歲,應該是元稹的叔伯輩,但他們友誼深厚,竟然在詩歌酬唱中稱兄道弟,故言。　不爲:不因爲。《荀子·天論》:"天行有常,不爲堯存,不爲桀亡。"東方朔《答客難》:"天不爲人之惡寒而輟其冬,地不爲人之惡險而輟其廣,君子不爲小人之匈匈而易其行。"　論年:論年歲,按年齡説。庾信《喜晴應詔敕自疏韵》:"有慶兆民同,論年天子萬。"杜光庭《墉城集仙録·紫微王夫人》:"於是高栖於峰岫,並金石而論年耶?"　兄:哥哥。《書·康誥》:"兄亦不念鞠子哀。"孔傳:"爲人兄

亦不念稚子之可哀。"《公羊傳·隱公七年》:"母弟稱弟,母兄稱兄。"何休注:"母兄,同母兄。"泛稱親戚中年長於己的同輩男性。傅咸《贈何劭王濟》:"吾兄既鳳翔,王子亦龍飛。"何劭,傅咸表兄。韓愈《此日足可惜贈張籍》:"下馬步堤岸,上船拜吾兄。"王伯大音釋引洪興祖曰:"公從兄。或曰,吾兄謂張籍,非也。"同輩男子間的尊稱。《南史·韋叡傳》:"此事大,非兄不可。"韓愈《奉和虢州劉給事使君詠序》:"劉兄自給事中出刺此州。"

④ 刮骨:用刀刮除骨上的藥毒以治創傷,事見《三國志·關羽傳》關羽刮骨療傷的記載:"羽嘗爲流矢所中,貫其左臂,後創雖愈,每至陰雨,骨常疼痛,醫曰:'矢鏃有毒,毒入於骨,當破臂作創,刮骨去毒,然後此患乃除耳!'羽便伸臂令醫劈之。時羽適請諸將飲食相對,臂血流離,盈於盤器,而羽割炙引酒,言笑自若。"後用爲形容精神堅強的典實。元稹《酬樂天見寄》:"三千里外巴蛇穴,四十年來司馬官。瘴色滿身治不盡,瘢痕刮骨洗應難。"白居易《戲和賈常州醉中二絶句》一:"聞道毗陵詩酒興,近來積漸學姑蘇。罨頭新令從偷去,刮骨清吟得似無?" 由:通"猶",尚,尚且。《荀子·富國》:"辟之是猶使處女嬰寶珠,佩寶玉,負戴黃金,而遇中山之盜也,雖爲之逢蒙視……由將不足以免也。"楊倞注:"由,與猶同。"張鷟《遊仙窟》:"鳥獸無情,由知怨別。心非木石,豈忘深恩!" 苦鬥:艱苦戰鬥,在艱困中奮鬥。《隋書·陳稜傳》:"稜盡銳擊之,從辰至未,苦鬥不息。"元稹《酬段丞與諸棋流會宿弊居見贈二十四韻》:"運石疑填海,爭籌憶坐帷。赤心方苦鬥,紅燭已先施。" 夢腸翻出:《文選·揚雄〈甘泉賦〉》題解李善注引桓譚《新論》:"雄作《甘泉賦》一首,始成,夢腸出,收而内之,明日遂卒。"後用"夢腸翻出"形容寫作構思之苦。蕭繹《金樓子·立言》:"揚雄作賦,有夢腸之談;曹植爲文,有反胃之論。"黃鵬舉《謝鄉舉啓》:"鳳詔首頒,虮蝨崛起。解頤折角,學者富於淵源;嘔心夢腸,文悉工於雕篆。"閑行:漫步。張籍《與賈島閑遊》:"城中車馬應無數,能解閑行有幾人?"

白居易《魏王堤》:"花寒懶發鳥慵啼,信馬閑行到日西。"

　　⑤ 投贈:贈送。王昌齡《何九於客舍集》:"此意投贈君,滄波風裏裏。"王安石《答劉季孫》:"愧君綠綺虛投贈,更覺貧家報乏金。"相和:此唱彼和。鮑照《代堂上歌行》:"箏笛更彈吹,高唱好相和。"蘇軾《和黃魯直燒香二首》一:"且復歌呼相和,隔墻知是曹參。"　老去:謂人漸趨衰老。杜甫《往在》:"歸號故松柏,老去苦飄蓬。"歐陽修《贈王介甫》:"老去自憐心尚在,後來誰與子争先?"　底名:什麼名聲。皮日休《奉和魯望看壓新醅》:"酒德有神多客頌,醉鄉無貨没人争。五湖烟水郎山月,合向樽前問底名。"　底:疑問代詞,何,什麼。《樂府詩集・子夜四時歌秋歌》:"寒衣尚未了,郎唤儂底爲?"《北史・徐之才傳》:"之才謂坐者曰:'個人諱底?'"杜牧《春末題池州弄水亭》:"爲吏非循吏,論書讀底書?"

[編年]

　　《年譜》將本詩編排在"離西京、赴通州途中作"的詩歌之後,也編排在"初到通州時作"的詩歌之後,亦即以爲本詩作於元和十年六月以後的通州,理由是:"居易原唱爲:《贈楊秘書巨源》。"《編年箋注》贊同《年譜》意見:"作於元和十年(八一五),元稹時在通州司馬任。"理由是:"見下《譜》。"《年譜新編》編年本詩於元和十年"在長安作",理由是:"白居易原唱爲:《贈楊秘書巨源》,次韵酬和。"

　　楊巨源元和九年入京,拜爲秘書郎,元和十年前後正在長安,故白居易《與元九書》所云元和十年春天衆多詩人游城南時動議編集《元白往還詩集》時,張籍、李紳、楊巨源等人都在其中。白居易原詩云:"貧家薙草時時入,瘦馬尋花處處行。"所述是春天景色。元稹和詩云:"老去那能競底名?"所述是元稹鬱鬱不得志的口吻,與元稹元和十年年初奉調入京而始終没有得到在京城的官職的景況相符。這首詩應該作於元和十年的春天,地點在長安,當時白居易、楊巨源、張籍、李紳和元稹都在長安，《年譜》、《編年箋注》將這首詩編年於元稹到達通州之後所作，亦即元稹在大病之中，正在"瘧病將死，一見外不復記憶"之時，這個時候與遠在長安的楊巨源唱和，面對蜀地的夏季景色，抒發對長安春天風景的感受，顯然是不合乎元稹的生平的，也是不合情理的。因爲元稹到通州之後僅僅寄出一篇書信和一首詩歌給白居易，那就是《敘詩寄樂天書》和詩歌《見樂天詩》，詩云："通州到日日平西，江館無人虎印泥。忽向破檐殘漏處，見君詩在柱心題。"此後白居易寄出八篇詩歌給元稹，元稹當時重病在身，並沒有一篇詩歌酬和，直到元和十三年四月十三日前不久，才一次性酬和白居易贈詩三十二首，而且本詩也不在三十二首之列，更不要談元和十年在通州酬和白居易的《贈楊秘書巨源》了。

我們以爲《年譜新編》編年意見是對的，但沒有舉出真正的理由，"次韻酬和"不能作爲與原唱詩篇作於同時的唯一理由，應該結合元稹詩篇的具體內容，尋找編年的真正理由。還要說明的是：我們在二〇〇二年第四期的《固原師專學報》上發表《元稹詩文編年淺述》一文中，已經明確指出元稹詩《和樂天贈楊秘書》作於元和十年春天，地點在長安。我們以爲出版於二〇〇四年十一月的《年譜新編》的著者不會視而不見。《年譜新編》一反歷來跟從《年譜》、《編年箋注》的慣例，另樹新幟，其實是偷偷採用了別人的研究成果而又不做任何說明，這種做法，我們實在難以認同。

◎ 和樂天題王家亭子⁽一⁾①

　　風吹筝籈飄紅砌，雨打桐花蓋綠莎②。都大資人無暇日，泛池全少買池多③。

錄自《元氏長慶集》卷二〇

[校記]

（一）和樂天題王家亭子：本詩存世各版本，包括楊本、叢刊本、《全詩》、《萬首唐人絕句》、《古詩鏡·唐詩鏡》均無異文。

[箋注]

① 和樂天題王家亭子：白居易原唱詩題爲：《題王侍御池亭》，詩云："朱門深鎖春池滿，岸落薔薇水浸莎。畢竟林塘誰是主？主人來少客來多。"元稹酬詩與白居易原唱次韵。白居易詩中的"王侍御"，據朱金城《白居易集箋校》考證，爲王起，是元稹白居易的朋友。《舊唐書·王起傳》："起字舉之，貞元十四年擢進士第，釋褐集賢校理，登制策直言極諫科，授藍田尉。宰相李吉甫鎮淮南，以監察充掌書記。入朝爲殿中，遷起居郎、司勳員外郎，直史館。元和十四年，以比部郎中知制誥。"所謂"侍御"，應該是"殿中侍御史"的略稱。侍御，唐代稱殿中侍御史、監察御史爲侍御，後世因沿襲此稱。李白有《贈韋侍御黄裳》，王琦注引《因話録》："御史臺三院，一曰臺院，其僚曰侍御史，衆呼爲端公；二曰殿院，其僚曰殿中侍御史，衆呼爲侍御；三曰察院，其僚曰監察御史，衆呼亦曰侍御。" 王家亭子：應該是王起園林裏面的亭子。亭子是設在路旁或園林、風景名勝等處供來往之人休息和賞景的小形建築物，多用竹、木、磚、石等材料建成，平面一般呈圓形、方形、扇形和八角形等，大多有頂無墻。杜甫《登牛头山亭子》："路出雙林外，亭窺萬井中。"白居易《題周皓大夫新亭子二十二韵》："東道常爲主，南亭別待賓。規模何日創？景致一時新。"王家亭子應該是王起園林裏面的亭子。

② 笋簣：笋皮。庾信《謝滕王賚巾啓》："入彼春林，方誇笋簣。"楊萬里《風雨》："自拾荷花揩面汗，新將笋簣製頭巾。" 砌：門限，門檻。班固《西都賦》："於是玄墀釦砌，玉階彤庭。"《西京雜記》卷一：

3699

"趙飛燕女弟居昭陽殿,中庭彤朱,而殿上丹漆,砌皆銅遝黃金塗,白玉階。"臺階。謝朓《直中書省》:"紅藥當階翻,蒼苔依砌上。"陸龜蒙《白鷗詩序》:"有白鷗翩然,馴於砌下,因請浮而飲之。" 桐花:桐樹的花。孫昌胤《清明》:"清明暮春裏,悵望北山陲。燧火開新焰,桐花發故枝。"賈至《寓言二首》二:"憶昨別離日,桐花覆井欄。今來思君時,白露盈階溥。" 綠莎:綠色的莎草,也泛指綠草地。《後漢書·馬融傳》:"樹以蒲柳,被以綠莎。"韋莊《睹軍回戈》:"御苑綠莎嘶戰馬,禁城寒月搗征衣。"

③ 都:這裏指國都,京都。《書·文侯之命》:"簡恤爾都,用成爾顯德。"孔穎達疏引鄭玄曰:"都,國都也。"諸葛亮《前出師表》:"興復漢室,還於舊都。" 資人:有地位有官職的人。錢起《送李九歸河北》:"文武資人望,謀猷簡聖情。南州初卧鼓,東土復維城。"資,門第,聲望,閱歷。《三國志·荀彧傳》:"紹憑世資,從容飾智,以收名譽,故士之寡能好問者多歸之。"歐陽詹《上鄭相公書》:"自茲循資歷級,然得太學助教。"官職,職位。范仲淹《答手詔條陳十事》:"今本路舉文資一員,董榷酤關征之利,兼人烟公事。" 暇日:空閑的日子。《孟子·梁惠王》:"壯者以暇日修其孝悌忠信。"杜甫《北征》:"維時遭艱虞,朝野少暇日。" 泛池:駕舟在池塘中划槳遊覽。徐凝《侍郎宅泛池》:"蓮子花邊回竹岸,雞頭葉上盪蘭舟。誰知洛北朱門裏,便到江南綠水遊?"韓維《清明北園泛池舟中作》:"路繞高林盡,舟篷出近灣。鳥啼青竹影,人對綠波間。"泛,同"汎",漂浮,浮游。《詩·邶風·柏舟》:"汎彼柏舟,在彼中河。"《莊子·列御寇》:"無能者無所求,飽食而遨遊,汎若不繫之舟,虛而遨遊者也。"許渾《南亭偶題》:"鳥驚山果落,龜泛綠萍開。" 買池:購買池塘與園林。梅堯臣《邵郎中姑蘇園亭》:"吟愛樂天池上篇,買池十畝皆種蓮。薄城萬竿竹嬋娟,藤纏繫橋青板船。"蘇轍《送鮮于子駿還朝兼簡范景仁》:"猶有城西范蜀公,買池城東種桃李。花絮飛揚酒滿壺,談笑從容詩百紙。"

[編年]

《年譜》將本詩編排在"離西京、赴通州途中作"的詩歌之後,也編排在"初到通州時作"的詩歌之後,亦即以爲本詩作於元和十年六月之後的通州司馬任上,而編年的理由僅僅是:"居易原唱爲:《題王侍御池亭》。"實在讓人無法理解。《編年箋注》贊同《年譜》意見:"作於元和十年(八一五),元稹時在通州司馬任。"理由是:"見下《譜》。"《年譜新編》編年本詩於元和十年"在長安作",理由是:"白居易原唱爲:《題王侍御池亭》,次韵酬和。"編年意見是對的,但没有舉出真正的理由,"次韵酬和"不能作爲與原唱詩篇作於同時的理由。

我們以爲:元稹白居易本年春天都在京城長安,滿眼春色,這時元稹雖然已經看到白居易詩篇,但却没有回酬;偏偏來到祇有蜀地景色的通州,拖着日益嚴重的病體,隔着千山萬水,面對着夏季的景色,却來與白居易酬唱春天的感受,却來與詩友討論"都大資人無暇日,泛池全少買池多"發生在京城裏的社會問題,豈非咄咄怪事! 白居易原唱詩中所賦"朱門深鎖春池滿,岸落薔薇水浸莎",是長安的春天景色。元稹和詩所賦"風吹笋籜飄紅砌,雨打桐花蓋緑莎",也是長安春天的景色。元和十年的春天,元稹白居易都在長安,這是他們在元和十年三月三十日之前在長安的唱和詩。

◎ 和樂天過秘閣書省舊廳①

　　聞君西省重徘徊,秘閣書房次第開②。壁記欲題三漏合,吏人驚問十年來③。經排蠹簡憐初校(一),芸長陳根識舊栽④。司馬見詩心最苦,滿身蚊蚋哭烟埃(二)⑤。

録自《元氏長慶集》卷二〇

［校記］

（一）經排蠹簡憐初校：楊本、叢刊本、《全詩》同，《唐詩紀事》、錢校作“經排蠹簡憐初撥”，語義不佳，不改。

（二）滿身蚊蚋哭烟埃：楊本、《全詩》同，叢刊本作“滿身蛟蚋哭烟埃”，《唐詩紀事》、《全詩》注作“滿身蚊蚋笑烟埃”，語義難通，不從不改。

［箋注］

① 和樂天過秘閣書省舊廳：白居易原唱題爲《重過秘書舊房因題長句》，詩云：“閣前下馬思徘徊，第二房門手自開。昔爲白面書郎去，今作蒼頭贊善來。吏人不識多新補，松竹相親是舊栽。應有題墙名姓在，試將衫袖拂塵埃。”可與本詩參讀。　秘閣書省：即秘書省，《舊唐書·職官志》：“秘書省：隸中書之下，漢代藏書之所，有延閣、廣内、石渠之藏。又御史中丞，在殿内，掌蘭臺秘書圖籍。後漢桓帝延熹二年，始置秘書監，屬太常寺，掌禁中圖書秘文。後併入中書，至晉惠帝，別置秘書寺，掌中外二閣圖書。梁武改寺爲省，龍朔改爲蘭臺，光宅改爲麟臺，神龍復爲秘書省。”元稹《使東川序》：“元和四年三月七日，予以監察御史使東川。往來鞍馬間，賦詩凡三十二章。秘書省校書郎白行簡爲予手寫爲《東川卷》。”白居易《秘書省中憶舊山》：“厭從薄宦校青簡，悔別故山思白雲。猶喜蘭臺非傲吏，歸時應免動移文。”　舊廳：廳是官署中聽事問案之處。任昉《到大司馬記室箋》：“謹詣廳奉白箋謝聞。”王儲《鄂州新廳記》：“時舊廳，有都團練觀察使記，刺史無記，曩賢名氏，多所闕焉！是用求訪遺者，得之必書，蓋李公之志也。來哲繼踵，冀增輝於此堂。時建中三年十有一月也。”元稹、白居易貞元年間任職校書郎時曾經在秘書省辦公，其廳房，從白居易原唱《重過秘書舊房因題長句》“第二房門手自開”來

看,當時白居易他們辦公具體地點應該在"第二房"。又從"應有題牆名姓在,試將衫袖拂塵埃"的詩句來看,這座廳房已經好久不用,故稱"舊廳"。

② 西省:中書省的別稱。《南史·王韶之傳》:"晉帝自孝武(司馬炎)以來,常居內殿,武官主書於中通呈,以省官一人管詔誥,住西省,因謂之西省郎。"蘇軾《再次韵答完夫穆父》:"豈知西省深嚴地,也著東坡病瘦身。"而元稹白居易曾經任職校書郎,屬秘書省,而秘書省又隸屬於中書省,參見《舊唐書·職官志》。　徘徊:往返迴旋,來回走動。《荀子·禮論》:"今夫大鳥獸則失亡其群匹,越月逾時,則必反鉛;過故鄉,則必徘徊焉!鳴號焉!躑躅焉!踟躕焉!然後能去之也。"楊倞注:"徘徊,迴旋飛翔之貌。"宋無名氏《異聞總錄》卷一:"〔父〕即佯爲販鬻者,徘徊道上。"　秘閣:古代宮中收藏珍貴圖書之處。陸機《吊魏武帝文》:"機始以臺郎出補著作,遊乎秘閣。"《資治通鑑·齊明帝建武二年》:"癸丑,魏詔求遺書,秘閣所無,有益時用者,加以優賞。"胡三省注:"漢時書府,在外則有太常、太史、博士掌之,內則有延閣、廣內、石渠之藏。後漢則藏之東觀,晉有中外三閣經書。陸機《謝表》云'身登三閣',謂爲秘書郎掌中外三閣秘書也,此'秘閣'之名所由始。"《新唐書·段成式傳》:"研精苦學,秘閣書籍,披閱皆遍。"　書房:朝廷、官府收藏書籍、書畫的場所。耿湋《題李孝廉書房》:"野情專易外,一室向青山。業就三編絕,心通萬事閑。"姚合《買太湖石》:"置之書房前,曉霧常紛羅。碧光入四鄰,牆壁難蔽遮。"次第:依次。《漢書·燕剌王劉旦傳》:"及衛太子敗,齊懷王又薨,旦自以次第當立,上書求入宿衛。"劉禹錫《秋江晚泊》:"暮霞千萬狀,賓鴻次第飛。"

③ 壁記:嵌在墻上的碑記。封演《封氏聞見記·壁記》:"朝廷百司諸廳皆有壁記,敘官秩創置及遷授始末,原其作意,蓋欲著前政履歷,而發將來健羨焉!"州縣官署也有壁記。如柳宗元有《武功縣丞壁

記》、《館驛使壁記》等。劉禹錫《題集賢閣》:"鳳池西畔圖書府,玉樹玲瓏景氣閑……曾是先賢翔集地,每看壁記一慚顏。"李洞《送盧少府之任鞏洛》:"印床寒鷺宿,壁記醉僧書。堂下諸昆在,無妨候起居。"三漏:義近"三更",指半夜十一時至翌晨一時,與下句"十年"相對。《乐府诗集·子夜变歌》:"三更開門去,始知子夜變。"崔顥《七夕词》:"班姬此夕愁無限,河漢三更看斗牛。" 吏人:指官府中的胥吏或差役。《左傳·襄公三十一年》:"敝邑以政刑之不修,寇盜充斥……是以令吏人完客所館,高其閈閎,厚其墙垣,以無憂客使。"韓愈《柳巷》:"吏人休報事,公作送春詩。"也泛指當官的人。岑參《送李郎尉武康》:"山色低官舍,湖光映吏人。" 十年:自白居易、元稹元和元年辭去秘書省校書郎的官職以來,至元稹賦詠和詩的元和十年,時間如箭,已經過去了十年。白居易《策林序》"元和初,予罷校書郎,與元微之將應制舉,退居於上都華陽觀,閉戶累月,揣摩當代之事,構成策目七十五門"可證。張九齡《南還湘水言懷》:"拙宦今何有?勞歌念不成。十年乖夙志,一別悔前行。"崔湜《塞垣行》:"一朝棄筆硯,十年操矛戟。"

④ 經:對典範著作及宗教典籍的尊稱,如《十三經》、佛經等。《荀子·勸學》:"其數則始乎誦經,終乎讀禮。"楊倞注:"經,謂《詩》、《書》。"《文心雕龍·論說》:"聖哲彝訓曰經,述經叙理曰論。" 蠹:蛀蟲。《荀子·勸學》:"肉腐出蟲,魚枯生蠹。"諸葛亮《便宜十六策·治軍》:"故含血之蠹,必有爪牙之用。"孟郊《湘弦怨》:"嘉木忌深蠹,哲人悲巧誣。" 簡:古代用以寫字的竹片,亦指功用與簡相同的書寫用品。《太平御覽》卷六〇六引應劭《風俗通》:"劉向《別錄》:殺青者,直治竹作簡書之耳!新竹有汁,善折蠹,凡作簡者,皆於火上炙乾之,陳楚間謂之汗,汗者,去其汁也。"韓愈《送侯參謀赴河中幕》:"寄書惟在頻,無吝簡與繒。"也指書籍,書束。《漢書·薛宣傳》:"宣考績功課,簡在兩府,不敢過稱以奸欺誣之罪。"柳宗元《答貢士元公瑾論仕進

書》：“辱致來簡，受賜無量。”　初校：初步的校理。歐陽修《乞寫秘閣書令館職校讐札子》：“皇祐元年七月十一日所降指揮及一宗行遣次第，許從本閣選請在院館職官員，先將秘閣書目與崇文總目點對，内有見闕書籍，即於三館取索，先校定，然後抄寫成書，仍差初校、覆校官刊正裝褙。”朱熹《答吕伯恭》：“嚴州遺書本子，初校未精，而欽夫去郡，今潘叔玠在彼，可以改正並刻外書以補其遺。”　芸：香草名，即芸香，多年生草本植物，其下部爲木質，故又稱芸香樹，葉互生，羽狀深裂或全裂，夏季開黃花，花葉香氣濃郁，可入藥，有驅蟲、驅風、通經的作用。楊巨源《酬令狐員外直夜書懷見寄》：“芸香能護字，鉛槧善呈書。”沈括《夢溪筆談·辨證》：“古人藏書辟蠹用芸，芸，香草也，今人謂之‘七里香’者是也。”校書郎的別稱“芸香吏”。白居易《西明寺牡丹花時憶元九》：“前年題名處，今日看花來。一作芸香吏，三見牡丹開。”秘書省別稱“芸香閣”，因秘書省司典圖籍，故亦以指省中藏書、校書處。盧照鄰《雙槿樹賦》：“蓬萊山上，即對神仙；芸香閣前，仍觀秘寶。”孟浩然《寄趙正字》：“正字芸香閣，幽人竹素園。”藏書處稱“芸扃”。陳子昂《臨邛縣令封君遺愛碑》：“芸扃覩奧，見天下之圖；石柱聞琴，知君子之化。”　陳根：逾年的宿草。《禮記·檀引》：“曾子曰：‘朋友之墓，有宿草而不哭焉！’”鄭玄注：“宿草，謂陳根也。”陸機《吊魏武帝文序》：“是以臨喪殯而後悲，覩陳根而絕哭。”　舊栽：過去所栽。李嶠《槐》：“暮律移寒火，春宮長舊栽。葉生馳道側，花落鳳庭限。”白居易《題故曹王宅》：“覆井桐新長，陰窗竹舊栽。池荒紅菡萏，砌老綠莓苔。”本詩的“舊栽”，即元稹認識是他與白居易等人親手所栽種的芸香樹。

⑤ 司馬：官名。《周禮》夏官大司馬之屬官，有軍司馬、輿司馬、行司馬，春秋晉作三軍，每軍別置司馬，其後漢宫門及大將軍、將軍、校尉屬官都有司馬，邊郡亦置千人司馬，專主兵事，不治民。魏晉以後，州刺史帶將軍開府者，置府僚司馬，至隋廢州府之任，無復司馬，

而有治中。唐制，節度使屬僚有行軍司馬，又於每州置司馬，以安排貶謫或閑散的人。徐堅《餞許州宋司馬赴任》："舊許星車轉，神京祖帳開。斷烟傷別望，零雨送離杯。"王維《送宇文三赴河西充行軍司馬》："橫吹雜繇箛，邊風捲塞沙。還聞田司馬，更逐李輕車。"這裏的"司馬"，是詩人元稹通州司馬的自謂，但僅有任命，尚未赴任。　詩：這裏指白居易的原唱《重過秘書舊房因題長句》，也包括白居易的其他詩篇，這些詩篇使人想起元稹自己在京城的過去，也預想即將前往通州的境遇。　滿身蚊蚋哭烟埃：這是元稹在京城聽人述說通州情況之後的想像之詞，並非是元稹到通州之後叙述的實景，元稹《叙詩寄樂天書》就是最好的證明："授通之初，有習通之俗者曰：'通之地，濕墊卑褊，人士稀少近荒札，死亡過半。邑無吏，市無貨，百姓茹草木，刺史以下計粒而食。大有虎獏、蛇虺之患，小有蟆蚋、浮塵、蜘蛛、蛞蜂之類，皆能鑽囓肌膚，使人瘡痏。夏多陰霆，秋爲痢瘧，地無醫巫，藥石萬里，病者有百死一生之慮。'"　滿身：全身上下，處處都是。李端《瘦馬行》"往時漢地相馳逐，如雨如風過平陸。豈意今朝驅不前，蚊蚋滿身泥上腹！"劉禹錫《酬思黯代書見戲》："官冷如漿病滿身，淩寒不易過天津。少年留取多情興，請待花時作主人。"　蚊蚋：蚊子。韋應物《詠琥珀》："曾爲老茯神，本是寒松液。蚊蚋落其中，千年猶可觀。"杜甫《通泉驛南去通泉縣十五里山水作》："溪行衣自濕，亭午氣始散。冬溫蚊蚋在，人遠鳬鴨亂。"　烟埃：塵埃，灰燼。張九齡《江上遇疾風》："疾風江上起，鼓怒揚烟埃。白晝晦如夕，洪濤聲若雷。"段文昌《晚夏登張儀樓呈院中諸公》："重樓窗戶開，四望斂烟埃。遠岫林端出，清波城下迴。"

[編年]

　　《年譜》編年本詩於元和十年，理由是："居易原唱爲：《重過秘書舊房因題長句》。題下注：'時爲贊善大夫。'元詩云：'司馬見詩心最苦。'説明元稹時爲通州司馬。"《編年箋注》贊同《年譜》意見:"作於元和十年(八一五),元稹時在通州司馬任。"理由是:"見下《譜》。"《年譜新編》也編年本詩於元和十年通州司馬任上,理由幾乎與《年譜》雷同:"白居易原唱爲《重過秘書舊房因題長句》,次韵酬和。白詩題下注云:'時爲贊善大夫。'元詩云:'司馬見詩心最苦。'"

白居易元和九年冬天召授太子左贊善大夫入朝,元和十年六月因武元衡事件出貶爲江州司馬,白居易原詩即應該作於這一時間內。原詩已經上引,此不重複。細細體味詩意,白居易詩篇作於元和九年冬天白居易剛剛回到京城之時,亦即元稹還没有回到京城之時,這首詩並不是作於元和十年春天,否則元稹酬詩不會説"聞君西省重徘徊",他們兩人定然是連袂前往,詩句也要改爲"與君西省重徘徊"了。

如果本詩作於元稹到達通州以後,顯然也不符合元稹的生平,元稹《酬樂天東南行詩一百韵序》:"元和元年三月二十五日,予司馬通州。二十九日,與樂天于鄂東蒲池村別,各賦一絶。到通州後,予又寄一篇。尋而樂天既予八首。予時瘧病將死,一見外不復記憶。十三年,予以赦將遷,簡省書籍,得是八篇。吟嘆方極,適崔果州使至,爲予致樂天去年十二月二日書,書中寄予百韵至兩韵凡二十四章。屬李景信校書自忠州訪予,連床遞飲之間,悲吒使酒,不三兩日,盡和去年已來三十二章皆畢,李生視草而去。"從元稹自己所寫的序言裏,初到通州的元稹顯然没有唱和白居易這首詩歌的可能。

元稹白居易離開秘書省校書郎任在元和元年,下推"十年",正是元和十年,這是元和十年元稹回京之後酬和白居易的詩作。人們往往容易被"司馬見詩心最苦,滿身蚊蚋哭烟埃"所迷惑,誤以爲是元稹到通州之後的詩作,《年譜》編年的繆誤正在於此。本詩與元稹《見人詠韓舍人新律詩因有戲贈》作於同時,亦即元稹貶謫通州司馬的詔命已經下達,但元稹還沒有赴任之時,亦即元和十年二月二十五日之後、三月三十日之前。《戲贈》詩的"老通川"與本詩以"司馬"自稱,是一個意思。"滿身蚊蚋哭烟埃"云云,是詩人根據別人陳述的想像之詞,元稹《叙詩寄樂天書》爲我們提供了清晰不過的證據,文已經前引,此不重複。所謂"授通之初",就是知道自己被謫貶通州,但人在京城還没有赴任之時,本詩即作於其時,亦即元和十年三月二十五日接到貶任通州司馬之後,三月三十日離開京城之西的"鄂東蒲池村"之前。

◎ 見人詠韓舍人新律詩因有戲贈[①]

喜聞韓古調,兼愛近詩篇[②]。玉磬聲聲徹,金鈴個個圓[③]。高疏明月下[(一)],細膩早春前[④]。花態繁於綺,閨情軟似綿[⑤]。輕新便妓唱,凝妙入僧禪[⑥]。欲得人人伏,能教面面全[⑦]。延清苦拘檢[(二)],摩詰好因緣[⑧]。七字排居敬,千詞敵樂天(侍御八兄能爲七言絶句,贊善白君好作百韻律詩)[⑨]。殷勤閑太祝(張君籍),好去老通川(自謂)[⑩]。莫漫裁章句,須饒紫禁仙[⑪]。

録自《元氏長慶集》卷一二

[校記]

(一)高疏明月下:楊本、叢刊本、《全詩》、《英華》同,張校宋本作"鏗鏦明月下",語義不同,不改。

(二)延清苦拘檢:原本作"延之苦拘檢",楊本、叢刊本、《全詩》同,錢校、《英華》、《全詩》注作"延清苦拘檢"。從詩中所云"摩詰"、"居敬"、"樂天"、"閑太祝"、"老通川"來看,元稹涉及的均是唐人,如何可以無緣無故將不是唐人的顏延之拖入其中?這裏應該是"延清"

之誤,《六藝之一録》云:"宋之問,字延清……魏建安後,迄江左詩律
屢變。及之問、沈佺期,又加靡麗,學者宗之,號爲'沈宋'。"據改。
《編年箋注》因此校勘不精,失於辨別,將宋之問誤爲南北朝時期的顔
延之,並不惜出注,用較大的篇幅加以介紹顔延之的生平及其詩文創
作:"延之:顔延之(三八四—四五六),字延年,琅琊臨沂(今山東臨沂
北)人。宋初以正員兼中書郎,出爲始安太守。元嘉初徵爲中書侍
郎,尋領步兵校尉,出爲永嘉太守。孝武即位,以爲金紫光禄大夫,領
湘東王師。文詞顯于當世,與謝靈運齊名,並稱'顔謝'。作詩喜用典
故,講究雕琢字句,反映魏晉以來詩文創作追求形式美之傾向。今存
《顔光禄集》,係明人輯本。"不僅自己誤讀,而且也誤導讀者,很不
應該。

[箋注]

　　① 舍人:唐代知制誥,掌管起草誥命之意,後用作官名,唐初以
中書舍人爲之,掌外制,其後亦有以他官代行其職者,則稱某官知
制誥。開元末改翰林供奉爲學士院,翰林入院一歲,則遷知制誥,
專掌内命,典司詔誥。韓愈《唐故相權公墓碑》:"〔權德輿〕轉起居
舍人,遂知制誥,凡撰命詞九年,以類集爲五十卷,天下稱其能。"
《舊唐書·韋郊傳》:"郊文學尤高,累歷清顯,自禮部員外郎知制
誥,正拜中書舍人。"　韓舍人:這裏指韓愈,元稹的朋友。韓愈在
元和九年十二月十五日以考功郎中知制誥,唐人習慣稱"知制誥
臣"爲舍人。吳武陵《上韓舍人行軍書》:"又公以三期紿賊,令辯十
持一函書,賜元濟及其將士以全活,彼必降矣! 適不如料,則一日
快進,必次於城下,此大略也。"白居易《酬張十八訪宿見贈(自此後
詩爲贊善大夫時所作)》:"問其所與游,獨言韓舍人。其次即及我,
我愧非其倫。"　律詩:詩體名,近體詩的一種,起源於南北朝,成熟
於唐初,格律要求嚴格,分五言、七言兩種,簡稱五律、七律,以八句

爲定格，每句有一定的平仄格式，雙句押韵，以押平聲爲常，首句可押可不押，中間四句除特殊情況外必須對偶。亦偶有六律，其句數在八句以上者稱排律。《新唐書・杜甫傳贊》："唐興，詩人承陳隋風流，浮靡相矜。至宋之問、沈佺期等，研揣聲音，浮切不差，而號'律詩'，競相襲沿。"洪適《元氏長慶集原跋》："聲勢沿順，屬對穩切者爲律詩，以七言、五言爲兩體。" 戲贈：即遊戲性質的贈送，這是贈送者的謙虛之詞，古代詩人之間詩歌酬唱之時，常常以"戲贈"爲題。元稹《戲贈樂天復言》："樂事難逢歲易徂，白頭光景莫令孤。弄濤船更曾觀否？望市樓還有會無？"白居易《編集拙詩成一十五卷因題卷末戲贈元九李二十》："一篇長恨有風情，十首秦吟近正聲。每被老元偷格律，苦教短李伏歌行。"

②古調：古代的樂調。劉長卿《聽彈琴》："古調雖自愛，今人多不彈。"王灼《碧雞漫志》卷一："隋氏取漢以來樂器、歌章、古調併入清樂，餘波至李唐始絕。"比喻高雅脫俗的詩文、言論，常以稱頌他人。杜審言《和晉陵陸丞早春遊望》："忽聞歌古調，歸思欲霑巾。"兼愛：同時愛不同的人或事物。《荀子・成相》："堯讓賢，以爲民，氾利兼愛德施均。"嵇康《與山巨源絕交書》："仲尼兼愛，不羞執鞭。" 詩篇：詩的總稱。杜甫《江上值水如海勢聊短述》："爲人性僻耽佳句，語不驚人死不休。老去詩篇渾漫與，春來花鳥莫深愁。"戎昱《駱家亭子納涼》："生衣宜水竹，小酒入詩篇。莫怪侵星坐，神清不欲眠。"

③玉磬：古代石制樂器名。《禮記・郊特牲》："諸侯之宮縣，而祭以白牡，擊玉磬……諸侯之僭禮也。"孫希旦集解："玉磬，《書》所謂鳴球，天子之樂器也。"柳宗元《渾鴻臚宅聞歌效白紵》："朱脣掩抑悄無聲，金簧玉磬宮中生。" 聲聲：每一聲，一聲又一聲。常建《聽琴秋夜贈寇尊師》："琴當秋夜聽，況是洞中人。一指指應法，一聲聲爽神。"劉長卿《月下聽砧》："夜靜掩寒城，清砧發何處？聲聲

搗秋月,腸斷蘆龍戍。"　金鈴:金屬製成的鈴。《西京雜記》卷一:"〔璧帶〕上設九金龍,皆銜九子金鈴,五色流蘇。"韋莊《貴公子》:"金鈴犬吠梧桐院,朱鬣馬嘶楊柳風。"　個個:每一個,一個又一個。李九齡《上清辭五首》五:"群仙個個來相問,人世風光似此無。"黃滔《省試一一吹竽》:"齊竽今歷試,真偽不難知。欲使聲聲別,須令個個吹。"　圓:圓潤,滑利。張文琮《詠水》:"方流涵玉潤,圓折動珠光。獨有蒙園吏,栖偃翫濠梁。"元稹《善歌如貫珠賦》:"引妙囀而一一皆圓。"

④ 高疏:亦作"高疎",高曠貌。曹攄《述志賦》:"慕浮雲以抗操,耽簞食之自娛。羨首陽之皎節,嘆南山之高疏。"張祜《題朱兵曹山居》:"朱氏西齋萬卷書,水門山闊自高疏。我來穿穴非無意,願向君家作壁魚。"　明月:光明的月亮。元稹《水上寄樂天》:"眼前明月水,先入漢江流。漢水流江海,西江過庾樓。"白居易《前庭涼夜》:"露簟色似玉,風幌影如波。坐愁樹葉落,中庭明月多。"　細膩:細潤光滑。杜甫《麗人行》:"態濃意遠淑且真,肌理細膩骨肉勻。"魯應龍《閑窗括異志》:"或取以爲硯,清潤細膩可愛。"　早春:初春。王維《早春行》:"紫梅發初遍,黃鳥歌猶澀。誰家折楊女,弄春如不及?"劉長卿《海鹽官舍早春》:"小邑滄洲吏,新年白首翁。一官如遠客,萬事極飄蓬。"

⑤ 花態:花的姿態。李涉《贈長安小主人》:"上清真子玉童顏,花態嬌羞月思閑。仙路迷人應有術,桃源不必在深山。"趙嘏《贈女仙》:"水思雲情小鳳仙,月涵花態語如絃。不因金骨三清客,誰識吳州有洞天?"　綺:有花紋的絲織品。《古詩十九首·客從遠方來》:"客從遠方來,遺我一端綺。"韓愈《許國公神道碑銘》:"既至,獻馬三千匹,絹五十萬匹,他錦紈綺纈又三萬,金銀器千。"華麗,美盛。《後漢書·宦者傳序》:"嬌媛、侍兒、歌童、舞女之玩,充備綺室。"《文心雕龍·原道》:"山川煥綺,以鋪理地之形。"　閨情:婦女思所愛之情。

孟遲《閨情》：“山上有山歸不得，湘江暮雨鷓鴣飛。蘼蕪亦是王孫草，莫送春香入客衣。”韓偓《閨情》：“何郎燭暗誰能詠？韓壽香焦亦任偷。敲折玉釵歌轉咽，一聲聲作兩眉愁。” 綿：絲棉。《戰國策·秦策》：“〔蘇秦〕受相印，革車百乘，綿繡千純，白璧百雙，黃金萬溢，以隨其後。約從散橫，以抑強秦。”韓愈《唐故河南令張君墓誌銘》：“度支符州，折民户租，歲徵縣六千屯。”

⑥ 輕新：清新。錢起《衡門春夜》：“叢篠輕新暑，孤花占晚春。寄言莊叟蝶，與爾得天真。” 妓：這裏指歌舞女藝人。韓愈《順宗實錄》：“癸酉，出後宫並教坊女妓六百人。”張邦幾《侍兒小名録·拾遺》：“真娘，吳中樂妓，墓在虎丘山路傍。” 唱：歌唱，吟詠。王勃《秋日登洪府滕王閣餞別序》：“漁舟唱晚，響窮彭蠡之濱；雁陣驚寒，聲斷衡陽之浦。” 凝妙：莊嚴玄妙。黃庭堅《呻吟齋睡起五首》一：“裴幾坐清晝，博山凝妙香。蘭芽依客土，柳色過鄰墻。” 僧：僧伽的省稱，一般指出家修行的男性佛教徒，通稱和尚。《魏書·釋老志》：“僧譯爲和命衆，桑門爲息心，比丘爲行乞。”謝靈運《山居賦》：“遠僧有來，近衆無闕。”韓愈《送文暢師北遊》：“昔在四門館，晨有僧來謁。” 禪：佛教語，梵語“禪那”之略，原指静坐默念，引申爲禪理、禪法、禪學。《和王記室從趙王春日遊陀山寺》：“鳥旟陪訪道，鷲嶺狎栖真。四禪明净業，三空廣勝因。”杜甫《宿贊公房》：“放逐寧違性，虚空不離禪。”

⑦ 欲得：想要，願意得到。高適《漁父歌》：“世人欲得知姓名，良久問他不開口。”須要。賈思勰《齊民要術·種桑柘》：“種禾豆，欲得逼樹。” 人人：每個人，所有的人。岑參《稠桑驛喜逢嚴河南中丞便别》：“馹馬映花枝，人人夾路窺。離心且莫問，春草自應知。”李益《贈宣大師》：“一國沙彌獨解詩，人人道勝惠林師。先皇詔下徵還日，今上龍飛入内時。” 面面：每一方面，每個地方。章八元《題慈恩寺塔》：“十層突兀在虚空，四十門開面面風。却怪鳥飛平地上，自驚人

語半天中。"范成大《詠吳中二燈‧琉璃球》:"疊暈重重見,分光面面呈。"

⑧ 延清:即宋之問,《新唐書‧宋之問傳》:"宋之問,字延清,一名少連,汾州人。父令文,高宗時爲東臺詳正學士。之問偉儀貌,雄于辯。甫冠,武后召與楊炯分直習藝館,累轉尚方監丞、左奉宸内供奉。武后游洛南龍門,詔從臣賦詩,左史東方虯詩先成,后賜錦袍。之問俄頃獻,后覽之嗟賞,更奪袍以賜……魏建安後迄江左,詩律屢變,至沈約、庾信以音韵相婉附,屬對精密。及之問、沈佺期又加靡麗,回忌聲病,約句準篇,如錦繡成文,學者宗之,號爲'沈宋',語曰:'蘇李居前,沈宋比肩。'謂蘇武、李陵也。初,之問父令文富文辭,且工書,有力絶人,世稱'三絶'。都下有牛善觸,人莫敢嬰,令文直往拔取角,折其頸殺之。既之問以文章起,其弟之悌以蹻勇聞,之慇精草隷,世謂皆得父一絶。"王無競《和宋之問嵩山歌》:"日云暮兮下嵩山,路連綿兮樹石間。出谷口兮見明月,心裴回兮不能還。"李夔《汴州喜逢宋之問》:"阮籍蓬池上,孤韵竹林才。巨源從吏道,正擁使車來。"《編年箋注》將唐代的"宋之問"誤作南北朝的"顔延之",希望讀者注意辨别。　　拘檢:檢束,拘束。《後漢書‧左雄傳》:"言善不稱德,論功不據實,虛誕者獲譽,拘檢者離毀。"韋應物《南園陪王卿遊矚》:"形迹雖拘檢,世事澹無心。"晏幾道《鷓鴣天》:"夢魂慣得無拘檢,又踏楊花過謝橋。"　　摩詰:維摩詰(梵語 vimalakīrti)的省稱,意譯爲"浄名"或"無垢稱"。《維摩經》中説維摩詰是毗耶離城中一位大乘居士,和釋迦牟尼同時,善於應機化導,曾經以稱病爲由,向釋迦佛遣來問訊的舍利弗及文殊師利等宣揚大乘深義,爲佛典中現身説法、辯才無礙的代表人物。蘇轍《謝人惠千葉牡丹》:"天女要知摩詰病,銀瓶滿送洛陽春。"陸游《病中作》:"摩詰病説法,虞卿窮著書。"這裏指王維,王維字摩詰。《舊唐書‧王維傳》:"王維字摩詰,太原祁人……禄山陷兩都,玄宗出幸,維扈從不及,爲賊所得。維服藥取痢,僞稱瘖病。禄

山素憐之，遣人迎置洛陽，拘於普施寺，迫以偽署。禄山宴其徒於凝碧宮，其工皆梨園弟子、教坊工人。維聞之悲惻，潛爲詩曰：'萬户傷心生野烟，百官何日再朝天？秋槐花落空宮裏，凝碧池頭奏筦弦。'賊平，陷賊官三等定罪，維以《凝碧詩》聞於行在，肅宗嘉之，會縉請削己刑部侍郎以贖兄罪，特宥之，責授太子中允。乾元中，遷太子中庶子、中書舍人，復拜給事中，轉尚書右丞。維以詩名盛於開元、天寶間，昆仲宦遊兩都，凡諸王駙馬豪右貴勢之門，無不拂席迎之，寧王、薛王待之如師友。維尤長五言詩，書畫特臻其妙，筆蹤措思，參於造化，而創意經圖，即有所缺，如山水準遠，雲峰石色，絶迹天機，非繪者之所及也。人有得《奏樂圖》，不知其名，維視之曰：'《霓裳》第三疊第一拍也。'好事者集樂工按之，一無差，咸服其精思。維弟兄俱奉佛，居常蔬食，不茹葷血，晚年長齋，不衣文綵。得宋之問藍田别墅，在輞口，輞水周於捨下，别漲竹洲花塢，與道友裴迪浮舟往來，彈琴賦詩，嘯詠終日。嘗聚其田園所爲詩，號《輞川集》。在京師日飯十數名僧，以玄譚爲樂。齋中無所有，唯茶鐺、藥臼、經案、繩床而已。退朝之後，焚香獨坐，以禪誦爲事。妻亡不再娶，三十年孤居一室，屏絶塵累。乾元二年七月卒，臨終之際，以縉在鳳翔，忽索筆作别縉書，又與平生親故作别書數幅，多敦屬朋友奉佛修心之旨，捨筆而絶。代宗時，縉爲宰相，代宗好文，常謂縉曰：'卿之伯氏，天寶中詩名冠代，朕嘗於諸王座聞其樂章。今有多少文集，卿可進來！'縉曰：'臣兄開元中詩百千餘篇，天寶事後，十不存一。比於中外親故間相與編綴，都得四百餘篇。'翌日上之，帝優詔褒賞。"錢起《中書王舍人輞川舊居》："景深青眼下，興絶綵毫端。笑向同來客，登龍此地難？"白居易《閑坐》："有室同摩詰，無兒比鄧攸。莫論身在日，身後亦無憂。" 因緣：佛教語，"因""緣"互相作用，佛教謂事物生起或壞滅的主要條件爲因，輔助條件爲緣。湛然《止觀輔行傳弘決》卷一："親生爲因，疏助爲緣。"佛教語，塵緣的簡稱，謂心識所緣色、聲、香、味、觸、法六塵之境。沈佺期

《九真山淨居寺謁無礙上人》:"欲究因緣理,聊寬放棄慚。超然虎溪夕,雙樹下虛嵐。"王建《原上新居十三首》四:"老病應隨業,因緣不離身。焚香向居士,無計出諸塵。"

⑨ 七字:指七言詩。歐陽詢《道失》:"已惑孔貴嬪,又被辭人侮。花箋一何榮! 七字誰曾許?"陸龜蒙《和襲美病後春思韻》:"七字篇章看月得,百勞言語傍花開。" 居敬:元宗簡之字,排行八。元宗簡元和十年前後任職侍御史,長慶年間曾任職京兆尹,元稹、白居易、張籍的朋友,唱酬不少,元宗簡善爲七言絕句,但今無一存世。關於元宗簡,張籍有多篇寄贈詩歌存世,如《病中酬元宗簡》:"東風漸暖滿城春,獨占幽居養病身。莫說櫻桃花已發,今年不作看花人。"又如《送元宗簡》:"貂帽垂肩窄皂裘,雪深騎馬向西州。暫時相見還相送,却閉閑門依舊愁。"還如《雨中寄元宗簡》:"秋堂羸病起,盥漱風雨朝。竹影冷疏瀊,榆葉暗飄蕭。" 千詞:猶千字,白居易好賦詠百韻長詩,就寄贈元稹而言,就有《代書詩一百韻寄微之》、《東南行一百韻寄通州元九侍御灃州李十一舍人果州崔二十二使君開州韋大員外庾三十二補闕杜十四拾遺李二十助教員外竇七挍書》等,元稹同樣好賦千字長詩,如《酬翰林白學士代書一百韻》、《酬樂天東南行詩一百韻》等,兩人所賦,基本上是五言詩,百韻爲限,兩句一韻,通篇字數正好千言。元稹《祭翰林白學士太夫人文》:"況乃令子之交親,雖千詞之稠疊,終萬恨之莫陳! 嗚呼哀哉! 伏惟尚饗!"李商隱《朱槿花二首》二:"坐疑忘物外,歸去有簾間。君問傷春句,千詞不可刪。" 樂天:白居易的字。劉禹錫《月夜憶樂天兼寄微之》:"知君當此夕,亦望鏡湖水。展轉相憶心,月明千萬里。"劉禹錫《答樂天戲贈》:"才子聲名白侍郎,風流雖老尚難當。詩情逸似陶彭澤,齋日多如周太常。" 贊善:官名,"贊善大夫"的省稱,白居易當時正任此職。始置於唐,在太子宮中掌侍從、講授,有左右贊善大夫。白居易《白牡丹》:"應似東宮白贊善,被人還喚作朝官。"元稹《酬盧秘書并序》:"予自唐歸京之歲,秘書

郎盧拱作《喜遇白贊善學士詩二十韵》，兼以見貽。”

⑩ 殷勤：情意深厚，熱情周到。薛濤《酬辛員外折花見遺》：“青鳥東飛正落梅，銜花滿口下瑤臺。一枝爲授殷勤意，把向風前旋旋開。”魚玄機《訪趙鍊師不遇》：“畫壁燈光暗，幡竿日影斜。殷勤重回首，墻外數枝花。” 太祝：官名，商官有六太，其一曰太祝。《周禮》春官宗伯之屬有太祝，掌祭祀祈禱之事。秦漢有太祝令丞，屬太常卿，歷代多因之。在唐代，是一個無所事事的閑職。綦毋潛《冬夜寓居寄儲太祝》：“自爲洛陽客，夫子吾知音。盡義能下士，時人無此心。”儲光羲《和張太祝冬祭馬步》：“故壇何蕭蕭？中野自無喧。烈火見陳信，颭言聞永存。” 張君籍：即張籍，元稹、白居易、韓愈、王建的朋友。《舊唐書·張籍傳》：“張籍者，貞元中登進士第，性詭激，能爲古體詩，有警策之句傳於時。調補太常寺太祝，轉國子助教、秘書郎，以詩名當代。公卿裴度、令狐楚，才名如白居易、元稹，皆與之遊，而韓愈尤重之。累授國子博士、水部員外郎，轉水部郎中，卒，世謂之‘張水部’云。”朱慶餘《賀張水部員外拜命》：“省中官最美，無似水曹郎。前代佳名遜，當時重姓張。”項斯《留別張水部籍》：“省中重拜別，兼領寄人書。已念此行遠，不應相問疏。” 好去：送別之詞，猶言好走，一路平安。張鷟《遊仙窟》：“皆自送張郎曰：‘好去，若因行李，時復相過。’”白居易《南浦別》：“一看腸一斷，好去莫迴頭。” 老：前綴，放在某些指人或動植物的名詞前，構成名詞。寒山《詩》二六八：“老鼠入飯瓮，雖飽難出頭。”放在單音節姓氏前，用作自稱或稱人。《北齊書·石曜傳》：“此是老石機杼，聊以奉贈。”元稹《與太白同之東洛至櫟陽太白染疾駐行予九月二十五日至華嶽寺雪後望山》：“共作洛陽千里伴，老劉因病駐行軒。今朝獨自山前立，雪滿三峰倚寺門。”也可作疲憊、困乏解。《國語·晉語》：“且楚師老矣！必敗，何故退？”韋昭注：“老，罷也。圍宋久，其師罷病。”陸游《老學庵筆記》卷九：“今據大江之險，以老彼師，則有可勝之理。”元稹出貶江陵五年，接著又出貶

通州,疲憊不堪,故言。以上都是元稹對自己的評價,説明元稹對再次貶任的内心絶望。　通川:通州的舊稱。《舊唐書・地理志》:"通州:隋通川郡,武德元年改爲通州……天寶元年改爲通川郡,乾元元年復爲通州。"元稹《酬樂天東南行詩一百韻》:"迢遞投遐徼,蒼黄出奧區。通川誠有咎,溢口定無辜。"這裏如詩注所示,是元稹的"自謂"亦即自稱。

⑪ 莫:副詞,表示否定,不,不能。《詩・邶風・終風》:"莫往莫來,悠悠我思。"李白《蜀道難》:"一夫當關,萬夫莫開。所守或匪人,化爲狼與豺。"副詞,表示勸戒,不要,不可,不能。《史記・商君列傳》:"秦惠王車裂商君以徇,曰:'莫如商鞅反者!'"王羲之《明府帖》:"當日緣明府共飲,遂闕問,願足下莫見責。"這裏兩者兼而有之。漫:隨意,胡亂。陳子昂《薊丘覽古贈盧居士藏用七首・鄒衍》:"大運淪三代,天人罕有窺。鄒子何寥廓,漫説九瀛垂。"杜甫《聞官軍收河南河北》:"却看妻子愁何在,漫捲詩書喜欲狂。"　裁:創作,寫作。鮑照《奉始興王白紵舞曲啓》:"謹竭庸陋,裁爲四曲。"子志寧《冬日宴群公於宅各賦一字得杯》:"陋巷朱軒擁,衡門緹騎来。俱裁七步詠,同傾三雅杯。"　章句:詩文的章節和句子。葛洪《抱朴子・鈞世》:"簡編朽絶,亡失者多,或雜續殘缺,或脱去章句。"劉知幾《史通・補注》:"文言美辭列於章句,委曲叙事存於細書。"剖章析句,經學家解説經義的一種方式,亦泛指書籍注釋。《東觀漢記・明帝紀》:"親自製作五行章句。每饗射禮畢,正坐自講,諸儒並聽,四方欣欣。"柳宗元《答嚴厚與秀才論爲師道書》:"馬融、鄭玄者,二子獨章句師耳!"也指文章、詩詞。沈約《梁武帝集序》:"漢高、宋武,雖闕章句,歌《大風》以還沛,好清談於暮年。"白居易《山中獨吟》:"人各有一癖,我癖在章句。"饒:讓。李白《上皇西巡南京歌十首》三:"柳色未饒秦地緑,花光不減上陽紅。"杜甫《立秋後題》:"日月不相饒,節叙昨夜隔。"　紫禁仙:這裏指韓愈,韓愈時爲考功郎中知制誥,在皇帝身邊爲皇上效勞,故稱

"紫禁仙"。白居易《新昌新居書事四十韵因寄元郎中張博士》"籬東花掩映,窗北竹嬋娟。迹慕青門隱,名慚紫禁仙。" 紫禁:古以紫微垣比喻皇帝的居處,因稱宫禁爲"紫禁"。《文選·謝莊〈宋孝武宣貴妃誄〉》:"掩綵瑶光,收華紫禁。"李善注:"王者之宫,以象紫微,故謂宫中爲紫禁。"戴叔倫《宫詞》:"紫禁迢迢宫漏鳴,夜深無語獨含情。"仙:指超越凡品的人或事物。杜甫《飲中八仙歌》:"天子呼來不上船,自稱臣是酒中仙。"王建《題應聖觀》:"精思堂上畫三身,回作仙宫度美人。賜額御書金字貴,行香天樂羽衣新。"

[編年]

《年譜》將本詩編入元和十年"元稹初至通州之時",亦即元和十年六月稍後,理由是:"此詩稱韓愈爲'舍人',據朱熹校《昌黎先生集傳》:元和九年十二月戊午,以考功郎中知制誥。依唐代習慣,得稱爲舍人。詩云:'七字排居敬,千詞敵樂天(侍御八兄,能爲七言絶句。贊善白君,好作百韵律詩)。殷勤閑太祝(張君籍),好去老通川(自謂)。'元和十年,白居易由太子左贊善大夫貶江州司馬。十一年,元宗簡由侍御史'改官',張籍由太常寺太祝改國子監助教,此詩作於元稹初至通州之時。"《編年箋注》編年與《年譜》同,理由是:"唐人習慣知制誥即可稱舍人。韓愈以元和九年十二月以考功郎中兼知制誥。參以白居易仕履,白於元和十年由太子左贊善大夫貶江州司馬。證知元稹此詩作於元和十年(八一五),其時初到通州司馬任。"《年譜新編》没有列舉編年理由,編年本詩於元和十年"在長安作",並在譜文裏云:"時元稹通州之命已下,猶未成行。"説法可取。但我們發表在《廣西師大學報》二〇〇一年第二期的《元稹詩文編年別解》已經得出這一結論,不久又在《福州師專學報》二〇〇一年三期的《元稹詩文編年探析》對元稹《和樂天過秘閣書省舊廳》詩篇的編年時又闡明了這一問題。而《年譜新編》出版於二〇〇四年十一月,想來著者不會看不到拙稿，因爲周先生還撰文與筆者商榷發表在《廣西師大學報》裏的拙稿《元稹詩文編年別解》的有關問題。不同意見商榷質疑無可厚非，筆者非常歡迎也十分期待；但在自己的論著裏採用了別人的結論，是否也應該如實說明？

　　我們以爲現有材料完全可以確定本詩的具體寫作時間，限定在元和十年三月下旬臨近月末的數日之間。其一，題稱韓愈的新律詩很快被人詠唱，此不是地處偏僻的通州所能辦到，祇有京城長安才能如此迅疾。何況元稹本人三月初、中旬尚在長安，沒有聽到也在長安的韓愈的新律詩，剛到通州却聽到了，詩歌口口相傳的速度反而超過了專程赴任的速度？其二，元稹"元和十年閏六月至通州，染瘴危重……予時瘧病將死，一見外不復記憶"(元稹《酬樂天東南行一百韵序》，筆者按：元和十年無"閏六月"，當爲元稹病中誤記)，"初到通州"的元稹，連白居易的贈詩也不及一一酬和，如何反而有心情品評韓愈的新律詩並且加以酬唱，豈非與元稹當時的病體不符？其三，題稱"戲贈"而非"遙寄"，明示爲同地酬唱之作，不是長安、通州兩地相寄之作。其四，韓愈改官舍人在元和九年十二月十五日，提供了此詩寫作的上限，元宗簡和張籍改官的元和十一年，爲此詩寫作的下限。而本詩"好去老通川"之謂，透露了元稹將去通州而還沒有成行的消息，說明元稹本人已經知道自己貶職通州，但人仍然在長安，"好去"云云足以證明，元稹當時還沒有到達通州，應該尚在出發地之出發前夕。而元稹得知自己貶職通州的消息在元和十年三月二十五日(據元稹《酬樂天東南行一百韵序》："元和十年三月二十五日，予司馬通州。二十九日，與樂天於鄂東洤池村別，各賦一絕。")，離開長安在三月三十日(白居易《城西別元九》："城西三月三十日，別友辭春兩恨多。帝里却歸猶寂寞，通州獨去又如何？"元稹《灃西別樂天博載樊宗憲李景信兩秀才侄谷三月三十日相餞送》："今朝相送自同遊，酒語詩情替別愁。忽到灃西總回去，一身騎馬向通州。")此詩必定是元稹在京城之時所作，亦即作於三月二十五日至同月三十日出貶通州這五天時間之內,而且二十九日與三十日白居易等人已經在爲元稹送行,很可能不應該包括在內。

◎ 澧西別樂天^{(一)①}

今朝相送自同遊^(二),酒語詩情替別愁^②。忽到澧西總回去^(三),一身騎馬向通州^③。

録自《元氏長慶集》卷一九

[校記]

(一) 澧西別樂天:楊本、叢刊本作"澧西別樂天博載樊宗憲李景信兩秀才侄谷三月三十日相餞送",《石倉歷代詩選》作"澧西別樂天",澧水是流入洞庭湖的一條河流,并不在從長安前往通州的綫路上,且在長安的白居易也不可能到那裏送別元稹,不取。《全詩》作"澧西別樂天博載樊宗憲李景信兩秀才侄谷三月三十日相餞送",《萬首唐人絕句》作"澧西別(樂天傳載樊宗憲李景信兩秀才侄谷三月三十日相餞送)",語義相類,不改,但《全詩》、《萬首唐人絕句》詩題中提供的信息"博載樊宗憲李景信兩秀才侄谷三月三十日相餞送"可以也應該是編年、箋注本詩的重要參考。

(二) 今朝相送自同遊:原本作"今朝相送自同游",叢刊本同,據楊本、《全詩》、《萬首唐人絕句》、《石倉歷代詩選》改。

(三) 忽到澧西總回去:楊本、《全詩》、《萬首唐人絕句》同,叢刊本、《石倉歷代詩選》作"忽到澧西總回去",有誤,不從不改。

[箋注]

① 澧西別樂天:這是酬唱白居易的詩篇,白居易原唱是《城西別

元九》,詩云:"城西三月三十日,別友辭春兩恨多。帝里却歸猶寂寞,通州獨去又如何?"　灃西:灃水之西,地在長安西南。《陝西通志》卷八:"灃水源出鄠縣之豐谷,合高冠、太平諸谷水北流交河(即《水經注》之沈水,一名潏河),自咸甯、長安納終南諸谷之水西北流合樊川御宿及鎬水諸水,西流合于灃水,灃水又北流右納聖女泉(即古滮池水),徑三里橋入於渭。渭水又東至澗灘鋪入長安界,又東徑三橋鎮北皂河(即漕河),上承滮水枝津徑丈八溝西南流入之。"元稹《酬樂天東南行詩一百韵(并序)》序云:"元和十年三月二十五日,予司馬通州。二十九日,與樂天于鄠東蒲池村別,各賦一絕。"知灃西的具體地點即是鄠東蒲池村,所謂"各賦一絕",即是白居易的《城西別元九》和元稹的《灃西別樂天》,時間在元和十年的三月三十日。《資治通鑑·晉安皇帝紀》:"長安大震,弘馳使徵東平公紹遣姚裕及輔國將軍胡翼度屯灃西(關中無灃水,灃當作灃,灃水出鄠南灃谷,北過上林苑入渭)。"　博載:又作"傳載",從詩題連讀,應該是送別元稹的朋友之一。但查閱元稹一生的交遊,未見其人。暫告闕如,有待智者。樊宗憲:元稹與白居易的朋友,疑爲樊宗師的兄或弟,鮑溶有詩篇涉及,其《上巳日寄樊璠樊宗憲兼呈上浙東孟中丞簡》:"世間禊事風流處,鏡裏雲山若畫屏。今日會稽王内史,好將賓客醉蘭亭。"又《暮春戲贈樊宗憲》云:"羌笛胡琴春調長,美人何處樂年芳?野船弄酒鴛鴦醉,官路攀花騣裏狂。應和朝雲垂手語,肯嫌夜色斷刀光!"其餘不詳。　李景信:元稹的朋友,李景儉的弟弟,曾奉兄長之命,到通州探望元稹,元稹詩篇中多處涉及。　侄谷:應該是元稹的侄輩,但查遍有關譜系,未見其人,疑譜系漏載其人。

②"今朝相送自同遊"兩句:意謂今晨這麼多朋友前來送行,猶如外出遊覽一般;酒席上朋友們安慰開導的話語,消散了我鬱結心頭的諸多離別的愁緒。　今朝:今晨。《诗·小雅·白駒》:"縶之維之,以永今朝。"元稹《晨起送使病不行因過王十一館居二首》一:"自笑今朝

誤鳳興,逢他御史瘧相仍。過君未起房門掩,深映寒窗一盞燈。"據元稹《酬樂天東南行詩一百韻并序》記載:"元和十年三月二十五日,予司馬通州。二十九日,與樂天於鄂東蒲池村別,各賦一絕。"而本詩詩題却云"三月三十日",知元稹白居易是三月二十九日來到澧西,連夜飲酒餞送,直到第二天早晨才告別,赴任通州。所以這個"今朝",應該是"今晨"而不是"今日",更不是"目前"。 **相送**:送別。陳子昂《送客》:"故人洞庭去,楊柳春風生。相送河洲晚,蒼茫別思盈。"張說《送梁知微渡海東》:"今日此相送,明年此相待。天上客星回,知君渡東海。" **自**:由來,緣由。《禮記·中庸》:"知遠之近,知風之自,知微之顯,可與入德矣!"鄭玄注:"自,謂所從來也。"韓愈《上考功崔虞部書》:"浮囂之徒,已相與稱曰:'某得矣,某得矣! 問其所從來,必言其有自。'" **同遊**:互相交往。《國語·齊語》:"世同居,少同遊,故夜戰聲相聞,足以不乖。"《荀子·法行》:"曾子曰:'同遊而不見愛者,吾必不仁也。'"一同遊覽。劉義慶《世說新語·捷悟》:"王東亭作宣武主簿,嘗春月與石頭兄弟乘馬出郊,時彥同遊者連鑣俱進。"杜甫《送韋十六評事充同谷郡防禦官》:"昔没賊中時,潛與子同遊。今歸行在所,王事有去留。"指同遊者,同伴。劉長卿《秋夜蕭公房喜普門上人自陽羨山至》:"山栖久不見,林下偶同遊。早晚來香積,何人住沃洲?"許渾《秋思》:"琪樹西風枕簟秋,楚雲湘水憶同遊。高歌一曲掩明鏡,昨日少年今白頭。" **酒語**:飲酒席上的談話。李石《諸友惜別夜坐德行堂飲茶》:"一舟海角到天涯,春信江南梅欲花。莫道別時無酒語,與君剪燭夜烹茶。"王世貞《盧柟傳》:"至是見世貞,郡臺把臂,爲布衣飲三日,酒語慷慨,恨相見晚也。"**詩情**:作詩的情緒、興致。劉禹錫《秋詞二首》一:"自古逢秋悲寂寥,我言秋日勝春朝。晴空一鶴排雲上,便引詩情到碧霄。"陸游《瀼西》:"絕壁猿啼雨,深枝鵲報晴。亦知憂更責,未忍廢詩情。"**別愁**:離別的悲愁。崔顥《贈盧八象》:"青山滿蜀道,綠水向荆州。

不作書相問,誰能慰別愁?"杜牧《題安州浮雲寺樓寄湖州張郎中》:
"恨如春草多,事與孤鴻去。楚岸柳何窮?別愁紛若絮。"

　　③"忽到澧西總回去"兩句:意謂轉眼之間很快來到應該分別的
澧西,送行的朋友無論如何都應該回到京城,因爲有人還要參加第二
天的早朝,而我祇能告別朋友,獨自一人騎著馬向通州前行。　　一
身:謂獨自一人。《戰國策·趙策》:"世以鮑焦無從容而死者,皆非
也。令衆人不知,則爲一身。"王維《老將行》:"一身轉戰三千里,一劍
曾當百萬師。"詩人此時貶職通州司馬,並沒有任何家屬同行。原因
其實很簡單,元稹的原配韋叢元和四年七月九日已經亡故,而小妾安
仙嬪也在元和九年病故,這時的元稹祇是單身一人。而且元稹事先
就知道通州是一個險惡的地方,自己有了充分的思想準備,準備把自
己的性命託付在荒僻的通州。在這樣的情況下,詩人自然知道不宜
帶著自己還沒有成年的女兒保子以及年僅五歲元荊同行,其《叙詩寄
樂天書》云:"授通之初,有習通之俗者曰:'通之地,濕墊卑褊,人士稀
少,近荒札,死亡過半。邑無吏,市無貨,百姓茹草木,刺史以下計粒
而食。大有虎、貘、蛇虺之患,小有蟆、蚋、浮塵、蜘蛛、蛒、蜂之類,皆
能鑽齧肌膚,使人瘡痍。夏多陰霪,秋爲痢瘧,地無醫巫,藥石萬里,
病者有百死一生之慮。'夫何以僕之命不厚也如此! 智不足也又如
此! 其所詣之憂險也又復如此! 則安能保持萬全,與足下必復京輦,
以須他日立言事之驗耶?"

[編年]

　　《年譜》編年本詩於元和十年,沒有說明具體時間,但有譜文"白
居易等送元稹至鄠縣蒲池村"加以説明。《編年箋注》編年本詩云:
"此詩作於元和十年(八一五)三月三十日,元稹時離西京赴通州司馬
任。見下《譜》。"《年譜新編》編年本詩於元和十年"離西京赴通州途
中作",並有譜文"三月二十五日詔命元稹司馬通州,二十九日離京上

路,白居易、樊宗憲、李景信、侄元谷爲之送行,三十日分别於鄂東蒲池村"説明,迴避了"博載"的問題。

　　我們以爲,元積在本詩中交待得猶如對面而語,又有《酬樂天東南行詩一百韵序》作了有力的佐證,編年本詩於元和十年三月三十日、作於鄂東蒲池村自然不應該有任何問題。但如果從詩文編年的前後次序應該一致來看,《年譜》、《編年箋注》、《年譜新編》還是存在諸多問題,感興趣的讀者可以將我們的編年結論與《年譜》、《編年箋注》、《年譜新編》的編年意見參閲對照就一目了然了,這裏我們就不再饒舌了。